ノンフィクションの英米文学

Yoshiyuki Fujikawa
富士川義之 編

金星堂

ノンフィクションの英米文学

目次

第二部　アメリカ編

序にかえて　ナボコフと英国の伝記文学

富士川　義之

このところわたしは、二十世紀前半の英国の伝記文学に興味をそそられて、読んだり調べたりしていて、昨年暮れには都内のある大学の英米文学会で「二十世紀イギリスの伝記文学について」というタイトルで講演する機会をもちました。そのときは、エドマンド・ゴスの『父と子』とリットン・ストレイチーの『ヴィクトリア朝偉人伝』を中心に優れた英国の伝記はいかに書かれ、その特色はどういうところにあるのかなどといった事柄について、もとより浅学非才の身でありますから、およそ舌足らずなことしか述べることができませんでした。その講演の準備をしている最中に、ときどきわたしの脳裡に浮かんできたのは、その長い作家生活を通じて伝記や自伝に多大な関心を寄せていたナボコフのことです。とりわけ一九四〇年代以降ナボコフが英語で次々に書いた作品群は、いわば虚構の伝記である『セバスチャン・ナイトの真実の生涯』に始まり、虚構の自伝である『道化師をごらん！』で終わっています。また、事実と虚構を自在に織りまぜた自伝『記憶よ、語れ』も書いています。そこで本日の講演では、ナボコフはなぜ英語で書く最初の極めて大事な、失敗の許されない作品として、虚構の伝記という形式を選んだのか。ロシア語ではなく英語で読む読者の注意をもっぱら引きつけなければならないためのいわば文学的戦略として、一九二〇年代から三〇年代にかけての両次大戦間に大きな話題を呼び、実験的な新しい伝記作品が次々に発表されて注目されていた英国の伝記文学に目をつけていたのではないのか、などといったようなことをしばらく雑談風に、準備が行き届かないせいもあって、しばしば憶測をまじえながらお話してみたいと思っているところです。これが取りあえず「ナボコフと英国の伝記文学」というタイトルにさせていただいたゆえんなのですが、実際にはあとで述べるように、ある伝記作家の作品をもっぱら取り上げることになろうかと思っているところです。

さて、「伝記」（“Biography”）とは何かということなのですが、ご存知のように、日本では、単に伝記と言えばすむところを評伝という用語を使う場合のほうが一般に多いようです。以前から何となく気になっていたことなのですが、わが国には評伝という文学ジャンルがあって、これがかなりの人気を得ていて注目されることが少なくない。人物評伝などという言い方はとくに好まれています。完結したら全三百巻にもなるという実に膨大な人物評伝シリーズを刊行中の出版社もあります。ところで「評伝」に該当する英語は何だろうかとあらためて考えてみますと、ちょっと当惑せざるを得ない。確かに“Critical Biography”という用語はありますが、あまり使われることはない。それが使用される場合は、むろん例外はありますが、本文批評を学問的に厳密にほどこされた版本《エディション》を指すことが多いようです。つまり資料や文献批評をしっかりやった版本ということで、日本のような意味での「評伝」に相当する用語では必ずしもない。日本で使われている「評伝」というのは、文字通り、批評の「評」と伝記の「伝」を結び付けて造られた造語なのでしょうが、「評伝」という用語がいつ頃から使われるようになったのか、その用語の成立事情を調べてみたらかなり面白いだろうと思います。

つまり「評伝」とは、簡単に言えば、「伝記」の事実重視に「批評」の分析判断をまじえた形式ということになるでしょうか。資料をふんだんに用いて一人の個性的な人物の生涯を生き生きと物語風に浮き彫りにする。事実に忠実に寄り添った伝記のような体裁を取りながらも、好悪をまじえた筆者の個性的な観察や知見などを控え目に織り込んでいく書き方が「評伝」であると言ってもよいでしょう。優れた見識をもつ筆者の手になる「評伝」は、しばしば筆者の個性による執筆対象である個性の解明であり、優れた個性と個性の出会いの場ともなります。そうやって作り上げられる「評伝」からは、一人の個性的な人物の人間像がくっきりと浮かび上がり、そこに読者はしばしば文学的な感動さえ覚えることがあります。そこに評伝を読むことの醍醐味があると言っても差し支えないでしょう。

先ほど、「評伝」にそのまま該当する英語はないのではないかと申しましたが、英語には「伝記文学」、すなわち“Literary Biography”という用語があります。しかもかなり頻繁に使われている。以前からそうではなかろうかと思っているのですが、この“Literary Biography”、「伝記文学」というのが、日本でよく使われている「評伝」におおよそのところ当たるのではないでしょうか。これを最初に誰がどこで使ったのかは詳しく調べていないので分からないのですが、英国では大体のところ、ウォルター・ペイターなどの十九世紀末の唯美主義文学が台頭する頃から二十世紀初めにかけて、“Literary Biography”という用語が目につくようになります。ペイターは著しく文学的な伝記の特性をもつ、いわゆる「イマジナリー・ポートレート」(『想像による肖像画集』)の創始者であり、その影響はエドマンド・ゴスの『父と子』やリットン・ストレイチーの『ヴィクトリア朝偉人伝』や *Portraits in Miniature*(『てのひらの肖像画』)、あるいはそのサブタイトルが「伝記」となっているヴァージニア・ウルフの『オーランドー』にも及んでいます。また、英文学通であり、昨年国書刊行会より一巻本の全集が出た世紀末フランスの文人、マルセル・シュオブの『架空の伝記』(“Vies Imaginaries”)も明らかにペイターの『イマジナリー・ポートレート』に重要な示唆を受けた作品ではなかろうかと推察されます。

ところで“Biography”という言葉は文字通り「ライフ・ライティング」を意味しています。Biographyという単語のなかの“Bio”はギリシア語の「ビオス」(“bios”)、すなわち“life”に、“graphia”は“writing”に由来するからです。この「ライフ・ライティング」という用語は、現代では一般に、伝記と自伝の区別が故意にあいまいにされている場合とか、人生について物語るさまざまな異なるジャンル——自伝や伝記や回想録や日記や手紙や自伝的、または伝記的な小説—などを一緒に論じる際によく引き合いに出され、現在では文学のみならず、心理学や社会学や人類学や歴史学などの学際的な研究対象ともなっているようです。

　オックスフォード大学やロンドン大学では「ライフ・ライティング」研究センターが二十一世紀になってから創設されています。オックスフォードでは現在ヴァージニア・ウルフの伝記で知られる英文学者ハーマイオニ・リーがウルフソン・コレッジで主催しているようです。また、わたしが二十年近く前に翻訳したことのある『マティス・ストーリーズ』の女性作家A・S・バイアットが二〇一六年度のエラスムス賞を受賞しましたが、その受賞理由が「長年にわたる『ライフ・ライティング』への素晴らしい貢献」となっていることに最近気付きました。

　この「ライフ・ライティング」という用語を早くから好んで使っていたのが、ヴァージニア・ウルフです。彼女はその晩年に執筆した未完の自伝的回想『過去のスケッチ』で、個人の人生の物語を意味づけるために、人生を家族や環境や「目に見えないさまざまな存在」である先祖たちという具体的なコンテクストのなかに置いて見ることの重要性について語っている際に、この「ライフ・ライティング」という用語を用いています。つまり人生を物語り、それを意味づける行為としての伝記という概念が、ウルフの脳裡にはつねにあったということです。言い換えると、伝記というものをそれだけで完結した、自己充足的な文学ジャンルの一部門として限定して見るのではなく、しばしばそれと重なり合ったり、隣接する自伝や回想録や日記や手紙や自伝的、ないしは伝記的な小説などと容易に結びつくもっと大きなジャンルとして幅広く受け取っていました。そこには明らかに、私たちは過去の出来事を変えることはできないが、人生の物語を語り直すことによって、過去の出来事を再構成することが可能になる、というウルフの考え方が示されているように思います。つまり、日常生活でわたしたちが人生を生きていく過程で、その経験プロセスを物語る行為を意味づけようとする根本的な衝動が明らかに見てとれるということです。わたしは「ライフ・ライティング」についてのウルフのこの考え方に重要な示唆を与えられて、本日の講演では、ナボコフの文学作品を、この「ライフ・ライティング」という観点からながめたらどうなるだろうか、ということをごく大まかに申し述べてみたいと考えています。ウルフと同様に、ナボコフもまたその長い文学的生活を通じて一貫して自分の人生の物語を語るという「ライフ・ライティング」に深く関わっていた作家であるように見えるからです。

そこでこれから取り上げてみたいのは、一九二七年に出版された英国の著名な外交官・政治家でありながら、バイロンやテニスンなどの優れた伝記作家でもあったハロルド・ニコルソン（1886–1968）の散文作品である*Some People*です。これは短編集とも伝記ともつかぬ作品ですが、ヴァージニア・ウルフがこれを「新しい伝記」として絶賛しているので一応伝記文学と呼んでおきます。

ところでハロルド・ニコルソンなどと言っても、あまり耳にしたことがない名前だというのが、とくに日本ではたぶん大方の反応ではないかと思われます。わたしといたしましても、ハロルド・ニコルソンにとくに詳しいわけでもない。日頃から関心や興味を持っているのでもありません。率直に言うと、ニコルソンに関してはほとんど無知に等しいと言ってもよいくらいです。そんなニコルソンにがぜん興味をかき立てられた一つの大きなきっかけが数年前にありました。ニコルソンの*Some People*は出版当時ヴァージニア・ウルフに激賞されるなど、ロンドンの文学界でかなりの評判を得ていたようですが、その後長い間、一部の愛読者以外にはほとんど読みつがれることもなく、埋もれていました。ところが八〇年代初めに、ハロルド・ニコルソンの息子ナイジェル・ニコルソンの序文を添えて復刊されることになる。その後、二十一世紀になってから、そのペーパーバック版が数種類、オックスフォードやアセニュームやフェイバーなどの出版社から復刊されます。二十世紀英国の伝記文学への関心からどんな作品だろうかと思い、数年前にこれを入手してナイジェル・ニコルソンの序文に目を通しているときに、そこに思いがけないことが書かれているのに気付きました。ナイジェル・ニコルソンはもともと父親と同じく政治家で保守党の下院議員をつとめていましたが、英国の著名な出版社であるワイデンフェルド・アンド・ニコルソンの重役でもありました。この出版社名の「ニコルソン」はニコルソン一族の名前からとられたものです。このナイジェル・ニコルソンは父親と同様に作家でもあり、小説や伝記なども書いているようですが、今日でも英国で最もよく知られている彼の著作としては、父親ハロルド・ニコルソンと母親ヴィタ・サックヴィル・ウェストの極めて風変わりな結婚生活を題材とする伝記文学『ある結婚の肖像』（*Portrait of Marriage*, 1973）を挙げるべきでしょう。両親はともに英国の上流階級出身であり、とりわけ母親ヴィタが生まれたサックヴィル家というのは、エリザベス朝時代以来、英国貴族のなかでも指折りの名門でありました。ヴィタが生まれた屋敷はノール・ハウスの名で広く知られ、その宏荘さと由緒ある古さと伝統において、今日、観光名所ともなっているほどです。生前にはあまり公けになっていなかったのですが、外交官伝記作家として高名だったハロルドは同性愛者でした。作家でもあった細君のヴィタのほうも、極めて情熱的なレズビアニズムの実行者であり、二〇年代にはヴァージニア・ウルフと浮名をながし、のちにウルフがヴィタをモデルに『オーランドー』を執筆したことはよく知られている通りです。息子のナイジェルはこのウルフの小説について、これはヴァージニアのヴィタにあてた「ラヴ・レター」であるとはっきり述べています。

ナボコフとの関連で言いますと、このナイジェル・ニコルソンは、例の『ロリータ』が英国で刊行されるさいに多大な尽力をしてくれた出版人で、彼の熱心な働きかけがなかったならば、『ロリータ』が英国でスムーズに出版されることもあるいはなかったであろうとさえ言われています。ちなみにナイジェルの両親は、ともに新しい尖鋭な性道徳意識の持主であったにもかかわらず、『ロリータ』の英国での出版には最初反対したそうです。そのあたりにおよそ一筋縄ではいかない人間の心情の複雑さ、意外さ、奇怪さがうかがえると言ってよいかもしれません。

ちなみにハロルド・ニコルソンはヴィタ宛の手紙（一九五九年十一月三日付）のなかでこう記しています。文中の'Niggs' はむろん 'Nigel' の愛称です。

Niggs tells me that Nabokov told him that all his life he had been fighting against being influenced by Some People. "The style of that book," he said, "is like a drug." Well, I can assure him that Lolita is not likely to influence me. Niggs has taken a liking to

Nabokov and above all to Mme Nabokov.

—*The Harold Nicolson Diaries and Letters 1907–1964*. Ed., by Nigel Nicolson (Weidenfeld & Nicolson, 2004)

ナイジェル・ニコルソンは出版社の重役として一九五九年にナボコフに会っているのですが、そのときナボコフはナイジェルに向かってこう述べたというのです。「これまでの人生を通じてずっと自分は*Some People*の影響に対してまるで麻薬のように逆らい戦って来たのである」と。何とも気になる発言です。このナボコフの発言は、意地悪な目で見ると、ひょっとすると父親の作品を持ち上げる目的でのナイジェルの誇張表現であるのかもしれません。だが、わたしの知るかぎり、ほかの数多いインタヴューや作品などのなかでナボコフが*Some People*について触れたことは、エドマンド・ウィルソンとの書簡以外はたぶんあまりないことから推して、また一般に作家というものは、自分が本当に影響を受けた作品や作家については語りたがらないという傾向があることを考慮に入れながら、ここでは一応そのままナイジェルの記述を受け取っておこうと思います。念のためブライアン・ボイドの『ナボコフ伝——アメリカ時代』を見てみたのですが、*Some People*に関する言及は全く見出すことができませんでした。おそらくナボコフは、『ロリータ』を英国で率先して出版してくれるナイジェルについ心を許して、公式のインタヴューではない、私的な会話であっただけにうっかり本音をもらしたのではないでしょうか。何しろナイジェルはハロルド・ニコルソンの息子なのですから。

いずれにせよ、*Some People*が出版されたのは一九二七年のことです。ナボコフがこれをいつ読んだのかは分からないのですが、たぶん、二〇年代末から三〇年代にかけてベルリンで読んだのではないかと想像されます。遅くとも、一九三五年頃までには目を通していたのではないかと思われます。と言うのも、のちに『記憶よ、語れ』に挿入されていて、この自伝のいわば発端を成す「マドモワゼル・O」がフランス語で執筆されたのは一九三六年のことであり、この作品は明らかに *Some People* の巻頭を飾っている、ニコルソンの少年時代にブダペストやモロッコなどで彼の「ガヴァネス」（女家庭教師）をつとめていた中年の英国人女性についての思い出を書いた “Miss Plimsoll” を想起させるからです。外交官を父として生まれたハロルドは、幼い頃からテヘランやブダペストやモロッコなどを転々としていました。*Some People* ではそうした幼少年時代の経験とその後の英国のパブリック・スクールやオックスフォード大学時代および外交官生活の経験をもとにさまざまな人物たちの肖像《ポートレート》が描かれています。しかも自分が関わって来たそれらの人物たちの肖像を描くことを通じて、幼少年期から青年期、さらには成人へと精神の成長を続けてゆく作者ニコルソン自身の自画像がおのずと浮かび上がって来る一種ビルドゥングス・ロマン風な構成をもつ作品です。つまりこれは伝記と自伝を融合させた作品であるとともに、それぞれの人物のポートレートが独立した短編のようにも読めるフィクションともなっているのです。*Some People* というのは『人物肖像集』というふうに訳してもよいようなタイトルなのです。ニコルソンはそれぞれの人物のポートレートを言ってみればチェーホフ風な短編小説の手法で描いているからです。ヴァージニア・ウルフの評言を借りると、「彼の目的は実在の人物たちを架空の状況のなかに、架空の人物たちを現実の状況のなかに置くことにあった」ということになります。その通りだと、わたしも思います。

Some People は全部で九章で構成されています。最初の五章は幼少年期から大学時代までにニコルソンが受けた教育と深く関わる作品を収めています。ここでまず先ほどちょっと触れた巻頭を飾る “Miss Plimsoll” について少しだけ紹介しておきたいと思います。この作品の冒頭でニコルソンはこんなことを語っています。

　自分のごく幼いときの最初の記憶というのは、南ロシアの大草原での鉄道事故である。わたしの心に深く刻み込まれているのは、広々とした大草原に停車している列車のイメージである。星空の下で白い大皿《プレート》のようにかすかに明滅する雪に閉ざされた地平線。前方のエンジンが火花を上へ向かって吐き出している。停車の原因となった後部車輪が、小さな赤い炎をパチパチと立てている。温かいものにあおむけにくるまれたままのわたし自身は、ひどく高いところからわたしのほうへと上に伸ばされた多くの手のもとに抱き下ろされた——それらの手指が、まるでマックス・ラインハルトの芝居のように、火花の明かりと影に合わせてちらちらと明滅している。わたしにはひどく鮮明で、偽りのないそのイメージが、なつかしく心に取り憑くようになったのだ。それで「生まれて初めての思い出」というラベルをそれに付けたのである。

「ミス・プリムソル」はこんなふうに語り出されるのですが、このあと語り手であるわたしが、大人になってからこの「生まれて初めての思い出」を母親に話すと、おまえの記憶は間違っていると教えられてがっかりします。ペルシャからの帰途、ロシアの大草原を列車で横断したことは確かであり、後部車両から火が出て、停車したこともまた事実である。しかしながら、その鉄道事故が起こったのは雪におおわれた冬の夜ではなく、ある暖かい春の日の午後早くのことであり、その当時生後十八か月であった「わたし」は、ゴム製のおしゃぶりを無心に吸いながら、事故には無関心のまま身動きひとつせずにぐっすりと眠っていたと母親から知らされるのです。こうしてこの最初の記憶は、語り手にとって、最初の幻影、あるいは偽りの記憶にほかならないということになる。ニコルソンはこの最初の記憶のエピソードを書くことを通じて、記憶というものの不安定性、あいまいさに注意をうながし、それこそが記憶の本来の性質ではないかと示唆するのです。

こうしてそれから一年後、語り手が二歳半のとき、初めてブダペスト駅に到着した、英国からやってきた女家庭教師ミス・プリムソルを出迎えたときの記憶が、語り手の最初の記憶になるというふうに語られてゆくのです。生まれて初めての微妙な記憶にこだわり、それについて語りつづけるこうした巧みな語り口に、生国こそ違え、ニコルソンと同じく上流階級に生まれ育ったナボコフが強く惹きつけられ、共感を覚え、影響さえ受けたのではないかと推測してもあながち間違いではないでしょう。ナボコフもまた、『記憶よ、語れ』の冒頭で、最初の記憶の場面に大層こだわりを見せているからです。それに何よりも、ニコルソンの繊細かつエレガントな文章からは、同様に繊細かつエレガントなナボコフの文章にも通じるような、文学的感性や気質の類縁性が明らかに感じ取られると言ってもよいからです。

これは *Some People* 全編に当てはまることなのですが、「ミス・プリムソル」でも非常に印象に残るエピソードがいくつか提示されていて、それらのエピソードがこの作品の中核を成しているということが、読後に振り返ってみると、改めてよく分かります。それらのエピソードを読むことを通じて、ミス・プリムソルという独特な性格をもつ風変わりな人物像がくっきりと浮かび上がってくるからです。たとえば、その一つがミス・プリムソルの「小鼻」です。「彼女の鼻はまるでヴォルテールの鼻みたいに鋭くとがっていた」で始まるユーモラスなエピソードなのですが、彼女は寒さにひどく敏感で、寒暖計がカ氏零下六〇度に下がると、彼女の鼻は真っ赤に染まり、五〇度だとはじに小さな白い病的なくまのできるほんのりとした青い色合いを帯びたり、四〇度だと鼻をすすりながらそのとがった先端の下に絶え間なく危なっかしげに鼻水を垂れるようになる。真冬のブダペストで両親と一緒に馬車に乗っているとき、後部座席に座ったニコルソンには自分の隣にいるミス・プリムソルが鼻水をしょっちゅう垂らしているのを見て、とても気になり、苛立ってしまうという場面です。部屋で教わっているときでもいつ自分の教科書が彼女の鼻水に汚されてしまうか気が気ではない。それでも、“Miss Plimsoll, blow your nose” と言ってやることが一度もできなかったという子供の頃の思い出です。“Oh, those secret and distracting worries which gnaw at children's hearts!”（「ああ、子供たちの心を苦しめるあの秘密の、気を散らされる悩みの数々よ！」）と語り手はこのエピソードを締めくくっています。このような女家庭教師の身体的特徴の造型には、「象のような身体から発せられるナイチンゲールのような声の、たぐいまれな清らかさ」が強調されている「マドモワゼル・O」の一場面をふと想起させるような性質があります。

ところで、*Some People* という作品集には、世紀末風のダンディな唯美主義者を距離感をもって眺める二編のイマジナリー・ポートレートが収められています。「ランバート・オーム」('Lambert Orme') と「ド・ショーモン公爵」('The Marquis de Chaumont') です。両者ともに「一風変わった文学的気質のタイプに寄せるわたしの興味を反映させたもの」と作者は述べていますが、これら二人の人物はいわば相補的な存在となっています。「ド・ショーモン公爵」の冒頭の一節を引用しておきます。

オームの人生の始まりは馬鹿げたものであったが、ひどく真面目な調子で人生を終えた。ド・ショーモンはそうなる可能性をいろいろと持ちながらも結局のところ理解の範囲を超えるまぬけな人間になってしまった。彼の物語は、幸運にも、信じられることはないだろう。だが、それにもかかわらず、わたしはその物語を語ることにする。

ニコルソンは一九〇四年から七年までオックスフォード大学のベイリオール・コレッジに在籍していたのですが、当時のオックスフォードには世紀末に流行した芸術的・文学的唯美主義の雰囲気がまだ残っていて、文学好きだったニコルソンもたちまちその雰囲気に染まってしまう。何しろ彼の指導教師がこれを読むといいと言ってプレゼントしてくれるのが、ウォルター・ペイターの長編 *Marius the Epicurean*（『エピクロス主義者マリウス』）であったのですから。当時はいっぱしの知識人になるためには、唯美主義的な考え方に一応通じていなければお話にならないという雰囲気があって、ニコルソンも最初のうちは随分背伸びして世紀末文学や芸術の雰囲気にひたるように努めていたようです。服装なども人目につく派手で風変わりなものを着用していました。それはほんの短期間のあいだだけだったのですが、やがて彼はそうした雰囲気に次第に反感を覚えるようになる。その大きなきっかけとなるのがオームとの出会いです。

自分のすべてを美術や音楽や文学にささげると公言するランバート・オームと知り合います。オームは、「自分はよい絵を描き、小説を書き、ワルツを作曲する」と、ニコルソンに向かって自慢してみせます。そのときオームが「ワルツ」を気取って「ヴァルズ」（"Valse"）と発音したことに、端正さを好むニコルソンはついむかついてしまう。初めて会って昼食を共にしながらも、オームの浅薄できざな態度を不快に思ったニコルソンはほとんど口もきかないで追い返してしまう。それでもオームに対する一抹の好奇心をどうしても捨て切れないままでいます。何かしら大層人を惹きつけるところがオームには感じられるからです。

夏休みが終わってオックスフォードに戻ったニコルソンは、モードリン・コレッジにあるランバートの住居を初めて訪ねますが、そこには豪華な家具やキャビネットや陶磁器が置かれ、数多くの絵画や写真などが飾られていて、大学生の住居だとはとても思えないほど派手で芝居がかった部屋の印象にすっかり圧倒されてしまいます。実際、「見かけがランバートほどデカダントに見える人物はありえないのではないかと感じる」とニコルソンは書いています。書棚には、奇書や珍書のコレクションが並べられており、ニコルソンは彼の書棚からサド公爵の『ジュスティーヌ』やオーブリ・ビアズリーのポルノ小説『丘のふもとで』などを取り出して読んだと記しています。明らかにユイスマンスの『さかしま』のデ・ゼッサントやワイルドのドリアン・グレイ、あるいは澁澤龍彦を連想させるような人物です、このオームは。当時のオームは、ギョーム・アポリネールの影響下に、難解な詩を書いていたということです。

だが、ニコルソンはやがてオームとの付き合いを避けるようになる。自分の内部には「キプリング的な側面」があることに気づくようになるからです。外交官を志望するようになるのはその頃からのことです。

その後、ニコルソンは長い間ランバートのことを脳裡から追い払ってしまう。人物として気にかけるにも値しないし、知識人としても馬鹿らしいほどに子供っぽい人物と思えたからです。ニコルソンにとって、オームは「『イエロー・ブック』の腐植したバラの葉」を表すようなものとなっていたのです。ところが、一九一二年にトルコのコンスタンチノープル（現在のイスタンブール）で外交官として勤務していたニコルソンのもとに、突然、エジプト旅行の帰途にコンスタンチノープルに立ち寄ったから会いたいというメモをオームが寄越します。当時ヨットに凝っていたニコルソンは、オームをボスポラス海峡でのヨット遊びに誘い出すために、ある日曜日に豪華なランチを用意して待っていたのですが、彼は約束を守らずついにやってこない。彼は地元の若い男と一緒に川遊びに出かけていたのです。この仕打ちに彼が怒り狂ったことは言うまでもありません。

そのうち第一次大戦が始まり、従軍したオームが戦死したといううわさをニコルソンは耳にします。また、オームが戦争詩を書いていたことも。それから随分たった一九二五年夏に、ブルームズベリー・グループのあるパーティーに招かれたニコルソンは、当時文学サロンの女王として知られていたオットリーヌ・モレル夫人の邸宅とおぼしい会場の書斎で、偶然、オームの詩集を見つけ、そのなかに一九一二年にコンスタンチノープルで書かれた長い詩を見つけます。その詩はなんとコンスタンチノープルでの川遊びを描いたもので、その詩を読むようにと熱心にすすめてくれたホスト役の主人は、「もしオームが生きていたなら、大した詩人になっていたことでしょう。ある意味で残念なことです」と言うのです。そのときニコルソンは、オームは自分が長いことそう思っていたような単なる馬鹿げた、子供っぽい、浅薄な世紀末かぶれの詩人のみにとどまらず、彼なりに新しい詩への道を切りひらくべく努力していた才能ある若手詩人ではなかったかということに、ニコルソンがようやく気づくところでこの作品は終わっています。

このオームは、一九二六年に他界したダンディな唯美主義作家・詩人として一〇年代から二〇年代にかけて著名だったロバート・ファーバンクをモデルに造型されたものとされています。ファーバンクと言えば、かつて七〇年代前半に、『雪の舞踏会』やビアズリー論で知られた作家ブリジッド・ブロフィーの評伝『闊歩する小説家――ロナルド・ファーバンク』(*Prancing Novelist*) を思い出します（これは二〇一六年に復刊されました）。あの頃には、一種のファーバンク・ブームというか、再評価の気運が英国にはあって、彼の小説が数冊ペーパーバックで出版されたことも記憶しています。ついでに言うと、丸谷才一さんはこのブロフィーが好きで、ドン・ファン伝説を扱ったロココ趣味のエレガントな小説『雪の舞踏会』を翻訳していますが、丸谷さんの漱石論、『闊歩する漱石』は、たぶんブロフィーの評伝『闊歩する小説家』から取られたものではないだろうか、と以前よりわたしは思っております。生前の丸谷さんにそのことを確かめられなかったのが今はいささか残念ではあるのですが。

この「ランバート・オーム」と、今日は詳しく触れる余裕のない「ド・ショーモン公爵」に描かれた唯美主義者像を改めて思い浮かべているさいに、ブロフィーの評伝とともに、もうひとつ、七〇年代半ばに出て評判になったマーティン・グリーン(Martin Green)の『太陽の子供たち——一九一八年以後の英国における「デカダンス」の物語』(*Children of The Sun: A Narrative of "Decadence" in England after 1918*)がおのずと脳裡に浮かんでまいります。と言うのも、ファーバンクはデカダントな唯美主義者として『太陽の子供たち』のなかで大きく取り上げられているからです。

ニコルソンはファーバンクをモデルにしたランバート・オーム像を描くことを通じて、デカダントな唯美主義者に対する、オックスフォード大学以来、自分自身の内部にかかえこんでいた相矛盾するアンビヴァレントな複合感情を冷静に突き放しながら眺めようとしたのではないでしょうか。ここでいささか飛躍気味に言いますと、『セバスチャン・ナイトの真実の生涯』を執筆するさいに、ナボコフもまた、ニコルソンと同様な、唯美主義者に対する自分自身の内部に巣食う相矛盾するアンビヴァレントな複合感情をコントロールするために、二〇年代から三〇年代に活躍するセバスチャン・ナイトという架空の英国作家を創造したのではないでしょうか。何よりもまず、セバスチャンはダンディであり、デカダントな唯美主義者として描かれています。その点でランバート・オームとそれほど大差のない作家です。ダンディな唯美主義者たち、たとえばブライアン・ハワードやハロルド・アクトン、セシル・ビートンやイーヴリン・ウォーやシリル・コノリーなどといったいわゆる「太陽の子供たち」を輩出したのは、二〇年代のオックスフォード大学でした。オックスフォード出身ではないとしても、ナボコフもまた一八一九年から二二年までケンブリッジ大学のトリニティ・コレッジで学生生活を過ごし、大学時代から典型的なデカダントな唯美主義者として英国の文学界で評判だった連中と全くの同世代人で、しかもファーバンクの小説は彼らのあいだでもっぱら人気を博していたのです。ナボコフもきっとファーバンクの評判を耳にしていたことでしょうし、彼の小説を一、二編読んでいた可能性もたぶんあることでしょう。子供の頃から『不思議の国のアリス』やR・L・スティーブンソンやH・G・ウェルズやコナン・ドイルの小説に親しみ、ケンブリッジ時代にはA・E・ハウスマンやルパート・ブルックをはじめ十九世紀後半から二十世紀初めにかけての抒情詩を愛読していたことは、彼の初期の詩のなかにはっきりとうかがえます。さらに言うと、当時のケンブリッジはブルームズベリー・グループと非常に親密な関係を築いていましたが、若きナボコフの文学的感性は、そうとはっきり明言しているわけではないのですが、当時ジャーナリズムをにぎわせていたブルームズベリー・グループの書き手たちに親和性を見せることが折にふれてあったのではないでしょうか。ちなみに言うと、英国のモダニズムには大別すると二種類あります。一つは国際的に広がるコスモポリタンな、いわば無国籍性を標榜するモダニズムで、ジョイスやエリオットやパウンドがその代表格です。もう一つは、英国性との結び付きを重視するモダニズムで、フォースターやウルフやストレイチーがその代表格です。ナボコフは、どちらかと言うと、ブルームズベリー・グループを中心とする英国やらこれら二種類の英国のモダニズムのうちで、どちらかと言うと、ブルームズベリー・グループを中心とする英国的なモダニズムのほうにより惹かれていたのではないでしょうか。そのあたりの精査は今後のナボコフ研究の重要課題のひとつとなるでしょう。その点でいまあげたマーティン・グリーンの『太陽の子供たち』は大いに参考になるであろう優れた研究書ではないかと思われます。再刊されて今でも入手可能なのかどうかは知りませんが、未読の方は図書館ででも探してぜひ手に取ってみることをおすすめします。あそこにはたしかダンディな唯美主義者としての若きナボコフへの言及も見られたように記憶しています。

ここでまた*Some People*の話題に戻ります。この作品が一九二七年に発表されたとき、すぐさまこれを読んで書評を兼ねた「新しい伝記」("The New Biography")というエッセイを書いたのが、ヴァージニア・ウルフです。このエッセイでウルフは、*Some People*を「伝記への新しい態度を示す先駆」をなす作品として歓迎しています。ウルフが言うには、ニコルソンはこれまでリットン・ストレイチーが切りひらいた新しい伝記の方法を引き継いでテニスンやバイロンの優れた伝記を発表してきたが、この*Some People*においてみずから進んでさらに新しい方向へと踏み出しているということになります。ウルフ自身の文章を引いておきます。

と言うのも、ここで彼は、あたかも現実的でも想像的でもあるかのように、他人や自分自身について書くという方法を考え出したからだ。完全にというわけではないが、現実と想像という二つの世界を最大限に利用している点で、目ざましい成功を収めたのである。*Some People*が虚構ではないわけは、それが実体を、つまり真実のリアリティを備えているからだ。それが伝記でないのは、自由自在さ、つまり虚構の芸術的効果を備えているからである。

ここでウルフは、*Some People*において、伝記と自伝、回想録と虚構作品との独特な合成がなされていることに賛辞を呈しているのです。さらに彼女は、伝記の目的というのは、「花崗岩のような固さ」をもつ「真実」と「虹のようにつかみがたい性格」とを「継ぎ目のない一つの全体に結合すること」であるという考え方を述べています。この場合の「真実」(truth)は「事実」(fact)と言い換えてもよいでしょう。つまり伝記が目ざすべきなのは、客観的な事実とつかみがたい性格をスムーズに結び付けて、その全体像を描き出すことであるとウルフは語っています。伝記の方法に関して彼女はリットン・ストレイチーから多くの示唆を得ていました。ストレイチーは個人の歴史である伝記というものは、単なる事実の寄せ集めや記録ではなく、芸術の力によってオムレツという作品に仕上げなくてはならないと考えていました。このストレイチーの表現に引きつけて言いますと、伝記の目的は「真実」と「性格」とを「継ぎ目のない一つの全体に結合すること」にあるとするウルフの発言は、明らかにストレイチーの言う「オムレツ」という作品に仕上げなくてはならないということと通じ合っています。そのように仕上げるためには事実の操作を行うこともやむを得ないが、それは必ずしも真実を偽ることではない、とウルフは一九三九年発表のエッセイ「伝記の技法」のなかで述べています。「事実のあるものには強い光を当て、あるものには光をさえぎらねばならない」が、それによって「事実が本来の姿を失うことがあってはならない」と彼女は考えるからです。一言で言えば、ウルフは事実をもとにしてそこにさまざまな虚構を取りこんだ新しい伝記を書くことを願っていたのです。エッセイ「新しい伝記」を書いた翌年に発表した『オーランドー』のサブタイトルが「伝記」となっているゆえんでしょう。これはまさに事実と虚構の入り混じる、ハイブリッドな虚構作品となっています。ウルフは伝記が虚構作品に近付くことをつとに予見し、『オーランドー』においていわば虚構の伝記である小説を書いて見せたのです。このウルフに大層注目されたハロルド・ニコルソン自身もまた、*Some People* を発表したのと同じ一九二七年に、『英国の伝記文学の展開』(*The Development of English Biography*, 1927) を出版してその著書の最終章で、一般的に言って、伝記は従来の科学的精密さを特徴とする堅苦しい伝記から離れて、今後ますます、想像的なものへと移行するのではないか。伝記的な形式が虚構にもたらされ、虚構形式が伝記にもたらされるようになるのではないかと想像されると述べて、伝記文学が虚構の伝記、さらにはいわゆる伝記小説へと次第に変容していくのではないかと予測しています。

このような伝記の変容の背景には、人間のアイデンティティについての考え方の変化があると思われ、その点で『セバスチャン・ナイト』との関連で、Ａ・Ｊ・Ａ・シモンズの『コルヴォ探索』(*The Quest for Corvo*, 1934) という伝記文学の傑作についても少々言及する予定だったのですが、時間的余裕がなくなりました。ここではただアイデンティティの探索という主題が共通している点で、また虚構の伝記という形式を採用している点で、『オーランドー』と『コルヴォ探索』は、直接の影響関係は不分明であるにもせよ、大よそのところ、『セバスチャン・ナイト』と通じ合うところが多分にあるのではないか。つまりナボコフによる最初の英語小説は両次大戦時の英国における新しい伝記文学の動向と何らかのかたちで関わる面が少なからず存在するのではないかとごく大まかに指摘してこの講演の締めくくりとさせていただきます。

＊本稿は、二〇一六年十一月に南山大学で催された日本ナボコフ協会主催の研究会での講演に加筆修正を施したもの。同協会の機関誌『Krug 10』（二〇一七年十一月）に最初発表されたものの修正版である。

引用・参考文献

Brophy, Brigid. *Prancing Novelist: In Praise of Ronald Firbank*. Dalkey Archive Press. 1973, 2016.
Green, Martin. *Children of the Sun: A Narrative of "Decadence" in England after 1918*. Basic Books. 1976.
Nabokov, Vladimir. *The Real Life of Sebastian Knight*. New Directions. 1941.
Nicolson Harold. *Some People* (With 'Introduction' by Nigel Nicolson). Constable. 1982.
Nicolson Nigel. Ed. *The Harold Nicolson* Diaries and *Letters 1907–1964*. Weidenfeld & Nicolson. 2004.
Woolf, Virginia. "The New Biography" (1927). *The Collected Essays of Virginia Woolf 1925–1928*. Harcourt. 1994.
——. "The Art of Biography" (1939). *The Collected Essays*. Chatto & Windus. 1967.

第一部

イギリス編

第一章　サミュエル・ジョンソンの『サヴェッジ伝』考
――もう一つの小説起源論

原田　範行

一　伝記の誕生

二〇〇九年および二〇一二年にブッカー賞を受賞したヒラリー・マンテルの受賞作はいずれも、ヘンリー八世治下のイングランドで権勢を誇ったトマス・クロムウェルの生涯をスリリングな筆致で描いた作品で、歴史小説あるいは伝記小説と呼ばれることもある。事実と虚構という、明快ではあるが単純な分類によってしばしば異なる範疇に区分されてしまうことの多い歴史書や伝記と小説は、しかし実際には、不分明な境界を往還し、そうすることで真理や知識を表現しえてきたと言えよう。英語のstoryとhistoryが、少なくとも十八世紀後半までは互換性の高い語彙であったことや、近代小説と呼ばれる作品の多くに「The History of ＋人物名」といった形のタイトルが付されていることも、そのことをよく示している。人間の言語表現に、事実か虚構かという区分をあてはめることには、そもそも無理がある。

「伝記」(biography) という英単語が最初に使われた例として『オクスフォード英語辞典』が引用しているのは、ジョン・ドライデンが英訳した『プルターク伝』の一節で、刊行されたのは一六八三年のことである。たんに人生を描くということであれば、王侯貴族や聖者の伝記的記述がそれ以前から存在していたことは言うまでもないし、イギリスにおける伝記文学の祖型として一般に言及されることの多いウィリアム・ロウパーの『サー・トマス・モア伝』（一五四〇年頃の執筆とされるが、初版が刊行されたのは一六二六年）やジョージ・キャヴェンディッシュの『トマス・ウルジーの生と死』（一六四一）などでさえ、ドライデンの『プルタ－ク伝』よりははるかに先んじている。ただ、『オクスフォード英語辞典』による「伝記」の語義が言い当てているように、この「伝記」が、王侯貴族や高位の聖職者ではなく、市井一般の人々の個々の生涯に焦点を当て、しかも一種の文学作品としての意味を実質的に持つようになったのは、たしかに十七世紀後半以降のことと言えるだろう。[1] 革命を経て形成されつつあった近代市民社会の読者が、「伝記」という読み物を欲した、と言ってもよい。出生や死亡、結婚や起業などの人物消息が、続々と生まれつつあった定期刊行物に多く見られるようになるのも、この頃のことである。イギリスにおける近代小説もまた、このような環境の中で産声を上げることになる。「伝記」と小説の誕生の経緯は、少なくともイギリス文学史の場合、かなり重なり合っている。

　ジェイムズ・ボズウェルの『ジョンソン伝』の主人公として伝記文学の対象となりつつも、この伝記文学の傑作に先んじて、自らも『イギリス詩人伝』をはじめとする多くの伝記を手がけ、伝記記述の方法を論じることの多かったサミュエル・ジョンソンは、こうした近代の黎明期の言語文化を存分に吸収した十八世紀イギリスの文豪である。本稿では、伝記文学の確立者とも目されるこのジョンソンの、最初の本格的な伝記作品である『サヴェッジ伝』の成立事情と作品の特質を考察することで、いわゆるノンフィクションが文学表現において有する意味を改めて検討する手がかりを探ってみたい。

二　ジョンソンと伝記

サミュエル・ジョンソンは、一七〇九年、イングランド中部のリッチフィールドに生まれた。父は書店主。店の手伝いをする傍ら、彼は、古典文学から同時代の出版物まで、多くの書物を濫読したという。古典主義の権化のように称されることの少なくないジョンソンだが、文豪としての彼の知性と感性を涵養したのは、伝統的な古典教育だけではなく、近代初期の新たな言語文化でもあったと言えよう。一七二八年、オクスフォード大学ペンブルック・コレッジに入学するも、学費を払えず一年足らずで退学。その後、教師をしたり、翻訳をしたり、私塾の経営を手がけたりするが、いずれも捗々しい成果が上がらず、結局、一七三七年、文筆で身を立てるべくロンドンへ上京。『ジェントルマンズ・マガジン』という月刊誌の編集・発行を一手に担っていたエドワード・ケイヴの下で、同誌への寄稿を開始する。一七三八年には、このケイヴの紹介で、詩『ロンドン』をドッズリーから刊行して高く評価されるのだが、『ジェントルマンズ・マガジン』への寄稿を中心とする貧乏文士生活にさして変化は生じなかった。彼が伝記執筆に関わり始めたのはこの時期である。

一七三八年から四二年にかけて、ジョンソンは六篇の伝記をいずれも『ジェントルマンズ・マガジン』に寄稿している。イタリアの歴史家・修道士でカトリック教会の腐敗を厳しく批判したパオロ・サルピについての一文を皮切りに、オランダの医学者・植物学者のブールハーフェ、十七世紀半ばの共和政時代にクロムウェル配下で活躍した海軍提督ロバート・ブレイク、スペインの無敵艦隊撃破に貢献したことで知られる海軍提督フランシス・ドレイク、ドイツの天才少年ジャン・フィリップ・バレティール、イギリスの医師トマス・シデナムの六名についてのもので、いずれも小伝である。上述の通り、対象は、学者、軍人、医師、少年と多岐にわたっているが、いずれも十六世紀後半から十七世紀にかけての、すなわちルネサンス以降の人物で、その選定は、ジョンソンではなく、敏腕編集者ケイヴによる指示であったと考えられよう。当時のジョンソンは、あくまでも雇われ文士の一人にすぎなかった。

もっとも、雇われ文士の一人にすぎないジョンソンではあったが、この初期の伝記作品執筆を通じて彼は、後の文人としての姿勢にかかわる文筆の要諦と言うべきものを習得することになる。上述の六名はいずれも著名人であって、その著書やそれぞれの同時代的記録も、ある程度は入手可能であった。もちろん入手できる範囲は限られていたし、月刊誌への寄稿だから執筆にあてられる時間にも分量にも限りはある。だがそういう限定的な状況の中で、資料を吟味し、それぞれの人生の特色を鮮やかに浮かび上がらせるような局面を切り出し、それが、歴史的人物の歩んだ人生のひとコマと言うよりはむしろ、現実に生きて行動している同時代人であるかのように、すなわち読者の読書意欲を高めるように叙述する術を、次第に会得していったと考えられるのである。(2) 実際彼は、この初期伝記作品群を通じて、いわば彼自身の人生観や伝記観を小伝中に織り込むようになっていく。例えば「ブールハーフェ伝」の冒頭には、「些細な事実に拘泥して叙述を長引かせ、結局その事実が膨大な叙述の背後に隠れてしまうというようなことが、現代の歴史書には多い」といった評言を加えているし、同様のコメントは「ブレイク伝」にも見られる。(3) イギリスにおける医学の父とも称されるトマス・シデナムのジョンソンによる小伝は、もともとシデナムの著作集の冒頭に付すべく依頼を受けて書かれたもので、それが『ジェントルマンズ・マガジン』に転載されたという経緯を持つ。こうしたことは、当時のジョンソンが、既に、後の『イギリス詩人伝』などで発揮される伝記作家としての資質を開花させ始めていたことを示すと言えよう。編集者としてのケイヴの慧眼に寄り添いつつも、個性的な作家としてジョンソンは次第に自らの道を歩み始める。その第一歩が、『サヴェッジ伝』という伝記作品にあったことの文学史的意義は大きい。

三　人間観における対立軸の設定――『サヴェッジ伝』の特質（その一）

ジョンソンの『サヴェッジ伝』は、一七四四年二月、ロンドンのJ・ロバーツ書店から刊行された。版権はケイヴがジョンソンから買い取っていたが、版元をロバーツ書店にしたのは、内容上、何らかの抗議や苦情、検閲などによって『ジェントルマンズ・マガジン』本体に悪影響が及ぶことを恐れたためであったと推測される。もっともこの『サヴェッジ伝』は、刊行直後から好評を博した。後にロイヤル・アカデミーの初代総裁となるジョシュア・レノルズも、「炉棚に肘をついて読み始めたところ、面白くてとまらず、読み終わったときにはすっかり腕がしびれていた」と回想している。(4)

伝記の主人公リチャード・サヴェッジは、一六九七年生まれ。ジョンソンより十二歳年上である。詩人として、劇作家として、才能に恵まれながらも破滅的な人生を送り、毀誉褒貶相半ばする中で一七四三年八月、ブリストルの借金監獄で波乱に満ちた生涯を閉じた。サヴェッジが『ジェントルマンズ・マガジン』に詩を寄稿していた関係で、ジョンソンは、ロンドン上京直後から彼と親しくなり、時には談論しつつ真夜中のロンドンを二人で歩き回って、「ガラス工場の灰の上で寝る」（七七）というようなことがあったのかも知れない。(5) 先に触れた詩『ロンドン』は、ロンドンに満ちた欺瞞や退廃に業を煮やした詩人セイリーズが今まさにウェールズへ向けて旅立つところ、という設定になっているが、サヴェッジもまた晩年、ロンドンを離れてウェールズに移住している。詩『ロンドン』の刊行が一七三八年、サヴェッジが移住するのは翌三九年だから、詩『ロンドン』のセイリーズがサヴェッジをモデルとしているとは必ずしも言えないが、ジョンソンが、サヴェッジとのやり取りの中で「ロンドンを離れる」というモチーフを構想しえた可能性は否定できない。いずれにしても『サヴェッジ伝』は、わずか一、二年のこととはいえ、伝記作者が伝記の主人公と親しく交際した、その親近感の中で生まれた作品である。「サヴェッジ伝などと称して途方もない想像ばかりの小説を提供するのではなく、真理と知性を愛する読者にしかるべき伝記をお届けする」とは、『ジェントルマンズ・マガジン』に掲載されたジョンソンの『サヴェッジ伝』の広告で、広告の筆者は実はジョンソン自身なのだが、彼が、強い意欲を持ってこの伝記執筆に取り組んでいたことがうかがえる。[6]「小説」ではなく、「真理と知性を愛する読者」にしかるべき伝記を提供しようとしていたのである。

さて、ジョンソンの『サヴェッジ伝』における注目すべき特質の一つは、対比的・対立的表現が多いということである。これは、ジョンソンの散文作品全般に広く見られる文体的特徴とも言えるが、そうであるとすればいっそう、この『サヴェッジ伝』が後の散文作家ジョンソンに与えた影響は大きいということになろう。ジョンソンは詩作品において、ブランク・ヴァースではなくカプレットを用いることを常としていたから、そういう文章感覚が散文に生かされたとも言えるかもしれない。そしてこの対比的・対立的表現は、たんに文体的特徴にとどまらず、次の二つの点で叙述の内容そのものにも深く関わっていた。一つは、サヴェッジの性格や行動について、相異なる見解や周囲の声を伝えることで真相究明を進めようとしているということ、もう一つは、サヴェッジが実際に歩んだ人生のさまざまな局面において、別の可能性や選択肢を対比的に示すことで、彼の実人生を効果的に照射しようとしていることである。本項ではまず、サヴェッジの性格や行動に関して相異なる見解を示すという手法について検討しておきたい。

対比的・対立的人間観は、実際、『サヴェッジ伝』冒頭の有名な一節からすぐに登場する。

いつの時代にも見られることだが、天分や幸運に恵まれているからといって、幸福の増進にはあまり役立たない。また、すばらしい地位やその高い能力によって人生の頂点にまで上りつめた人々が、下から見上げる人間たちから嫉妬を買うほどでもないというのもよく見られることだ。これは人より明らかに優秀な者は大いなる意図を持ち、大いなる意図は自ずと致命的な失敗へとつながるからなのか、あるいは人間の運命は等しく悲惨なものであり、高き地位にある者が世間一般の注目を浴びやすく、それゆえ記録として残りやすいからなのかは分からない。（三）

「天分」と「幸運」、「地位」と「高い能力」といった語彙はもちろんのこと、「大いなる意図」を持つがゆえに破滅しやすいのか、それともたんに「高き地位」にあるがゆえに目立ちやすいということなのか、という不幸の理由の分析に至るまで、ジョンソンの叙述はきわめて対比的である。ここまで対立軸を示されると、サヴェッジの不幸の真相は一体どこにあるのかと怪訝に感じる読者もいるのではないかと思われるのだが、その疑問は、この『サヴェッジ伝』を読み進むと氷解する――実はそのいずれもが、サヴェッジにはあてはまるのだ。彼には、詩や劇作に関する「天分」も「高い能力」もあり、ジョージ二世のキャロライン王妃などからの庇護という「幸運」や「地位」もあった。高く評価されるべき詩『放浪者』の作者が、「盗人や乞食に交じって」（九六―九七）いたというのだから、「大いなる意図」によって破滅したとも、たんにその不幸が目立ちやすかった、とも言えるだろう。つまり、サヴェッジの人生や性格を分析してさまざまな要素を見出したジョンソンは、それを、ちょうど粘土にさまざまな細工を凝らして少しずつ像を仕上げて行く彫像作家のように、対立軸を用いて一つずつ積み重ねながら、そのいずれをも内包するサヴェッジの実像を描き出そうとしているのである。

サヴェッジが、一時期は寛大な庇護を受けていたリチャード・スティールと決別してしまうという場面もそうだ。

サヴェッジ氏が、その軽率さから、悪意ある告げ口屋にぽろりと揶揄の言葉を漏らしてしまったことは実際にありそうなことである。というのも彼のパトロンであるサー・リチャードは、多くの愚行をおこなっていたからだ。（中略）それゆえサヴェッジ氏の過ちは忘恩からというより、注意散漫からきていた。しかしながら、サー・リチャードの側についても同様に、その厳しい対応を大目に見てやらなければなるまい。自分が救い、支え、地位の確立に腐心し、利益の増進を図った当の相手から軽蔑を受けても、辛抱強く我慢できる人間などどこにいるだろうか。（一六）

サヴェッジとスティールの決別を、ジョンソンは、前者においては、「揶揄の言葉」が軽率であったか、それとも妥当であったのかという対立軸で問い、後者にあっては、「愚行」と呼ぶべき行為が多かったのか、それでもやはり怒るのは当然であったのか、という対立軸で問う。そしてここにおいても、そのいずれもが真実であるが、結果においては決別に至ったと述べているのである。その淵源においてはおそらく詩的対句表現に端を発していたと思われるジョンソンの対比的・対立的思考は、『サヴェッジ伝』を執筆するにあたって、分析する手段としての対立する人間観となって内在化し、人生行路の諸局面における真理の所在を鮮やかに浮かび上がらせることにつながっているのである。

四　実人生に対する別の可能性に言及する――『サヴェッジ伝』の特質（その二）

対比的・対立的表現は、もう一つ、実人生に対するありえた別の可能性を示唆するという点でも、『サヴェッジ伝』の叙述を効果的なものにしている。むろん、人生には重要な分岐点というべき局面が幾つかあって、そのことに関してありえたかも知れない別の選択に言及するということは、伝記作品一般に多く見られよう。否、伝記ばかりではない。ジョンソン自身、後に人生の選択そのものを主題にした『ラセラス』（一七五九）というフィクションを執筆しているくらいである。ただ、『サヴェッジ伝』においてこの別の可能性への対比的言及がとりわけ注目すべきなのは、多くの場合、この別の可能性が、常識や日常性、あるいは一般的見解ということであり、それに対してサヴェッジの実人生が対比されるという構造を取っていて、それにより、彼のきわめて特異な、しかしそれでいて愛すべき性格や行動が効果的に表現されていると考えられる点にある。

一例を見てみよう。自分の作品が売れない、ということは特に若い作家にはよくあることだ。その理由を、読者による鑑賞眼の欠如にではなく、例えば、「街に人がいないときに売り出されたから」だとか、「出版者の応対」に熱心さが欠けているからだといった外的事情のせいにするという場合も少なからずあろう。「普通の人はみなある程度、このような心の調整を使いこなしながら、生活の落ち着きを得ているのだから、これによってサヴェッジも心やすらかに暮らすことができたはずだ」。ジョンソンの文章はここから仮定法表現に移る。「もし彼がこのような臨機応変の技を使って（中略）その慰めとなるようにしていれば、これらは人生の達人のもつ心的操作の一例としてしかるべく評価されていたであろう」。だがこの仮定はあくまでも非現実であった。サヴェッジは、そのような「臨機応変の技」を使いこなす「人生の達人」ではなかったのである。しかもそれは、そうした外的事情のせいにすることをよしとしない潔癖症から来るのではなく、サヴェッジの場合、むしろ「正道からの逸脱を外部の要因のせいにすることに慣れていたので、どんな時も、あまりにも安易に自己を甘やかしてしまった」というのである（七三）。サヴェッジの特異なまでの破滅型気質にのみ焦点を絞って記すのであれば、ここで「普通の人」のことを持ち出さなくてもよいだろう。しかもこの場合、サヴェッジが「臨機応変の技」を常に控えていたというのであれば、まだ常識的である。だがサヴェッジの実人生は、全く逆で、「普通の人」でも多少は使うであろう、そういう「臨機応変の技」を使い過ぎていたというのである。一般的常識的内容を表現した仮定法表現は、あまりにも破滅的で、しかしそれゆえ愛すべき主人公の性格を、いわば反対側から、しかしそれゆえ効果的に照射していると考えられるのである。

もう一つ、例を見てみよう。サヴェッジの傑作である詩『放浪者』について述べた『サヴェッジ伝』の一節である。

> これほどの精力を尽してつくり上げ、見事に完成された作品は、さぞや彼に相当の利益をもたらしたと思うのも当然かもしれない。しかしながら（中略）彼はこの原稿を十ギニーで売ってしまったのだ。（五七）

この引用の直前でジョンソンは、『放浪者』への賛否を、例によって、対比的に詳しく記している。これは前項で述べた「対立する人生観」を叙述する手法を、作品分析にも応用していると言ってもよいだろう。だがジョンソンは、ひとたび、そうした賛否両論に関する対比的叙述が十分になされたと見るや、直ちにそれを「見事に完成された作品」と断定し、そうした賛否両論の生まれる作品を執筆しえたサヴェッジの努力を「これほどの精力を尽してつくり上げ」と評価する。通常、賛否両論があれば、対象となる問題や作品についての最終的な判断はいささか曖昧になると思われるのだが、ジョンソンの対比的・対立的思考には、それを十分に展開した上で、ある一定の判断が明快に下されることが多い。ここもその一例で、ジョンソンは明らかに『放浪者』を評価しているのである。賛否両論をめぐる対比的・対立的表現は、そういう断定の前にまずは中味をよく吟味する、というジョンソンの批評家としての矜持を示したものとも言えるだろう。しかしながらここで注目すべきなのは、ジョンソンが、そうした判断を下したその直後に、その判断を前提とした一般論、すなわち、当然期待されるであろう「相当の利益」という常識的な可能性を示唆しつつ、それが、「十ギニー」という現実によって見事に裏切られている、という点にある。つまりジョンソンはここで、二種類の対比的・対立的表現を用いているということになろう。一つは、『放浪者』に関する賛否両論を詳しく分析するための手段としてであり、もう一つは、そうした分析をいったん収束させた上で、そのような作品を完成させたサヴェッジの人生から当然予想される結果を敢えて示唆しつつ、それが実人生では全く逆であったということを効果的に述べているのである。ジョンソンの対比的・対立的表現は、このように『サヴェッジ伝』全体にわたって機能し、それによって主人公の、悲惨で破滅的な、しかし愛すべき人生が浮き彫りになっていると考えられるのである。

五　『サヴェッジ伝』その後――もう一つの小説起源論

『サヴェッジ伝』刊行後、ジョンソンは、なお『ジェントルマンズ・マガジン』のケイヴとの友好関係を維持しつつも、文人として次第に独自の道を歩み始めることになる。シェイクスピア戯曲集の編纂を計画し、その注釈見本として『悲劇マクベス雑感』をまとめたのが一七四五年、翌四六年には、『英語辞典』編纂に着手する。一七四九年には詩『人間の願望のむなしさ』を刊行するとともに、リッチフィールド時代から長年推敲を重ねてきた『悲劇アイリーン』を上演する。そして一七五〇年には、自ら企画編集した定期刊行物である『ランブラー』を刊行し始めることになる。

この『ランブラー』第六十号に掲載した「伝記論」が、その後、多くの作家によって言及されることになる。彼が、伝記文学の理論的確立者である評されるのも、このエッセイによるところが大きい。彼はこの中で、伝記の特質を、読者が「自分自身の人生にかつて起きたこと、あるいは起こりうること」として最も想起しやすい内容を有するがゆえに、ほかのジャンルより読者の関心を喚起し、またさまざまな教訓を広めやすいと述べる。そして伝記作家は、対象となる人物個々の「内奥」(domestick privacies) に踏み込むことが肝要で、そのためには「異質な外部的要素」をできるだけ剥ぎ取り、主人公の家系図に始まって葬式で終わるような「型にはまっていて妙にこまかい」叙述ではなく、むしろ主人公の性格を鮮やかに浮かび上がらせるような「召使いとのちょっとした会話」などに焦点を当てるようにすべきである、と明快に論じている。後年の、例えば『アイドラー』第八十四号などに掲載された伝記論でも、その基本的な考え方に変わりはない。(7)

ジョンソンのこうした伝記論が、初期の伝記作品群から『サヴェッジ伝』を経て醸成されたものであることは言うまでもないであろう。先に引用した『サヴェッジ伝』の冒頭の一節を彼は、「幸福への期待は、それがどれほどかなえられそうに見えても、しばしば人生を裏切るものである。（中略）このような悲しい物語の積み重ねの上に、筆者は『サヴェッジ伝』を付け加えようと思うのだ」（四）と締めくくり、そこから主人公誕生の経緯へと叙述を展開しているが、そこには、読者が「自分自身の人生にかつて起きたこと、あるいは起こりうること」として想起しやすい内容を通じて人生の教訓を述べようとする姿勢が、既にはっきりと表明されている。そしてジョンソンは、サヴェッジがその人生の局面において示したさまざまな判断や行動、あるいは執筆した作品への賛否両論を、対比的・対立的表現を駆使して吟味しつつ、予想される人生の選択から逸脱していく彼の波乱に満ちた生涯を巧みに描き出し、「もしどこかに苦悩を感じて心が萎えている人がいて、その人がサヴェッジほどの能力をもってしても免れることのできなかった苦しみを実感し反芻することで忍耐心を強くすることがあれば、この伝記もまったく役に立たなかったわけではない」（一四〇）と『サヴェッジ伝』を締めくくる。主人公の人生と業績を、「型にはまっていて妙にこまかい」叙述によってではなく、しかるべく分析して評価するといったジョンソンのこうした伝記執筆のスタイルは、やがて晩年の大作『イギリス詩人伝』に結実することになる。『イギリス詩人伝』がもともと、「イギリス詩人の作品集への伝記的批評的序文」というタイトルで記されたものであったことにも示されているように、それは、「伝記的」であるとともに「批評的」な、いわば「評伝」と呼ぶべきものであったと言ってよいであろう。(8)

そういうジョンソンに私淑していたボズウェルによる伝記文学の傑作『ジョンソン伝』は、たしかに多くの点で、理論家としてのジョンソンの業績を受け継いだ伝記文学の優れた実践と見なすことができる。実際その序文には、『ランブラー』におけるジョンソンの伝記論が引用され、『ジョンソン伝』がジョンソン自身の伝記論の影響下に執筆されたものであることをボズウェルははっきりと示している。だが、ボズウェルのこの伝記文学の傑作とジョンソン的「評伝」とは、重なり合いながらも大きく異なっている点がある。それは、ボズウェルが『ジョンソン伝』への序文の最後に、彼自身の伝記執筆の理念として引用しているベーコンの見解に端的にうかがえよう。ボズウェルが引用しているのは、ベーコンが、格言集を編纂したユリウス・カエサルについて述べた次のような一節である。「カエサルが収集した格言集から分かるのは、自分の一語一語が他人の手で金言や神託に祭り上げられるよりも、むしろ自分が他人の賢明で的確な語録のための一対の銘板に化すことを、カエサル自身、名誉と考えていたという事実である」（一・三四）。『ジョンソン伝』にはもちろん、ボズウェルの独特な偏向が働いていたということについては、既に多くの先行研究がある。そういう偏向を認めつつも、しかし、ボズウェルの伝記執筆の内に、この「一対の銘板に化す」ことを理念とする基本姿勢があったとすれば、その作品の性格は自ずとジョンソン的「評伝」とは異なったものになるであろう。実はボズウェルは、『ジョンソン伝』において、ジョンソンの『サヴェッジ伝』に関する資料調査の甘さについて、執拗に詳細を記している。「本論からの脱線」（一・一七四）と自ら釈明しつつ、である。このこともまた、ジョンソンとボズウェルの伝記執筆における基本的な性格の相違を示していると言えよう。

ボズウェルの『ジョンソン伝』以降のイギリス文学における伝記の系譜は、概ね、このジョンソン的「評伝」とボズウェル的伝記を両極として展開したと言ってよいだろう。人生のある局面を鮮やかに照らし出すような比較的短めの評伝と、主人公の誕生から死までを綿密に綴った詳細な伝記とである。だが、ジョンソンの『サヴェッジ伝』には、もう一つ、大きな遺産がある。先に論じたように、ジョンソンの『サヴェッジ伝』には、主人公の人生が一般的常識的な判断や期待から大きく逸脱して行く主人公の人生の軌跡が描かれている。それはサヴェッジのきわめて特異な個性の発露と言ってもよいものであろう。常識に対する意外な実人生というこの構図は、レノルズをはじめ多くの読者を魅了した。だが、サヴェッジの個性的生涯が、たんに彼自身のものではなく、読者の人生にも「かつて起きたこと、あるいは起こりうること」であることを、もしジョンソンが本気で示そうとするならば、より多くの例証が、すなわちより多くの伝記が必要になる。『サヴェッジ伝』に描かれた主人公の幾つかの特異な気質や行動についても、ジョンソンの対比的・対立的な表現よりもはるかに多角的な分析や吟味が求められよう。『英語辞典』、『シェイクスピア戯曲集』、『イギリス詩人伝』という大作に専念した後のジョンソンに、結局、そういう機会は訪れなかった。人生の選択を主題とした中編『ラセラス』を仕上げたのみで、これも「結論のない結論」という最終章で途絶してしまったと言ってもよいだろう。一般的常識からは大いに逸脱するものの、読者が、自分の人生に「かつて起きたこと、あるいは起こりうること」を実感できる、そういう言語表現を担うことになるのは、結局のところ、近代小説である。「途方もない想像ばかりの小説」とジョンソン自身は一蹴していたこの近代小説こそ、皮肉にも、『サヴェッジ伝』の欠を補い、近代市民社会の形成に大きな影響を及ぼすことになっていく。ノンフィクションとフィクションの境界は、実はこのような形で侵犯され、侵犯されることによって、相互に叙述の質を高めることになったのではないかと考えられるのである。

注

（1）『オクスフォード英語辞典』ではBiographyの語義を次のように記している。「個々人の生涯の歴史を記したもので、文学の一部門」。

（2）ジョンソンの初期の伝記執筆と作家的成長については、ブラック二―五二、カミンスキ二四―六一などを参照。

（3）ブラック一〇一―四三を参照。引用は同書一〇一頁より拙訳による。

（4）引用は、ボズウェル一・一六五より、拙訳による。中野好之訳を参照させていただいた。なお、『ジョンソン伝』からの引用は、すべてこのヒル版により、該当頁を付記した。

（5）『サヴェッジ伝』からの引用は、トレイシー版からの拙訳による。該当頁を付記した。『サヴェッジ伝』は、一七四四年刊行の初版にジョンソン自身による加筆修正が施された形の改訂版が、後の『イギリス詩人伝』に収録されることになる。その改訂版「リチャード・サヴェッジ」の仙葉豊訳を一部参照させていただいた。

（6）引用は、『ジェントルマンズ・マガジン』第十三号（一七四三）の四一六頁より、拙訳による。なお、ジョンソンの『サヴェッジ伝』執筆経緯については、フォーケンフリック一九五―二一三を参照。

（7）引用は、ジョンソン『ランブラー』三一九、三二一―二二より、拙訳による。

（8）『イギリス詩人伝』は、当初、五十二名のイギリスの詩人の作品集に対してジョンソンが執筆した各詩人への「伝記的批評的序文」(Preface, Biographical and Critical) として刊行された。この「序文」付き作品集は一七七九年から八一年にかけて刊行された。それが、その直後に、今度はジョンソンの『イギリス詩人伝』として改めて出版され、今日に至っている。『サヴェッジ伝』から『イギリス詩人伝』にかけてのジョンソンの伝記執筆の展開については、リンチ、原田などの論考を参照。

引用・参考文献

Boswell, James. *The Life of Samuel Johnson, LL.D.* Ed. George Birkbeck Hill. Rev. ed. L. F. Powell. 6 vols. Oxford: Clarendon, 1934–50.（『サミュエル・ジョンソン伝』、中野好之訳、みすず書房（一九八三））

Brack, O. M., and Robert E. Kelly, eds. *The Early Biographies of Samuel Johnson*. Iowa: U of Iowa P, 1974.

Folkenflick, Robert. *Samuel Johnson, Biographer*. Ithaca: Cornell UP, 1978.

The Gentleman's Magazine.

Harada, Noriyuki（原田範行）. "Literature, London and *Lives of the English Poets*." *London and Literature, 1603–1901*. Ed. Barnaby Ralph, Angela Kikue Davenport, and Yui Nakatsuma. Newcastle: Cambridge Scholars, 2017. 65–78.

Johnson, Samuel. *Life of Savage*. Ed. Clarence Tracy. Oxford: Clarendon, 1971.

——. *The Lives of the Poets*. Ed. Roger Lonsdale. 4 vols. Oxford: Clarendon, 2006.（『イギリス詩人伝』、原田、圓月、武田、仙葉、小林、渡邊、吉野訳、筑摩書房（二〇〇九））

——. *The Rambler*. Ed. Walter Jackson Bate and Albrecht B. Strauss. The Yale Edition of the Works of Samuel Johnson 3. New Haven: Yale UP, 1969.

Kaminski, Thomas. *The Early Career of Samuel Johnson*. Oxford: Oxford UP, 1987.

Lynch, Jack. "The Life of Johnson, *The Life of Johnson*, the *Lives* of Johnson." *Samuel Johnson after Three Hundred Years*. Ed. Greg Clingham and Philip Smallwood. Cambridge: Cambridge UP, 2009. 131–44.

The Oxford English Dictionary.

第二章　チャールズ・ラム『エリア随筆』と韜晦《ミスティフィケイション》

――事実と虚構の狭間

藤巻　明

はじめに

ノンフィクションについて、オックスフォード英語辞典は次のように定義する。「小説以外の散文作品、例えば、歴史書、伝記、参照的著作、とりわけ、実際の出来事についての物語的な描写に関わるもの」。これによれば、知識や情報を伝えることを主眼とする硬めの散文を指すように思われるが、研究社英和大辞典は、伝記、歴史記録、紀行に加えて随筆を四つの代表的な例として挙げている。オックスフォード英語辞典は、ノンフィクションの例として特に言及していない随筆（essay）について、先達の定義も引用し、この用法がモンテーニュの『エセー』（一五八〇）に由来することも付け加えて、次のように説明する。「何であれ特定の主題、あるいは派生的な主題についてのほどほどの長さの文章。もともとは、仕上げの完成度を欠いた、『ムラのある、消化不十分な作品』（ジョンソン）を示唆したが、現在では、範囲は限られているものの、多かれ少なかれ手の込んだ文体で書かれた文章について言う。」長さや完成度を問題にしても、虚構かどうかは特に問わないジャンルであるようだ。

しかしながら、われわれが随筆について考える時には、小説を代表とするフィクションよりはノンフィクションの側に躊躇なく分類するように思われる。国語辞典による随筆の定義を二つ程挙げればつぎのようになる。「見聞したことや心に浮かんだことなどを、気ままに自由な形式で書いた文章。また、その作品。漫筆。随録。随想。エッセー。」（大辞林第三版）「自己の見聞・体験・感想などを、筆に任せて自由な形式で書いた文章。随想。エッセー。」（デジタル大辞泉）著者自らの経験や考えを自由に書くというのが根幹のようだ。ただし、「自由に」という点を特に強調して解釈すれば、事実から離れた虚構を混ぜても何ら差し支えないとも言えるが、普通は小説程の虚構性を読者は想定しない。

そのようにやや微妙な位置づけながら、ノンフィクションのジャンルに入れて差し支えないと思われる随筆という書き物について考察するに当たって、本稿で取り扱いたいのは、チャールズ・ラムの代表作『エリア随筆』正続篇である。まず、この作品は本人でなく、虚構の人物を書き手に設定している時点で、語られる内容は自己の経験や意見でないことを前提にする以上、われわれが考える随筆という概念から外れてしまう。実際、ラムがエリアという虚構の人物に語らせる物語は自身の体験を色濃く反映しているかと思うと、そこからかなり遠ざかってしまうこともある。その結果、エリアとラムの距離の伸び縮みに応じて、作品はフィクションとノンフィクションという二つのジャンルの間を行ったり来たりしているような印象を与える。

しかも、後で詳しく触れる通り、ラム自らが最初のエッセイを「虚実綯い交ぜの織物」と紹介していることから分かるように、虚実の狭間を縫って進むことを最初から意識している。ところが、ラム没後のヴィクトリア朝時代には、慎ましく、親しげに読者に語りかけてくるエリアとラムをほぼ同一視し、姉を看病するために自己犠牲の人生を送ったという伝記的な事実と絡めて、ラムを聖人のごとく崇め奉る傾向が生じ、その伝統は長く続いた。しかし、既に示唆した通り、読者は、ヴィクトリア朝人のように、エリアという仮面を被りながらもラムはできる限り誠実に真実を語ろうとしていると思い込むと裏をかかれ、この作品の本質的な魅力を取り逃がすことになる。以下では、虚実の間を揺蕩《たゆた》うこの危ういテクストの魅力ついて考えたい。

一　エリアの仮面

記念すべきエリア随筆の第一作に当たる正篇上「南洋商会」は、一八二〇年一月に創刊されたばかりの『ロンドン雑誌』の同年八月号に掲載された。南條竹則訳『エリア随筆』への拙註で述べた通り（I：一九二―九三）、雑誌編集主幹ジョン・テイラーに書き送った翌一八二一年六月三十日付の手紙で、ラム自らエリアという偽名を用いるに至った理由を明かしている。それによれば、この商社が実在し、ラムの兄ジョンは「今もそこに働いており、このエッセイの中のある種の描写を気に入らない恐れがあるので」、三十年前にラム自身も短期間ながら同社に勤めていた時の同僚で、自分と同じように辞めて久しいイタリア人の名前を借りたという（二：三〇二）。近親や恩人など周囲に迷惑をかけるかもしれないので、著者の実名を出すのは控えたい事情は理解できる。同じように、続篇「H――シャーのブレイクスムア」のタイトルにある地名が、本来のブレイクスウェアから変更されているのは、その地所が母方の祖母メアリ・フィールドが長く女中頭として仕えたプルーマー家に属することへの気遣いからであった。

しかし、そうした他人への配慮以前に、そもそも、ラムが東インド会社というイギリス植民地主義の先兵役の国策商社に勤めながら、片手間に面白おかしいところもある随筆を毎月のように雑誌に寄稿するのは、生涯一会計事務員の地位に留まり、重役に出世することのなかったラムにとっては憚りがあったと思われる。東インド会社の平事務員が、世間で評判になっているエリアの書き手であることを知られることに対して懐いていた不安がどれほど大きいものだったかは、会社を辞めた後に書かれた続篇上「恩給取り」にはっきり出ている。

『ロンドン雑誌』一八二五年五月号に掲載されたこの作品は、同年二月七日付で健康不良を理由に辞職願を書いてから、三月二十九日に相当寛大な年金付きで退職を認められ、その結果始まったその後の年金生活の様子を描いている。まず、年収に対する年金の比率以外、勤続年数、退職日、会社名、会社所在地、勤務時と退職後に移った自らの居住地など、全て実際とは変えている。しかも、それだけでは済まず、通常エリア随筆掲載の際には必ず末尾に「エリア」の署名をしているのに、この作品では、「J・D」なる署名に代え、それに合わせるように作品最終段落で、「私はもはや何々会社の事務員J――s・D――nではない」（雑誌版 七三）としている。会社からの寛大な年金に感謝しつつも、会社生活を振り返って、「幽囚の日々」、「捕囚生活」、「奴隷の境涯」、「バスティーユの囚人と同じ境遇」（Ⅲ：一〇二―〇七）と一貫して監禁、隷属の比喩で語っている以上、既に一八二三年頃にエリアはラムではないかという憶測が生まれていたこともあり（Ⅲ：一四一参照）、この記事を書いたのが退職して二ヶ月足らずのラムだと発覚すれば会社に対する忘恩の謗りは免れない。このように、エリアという偽名を用いることさえも危うい綱渡りであり、さらに別の偽名をでっち上げなければならなかったのも納得がいく。

雑誌掲載から八年後にエリア随筆の続篇にこの作品も収録されて出版された時には、「J・D」の署名は削られ、最終段落の名前もアステリスクの連続に代えられていたが、これはもちろん、それだけの年月を経れば熱《ほとぼり》も冷めて憚りがなくなっていたからである。エリアという仮面を被ることによって始まった随筆連載だったが、これ程までの韜晦はほかに類を見ず、会社勤めの窮屈さがいかに大きなものだったかがわかる。しかし、ここに挙げたような周辺の人物や自分の公的な生活に及ぼす影響への気遣いから虚構を用いているのとは違う、もっと意識的な事例も存在する。次節ではそれについて考察したい。

二　虚実綯い交ぜの織物

「南洋商会」に続いて一八二〇年十月号に掲載され、正篇上でも二番目に収録されている「休暇中のオックスフォード」は、実際には、註釈者E・V・ルーカスの推測によれば、「一八二〇年の夏に数週間を過ごしたケンブリッジで、その影響の下に書かれた」ものであり、舞台をオックスフォードに移した理由は「韜晦(mystification)」、つまり、読者を煙に巻くためだったという(『著作集』二:三〇九)。さらにルーカスは、正篇上「私の近親」で姉のメアリともども従兄姉のエリアと正体を変えて登場させていた兄ジョンを、ジョン・Lとしてそれよりは真実に近づけて紹介する正篇下「夢の子供達」の中で、事故により片脚を切断したかのように書いているが、その真実性を疑い、「韜晦愛好者としてのラムの習慣に従い、嘘ばかりつく男としての面目を保つために」でっち上げたものと断定している(『伝記』二:七二)。名前を真実に近づけたと思ったら、今度は人物像を現実から遠ざけてしまうようなのだ。

「嘘ばかりつく」と訳した語'matter-of-lie'は大きな辞書にも記載はなく、「事実だけを述べる」'matter-of-fact'という形容詞に基づく造語である。この言葉にまつわるラムの逸話を語っている一番早い例は、クライスツ校の同窓にして急進的出版業者、作家のジェイムズ・ヘンリー・リー・ハント『自叙伝』(一八五〇)だと思われる。ハントは、エリア随筆執筆の約十年前に季刊誌『熟考者《リフレクター》』(あるいは『反射鏡』とすべきかもしれない)を創刊し、僅か四号の短命に終わったとはいえ、ラムに散文執筆の稽古場を提供し、作家として開花するきっかけを作った恩人の一人であり、皇太子への名誉毀損で投獄された際には、ラムが獄中見舞いをする間柄だった。そのハントが、続篇下「蘇レル友」における友人ダイアーの救助や、正篇下の最後の三章を占めるマンデンほか俳優たちについて必ずしも真実を語っていないことを引き合いに出した後で、次のように述べている。

まるで、事実が誤解されることも、絵空事が事実と見なされることもありえないかのように、自分は事実のみに導かれていると公言する輩によって、虚偽の推断や主張がいかに多くなされるかをラムは知っていた。それゆえに、ある日、誰かある人が、自分が事実だけを述べる人間であることを評価している人の話を出した時、「さて、私は自分が嘘ばかりつく

人間であることを評価しています」と言った。（二：二二一）
ハントを通してラムに紹介されたちまちウマが合って生涯の友となったバリー・コーンウォール（法廷弁護士ブライアン・ウォラー・プロクターの詩人としての筆名）も『チャールズ・ラム回想録』（一八六六）で、細部の違いこそあれ同様の逸話を紹介しているので（二〇〇）、ラムが全盛期に主宰していた水曜日や木曜日の夜会の折にでもふと漏らした言葉に違いない。

ハントが挙げているダイアー救助の事実改変については、事件について述べた手紙と随筆を比べて南條訳解題註（Ⅳ：一八三―八四）に詳述したので最も重大な違いだけを簡単に述べると、昼過ぎに起こった事件時、当日会社に出ていたラムはその場にいなかったのに、立ち会って救助に大活躍したとしている点である。これも考えようによっては、「南洋商会」の冒頭で、執筆当時まだバリバリの現役東インド会社勤務員だったにもかかわらず、「私のようなしがない恩給取り」（Ⅰ：七）と既に退職して年金生活をしていると偽っていたために、手紙にあるように十時から四時までの会社勤めを終えて帰ると事件を知ったとありのままに書いては差し障りがあったのかもしれない。一つの事実を隠そうとすると次から次へ隠さなければならないものが出て来る例とも言える。しかし、やはりそれに留まらず、この場面では、後から駆けつけて姉その他救難に立ち会った人々から話を聞かされたとするよりも、自らがその場で逐一目撃し救助にも手を貸したとする方が、はるかに臨場感を増して読者を惹きつけることをラムは知っている。自らが語る話を一層面白くするためなら事実を枉げることも敢えて辞さないのだ。ルーカスの言う通り、ラムは意図的に「韜晦」を行ない、その結果読者は煙に巻かれことが頻繁に生じているように思われる。

エリアを既に亡き者とし、その友人が追悼文を書くという手の込んだ語りの構造を持つ続篇上「序――故人エリアの一友による」でも、虚実の間の揺れを示す次のような文章に出くわす。

> そういう人［エリアを自己中心的だと言う人］は知らなかったのだ――彼が自分のこととして語る内容は、しばしば（歴史的に言うと）他人に関してのみ真実であったことを。例えば、以前のある随筆の中で（この種の例はたくさんある）、――彼は第一人称（彼の好きな形だ）の下に被い隠して、さる田舎出の少年のよるべない有様を語る。その少年は、知人や身内から遠く離れて、ロンドンの学校に入れられたのだが――これは彼自身の少年時代とは正反対だった。（Ⅲ：八）

ここで触れている「田舎出の少年」とは、クライスツ・ホスピタル校に同じ一七八二年の秋に入学した同級生コールリッジである。しかし、他人についてのみ真実であったと言いながら、実際にはデヴォンシャーのオタリ・セント・メアリ出身の友人をウィルトシャーのカーン出身と言い換えるなど操作を加えており、他人についてもやはり真実性は保証されていないと分かる。「この種の例はたくさんある」と臆面もなく認めていることから、意識して改変した類例は作品中にゴロゴロ転がっているのだ。

　ハントが示唆する「絵空事が真実と見なされる」こと、真実として呈示されているものが実ははったりであり、何らかの操作を加えられている可能性について、実際のところ、ラムはこの随筆を書き始めた最初から強烈に意識している。というよりも、それを基盤に据えてエリア随筆の執筆に臨んでいるのだ。第一作「南洋商会」で廃墟の如き社屋に勤務していた一癖も二癖もある以前の事務員たちを生き生きと、面白おかしく回顧しながら、最後に至ると、「私がこれまで戯《ざ》れ言《ごと》を申し上げて来たのだとしたら」、「如何《いかが》なさる」（Ⅰ：二〇）と、物騒な問い掛けをして読者を面喰らわせている。ここではそうした虚構の可能性について仄めかしているだけだが、もっとはっきりと、操作性を前提とした文学観の吐露が、先の「序」からの少年の引用のすぐ後に見つかる。

> もしも自分自身の上に他人の嘆きや愛情を織り込み、撚《よ》り合わせることが――自分を大勢にし、あるいは大勢を自分一人に縮約することが――自己中心であるというなら、巧みな小説家は、己のことを語る主人公や女主人公を終始小説に持ち

込むのであるから、最大の自己中心家となるわけだ。だからといって、彼がそうした固陋《ころう》さを非難されたためしはない。
（Ⅲ：八）

これに続けて、「小説家よりも更に激しい表現をする劇作家」の場合、いよいよそうした咎を免れにくくなると展開し、自分の手になる随筆が小説や演劇の虚構性と地続きであることを臆面もなく認めている。

時系列的に前後する陳述になってしまうが、随筆の連載が始まる直前、一八二〇年八月十六日付で当時オーストラリアにいた法律家の友人バロン・フィールド宛に書いた手紙の結び近くに、ルーカスがエリア随筆についての著者自身による初めての言及と見なす次のような一節があった。

君のところにまもなく、虚実綯《な》い交ぜの織物を届ける。そこに綴じ込まれた紙は大層微妙なもので、虚実の仕切りが全く見えないため、君は帰国するまで頭を悩ませ続けるだろうが、［帰国しても］説明なんかしてやらないよ。（二：二八二）

南條訳のあとがきで右記手紙を紹介した際にも記した通り（Ⅳ：三三九）、「織物」とは「南洋商会」を指す。随筆執筆開始前の趣意書《プロスペクタス》に等しいこの書簡を読むと、端《はな》からラムが現実と虚構の区別が難しい微妙なエッセイを書くことを意図し、フィールドへの悪戯口調にも窺われるように、虚実の間で戯れて読者を幻惑し出し抜こうとさえしていたことが分かる。

次節では、そのような方針に則って書かれたこの随筆における登場人物造形の特徴について、ルーカスの意見を参照しつつ検討する。

三　架空の肖像

ルーカスは、愛好家《アマチュア》の立場でラムの足跡を訪ね歩いて自らの目で確かめ、その結果をエリア随筆ほかラムの全著作への註釈に注ぎ込み、時に詳しすぎると感じられる程の校訂作業を行なった随筆家、ジャーナリストである。本論でも既に紹介したように、ルーカスはヴィクトリア朝の読者のように、エリアとラムは不即不離でエリアの語ることはほぼラムについての真実であるとは考えておらず、その「韜晦」ぶりを伝記や註釈で繰り返し指摘していた。そして、先に挙げたラム自らが「序」で語った小説と軒を接する随筆についての文学観に沿うように、身近な実在の人物を題材やきっかけとしながら、小説におけるように生彩ある登場人物を作り上げる才能について再三言及している。

ラムの随筆に登場する異彩を放つ人物が実在人物そのままではなく、誰かをモデルにしてそれに脚色を加えたものであるとの指摘は、まず正篇上「バトル夫人のホイストに関する意見」への註で行なっている。この夫人は、続篇上「H―シャーのブレイクスムア」にも登場し、ブレイクスムアのモデルとなったブレイクスウェアの幽霊に取り憑かれた部屋で亡くなったとされており（Ⅲ：一五）、正篇下「夢の子供達」でラムの母方の祖母フィールド夫人がその部屋に住んでいたという記述（Ⅱ：五八）をそれと関連づけて、メアリ・フィールドではないかと考える向きもあったが、ルーカスは、ラム姉弟のホイスト仲間の中心人物だった海軍少将ジェイムズ・バーニーの妻セアラ・バーニーがモデルだと修正した。ただ、バーニー夫人の名前を、これまでにも述べてきた憚りの理由から差し替えただけでなく、ラムが幼い頃に訪れたブレイクスウェア屋敷にあった先祖代々の貴婦人の肖像画や祖母のメアリから聞かされたそうした婦人たちの中にバトル夫人的な性格の人がおり、その土台の上にバーニー夫人を重ね合わせて人物造形を行なったのだと、周到極まりない考察を註釈で披露している（『著作集』二：三三二／南條訳Ⅰ：二四四も参照）。

人物造形に関してルーカスの行なった最も注目すべき指摘は続篇上「バーバラ・S――」への註に見られる。表題の人物のモデルは、一八二五年五月のワーズワス宛手紙でラムが明言している通り（三：五）、一八一九年にラムの求婚を断わった女優ファニー・ケリーであるが、作品の最後に名前の挙がるクロフォード夫人などの伝記的事実も取り入れて、巧みに架空の存在を作り上げている。ルーカスは、「事実と空想を混ぜ合わせ、現実の土台の上に奇想と創意からなる建物を作り上げる風変わりな才能」（『著作集』二：四二九）においてこのエッセイに勝るものはないと高く評価し、現実とはどのようなものだったかを示すために、チャールズ・ケント編のラム著作集（一八七六年刊）「序文回想録」（三一―二六）に「バーバラ・S――の真実の物語」と題して収録された（一五―一七）、ラム姉弟に少女時代の経験を語り聞かせたことを回顧するケリーの一八七五年九月二十八日付手紙からかなり長く転載している。それによれば、時、場所、劇場、会計係の名、貰った給金の種類（硬貨でなく紙幣だった）など細部は改変されているが、会計係の手違いにより本来の週給より二倍多く貰ってしまった幼い女優が、最初こそ家族を喜ばせることができると幸運を喜びながら、良心の葛藤に悩み抜いた挙げ句会計係のところへ戻って正直に告げるという話の骨格自体はほとんど同じである。それにもかかわらず、南條訳への註（Ⅲ：二四三）でも述べた通り、「理智を越えた理智」（Ⅲ：二三〇）が啓示される瞬間など細部の切り盛りと語り口の妙によって虚実綯い交ぜの小話に生彩を加え、このささやかな善行によりもたらされた心の平安がその後の女優としての活躍の礎となったかのようなすがすがしい読後感を生み出している。ルーカスの才能についての指摘は的を射ている。

しかし、ケリーは、自分の慎ましい才能を評価して二つのソネットを捧げてくれた作家に感謝しつつ、「ラムが物語を構築する際に、出来事を神秘化し、色づけをして、私を見えない場所に留め置き、誰も私がもともとの主人公だったと推測することを完全に不可能にしてしまうように望み、そのように細工した尋常ならざる技を心の底から評価することはできずにいる」と不満を漏らす。ルーカス同様にラムの創作能力を認めながら（「神秘化」と「韜晦」の動詞は英語でともに‘mystify’）、第一線の女優として注目を浴び続けた誇りが、このような操作により自分の姿をあらかた消すような扱いを許せない。だが、それ以上に、ルーカスの註に引用されなかった続く箇所で述べている通り、貧しい家で碌な教育も修業も受けずに女優として成り上がったように描かれている点が事実に反し、自分の人生のその時期を「翳らせ」ているのが気に障ったようだ（ケント　一五―一六）。しかし、貧しい家族を養うために幼くして舞台に立って稼ぐという状況設定がなくなると、僅かな額の余剰でも黙って懐に入れてしまえば、妹たちのために靴下を買って帰れると胸算用し、返しに行こうかどうしようか躊躇する切迫感は随分損なわれる。求婚する程好きだった相手の機嫌を損ねてもラムは芸術的な完成度を優先したと言えるだろう。

一方で、続篇上「ジャクソン大尉」のように、これまで多くの研究者や批評家が血眼になってモデル探しをしてきたものの、誰もが納得できる該当人物を見つけられなかった例もある。アルフレッド・エインジャーは、父の代からの家族の友人ランダル・ノリスだとしている（四一四）。これに対してルーカスは、追悼文である「ジャクソン大尉」が、エインジャーの言う通り、発表当時存命だったノリスを念頭に置いたものだとしても、続篇初版に収録された「死の床」でノリスは追悼されているとしてこの説を退けた上で、「この大尉は、（中略）『友人たちの純真な気持ちを煩わせるために』ラムが折に触れて送り出す架空の登場人物の一人だった」とまことに妥当な解釈をしている。そして、「赤貧にあっぷあっぷしながら頸《くび》まで富に浸《つ》かっている」（Ⅲ：一〇一）と思い、武士は食わねど高楊枝を地で行くジャクソン大尉という人物像が、正篇上「人間の二種族」に登場する「気高い無頓着」な借金王レイフ・バイゴットト（Ⅰ：五七―六〇）とともに、チャールズ・ディケンズ作『デヴィッド・コッパーフィールド』の名脇役、お人好しの楽天家ウィルキンズ・ミコーバーの素材を提供したかもしれないと推測を正反対の方向へ向けている（『著作集』二：四二三）。おそらく、無理矢理モデルをこじつけるよりもその後の影響に目を向ける方が生産的であるだけでなく、ルーカスは随筆の中にも全て創作で短篇小説に近いものもあることを認める柔軟性を見せていると言える。

しかし、そのようにエリアの虚構性を重々承知していた百戦錬磨のルーカスでさえも、まんまと一杯食わされてしまう程の「韜晦」の例を次節では紹介し、融通無碍な『エリア随筆』の取り扱いの難しさに迫りたい。

四　「婚礼」と生かされた父親

『ロンドン雑誌』一八二五年六月号初出、続篇下所収の「婚礼」は、一八二一年四月に行なわれたラムのホイスト友だちジェイムズ・バーニー提督とバトル夫人のモデルとなったセアラの娘の婚礼を題材にしたエッセイである。実際の結婚式から、エッセイの発表までに四年以上の歳月が流れており、式から約半年後の十一月には花嫁の父だった提督が他界している。しかし、四年後に発表された本エッセイでは、「私はそのあとも折々、旧友の家を訪ねた」（Ⅳ：八九）と述べられている。この点に疑問を懐いたルーカスは、式の後提督逝去の前までの半年間に執筆し、原稿を掲載まで手元に置いて暖めていたのではないかと推測する。手紙などにはっきりとした証拠が残っていない以上、そのような可能性はゼロではないと思われる。しかし、人気随筆の連載を抱え締め切り直前まで頭を絞って執筆していたラムが、エリア随筆が佳境に入った一八二一年に、四年もの間発表の機会を待って原稿を寝かせておいたという見方はかなり不自然な印象を与える。

この問題を考える上で、鍵になるのはラム姉弟の養女エマ・イゾーラの存在である。イタリア人移民の孫エマとは、ラムが一八二〇年ケンブリッジ訪問の折に知り合い、父親を亡くしたエマを一八二三年に姉弟の養子に迎え、教育をつけて住み込み家庭教師先を世話して、休暇になってラムの家に戻ると一緒に過ごしていた（Ⅰ：三二八参照）。一八〇九年生まれのエマは、バーニー家の結婚式が行なわれた一八二一年にはまだ十二歳の少女だったが、エッセイ発表時には十六歳の娘に成長していた。エマもやがて嫁ぐ日が来るとまだ肌身に感じてはいなかったはずだが、既に年頃であることは間違いなく、それとなく別れの予感を懐き始め、バーニーの娘の挙式から四年を経たこの時期になって、婚礼のもたらす悲喜こもごもについて執筆する気になったのかもしれない。そう考えれば、式から四年の歳月を経た時点で書き始めたとしても何ら不思議はない。事実、エマはエッセイ発表の二年後に、ラムが縁結びをする形で知り合った出版者エドワード・モクソンと恋に落ちて、一八三三年二月末頃モクソンの会社からエリアの続篇が出版された後の同年七月に結婚し、ラムは花嫁の父として送り出す。養女の結婚を間近に控え続篇出版のためにこのエッセイを改訂しながら、ラムは「老提督の場合と全く同じ喪失を予期していた」というエインジャーの指摘（四二一―二二）を裏づけるように、続篇出版後「古陶器」と「婚礼」が気に入ったという献本礼状をくれたワーズワス宛五月末の手紙で、「私は、お馴染みの、たった一人の散歩仲間を失おうとしている、その陽気な心持ちが『わが家の青春』だったエマ・イゾーラを」（三：三七二）と、娘を手放す親の寂しい胸中をしみじみと漏らすことになる。

このエッセイは、結婚式の顛末を自らの道化的役割を中心に面白おかしく語り続けた後、最終段落に至って突然転調する。娘が去った後も、「すべてのお客があれほど完全にくつろいでいるところ」はほかになく、「またとなく完全な不調和ナル調和 concordia discors」の典型と語った直後、「しかし、懐かしいこの家はどこか調子が外《はず》れている。提督は今もパイプを楽しんでいるが、煙草を詰めてくれるエミリー嬢はいない」といきなり埋めようのない日常生活における欠落が語られて、このエッセイの主題に気づかされ、提督夫妻と一緒に読者も悄然とする。「この家の若さは逃げ去った。エミリーは結婚したのだ。」（Ⅳ：八九―九〇）しかし、右で示唆した通り、嫁ぐ娘を見送るのは提督だけではない。ラムにとっても、やがて来るエマとの別れに備えた予行演習だったのだ。ワーズワスがこのエッセイに身をつまされたのも、家に娘のドーラがいて三十七歳になるまで結婚に反対し続け手放せずにいたからだった。そのように考えると、結婚後まもなく父親が没した事実をその通り書いてしまうと、娘に去られて胸にぽっかりと穴が空いたような寂しさを抱えて、短くはないかもしれないその余生を生きて行く父親という主題が霞んでしまうので、このように敢えて手を加えたとしか考えられない。娘が巣立った後に残された父親の悲哀を味わって貰うために、提督は生かされなければならなかったのだ。

本作でも、提督の名前が「××」と伏せ字にされ、娘の名前がメアリからエミリーに変えられているように、著者名を筆頭に、偽名、イニシアルなどによる登場人物の虚構化が普通に行なわれているエッセイの中で、ある種の操作が加えられることは想定しておく必要があるのではないか。エリアの「韜晦」を重々意識していたルーカスでさえも煙に巻かれてしまうのを見ると、この随筆集はやはり虚実の狭間を微妙に揺れ動く変幻自在のテクストだということが実感できる。筆者自身も、「バーバラ・S——」について、「最後に、取って付けたように、逸話の主は故クロフォード夫人であったと明かしながら、娘時代の姓がSで始まるストリートであるのはいいとしても、洗礼名がバーバラでなくアンであり、書籍版でもその点に何の対処もしていないのはなぜなのか、謎である。」（Ⅲ：二四三）という、今から思えば頓珍漢な解題註を付けていたが、タイトルも創作の一部であり、ラムが末尾でモデルと明かした夫人の未婚時代の姓名と合致していなくとも何ら不自然でないことに思い至るべきだった。

結び

『エリア随筆』正続篇が、フィクションとノンフィクションの間を微妙に揺れ動くことを具体例とともに見てきた。ラムは、兄と勤務先への気遣いから自らの素性を隠すためにエリアという仮面を被ったと説明するが、南條訳への解説とあとがきで示した通り、その名は「『嘘』“a lie”の転綴語句《アナグラム》」（Ⅰ：三二七）であり、「身辺の事物や人物について淡々と思いのたけを漏らす所謂随筆の枠には収まらない虚構性をそこら中に鏤《ちりば》めるための意識的な装置だった」（Ⅳ：

三三九）。ただし、そのような装置を用いない限り、ラムは執筆できなかったことについては留意しておく必要があるかもしれない。狂気の発作に駆られて母親を刺殺してしまった姉メアリの面倒を見ながら、若い頃に詩も芝居も試みて成功せず、独身のまま中年を過ぎて唯一残された散文というジャンルに最後の望みを託したラムは、ジェラルド・モンスマンが指摘する通り、随筆に頻出する肉体的損傷のモチーフに見られる「実存的孤児性」（二二）のような負の部分を無防備に晒すことなく読者との間に橋を架けるために、「虚実綯い交ぜの織物」のなかに自らの物語を包み込む必要があった。作家としての歩みは、アン・ファディマンが示唆する通り、「平らな踏みならされた道をゆく愉快な散歩」などではなく、「両側が千尋の谷底へ向かって落下する刃物のように峻険な尾根に沿った専門的な登山」だった。左手には恐怖の事件の記憶とメアリの狂気への絶えざる不安、右手には創造性を丸ごと飲み込もうとする、うんざりするような事務仕事の日常、そうした「無政府状態と厳しい規律の間の狭い空間の中に存在するラムの随筆は、その人生の対立し合う両極によって可能となり、またそれはラムをその両極から守った」（№ 四六八）という指摘はもっともだと思われる。そのような危うい一本道を進んで行くために、自分にとって二つの脅威を陽の下に晒さずにすむようなある種の防御機構はどうしても必要であり、それが、随筆でありながらノンフィクションの枠組みからはかなり逸脱する捉え所のない書き物を生み出したのである。

＊この論文の執筆に当たっては、ＪＳＰＳ科研費２６３７０２９９の助成を受けた。

＊＊『エリア随筆』正続篇の原文は、それぞれ以下の文献目録にある一八二三年と一八三三年の初版（ウェブ版）を参照したが、引用する場合、紙数の関係から最新版の南條竹則訳の翻訳だけに限り、巻数のローマ数字にアラビア数字のページ数を組み合わせ、括弧に入れて示した。ラムの書簡からの引用は全てルーカス編の三巻本に基づき、巻数とページ数の組み合わせで示した。

引用文献

Cornwall, Barry (Bryan Waller Procter). *Charles Lamb: A Memoir*. Edward Moxon, 1866. *Internet Archive*, archive.org/details/cu31924013495209.

Fadiman, Anne. *At Large and At Small: Familiar Essays*. Farrar, Straus and Giroux, 2007. Kindle edition.

Hunt, [James Henry] Leigh. *The Autobiography of Leigh Hunt, with Reminiscences of Friends and Contemporaries*. Vol. 2, Smith, Elder, 1850. 3 vols. *Internet Archive*, archive.org/details/autobiographyof02hunt.

Lamb, Charles. *Elia. Essays Which Have Appeared under That Signature in the London Magazine*. Taylor and Hessey, 1823. *Google Books*, books.google.co.jp/books?id=D78PAAAAQAAJ&hl.

——. 'The Superannuated Man'. *The London Magazine*. New Series. Vol. 2. May to August, 1825, pp. 67–73. *Google Books*, books.google.co.jp/books?id=PO0RAAAAYAAJ&hl.

——. *The Last Essays of Elia. Being a Sequel to Essays Published under That Name*. Edward Moxon, 1833. *Google Books*, books.google.co.jp/books?id=EuUNAAAAQAAJ.

——. *The Works of Charles Lamb: Poetical and Dramatic Tales, Essays and Criticisms*. Ed. Charles Kent. George Routledge, 1876. *Internet Archive*, archive.org/details/cu31924013494582.

——. *The Essays of Elia*. Ed. Alfred Ainger. Macmillan, 1883. *Google Books*, books.google.co.jp/books?id=Q304AAAAYAAJ.

——. *The Works of Charles and Mary Lamb*. Ed. E. V. Lucas. Vol. 2, Methuen, 1903. 7 vols, 1903–05. *Internet Archive*, archive.org/details/cu31924016657185.

——. *The Letters of Charles & Mary Lamb*. Ed. E. V. Lucas. 3 vols. J. M. Dent & Methuen, 1935.

Lucas, E. V. *The Life of Charles Lamb*. 2nd ed., Vol. 2, Methuen, 1905. 2 vols. *Internet Archive*, archive.org/details/lifeofcharlesla02luca.

Monsman, Gerald. *Confessions of a Prosaic Dreamer: Charles Lamb's Art of Autobiography*. Duke UP, 1984.

ラム、チャールズ『完訳エリア随筆』全四巻（Ⅰ正篇上、Ⅱ正篇下、Ⅲ続篇上、Ⅳ続篇下）、南條竹則訳、藤巻明註釈、国書刊行会、二〇一四―一七年。

第三章　ド・クインシーの自伝とロンドン表象
――苦痛を陶酔に変える倒錯空間《パヴァードピア》

大石　和欣

倒錯空間《パヴァートピア》のヴィジョン

イギリス・ロマン主義文学におけるロンドン表象と言えば、どうしても否定的なものが想起されてしまう。ウィリアム・ブレイクの「ロンドン」はその最たるものだろう。都市開発によって、「特権化」された空間が生まれていく一方で、抑圧された人びとは阿鼻叫喚を響かせ、「脆弱さの徴《しるし》と悲哀の徴《しるし》」を顔に浮かべ、「心がつくった枷」に苦しめられている（一―二、四、八行）。[1]「ロンドン」を含む『経験の歌』（一七九三年）には、全身煤《すす》だらけになった煙突掃除の子供たちなど、無慈悲な環境で惨めな労働と貧困生活に沈む人びとの姿が示唆されている。『ミルトン』の序詩でも、ロンドンを思わせる都市は「暗いサタンの工場群」に囲まれている（八行）。[2]コウルリッジにとっても「深夜の霜」で吐露するように、シティ中心部に位置するクライスツ・ホスピタルでの寄宿生活は、「陰気な回廊に閉じ込められ／空と星しか見えない」（五一―五六行）孤独なものだった。[3]また、ワーズワスは『序曲』第七巻で、聖バーソロミュー祭の雑踏が、地獄のようなカオス的世界を繰り広げる状況を記録する。

しかしながら、そうした陰鬱なロンドンにおいても、心が慰撫され、精神が高揚する瞬間があることも確かだ。ブレイクはそれらを『無垢の歌』（一七八九年）で謳ったし、ワーズワスにとって、雑踏のなかで遭遇した「盲の乞食」（六一二行）の超越した存在は、「時点《スポッツ・オフ・タイム》」という一種のエピファニーとして記憶されていく。[4]また、「ウェストミンスター橋の上で」で示唆するように、ロンドンという「巨大な心臓」は、朝日を身にまとい荘厳な姿を示す（一四行）。[5] この時代に台頭する「エイドメトロポリス」と呼称されたパノラマ的な都市のヴィジョンの一例である。[6]

貧困者や労働者など、都市において悲惨な環境にいる無数の人びとが、こうした矛盾を含んだ都市空間を構成する存在として、散文や詩の舞台に登場するのはロマン主義時代からである。彼らとの遭遇は、都市生活の暗黒部分を照射すると同時に、語り手や詩人の内面を活性化する存在でもある。それは倒錯的な陶酔である。ロンドンという空間が、その暗部に膨らませつつあった膿みをさらけ出しながらも、その禁断の魅力を密かに露呈する瞬間、さかしまなヴィジョンが出現する。痛みを伴いながらも、それが対象との時間的距離、あるいは想像力、あるいはアヘンの力によって、啓示的なメッセージを持った空間的ヴィジョンへと変質する。本論ではそれを「倒錯空間（pervertopia）」として定義し、その事例として、トマス・ド・クインシーが『アヘン常用者の告白』で記録したソーホーの家と街区のヴィジョンをとりあげる。

「夢見る魂」の都市と建築

トマス・ド・クインシーは、アヘン常用者として、アヘンによって高揚した精神が投射するイメージを、感覚や意識・無意識との関係でとらえようとする。だが、それを表象する際に都市や建築といった空間的ヴィジョンとして提示し、言語化している点にも注目すべきだろう。同じアヘン常用者だったコウルリッジの詩「クーブラ・カーン」では、彼が水溶アヘンを飲んで得た幻覚として（と説明しながら）、聖なるアルフ川がうねるように洞窟を抜け太陽なき海にまで注ぎ、その岸辺に忽必烈汗の「荘厳な歓楽宮」（二行）が佇んでいる。[7] ド・クインシーは『アヘン常用者の告白』において、そのコウルリッジの手引きを通して、ピラネージの『ローマ遺跡集』や『夢』に描かれた廃墟や途切れた階段が、空中に伸びている牢獄のヴィジョンを幻覚として描き出す。(8) 敗壊し、混乱した構造物が、アヘンに刺激された精神の力によって自己増殖し、そのなかに自己の意識と存在までもが飲みこまれていく。

頽廃的ヴィジョンとして審美的に論じられがちな箇所だが、時空間に対する意識を言語化したものでもあろう。ド・クインシーは後に書いた『深淵からのため息』（一八四五年）のなかで、無意識が紡ぎ出す夢のなかのイメージを「闇の解釈者」(156–57) として定義したが、『アヘン常用者の告白』においても、アヘンがもたらすヴィジョンが意識から独立した生命を持ったものであり、自己増殖し、進化していくと考えている。

とめどなく成長し、自己増殖する力をえて、私の建築は夢のなかで進行していった。実際、病気の初期段階では、私の見る夢はおもに建築的で壮麗なものだった。目を覚ましているときには見たこともないような、まるで雲のなかで見るかのような、豪華な都市や宮殿を見ていた。(70–71)

古代ギリシアにおいて記憶術が都市に点在する建築物を媒介にして成立し、前近代において人間の身体が建築的な比喩で語られるように、『アヘン常用者の告白』においては、人間の意識・無意識が都市あるいは建築という表象として浮上する。それは単に美的なイメージではなく、彼の存在のあり方を暗示し、定義する。

ド・クインシーは、その都市や宮殿の姿を、あえてアヘン常用者の先輩であるコウルリッジの詩ではなく、ワーズワスが『逍遥』（一八一四年）で描いた「夢見る魂」が知覚する都市と建築物のヴィジョンを引用して仮託する (71)。

即座に啓示された光景は
巨大な都市の姿だった。

しいて言えば、建築物の荒野が、はてしなく、
驚くべき深淵へ、荘厳さへと、遥か遠くに
沈みこみ、自ら退却していくようだ。
ダイヤモンドと黄金でできた建造物に見える。
空高く、雪花石膏の丸屋根、銀の尖塔を戴き
光り輝く柱廊が重なるように続いている。
こなたには、静謐な四阿《あずまや》が並木道に
配置されて、燦めいている。
かなたには、胸壁をめぐらせた数多の塔が
その正面に星々を飾りたて落ち着かない。
宝石という宝石が放つイルミネーション。(9)

茫々たる建築群が深淵へと沈みこまれていく様子と、宝石を散りばめた城郭・尖塔群が燦めいている光景は、ワーズワスが書いたものとは思えない。享楽趣味《ディレッタンティズム》に囚われた世紀末のデカダンスが産んだ詩句のようでもある。コウルリッジが描いたクーブラの「歓楽宮」とも呼応したイメージである。

ド・クインシーがこの一節を抽出した意図はまさにそこにある。実際のところ、『逍遥』においてこのヴィジョンは、失意の底にある「孤独者」のもとを訪れた語り手が、山の上で目撃した「啓示された／至福状態にある霊魂の住処」（八七三―七四行）として提示されている。旧約聖書のエゼキエルの言葉さえ反響させながら、アヘン中毒に陥った友人コウルリッジが見た人工的な「歓楽宮」を批判すべく、ワーズワスは別の文脈にユートピアを置き換えたのである。(10) 人工的ヴィジョンではなく、失意にある人間を回復する健全で、魂を高揚させる空間的ヴィジョンとして提示したのである。ところがド・クインシーは、それを再びアヘンが喚起する幻覚の表象として、しかも自らの都市経験

と重ね合わせて反転させたのだ。頽廃と享楽趣味《ディレッタンティズム》へ向かいながらも、精神を高揚させ、慰撫し、至福状態をもたらす、背反した都市的《アーバン》ヴィジョンとして描きだしたのである。

ここに、ド・クインシーが暴きだすロマン主義的な倒錯空間《パヴァートピア》の力学がある。本来苦痛や苦悩、失意を胚胎する空間が、情念の力や記憶、あるいは想像力の作用によって、あるいはアヘンの効用によって、精神を刺激する美的な空間へと生まれ変わる。頽廃やカオスへと陥りそうになりながらも、意識、無意識、記憶、感覚刺激の作用などを通して、魂を回復させる魅惑的な空間へと変容するのである。

それはもともとロンドンが備えた二面性なのかもしれない。ティム・フルフォードはそれを「バビロン」から「新しきエルサレム」への転置として見なす。十八世紀末のロンドンは、古代都市バビロンのように人びとが混沌のなかで歓楽に溺れ、崩壊を迎える空間として、ブレイクやワーズワスの詩やジョン・マーティンの『バビロンの陥落』や『バルシャザールの宴会』といった絵画に表象される一方で、「新しきエルサレム」として生まれ変わる可能性も内包しているという。上述の一節についても、自然を理想化したワーズワスの預言的詩句を、あえてロンドンに置き換えることで、ド・クインシーはロンドンを再生されうる都市として描いていると論じる。(11) さらに強調すべきなのは、ド・クインシーにおいては、都市に住む異なる階層に所属する人間同士の交感とそれを通した精神と想像力の高揚の瞬間が、「バビロン」から「新しきエルサレム」へとロンドンが変容する契機として捉えられている点である。『アヘン常用者の告白』において、寄る辺なき流浪者が徘徊するロンドンのソーホー街と家は、そうした倒錯空間《パヴァートピア》として浮かびあがっている。

記憶の旅と地下室

ド・クインシーの倒錯空間《パヴァートピア》は、彼自身の「苦痛」や「苦悩」の顕現でありながら、魂に癒しをもたらす背反的ヴィジョンである。過去に経験した放浪と孤独、そしてロンドンにおける飢餓の苦しみ、さらにはアヘン中毒という苦痛が、カオス化する建築的表象として立ち現れると同時に、その表象によって苦悩から自我が解放され、浄化されていく。『アヘン常用者の告白』は、その源泉を彼の生い立ちと放浪へと遡求する記憶の旅でもある。ワーズワスが『序曲』において詩人としての自らの魂の遍歴を、壮大な叙事詩として書き綴ったのに対して、ド・クインシーは自らの苦悩にとらわれた精神が、倒錯空間《パヴァートピア》を通して昇華、解放されていくプロセスを散文で綴った。(12) それがピラネージ的な瓦解しつつある建築群のヴィジョン、そしてロンドンが内部に隠している迷宮的街区としてテクスト上に表出する。悪夢的でもあるが、陶酔と慰撫をもたらす空間である。

商人だった父親が早逝するものの、十分な遺産を残してくれたおかげで不自由なく教育を受けられたド・クインシーだが、不満を抱いた寄宿学校から逃走する。困窮しながらも農民たちの好意に救われ、ウェールズを転々と放浪し、最終的には飲まず食わずの状態でロンドンにたどり着く。ロンドン中心部のソーホー街において、二ヶ月間路上生活を送った後、ギリシア・ストリート三八番地の借主の好意で、その地下室に起居することになる。空腹感と胃痛と寒さに苦しめられながら、夜は暗い地下空間で身を潜め、昼間は娼婦や浮浪者と路上空間を共有したのである。

その借主とは怪しげな司法書士で、家は彼が不定期に使う執務室以外には家具も一切ない構造物である。その地下室に、雑用をする素性不明な少女とともに寝起きし、夜は怯える彼女を抱きかかえて慰めたり、あるいは司法書士が帰宅した真夜中に二人で家のなかを探索する。地下室は赤裸々な無意識のメタファーである。苦痛に苛まれた地下生活の記憶を掘り起こし、意識や無意識がとらえる都市と建築物の像を想起し、言語化していく。子どものように「暗闇にありとあらゆる幻影を描く力」を備えた彼は、真夜中の地下室で想い描く像が、必ず夢のなかに転移し、「激烈な化学作用によって、耐えがたいほどの華麗な像と化」すことに気づく。目を閉じて眠りに落ちるたびに、彼は「深い深淵、陽がささない裂け目へと、深みから深みへと沈み、そこから再び這い上がることを望むなど無理」な状態に陥り、その「華麗」で「耐えがたい」ヴィジョンに悩まされ続ける。苦痛に苛まれた意識は時空間を歪曲させる。

空間感覚、はてには時間感覚がともに強烈な影響を受けた。建物や風景などが、肉眼ではとても知覚しえないほど巨大な姿を現わすのだ。空間は膨張し、名状できないほどはてしなく広がっていく。しかし、それ以上に私が当惑したのは、途方もない時間の伸長である。一晩で七〇年、あるいは百年も生きていたかのように感じられるときもあった。いや、ときには一晩に千年も過ぎているような感覚、人間が生涯に経験しうる限界を超えた時間の感覚を憶えたりもした。(68)

この歪んだ時空感覚のなかに、都市や建築物の像ばかりか、幼年時代の出来事や昔見た光景が、それに絡みついた「感情」とともに湧き上がってくる。このロンドン滞在時にはまだアヘン中毒に陥っていたわけではいないが、後年ド・クインシーはアヘンの力によって同じ倒錯したヴィジョンが脳裏に顕現することを発見する。過去と現在という離れた時空間を歪んだかたちでつなぎとめ、ヴィジョンを創出する根源にあるのが、「苦悩の巧妙な連鎖」である(35)。目には見えず、はっきりとは説明できないが、苦しみという感覚が連続することで、意識の底から異形の像が脳裏に姿を結ぶと気づくのである。

都市の空隙における情的交流

ド・クインシーの「苦悩」は、記憶のなかに眠るロンドンという都市、そこで彼が起居した路上や家、そこで邂逅した少女たち、また後年突然自宅を訪れた異様なマレー人といった像を結節し、奇怪で、迷宮的なヴィジョンを喚起し続ける。とくにソーホー街の家と路地が迷宮的なのは、たんに苦しみの記憶が像を変形するからだけではなく、それらが変貌しつつあるロンドンの空隙に落ちこんだ空間として歪曲されるからでもある。

そこでのアンとの邂逅を、ド・クインシーは飢餓感と胃痛、そして孤独に苦しんだ時間のなかで、唯一の人間的で情的な交流が実現した挿話として紹介する。啓示的な意味を持ち、自らの実存的意味を解きほぐす一種の磁場、ワーズワス的に言えば「時　点《スポッツ・オブ・タイム》」である。ソーホー界隈には、アンのような娼婦のほか、金もアイデンティティもない流れ者たちが吹き溜まっていた。寄る辺なきものたちがさまよい、名前もないまま出会い、別れていく空間である。農民たちや浮浪者たちと懇意になり、空き家の地下室で召使いの女の子を「惨めさを味わう同胞」と呼んだ語り手は、アンとも苦悩と惨めさを共有する。「何週間にもわたってオックスフォード・ストリートをこの哀れな天涯孤独な少女とともに歩きまわり、家々の玄関前の石段や軒先の柱廊の影に一緒に体を休めていた」(19–20)。そんな彼らには、「深くて大きな水路を流れている」はずの慈善事業の救済も見えないし、「ロンドンの社会が示す外見や組織は、過酷で、残酷で、近づきがたいものであった」(21)。

そんな表社会から疎外された困窮と孤独の同伴者がアンである。ある日、気分が悪く目眩を感じながら彼女と歩いていたド・クインシーは、腰掛けたとたん容態を悪化させ、昏睡状態に陥ってしまう。アンがなけなしの身銭を切ってポートワインを購い、空っぽの胃に流し込むことで彼は蘇生する。社会の底辺で必要最低限のものもろくに買うこともできないのに、何の返礼も期待できない自分に気前よく施しをし、命を救ってくれたこの孤児に、ド・クインシーは「深くも、情熱的でもないが、心優しい感情」(23) を見出す。孤独と貧窮と飢餓に苦しむ浮浪の都市生活、汚れにまみれた病的な闇の生活のなかで、純粋で、他者を思いやる真のチャリティの精神が発露し、苦痛を癒してくれた瞬間。ド・クインシーにとって、それは将来にわたって「どうしようもない失意から守ってくれるために、人間の苦悩には未来にそれを償う安らぎと透徹しがたい意味があるのだという、心静まる信念を助長し、育んでくれる」経験となる (22)。

しかし、そうした都市空間と記憶との間には空隙が生じる。都市は再開発や人口流入・移動によって常に変容し続けるからである。長い年月を経てかつて居候したソーホー街の家を再訪したド・クインシーは、そこには品のいい中流階級の家族が住んでいるのに気づく。その一方でかつて放浪した街路が今ではすっかり消滅してもいた。リージェント・ストリートが、ロンドン中心部にあるピカデリー・サーカスから北のリージェント公園に向かって曲線を描きながら造成されたのは、一八一七年から一八二三年にかけてである。ド・クインシーが『アヘン常用者の告白』を一八二一年九月と十月に、『ロンドン・マガジン』に掲載したまさにそのとき、ソーホー街周辺ではさまざまな再開発と人口移動が始まっていたのである。最終的にはリージェント・ストリートによって、すでに荒びはじめていたソーホー街を含む東側の地域は、西側に位置する高級ホテルやクラブ、上流階級の居宅が立ち並ぶウェスト・エンドと分断され、衰微の兆候をいっそう明瞭に示していくことになる。[13] ギリシア・ストリート三八番地も、いずれその頽廃の波に呑みこまれていく。ド・クインシーが、不幸な運命により娼婦にならざるをえなかったアンと出会い、ともに徘徊したオックスフォード・ストリートも、すでに姿を変えはじめていた。住処を失った貧民や娼婦や浮浪者たちの多くもこの地域から追い出され、ストランドやセント・ジャイルズ、ランベスのスラムへと逃げ込むことになった。[14] 古いロンドンが、新しいロンドンによって塗り替えられ、「再生」されていく時代に、ド・クインシーはそこから除去されていく運命にあった社会の底辺にある人びととの交感を、魂の「再生」の瞬間として書きとどめたのである。

ド・クインシーの放浪生活とアンとの邂逅、あるいは地下室での女の子との接触は、豊穣なまでに情緒的で、身体的な交感と交渉によって成立している人間関係である。本来交わることのない中流階級知識人の語り手とぎりぎりの生活を強いられている労働者階級あるいは娼婦との関係は、賃金を媒介にした労使関係や商業取引や知的交流に限定された冷めた人間関係——広い意味でカーライルの言う"cash nexus"——とは異なる、情念の交感と身体的接触を通してはじめて確立したものである。それが経済的繁栄と空間的発展をとげている都市の暗部に隠されている。

それが啓示的な意味を帯びるのは、都市開発とともに消えた街路のように、すでに消滅し、記憶のなかに埋没した刹那的な時空間だからである。借金の保証人を旧友に依頼すべくイートンへと旅立った語り手は、二度とアンと再会できないままになる。彼女の消息は終にわからず、ド・クインシーは心を痛めるが、アン、またそれ以外の人びとは、所詮ド・クインシーと空間を一時的に享受するだけのつかの間の訪問者にすぎない。恒常的に都市空間を共有することはないのだ。記憶のなかに浮かび、走馬灯のように現れては消えてゆく、つかの間の空間享受者なのである。

人情の絡まるヘテロトピア

娼婦であれ、労働者であれ、彼らに対して「ソクラテス風に」話かけるド・クインシーは、自らが哲学者であり、知識人であることを意識し、その教養、さらには遺産が保証する身分の保証によって、彼らと距離感を保ったままである(20)。それゆえに、彼らとの出会いと交友は一時的でしかないし、夜の迷宮的な都市のなかでしか実現しえない。一刹那の縁であり、道が突然途切れたり、行き止まったり、あるいは堂々巡りしつづける迷宮のなかで、一度別れたら最後、二度と出会うことがないまま永久にさまよい続け、闇の底へと飲みこまれてしまう。

だからこそ、苦痛を媒介にしたアンとの交流は、苦悩を失意から救い、未来の安らぎを信じさせてくれる甘美な陶酔をもたらす。記憶のなかから立ち上がった迷宮的で、倒錯し、悪夢的な空間的ヴィジョンは、アヘンの夢が「霊化され、崇高化された」体験であるように、苦悩の闇のなかで安息の瞬間を生みだすものになる(46)。

ド・クインシーの散文を翻訳したボードレールもまた、オスマンの大改造によって消えゆく古きパリとそこに住む人びとの姿に、安息の瞬間を見出した。都市のフラヌール、陶酔や恍惚を探求する享楽者として共通する二人は、モデルニテの詩学によってもつながっている。[15] 十九世紀のロンドンおよびパリにおいて、名前なき群衆が夜の闇にうごめき、流れていくなかに、夢想が広がり、深まっていく。人間が船のように往来する都会の海の底には、空間と時間を超越した深淵が広がっている。古きロンドンとパリが消滅していくその間際に、闇に現われ出て消えてゆく人間美が放つ一刹那の啓示的瞬間が現われ出る。それは死を宿した闇のなかに一刹那に輝く光であり、消滅するがゆえに崇高美を胚胎した陶酔をもたらすのである。ド・クインシーとアンの彷徨の挿話は、近代の都市空間をロマン主義的な感性で捉えたヴィジョンであり、ボードレールへと連なる都市空間表象の礎でもある。[16]

結局のところ、ド・クインシーが表象した倒錯空間《パヴァートピア》は、フーコーが言う「ヘテロトピア」の一変奏でもあろう。確固とし、永続的で、権力的な空間に対置された避難地、消滅してしまった過去の空間、記憶のなかに埋没した秘密の部屋、現存の生活空間と並行して意識あるいは無意識のなかに共存している空間。「他のすべての場所に対置され」、それらに異議申し立てを行い、「消去し、中性化し、あるいは純粋化する」場所。[17] それを、ド・クインシーは、孤独、貧困、飢餓、胃痛といった苦痛、病や死を胚胎しながらも、情緒的な慰撫と交流によって安らぎを付与してくれる矛盾し、倒錯した記憶の都市像に変換したのである。ディストピアであるはずの空間が、情念や感覚的刺激と時間的距離によって審美的でありながら実存的空間にひっくり返っている。それが苦悩の記憶をたどるアヘン常用者によって、迷宮の都市と分裂していく建築物の形をとったのである。

注

(1) William Blake, *The Complete Poetry and Prose of William Blake*, ed. David V. Erdman (Berkeley, CA: U of California P, 1982) 26–27.

(2) Blake 95.

(3) Samuel Taylor Coleridge, *Poetical Works*, ed. J. C. C. Mays, 3 vols. (Princeton, NJ: Princeton UP, 2001) 1: 455.

(4) William Wordsworth, *The Thirteen-Book Prelude*, ed. Mark L Reed (Ithaca, NY: Cornell UP, 1991) 208.

(5) William Wordsworth, *Poems, in Two Volumes, and Other Poems, 1800–1807*, ed. Jared Curtis (Ithaca, NY: Cornell UP, 1983) 147.

(6) 「エイドメトロポリス (Eidometropolis)」とは字義的には「都市のイメージ表象」だが、やがてパノラマに取って代わられるまで、絵画的なヴィジョンとして流布していくことになる。チャンドラーとギルマーティンは、それが詩的ヴィジョンとなったものとしてワーズワスの「ウェストミンスター橋上での作詩」を取り上げている。James Chandler and Kevin Gilmartin, "Introduction: Engaging the Eidometropolis," *Romantic Metropolis: The Urban Scene of British Culture, 1780–1840*, eds. James Chandler and Kevin Gilmartin (Cambridge: Cambridge UP, 2005) 10–13.

(7) Coleridge 512.

(8) Thomas de Quincey, *Confessions of an English Opium-Eater and Other Writings*, ed. Grevel Lindop (Oxford: Oxford UP, 1985) 70–71.（以後本論におけるド・クインシーの著述からの引用はすべてこの版に依拠し、本文にカッコ内で引用ページ数を示すこととする。）ナイジェル・リースクは、ド・クインシーのヴィジョンを、コウルリッジの観念論を批判的に再構築したものとして位置づけている。Nigel Leask, *British Romantic Writers and the East: Anxieties of Empire* (Cambridge: Cambridge UP, 1992) 223.

(9) 引用はワーズワスの『逍遥』第二巻八六九—八〇行 (*The Excursion*, eds. Sally Bushell, James A. Butler, and Michael C. Jaye (Ithaca, NY: Cornell UP, 2007) 102)。

(10) コウルリッジの「クーブラ・カーン」が出版されたのは一八一六年の詩集だが、その詩が最初に書かれた一七九八年時点でワーズワスと妹ドロシーはその詩の内容を知っていた。

(11) Tim Fulford, "Babylon and Jerusalem on the Old Kent Road," *Romantic Metropolis*, eds. Chandler and Gilmartin, 220–56.

(12) マーガレット・ラッセットは、ド・クインシーにおけるロマン主義性を論じた研究書のなかで、ワーズワスのテクストに対する「ゴシック的解釈者」としてド・クインシーを位置づけている。『アヘン常用者の告白』における幼年時代の回顧についても該当するが、本論で論じた『逍遥』からの引用については、「ド・クインシーの自己顕示、商売的な崇高美が、方向を見失い、継続性を欠いた、構築主義的主体の誕生を示唆している」事例であると説明する。Margaret Russett, *De Quincey's Romanticism: Canonical Minority and the Forms of Transmission* (Cambridge: Cambridge UP, 1997) 1–51, 170.

（13）Roy Porter, *London: A Social History* (1994. London: Penguin, 2000) 154–56.

（14）Jerry White, *London in the Nineteenth Century: A Human Awful Wonder of God* (London: Vintage, 2007) 24.

（15）ボードレールはド・クインシーのテクストを簡略化し、自分のものとして出版するという剽窃まがいのことをするが、鈴木和彦の指摘によれば、そこにはド・クインシーの幼年時代の記憶を、自らの自分の記憶として「接ぎ木する」という意図があった。（鈴木和彦「記憶の羊皮紙は破れない――ボードレールの幼年」『マテリアとしての記憶―心の奥底から生成するイメージと思想―』（公開シンポジウム報告論文集、二〇一五年）二一―三三頁）。倒錯的な恍惚や陶酔の瞬間を埋め込んだド・クインシーの自伝的回顧が、ワーズワスの自伝的叙事詩『序曲』を書き換えたものであるとすれば、ボードレールの『人工楽園』にもそうした反ワーズワス的、反自然的な倒錯空間《パヴァートピア》が継承されているということになろう。Joshua Wilner, *Feeding on Infinity: Readings in the Romantic Rhetoric of Internalization* (Baltimore, MA: Johns Hoplins UP, 2000) 68–77 も参照。

（16）ボードレールがパリに見出した「光」の意味については、小林康夫氏に示唆をいただいた。謝意を記したい。同じイギリスのロマン主義散文家チャールズ・ラムは、多様な人びとが群衆となって昼のロンドンを往来する光景を「パントマイムや仮想舞踏会」として賛美したし、また、エドガー・アラン・ポーは「群衆の人」において、英雄なき群衆がガス灯に照らしだされ、未知の秘密を隠して往来する姿を一人の寓意的人間に集約し、ボードレールにつながるフラヌール像を提示した。(Charles Lamb, *The Letters of Charles and Mary Anne Lamb*, ed. Edwin W. Marrs, Jr. 3 vols. (Ithaca, NY: Cornell UP, 1975) 1: 267. Edgar Allan Poe, *Selected Tales* (Oxford: Oxford UP, 2008) 84-91. ド・クインシーの苦痛に喘ぐ倒錯的な夜の迷宮はそれとは異質なものとしてとらえるべきだろう。

（17）ミシェル・フーコー『ユートピア的身体／ヘテロトピア』佐藤嘉幸訳（水声社、二〇一三年）三五頁。

第四章　ウィリアム・ワーズワスとエドワード・トマス
――英国ネイチャー・ライティングの系譜

吉川　朗子

一　新ネイチャー・ライティング

英国では、ノンフィクション部門において今ネイチャー・ライティングが人気だという。二〇〇三年に処女作『心の山』(*Mountains of the Mind*) で『ガーディアン』誌のファースト・ブック賞を獲得したロバート・マクファーレンの『古道を辿る』(*The Old Way*, 2013) や『ランドマーク』(*Landmarks*, 2014) を筆頭に、マーク・コッカーの『鳥の国』(*Crow Country*, 2008)、アレクサンドラ・ハリスの『お天気の国』(*Weatherland*, 2015)、ヘレン・マクドナルドの『オはオオタカのオ』(*H is for Hawk*, 2014)、フィオナ・スタフォードの『長い長い木の一生』(*The Long, Long Life of Trees*, 2016) など、このジャンルの作品は軒並み増版となっている。理由のひとつとして、我々が直面している未だかつてない規模の環境破壊への危機意識の高まりがあるだろう。急速に失われつつある自然環境に対するノスタルジックな思いも否定できない。

ギルバード・ホワイトの『セルボーンの博物誌』(一七八九) を嚆矢とするネイチャー・ライティングは、大雑把に言えば自然と人間との関わりについて省察するノンフィクションと定義できるが、なかでもここ十数年に出版された作品には「新」ネイチャー・ライティングとでも呼ぶべき特徴があるという。秘境や神秘、驚異といった大自然に目を向けるのでなく、日々の暮らしのなかのありふれた自然との個人的な出会いに意味を見出そうする特徴だ (モーガン四九)。二〇一七年に『新ネイチャー・ライティング——場所の文学再考』を上梓したジョス・スミスも、このジャンルを地方色、個別の場所の感覚、日常性、都会と田舎の狭間、人間社会と自然との相互依存関係に注目する著作と定義づけ、リチャード・メイビーの『英国の花々』(*Flora Britannica*, 1996)をパイオニア的作品として挙げる。これは植物学的な見解に基づく図鑑ではなく、英国各地域の生活、慣習、社会との関わりにおける植物の文化的存在に焦点を当てた本である。遡ればメイビーは、レイモンド・ウィリアムズの『田舎と都会』が出たのと同じ一九七三年に『非公式の田舎』(*The Unofficial Countryside*, 1973)を出版し、都会と田舎の二項対立に疑問を投げかけ、境界域(edgeland)への注目を促している。『道路脇の野生ガイド』(*The Roadside Wild Book*, 1974)でもまた、都市化の進んだ現代社会における人間と非人間との共存関係を描いている。新ネイチャー・ライティングとは、博物誌、文化史、紀行文、地誌、散文詩など形は様々だが、内省的で、文化のなかの自然を見つめ、人間と自然との和解を願いつつその困難さ、不可能性に意識的なジャンルと定義できるだろう(スミス 一—三四)。

こうした定義を聞くと、「新」と言わずとも、これは英国でロマン主義の頃より綿々と受け継がれてきたジャンルだという気もする。とりわけ、ある特定の場所に根差し、個別的で、文化と自然との境界領域を描く散文と言えば、ワーズワス兄妹、リチャード・ジェフリーズ、そしてエドワード・トマスらの系譜が思い出されるだろう。現在も新たな作品が生み出されると同時に、これら伝統的なネイチャー・ライティングもまた見直されている。例えば最近では、散策に携帯できる小型版アンソロジーとして、リュックサック・ブック・シリーズがワーズワス兄妹、トマスの散文からの抜粋を相次いで出版している。本稿ではトマスの『南部地方』とウィリアム・ワーズワスの『湖水地方案内』を取り上げ、二十一世紀まで受け継がれる英国ネイチャー・ライティングの系譜について考察したい。

二　ワーズワスの湖水地方とトマスの南部地方

ワーズワスの『湖水地方案内』は、風景版画集に添えるものとして一八一〇年に匿名で出版された後、改稿を重ね、一八三五年に第五版が出されたガイドブックである。とはいっても、旅行者への実用的な情報は最小限にとどめられ、「自然により形作られた湖水地方の景観」「住民の営みによる景観の変化」「変化の悪影響を防ぐための提言」の三つの章を中心とし、ここに二つの紀行文と断片的な自然観察が加えられている。ウィリアム・ナイトも評するように、これは一般的な旅行案内と異なり「普通の人が見逃しやすい、自然の様々な側面についての省察」（ナイト xvi）即ちネイチャー・ライティングの側面が強いものだった。

一方トマスの『南部地方』は一九〇九年に出版された際、その宣伝文には、ジェフリーズを想わせるスタイルで英国の美しい田園風景を描いた散文詩、と謳われていた（ix）。冬の終わりから夏の終わりまでという季節の変化のなか、英国南部地域を歩きながら行った観察や省察をまとめた紀行文という体裁をとるが、内容としては、この地方の地理、気候、鳥や植物などについての想像力に富む描写、瞑想的、哲学的な省察、旅の途中で出会う人々についての空想的な逸話などを取り混ぜた、自然誌、地誌、紀行文の混交体となっている。ガイ・カスバートソンは、トマスが目指したのはホワイトの『セルボーンの博物誌』のような精確な観察、ワーズワスの『序曲』やジェフリーズの『わが心の物語』のような哲学的深みだったと評している（トマス『散文選集第二巻』xxvii）。

このようにジャンル横断的な作品であるが、『南部地方』の中心となるのは自然観察である。第八章でトマスは、自然について学ぶことで、この大地に暮らす生物たちと人間との関係——我々が他の生物から受けている恩恵と彼らに対する責任について理解できるようになると説き、自然観察を勧める。エコロジカルな主張と言ってよいだろう。他方、優れた詩を読むこともまた自然を知ることに繋がると言う。「自然から切り離されたところでは優れた詩は生まれない」からだ。なかでもロマン主義文学は「海、空、山、川、森、動物といった物理的環境のなか」での人間の立ち位置に気づかせてくれると述べるとき、トマスは、ロマン主義文学のもつエコロジーの詩学を、ジョナサン・ベイトやカール・クローバーよりはるか前に指摘していたと言えるだろう。トマスはまた、「『霊魂不滅の直観』と結びついていようがいまいが、最も深く長く記憶される感覚というのは、子供の心で自然と触れたときに得られる感情である」と記し、そうした子供のころの自然体験が結実した例としてワーズワスの『序曲』を挙げている（一一〇）。

一方『英国文学巡礼』（一九一七）のなかでは、トマスは、ワーズワスほど特定の地域と深く結びついた書き手はいないと述べ、その初期の詩は湖水地方にいなくても書けただろうが、後期の詩は他所では書けなかった、書けたとしても全く違ったものになっていただろうと指摘する。（同じことはトマスについても言える。彼の詩や散文が最も優れているのは、それが英国南部の土地や気候と結びついているときである。）そして『湖水地方案内』から、エジプトやイタリアのからっとした青空を「空虚で生気がなく悲しい眺め」と評し、それよりも霧と雲と嵐の土地に住む方がよいとする一節を引いてくる（二六五）。一般的にネガティヴに受け止められがちな湖水地方の気候を偏愛するワーズワスを好ましく感じるのは、トマス自身が自分の暮らした南部地方の土地と深く結びついているからだろう。この二人の類似性は、詩作品よりも自然観察を主とする散文を比べたときに見えてくる。とりわけトマスの『南部地方』はワーズワスの『湖水地方案内』から影響を受けているように見える。どちらも洞察力に富む自然観察、紀行文、内省を組み合わせた詩的文章であり、どちらも各々の地方に誇りと愛情を抱いている。雨や風、鳥、木々や道端の草花についての描写や、人と自然との関わりについての考察からは、二人が似たような感受性を持っていたことが窺われる。二人とも今日の新ネイチャー・ライティングの特徴とされる、地方の視点からの環境意識を持っていた。

三　雨と鳥——空からの贈り物

トマスが引用した少し前の箇所、湖水地方特有の雨についてワーズワスが描いている箇所から見ていこう。

雨はここでは元気よくやってくる。そして大抵その後には澄んだ明るいお天気のもと、至る所で小川が音を立て、滝が高らかに鳴り響く。小川も滝も、どんなに水嵩が増しても決して濁ることはない。……俄雨が山から山へ飛ぶように走るにつれて明るく暗く輝くさまは目を喜ばせ、陽気さと憂いを旋律に織り込んで耳を喜ばす音楽にも勝る。暑い季節あるいは湿度の高いときに、日の出とともに湖や牧草地から立ち昇る水蒸気は、山々に垂れこめ、音もなく谷へ降りて行き、辺り一帯に幻想的な雰囲気を醸し出す。……雲は、山の一点にしがみつくかと思えば、行く手を遮る岩山の背後からふいに輝く頂きを見せたり、視界から瞬く間に姿を消したり——霧と雲と嵐の国に暮らしていてよかったと思わせるのだ。

（『湖水地方案内』五八）

『お天気の国』で英国の作家や画家の天候に対する感受性の変化を追ったハリスによれば、雨について肯定的に描き出すのはロマン派が初めてだというが（一七）、なかでもこのワーズワスの描写は印象的であり、以後のガイドブックや紀行文などにもしばしば引用された。湖水地方の観光地としての弱点である多雨を好ましいものに見せるだけでなく、この土地の売りである湖、小川、渓流、滝の、雨後の素晴らしさを伝えているからだろう。霧が湖水地方の景観を幻想的で不思議なものへと変容させ、雨が音の風景を活気づける様は、『序曲』などの詩作品にも描かれている。山がちな地形は気象に変化を与えるのみならず、山がスクリーンとなって、明るさを変えながら動いていく雨を映し出す。「俄雨が山から山へ飛ぶように走るにつれて明るく暗く輝くさま」という描写は、トマスの詩「雨あがり」に出てくる一節「明るく暗く輝く雨粒」を想わせる。雨に対する細やかな感受性、愛情深い描写には共通するものが感じられる。

ワーズワスが湖水地方特有の雨を描いたように、トマスは南部地方特有の雨を捉えようとした。たとえば雨が「灰色の川を荘厳にし、道路を洗い流し、燧石を動かし、森をいく白い道のてらてらとした白亜質をさらす」（『南部地方』二七五）様を描く箇所は印象的だ。雨があがると、湖水地方では小川や滝が声高に鳴り響くが、南部地方では、沈黙のうちに神秘的な光景が繰り広げられる。

雨と風が同時に止むと、丈の短い草の生えた崖の縁では不思議なものが出現する——直径二インチほどのこんもりとしたキノコだ。突起した中央部にはかすかにぎざぎざがあり、表面は一様ではなくさざなみ立って光を分散し、端の方は波打ち、きれいな円形を崩している。色は淡い栗色で外側は透明感のある蜂蜜色だ。全体的にとても滑らかで雨に艶めき、まるで氷で覆われているように見える。（一一）

個別のものをクローズアップして顕微鏡で観察するかのように描き出す様は『セルボーンの博物誌』を想わせる。その一方でトマスは、湖水地方と違って遠くまで見渡せる田園風景を、雨がゆっくり動いていく様を観察する広い視野も持ち合わせている。

雨が降り、灰色の粗朶束のなかを、新緑の橅の木の前を、影のように幽霊のようにゆっくり通り過ぎていく。白い雲が再び梢の上を流れ、緑は初々しい。何マイルも続く幸福に満ちた田園風景は雨の雫できらめき、そこからクロウタドリの歌と郭公の甲高い呼び声が湧き起る。雨は目に見える世界を輝かすだけでなく、それを見る目、理解する心をも喜ばせるようであり、ふいに我々は姿の良い樫の木の壮麗で卓越した姿に嬉しくなるのだ。（『南部地方』四二）

「見る目、理解する心」という表現にはワーズワスを意識した言葉遣いが見られるが、雨が目の前の風景を移動するのを追いかける視線もまた、先に引用したワーズワスの視線と重なる。さらに、雨の行方を丘の稜線に沿って遠くまで視線でなぞっていてふいに鳥の歌声に驚かされたり、樫の木の美しい輪郭にはっとさせられたりなど、ワーズワスの「賢い受動」を思わせる感受性も見受けられる。

雨の止んだことを真っ先に告げるからか、流麗な響きのせいか、二人にとって鳥の声は水を想わせたようだ。先の引用で、トマスは鳥の声がまるで雨の雫のなかから湧き起こったかのように捉えているが、ワーズワスも水の流れる音と鳥の声との共演を愉しんだ。

英国の囀る鳥たちはここにも無数にいる。広々とした静かな湖のほとりで聴いていると、あるいは渓流のせせらぎと溶け合うのを聴くと、その歌声の力が増大するように思われる。山間の深い谷間に満ち溢れる郭公の歌声には、平坦な土地で聞くときとは異なる、想像力を掻き立てる力がある。（『湖水地方案内』九六）

湖水地方の深い谷間にこだまする郭公の声はワーズワスの想像力を掻き立て、抒情詩「郭公へ」を生み出した。一方トマスは、平坦あるいはゆるやかな丘陵地帯に響く郭公の声を、「雫の歌」と呼応しあうものとして描き出す。

至る所で水が染み出たり湧き出たりして滴り落ちる音がする。植物や木々が葉や花を開き、まっすぐ伸び、風や光を歓迎する際の、ぱきぱき、かさかさ、ざわざわ、といった音が聞こえてくる。密集して湿っぽい様々な匂いのまじった葉群れ、濡れた闇、無数の輝き、水の動き、雲の下で白い野原を素早く走る煙草の煙のような影の動き。その上を、あるいはその合間を抜けて郭公が繰り返し呼びかける。はじめは頭上で、そして遠くから、徐々に近づいたかと思うと、また退く。鳥はやがて飛び去るが、耳は長く残る余音から歌の真髄を、間の取り方まで正確に引き出すことができる。やがて我々は依

然として明瞭に、青空、白い雲、輝く灰色の水辺から聞こえてくる声に耳を傾ける——かっこう！（『南部地方』三三）

郭公の声が空間を移動していく様子、あるいは鳥が飛び去ったのちも声が耳に残るさまなどは、ワーズワスの「郭公へ」を想起させるかもしれない。植物が水や風、光に反応して発する思いがけず賑やかな音、水と光が生み出す匂いや靄の動き、そして鳥の声との共演はなんとも楽しげだ。

一方、ナイチンゲールの声は次のように共感覚的に表現される。

ある朝、とても早く……白い小道の沈黙が引き裂かれ、歌へと変わる。……素早い旋律はそれぞれ、葡萄の実のようにまるく、瑞々しい爽やかさに満ちており、葡萄のように房になる。一方でその声は夜明けの山の泉のように澄み切った野性味を持つ。……ナイチンゲールだ。……彼らの歌の最高の魅力は、その非人間性にある。大地は誰かの私有地以上の価値を持ち、この世には人間以外に力と栄光に満ちた存在があることを教えてくれる。（二五—二六）

キーツを想わせる一節であるが、鳥の豊かな声を葡萄の実の甘さ、瑞々しさ、ふくよかさに喩えている。味覚・嗅覚・触覚・視覚を刺激する共感覚的な表現といってもいい。五感すべてで鳥の声を感じ、愉しむ一方で、トマスは鳥の魅力はその非人間性にあると言い切る。鳥の他者性に対するこうした理解は、現在のネイチャー・ライティングでも、例えばコッカーの『鳥の国』やマクドナルドの『オはオオタカのオ』に受け継がれている。

四　大地に生きるものたち

スタフォードの『長い長い木の一生』が示すように、木は人の生活や文化と密接に関わってきた存在であるが、トマスは木についても「その非人間性ゆえに木を愛する」という。葉が奏でる「夕暮れの涼しい歌声」、無数に枝分かれする様子、「柱のように」すっくと伸びる幹、悪天候のなかで「枝が風を切る音」、雷時に「発作的に見せる指のような動き」など、様々な天候下で視覚的、聴覚的に捉えられた木々は、まるで自ら意思を持つ生き物のようである。とりわけトマスは「堂々とした幹で大地と繋がりつつ」「雲のような」頭部を空に向かって揺らす木の姿――大地と空を繋ぐ姿に惹かれていたようだ（『南部地方』一二八）。一本の木の美しさに喜びを感じる瞬間というのは、「櫟の木」や「霊魂不滅の頌」など、ワーズワスの作品にもしばしば描かれている。大地にしっかりと根を張る不動のイメージを持ちながら、雨や風、霜や滝、月や日差しの変化を繊細に受け止めて反応する木々の枝は、ロマン主義的感受性のメタファともなった。ワーズワス、トマスともに、散文、韻文を問わず、様々な折を捉えて中間領域に立つものとしての木を詩情豊かに描いている。例えばトマスは、トネリコの小枝が扇のように広がってその合間から満月の光がこぼれる様子を「無数の煌めく花」と捉え、木の葉先に輝く雨粒を蛍や空の星と重ねて描き出す（『南部地方』一四〇）。ワーズワスの筆も、凍てつく霜の降りた朝、「樺の木のレモン色の葉が風にあおられ、日の光のなかダイアモンドのように」光を放ち、「葉のない紫の小枝が水晶の雨粒で煌めく」様を捉えている（『湖水地方案内』一一八）。木々は空、気候の変化に鋭敏なのだ。他方ワーズワスは、荘厳な姿が石造りの家屋とよく調和するとして、家の傍にヨーロッパアカマツやシカモアカエデを植えることを勧め、これらの木の姿と質感は「堅く不動な石と軽やかな木々の枝や葉との中間という趣をもつ」（八七―八八）と評す。トマスもまた、大地を連想させるずっしりとした質感と風を想わせる優美な動きとを併せ持つシカモアカエデの両面性を褒め称えている（『南部地方』一二八）。

一本の木の佇まいだけでなく、それぞれの暮らす地方全体の植生が織りなす大地の美しさ、調和の美にも二人は目を向けた。ワーズワスは、山々に囲まれた湖水地方では、夏よりも冬の方が美しいとし、冬の山肌に展開される色のグラデーションを丁寧に描き出す。

山腹では樫の林が赤茶の葉をまだ保っている。樺の木は銀色の幹と暗赤色の小枝が目立つ。夏の間木蔭に隠れていた柊は、葉を落とした落葉樹の合間から緑の葉と赤い実を覗かせる。蔦は木々の枝や幹、切り立つ岩山をすっぽり覆う。牧草と羊歯の夏の濃緑にかわって、様々な豊かな色合いが競うように山肌を飾る。褐色がかった緑、オリーブ色、茶色に色づく芝、枯れた羊歯、灰色の岩が程よく混じり合い調和している。霜の降りない限り、苔や地衣類は冬にこそ鮮やかに繁茂する。その細密画のような美しさは地表を贅沢に飾り……さまざまな種類の小さな羊歯の瑞々しい緑とまじりあう。

（『湖水地方案内』四六—四七）

「細密画のような美しさ」とあるように、ここでは専ら「観察眼を備えた旅行者」の目に訴える美が一幅の絵のように描かれるが、他方、エコロジストのような視点で、雑木林、牧草地、山腹、湿地など異なる土壌の異なる植生が捉えられた箇所もある。

早春のビルベリーほど美しいものはない。芽吹き始めたばかりで陽の光を完全に遮ることのない木々の下で、小さな岩山を覆うその瑞々しい緑は、開けた野原の草より生き生きとしている。——手入れの行き届いていない放牧地沿いに豊かに繁茂し、六月には灌木の植わった斜面に沿って金色の花で筋を付けるエニシダもよい。豊かな常緑樹の杜松の木は、家畜の被害を受けるにも拘らず、囲われていない山腹によく茂る。——ギンバイカは湿地でよい香りをふりまく。畑地や牧草地には多種多様な素晴らしい花々が咲き乱れているが、この土地の農業がもっと注意深く行われたなら、消えてしまうだろう。地衣類と苔類も忘れてはならない。その豊かさ、美しさ、多様性は他のどの地域をも凌駕している。

（『湖水地方案内』五七）

この一節で目を引くのは、農業がもっと注意深く効率や収益重視で行われていたなら、多様性の美は失われていただろうと指摘する点だ。しかしワーズワスは手つかずの自然を賞賛するわけではない。野生の食用ビルベリー、手入れの行き届いていない放牧地、家畜に荒らされる杜松の木、畑地に咲く野の花など、ここには野生の自然と人間とが共存するさまが見て取れる。『湖水地方案内』で繰り返し描かれるのは、自然と人間の営みとが相互に影響しあって生まれる風景美である。例えば土地の石で作られた家々がまるで地面から生えてきたかのように周囲となじみ、苔や羊歯、花に根を張るための場を提供するさまをワーズワスは愛おしむ（七〇―七一）。また、地理的特徴に従って人々が居住場所を決め、それによって宅地、耕作地と荒地とが絶妙に調和した風景を作り出すさまを「最初の居住者は当然のことながら、より豊かで、乾いていて、石の少ない土地を求めた。こうして森林地帯と芝地の混在した土地を生み出したが、その優美さと自然さは熟練した画家にも再現不能であろう」（五七）と褒め称えている。

トマスもまた、季節によって移ろいゆく自然界の色合いの美しさに関心を向け、人と自然の営みが共存する風景美を称える。

暗い池の端で白い小馬らが草をはみ、ギンバイカの香りをまき散らす。ヒースの咲く荒れた丘には、むき出しの砂利が黄色い傷をつけ、緑と灰色の地衣が貼りつく巨大な樵の木は、ときおり頭上でこわばった葉を揺らす。群生する柊の古木に同じくらい古い蔦が巻き付き、両者は一体化し、まるで石のようだ。緑に縁どられた黄色い道がヒースとハリエニシダの合間に見え隠れし、風に震え前のめりになった松の木が、無言のまま影を落とす。赤紫の荒野では白いキノコが濡れて輝く。無数の赤い実をつけた山査子、黄色いハリエニシダ、ピンクのヒース、そして大きな羊歯。（『南部地方』一六五）

この個所には人影は見られないが、砂利の採掘場、荒地を縫って進む黄色い道が人の存在を示唆している。馬、花、木、地衣類、菌類など生態系の様々な位置を占める生命体が水、風、大地と互いに関わりあいながら色彩豊かな風景を作り出す。そこに刻まれた道は、人が自然と関わりながら歩いた跡である。「土壌と森と水の組み合わせが昔の街道の位置と方向、重要度を決定する。人の居住地の位置と大きさも同じだろう」（一一三）と、トマスは先に引いたワーズワスの言葉を髣髴とさせる考えを展開する。地理的条件が人の居住場所を決めて風景を形作るように、道も人間と自然との交渉の跡を示すのだ。

五　道の歴史

『湖水地方案内』は、旅行者にどの季節に湖水地方を訪れ、どこを歩いて何を見るべきかを指南するが、とりわけそれぞれの谷に無数に張り巡らされた「家と家、畑と畑を結ぶ小道」を歩くことを勧める。それはまさに、住民が日々の暮らしのなかで歩いたことで形作られた道であり、生活の営みを示す。小道沿いに人が築いた石垣は「トネリコやハシバミ、野薔薇、……苔や羊歯、野苺、フウロソウ、地衣類」などに根を張る場所を提供し、旅行者はこうした小道を辿ることで「田舎の隅々まで散策でき、風景の隠れた宝を見つけること」ができる（七二）。ここには石垣（人工物）と植物（自然物）が共存する境界域（edgeland）が描かれている。この田舎の小道を都市や郊外へ移したのが、メイビーの『道路脇の野生ガイド』だとも言えよう。ワーズワスの『湖水地方案内』は人の生活と隣り合う自然を描く英国的な自然誌――道の自然誌の原点という側面も見せるのである。同じような感性はトマスにも見られる。

道路を離れ、使われていない脇道へ逸れると、草が丈高く伸び、ハシバミの木蔭には野生のバジルとマジョラム、シマセンブリ、矢車菊、塩竈菊が目立ち、その上には赤い斑点のある緑の蚕蛾がぶら下がっている。晴れた夏の日に香りを放つ植物、白い芹の花、白や薔薇色のハナウド、白と黄色の八重葎、黄色い蓬もあった。ところどころ生垣が壊れ、道の両側に芝土が広がる。片側は荒れた急斜面で、遠い昔に人や家畜が通った跡が深く刻まれている。（『南部地方』一五二）

ここに描かれているのは、今は使われていない小道であり、「遠い昔に人や家畜が通った」ことを示す痕跡である。「その気になって観察すれば、草地の起伏、生垣や小道、道路の描くためらいがちな線はすべて、様々な言語や文字で書かれたエピグラフのように短い碑文となる」（一一五）と言うトマスは、ワーズワスと同様、土地の起伏、道、風景のなかの事物は過去を保存すると考えていた。そしてこの考えはマクファーレンの『ランドマーク』などに受け継がれることになる。

トマスもワーズワスも自然観察者であったが、人と自然の営みが共に創り上げたものとしての風景を眺める時、二人の意識は歴史へと向かう。『南部地方』第九章には理想的な歴史記述についての考えが展開される。トマスは、ひとつの教区、あるいは町や村といった地方の視点から捉えた英国史が書かれるべきだと主張する。そうした歴史書は、地理的な描写――「古い森の縁と耕作地とが接する線、川や生垣、雑木林や池、石垣や道が境界線を成す畑の輪郭、網の目状に広がる道路や小道」が大地に描く線の描写から始まる。「城、教会、領主の館、農家、納屋、橋を造り上げる石の声」に耳を傾け、教区記録や墓石、畑地や家の名前を探る必要がある。鳥や獣についての記述、「道の歴史も必要だ」とトマスは言い、「ハンプシャーを行く旅人は覚えているだろう。風の流れのように傾き、鳥のように曲線を描き、粘土層と燧石の高台から白亜の大地を抜け、川辺の砂地へと降りていく道のことを」（一一三―一一四）と続ける。空を背景に丘の起伏に沿ってゆったりと曲線を描く道は、鳥の飛跡を想わせたのだろう。と同時に、地形に従って暮らしを営み、道を作ってきた人々の歴史を示唆する。

この地誌的な歴史観、英雄・偉人よりは庶民の暮らしに注目し、人間と動植物を含めたある一地域の歴史を描こうとする姿勢は、ワーズワスが『湖水地方案内』第二章で示した歴史観と一致する。第一章で読者に、想像のなかで山頂あるいは雲の上に立つよう促し、湖水地方の地勢図を車輪のスポークに見立てて描き出したワーズワスは、住人の営みによる景観の変化を描く第二章でも再び読者を山頂に立たせる。

> 読者には想像のなかで、住人が入り込む以前のこの地方の光景を見おろしてほしい。感覚に変化をつけ、静けさを打ち破るべく、入江に寄せる潮の満ち引き、険しい海岸線にぶつかる海、大海原へ流れ下る川の様子を思い描いてもいい。想像のなかで風が湖の上を渡り、山の峰の合間を吹き抜けるのが見聞きできるだろう。太古からの森が葉をつけては落とすことを繰り返しても、それを見る人も惜しむ人も変化を歓迎する人もいない。（『湖水地方案内』六三）

湖水地方の歴史について書く際に、ワーズワスはまず海、川、湖、山、谷、森が作る領域を描き、そこに「万物の戦い」によって自然の均衡が維持されていた「獣たちの大国」を置く。はるか後にやってきた人間は「狼、猪、野牛、赤鹿、絶滅して久しい巨大鹿」と共に住まわせてもらう新参者であり、一方周囲には「隼や大烏、鷲」に占領された「人を寄せ付けない岩山」が残っている。地理的な描写から始めて動物、人間へと進む歴史はまさにトマスが目指した理想の歴史書のスタイルであり、ネイチャー・ライティングのなかに組み込まれたからこそ可能となった歴史記述だとも言える。

近年「人新世（anthropocene）」という概念が注目されている。これは人類が地球の生態系や気候に大きな影響を及ぼすようになった地質学的な時代を指す呼称であり、環境危機への不安が生み出した概念でもある。スミスは、この概念は我々にローカルかつグローバルな志向を同時に持たせ、日常の身近な環境との関わり方が地球規模の環境に影響を与えるという意識を持たせるとし、そうした自覚が新ネイチャー・ライティングを特徴づけているとする（一二一八）。ワーズワスの『湖水地方案内』もトマスの『南部地方』も、限定された一地方のこと、ごく身近な日常的自然を描きつつも、そこに地誌的歴史観を持ち込むことで、我々に人間と自然との関わり合いの歴史という広い視野を持たせる。この点においても、二人の作品は今日の英国ネイチャー・ライティングの源流に位置づけられると言えるだろう。

参考文献

Harris, Alexandra. *Weatherland: Writers and Artists under English Skies*. London: Thames & Hudson, 2015.

Knight, William. *The English Lake District as Interpreted in the Poems of Wordsworth*. Edinburgh: David Douglas, 1878.

Morgan, Joe. 'A Cultural History of New Writing'. *Literature & History* 23.1 (2014): 49–63.

Smith, Joe. *The New Nature Writing: Rethinking the Literature of Place*. London: Bloomsbury, 2017.

Thomas. Edward. *Prose Writings: A Select Edition. Vol. 2: England and Wales*. Eds. Guy Cuthbertson and Lucy Newlyn. Oxford: Oxford University Press, 2011.

——. *A Literary Pilgrim in England*. Oxford: Oxford University Press, 1980.

——. *The South Country*. 1932. New preface by R. S. Thomas. London: J. M. Dent, 1993.

Wordsworth. William. *The Guide to the Lakes*. Ed. Ernest de Selincourt. 1906. New preface by Stephen Gill. London: Frances Lincoln, 2004.

第五章　仮想都市のバイオグラフィー
――ウォルター・ペイターのヴェネツィア

田中　裕介

Ⅰ　モザイク

オスカー・ワイルドは、オックスフォード在学時に出会い、自らを散文の道に誘ったウォルター・ペイターの代表作『ルネサンス』（一八七三）を「黄金の書」として賞賛し、終生愛読していた。[1] 一方で彼に対して遠慮ない批評も残している。「全体としては、われわれの間で現在創作を行っている、英語の散文の完璧きわまりない熟達者のペイター氏の作品さえ、多くの場合、音楽の一節というよりはるかにモザイクの一断片に近く、真にリズムにあふれた言葉の生命を、そのようなリズムにあふれた生命が産み出す効果である見事な自由と豊かさを、そこここで欠いているように見える」。[2]『ルネサンス』の流動する生の流れと調和する淀みない文章を理想とした場合、「モザイク」なる語は、ペイターの最新刊『批評鑑賞集』（一八八九）所収の諸論文に見られる停滞と固定に帰着する、ワイルドにとって否定的な文体の比喩として読める。ただし彼は、この言葉によって後期ペイターの批評言語を単に否定するのではなく、その様態を正確に言い当てようとしたとも感じられる。ペイターはある時期から、モザイク的な文体を自覚的に追究するようになったのではないか。

ケネス・クラークなど多くの論者が芸術理論として高く評価する論文「ジョルジョーネ派」が発表されたのは一八七七年であり、[3]これが『ルネサンス』に収録されたのは、一八八八年刊行の第三版においてであった。このエッセイについては、芸術理論の部分（冒頭から五三〇ページ下部の空白まで）とそれより後の絵画論の部分とに分割し、前者をテーゼの提示、後者をその論証として扱うことが多い。しかしながら本稿では、両者において同じ語句が共通して用いられることに着目して、全体を連続した均質なテクストとして論じてみたい。

まず注目するのは「限界」(limitation) という語である。「それゆえ各々の芸術は、それ独自の伝達不可能な魅力を帯びており、想像力に訴えかける特有の仕方、その素材への特有の関わり方を特徴とする。審美批評の働きの一つは、そのような限界を定めること……にある」。[4]ここで「限界」という語は、一つの芸術分野（絵画、彫刻、音楽など）を他の芸術分野から分かつ固有性の境界を意味している。この語はその用法を踏襲して、後半部の冒頭でも使用される。「他のどの画家の流派よりも、絵画という芸術の必然的な限界を本能的にではあるが過たずに把握し、一枚の絵画における絵画性とは何かという本質を正しく理解したのが、ヴェネツィアの流派であった」。[5]絵画固有の魅力を画布に定着した存在として「ヴェネツィアの流派」(the school of Venice) が称揚されており、そのようなヴェネツィア派絵画の精粋としてのジョルジョーネの作品評価への効果的な導入となっている。同時に注目されるのは、「ヴェネツィア」という固有名詞が初めて書き込まれているこの文において「限界」という語が記されている点である。『オックスフォード英語辞典』によれば、limitation という英語についてもっとも古くからの用法が「割り当てられた土地」の意味であるかぎり、表面の文意とは別に、海を埋め立てて造成されているがゆえに土地開発上の「限界」が条件づけられているヴェネツィアの地誌的把握が、この文には潜在していると仮定しておきたい。

都市そのものへのペイターの認識を、それを直接論じていない箇所に読み込むのは恣意的に思われるかもしれない。しかし彼は一貫して、ヴェネツィア派の画家たちの芸術活動の背景となった〈場所〉を論述の対象としている。冒頭近くでは、「ヴェネツィア派の巨匠たち」が、「地勢描写」(topography) をこととする存在にとどまらなかったことが、「ヴェネツィアの風景」との関わりで論じられている。[6] 否定的に言及されているこのトポグラフィーという語で想定されているのは、同時代のヴェネツィア学の大権威としてのジョン・ラスキンであったといえよう。[7]

そもそも十八世紀までヴェネツィア派の絵画は、素描能力がフィレンツェ派などに比べて劣ると考えられてイギリスにおいて評価が低かった。[8] 一八二〇年代から三〇年代にかけて、W・エッティ、C・イーストレイク、J・M・W・ターナーらが、ナポレオン戦争終結後の大陸との自由な往来が再開した状況の中でヴェネツィアを訪れ、その魅惑的な風景に接して、ヴェネツィア派の色彩に開眼する。その延長線上に、一八三五年、十六歳の時よりヴェネツィアを何度も訪れ、終生この水上都市に魅せられていたラスキンが登場する。[9] 初期においては道徳観にその美術鑑賞の態度が拘束されていたため、官能性に訴えかけるヴェネツィア派を軽視していたラスキンだが、一八五八年、ヴェロネーゼ『ソロモン王とシバの女王』を圧倒的な感動をもって鑑賞した体験を経て、ヴェネツィア派評価へと転じる。ヴェネツィア派に目を開かれたラスキンは「意外なほど後年の唯美主義者たちの主張に接近していた」と述べる谷田博幸は、次いでペイターの「ジョルジョーネ派」を引用する。[10] 一八五〇年代後半以降のヴェネツィア派評価という文脈において、ラスキンからペイターへの連続性が確認できるのであり、「ジョルジョーネ派」はその最大の証拠文書ということになる。

上記のヴェネツィア派評価をめぐる絵画史の文脈を了解した上で、本稿ではむしろ芸術作品を媒体としたヴェネツィア都市論という文脈を重視したい。そこで焦点として浮上するのが、ラスキンのヴェネツィア体験の集大成『ヴェネツィアの石』(一八五一—五三) であるのは言を俟たない。批評家の余技とはもはやいえない写生の技法を駆使した緻密な都市建築の無数のデッサンを基礎として組み立てられたこの大著は、あたかも一都市の全様態を一冊の書物に封じ込めようとするかのような野心的な試みであり、その方法論は徹底的な視覚的描写に基づくトポグラフィーといってよいだろう。ペイター「ジョルジョーネ派」は、そのようなラスキンの方法論に自覚的に対抗するテクストなのであり、アーサー・シモンズとゲオルク・ジンメルがそれぞれ世紀転換期に執筆した感覚的スケッチに先駆するヴェネツィア都市論としての性格を帯びていると捉えられる。(11)

Ⅲ　運河

「限界」の次に注目する語も、またヴェネツィアの都市風景を喚起することによって読み解くことができる。すでに注目した「限界」を越える動きを表す言葉が、本エッセイには多出する。「移る」(pass) という動詞であり、そこに through や into という前置詞が添えられる箇所も多い。「……与えられた素材を扱うその特有の仕方において、個々の芸術分野が、他の芸術分野の状態へと移る (pass into) ことが認められるのは、ドイツの批評家たちが『異なるものへの憧憬』と呼ぶ作用、すなわちそれぞれに固有の限界 (limitations) からの部分的な離脱によってであり、それによって各芸術分野は、むろん互いの場を占めることはないが、お互いに新しい力を与え合う」。(12)「限界」という語によって、ヴェネツィアという都市の地理的条件と重ねつつ一つの芸術分野の境界線を強調したペイターは、pass という語によって、その次の段階の芸術分野間の相互浸透性を主張するのだが、この原論の部分で用いられた pass は、文末に近いジョルジョーネ派を論じたもっとも印象的な段落にも登場する。

そのときこれらジョルジョーネ派の好む画題、音楽、いわば私たちの存在にひそむ音楽のような間隙において、生そのものは、ある種の聴き取り、すなわち音楽、バンデロの小説の朗読、水の音、過ぎ去る時間の聴き取りとして捉えられる。そのような瞬間は私たちの戯れの瞬間で多くはあって、この瑣末な時間と思われるものがもたらす予期せぬ至福によって驚かせられる。戯れがたいてい人びとが自身の最高の力を注ぐものというだけではなく、そのような時間に、私たちの卑俗な日常的配慮の圧力がゆるみ、外界の事物のより望ましい力に自由な通行（free passage）が許され、私たちが巧みに扱われるからである。こうして、音楽からジョルジョーネ派がしばしば移行する（pass）のは、音楽に似た戯れ、仮面劇であり、そこで男たちは公然と実人生を戯れの対象として、子供のように「扮装し」、まだら染めであったり刺繍や毛皮で飾られたりしたイタリアの古怪な衣装に身をやつすのだが、この画匠はきわめて奇妙なその図案者であり、またそれを（顕著なのは手首と喉のぴかぴかの亜麻布だが）いとも巧みに描いた。[13]

芸術分野間の相互浸透性の帯びる流動性の感覚がその特質と重ね合わされている「音楽」は、ここで「聴き取り」という行為を媒介として、狭義の芸術分野としての音楽という枠から離れて無意識の日常的感覚へと溢れ出す。ペイターにおける「音楽」は、「音楽のような間隙」、つまり楽音の止んだ時間における無意識的な感覚のさざめきと称しうるものである。[14]このとき私たちは主体として外界の事物に働きかけるのではなくむしろ受動的な客体と化して、事物の方が「自由な通行」を通して私たちの感覚の桎梏を解除する。この感覚の開放の背景として、「水の音」の聴覚体験から、カルナヴァーレでの「仮面劇」への参加が点綴されているかぎり、ここでもヴェネツィアという都市の感覚的体験が記述を支えていることが理解できる。さらに言えば、「限界」の下で縫うように設えられている「移行する」という動詞を中心とする語群には、ヴェネツィア名物といってよい都市にはりめぐらされた通行路としての運河についての知覚が投射されているのではないか。運河の「自由な通行」は直接的には何よりもまず「水の音」の聴覚体験なのである。

ラスキンが現地を歴訪した上で、重厚長大な文の重畳を通して緻密な視覚的再現を企図したのに対して、ペイターは主に聴覚を通しての感覚の微妙な震えを反映した語句を散りばめることによって、都市で得られるより全体的な体験を感官に喚起することを試みる。ペイターに実際のヴェネツィア滞在の経験が存在しないと想定される以上、[15] この試みは仮想的なものである。しかしながら、実際にヴェネツィアを訪れて、その人工性に言及したジンメルの記述が否定的に聞こえるのに対して、[16] 実体験を通して仮想性を論じるという矛盾を回避するかのように、ここでペイターは、この都市の仮想性を論じるのに意識的に仮想的な方法論をもってしている。都市から得られる感覚を再現するには、実際に訪れる必要はなく、都市を背景として描かれた芸術作品からその環境がもたらす感覚を読み込む技術を開発すればよい。「ジョルジョーネ派」の核には、そのような都市読解の技術の実演が潜んでいる。これは実体験を至上とする通念にあえて背を向けた、不自然な、あるいは不遜な態度なのであろうか。そうとも簡単には言いきれないのは、人間に歴史を遡る能力が与えられていない以上、小説であれ絵画であれ歴史的なテクストの受容は、この技法を駆使しなければ、現代性を中途半端に投影した一面的な読解を呼び込む危険があるからである。ヴェネツィアン・ゴシック評価という価値観が濃厚に反映している『ヴェネツィアの石』は、豊かな細部の精密な記述にもかかわらず、その種の欠陥を露呈させている膨大なテクストの廃墟としてペイターには映っていたのではないか。ラスキンは、認識する主体の位置が現代に拘束されているにもかかわらず、その限定、いわば特権的な普遍性の罠に盲目であることによって、むしろ対象の歴史的な独自性に対して誤ったアプローチを試みているのであり、少なくともヴェネツィアという表層的な感覚体験がすべてであるような都市に対しては不適切な態度で応接しているのではないだろうか。

Ⅳ　写真

ラスキン『ヴェネツィアの石』とペイター「ジョルジョーネ派」の間には、一つの歴史的断層が走っている。すでにナポレオンの侵攻によって、一七九七年に一千年以上に及ぶ独立共和国としての歴史の幕を閉じていたヴェネツィアだが、イタリア統一の余波としての政治的激動の中で、一八六六年にはイタリア王国に編入され、ヨーロッパ政治の舞台における実体的役割を名実ともに失うことになる。そのようなヴェネツィアの政治的使命の完全な終焉と並行して、一八七〇年代において大きく報道されていたのはヴェネツィアという都市の物理的滅亡、すなわち水没の危機であった。それゆえに当時最先端の技術であった「写真」が、現存の都市風景を残す枢要な役割を果たすテクノロジーとして、この都市と結びつけられることになる。当時のイギリスの写真雑誌の記事によれば、その都市風景の写真がイギリス国内には氾濫していた。[17] ヴェネツィアは、その写真の流通を通して、消滅の瀬戸際にある都市としてのイメージを、逆説的に確固としたものにする。ペイターにおけるヴェネツィアという都市の仮想体験は、絵画のみから汲み出されたのではなく、同時代の都市風景の写真のイメージによっても構成されていたという想定は一八七〇年代の文化環境においては自然であろう。[18]

さらに意味深いのは、ペイターが「ジョルジョーネ派」の絵画を、写真的特性を帯びた媒体として捉えている点である。

ジョルジョーネが創出者であるのは『風俗画』であり、この容易に持ち運びができる絵画 (easily moveable pictures) は、祈禱であったり寓意や歴史の教育であったりする用途に資することはなく、心地よい家具や風景に囲まれた実在の男女の小集団であり、会話や音楽や遊戯といった実生活の断片だが、洗練され理想化されているので、生への遠くからの一瞥

(glimpses of life from afar) のように見えるまでになっている。[19]

右の引用において、ペイターはジョルジョーネの絵画を、日常生活の瞬間を切り取ったスナップショットのような写真的特性によって規定する。同時に媒体の移動可能な性質を強調することで、ヴェネツィア派の系譜の再解釈をひそかに遂行する。すなわちラスキンが、パラッツォ・ドゥカーレ、サン・ロッコ大信徒会など公共の大建築を荘厳に彩り、「祈禱」や「寓意や歴史の教育」の役割を果たすティントレット、ティツィアーノ、ヴェロネーゼの大絵画を中心に論じたのに対して、ペイターはあえて画面が小さく作品数も少ないことに加えて、その寓意の読解を簡単に許容しないジョルジョーネの絵画をヴェネツィア派の特徴をもっともよく体現した存在として措定することで、ラスキンのヴェネツィア派解釈に暗に異を唱えている。「ジョルジョーネ派」というタイトルそれ自体がラスキンへの挑戦であったのだった。

ヴェネツィア美術史の視座転換を図っただけではない。『ヴェネツィアの石』におけるラスキンの都市の歴史的把握にも変更を迫っている。ペイターは、ヴェネツィア派絵画史を構想するにあたり、始原における「ビザンツの装飾」との繋がりを指摘し、「ヴェネツィア派の作品はその始原の影響から逃れることはできなかった」と述べる。[20] ラスキンの歴史記述が、ゴシック様式への発展とその衰退を基軸とした直線的な歴史を提示しているのに対して、始原の影響の残存に言及するペイターのそれは、むしろ同時的共存の様態を通した歴史把握を中心に据える。この歴史把握は、むろん彼のルネサンスおよびギリシャ研究のそれと通底しているが、学問的理解というよりもヴェネツィアから得られる仮想の感覚的体験と共振しているといえるのは、ヴェネツィア発祥の地トルチェッロのサンタ・マリーア・アッスンタ聖堂を、また聖マルコ寺院を彩るモザイク画が、時間的経過を通して塗り重ねられる油彩画とは異なり、石の断片の空間的並置によって特徴づけられるものだからである。そしてそのモザイク的性質こそ、ペイターにとって、多様な様式の同時的共存を本質とするこの都市全体がもたらす感覚的体験の核心に他ならなかった。「モザイク」という平面的装飾の性質を中心として、トルチェッロと聖マルコ寺院と都市全体が歴史的に同心円状に位置づけられると同時に、この中心は、ジョルジョーネ派の絵画という移動可能な媒体を通して、都市全域に遍在するのである。

　ヴェネツィア派絵画の濫觴をなすモザイクの装飾的性格を正しく引き継いだジョルジョーネあるいはジョルジョーネ派の絵画の特性は、写真とのさらなるアナロジーを通して探究される。

> ……審美哲学者にとって、実際のジョルジョーネと彼の現存する真作にとどまらずにまた残されているのが、「ジョルジョーネ的なもの」、すなわち芸術におけるある影響 (influence)、ある精神 (spirit) いわばある一つの型 (type) でもあり、それが息づいている人びともそうだが、推定される彼の作品の多くを実際に描いた人びともさまざまである。事実、一つの真正の流派が生じたのは、その同定の正誤はともかく彼に帰せられたあの魅力的な作品群からであり、また諸事情でそのデッサンや図案が彼のものとして珍重されている無名・逸名の画工の手になる、ジョルジョーネに基づく模写 (copies) や改作 (variations) からであり、彼が同時代人たちに与え、それによって人びとの心にとどめられた直接的な印象からであり、彼から発し現代にまで及び、それを逆にたどることによって彼の原初のイメージを満たすことになる主題と手法の多くの伝統からである。こうして彼はヴェネツィアそのもの、ヴェネツィアが投影された反射像すなわち理想像の化身となり、ヴェネツィアにおける望ましくも強烈なものはすべて、この見事な青年の追憶を核として結晶化したのである。[21]

ジョルジョーネという唯一無二の芸術家の真作を特定し、その個性的才能を称揚するのではなく、ジョルジョーネに端を発し複数の芸術家たちや画工たちの作品に現れる「ジョルジョーネ的なもの」に着目するというこの論旨は、本エッセイの芸術理論の部分が多くを負っているシャルル・ボードレールの、[22] 例えば『パリの憂鬱』(一八六九) 所収の

「窓」が提示する、真正なものよりも贋の作りものに高い芸術的価値を与える認識に基づいているとはいえよう。[23] しかしこの論述でのペイターの工夫は、「模写」と「改作」、すなわちコピーとヴァリエーションという語が示すように、絵画をあたかも写真のような複製芸術として扱っている点に求められる。そしてその芸術媒体に関わる把握において、「ヴェネツィアそのもの」から「ヴェネツィアが投影された反射像」への言い換えが伝えるように、都市の実態がそのイメージに焼き付けられて両者が重合する。このヴェネツィアの「反射像」は、まさに運河の水の面に揺らめく建築物の影でもあり、また写真の中に把捉された都市のイメージでもあるだろう。実体とそのイメージの境界線を溶解させている都市としてのヴェネツィアと同じ性質を有しているからこそ、「ジョルジョーネ」が「ヴェネツィアの化身」として論じられているのである。交響曲のピアノ編曲版のスコアのような、言語という単一の媒体を用いながら重層的な旋律を展開するペイターのテクスト構成法は初期から一貫しているが、ジョルジョーネ派の絵画を論じる一方で写真と都市をめぐる言及を同時に展開する本エッセイにいたって、完全に方法論的自覚をもって遂行されているといえよう。

ペイターはここでヴァルター・ベンヤミンが「複製技術時代の芸術作品」（一九三六）で提起したのと等しい「オリジナル」と「コピー」の関係性に依拠して論述を構築しているが、[24] ただし「コピー」のみによって成立する世界像を顕揚するポストモダン的な態度が採用されているのではない。同時代における写真のように、「コピー」が際限なく流通しうる世界で、むしろある種のアウラの再興を志向するペイターは、しかし「オリジナル」への回帰を求めるのではなく、仮想的世界の感覚体験を支えうる新たな統一点を模索する。上の引用において、そのような探求の方向性を示すのが、「影響」「精神」「型」という一連の語である。とりわけ「精神」(spirit) という語が注目されるのは、この語が、拡散するイメージの要としての役割を果たすべくこのエッセイで何度も反復されているからである。「ジョルジョーネ派」の流派としてのまとまりは、創始者への忠誠や特定の技法ではなく、「精神」の共有に求められる。

Ⅴ　青年

「精神」(spirit) という語が、「息をする」(spir) という語根を「憧れる」(aspire) という語と共有するかぎり、本エッセイに含まれる芸術思想を凝縮して示す文として強調されている「すべての芸術はつねに音楽の状態に憧れる」(*All art constantly aspires towards the condition of music*) を、単なる抽象的なテーゼとは別様に解釈することが可能になるはずである。[25] 自然科学の論文中のステートメントのようでもあり、またラテン語の警句の英訳のようでもあるこの文については、文学、彫刻、絵画などすべての芸術分野が、「形式」と「内容」を一致させている「音楽」という芸術ジャンルを理想とするという意味に解するのが常識であろう。だがペイターの重層的な書法に従うならば、同時並行する他のいくつかの意味の線を浮かび上がらせる必要がある。

まず指摘できるのは、全体の文脈に照らしたとき、この art は必ずしも狭義の「芸術」には限定されないという点である。art を広く人工物と捉えるならば、自ずと対比されるのは、nature である。この文では、目的語として、nature ではなく the condition of music という語句で、理想化された「芸術」の形態が代入されているとするならば、これは後にワイルドが記した「自然は芸術を模倣する」という文と同じ認識を共有しているといえるのかもしれない。[26] しかしこの「音楽の状態」についても一考の余地がある。既述のように music もまた本エッセイでは狭義の芸術には限定されず、都市生活の中で無意識に感受する聴覚の震えを包含していた。そこでこの文においても潜在する意味を支える文脈として、仮想されたヴェネツィアの都市体験を想定することが可能である。all art が抽象的に人工物すべてを指示する一方で、具体的な都市生活の全体を含意しているとすれば、spirit という統一性の核をなす語と響き合う aspire towards という動詞表現を媒介として、都市生活の混沌を吹き払う涼風としての「息吹き」が希求されている。aspire towards は、pass によって切り開かれた自由な相対性の平面的空間に、広場において空に聳える聖堂の尖塔（spire）のような統一的な垂直軸を導入する。そして目的として置かれた「音楽の状態」は、「存在と共鳴する音を産み出す状況」としてのヴェネツィアの都市環境を示唆するだろう。[27] この一文を通して、宗教的語彙を回避しつつ、人間存在を日常生活の中で不意に襲う超越性に通じる感覚のゆらぎが掬い取られている。都市の人工的環境の中でそのような瞬間が訪れるのは、どこよりもヴェネツィアであるという認識が、ペイターにあっては、徹頭徹尾仮想的に提示されているのである。

ペイターは、「ジョルジョーネ派」において、芸術原論の提示とその論証という形式を擬装しつつ、「限界」「移行する」「憧れる」という仮想のヴェネツィア体験から引き出した語をテクストに嵌め込むことで、ヴェネツィアの都市記述を展開する。この都市記述は表面の美術論を下支えする隠された文脈であるというよりも、芸術作品を素材として仮想の生活環境を構築する実演にむしろ主眼があると捉えられる。というのも、この歴史的状況の読み取りと再構成の手法が、後の『享楽主義者マリウス』（一八八五）と『想像の肖像画』（一八八七）におけるフィクションの試みに直結するからである。後年のフィクションには、個人の生の軌跡を表面的にたどる作業よりも包括的な、環境としての「生」の創造的な構成が見られるのであり、それは「ジョルジョーネ派」において、ヴェネツィアという都市の「生」を全体的に記述した経験に由来しているといえよう。トポスの記述としてのトポグラフィーならぬ「生」の記述としてのバイオグラフィーの手法の起点には、確かにこの稀有な都市の誕生時に埋め込まれ、その後もたえず回帰するモザイク的性質の把握があった。この特質が少なくともこの時点において無機的な断片の集合に帰着しなかったのは、たとえば「ヴェネツィアにおける望ましくも強烈なものはすべて、この見事な青年の追憶を核として結晶化したのである」という文が伝えるように、[28] その「生」に性的な意味で対象と一体化する強烈な「憧れ」がたえず揺らめいていたからであっただろう。

＊本論文は、日本ペイター協会第五〇回大会（二〇一一年一〇月一五日、愛知大学車道キャンパス）シンポジウム「ルネサンスとその周辺」における発表「媒体の思考者——ウォルター・ペイター『ルネサンス』における'art'概念再考」、および同協会第五三回大会（二〇一四年一〇月一八日、札幌医科大学）シンポジウム「唯美主義者たちのルネサンス——英国と大陸の狭間で」における発表「ペイターによるヴェネツィア派——『ジョルジョーネ派』再読」の発表原稿を合成した上で、大幅な削除、付加、整理を施したものである。

注

（1）Ellmann, p. 83. ワイルドはレディングの獄中においてペイターの新刊の差し入れを希望している (Ibid, p. 500)。
（2）Wilde, p. 137. 原文からの翻訳は引用者による（以下すべて同じ）。
（3）Clark, pp. 135–36.
（4）Pater, "The School of Giorgione," p. 526. 「ジョルジョーネ派」のテクストは雑誌初出版を使用した。ペイターの翻訳も引用者によるが、『全集』収録の富士川義之訳を参照した。
（5）Ibid, p. 530.
（6）Ibid, pp. 528–29.
（7）「ジョルジョーネ派」において、ジョン・ラスキンの「道徳観」に基づいた美術批評が標的とされていることについては定説になっている。Stein, p. 222 および野末 p.35 などを参照。ヴェネツィア派絵画への言及に即して反ラスキンの態度を検証しているのは、Barolsky, p. 170.
（8）ヴェネツィア派絵画評価史については、谷田 pp. 184–206 参照。
（9）ラスキンとヴェネツィアの関わりについての文献は汗牛充棟である。ここでは日本語による簡明な記述として、ラスキン『ゴシックの本質』に付された川端康雄「訳者解説」のみ挙げておく。
（10）谷田 p. 206.
（11）Georg Simmel, 'Venedig'（初出は一九〇七）および Arthur Symons, 'Venice'（初出は一八九四。ただし一九〇七年に *Cities of Italy* に収録されるまで数度にわたり加筆修正が行われている）。前者については川村二郎による翻訳を、後者については庄子ひとみ論文を参照。

(12) "The School of Giorgione," p. 527.

(13) Ibid, pp. 536–37.

(14) 「音楽のような間隙」と訳した music-like intervals は、一八九三年版では the musical intervals と改変されている (p. 119)。「『音楽』のように感受できる、実際の『音楽』が流れてはいない時間」という原意を復元しておきたい。

(15) Thomas Wright の伝記も含めペイターのヴェネツィア滞在を伝える文献はないが、都市体験の仮想的性格を演出するために訪問の事実を隠蔽した可能性は捨てきれない。管見のかぎり唯一ペイターのヴェネツィア体験の有無を問題にした山川は「行っていないようである」と判断している (p. 183)。

(16) 『ジンメル・エッセイ集』の「編訳者解説」において、川村二郎が「単純な肯定否定の枠組を超えた、認識のための認識の、ほとんど官能的というべき歓びが表現を通じて息づいている」(p. 239) と述べるとき、川村はペイターを通してジンメルを読んでいる感がある。『白夜の廻廊』に見られるように川村は優れたペイターの読み手であった。

(17) A. J. W., "Photography in Venice," p. 161.

(18) Hext の指摘によれば、ペイターが「写真」という語を用いたのは「哲学の歴史」(The History of Philosophy) における一箇所のみであり、これが唯一の同時代の最新技術への言及でもある (pp.154–55)。

(19) "The School of Giorgione," p. 531.

(20) Ibid, pp. 530–31. なお『ヴェネツィアの石』第二巻第五章「ビザンツの館」に主に見られるように、ラスキンは「ビザンティウム」評価の先鞭をつけていたが、あくまでもキリスト教信仰を体現するゴシックとの相関に主要な関心があったといえる。Bullen, pp. 119–30 参照。

(21) "The School of Giorgione," pp. 534–35.

(22) 「ジョルジョーネ派」におけるボードレールの影響については、Østermark-Johansen, p. 148 参照。

(23) Baudelaire, p. 288.

(24) ペイターとベンヤミンを主題とした研究に Kit Andrews 論文があるが、「複製技術時代の芸術作品」への言及はない。

(25) "The School of Giorgione," p. 528.

(26) Wilde, p. 103.

(27) 「歴史的状況」として 'condition' を規定する Leighton の見解に同意する。

（28）“The School of Giorgione,” pp. 534–35.

文献一覧

Andrews, Kit. “Walter Pater and Walter Benjamin: The Diaphanous Collector and the Angel of History.” *Walter Pater: Transparencies of Desire*. Ed. Laurel Brake, Lesley Higgins and Carolyn Williams. Greensboro: ELT, 2002. 250–60.

Barolsky, Paul. *Walter Pater's Renaissance*. University Park: Pennsylvania State UP, 1987.

Baudelaire, Charles. *Œuvres complètes*. Ed. Claude Pichois. Vol. 1. Pléiade, 1971.

Benjamin, Walter. *Das Kunstwerk im Zeitalter seiner technischen Reproduzierbarkeit*. Frankfurt am Main: Suhrkamp, 2006.

Bullen, J. B. *Byzantium Rediscovered*. London: Phaidon, 2003.

Clark, Kenneth. *Moments of Vision and Other Essays*. New York: Harper & Row, 1981.

Ellmann, Richard. *Oscar Wilde*. New York: Vintage,1988.

Hext, Kate. *Walter Pater: Individualism and Aesthetic Philosophy*. Edinburgh: Edinburgh UP, 2013.

川村二郎『白夜の廻廊――世紀末文学逍遥』岩波書店（一九八八）

Leighton, Angela. “Aesthetic Conditions: Returning to Pater.” *Walter Pater: Transparencies of Desire*. Greensboro: ELT, 2002. 12–23.

野末紀之「『ジョルジョーネ派』の批評言語」、日本ペイター協会編『ペイター『ルネサンス』の美学――日本ペイター協会創立五十周年記念論文集』論創社（二〇一二）、三三―四九。

Østermark-Johansen, Lene. *Walter Pater and the Language of Sculpture*. Farnham: Ashgate, 2011.

Pater, Walter. *The Renaissance: Studies in Art and Poetry, The 1893 Text*. Ed. Donald L. Hill. Berkeley: U of California P, 1980.

——.“The School of Giorgione.” *The Fortnightly Review* 22 (1877): 526–38.

ウォルター・ペイター、富士川義之編『ウォルター・ペイター全集』第一巻、筑摩書房（二〇〇二）

Ruskin, John. *The Stones of Venice*. 3 vols. *The Works of John Ruskin*. Ed. E.T. Cook and Alexander Wedderburn. London: George Allen, 1903–04.

ジョン・ラスキン、川端康雄訳『ゴシックの本質』みすず書房（二〇一一）

庄子ひとみ「コスモポリタンのまなざし――アーサー・シモンズのヴェネツィア紀行」『日本女子大学英米文学研究』四六、二〇

一一年、一二七—三九

Simmel, Georg. "Venedig." *Der Kunstwart* 20 (1907): 299–303.

ゲオルク・ジンメル、川村二郎編訳『ジンメル・エッセイ集』平凡社ライブラリー（一九九九）

Stein, Richard L. *The Ritual of Interpretation: The Fine Arts as Literature in Ruskin, Rossetti, and Pater*. Cambridge: Harvard UP, 1975.

Symons, Arthur. *Cities of Italy*. New York: E.P. Dutton, 1907.

谷田博幸『唯美主義とジャパニズム』名古屋大学出版会（二〇〇四）

W., A. J. "Photography in Venice." *The British Journal of Photography* 21.726 (1874): 161–62.

Wilde, Oscar. *The Complete Works of Oscar Wilde, Volume IV: Criticism: Historical Criticism, Intentions, The Soul of Man*. Ed. Josephine M. Guy. Oxford: Oxford UP, 2007.

Wright, Thomas. *The Life of Walter Pater*. 2 vols. New York: G.P. Putnam's Sons, 1907.

山川鴻三『ヴェニスと英米文学—シェイクスピアからヘミングウェイまで』南雲堂（二〇〇四）

第六章　ヘンリー・ジェイムズの時代
――デイヴィッド・ロッジの『作者を出せ！』

大渕　利春

一

ヘンリー・ジェイムズが観客のほうを向き、優雅に一礼しようとした途端、天井桟敷から、彼の無防備の頭に向かってブーイングが浴びせられた。「ブー！ブー！ブー！」シーッという声、野次る声、猫の鳴き声を真似た声も幾らか混じっていたが、滝のような音を支配していたのは「ウー」という長い母音だった。ジェイムズは茫然自失とし、何が起こっているのか、どう反応すべきかまったくわからない様子だった。（『作者を出せ！』三一二）[1]

右の引用は、デイヴィッド・ロッジの長編小説『作者を出せ！』の一節である。『作者を出せ！』はヘンリー・ジェイムズの伝記小説で二〇〇四年に発表された。一八九五年一月五日、ロンドンのセント・ジェイムズ劇場でジェイムズの劇『ガイ・ドンヴィル』は初演されたが、結果は惨憺たるものであった。終演後、ステージ上に現れたジェイムズは観客から罵声を浴びせられた。この引用はその場面を描写したもので、小説のタイトルもこのエピソードに由来する。結局、『ガイ・ドンヴィル』は四週間、計三一回の上演をもって打ち切られた。ジェイムズはこの期間を「人生の最もつらい四週間」と述べている。

デイヴィッド・ロッジは現代イギリスを代表する小説家の一人で、『交換教授』をはじめとするユーモラスな作品で知られている。同時に、ロッジは大学で英文学を講義したこともある英文学者でもあり、様々な小説技法を解説した『小説の技巧』を執筆したことからもわかるように、作家意識の強い小説家である。例えば、『考える…』は、様々な語りの手法を駆使した実験的な小説で、ロッジの理論家ぶりをよく示している。

ロッジはヘンリー・ジェイムズに強い関心を寄せており、エッセイでもたびたびジェイムズに言及している。『小説の技巧』もジェイムズの有名なエッセイからその名をとっている。とはいえ、ロッジがジェイムズの伝記を小説という形態で執筆しようとした動機は何なのだろうか。

『作者を出せ！』の序文でロッジは次のように述べている。


この物語の中で起きる、ほとんどすべての出来事は事実にもとづいている。さして重要でない一人を除き、名付けられた登場人物のすべては実在した人物である。登場人物の書いた本、劇、記事、手紙、日記等からの引用は原文のままである。しかし私は、登場人物が考え、感じ、互いに話したことを書く際には、小説家の特権を行使した。（中略）したがって本書は小説であり、小説のように構成されている。（『作者を出せ！』五）

ロッジの『小説の技巧』には「ノンフィクション小説」の項目があるが、『作者を出せ！』は「ノンフィクション小説」と言える。単なる伝記ではなく、「ノンフィクション小説」という形を選択したのは、小説家としてのロッジ自身が抱える問題意識が、劇作家として失敗し、小説に回帰した頃のジェイムズの問題意識と類似していたからであろう。ジェイムズがその問題に決着をつける契機となったのが『ガイ・ドンヴィル』初演の日であり、そこを劇的に描写するために、「ノンフィクション小説」を選択したのだ。エッセイ「ヘンリー・ジェイムズの時代」において、伝記小説とは、客観性よりも主観を表現するためにフィクションの技法を用いるものだ、とロッジは主張している。すなわち、『作者を出せ！』においては、客観性よりも、ジェイムズの主観が強調されており、そこには作者ロッジの主観が込められている。他方、伝記においては客観的事実が重要となる。

ところで、ヘンリー・ジェイムズは、『鳩の翼』などの長編小説によって、今日では大小説家の地位を世界文学史の中で確立しているが、その人生には劇的要素は少ない。ジェイムズは生涯独身で、後世の人間の関心を掻き立てるようなスキャンダルとも無縁の人生を送っている。同時代を生き、ライヴァル関係にあったオスカー・ワイルドのスキャンダラスな生涯と比べると、ジェイムズのそれはよく言えば平穏、言い換えれば平凡なものであったと言わざるを得ない。にもかかわらず、彼の生涯は現代作家の関心を惹くらしく、現代アイルランドを代表する作家コルム・トビーンもジェイムズの伝記に取材した小説『巨匠』を『作者を出せ！』に先んじて発表している。ロッジ自身、「ヘンリー・ジェイムズの時代」の中で、『作者を出せ』執筆中にジェイムズの生涯に取材した小説が次々に発表されることに焦りを感じたと述べている。

ジェイムズの人生の何が後世の作家を惹きつけるのだろうか。ジェイムズは、その名声とは裏腹に、現代の作家が直面せざるをえない問題と格闘し、もがき続けた作家であった。それは芸術家と大衆消費社会の関係の問題である。ロッジをはじめとする現代作家は、そうしたジェイムズの生涯に共感し、そこから自らの作家としてのアイデンティティの確立と、その維持のためのヒントを得ようとしたのではないか。

二

十七世紀の市民社会の成立以降、文学が王侯貴族や一部の富裕層のものから、徐々に庶民にも消費されるものとなってきた。十九世紀に入ると、イギリスの経済的発展と相まって、文学のマーケットが確立されてくる。文学も大量生産され、マーケットにのって大量消費される商品として扱われる時代となったのである。マーケットの成熟とともに、販売促進のための広告業も発展してくる。『作者を出せ!』では、当時の人気大衆作家ヘンリー・ライダー・ハガードの小説『ソロモン王の洞窟』の売りだしの際、そのポスターがロンドン中に貼られたというエピソードが紹介されている。マクミラン、キーガン・ポールなど、現在まで続くイギリスを代表する出版社が生まれたのも世紀半ば頃である。

　こうした動きに伴い、作家と出版社を仲介するエージェントが登場する。リーダーと呼ばれる原稿校閲者が現れ、作家の仕事に干渉するようになった。校閲者は出版社の代理として、売れる本を書き上げるように作家に助言した。文学が大量消費される商品になった以上、作家の意向だけでなく、出版社の意向も作品に反映されることが求められ、その結果、ときに作家の意思に反した作品を書くことを作家が強いられる可能性がでてきたのだ。

　こうした動きと軌を一にして、作家の権利を守る著作権の概念も発展してくる。世紀後半には、文学マーケットのグローバル化も始まり、英米を股にかけ活躍する作家も増えた。両国の法環境の違いから、海賊版の横行に悩まされる作家も現れ始める。著作権、印税、海賊版の流通など、今日のインターネット時代においてはさらにその深刻度を増している作家を取り巻く諸問題が、まさにこの時代に顕在化し始めたのである。イギリスの作家が印税契約を結ぶようになるのは一八九〇年代終りのことである。『作者を出せ!』でも『デイジー・ミラー』の海賊版がアメリカで二万部売れながら、ジェイムズのもとには一文も入ってこなかった、とある。ジェイムズがマーケットを強く意識するようになった理由は、アメリカ人であるジェイムズがイギリスの出版業界を客観的に見る目を有していたからでもあろう。一方、十九世紀イギリスを代表する作家・チャールズ・ディケンズも、イギリス作家の著作権をアメリカで認めさせるために戦った。

　こうした大衆文化隆盛の時代にあっては、作家は大衆の存在を意識せざるを得ない。フランク・カーモードは、ロマン主義以降、詩人が己の喜びと「ヴィジョン」を優先させれば時代から孤立し、時代を呪わざる得なくなった、としているが、[2] 大衆を無視すれば、経済的成功は望めない。ジェイムズは経済的に困窮するというほどではないにせよ、文筆によって収入を得る必要があり、それを望んでもいた。そもそもジェイムズが劇作に手を染めたのは、経済的な理由からであった、とジェイムズの伝記作者、レオン・イデルも述べている。イギリスの大衆に受け入れられるために、ジェイムズは自らのアメリカ英語をイギリス英語に変える努力もしている。高踏文学の担い手との一般的なイメージとは裏腹に、ジェイムズは消費者を強く意識した作家であり、そのことはしばしば指摘されてきた。ジャン＝クリストファー・アゴニューは「ヘンリー・ジェイムズの消費のヴィジョン」の中で次のように述べている。

一八八六年以降のジェイムズの小説の核心には、消費のヴィジョンが植えつけられている。かつては小説のテーマにすぎなかった欲望が、数ある表象形態のうちの一つとして今や小説を自らのテーマとしている。かつては小説のなかで語られる問題であったものが、今や小説自体の問題と化している。[3]

『カサマシマ公爵夫人』や『悲劇の美神』といった劇作に入る直前に書かれた小説でも、消費社会が一つのテーマとなっている。短編「師のおしえ」もまさに芸術家とマーケットとの軋轢をテーマとした作品である。『作者を出せ！』のジェイムズは、この短編が「市場のアイドル。金銭と贅沢と社交界。子供を一人前にし、妻にいい服を着せること」のために、己の芸術上の誠実さを犠牲にする話である、と語っている。

三

こうした大衆文学の潮流にのった作家が『パンチ』の挿絵画家としても著名なジョージ・デュモーリエであった。彼が一八九四年に発表した長編小説『トリルビー』は二十五万部の売り上げに迫る大ヒットとなった。これは催眠術、あるいは「邪眼」をテーマとした一種のゴシック小説で、劇化され、こちらも大入りとなった。『作者を出せ！』によれば、当時図書館で最も貸し出しの多かった小説が『トリルビー』であったという。『オックスフォード英語辞典』に「ベストセラー」の項目が収録されたのが一八九九年のことであるが、『トリルビー』は「ベストセラー小説」の嚆矢となった作品である。

『作者を出せ！』は友人同士であったヘンリー・ジェイムズとデュモーリエを対比する形で構成されている。ロッジはデュモーリエとジェイムズの関係が、この小説のバックボーンだとしている。『作者を出せ！』には次のような一節がある。

彼［ヘンリー・ジェイムズ］にとって不幸だったのは、自分よりも遥かに人気のあった作家たちとの付き合いがあったということ、しばしば友人になったということだ。（『作者を出せ！』四五六）

ジェイムズより遥かに人気のあった友人の一人が、デュモーリエであったことは明白である。大衆雑誌『パンチ』で活躍していたデュモーリエは、ジェイムズ以上に大衆を理解していたのだろう。『作者を出せ！』の中のジェイムズはデュモーリエの成功を素直に喜ぶことはできず、密かに彼に嫉妬していた。ベストセラーという言葉は大嫌いだとジェイムズは叫び、「トリルビー現象」がデュモーリエを殺した、と考えている。しかし、経済的な意味ではデュモーリエの方が遥かに成功しており、ジェイムズが『悲劇の美神』で七〇ポンドしか受け取らなかったのに対し、『パンチ』においては、一枚の素描にもっと金を出すことがある、とデュモーリエは語る。自分の芸術としての小説が、大衆雑誌『パンチ』の挿絵よりも低く見られることへのいら立ち。『作者を出せ！』によれば、ジェイムズのイギリスとイギリス人についての印象は、幼い頃読んだ『パンチ』によって形成された。俗っぽい、というイギリスの印象をつくった『パンチ』で成功しているデュモーリエをジェイムズは屈折した目で見ていたことだろう。大衆に受けて成功し、大金を得たデュモーリエと、それを羨望の目で見つつ、同時に大衆を蔑視する考えを持ち続けたヘンリー・ジェイムズ。大衆に迎合するのを拒みつつ、大衆に受け入れられることを望むのは、矛盾した願望であり、その矛盾を抱えつつ劇作に挑む、という行為そのものが、無謀な試みであったと言わざるを得ない。

そもそも演劇の世界、ショウ・ビジネスの世界は、文盲の大衆をも聴衆として受け入れる世界であり、また広告、宣伝の果たす役割も、小説におけるそれよりも遥かに大きい世界である。エリカ・ラパポートが明らかにしたように、当時無数に現れたデパートメント・ストアは、店内に演劇的空間を創出するために小説や演劇、美術から学び、一方演劇の側も、流行のドレスメイカーを雇い、舞台衣装を担当させ、しばしば流行の発信地となった。[4] このように演劇の世界と消費社会との結びつきはその強さを増していた。その当然の帰結として、演出家や興行主の意向も色濃く反映されることになり、小説以上に作者の思い通りにはなりにくい世界であった。『ガイ・ドンヴィル』の失敗も、その原因はジェイムズだけに求められるべきではなく、むしろセント・ジェイムズ劇場のアクター・マネージャーであったジョージ・アレグザンダーに求められるべきである、との指摘もある。[5] もともと四幕物であった『ガイ・ドンヴィル』が、上演にあたり三幕ものに切り詰められたことに対して、『作者を出せ！』のジェイムズは次のようにと述べる。

芸術家にとって演劇がこれほどまでに腹立たしい表現手段なのは、そういう純粋に興行上の配慮が割って入ってくるからだ。（『作者を出せ！』二八七）

「興行上の配慮」が、ジェイムズ自身も望んだはずの経済的成功のためであったことはジェイムズ自身認識していたはずであるが、ジェイムズは演劇において興行に徹しきれなかった。『作者を出せ！』には、さらに次のようにある。

実際、俗物根性というイギリス人の嫌な面は、イギリスの劇に最もはっきりと出ているようにヘンリーには思えた。（中略）イギリスの演劇は低俗で芸術として粗雑ではあれ、劇こそ作家が名声と富を手にする最短の道であった。（『作者を出せ！』一三七〜一三八）

『トリルビー』の舞台では女優が裸になる場面すらあったが、そのような演劇はジェイムズにとっては「低俗」でしかなく、そうした低俗な演劇が聴衆に受けていることは、ジェイムズにとっては理解しがたいことであったのかもしれない。劇場関係者の思惑とは裏腹に、ジェイムズの劇作の動機は「ひどく必要としていた金をつくるためと同時に、イギリスの質の下がった演劇を文学的に優れたものにするため」（『作者を出せ！』三四四）であった。こうした作者の矛盾は、『ガイ・ドンヴィル』の主人公ガイにも投影されている。

四

『ガイ・ドンヴィル』は以下のような物語である。主人公のガイ・ドンヴィルは聖職者になることを志しつつ、未亡人ペヴェレル夫人の息子の家庭教師をしている。そこへ、デヴニッシュ卿が現れ、当主が死亡したドンヴィル家を継ぐために、修道院入りを断念するようにガイに乞う。ガイは世俗をとるか、聖職をとるかの選択を迫られる。聴衆はガイが世俗をとり、ペヴァレル夫人と結婚することを望んだにもかかわらず、結局ガイは夫人との結婚を諦め、聖職につく決断をする。

聖職と結婚の狭間で葛藤するガイの姿は、芸術としての文学と大衆の嗜好に合わせた文学との間で葛藤するヘンリー・ジェイムズ自身を映している。ペヴェレルとの結婚という世俗の道が、ロンドンとそこの「ショウ・ビジネス」に相当するのに対し、聖職者への道は、自分の追求する芸術に奉仕する道に相当する。そして、ガイを結婚の道へと誘うデヴェニッシュ卿は、その名前からも明白なように、メフィストフェレス的役割を果たし、世俗的・金銭的成功への誘惑を象徴していると言えるだろう。『作者を出せ！』にはデヴェニッシュはマーケットの商人のように話す、という記述があるが、デヴェニッシュ卿の誘惑は大金をもたらしうるマーケットの誘惑である。ガイを聖職を目指す人間にすることで、聖職とは対照的なマーケットの住民としてのデヴェニッシュがより強調される効果もあがっている。

こうしたジレンマの末、ガイは聖職への道を選択する。悪魔の誘惑を退けた形ではあるが、それは聴衆の望む選択ではなかった。『ガイ・ドンヴィル』初日の観客たちは、ガイの選択に落胆してしまったのだ。

ジェイムズは兄ウィリアムへの手紙の中で、『ガイ・ドンヴィル』の失敗について次のように述べている。

> 主人公は昔のカトリック世界に住んでいて、他の登場人物と同様、遠いロマンチックなカトリック的動機で行動するのです。観客にとって、なにもかも遠い世界のことで、作者がどのように知恵を絞って工夫したところで、それ以外のものにはなりえなかったのです。それ以外のものになりえるのは少数の人の場合でして――それだけのことです。以上が哀れな『ガイ・ドンヴィル』の顛末のあらましです。（『作者を出せ！』五四八）

ジェイムズ自身はあくまで『ガイ・ドンヴィル』が「芸術」であることに拘った。セント・ジェイムズ劇場が『ガイ・ドンヴィル』のポスターとプラカードで埋め尽くされているのを見て不吉に感じ、ウィリアム・アーチャーら批評家なら、これが「芸術作品」か、「そうであろうとしている作品」であることを否定できない、と考えている。

五

『ガイ・ドンヴィル』初演の日、ジェイムズは同じくロンドンで上演中だったオスカー・ワイルドの喜劇『理想の夫』を観劇している。『作者を出せ！』では、ジェイムズは『理想の夫』が喝采をもって受け入れられているのを見て、『ガイ・ドンヴィル』の失敗を確信する。これは先にも引用した一八九五年二月二日の兄ウィリアム宛ての手紙の中で述べていることで、そこでは『理想の夫』のことを「救いようのないほど雑で粗悪な、不器用で生気に乏しい俗悪なもの」としている。『作者を出せ！』において、大衆社会に受け入れられた成功例としてデュモーリエとともに登場するのがオスカー・ワイルドである。

ジョナサン・フリードマンは消費文化への対応という視点からヘンリー・ジェイムズとオスカー・ワイルドを比較している。先に引用したカーモードの主張に従えば、ロマン主義以降、芸術家が己の嗜好に従う芸術に耽溺すれば、その芸術家は「病的」とみなされ、孤立するしかなくなった。ジェイムズは「病的」とみなされることはなかったが、大衆からはブーイングを浴びせられた。一方、ワイルドは「病的」とみなされる自らの嗜好を「唯美主義」や「ダンディ」という商品として売り込む手段を用いた。ワイルドは「唯美主義者・ワイルド」、「ダンディとしてのワイルド」を自ら商品化し、マーケットにのせたのだ。意図的に奇抜な服装をして人目をひき、自らの写真を宣伝用に撮影することまでした。ワイルドは芸術家が孤立する原因を自己宣伝の武器に転化したのだ。喜劇などの彼の作品の成功は、先行する唯美主義者・ワイルドのイメージの後に続いた形になる。今日の芸能人などが当たり前のように用いる、自己の商品化とそのイメージの拡散という手法を、ワイルドはいち早く取り入れていたのだ。聴衆たちは、「あの」悪名高いオスカー・ワイルドの作品を見たい、という理由で劇場に押しかけた。大衆消費社会への態度の違いが、『理想の夫』の大成功と『ガイ・ドンヴィル』の失敗となって現れた、と言える。

このようなワイルドはジェイムズにとっては不愉快な存在でしかなく、そのワイルドの劇が大当たりをとっているのは彼にとっては理解しがたいことであったであろう。ジェイムズはワイルドを「汚らしい獣」と呼んでいる。『作者を出せ！』には、劇作失敗後のジェイムズについて、次のような一節がある。

したがって、これまでずっとヘンリーは、誰よりもワイルドを自分のライバルと見なしていた。敗北を認める時だった。どの点でも、どう比べても、ワイルドは自分より上だ。（中略）オスカーの勝利に花を添えるのが、どうやら自分の運命らしい。（『作者を出せ！』三四四）

また、劇場に対する理解もワイルドのそれはジェイムズのそれを凌ぐものであった。ワイルドの喜劇第一作『ウィンダミア夫人の扇』が当時流行していた扇をタイトルに含めていることからも明らかなように、ワイルドは劇場が流行の発信地であることを理解し、それを作劇に取り込んでいる。ポール・L・フォーツナートによれば、ワイルド劇においては、劇の本質と、上演に伴う様々な制約に分裂はない。[6] 例えば、『真面目が肝心』を上演したジョージ・アレグザンダーは当時の売れっこ俳優でもあり、彼のスター性を考慮した台本を準備しなければ成功はおぼつかない。今日の映画、舞台がそうであるように、俳優のネイム・ヴァリューが作品の成功を大きく左右する時代は既に訪れていた。そもそも『ウィンダミア夫人の扇』はアレグザンダーの依頼で執筆された劇である。一九二〇年代に演劇の世界で活躍したノーベル賞作家・ジョン・ゴールズワージーは、自身の劇と、アレグザンダーのスター性のバランスを取ることは困難である、と述べている。『ガイ・ドンヴィル』においても、同様の困難をジェイムズは感じたことであろう。

また、レジニア・ガニエは、ワイルドの喜劇『何でもない女』がヘイマーケット劇場の二種類の観客——富裕層向けのボックス席や一階正面席に座る客と、安い一階後部席や天井桟敷席に座る客——のどちらにも受けるように配慮したと指摘している。(7) つまり、富裕層や知識人が共感しやすい人物と、庶民が共感しやすい人物の両方を登場させている。『ガイ・ドンヴィル』が知識人には好意的に受け入れられながら、一階後部席や天井桟敷席からはブーイングが起きたこととは対照的である。

なお、ワイルドの自己宣伝に一役買ったのがデュモーリエの『パンチ』の風刺画であった。デュモーリエの絵は唯美主義者に対する大衆の関心を掻き立て、ギルバートとサリヴァンによるオペレッタ『ペイシェンス』へと繋がっていく。大衆雑誌と演劇というメディアを使いこなす術を、ワイルドは強かにも自らを風刺する雑誌・演劇から学んでいたのだ。また、ワイルドが雑誌『ウーマンズ・ワールド』の編集に携わったり、アメリカ講演旅行を経験したことが、彼の大衆に対する鋭い認識を産むことになったことも確かであろう。とりわけ、アメリカ講演旅行中のワイルドは、彼自身がある種俳優としての役割を演じていて重要である。

六

『ガイ・ドンヴィル』の失敗を受け、劇作家としての筆を折ったヘンリー・ジェイムズは小説に回帰し、『鳩の翼』、『使者たち』などの、今日代表作とされている長編小説を執筆していくことになる。これら後期のジェイムズの小説は、その文体の難解さをもって知られている。サマセット・モームも『アメリカ人』などの初期作品は高く評価しながら、後期の難解な小説の文体は評価せず、ジャック・ロンドンもジェイムズの文体を非難している。作家仲間からさえも否定される文体を大衆が理解できたはずがない。『作者を出せ！』は晩年のヘンリー・ジェイムズの姿を描くところから始まるが、ここではジェイムズ家の使用人たちが、ジェイムズの後期の小説を読んで、まったく理解できない姿が描かれる。例えば、使用人の一人・ミニーが後期の短編「密林の獣」を読んで「さっぱり理解できない」姿が描かれている。後期のジェイムズは読者の理解を無視しているかのようであり、劇作に取り組んでいたころの態度とは大きく異なっている。結婚を棄て、デヴェニッシュに象徴されるマーケットの誘惑を振り切り、聖職を選択したガイ・ドンヴィルが、まるでヘンリー・ジェイムズの選択を予言しているかのような印象すら与える。

一八九九年に発表された「小説の未来」というエッセイにおいて、ジェイムズは次のように述べている。

> 小説の隆盛は実はまことに直接的にもう一つの「時代の象徴」ともいうべきものと手をたずさえて生じてきた。つまり、文学一般の退廃化、卑俗化、伝達手段の著しい民衆化、言うなれば女性と子供の存在を著しく感じる——ほかの言葉で言えば無反省にして無批判な読者ということになるが——それを感じる事態と相まって生じてきた。
>
> （『ヘンリー・ジェイムズ作品集　8』二三四）

ジェイムズによれば、小説の退廃は読者層が拡大し、卑俗化したことと、広告や流通システムの拡大にその原因が帰せられることになる。『作者を出せ!』の中にも次のような一節がある。

この数十年のあいだに、世界の英語圏の文化に何かが起こったのだ。幾つかのさまざまな輻合成の力によって、ある巨大な地殻変動が起こったのだ—読み書き能力が広く行き渡ると同時に低下し、民主主義によってすべてが均一化し、資本主義が猛威を振るい、ジャーナリズムと広告によって価値観が歪められた。その結果、小説家が優れた作品を書くと同時に人気を得るのは不可能になった。(『作者を出せ!』四二二)

ジョン・ケアリはこの時代の文学者がいかに読者層の拡大やマス・メディアの発展を嫌ったかを考察している。ケアリによれば、二〇世紀初頭のヨーロッパのインテリは、大衆を文化から締め出そうとして文学を難解にした。この傾向は文学史的にはモダニズムとして知られている。後期ジェイムズの難解な小説は、こうした知識人の大衆文化への抵抗の一つと言えるかもしれない。

『作者を出せ!』は晩年のジェイムズを描くことから筆を起こし、その小説が一般読者の理解を越えたものであることを強調し、その後一八九五年にさかのぼり、ジェイムズがそうした作品を書くに至る契機をえがく、という構成になっている。通常の伝記のように、時間軸に忠実に描くよりも、時間を遡及してジェイムズ作品の難解さの理由を探るという形をとることで、ジェイムズが一般読者の理解を求めつつ得られず、それを考慮しなくなった原因がより鮮明に描かれる効果が上がっていると言えるだろう。このことも、ロッジが伝記ではなく、「ノンフィクション小説」という形態を選んだ理由であろう。

七

デイヴィッド・ロッジは一九八〇年代後半から小説の執筆だけでなく、舞台、テレビ、映画の脚本へとその活動の幅を広げている。小説から劇作へと活動の幅を広げ、より一般受けを意識せざるをえなくなった時期のジェイムズに共感しやすかったのだろう。実際、ここ数十年の傾向として、本の出版に際する宣伝、マーケティング、投資などのプロセスにおいて作家自身が果たす役割が増大したことが最も顕著な変化の一つであるとしている。(8) 今世紀に入り、インターネットが普及し、インターネットを無視した宣伝はもはや考えられない時代となった。同時に、本が読まれない時代も訪れ、作家を取り巻く環境はより複雑になっている。従来通りの手法では容易に本は売れないが、ネットを使った宣伝に成功すれば、爆発的な売り上げを期待できる。今や既存の出版業界を介することなく、個人がネットを通じて発信できる時代である。ジョン・ケアリはF・R・リーヴィスの『大衆文明と少数者文化』に言及しながら、ラジオ、映画、大衆雑誌といったマスメディアの発達が価値判断の基準の転覆をひき起こした、と述べている。ケアリの研究が対象とした一八八〇～一九三九年に比べ、現代は基準の転覆はますます確固たるものとなり、ネット上の無名の大衆によって基準が定められるような時代になった。そうした時代に小説家たらんとするロッジは、大衆が定める基準と最初に戦った世代の小説家としてヘンリー・ジェイムズに注目し、結局大衆に受け入れられることを無視したジェイムズにいくばくかの共感を抱いたのではないだろうか。

注

（1）『作者を出せ！』からの引用は高儀進氏の翻訳による。
（2）Frank Kermode. *Romantic Image* の 'The Artist in Isolation' に詳しい。
（3）この引用は、ジェニファー・A・ウィキーの『広告する小説』で引用されたもの（富島美子訳）を使わせていただいた。
（4）Erica Rappaport. *Shopping for Pleasure: Women in the Making of London's West End* 参照。
（5）名本達也「ジェイムズの劇作への挑戦と挫折をめぐって――『ガイ・ドンヴィル』を中心に――」（『ヘンリー・ジェイムズ、いま歿後百年記念論集』）参照。
（6）この点については、Paul L. Fortunato. *Modernist Aesthetics and Consumer Culture in the Writings of Oscar Wilde.* の、とりわけ第5章に詳しい。
（7）Regenia Gagnier. *Idylls of the Marketplace*. pp. 122–125.
（8）David Lodge. *The Year of Henry James or, Timing Is All*. pp. 20–21.

参考・引用文献

Altick, Richard D. *The English Common Reader: A Social History of the Mass Reading Public, 1800–1900*. Columbus: Ohio State University Press, 1998.

Anesko, Michael. “Friction with the Market”: *Henry James and the Profession of Authorship*. Oxford: Oxford University Press, 1986.

Du Maurier, George. *Trilby*. New York: Dover Publications, INC, 1994.

Edel, Leon. *The Life of Henry James*. 2 vols. Harmondsworth: Penguin, 1977.

El-Rayess. Miranda. *Henry James and the Culture of Consumption*. New York: Cambridge University Press, 2014.

Fortunato, Paul L. *Modernist Aesthetics and Consumer Culture in the Writings of Oscar Wilde*. New York and London: Routledge, 2009.

Gagnier, Regenia A. *Idylls of the Marketplace: Oscar Wilde and the Victorian Public*. Stanford University Press, 1986.

Kermode, Frank: *Romantic Image*. London and New York: Routledge & Kegan Paul, 1957.

Jacobson, Marcia. *Henry James and the Mass Market*. University: University of Alabama Press, 1983.

James, Henry. *The Complete Plays of Henry James*. Ed. Leon Edel. London: Rupert Hart-Davis, 1949.
Lodge, David. *Author, Author!* London: Penguin, 2004.
——. *The Year of Henry James or, Timing Is All: the Story of a Novel*. London: Harvill Secker, 2006.
McWhirter, David Ed. *Henry James in Context*. Cambridge: Cambridge University Press, 2010.
Rappaport, Erica. *Shopping for Pleasure: Women in the Making of London's West End*. Princeton: Princeton University Press, 2000.
Tóibín, Colm. *The Master*. London: Picador, 2004.

里見繁美、中村善雄、難波江仁美編著『ヘンリー・ジェイムズ、いま歿後百年記念論集』英宝社、二〇一六年。

ジェニファー・A・ウィッキー、高山宏訳『広告する小説』国書刊行会、一九九六年。

ジャン＝クリストフ・アグニュー、中里壽明訳『市場と劇場　資本主義・文化・表象の危機 1550–1750年』平凡社、一九九五年。

ジョン・ケアリ、東郷秀光訳『知識人と大衆　文人インテリゲンチャにおける高慢と偏見 1880–1939年』大月書店、二〇〇〇年。

ジョン・フェザー、箕輪成男訳『イギリス出版史』玉川大学出版局、一九九一年。

デイヴィッド・ロッジ、高儀進訳『作者を出せ！』白水社、二〇〇四年。

——、高儀進訳『小説の技法』白水社、二〇一一年。

ヘンリー・ジェイムズ、工藤好美監修、青木次生編『ヘンリー・ジェイムズ作品集』全8巻　国書刊行会、一九八四年。

第七章　ピーター・パンの孤独
——J・M・バリーが憧れた家庭像

道家　英穂

序

『ネバーランド』（原題 *Finding Neverland*、二〇〇四）は、劇『ピーター・パン』（初演一九〇四）が誕生する経緯を描いた映画である。主人公の作家ジェイムズは、ロンドンのケンジントン公園で、四人の男の子と、その母親で未亡人のシルヴィアと知り合ったのをきっかけに、彼らの家に頻繁に出入りするようになる。そして子供たちとごっこ遊びに興じるなかから『ピーター・パン』の構想は生まれ、芝居は大成功を収める。しかしジェイムズは妻に逃げられ、シルヴィアは病に倒れて、子供たちの将来を自分の母親とジェイムズに託して亡くなる。

この映画は、夢と冒険の世界のネバーランドが生まれた背景にあった、意外な悲話を描いたことで人気を博した。だがいくつもの事実の改変が見られ、研究者や伝記作家たちからは批判されている。事実が映画と最も大きく異なるのは、ジェイムズ・マシュー・バリーがシルヴィアと知り合った時点において、彼女は未亡人ではなかったという点だ。シルヴィアにはアーサーという夫がいた。アーサーは十年後に亡くなるが、その間バリーは他所の家に出入りして、子供たちと遊び人妻と親しくしていたのである。

バリーは、生前はバーナード・ショーと肩を並べるほどの劇作家であったものの、今日、一般には『ピーター・パン』の作者としてのみ記憶されている。しかし子供たちに夢を与える作家という枠には収まりきらない、複雑な性格の持ち主であったことから、かねてよりその人生は注目され、繰り返し伝記が書かれてきた。

一方ピーター・パンとその物語については誰もが知っているが、多くの場合、ディズニー・アニメやミュージカルなどの副次的な作品を通じてであって、原作の『ピーター・パン』やその小説版『ピーターとウェンディ』（一九一一）に直接触れたことのある人は少ないだろう。特に『ピーターとウェンディ』は、単なる子供向けのファンタジーに留まらず、作者バリーの錯綜した心理が反映された陰影のある作品である。本稿では、バリー自身による母親の伝記、バーキンによる豊富な資料に基づくバリーの伝記、その後に書かれたチェイニーやダジョンによる伝記を参照しながら、主に『ピーターとウェンディ』に見られる家庭像とバリーの実人生との関係を考察する。幸せな家庭を築けなかったバリーは、ヴィクトリア朝的な理想の家庭を念頭にこの作品を書いたと思われる。しかし作品のコミカルなおもしろさと、それとは対照的なバリーの人生の悲劇性は、理想の姿から逸脱した部分に見いだされるのである。

1　バリーと母マーガレット・オギルヴィ

ジェイムズ・マシュー・バリーは、一八六〇年、スコットランドのキリミュアに、織工の父デイヴィッドと母マーガレット・オギルヴィ（当時のスコットランドの習慣で、結婚後も実家の姓を維持した）の第九子で三男として生まれた。家族が多く裕福とは言えなかったが、生活に困るほどではなく、両親は子供たちの教育に力を注いだ。

次男のデイヴィッドが母マーガレットの一番のお気に入りだった。マーガレットは、容姿端麗で勉強のできるデイヴィッドが、当時の憧れの職業である牧師になることを願っていた。これに比べジェイムズは背が低く、容姿も学業成績も凡庸だった。

ところが一八六七年一月、デイヴィッドは、十四歳の誕生日の前日に、スケートをしていて転倒し、頭を強打して急死してしまう。後年バリーが書いた母の伝記『マーガレット・オギルヴィ』（一八九六）によれば、マーガレットは「その瞬間からずっと半病人になり、特に事故後数ヶ月はとても具合が悪かった」という（七）。六歳のジェイムズは、なんとかして母を慰めようとする。彼は母から、デイヴィッドはとても陽気に口笛を吹くので仕事中にそれを聞くと気が晴れた、と聞いていたので、兄の友人たちからその口笛の吹き方を習って練習する。そしてある日、兄の服に身を包み、こっそり母の部屋にはいって口笛を吹き鳴らした――「それはどんなに母を傷つけたことか！」（九―一〇）。母は兄の死後二十九年間生きたが、一日たりとも兄のことを忘れたことはなかったとバリーは言う。

母の愛を得られないバリーの疎外感は『ピーターとウェンディ』に見ることができる。ネバーランドの家で、ウェンディが弟たちと「迷子の少年たち」に、自分たち姉弟はやがてロンドンの自宅に飛んで帰り、ずっと開け放たれたままになっている窓から入って両親と再会する、という話をする。このウェンディのおはこの話を、ピーター・パンはいやがり、それまで隠していたことを打ち明ける。それによると、自分もかつてお母さんがずっと窓を開けておいてくれると信じ、何ヶ月も帰らずにいた。ところがいざ帰ってみると窓にはかんぬきがかかっていて、母は彼のことなどすっかり忘れ、彼のベッドには新しい赤ちゃんが眠っていた、というのである（九七―八）。

しかしマーガレットは決してバリーに愛情を注がなかったわけではない。デイヴィッド亡き後、母がかわいがったのは末息子のジェイムズだったと思われる。バリーはよく母と一緒に本を読んだという。『ロビンソン・クルーソー』、『アラビアンナイト』、『天路歴程』を読み、冒険小説雑誌の予約講読もした。そのうち、バリーは自分でも冒険物語を書くことを思い立ち、一章書いては、その都度母に読み聞かせたという（『マーガレット・オギルヴィ』、一七―八）。こうした経験を通じて、作家としての素養が培われたのである。

またマーガレットは自分の子供のときの話を幼いバリーに聞かせている。彼女は八歳で母親を亡くし、以来一家の主婦となり幼い弟たちの母親代わりとなった。彼女は掃除、洗濯、繕いものをし、肉屋と値段の交渉をし、井戸から水を運んだ。「主婦よろしく他の女たちと噂話をし、寛容な笑みで男たちをあしらいもした。」こうしたことを当たり前のようにこなしながら、突然少女に戻って同じ年頃の子たちとの遊びに興じたのだという（一三）。ネバーランドでお母さん役を果たすウェンディにはこの母の姿が投影されていると言えよう。

母の死後、バリーは遺品のなかに小さな箱を見つける。そこには子供の頃のバリーの写真と、彼が最初に稼いだ小切手を入れた封筒がはいっていて、小切手は小さなリボンで結ばれていたという（二七）。

『ピーターとウェンディ』のテーマのひとつは母親への思慕である。子供たちのみならず海賊たちも母親を求める。フック船長は、母親を知らないスミーに対し、巣が水に落ちても卵を温め続けるネバー鳥を示して、「あれがお母さんというものだ」と言い声を詰まらせる。そして、「子供たちのお母さんを誘拐して、俺たちのお母さんにしませんか?」というスミーの提案を「名案だ」と言って、子供たちは渡り板を歩かせて海に突き落とし、ウェンディを自分たちの母親にしようと企むのである（七八）。フック船長のマザーコンプレックスがコミカルに描かれるくだりだが、そこにはバリーの母親への思いが反映されている。

2　リューリン・デイヴィズ家との関わり

大人になったバリーは、作家を志しロンドンに出て大成功する。一八九四年には女優のメアリー・アンセルと結婚した。だが彼は性的に不能だったと思われ、夫婦関係は最初からさめたものになる。

一八九七年の夏、バリーは、ケンジントン公園で、乳母に連れられたジョージ（四歳）、ジャック（三歳）、ピーター（一歳）の三兄弟と知り合い、遊び相手になる。そしてその年の大晦日、ある晩餐会でシルヴィアと同席し、彼女が子供たちの母親であることを知る。それ以来リューリン・デイヴィズ家に頻繁に出入りするようになるのである（その後、一家には四男のマイケルと五男のニコが誕生している）。

シルヴィアの夫、アーサー・リューリン・デイヴィズは実直な法律家だった。アーサーの父ジョンは高名な聖職者だったが、ヴィクトリア女王の前で帝国主義を批判して左遷された。叔母のメアリーは、イギリス最初の女性学寮、ケンブリッジ大学ガートン・コレッジの創立者である。一方シルヴィアの父ジョージ・デュ・モーリエは、若い頃パリでボヘミアン的生活を送った芸術家で、弟ジェラルドは、のちにダーリング氏とフック船長の一人二役を演じることになる役者だった。[1] このように両家の家風は対照的だった。『ピーター・パン』および『ピーターとウェンディ』のダーリング夫妻の主なモデルは、アーサーとシルヴィアであると考えられているが、ダーリング氏は、蝶ネクタイがうまく結べないと言ってわめいたり、子供に薬を飲むよういいつけながら自分はごまかしたりする大人げない父親である。だがデイヴィズ家ではアーサーの方が理想的な父親だった。次男のジャックはのちに、「シルヴィアは、ほかの女性が真珠や狐の毛皮をまとうように、自分の子供で飾り立てていた」と語っている、「誰かが病気になっても、頭を支えて熱を計るのはシルヴィアではなかった。いつもアーサーだった」。[2]

バリーはアーサーに嫉妬して、ダーリング氏をだめな父親として描いたのだろうか。一八九八年、シルヴィアとアーサーが結婚記念日を迎えるにあたり、バリーは奇矯な手紙をシルヴィアに手渡している。

一八九二年八月十四日
ミス・デュ・モーリエ様
いよいよ明日ご結婚ですね。私は式に出席しませんが理由はおわかりでしょう。

結婚生活でのご多幸をお祈りいたします。また、ささやかな祝いの品をお贈りしますので、お納めください。（……）
あなたとデイヴィス（原文ママ）氏に心からのお慶びをそえて。
親愛なるミス・デュ・モーリエ様
J・M・バリー(3)

バリーはふたりの結婚の前日にさかのぼって祝いの手紙を書いたのだ。欠席の「理由はおわかりでしょう」というのは文字通り過去にさかのぼって出席することは不可能ともとれるが、思わせぶりな言い方である。ふざけて書いたこの手紙には、もっと早くにシルヴィアと知り合いたかった、自分の方がシルヴィアのことをよく知っているという思いが込められているように思われる。

『ピーターとウェンディ』の語り手は、ダーリング氏が夫人を射止めたいきさつについて、「大勢の紳士が、彼女を愛していることにいっせいに気づき、プロポーズしようと彼女の家に走りましたが、ダーリング氏だけは辻馬車に乗っていったので、さっさと一番に着いて、それで彼女を手に入れたのです」と言う。しかしダーリング氏は「彼女のすべてを自分のものにしましたが、一番内側の小さな箱とキスはだめでした。」ここでのキスは行為としてのキスではなく、夫人の「愛らしい、からかうような口もとに浮かんでいる」けれど誰も手に入れられないものとされている。また彼女の心は、「箱のなかに箱があるという、東洋の不思議な入れ子細工の小箱のようで、開けても開けてもまだ箱が出てくる」のだという(五)。ダーリング夫人は家族思いの優しい母親で、ヴィクトリア朝的な母親の理想像を体現しているが、最初の紹介部分では謎のある魅力的な女性として描かれている。

この小箱の比喩は、マーガレット・オギルヴィがバリーの写真を入れていた小箱を連想させる。小箱は心の内奥の象徴である。ダーリング氏は夫人の心の小箱を得られない。ここにはアーサーに先を越されてしまったという無念と、しかしシルヴィアの心は、堅物の法律家にはつかめないとのバリーの思いが反映されているのかもしれない。

同時にバリーは自分が他所の家庭の幸福を乱す邪魔者であることも意識して、自身の姿をピーター・パンに投影していたように思われる。ダーリング家を紹介した語り手は次のように言う――「これほどわかりやすい、幸せな家族はありませんでした――ピーター・パンがやってくるまでは」（八）。

ダーリング家の子供たちがネバーランドでの冒険を終えて、ロンドンの自宅に帰る場面では、一家再会の喜びが描かれる。ウェンディと弟たちは、窓から自宅の子供の寝室に戻ってベッドにもぐり込み、はいってきたダーリング夫人を驚かせる。

（……）そして夫人はもう二度と抱きしめられないはずの三人のわがままな子供たちに腕をのばしました。いえ、抱きしめることができました。ベッドからぬけだして、お母さんのところへかけよったウェンディとジョンとマイケルを抱きしめたのです。

「ジョージ、ジョージ」と、口がきけるようになってから、夫人は叫びました。ダーリング氏は目をさまして、この至福をともに味わいました。ナナも飛び込んできました。これほど美しい光景はありませんでした。

しかし、それを見ていたのは、窓のところで見つめている、ふしぎな少年ただひとりでした。

少年は、ほかの子供には決してわからないような数えきれないほどの喜びを知っています。でも、少年が窓ごしに見つめていた喜びは、少年には絶対にふれることのできないものでした。（一四一）

バリーはアーサーに嫉妬心も抱いただろうが、彼のデイヴィズ家への思いは単なるやっかみではなかった。彼はこの一家に、妻メアリーとのあいだに築くことのできなかった理想の家庭像を見ていたように思われる。アーサーとシルヴィアの三男ピーターはのちに、一家の書簡や文書に自らの回想録を加えた『モーグ（霊安室・参考資料室）』という記録を残したが、そのなかで「バリーのメンタリティーはなんて奇妙なのだろう。彼はシルヴィアに夢中だったが、それはシルヴィアがアーサーに夢中で、彼自身もアーサーに心酔していたためのようなのだから」と述べている。[4]

アーサーはバリーの存在をどう思っていたのだろうか。一九四八年にピーターは、乳母のメアリー・ホジソンあての手紙で、バリーのために両親のあいだに不和が生じたことはなかったかと尋ねている。それに対し、アーサーの態度は常に紳士的だったとホジソンは答えている。アーサーはバリーが「人畜無害」で、結婚生活の障害にならないとわかっていたのだとバーキンは指摘する。[5]

一九〇六年、アーサーは肉腫にかかり、上あごと口蓋を半分切除する手術を受けることになる。バリーはほかの予定はすべてキャンセルして病室につきそい、アーサーに最高の治療を受けさせるため莫大な費用を引き受けた。ピーターは『モーグ』で当時のアーサーの心境を推し量っている。バリーに情けをかけてもらうのは耐えがたかっただろうとの見方もあるが、必ずしもそうは思わない。父がバリーをうるさがっていたとしても、彼の親切と献身により、そんな気持ちは消えたはずだ。バリーが将来にわたっての金銭的負担を引き受けてくれたことは、両親にとって計り知れないほどの慰めだった。[6]

一九〇七年にアーサーが死去すると、バリーはデイヴィズ家への関与をいっそう強めていく。一方妻のメアリーは、バリーの秘書だったギルバート・キャナンという青年と不倫関係になる。バリーは離婚に強く反対し訴訟に発展する。その過程でメアリーはバリーには身体的欠陥があると主張するのである。そして一九〇九年十月に離婚が成立し、バリーは深く傷ついた。[7]

バリーの離婚訴訟が終結した二日後に、シルヴィアが自宅で倒れた。心臓近くの癌で手術もできない状態だった。病状は乳母のメアリー・ホジソンにのみ知らされた。その後シルヴィアの容態は徐々に悪化し、翌年の夏には本人も死を覚悟して遺書を書いている。そこでシルヴィアは、母親のエマ、バリー、自分の兄、亡き夫の弟を管財人兼後見人に指名している。またバリーが全力で助けてくれるであろうことを繰り返し述べ、バリーを信頼している様子がうかがえる。ただ初めのほうで彼女は、「私が望むのは、ジェニーがメアリーのところに来てくれて、ふたりで子供たちと家の面倒を見、互いに助け合ってくれることです。そうしたらメアリーにとって好都合でしょう」と述べている。ジェニーはメアリー・ホジソンの妹である。ところがバリーはジェニーをジミー（すなわち自分自身）に書き換えて手書きのコピーを作り、自分が見つけた遺書の正確な写しだと言って、エマに送っているのだ。バーキンは、もとの遺書では「ジェニー」とはっきり読めるものの、遺書が発見される以前から子供たちに対する全責任を負えるのは、経済的にも時間的にも余裕のあるバリーだけだと関係者全員が認めていたのだから、この写し間違いは不作為によるものだとしている。これに対しダジョンは、バリーがわざわざ筆写する必要はなく、またバリーとメアリー・ホジソンは折り合いが悪かったので、バリーがメアリーのもとへ行くことが彼女にとって好都合であるはずがない、バリーは意図的に改ざんし、子供たちを自分の手中に収めて支配しようとしたのだ、と主張する。(8) バリーが子供たちを愛しており、特に長男のジョージと四男のマイケルが彼のお気に入りだったことは公然の事実だ。バリーとこのふたりの関係について、バーキンは五男のニコに手紙で問いあわせている。ニコは、少年愛を少しでも感じさせる言葉を聞いたり、そういう場面を見たりしたことは一度もない、と言い、もしバリーにそのような性癖があればどんなにかすかな兆候でも私は気づいただろう、「彼は無邪気な人でした——だから『ピーター・パン』を書くことができたのです」と返答している。(9)

3　冒険ごっこの世界

映画『ネバーランド』では、死期の迫ったシルヴィアの前にネバーランドが出現し、そこに足を踏み入れることで彼女の死が暗示されている。しかし原作のネバーランドは、死後の永遠の世界ではない。そこには戦いもあれば死もある。そこはごっこ遊びがリアルになった世界であり、（ウェンディにより家庭生活も持ち込まれるが）基本的には冒険の世界である。これまでバリーがデイヴィズ家にはいりこんでいった理由として、家庭的幸福への憧れを強調してきたが、それだけでは一面的に過ぎるだろう。バリーには当初、自分が一家の家父長的存在になろうという意図はなかったと思われる。確かに彼はシルヴィアが好きだったし、アーサーに嫉妬心も覚えただろうが、バリーのなかでは、自分は子供たちの遊び相手だという意識が強く、だから周囲からは非常識と見られようとも、平気で他所の家庭に入り浸ったのではないだろうか。『ピーターとウェンディ』で、ピーター・パンは家庭的幸福に安住できない。彼はウェンディの協力で、冒険などないふりをする、というごっこ遊びを考案し、健康のために散歩をしてみたりするがすぐに飽きてしまう（七〇―一）。いつもごっこ遊びにほかの子供たちを付き合わせておきながら、自身はウェンディのままごと遊びに付き合わされると、ふいに「これってただのごっこ遊びだよね、ぼくがみんなのお父さんって」と「現実」に立ち返ってしまう（九二）。当時の期待される父親像とはかけ離れた子供じみたダーリング氏の性格造形も、アーサーよりもバリー自身の戯画的側面が強いと言えよう。バリーは子供たちの父親になろうとする以前に、彼らとの冒険ごっこを好んだと思われる。

その冒険ごっこは、ときにあまりに真に迫るので、シルヴィアとアーサーが割り込んで、残酷になりすぎないようにしたという。[10] この遊びを反映してか、ネバーランドの冒険ごっこの世界では、残酷な出来事がこともなげに語られる――「島の少年たちの数は、もちろん殺されて減ったりしますし、少年たちが大きくなっているようだと、規則違反なので、ピーターが間引いたりします」（四七）。

「迷子の少年」で最初に登場するトゥートルズは次のように紹介される。

（……）この勇ましい少年部隊のなかでいちばん弱虫というわけではないのに、いちばんついていない子です。ちょっと席をはずしていると、そのすきにすごい事件が起こるので、仲間の誰よりも冒険の数が少ないのです。みんながおとなしくしているからと思って、たきぎを集めに出かけて帰ってくると、みんなは、流された血を掃除しているといった具合です。（四八）

簡潔な語りがブラックユーモアとリアリティーを感じさせ、読者は、ここがごっこ遊びの虚構の世界であることを知りつつもどきりとさせられる。

加えて、原作にはあからさまにプロパガンダ的な箇所がある。フック船長が子供たちに海賊になるよう誘うところ、戯曲の方では以下のくだりがある。

マイケル　（身を乗り出して）ぼくが海賊になったら、何と呼んでくれるの？
フック　「黒ひげのジョー」でどうだ？
マイケル　ジョン、どう思う？
ジョン　止めろよ、ぼくたちジョージ王に忠誠を誓う臣民だろう？
フック　海賊になったら「ジョージ王を倒す」と誓わなければな。
ジョン　（堂々と）それなら断る。
マイケル　ぼくも断る。
フック　これでおまえたちの運命は決まった。こいつらのお母さんをつれてこい。（五、一、八一―九）

そして連れて来られたウェンディは、弟たちと「迷子の少年たち」に向かって次のように演説する――

ウェンディ　これが私の最後のことばです、みなさん。あなたたちの本当のお母さんからメッセージをあずかっているように思うのです。それは、「息子たちがイギリス紳士らしく死ぬのを望みます」ということです。（五、一、九三―五）

ベイデン＝パウエルは、ボーイスカウト普及のきっかけとなった『スカウティング　フォア　ボーイズ』（一九〇八）の冒頭で、ボーア戦争において南アフリカのマフェキングを守るために少年の部隊が編成されたことを述べる（九）。そして敵にいつどこを攻められるかわからないので、少年も武器の使い方を修得する必要があると説く。またボーイスカウトの誓いの第一項は「神と国王に忠誠を尽くす」であると言う（二〇）。『ピーター・パン』の冒険ごっこは、ベイデン＝パウエルが盛んにしたボーイスカウト運動に通底するものがあるだろう。そこにはごっこ遊びと現実とが反転し、現実の戦争もごっこ遊びのようにとらえてしまう危うさがある。

それでもピーター・パンの冒険の世界はあくまで予定調和的である。物語のクライマックスでは、少年たちと海賊が戦い、ピーター・パンとフック船長が一騎打ちをする。だが永遠の少年ピーターが勝つことは容易に予測でき、そのとおりの結果となる。『ピーターとウェンディ』では、ハッピーエンドになることが第三章ですでに明らかにされている。ウェンディたちがピーター・パンに連れられ、空を飛んで家を出て行こうとしているところに、子守りで犬のナナによって危険を知らされたダーリング夫妻が戻ってくる場面で、語り手は次のように言うのである――「はたしてふたりは間に合うのでしょうか？（……）でも、間に合わなかったとしても、おしまいには、めでたしめでたしになるということを、きちんと約束しておきましょうね」（三四）。そしてその予告どおりに一家は再会する。はらはらどきどきしながらも、子供の観客・読者でも安心して見たり読んだりできるのが『ピーター・パン』の芝居であり小説なのだ。

しかしバリーを取り巻く現実はそうはならなかった。

一九一四年、第一次世界大戦が勃発すると、長男のジョージと三男のピーターが入隊する（次男のジャックは海軍兵学校を出て職業軍人になっていた）。バリーは前線にいるジョージと頻繁に手紙のやりとりをするが、次第に戦況は悪化していく。一九一五年三月十一日付けの手紙でバリーは次のように書いている。

私には君の軍人としての栄誉を望む気持ちは微塵もない。そんなものはくそくらえだ。私がただひとつ熱烈に望んでいるのは、せめてもう一度だけでも皆が一堂に会することだ。君が将軍になって帰ってきても、私にとっての君の価値は少しも増しはしない。私が欲しているのは君自身だ。私にとって君がいかに大切か、君がそれを知れば少しでも慎重になってくれるかもしれない。そう思うとこんなことを書き続けずにはいられないのだ。(11)

愛する「息子」に危険が迫っていることをリアルに感じ取ったとき、バリーはウェンディの勇ましい台詞とは正反対の手紙を書いていた。「フランスやフランドルの戦場にあって、この悲劇的で、絶望的なまでに不安げな手紙ほど胸を打つ言葉を故国から送られた兵士はいないだろう」とピーターは言う。(12)

この手紙はジョージが生きて受けとった最後のものとなった。彼は三月十五日に戦死する。ピーターはそれまでのバリーの人生を振り返って『モーグ』で次のように述べている。

ああ、哀れなジミー。有名で、金持ちで、無数の大衆に愛されながら、なんと大きな代償を払ったことか。彼はアーサーの死に心の底まで揺り動かされた（奇妙に情け深い心の隅にどんな暗い妄想が潜んでいたとしても）。その一、二年後には自分の離婚という試練に遭い、そしてその直後に、シルヴィアがアーサーのあとを追った。彼はこのとき再起不能なまでに打ちのめされていたのだ。それからわずか四年半、今度はジョージだ。あんなにも深く、奇妙で複雑ではあるが、つのる愛情を注いでいたジョージ。シルヴィアとアーサー・リューリン・デイヴィズの息子たち――「私の息子たち」を導

き育てるという困難な仕事において、自分の支えになってくれると思っていたジョージまで奪われてしまったのだ。(13)

『ピーター・パン』、『ピーターとウェンディ』の子供たちと海賊の戦いでは、海賊が死ぬたびに、「迷子の少年」のひとりスライトリーが「ひとーり」「ふたーり」「さんにーん」と勘定していく。その場面を書いていたときのバリーは自分の「息子」が無残に殺されることになるとは予想していなかっただろう。

一九一九年、バリーはセント・アンドリューズ大学の名誉総長に選ばれ、任期中に学生に向けて講演することになる。そのために作成したメモが残っている。

戦後は老人が若者へ助言しても嘲りを受けるしかない、死んだのは若者たちだったのだから。（……）若者たちは戦争を始める政治家を前線に送るべきだ。私の講演を聴くのではなく、私を被告席において有罪を宣告すべきだ。

——愛国心。世界が狭くなるにつれ、愛国心の視野は世界全体に広がるべきだ。戦場で相対した者たちは、互いにそのことに気づいていた。(14)

実際の講演は「勇気」と題して一九二二年に行われるも、これらの文言がそのまま使われることはなかった。一九二八年に戯曲『ピーター・パン』が出版されるが、先ほど引用したプロパガンダ的なくだりはそのままだ。ジョンの台詞にある、忠誠を誓うべきジョージ王とは当時のジョージ五世を指す（小説の方は単に「国王」となっているが（一二〇）、芝居においては時の王の名を入れて上演していたものと思われる）。結果的にバリーは戦争への立場を公私で使い分けたことになる。

おわりに

『ピーター・パン』と『ピーターとウェンディ』では、家父長としての父と優しい母、乳母とメイドのいる、ヴィクトリア朝の中産階級の家庭像が規範として想定されている。母親の愛に飢え、子供好きで、家庭の暖かさに憧れていたバリーが、伝統的な家庭より幾分進歩的なリューリン・デイヴィズ家と交わるなかから、ピーター・パンの世界は生まれた。そこでは家父長たるダーリング氏は子供じみていて、ピーター・パンもウェンディとのままごとで父親らしく振舞えない。ネバーランドの冒険ごっこの世界で精彩を放つのは、親に見捨てられた「迷子の少年たち」や、アウトローのフック船長やスミーである。理想の家庭像から逸脱した部分が、この作品のコミカルでおもしろいところだ。しかし冒険の物語は予定調和的に終わり、子供たちは再び平和な家庭に帰る。

『ピーターとウェンディ』には「ウェンディが大人になるとき」という後日談が付け加えられている。ウェンディが大人になると、ピーターは彼女の代わりにその娘のジェインをネバーランドに連れて行き、さらに時が経って、ジェインが大人になるとその娘のマーガレットを連れて行くようになる。この世は無常だが、ピーター・パンが象徴する子供の世界は、平和な家庭に守られて「子供が陽気で、無邪気で、身勝手でありつづけるかぎり」いつまでも続いていくのだ（一五三）。

けれどもバリー自身の人生はそれとは異なっていた。彼は、子供の頃、兄の死を悲しむ母の姿を目の当たりにした。自らは幸せな家庭を築けずに他所の家庭に近づくが、子供を残して逝く夫妻を看取ることになる。ピーター・パンの芝居と小説でごっこ遊びの戦いをリアルに描いたのち、愛する「息子」ジョージを本物の戦争で失う。[15] バリーは、自分が憧れた、家庭のあるべき姿が崩壊する場面に繰り返し遭遇する運命にあったのである。

注

（1）ジェラルドの娘ダフネはミステリー小説『レベッカ』の作者で、奔放な生活で知られた。
（2）Birkin, 122.
（3）Birkin, 56. Chaney, 159.
（4）Birkin, 142.
（5）Birkin, 66–67, 59.
（6）Birkin, 135.
（7）Chaney, 264–79.
（8）Birkin, 194. Dudgeon, 195–97.
（9）Birkin, 130. Dudgeon, 19.
（10）Chaney, 180.
（11）Birkin, 242.
（12）Birkin, 243.
（13）Birkin, 244.
（14）Birkin, 287, 289.
（15）その後マイケルも親友と水死する。事故死の扱いだが心中が疑われている。

引用・参考文献

Baden-Powel, Robert. *Scouting for Boys, The Original 1908 Edition*. New York: Dover Publications, 2007.
Barrie, James. 'Courage' http://www.freeclassicebooks.com/James%20M%20Barrie/Courage.pdf (2018. 3. 27)
——. *Margaret Ogilvy*. The Echo Library, 2011.
——. *Peter Pan and Other Plays*. Ed. Peter Hollindale. Oxford: Oxford UP, 2008.［邦訳『大人になりたくないピーター・パン』塗木桂子編訳、大阪教育図書、二〇〇六］

——. *Peter and Wendy and Peter Pan in Kensington Gardens*. Ed. Jack Zipes. New York: Penguin, 2004.［邦訳『新訳ピーター・パン』河合祥一郎訳、角川つばさ文庫、二〇一三。本文中の『ピーターとウェンディ』の引用はこの訳に基づき、一部ひらがなを漢字に直すなどの変更を加えた。］

Birkin, Andrew. *J. M. Barrie and the Lost Boys*. New Haven and London: Yale UP, 1979, 2003.［部分訳　バーキン、アンドリュー『ロスト・ボーイズ——J・M・バリとピーター・パン誕生の物語』鈴木重敏訳、新書館、一九九一］

Chaney, Lisa. *Hide-and-Seek with Angels: A Life of J. M. Barrie*. London: Arrow Books, 2005.

Dudgeon, Piers. *Neverland: J. M. Barrie, The Du Mauries, and the Dark Side of Peter Pan*. New York: Pegasus Books, 2009.

Forster, Marc. *Finding Neverland*. Miramax Films, 2004.

第八章　ヴァージニア・ウルフとギリシア
――ギリシア旅行日記と『ジェイコブの部屋』

兼武　道子

ヴァージニア・ウルフは終生にわたって古代ギリシアの文明に深い関心を寄せた。十五歳の時にロンドン大学キングズ・カレッジの女性部でジョージ・ウォーから古典ギリシア語を学び始めて以来、一八九九年からはクララ・ペイターに、そして一九〇二年以降はジャネット・ケイスに師事して古典ギリシア語の勉強を継続した。一九〇三年から五年にかけてのウルフの日記には、ケイスとのギリシア語レッスンの様子が記されているほか、トゥキュディデスやソポクレース、アリストテレスなどのギリシア語文献を翻訳しながら熱心に自習していた日々の様子が残されている。生涯の友人となったケイスはウルフにとって自立した女性のロールモデルとなり（リー　一四四）、ウルフのフェミニズムに深い影響を与えた。

古典語、とりわけ古典ギリシア語は、支配階級に属する男性が学ぶものと伝統的にみなされてきた。ヴィクトリア時代においては、古典語の知識があれば「紳士」として認められた一方で、古典語は女性には「難しすぎる」から、女性はフランス語やドイツ語などの近代語と音楽や絵画などの芸術を学ぶのが適当だと考えられていた（ジェンキンズ　六二―六四）。第一次世界大戦の後までは、ケンブリッジとオックスフォード両大学への入学に古典語が必須だったため、古典語と古典文化の知識は、パブリック・スクール出身の一部のエリート男性を優遇するイギリス社会のあり方を制度的に支えていた。[1] ひいては、政治・社会・宗教の各界において支配的な地位にある男性が共有する教養として、古典語は彼らの間に「知的な共感」の絆を醸成していたという（ターナー　四—五）。

十八世紀後半以降、イギリスとドイツを中心として古代ギリシア文明への関心が高まり、とくにヴィクトリア時代からエドワード時代にかけてのイギリスでは、先進的な民主主義国家としてのイギリス帝国という自己イメージを、全盛期つまり「ペリクレスからアレクサンドロス大王までの時代のギリシア」（ジェンキンズ　六二）に重ねることが好んで行われたという。さらに「これらの二つの文明の歴史的な状況は本質的に類似して」いて、「ギリシア人達とヴィクトリア時代の人々は似ているという確信」（ターナー　一二）が思想家や批評家、歴史家や政治家によって盛んに表明された。(2) このように、ヴィクトリア時代のイギリスと古典期のギリシアを直結させるヴィクトリアン・ヘレニズムの気風は、男性エリート達の間には先述したように「共感」による連帯意識をもたらす一方で、女性に対しては排他的に働いた。例えば歴史・政治学者のアルフレッド・ジマーンは、一九一一年に出版されて広く読まれた著作『ギリシアの共和国』の中で、ギリシアの都市国家は「イングランドのカレッジ」のような「男のクラブ」（ジマーン　三三七）だったと述べた。(3)

しかし例外的ではあったが、ヴィクトリア時代に古典ギリシア語を習得した女性たちも存在した。男兄弟と一緒に家庭で古典語を学び、兄弟たちがパブリック・スクールに進学して行った後も家での勉強を続けたという人が多かったようだ（ハースト　六三）。古典ギリシア語に親しんだヴィクトリア時代の女性文学者・文筆家としては、エリザベス・バレット・ブラウニングとジョージ・エリオットが有名だが、サラとメアリー・コウルリッジ、アグネス・メアリー・ロビンソンやマイケル・フィールドなどのほか、批評家アナ・ジェイムソン、社会活動家のフロレンス・ナイティンゲールやドロシア・ビールなどもいる。また、一八六〇年代から七〇年代にかけては、アナ・スワンウィックとオーガスタ・ウェブスターがアイスキュロスとエウリピデスの翻訳を出版して、高い評価を得ていた。ウルフの『自分ひとりの部屋』にも登場する古典学者ジェーン・ハリソンは、ロンドンやイギリス各地の学校や博物館などで講演会を行って多くの聴衆を集め、一八九八年からはケンブリッジ大学のニューナム・カレッジに所属して研究と教育を行った。すでに一八八〇年代の末には先駆的な女性としてジャーナリズムにも登場して、ギリシア学が女性にもたらす知的な自立と成熟を説いていた（マーン　五八―五九）。[4] ハリソンは実際にギリシアの土地に行くことの重要性も強調し、女性にとってギリシアは日常のしがらみと社会の束縛から解放されて成長できる場所だと述べていた（クリロノモス　一四九）。このように、古典ギリシア語を学ぶ女性の系譜が徐々に形成され、男性とは違った形での文化受容の経験が蓄積されるのに伴って、「女性たちのギリシア語」ともいうべき文化が育まれ、次第に社会によって認知されていったという（プリンス　一一二）。

男性中心のヴィクトリアン・ヘレニズムの気風が色濃かった時代において、女性にとって古典ギリシア語を学ぶことは、「文化的な力」を手にすることであった（リヨンズ　二九二）。古代ギリシアについて語ることは必然的に「ジェンダーやセクシュアリティについて語る一つの方法」（ホバーマン　二三）であり、古典語を学んだ女性たちの多くは、婦人参政権運動や女性の正規教育について問題意識を共有していた。ウルフにとってもギリシアへの関心はジェンダーの問題と直結するものだった。「ギリシア語を知らないことについて」では、古代ギリシア人を「この異国の人達」（三八）と呼んで、ヴィクトリアン・ヘレニズムが無視しようとした、イギリスと古代ギリシアの間の歴史的・文化的な隔たりを確認している。『ジェイコブの部屋』では、ウルフは女性の語り手の視点から、ヴィクトリアン・ヘレニズムのイデオロギーの元に育った一人の青年ジェイコブの成長を追うことで、ジェンダーとギリシアの問題を考えている。

ウルフは一九〇六年の晩夏から秋にかけてと一九三二年の春にギリシアの土地を旅行している。そのうち、最初の訪問を行った一九〇六年は、ウルフが文筆家として活動を始めて間もない時期にあたる。ギリシアの旅行中に彼女が綴った日記からは、訪問先で受けた印象を言葉で再現しようという表現者としての意識を読み取ることができて、大変興味深い。ギリシアから深く多様な印象を受けたウルフだったが、旅に同行していた兄トウビーが帰国後に急死してからは、ギリシアについての文章を公にすることが長い間なかったという（リー　七九七）。沈黙を破ったのが一九二〇年に着手した『ジェイコブの部屋』であった。この小説には、一九〇六年のウルフの旅行がそれと分かる形で活かされている。本論文では、ウルフの日記と『ジェイコブの部屋』を併せて取り上げ、ウルフとジェイコブのギリシア体験の違いについて考察したい。

一　ギリシア旅行日記

一九〇六年の九月八日にウルフは姉のヴァネッサと友人のヴァイオレット・ディキンソンと共にロンドンを出発し、フランスとイタリアを経由して九月十三日にギリシアのパトラスに入った。次の日にオリュンピアで兄トウビーと弟エイドリアンに合流し、コリントスを経由して、十六日にアテネに到着する。その後、エレウシス、ペンテリクス山、エピダウロス、ミュケナイなどへの観光に出かけ、エウボイア島に知人を訪ねる小旅行も行った。列車や馬車、馬やラバ、船などを乗り継いで、精力的に動いたようだ。十月五日にはアテネに戻り、デルポイに行くのを取りやめて、病気になったヴァネッサの看病をする。十月二十日にコンスタンティノープルに向けて船で出発した後は、再び旅行を楽しんだ様子である。ロンドンに戻ったのは十一月一日だった。

ウルフのギリシア滞在日記は、事実を詳しく記録するものではない。前年にスペインとポルトガルを旅行した時の、いつどこに行ったというような記録が中心だった日記と比べると、書き方が全く異なっていることが分かる。ギリシア滞在中の記述は、リー（二二九）やズワードリング（七七）の言うように、エッセイに近づいているように思える。その場で知覚したことや、受けた印象を、言葉で再構成しようという意識が強く働いているからだ。アテネに到着したウルフはまず最初に「静かに歩き、時間をかけてあちらこちらを見ていると、はっきりした絵が段々とできあがってくる。ここにその全てを再現しようとは思わない。自由なイギリス人女性としてよく考えて［素材を］扱おう」（*PA* 三三一）と記している。このように、物書きとしての自意識を明確に打ち出していて、言葉にした経験を、他人が読むか、あるいは自分が後から読み直すことを想定しているように感じられる。訪れた場所の描写は、その多くが二人称と現在形で書かれるため、臨場感にあふれていて、「結局、どの一歩も聖地にあるのだから」（*PA* 三三一）というウルフの若々しい興奮が伝わってくる。

最初に訪問したオリュンピアから一貫しているのは、ガイドブックに頼らず、自分の目で見たものや経験を大切にする姿勢だ。「ベデカーは彫像を数える。考古学者達はそれぞれのやり方で彫像を配置する。でも最後に完成させるのは、それらを虚心に見る一人一人の心なのだ」（*PA* 三一九）というように、遺跡に立ったウルフは過去の情景を心の中で復元しようとする。そのようなウルフが最も興味を引かれて日記に書き記すのは、神殿や宮殿の石組みよりはむしろ、古代の人達が生きた痕跡である。特に、エレウシスとミュケナイでは、「想像力」（*PA* 三三一）を使い、古代人になったつもりで風景を見たり、古代の街の様子や人々の生活を再現したりして、古代を現在に蘇らせて楽しんでいる。ミュケナイでは、まるで本を読むかのように街の遺跡を観察する。「［この光景は］脳内の全ての部屋を巡り、雑多な記憶や想像をかきたてる。遠い未来を予告する。遠い過去を語る。……詩人達の言葉が歌い始め、形をとり始める」（*PA* 三三二）。遺跡を歩き回って陶器のかけらを拾い、「この場所には強烈で鮮明に彩られた生命があると感じた。……一瞬だけ、裂け目を通してかのように、私は足元の地下ずっと深いところを確かに見た」（*PA* 三三二―三三三）と高揚した筆致で記している。古代の人々の生きた証を確かに感じ取ったという手応えがあったようだ。

ウルフもシュリーマンに言及しているように、一八七〇年代から当時にかけては古代ギリシア文明の発掘調査が各地で盛んになっていた。ウルフのギリシア訪問より少し前の一九〇〇年には、イギリス人アーサー・エヴァンズがクレタ島のクノッソス宮殿の発掘を始めたところだった。各地での発掘が成果をあげるにつれて、ギリシア古典学も、テキスト中心の学問から、ジェーン・ハリソンの研究に代表されるような考古学や人類学的な視点を取り込んだものに変化してゆく時期でもあった。古代の人々の生活にウルフが関心を持つのも、そのような時代の感覚を背景にしてのことだったと考えられる。

サラミス湾に沿って走る列車からウルフは外を見て、ある印象的な光景を記憶に留める。日没前に月が上り、月と太陽が同時に海を照らしている。青く輝く海面に夕日の赤色と月の白い光が柔らかく映える。そして「最もすばらしい」のは、その海を背景にして、崖沿いに伸びる一本の「白い道」（*PA* 三三四）だ。「ここに小さい人影がいくつも歩いていて、馬車が走っている。きっとアテネから来たのだろうと思わずにいられない。この道は、鉄道があるにもかかわらず、未だに主要な道路なのだ。この道は——滅多にないことだけれども——本物の道の様子をしていた。鉄道というものが消えても残るだろう。人に二本の脚がある限り」（*PA* 三三四）。機械文明が発達するはるか以前から存在しただろうこの道は、文明が滅びた後もなおあり続けて、人はいつの時代も変わらずそこを往来しているという、時間を忘れた悠久の感覚にウルフはとらえられた。後に訪れたエウボイアでは、発掘を実際に行ってみている。ホメーロスの時代から使われているという形の農機具を見た時には、「人種が違っても、人の生活はそれほど変わらない。土地はほとんど変化しない」（*PA* 三三六）とも記している。古代から現在へ、そして未来へと人々の生命はつながり、それを全てギリシアの土地が記憶しているという、不確かではあるけれども否定できない感覚をウルフは繰り返し表明している。

このように、ウルフのギリシア旅行日記は、いわゆる名所旧跡を訪れた時でも、ガイドブックのような客観的な事実の記載をできるだけ避けて、その場で感じた感覚を言葉にすることが多い。また、古代の人の営みを感じ取ったと思える瞬間が最も印象的で感慨深く、想像を刺激されて、その経験を書き残したいと思ったようだ。

印象が多様で深いからこそ、その瞬間の全体を言葉にすることができないという記述もよく見受けられる。初めてアテネのアクロポリスを訪れたときには、「把握できないほど大きなものに圧倒されて黙り込んで」（*PA* 三二二）しまう。さらに、「パルテノンの『色』という時には、人はただ言葉の必要に合わせているだけ」（*PA* 三二三）と言い、色という言葉では現実を捉えきれないことを強調してから、夕日を浴びて輝くパルテノンを描写する。想像力が最も活発になったミュケナイについては、「不十分」な言葉を「せっかちに、荒っぽく」あてがうよりは、「空白のページ」（*PA* 三三二）を残した方がよいかもしれないけれど、という前置きをしてから書き始めている。これらの但し書きのような表明には、受けた印象を中途半端な言葉に急いで押し込みたくない、あるいは、いつか表現へと展開してゆくのを見守りたいという意識があるように思える。

興味深いことに、ギリシア旅行から帰って二ヶ月間の沈黙を経た後の次の日記には、「森にはいつもがっかりするのはなぜだろう……ぴったりの言葉がなくて表現できないまま残るものがないからだ」（*PA* 三六三―六四）という記述がある。さらに、半年余りを経た、その次の日記では、ハムステッド方面へピクニックに出かけた時のことについて、工業化・都市化が進みすぎて「本物の野原」の感じがせず、「本物の道と人」を探したことが書かれている（*PA* 三六六）。そのまた次の日記では、天体望遠鏡で月を観察しながら、太陽が紺碧の空から照りつける夏のギリシアのような光景を思い浮かべる（*PA* 三六八）。このように、ギリシア旅行後のウルフの日記には、ギリシアの記憶が断片的な形で現在に織り込まれている。記憶の糸をつなぎ合わせるように書かれていると言ってもよいかもしれない。ギリシア旅行はウルフの心の奥底に長く留まり、かなり時間が経ってからも、その時々の体験に形を与える役割を果たしたようだ。ギリシアの印象は、全てを言葉にすることができないからこそ、次の表現を促すものだったともいえよう。ギリシア旅行は、ウルフの日記に創作の性格を与えたのではないだろうか。

二　『ジェイコブの部屋』

小説の最後で主人公ジェイコブはギリシア旅行をする。イタリアからパトラスに入り、オリュンピアとコリントスを経由してアテネに行き、最終的にはコンスタンティノープルまで足を延ばす。デルポイに行くのをやめたことを含め、ジェイコブの旅は一九〇六年のウルフの旅程に似通っている。さらに、ジェイコブが大学に入学したのはウルフがギリシア旅行をした一九〇六年で、ジェイコブは卒業後しばらくしてから旅行に出ることになっている。ギリシア旅行当時のウルフは二四歳だったから、二人は数年の間を空けて、ほとんど同年齢でギリシアに旅をしているのだ。ただ、ウルフが古代の人々の様子を想像して楽しんだエレウシスとミュケナイにはジェイコブは行っておらず、このことはジェイコブの人物造形にとって重要なのではないかと思われる。本論文の後半では、ジェイコブとウルフのギリシアに対する姿勢がどのように異なっているかを考えてみたい。

ジェイコブは、古典語教育を特に重視したラグビー校からケンブリッジに進み、ヴィクトリアン・ヘレニズムの価値観を身につけた人物である。しかし、ジェイコブの古典語習得について多くが語られることはない。幼いジェイコブがラグビーへの入学準備としてラテン語を学ぶことは示唆されるが（二一、二四）[5]、ラグビーでのジェイコブの様子について語り手は何も語らずに口を閉ざす。そしてケンブリッジにジェイコブが入学した時には、すでにギリシア語ができるようになっている（四八）。語り手のこの奇妙な沈黙には、ヴィクトリアン・ヘレニズムに対する無言の批判が読み取れるだろう。女性である語り手は、パブリック・スクールという擬似ギリシア風な「男のクラブ」から除外されているのだ。外部の者にとってはブラック・ボックスのようなラグビーだが、ジェイコブはそこを通り抜けることによって、特に意識することなくギリシア語の教養を身につけた。このようにして、ジェイコブのようなパブリック・スクール出身の男性は、自分がギリシア文明の正当な継承者であるという「当然の権利」（ファウラー　二二〇）

の感覚を無自覚のうちに持つようになるのだろう。

ギリシア旅行に行く前のジェイコブのギリシア観は、全く概念的なものだった。ある日、朝帰りするジェイコブは、大学の友人と腕を組んでハムステッド近辺を歩きながら、世界中のあらゆる文学を読んで人間のことが分かったが、やっぱりギリシアが一番だという感想を述べ、「ギリシア人が言ったことを理解できるのは僕たちのほかにいないんじゃないだろうか」（一〇二）と言う。ジェイコブと友人の姿には、世界に冠たる文明国イギリスのエリート階級に属する男性としての特権意識と、知的な万能感、さらに「男のクラブ」に属している者同士の仲間意識がみなぎっている。しかし実際にはジェイコブのギリシア語は「芝居をつかえつかえ読む」（一〇二）程度であり、古代のギリシアと自分とを同一視する彼は、地理的・歴史的・文化的な隔たりという現実を見ていないだけなのだ。当然のことながら、そのような「幻想」（一八九）から女性は排除されている。例えば、スカーバラに住むジェイコブの母親はローマ時代の遺跡で針仕事をするのが好きなのだが、ある日、友人に「もうこれ以上遠くへはわたし行かないわ」（一八一）という。この挿話が表すのは、イギリスの歴史はローマ帝国には直接に遡ることができるけれども、ギリシアは常にイギリスにとって異国かつ異文明だということだろう。ここでも、ウルフの懐疑的な視線は、自分たちをギリシア文明の直系の子孫だと考えるイギリスのエリート男性の無反省な態度に向けられている。

現実から乖離したヴィクトリアン・ヘレニズムのあり方は、フロリンダへのジェイコブの恋にも表れている。馴れ馴れしく接近してくる彼女をジェイコブは簡単に信用し、「ギリシア時代にはいい女たちはみんなこうしたんだ」（一〇三）と思う。しかし、案の定、ある日ジェイコブはフロリンダが他の男性と腕を組んでいるのを目撃し、失恋してしまう。その現場はロンドンの繁華街ソーホーにあるグリーク・ストリート（一二七）である。[6] 駄洒落めいたバーレスク的な「落ち」によって、ジェイコブの恋は潰えてしまった。ここでは、ナイーブなジェイコブの理解を超えた他者として、フロリンダという女性が描かれている。ジェイコブの成長過程に付き添ってきた幻想としてのギリシアが、現実の試練にあったということを示してもいるだろう。

大学を卒業し、親戚の遺産が入ったジェイコブは、パリでのボヘミアン生活を経て、いよいよギリシア旅行に出る。教養の最終段階に入ったのだ。ジェイコブは現実との折り合いが悪く、これまで周囲の人たちには「とてもぎこちない」（九四）、「ちっとも世俗的でない」（九四）、「世間で成功しようとするなら、口がきけるようにならなくては」（九五）ならないと評されてきた。いくらかの人生経験を積んでからもそれは基本的には変わっていない。このように、教養小説の主人公としては頼りないジェイコブなのだが、ギリシアで彼は貴重な経験をする。

パトラスで雑然とした街の様子に辟易し、理想的なギリシアの幻想も消え、孤独に苛まれて深い憂鬱にとらわれたジェイコブは、オリュンピアへ向かう。その列車の中で、意外な喜びを発見するのだ。「ひとりでいることがどんなに途方もなく楽しいことか、これまで思いもかけなかった。イギリスを離れて、たったひとりで、あらゆることから切り離されていることが。オリュンピアへ行く途中には草木の生えていない険しい丘がいくつもある。そして、それらの丘の間には三角形の青い海が。……さあ、一日中ひとりで歩いて行こう」（一九四）。孤独の喜びを見つけたジェイコブは、まるで人が変わったように元気を出す。車内で早速、地図を取り出して地理を調べ始め、翌日は朝の五時から山に登って、宿の人を驚かせる。そして「山の頂上に寝転んで、まったくひとりぼっちで、ジェイコブはたいそう楽しんでいた。おそらく彼の全生涯でこれほど楽しかったことは今までにない」（一九八）という経験をする。このように、現実のギリシアの土地は、ジェイコブに思いがけない喜びと自由、そして力を与えてくれたのだ。

長さにしてたった三行ほどの記述でしかないが、この山の上での経験を境にしてジェイコブは若干の成長を遂げたように思える。オリュンピアで知り合ったイギリス人のウィリアムズ夫妻とジェイコブは交流する。夫エヴァンはジェイコブの受け答えが「恥ずかしそうだが、しっかりして率直」（二〇一）なことに好感を持ち、「政界で成功するかもしれない」（二〇一）という感想を抱く。妻のサンドラに対するとき、ジェイコブはいつの間にか自分が「振る舞い方をわきまえている」ことに気づく。「思っていた以上のことを話せるし、女性に対して心を開くことができ」て、「これまで自分のことを分かっていなかった」（二〇三）と感じるのだ。この後もジェイコブのぎこちなさは完全には解消しないとはいえ、ギリシアの山の上でジェイコブに何らかの変化があり、その後の彼が成熟の兆しを示したことはどうやら明らかだ。

しかし山の上でジェイコブにどのような変化が起こったのかは読者には明らかにされず、ウルフは間接的にしか成長を描かない。『ジェイコブの部屋』は教養小説のパロディーだという指摘は多い。伝統的な仕掛けをジェイコブが素通りしてしまって、それほど成長を見せない（リトル　一〇九、ズワードリング　六八）からだが、このギリシアの山の上での体験という、主人公にとって重要な経験を描かないという意味でも異例だと言えるのかもしれない。題名は『部屋』なのに、主人公の人生での転換点の一つが屋外で起こっているのも、ウルフの仕掛けなのだろうか。さらに言えば、ギリシアの山での体験に限らず、ジェイコブを形成したパブリック・スクールでの日々も、彼の死も、語りという部屋の外で起こっている。

ギリシアを学ぶことで女性は日常から解放されて成長できると説いたのは、ジェーン・ハリソンだった。イギリスの一切から離れることで孤独と解放を味わったジェイコブにも、同じことがあてはまったようだ。ジェイコブはサンドラに恋をするが、夫妻と別れて一人でアテネに行く決心をする。アクロポリスの麓に宿をとったジェイコブは、数年前にウルフが見たのと同じ景色に出会う。「影で引き裂かれた黄褐色の岩」（二〇五 cf. *PA* 三二二）が、静止した「波のように」（二〇五 cf. *PA* 三二八）アテネの街からそびえ立ち、その上に立つパルテノン神殿の大理石は、太陽を浴びて一日のうちに「輝く白」から「黄色」、そして「赤」（二〇五 cf. *PA* 三二三）へと色調を変化させてゆく。極めて古いにもかかわらず、神殿は「生気にあふれ」（二〇六）、「活力に満ちて生き生きと」（*PA* 三二三）しているという表現の多くは、当時のウルフの日記にもほとんどそのままの形で見つかる。

成長したジェイコブは、アクロポリスに登ってどのような反応を示すだろうか。教養のクライマックスとも言えるはずの体験に読者の関心は高まる。しかしジェイコブはまたもや読者の期待をすり抜けて行ってしまうのだ。ガイドブックをウルフは物足りないと感じたが、ジェイコブはまったく不足を感じていないらしい。彫像の裏側を覗き込んで、ギリシア人は裏を仕上げなかったんだな、とか、石段が微妙に歪んでいるなどと観察して、ガイドブックの記述を確かめている（二〇六）。まるで測量や実地検分でもしているかのようだ。かつてアテナ神像が立っていた場所からウルフは風景を望み、石柱の列の向こうに広がるアッティカの平原と空と山、さらに遠方に輝く海を「もっとも美しい情景」（*PA* 三二三）だと感じたが、ジェイコブは同じ場所に立って、「下に見えるいくつかの名所を確認」（二〇六）するだけである。語り手によると、「彼は正確で勤勉」で、恋に悩んでいるからでもあるだろうが「どうしようもなく不機嫌」（二〇六）なのだ。これではまるで組織の人間が日々の業務をしているのと大差がない。山の頂上で生きる喜びを見出し、窮屈なイギリスから解放されて、溌剌と生まれ変わったようになったジェイコブはどこへ行ってしまったのだろうか。せっかくアクロポリスにいるのに「プラトンやソクラテスの生きている姿」（二〇七）に思いを馳せることもなく、ロンドンで通った大英博物館のエルギン・マーブルを思い出すこともない。再びアクロポリスに登った別の日には、大理石の柱に腰を下ろして本を読み、政治に思いをめぐらせ、帝国支配のあり方を考え、「ギリシアは終わった。パルテノンは廃墟だ。しかし自分はここにいる」（二〇八）という実感に至る。

これが、ウルフの描く、古代ギリシアをイギリスと重ね合わせるエリート教育の終着点なのかもしれない。古典語の知識や文献の講読も、古代ギリシアを豊かに経験することの手助けになってはくれない。あくまでも現実的かつ実利的で、想像力は乏しく、真面目で精力的で、ウィリアムズたちのような「男のクラブ」のメンバーに重宝される人物に育っていってしまいそうなジェイコブを、ウルフは少し遠くから、愛情とユーモアと多少の苛立ちと深い懸念をもって眺め、惜しんでいる。ウルフが古代の様子を現在に蘇らせて楽しんだエレウシスやミュケナイには、ジェイコブはついに行かなかった。ギリシアの山で経験した自由と解放も束の間のものだった。イギリスに帰ったジェイコブは戦争に巻き込まれ、同年代の多くの若者と共に、命を落としてしまうからだ。山での幸せな経験の後、ジェイコブはイギリスの友人に宛てて手紙を書き、「生きている限り毎年ギリシアに来るつもりだ」、そして「文明から身を守るにはこれしかないと思う」（二〇二）と語っていた。その文明のもたらした戦争によって将来を断たれてしまった今となっては、ジェイコブがこの言葉どおり再びギリシアに戻ってきて、イギリスを相対化する視点を後に獲得するようになったか、それとも古代ギリシアを現代とは関係のない無用な過去として忘れていったか、その先を知ることはできない。

　このように、ウルフの旅日記を背景にして『ジェイコブの部屋』を読んでみると、ウルフとジェイコブのギリシア体験の違いがよく分かる。イギリスのエリート男性としてヴィクトリアン・ヘレニズムの幻想の中で育ち、幻想が破れてからは古代と現代いずれのギリシアとも接点を見出せないまま、イギリス社会の趨勢に飲み込まれていってしまったのがジェイコブである。その一方、ウルフは、共同幻想から排除された女性として古代ギリシアとの接点を進んで求め、文献の講読や、ギリシアへの旅行、発掘作業、そして想像力や創作活動によって、古代のギリシアを現在においても意味のある経験として活かした。こう考えてみると、ジェーン・ハリソンが伝え、ウルフが山の上での幸せな体験としてジェイコブに与えた自立と成熟こそ、ジェンダーの隔たりを超えた経験としてギリシアが人にもたらしてくれるものなのではないだろうか。

＊本研究はJSPS科研費JP16K02464の助成を受けて行われた。

注

（1）ケンブリッジでは一九一九年、オックスフォードでは一九二〇年まで古典語は必修とされた。

（2）馬路によると、歴史・政治学者E・A・フリーマンはイギリスの植民政策と実践を古代ギリシアのものになぞらえて正当化し（三二八）、アルフレッド・ジマーンは帝国的愛国主義にもとづいた民主政体（三四五―四六）という彼の理想を前五世紀のアテナイに投影したという。

（3）ジマーンによるこの著作についてウルフは六ページもの読書ノートを書き、イギリスにおけるジェンダーの問題を考察したという（ダルガーノ　四二）。古典期アテナイの社会における女性については桜井の著作に詳しい。

（4）女性によって発行されていた『女性一ペニー新聞』は、一八八九年にハリソンのインタビュー記事を掲載した。読者層は主に中から下層中流階級の女性だったという（マーン　五六―五八）。同時代にケンブリッジに在籍した女性古典学者たちについてはグロインの論文に詳しい。

（5）作品からの引用等はオックスフォード版による。訳はみすず書房版を参考にした。

（6）ド・クインシー『阿片常用者の告白』や、ビアボームの「イーノック・ソームズ」などの舞台となった街路でもある。

引用・参考文献

Dalgarno, Emily. *Virginia Woolf and the Visible World*. Cambridge: Cambridge UP, 2001.

Fowler, Rowena. "Moments and Metamorphoses: Virginia Woolf's Greece." *Comparative Literature* 51.3 (1999): 217–42.

Gloyn, Liz. "This is Not a Chapter About Jane Harrison: Teaching Classics at Newnham College, 1882–1922." *Women Classical Scholars: Unsealing the Fountain from the Renaissance to Jacqueline de Romilly*. Ed. Rosie Wyles and Edith Hall. Oxford: Oxford UP, 2016. 153–75.

Hoberman, Ruth. *Gendering Classicism: The Ancient World in Twentieth-Century Women's Historical Fiction*. Albany: State U of New York P, 1997.

Hurst, Isobel. *Victorian Women Writers and the Classics: The Feminine of Homer*. Oxford: Oxford UP, 2006.

Jenkyns, Richard. *The Victorians and Ancient Greece*. Cambridge, Mass.: Harvard UP, 1980.

Klironomos, Martha. "British Women Travellers to Greece, 1880–1930." *Women Writing Greece: Essays on Hellenism, Orientalism and Travel*. Ed. Vassiliki Kolocotroni and Efterpi Mitsi. Amsterdam: Rodopi, 2008. 135–57.

Lee, Hermione. *Virginia Woolf*. London: Chatto, 1996.

Little, Judy. "*Jacob's Room* as Comedy: Woolf's Parodic *Bildungsroman*." *New Feminist Essays on Virginia Woolf*. Ed. Jane Marcus. Lincoln: U of Nebraska P, 1981. 105–24.

Lyons, Brenda. "Virginia Woolf and Plato: the Platonic background of *Jacob's Room*." *Platonism and the English Imagination*. Ed. Anna Baldwin and Sarah Hutton. Cambridge: Cambridge UP, 1994. 290–97.

Mahn, Churnjeet. *British Women's Travel to Greece, 1840–1914: Travels in the Palimpsest*. Farnham: Ashgate, 2012.

Prins, Yopie. *Ladies' Greek: Victorian Translations of Tragedy*. Princeton: Princeton UP, 2017.

Turner, Frank M. *The Greek Heritage in Victorian Britain*. New Haven: Yale UP, 1981.

Woolf, Virginia. *Jacob's Room*. Ed. Kate Flint. Oxford: Oxford UP, 1992.

——. "On Not Knowing Greek." *The Essays of Virginia Woolf*. Ed. Andrew McNeillie. Vol. 4. Orlando: Harcourt, 1994. 38–53.

——. *A Passionate Apprentice: The Early Journals 1897–1909*. Ed. Mitchell Leaska. London: Hogarth, 1990.

——『ジェイコブの部屋』出淵敬子訳、ヴァージニア・ウルフ著作集２、みすず書房、一九七七年。

——『自分ひとりの部屋』片山亜紀訳、平凡社、二〇一五年。

Zimmern, Alfred E. *The Greek Commonwealth: Politics and Economics in Fifth-Century Athens*. Oxford: Clarendon, 1911.

Zwerdling, Alex. *Virginia Woolf and the Real World*. Berkeley: U of California P, 1986.

桜井万里子『古代ギリシアの女たち——アテナイの現実と夢』中央公論新社、二〇一〇年。

馬路智仁「大ブリテン構想と古典古代解釈——E・A・フリーマンとアルフレッド・ジマーンのギリシャ愛好主義」『政治思想研究』第一七号、二〇一七年、三二七—五九頁。

第九章　「書く／描く女たちの一九二四年」
――ウルフ、ラヴェラ、クリスティー

山田　美穂子

一九二四年、彼女らは何をしていたか。それを、フィルムをコラージュするように眺めてみよう。一見互いにおよそ共通項がない、あるいは対極の立場に立っているように見える彼女らもまた、確かに大戦間期のイギリスに生を受けた「書く／描く女たち」の一員である。

一　ミステリーと回想録

殺人に興味がないなどという人間がいるはずがない（『牧師館の殺人』、二二七）。

クリスティーの創造した名探偵ミス・マープルが初めて登場する作品にこのようなセリフが出てくる。このことばの正しさは、世界で各国語に翻訳され累計で二億あるいは三億冊は売れているといわれるクリスティーの推理小説を見れば明らかである。ユネスコのある読書調査によると、クリスティーは世界中で聖書とシェイクスピアに次いでよく読まれている（『アガサ・クリスティー』、七）。

これをもじって、次のように述べてみよう。

他人の手紙や日記に興味がないなどという人間がいるはずがない。

イギリスの文化遺産といってよいリアリズム小説は、成熟してゆく市民社会のなかでおおいに享受されるようになる。その小説というジャンルは十八世紀にリチャードソンによって見出された瞬間から、すでに書簡体という「二人称の語り」のスタイルを持っていた。日記も伝統的に「親愛なる〜へ」と架空の宛先を書くことを考えるなら、書簡体の変奏といってよい。そしてイギリスの文壇・文芸産業における日記や回想録の人気を見れば、さきの一文の正しさは認められるだろう。

回想録とミステリーはなじみがよい。近年ではロバート・ゴダードの『千尋の闇』がよい例となる。一九七七年に設定されたこの物語は、偽の回想録をめぐる二重・三重底の騙りをもちいて、半世紀以上前のサフラジェットとある青年政治家のスキャンダルの真相を暴いてゆく。一九七七年といえば、「ミステリーの女王」アガサ・クリスティーの自伝が死後出版された年である。この自伝は意外に評価が高く、その後のクリスティー研究の貴重な一次資料となった。イギリスの伝記・回想録の伝統にのっとったそのスタイルは、あたかもディケンズやルイス・キャロルの作品を読んでいるかのような心地よさを与えてくれる。しかし、読者はしだいに、大事なことが書かれていないことに気づく。「信頼できない語り手」の問題である。なんといってもクリスティーは叙述ミステリーの問題作『アクロイド殺し』の作者なのだ。

しかし、クリスティーの同時代にはもうひとり、ディテールに凝る信頼できない語り手、ヴァージニア・ウルフがいる。

一九二四年、ウルフはケンブリッジでの講演を基にした軽評論「ベネット氏とブラウン夫人」を出版する。これはアーノルド・ベネットらエドワード朝の文壇の重鎮たちに対する反論であると同時に、新世代の作家たち（自らを含む）の文学擁護論である。自分をジョイスやエリオット、D・H・ロレンスらモダニズム文学の旗手と弁明したウルフは小説家として精力的な時期を迎えつつあり、『ミセス・ダロウェイ』を世に問おうとしていた。

その一九二四年、新作も好評だったクリスティーは最初の結婚生活の絶頂（実は退潮の始まりであったのだが）にあり、裕福な主人、お気に入りの屋敷、こどもとフォックステリアのいる生活を手に入れたばかりであった。

その二年後、クリスティーは結婚の失敗、失踪事件と離婚騒動をへて生計のために職業作家に転換し、膨大な数の推理小説を書きはじめる。その軌跡はウルフが女性作家として認められようと奮闘していた期間と重なっている。彼女たちの共通点は、裕福な中産階級出身であること、若いときに父または母親を亡くしていること、正規の教育を受けていないこと。相違点は、職業的作家かアマチュアかという点、そして男女同権に対する賛否だ。彼女たちの立ち位置はどのようなものだったのだろうか。

一九二四年はふたつの世界大戦のあいだをつなぐ戦間期にあたる。享楽的なジャズ・エイジであり、イギリスは女性参政権問題、労働者問題、アイルランド問題等、内外の社会変革に揺れていた。この不安に揺れる時代の文学として一般読者は何を選んだか。その答えが「探偵小説の黄金期」である。大英帝国の瓦解を世界大戦によって目の当りにし、国内外の社会変革に心が疲弊していた一般読者が実験的なモダニズム作品よりも現実逃避できるジャンルを好んだのは、やむを得ないことであった。それは、日々の娯楽として読書するような人々がウルフの文学的な主張あるいは旧体制批判を疎んじた、というよりもむしろ、とにかく破壊的な外見が生理的にイヤだった、主体的に考えなくてはならないようなムズカシイものを直感的に避けた、というところではないだろうか。

キャラクターたちの外面の描写、不自然なほど念入りな舞台設定、深い内面描写の欠如、明快な論理と必ずもたらされる問題解決。しばしば指摘されてきたように、推理小説こそは文学における現実逃避ジャンルである。イギリスではすでに二十世紀初頭から現実逃避ジャンルが席巻していたともいえるだろう。ジェームズ・バリの戯曲『ピーター・パン』が初演されたのは一九〇四年十二月のことだった。その後この永遠に大人になれない少年の話は毎年クリスマスに上演され、一九四〇年第二次大戦で中止された年を除く毎年、上演され続けている（バーキン、一）。クリスティーは人々の「ネヴァーランド」への逃走を助けたのである。

一九二四年、クリスティーはデビュー作である『スタイルズ荘の殺人』から三冊目のミステリー、『チムニー館の謎』を発表する。今回は大英帝国の栄光を想起させる冒険スリラー&ロマンティックコメディ、というふれこみであり、読書界からはおおむね好評を得た。しかし、その貴族階級のヒロインの名前が「ヴァージニア」であることを記憶する人はあまり多くない。作品ガイドによればクリスティーの創造した人物は脇役を含めて五千人ほどであり、その命名は実に多彩で重複がないという。

いったい、ミステリー作家クリスティーはウルフを意識していたのだろうか。おそらくしていた、と思われる。なぜならクリスティーの自伝に、モダニズム作家ロレンスの愛読者であったと書いてあるからだ。

父が亡くなり経済状況が悪化、愛着のある生家を貸家にしながらも二十代を迎えてデビューし、母子で社交に余念がなかったクリスティーは、教育熱心な母の勧めで創作を試みた。初めての短編である「美女の家」は「素人っぽい書き方であったのはいうまでもないこと、その前の週に読んだものすべての影響を現わしていた」と本人は謙遜している。ちょうどそのころ「わたしはたしか、D・H・ロレンスの作品を読んでいた。『羽根のあるへビ』『息子と恋人』『白クジャク』など、当時の私の愛読書であった」（『自伝』上巻、四〇一―二）。

『息子と恋人』が発表されたのは一九一三年、クリスティーは二十三歳である。この年、ウルフは処女作『船出』の決定稿を仕上げていた。その『船出』は二年後の一九一五年に刊行されたが、同年に出たロレンスの『虹』に匹敵するほどの反響を引き起こすことはできなかった（大沢、三二）。若き文学少女クリスティーはロレンスを愛読し、自身も文学的名声を夢見て創作にはげみ、当時の売れっ子作家であるイーデン・フィルポッツに習作を見てもらうほどであった。そのロレンスの作品を「おっかけ」しているうちに、同世代の若い女性作家ウルフにも当然目をとめたであろう。しかし、自伝にはウルフへの言及はない。

もうひとつ、クリスティーがウルフを少なくとも認識していたと考えられる根拠がある。それは、自伝の中でプロになってから影響を受けた作家として、女性作家参政権同盟メンバーとしても知られるメイ・シンクレアをあげているという事実である――「彼女は英国でももっともすぐれた、もっとも独創性のある小説家の一人と思うし、いつかは彼女への関心が復活し、その作品もふたたび出版されるにちがいない」（『自伝』上巻、四一二）。

そして自伝には、シンクレアへの賛辞と矛盾するように、女性参政権論者への烈しい嫌悪も記されている。女性たちがいったんは「〝力弱き女性〟という地位を賢明にも確保しておきながら、今や原始部族の女たちとまったく同格となって」日々の生計を立てるための単純でつらい野良仕事をするはめになったと嘆く箇所は、空前絶後に成功した女性作家の発言として考えるとき、きわめて意味深長である。

> 女性の地位は年を重ねるごとにはっきり悪いほうへと変わっている。わたしたち女性はまるであほうみたいなふるまいをしてきた。わたしたちは男たちが働くように働かせてくれと叫びつづけてきた。（……）いやでもヴィクトリア朝の女たちの勝ちを認めざるを得まい――彼女たちは自分たちの望みどおりに男どもを手に入れていた。彼女たちはそのもろさ、しなやかさ、敏感なこと……つねに守られ大切にされることを確実に打ち立てた。女たちがみじめな奴隷のような踏みつけられ打ちひしがれた生活をしていただろうか？　そんなことはなかったというのがわたしの記憶である。（『自伝』上巻、二七二―七三）

この発言が二十世紀初頭にサフラジェットたちが展開した苛烈な女性参政権運動を念頭に置いていることは、まちがいようがない。

一方、ウルフのフェミニズムに対する態度は愛憎半ばすることで知られている。少なくとも戦闘的サフラジェットには反感を抱いていたウルフであるが、女性の創造力が経済的自立と不可分であることを洒脱な口ぶりで説いた『自分ひとりの部屋』の発表は世間に大きな反響を呼んだ。それまで発表したどの小説がひきおこしたよりも大きな反響であった。「自分自身の部屋と、年収五百ポンドをもつことがスタート」――この明快な主張が彼女をフェミニズムの旗手にしたのである。

エリザベス・ボーウェンはフェミニズム研究もしくはアイルランド研究の対象として再評価されるようになった作家である。ボーウェンは晩年のウルフと親しかった。そのボーウェンを作家として尊敬していたことをクリスティーは自伝で正直に述べている。

……それでもなおやはりある作家に感服していて、その作家のように書けないものかとさえ願ったりするが、自分にはそのように書けないことがよくわかっている。たぶん、あなたは文学的謙譲ということを学んだのだ。エリザベス・ボーウィン［ママ］やミュリエル・スパーク、またはグレアム・グリーンのように書けたら、うれしくて天までもとび上がるだろう。（『自伝』下巻、二七〇）

このように、「自分自身の部屋」と年に五百ポンドどころではない年収を得て大成功を収めた女性作家クリスティーが、自伝においては不自然なほどウルフに言及していない。そのことが男性と同じ仕事で競合する彼女たちの複雑な心境を表わしている。

それではウルフは、どのように自分と社会とを折り合わせたのか。

実はウルフもまた現実逃避を試みていた。一九二四年にはまだ構想中の、やがて『ミセス・ダロウェイ』となる新作に「時間」という題名をつけていたウルフは、主人公の意識を過去へと沈潜させる。また、その次に構想される『灯台へ』は自分の父と母の「性格を書きつくく」すことを目的とした虚構的自伝である。

次の章では、ウルフが幼な馴じみのグウェン・ラヴェラに再会するまでの交友関係を整理しておこう。

二　ブルームズベリー・グループとラヴェラ夫妻とのつながり

ウルフがフランス人画家ジャック・ラヴェラとその妻グウェンと文通するようになるには前段階がある。彼らは若いときにブルームズベリー・グループと接点をもった。そして文通はあったものの一度は疎遠になり、ふたたび運命的な再会を果たすのである。

彼女の有名なことば通り「一九一〇年の十二月ごろ、すべての人間関係が変わってしまった」わけではないが、そのころ彼女のまわりの個人的人間関係にいくつかの重大な変化があったことは間違いない。

ヴァージニア・スティーヴンがストレイチーの仲立ちで兄のケンブリッジ時代の親友レナード・ウルフと結婚したのが一九一二年。ヴァージニア・ウルフの誕生は、ジョージ朝の若いブルームズベリーたちに善かれ悪しかれ新風を吹き込んだ。

ブルームズベリー・グループの知的独善は自己満足すれすれであり、ほうっておけば袋小路に突き当たる、とモダニズムの盟友たち——ウルフ、エリオット、ロレンス、フォースター——の緊密な関係をふんだんな一次資料から編み上げたゴールドスタインは指摘する。ウルフがまわりの人間に及ぼした魔法のような磁力も反対派には効き目がなく、ある作家は彼らの上流階級気取りと凝集したがる性癖をさして「セントラル・ヒーター」と揶揄した。また、エリオットはなかば真剣に、オルダス・ハクスリーがブルームズベリー臭さに染まってしまうことを案じたという（『世界が二つに割れた年』二二）。

インドの官吏としてセイロンで長く過したレナードは啓蒙の手始めにE・M・フォースターにインド行きを勧め、彼の代表作『インドへの道』（一九二四）を胚胎させる。またレナードが社会主義に関心をもったことから、ブルームズベリー・グループと若い芸術家たちとの交流がはじまった。以下、ローゼンバウムによる評伝から、ラヴェラ夫妻と関わりのある部分に注目してみよう。

自分たちよりも若い世代のグループと関わろうとするジョージ朝ブルームズベリーは、ファビアン協会的社会主義者も取り込んだ。このグループは詩人ルパート・ブルックを崇拝する若いアーティストたちの集まりで、一九一一年にヴァージニア・スティーブンによって「ネオ・ペイガンズ（新異教徒）」と名付けられる。ネオ・ペイガンズとヴァージニアとの交友関係、なかでもルパート・ブルック、「カ」・コックス、グウェン・ダーウィンとジャック・ラヴェラとの交友関係は彼女がレナードと出会う以前からケンブリッジで始まっていた。（中略）ブルックの伝説的な戦死ののち、学校友だちだったダンカン・グラントは彼にオマージュを捧げ、ヴァージニアは『ジェイコブの部屋』において早逝した兄トビーへの思慕の情にくわえ、ブルックの自己犠牲への感傷的な想いをひそませた。ブルームズベリーの文学的歴史における意味としては、ネオ・ペイガンズはこれ以上の重要性はもたなかった（『ジョージ朝のブルームズベリー』六八）。

評伝では、ウルフとラヴェラ夫妻の関係は以上の短い記述で結論づけられている。しかし実はそれ以上（"beyond this"）に続いたのである。

グウェン・ラヴェラは旧姓グウェン・ダーウィンといい、『種の起源』を著したチャールズ・ダーウィンの孫である。アメリカ人の母とダーウィンの二男で天文学者である父ジョージ・ダーウィンとの間に生まれ、叔父は全員ケンブリッジの学者というアカデミックな空気のなかで、大量の奇矯なダーウィン一族に囲まれて育った。彼女が晩年近くに発表した幼少期の回想録 *Period Piece*（一九五二）は、ヴィクトリア朝のケンブリッジを舞台に「古き良きイギリス」が育んだ知識人階級の家庭の雰囲気をよく伝える作品として英米で好評を博し、こんにちまで一度も絶版することなく愛読されている。

グウェンがヴァージニア・ウルフをはじめブルームズベリー・グループの近くにいたのは、天文学の教授であった父とウルフの父レズリー・スティーヴンが親しい友人だったことによる。

長じてトマス・ビュイックの系譜を継ぐ木口木版画家として独立したグウェンは、外見・気質ともにウルフとは対極にあるようにみえる。だが彼女もまた、ケンブリッジに浸潤している家父長制度に違和感をおぼえ、クリスティーが自伝で称揚したような「つねにか弱い女性が守られるべき」男性優位社会の中で強い疎外感を感じる子どもであった。彼女らは毛色はちがっても、やはり書く／描く女の姉妹であったといえるだろう。やがてジャック・ラヴェラとの結婚を介して、かつてジャックに執心していた作家ウルフと親交を結ぶことになる。

グウェンはヴィクトリア朝の知識人階級の名家という重いくびきを逃れ、旧友フライの推薦でスレイド・スクールに入り、男性たちにまじって画家を目指した。そこでジャックと再会したのである。フランス人であるジャックと急速に親しくなったグウェンとは互いに魂の伴侶を見出し結婚。彼女らの熱愛の様子はウルフの心に強い印象を残していた。

次にウルフとラヴェラ夫妻との文通書簡を通して、彼らの交友のユニークな性格と、メディアを異にする芸術家である彼らがどのように相互理解と自己観察を深めたかを見てみたい。

三　文通による特異な交友

この本の中心点は、長く患った多発性硬化症のすえ一九二五年三月七日に四十歳で亡くなった私の祖父、ジャック・ラヴェラの死である。なぜ中心かといえば、一九二二年以降、この本の三人の主役――ヴァージニア・ウルフ、ジャック・ラヴェラとその妻グウェンは彼の死が避けられないこと、それが間近であることを知っていたに違いないからだ。彼が互いに書くことすべての周りを、表面に現れなくともそのすぐ下に、死が漂っている。

（『ウルフとラヴェラ夫妻』書簡集の「イントロダクション」より。以下、本書からの引用文はすべて筆者による試訳。）

一九一九年に書いた手紙の中で、ウルフはジャックには「いつも深い愛情を抱いていた」と書いている。グウェンも控えめな役まわりながら交友の一端を担っているものの、重要だったのはジャックとヴァージニアの間の絆であった。彼らが互いの手紙の中に神格化された自分を見出すことになったのは、ラヴェラ家がジャックの保養のために南仏ヴァンスに引っ越し、物理的に遠距離となってからである。

一九一六年、ネオ・ペイガンズの太陽であったルパート・ブルックが戦死した前年の衝撃からか、グウェン・ラヴェラ自身も小説を書き始めた。未完に終わった小説だが、その断片は若い日の彼らの知的冒険とブルームズベリー・グループとも通じるボヘミアン的な暮らしの雰囲気をよく捉えている。そして冒頭で編者が指摘したウルフとジャックとの文通書簡のなかの「死」の通低音と同様に、そこにも「死」はたゆたっている。以下は少し長くなるが、グウェンの小説からの抜粋である。

あの友情が私たちの全人生を変えたのだ……私たちは出会い、多くの共通点を見出し、互いに話せることを知った。それで私たちは朝から夜まで、夜から朝まで語り合った。実際出会ってからの二年間は、それ以外何もしていない。（……）

私たちは自分の考えの真実と輝かしさに酔いしれた。私たちは自分の父親とは完全に違う人間になったと感じた。私たちの考え方や意見はどれも新しく大胆に思えた。そして私たち一人ひとりは自分の能力に疑いをもつことがあったとしても、こうも考えていた。いまだかつて私たちのような見目麗しく才長けた若者の集まりがあっただろうか、と。私たちの誰もがこれほどの素晴らしい友人をもてた自分を並はずれて幸せに感じていた――と私は思う。（中略）そんなふうに集まって座っている時、長い沈黙が落ちたものだ。私たちはよく話すことも忘れて自分だけの夢想に迷いこんだ。暖炉の炎が跳ねてはゆらめき、窓の外ではがらがらと馬車がゆく音がする。

そして――私以外はどう感じていたかは判らないが――私の意識のなかで、私たちの背中にのびる影にはいつも「死」が隠れていた。「死」は若くて希望にあふれた私たちを捕まえようと待ちかまえている。「死」は私たちが人生の仕事を成すまえにポキンと刈り取ろうと虎視眈々である。「死」はもう姿を隠そうともせず、うち砕く準備をしている――私たちの若さを、美しさを、美点を。（『ヴァージニア・ウルフとラヴェラ夫妻』、二九―三一）

この断片が示すのは、グウェンが経験した創造の高揚感と死への不安である。グウェンはこの小説の時代を一九〇六年に設定した。するとこれは、三十代の入り口に立った彼女が仲間のひとりの死をきっかけに十年前の自分たちを回想していることになる。ブルックが没した十年後の一九二五年、「死」は彼らに追いつき、断片のなかでもうひとりの盟友として描かれた夫ジャック・ラヴェラが長い闘病のすえに亡くなる。文章をなりわいとしないグウェンにとっても、時間に逆らって自分（と愛する者）の自画像を書きなおすことが、つねにそこにある死を退けるために絶対に必要であった。そこに性格・容姿ともにまったく異質に見えるウルフとの共通点がある。

文通を通じてジャックと再会したウルフは彼の知的好奇心の強さ、己の死期を知りながらそれを客観視できる強靱な精神力を知るようになる。ジャックは風景画を制作するあいまに南仏でヴァレリーやジィドと語らい、シェイクスピアを愛読し、フォースターやウルフの新作を取り寄せて読み的確にコメントする。ある手紙でジャックは、自分は物事を説明するのに直線的な時間軸を用いてではなく、池に石を投げ込んだときに生まれる波紋のように放射状に認識しているのだと書いた。これに対して「ベネット氏とブラウン夫人」の講演を終えたばかりのウルフは我が意を得たりと、「あなたはむしろ作家の抱える問題を発議したといってもよいでしょう。われわれ作家はなんとかして、あなたがいうところの「水しぶき」を捕えて強固にしようと、あるいは成就させようと（文学になるならなんでも）しているのです」と応えている（一九二四年十月三日の手紙）。

また同じ手紙の中でウルフは興味深い見解をのべている。いわく、手紙を書くとき人は仮の人格を装う。たとえば十一年も顔を見ていないあなたに向かって書くとき、私は必然的に陽気にふるまう。陽気さは便利な仮面である――しかし作家としての私はその仮面を不快に感じ、この歳にもなればすべての余分なものは処分して心の波の動きの表面に浮かび上がることばを正確にすくい取りたいと欲する（同、一一〇）。この二年前に出版されたエリオットの『荒地』とプルーストの『失われた時を求めて』に衝撃を受けてから、ウルフは「自分はいかほどの価値の仕事をしたか」と自問する日々を送っていた。このジャックとのやりとりには、創造にまつわる苦悩が思わぬ正直さで顔を出している。

それから、（これは秘密です）どういうわけか、あなたとグウェンの婚約、あなたがたが恋に落ちたこと、それは私にとってある象徴的な性質を帯びるようになったのです。（……）あなたがたは本当に愛し合っていて、なにか恍惚としたところがあった。あなたは笑うでしょうが、私があなたがたのことを考えるとき、純粋に文学的な意味で、私の心にはそうした情熱を体現するふたり、というふうに思えたものでした。いえ今でも、あなたがたのことを考えると私は絵筆をとりだしてお二人の顔を神聖な夕日の赤色に塗るのです。ひとの感情とはなんと奇妙にできているのでしょう！　どうです、考えてもみなかったでしょう？　「ジャック＆グウェンはヴァージニアにとっていつも夕映えのイメージであった」なんて。（一一二）

この手紙から読み取れるように、ラヴェラ夫妻はウルフにとって一種の理想のカップルでありつづけた。自分の両親とは「まったく異質の」完璧さ、神格化された男女の肖像といってもよいかもしれない。それを壊さぬためか、ウルフは実際に彼らに逢うことを先のばしにし続け（「私も年とって容姿も衰えていますし」「出かけるのがおっくう」）、年末に向かってジャックの容体は急速に悪くなった。翌一九二五年、まだ春も浅い三月七日、ジャック・ラヴェラは四十歳で死去する。

ここまでウルフとラヴェラ夫妻との書簡を通じた精神的交流を追ってきた。そのなかで最も重要なものがジャックの死後一週間たった一九二五年三月十五日の手紙である。グウェンは珍しく長尺な手紙のなかで、ウルフへの奇妙な共感をつづっている。

　思うのですが、「持てなかったもの」が一番痛い。一番ではないにしても、それは「持っているもの」よりも耐えがたい。あなたに子どもがいないのと同じに。その感覚が私には解る。それによってあなたが他のものすべてから、誰からも疎外されていると感じていることも。でもほんとうはそうではないこと、あなた自身がご存じでしょう。たとえばこの瞬間、誰よりも私に近いところにいるのはあなた。（一六二）

ここには社会から疎外され、愛する者を失ってもなお正気と狂気のあわいで孤軍奮闘する者の連帯がある。書く／描く女たちの連帯といってもよいだろう。

一九二九年、ウルフの助力でイラストレーター・批評家としてのキャリアを確立したグウェンは故郷ケンブリッジのニューナム屋敷に帰還する。そしてその後三十年ちかく木口木版画の第一人者としての名声を享受し、二人の娘も孫もみなアーティストに育った。かつてウルフとの文通の中で自ら宣言したとおり——「ヴァージニア、私たち年老いたら人生のはじめから話して聞かせ合いましょう。なかなか変わった人生だったのよ。ブルームズベリーにいた頃あなたに本当はなにが起きていたのか知りたいわ」――ダーウィン家での幼年時代の回想録を出版したのが一九五二年。グウェンが六十七歳であった。もしウルフが存命なら七十歳になっていたはずだ。

おわりに

一九二四年、ウルフは『ミセス・ダロウェイ』を完成させる。ジャック・ラヴェラ、フォースターらの好意的な評価には内心満足、はっきり欠点をあげてくれるストレイチーにはさらに満足した。「プルーストに比べたら私の作品なんて何だろうか」などと日記に愚痴を書きながらも、翌年には架空の自伝『灯台へ』に着手する。

一九二四年、クリスティーは『チムニーズ館の秘密』を発表、名探偵ポアロを抱えた売れっ子ミステリー作家としての歩を進める。二年後には問題作『アクロイド殺し』を発表。最愛の母が死去し、それをきっかけに幸せな結婚生活が終わる。

一九二四年、グウェン・ラヴェラは夫ジャックの介護と育児との合い間をぬって油彩や木版画の制作に打ち込んでいた。彼女はいわば黒子、ジャックの手足、ジャックの声であった。ウルフにあてたジャックの手紙はすべて、実際にはグウェンが書いた。

世界大戦を経てイギリスが変容していく狂騒の一九二〇年代に、「書く／描く女たち」の数は一段と増えた。彼女らの多彩な人生を覗き、よく注意をはらわなければ聞こえない声を聞くために私たちは飽かずミステリーを読み、回想や自伝、書簡集を読む。そこにはみずからの声を発することの強烈な悦びと同時に、さまざまな「持つものによる苦しみ」や「持たないことによる痛み」が繰りかえし変奏されている。それらを読むことで読者は二人称の世界へ、すなわち「あなた」が主人公の物語へと誘われ続けるだろう。ウルフがグウェンに宛てた最後の手紙（書かれた年は不明、一九五）は、いつになく心乱れた様子があらわな短いものであった。その最後は定型のあいさつも署名もなく、唐突にこう結ばれている。

あなたは元気？　少しは幸せ？

引用・参考文献

ベル、クウェンティン『回想のブルームズベリー』みすず書房、一九九七。

バーキン、アンドリュー『ロスト・ボーイズ　J・M・バリとピーター・パン誕生の物語』新書館、一九九一。

クリスティー、アガサ『アガサ・クリスティー自伝』（上・下）早川書房、二〇〇四。

――『チムニーズ荘の秘密』東京創元社、一九八六。

――『アクロイド殺し』早川書房、一九七九。

――『牧師館の殺人』早川書房、二〇〇三。

ゴダード、ロバート『千尋の闇』（上・下）東京創元社、一九九七。

Goldstein, Bill. *The World Broke in Two*. New York: Henry Holt, 2017.

ゴードン、リンダル『ヴァージニア・ウルフ作家の一生』平凡社、一九九八。

グリペンベルク、モニカ『アガサ・クリスティー』講談社、一九九七。

川端康雄『ウィリアム・モリスの遺したもの』岩波書店、二〇一六。

ニコルソン、ナイジェル『ヴァージニア・ウルフ』岩波書店、二〇〇二。

大沢実編著『ヴァージニア・ウルフ二十世紀英米文学案内』研究社、一九九六。

Pryor, William, *Virginia Woolf & the Raverats*. Bath: Clear Press, 2003.
Raverat, Gwen, *Period Piece: A CambridgeChildhood*. London: Faber&Faver, 1952.
ラヴェラ、グウェン『ダーウィン家の人々』山内玲子訳、岩波書店、二〇一二。
Rosenbaum, S. P. *A Bloomsbury Group Reader*. Oxford: Blackwell, 1993.
——. *Edwardian Bloomsbury*. New York:St.Martin's Press, 1994.
——. Ed. *The Bloomsbury Group*. Toronto: U.P. of Toronto, 1995.
——. *Georgian Bloomsbury*. New York: Palgrave Macmillan, 2003.
Rosner, Victoria. *The Cambridge Companion to The Bloomsbury Group*. New York: U.P. of Cambridge, 2014.
佐藤繭香『イギリス女性参政権運動とプロパガンダ』彩流社、二〇一七。
Woolf, Virginia. *A Writer's Diary*. Florida: Harcourt, 1982.
——. *Moments of Being*. Ed. Jeanne Schulkind. New York: Harcourt, 1985.
——. *To the Lighthouse*. Hertfordshire: Wordsworth, 1994.
ウルフ、ヴァージニア『ロジャー・フライ伝』宮田恭子訳、みすず書房、一九九七。
——『ある作家の日記』神谷美恵子訳、みすず書房、一九九九。
——『自分ひとりの部屋』片山亜紀訳、平凡社、二〇一五。
——『ダロウェイ夫人』丹治愛訳、集英社、二〇一七。

第十章　リチャード・エルマンの『ジェイムズ・ジョイス伝』再評価
――虚像と実像をめぐって

結城　英雄

リチャード・エルマンの『ジェイムズ・ジョイス伝』（一九五九／一九八二）は、ジェイムズ・ジョイス（一八八二―一九四二）の研究者にとっていまだ聖典となっている。研究誌『ジェイムズ・ジョイス・クオータリー』や『ジョイス研究年報』の文献一覧においても、研究者必携の書目として挙げられている。エルマンは、W・B・イェイツ伝『イェイツ――人と仮面』（一九四八）を完成した後、ジョイスにも関心を抱き、未公刊の評論、手紙、詩などを編纂するとともに、優れた研究書も著している。だがその名前は何よりもジョイス伝の著者として知られている。

エルマンの『ジェイムズ・ジョイス伝』は全五部の構成で、作家としてのジェイムズ・ジョイスの生涯を年代順に描いている。第一部（一八八二―一九〇四）は「ダブリン」の時代で、家庭の窮乏に苛まれながら、政治や教会と距離を取り、大学卒業後ほどなくして大陸へ離脱するまでをたどっている。『若い芸術家の肖像』の主人公スティーヴン・ディーダラスの孤高な姿勢に、ジョイスが重ねられている。第二部（一九〇四―一九一五）は「ポーラ、ローマ、トリエステ」の時代で、英語教師の傍ら創作に励むジョイスを描いている。『ダブリンの市民』を出版（一九一四）し、『若い芸術家の肖像』を完成させ、そして『ユリシーズ』に着手するころまでである。第三部（一九一五―一九二〇）は「チューリヒ」の時代で、第一次大戦のために疎開したこの地での状況を描いている。ジョイスは『若い芸術家の肖像』を出版（一九一六）し、アメリカの前衛誌『リトル・レヴュー』に『ユリシーズ』の連載を開始した。第四部

（一九二〇―一九四〇）はパリを拠点として、『ユリシーズ』を出版（一九二二）し、『フィネガンズ・ウェイク』も完成させた（一九三九）時代である。ジョイスの名声も世界的に確立していた。第五部（一九四〇―一九四一）はナチの手を逃れ、チューリヒに亡命し、ほどなく客死するまでの短期を描いている。

　エルマンが『ジェイムズ・ジョイス伝』に着手したのは、ジョイスの死後十年余りのことで、ジョイスを知る人も多く、またジョイスを見守ってきた弟スタニスロースとの交流もあり、恵まれた状況でのことであった。伝記作者としてのエルマンの巧みな手腕もあり、新たなジョイス伝を封印することにもなった。事実、エルマン以降の伝記はジョイスの妻、娘、父親などを対象とし、いずれもエルマンの脚注のようなものである。しかしながら、エルマンの伝記に空白や瑕疵がないわけではない。方法論的な問題に禍されたのみならず、ジョイスの親族や知人への配慮もあっただろう。本稿ではそうした疑問を検討し、モダニズムの大変革者としてのジョイス神話をめぐる、その虚像と実像の間を探りたい。

一　エルマンの手法

　エルマンは伝記の手法について、評論「文学的伝記」（一九七三）と「フロイトと文学的伝記」（一九八四）で述べている。前者においては、事実の年代記的な記述にとどまらず、想像力によって不足の情報を補う必要性が力説されている。後者においては、フロイト並みに作者の心の内を探り、作品との連結が重要視されている。これらの主張はいずれも、二十世紀の伝記作者が共有するものである。作者の経歴をたどるだけでなく、その文学的姿勢と関連させ、作品の創造の背景を描くことが伝記作者の役割である。「伝記」は「評伝」でもある。『ジェイムズ・ジョイス伝』を含め、二十世紀の三大伝記と呼ばれる、レオン・イーデルの『ヘンリー・ジェイムズ伝』（一九五三―七七）やジョージ・ペインターの『マルセル・プルースト伝』（一九五九）においても変わりはない。

これら三大伝記はいずれも見事な力業であるが、ことエルマンの『ジェイムズ・ジョイス伝』に限るなら、作品に作者の意識の投影を読み取るよりも、作品から作者の内面を推し測っているところが大きい。彼がジョイス伝を書いていたのは、ニュー・クリティシズム隆盛の時代であった。そのため作品そのものに価値を求め、創作の歴史的な文脈は無視される傾向にあったのだ。エルマンもジョイスの作品と人生を重ねる嫌いがある。エルマンはジョイスが「天才作家」であることを前提として、作品の読み取りに資する逸話を探り、同時に作品の解釈に即するように綴っていったのだ。

『ユリシーズ』第九挿話において、シェイクスピアの作品に対して、二つの意見の衝突が認められる。文学青年のスティーヴン・ディーダラスは、シェイクスピアの『ハムレット』に作者のトラウマを認め、そのトラウマによってすべての作品の意味を解読しようとしている。そして天才にとって「失敗は発見への糸口である」と語っている。それと対照的なのが聞き手たちで、作品から作者を切り離し、作品が語るイデアそのものを評価している。このような対立のため、スティーヴンも最終的に半ば譲歩し、シェイクスピアの作品には無数の登場人物があふれているが、それらはシェイクスピアが心の内に抱えていた人物を物語へと外在化したにすぎないと結論する。シェイクスピアの経歴に聞き手たちもいささかの興味を抱くものの、それ以上の評価が与えられることはない。

この図書館で交わされるシェイクスピア論は、ニュー・クリティシズムに近しい聞き手たちの文学観を前にし、作品の背後に潜む作者の歴史的文脈を抉るスティーヴンの対立となっている。エルマンの立場もこれらの文学観と無縁ではない。聞き手たちは作品の評価を前提とし、スティーヴンは天才作家の創作の整合性を前提としている。前者と後者の認識に欠けているのはそれぞれ、作品の文脈であり、作家の多様なペルソナである。それでもエルマンはこの二つの立場を縫合し、聖典と呼ばれる『ジェイムズ・ジョイス伝』を著したのだ。どちらかと言えば、伝記作者としてのエルマンの使命は、作家の外面ではなく内面を照らすことにあり、些末な事象を捨象することもあった。彼の伝記が作品に基づいているのはそのためである。

いずれの伝記に対しても毀誉褒貶はつきもので、エルマンも賞賛のみならず、強烈な批判を浴びることもあった。同じジョイス研究者であるヒュー・ケナーは、「定本という厚かましさ」（一九八九）でエルマンを批判した。またアイアラ・B・ネイデルも、「不完全なジョイス」（一九九二）でその空白を突くことになる。にもかかわらず、エルマンが亡くなった一九八九年、フィリップ・F・ヘリングはこう指摘していた。

エルマンのジョイス伝を批判することは……その偉大さを損ねるものではない。わたしたちは王室の結婚式のケーキを齧るネズミのようなものだ……わたしたちはこの肖像の主要な要素のどれをとっても、それに対立するイメージで置き換えることなど決してできないだろう。(1)

エルマンの『ジェイムズ・ジョイス伝』は、ジョイスについて書かれているだけではなく、その作品の読み方も教えてくれている。その不動な地位は揺らぐことはない。彼は『リフィ河畔のユリシーズ』（一九七二）や『ジョイスの意識』（一九七七）などの研究書も著している。今でもエルマンを参照しない論文はありえない。明晰で流暢な文学的芳香のある文体で、圧倒的な情報を呈示してくれている。たとえば、メルヴィン・J・フリードマンは、一九〇二年のW・B・イェイツとジョイスの出会いについての描写を挙げ、その対比的な記述を称賛している。

この会見は、現代文学において、ハイネとゲーテの会見と同じ象徴的な意味を持っている。プロテスタントの背教者がカトリックの背教者と、土地無しの地主が働きのない小作人と対面したのだ。ロンドンから帰ったばかりのイェイツは、ジョイスが決して知ることのない作家仲間の一人だったが、ジョイスは都市のことについて、その頭しか知らないイェイツと違って、手足や内臓まで知り尽くしていた。『ユリシーズ』の世界であり、ジョイスが育った世界でもある小市民階級の世界は、イェイツにとっては棄て去るべきものにすぎなかった。その一方ジョイスも、イェイツが理想化した無知な農民階級と俗物的貴族社会を、同じように蔑視した。二人の間には育ちと好みの点で大きな隔たりがあった。(2)

エルマンより前に書かれたハーバート・ゴーマンによる『ジェイムズ・ジョイス――決定的伝記』（一九三九）、あるいはスチュアート・ギルバートの『ジェイムズ・ジョイスの「ユリシーズ」――一研究』（一九三〇）やフランク・バジェンの『「ユリシーズ」の成立』（一九三四）など、名声を高める都合のため、ジョイス自らの検閲を受けていた。そうした検閲を免れたのがエルマンである。自らも小著『ジェイムズ・ジョイス――文学的伝記』（一九九二）を著したモリス・ベジャも、「エルマンが果たした特別な役割を認めないわけにはいかない」(3)と述べている。

エルマンの背後にはジョイスの弟スタニスロースがいた。彼は兄の伝記を自らも試みていたが、リアリズム作家としてのジョイスを前景化しすぎていたため、学者たちから歓迎されなかった。そこに登場したのがエルマンであった。スタニスロースはエルマンにとって貴重な鉱脈であった。彼はダブリンの時代からジョイスを見守り、事細かにその人物像を観察していた。それに加え、ジョイスの書簡、蔵書、あるいは評論なども所持していた。エルマンはこのスタニスロースから多くの情報を得て、聖典とされる『ジェイムズ・ジョイス伝』に全力を投入する。このようにエルマンはスタニスロースの情報に負いながらの進行であったが、そのスタニスロースもほどなく亡くなり、その資料を専有する権利を獲得した。かくしてエルマンは、アイルランドへの固執を免れ、無国籍な自律的な芸術家としてのジョイス像を定立することができたのである。エルマンの伝記のインパクトは、そうした視点に負っていると言っても過ぎることはない。

その一方で、初版が登場して早くも六十年近くが経過した。改定版が書かれたとは言え、それもわずかな修正に留まっている。新たな資料も発掘され、批評の流れも変貌した。そもそもロラン・バルトやミシェル・フーコーが作者の存在を否定した後、一律のジョイス像の定立は難しい。ジョイスと政治、ジョイスと性、ジョイスの描いたダブリンなどについての空白部もある。いずれも再考すべき問題である。これらの問題をめぐり、多様な人物としてのジョイス像を再定立する必要がある。

ジョイスを知る人もいない今日、エルマンに匹敵するジョイス伝は無理であるにせよ、そのイメージを脱構築し、新たなジョイス像を定立することは可能であろう。「多様なジョイス像」があるはずだ。そもそも人生は虚構とは異なり、固定したイメージに収斂させることなど不可能である。エルマンの『ジェイムズ・ジョイス伝』もジョイスの親族や知人たちの「検閲」を受け、未使用のデータも多く残り、同時に新たなデータも発掘されている。エルマンの描いたジョイス像も虚像であるかもしれない。

二　ボヘミアンとしてのジョイス

手始めに政治と無縁であったという、ボヘミアンとしてのジョイス像を取りあげたい。エルマンによるならば、ジョイスは時代の文脈とは無縁な、自律した芸術家であったという。これはスタニスロースのジョイス像と大きく異なっている。スタニスロースによれば、兄ジェイムズは時代のイデオロギーに取り込まれていたことになる。この対立は『ダブリンの市民』の掉尾を飾る「死者たち」についてのエルマンの解釈にも明らかである。

エルマンは〈「死者たち」の背景〉について、『ジェイムズ・ジョイス伝』の第十五章で丁寧な解説を試みている。

主人公ゲイブリエルは妻のかつての恋人の存在に愕然とし、「西への旅」を思い立つ。この計画は民族主義者ミス・アイヴァーズの勧めに触発されたものであるが、ゲイブリエルの決意は、「歓待」をこととする同胞への共感によるものとされ、ミス・アイヴァーズの民族主義と連結されることはない。この時代のアイルランドは自国の文化を構想するため、ダグラス・ハイドの講演「アイルランドの脱英国化の必要性」（一八九二）の流れに即した民族主義が高まっていたのだが、エルマンはその文脈から自由なジョイス像を語っている。彼によれば、ゲイブリエルの西への旅は、ジョージ・ムアの『空しい運命』（一八九二）などに連結する個人の孤立と関わり、ミス・アイヴァーズの思想への同調によるものではない。

もちろん「死者たち」においては、ミス・アイヴァーズの人物像に時代の政治状況が描き込まれているわけではない。そのかぎりではエルマンの「死者たち」の読み取りは妥当である。しかしながら、この物語が書かれた一九〇七年、ジョイスはイタリアの新聞『イル・ピコ・デラ・セーラ』紙に、「フェニアニズム」、「アイルランドの自治問題、成年に達する」、「裁かれるアイルランド」という民族主義の色彩の濃い論文を書いていた。そのことが「死者たち」と連動しているかどうかは疑問であるにせよ、ダブリンの読者たちは、ミス・アイヴァーズの「西」に民族主義が仮託されている、そう読み取ったはずである。

エルマンの誤解は第十八章〈文学の変容〉で論じられている、『若い芸術家の肖像』についてもあてはまる。彼はその小説の主人公、スティーヴン・ディーダラスにジョイスを重ねている。この小説はスティーヴンの幼少期から始まり、ダブリンからの離脱の寸前までが描かれている。そして自己を取り包む社会のイデオロギーを「網」と規定し、「沈黙、追放、狡知」を武器に、祖国からの離脱を宣言する孤高な青年の物語になっている。スティーヴンの毅然とした姿勢はジョイスのものであったとされる。にもかかわらず、このスティーヴンは『ユリシーズ』のダブリンに再登場し、自らをダイダロスの息子のイカロスであったことを認めている。スティーヴンの離脱はあくまで自己劇化でしかなく、「ディーダラス」という名前に皮肉が込められていることは否定できない。『若い芸術家の肖像』の最後の言葉「ダブリン一九〇四年　トリエステ一九一四年」は、作者との落差を示唆していよう。

エルマンの『ジェイムズ・ジョイス伝』は伝記であるよりも、作品の読み取りに終始する嫌いがある。その範例として第二十二章の〈『ユリシーズ』の背景〉がある。ここでエルマンはエドアール・ジュダルダンやジョージ・ムアに言及し、『ユリシーズ』の「内的独白」という手法を論じている。その一方、この作品は一九〇四年のダブリンを舞台としながらも、末尾に「トリエステ―チューリヒ―パリ　一九一四年―一九二一年」と記されている。一九〇四年のダブリンというように時間・空間を設定しながらも、それを越境した創作の時間・空間が取り込まれているということだ。事実、トリエステのベルリッツ校時代のアルミダーノ・アルティフォーニ、チューリヒで険悪な関係のあったヘンリー・カーといった名前が織り込まれているだけではない。一九一四年の第一次大戦の開戦、そして一九一六年のダブリンでの復活祭蜂起といった事件もあり、これらが混在しながら描かれていることに間違いない。

一九〇四年のダブリンは平穏であった。そこには蜂起や戦争の気配はないが、スティーヴンは「悪夢としての歴史」に憑かれている。彼はこれまでのアイルランド史を回想しているというよりも、ジョイスが創作していた時代を念頭に置いていたと思われる。このことはエルマンがジョイスの創作の文脈へ目を向けていないことになる。再版が出る前に、マイケル・グローデン編纂の六十三巻の『ジェイムズ・ジョイス・アーカイヴ』（一九六七―六九）がすでに刊行されていた。エルマンはこうした文献を前にしながらも、再版に際してジョイスの創作について触れることはなかった。初版に対して『フィネガンズ・ウェイク』についての説明が欠けているとの指摘が寄せられていたものの、再版においても事情は変わることはなかった。そもそもジョイスと政治ということで言えば、大英帝国との関わりをめぐり、すでにヴィンセント・J・チェンが『ジョイス、人種、帝国』（一九九五）で、またアンドルー・ギブソンが『ジョイスの復讐――「ユリシーズ」における歴史、政治、美学』（二〇〇二）でエルマンを修正しその空白を論じている。

マイケル・グローデンの『進行中の「ユリシーズ」』（一九七七）によると、ジョイスの『ユリシーズ』は結末へ向けて順調に進行したわけでなく、後半を書きながら前半を修正していったのだ。ジョイスは創作の目的を変更しながら進行していたのである。その経緯はおそらく時代の文脈と密であったはずだ。時代の新しい思想の影響もあり、『オデュッセイア』の現代版としてだけでなく、文体を変え、文学の地平を広げていったと思われる。『ジョイスの文脈』（二〇〇九）という論集にも明らかなように、ジョイスは移り住んだトリエステ、チューリヒ、パリという都市の影響も受けていたはずである。エルマンにはそうした時代状況への目配りが不足している。

三　ジョイスと検閲

こうした疑問を抱きながら『ジェイムズ・ジョイス伝』を読むと、別のジョイス像が見えてくる。性もその一つである。エルマンはジョイスのノーラへの猥褻な手紙を含む、『ジェイムズ・ジョイス書簡選』を一九七五年に著した。だが一九八二年の改定版において、そのことに言及することはない。エルマンはジョイス伝執筆の時代の道徳観を意識していたものと思われる。にもかかわらず、ジョイスの作品には性の描写が氾濫している。『ユリシーズ』は『リトル・レヴュー』に第十三挿話を掲載して、一九二一年に猥褻であるとの判決を受けた。そして翌年にパリのシェイクスピア書店から出版されながらも、アメリカやイギリスなどですかさず禁書の烙印を押された。やはり赤裸々な性描写があふれていることによる。ジョイスはヴィクトリア朝の道徳観に抗するかのように、人々が秘匿にしている領域にメスを入れた作品を書いたことになる。一九三三年にアメリカで『ユリシーズ』の禁書処分を撤回する判決が下され、その他の国々もその判決を受け入れたが、猥褻であるとの印象が拭われたわけではない。

性は淫靡な領域として文学の舞台外の問題であった。その領域にメスを入れたのが心理学であったが、ジョイスにとってもこの問題は避けることのできないものであった。ジョイスが検閲を受けたのは性描写によるところが大きい。すでに『若い芸術家の肖像』においても、ダブリンの赤線地帯が描写されていた。そして『ユリシーズ』においては、第十三挿話で若い清楚な娘の性的な願望が暴かれ、第十五挿話では赤線地帯が舞台とされ、物語の最後の第十八挿話においてモリーの性にまつわる妄想が赤裸々に描かれている。さらに『フィネガンズ・ウェイク』においても、夫婦の交合が大きなテーマになっている。これらの作品のうちでも、『ユリシーズ』が発禁処分を受けたとするなら、それは露わな微細極まる性描写が試みられているからである。

こうしたジョイスの文学は、カトリック教国アイルランドで読まれることはなかった。実名でダブリンの人々や地誌を取り込み、ダブリンの汚れた側面を描いたことも大きな理由である。事実、アイルランドでもジョイスはスキャンダラスな作家と見做されていた。温かい評価を下した人々ももちろんいた。エリザベス・ボーエン、フラン・オブライエン、トマス・キンセラという、やはりアイルランドの閉塞的な状況に辟易していた作家である。アイルランド人作家にとって、国外への亡命が不可欠なことを感じ取ってもいたのだろう。だがこうした支持者は少数であった。

そもそもジョイスの作品の出版はすべて国外であった。『ダブリンの市民』はイギリス、『若い芸術家の肖像』はアメリカ、『ユリシーズ』はパリ、『フィネガンズ・ウェイク』はアメリカといった具合である。とくに『ユリシーズ』を出版したパリではモダニズムの運動が花開いていた。この運動とジョイスを連動させたのがエルマンの『ジェイムズ・ジョイス伝』であった。そのため祖国アイルランドの狭隘な文学と対比されることになった。しかしアイルランド側では、ジョイスの文学のみならず、ジョイスという存在さえも無視する傾向にあった。一九二九年に検閲法が成立し、道徳的な文学しか容認されなかった。ジョイスの作品が発禁処分になったことはないが、それはジョイスの作品がアイルランドに持ち込まれることがほとんどなかったからだ。そもそもジョーゼフ・ストリック監督の映画『ユリシーズ』（一九六七）でさえも、二十一世紀にいたるまで、アイルランドでは上映が拒まれていたのである。

もちろん性という領域を文学に取り込む前提として、ジョイス個人の性への関心があった。それはノーラとの関係やその他の女性との関わりにも明らかである。そして性病という問題もあったであろう。エルマンは黙して語らないが、ジョイスが梅毒に侵されていた可能性もある。そうした事情はジョイスの度重なる眼病の要因であった。この事情を伝えたらしいハリエット・ショー・ウィーヴァーへの手紙類は処分された。またジョイスの秘書役のポール・レオンによってアイルランドの国立図書館に送られ、一九九一年まで封印されていた手紙も、肝心な数通が孫のスティーヴンによって破棄され再封印された。残るのはイェール大学で二〇一九年三月まで封印されている、レオンの妻マライアがエルマンに託した手紙のみである。

それでもジョイスと梅毒との関わりに挑戦した研究者もいる。キャスリーン・フェリスは『病の重荷』（一九九五）において、ジョイスの梅毒が及ぼした創作への影響を論じている。またケヴィン・バーミンガムの『「ユリシーズ」を燃やせ』（二〇一四）においても、「トレポネーマ」と題する章で、ジョイスの虹彩炎と梅毒とのつながりを論じている。あるいはエリック・ホームズ・シュナイダーの『夜の街のゾイス――ジェイムズ・ジョイスとイタロ・ズヴェーヴォのトリエステにおける売春と梅毒　一八八〇年から一九二〇年』（二〇一二）においても、ジョイスの虹彩炎と梅毒の関わりが探られている。ジョイスが梅毒に侵されていたことに間違いない。そして問題となるのは、この作者の病と創作との関係である。カトリック教会への反発のため、意図して猥褻な描写を取り込んだ可能性も高いが、ジョイスの作品にはどことなく性にまつわる陰鬱な影がある。

ジョイスは梅毒に侵され、その噂がダブリンで囁かれ、そのためアイルランドからの脱出を図ったと思われる。作品に氾濫する性への言及はそのことと無縁ではないだろう。ダブリンでもフラン・オブライエンやパトリック・カヴァナなど、それぞれの作品で梅毒を患ったジョイスを描いている。ジョイスが作品で描く性の問題の背景には、自らのそうした個人的な事情があったと思われる。性の描写についても、これまでの道徳観への挑戦とは異なる評価を下してしかるべきだ。そして作品にあふれる裏切りや罪意識のテーマも、同胞に対する敵意や自らの悔悟の念を示唆したものであるかもしれない。『若い芸術家の肖像』で宣言されているアイルランドからの離脱は、自律した芸術家を目指すためというよりも、保身のための自己劇化であったとも思われる。

四　アイルランド人作家としてのジョイス

ここでジョイスとアイルランドの関わりについても目を向けたい。弟スタニスロースがジョイスの対象とする読者はアイルランドの同胞であり、物語は彼らへの風刺であることを説いていた。ジョイス自らも『ダブリンの市民』の意図をめぐり、そのことを力説していた。だが『若い芸術家の肖像』、『ユリシーズ』、そして『フィネガンズ・ウェイク』に至る間に、その意図が希薄になったことも事実である。ジョーゼフ・ケリーが指摘するところによれば、ジョイスはアイルランドから「放擲」され、大陸のモダニズムの文学風土において「聖像」とされたことになる。(4) そのことに違いはないだろう。

にもかかわらず、ジョイスの主要な作品の舞台はいずれもアイルランドの都市ダブリンである。ジョイスが心の内ではダブリンを離れたことがないと述べているように、自らを生成した都市を異なる視点で描いているとも言える。異なるのは手法のみで、その手法が大陸のモダニズムの立役者としての評価を得ることになったのだ。エドマンド・ウィルソンの『アクセルの城――一八七〇年代より一九三〇年代にいたる想像的文学の研究』（一九三一）によると、アイルランド人作家のうちでモダニストと呼べるのはイェイツとジョイスである。地方色豊かな作品でありながら、グローバルな問題を描いた作家であったと言ってもいい。このあたりの事情が評価の分水嶺になっていた。

事実、今日ではアイルランドも変貌し、大陸におけるジョイス評価を無視しえなくなってきた。そもそも一九七三年にECに、そして一九九三年にEUに加わり、大陸の文化を受け入れるべき時代が到来した。その幕開けがジョイス生誕百年祭の一九八二年で、ジョイスをアイルランド人作家として承認した。それに続きジョイス死後五十年が経過した一九九二年には、版権が切れたこともあり、アイルランドの学者が注釈を付してペンギン版でジョイスの作品を刊行した。ジョイス奪還闘争の始まりであった。

ひるがえって、アイルランドにおけるジョイスの文学への評価は苛烈であった。『ダブリンの市民』については、「どの都市にも奇人変人がいるし、ダブリンもその例外ではない。がジョイスはこうした人間を必要以上に強調している。作家たるものはそうした人物の描写を控えるものである」（六八）[5]と評された。また『若い芸術家の肖像』についても、「ジョイスは醜聞に堕している。偉大な作家はジョイスが描く側面を知らないわけではないが、正しい視点に拠り、他を排除してまで醜聞を描くことはない」（九八）と批判された。そして『ユリシーズ』については、「ミスタ・ジョイスの作品を文学的過激主義と呼んでも間違っていない……まったく不道徳的である」（二〇七）と指摘された。そして『フィネガンズ・ウェイク』については、「フィネガンの通夜（目覚め）は、文明の賛美であるとともに、その埋葬でもあるだろう。自分の教育、環境、さらにはヨーロッパ全体の文明の体系への嫌悪が、おそらくはフィネガンが体現する人生そのものに対する嫌悪が、この文学的過激主義を生み出しているのである……これは文学における最大の冗談である」（六七四―七五）と言われた。いずれも自国を擁護するための評価である。

イギリスでのジョイス評価も変わらない。『ダブリンの市民』は「アイルランド人の性格の底流を扱う短編集」（六四）であると一蹴された。『若い芸術家の肖像』については、主人公スティーヴン・ディーダラスをめぐり、「物事と和解できない多くのアイルランド人の一人である」（八九）と警告された。『ユリシーズ』については、作者ジョイスについて、「気まぐれなアイルランド人の典型であり、イギリス嫌いの人間だ」（三一三）と評された。さらに『フィネガンズ・ウェイク』に対しては、言葉へのフェティシズムに過ぎないと酷評された。こうしたイギリスのジョイス評価と相即不離なのがイギリスによる植民地支配であり、アイルランド人への蔑視であっただろう。帝国主義と人種論が密接に関わった評価である。ウィンダム・ルイス、ヴァージニア・ウルフ、D・H・ロレンスなども、アイルランド人作家としてのジョイスに嫌悪を募らせていた。

それと対照的に、大陸でのジョイスは国際的な作家として賛美されていた。エズラ・パウンドは『ダブリンの市民』をめぐり、「ジョイスはアイルランドの農業演劇産業を推進する機関ではなく、国際的な散文の水準を受け入れ、それに見合っている……彼はあるがまま描いている。それはダブリンのためだけでなく、すべての都市に適用する類のものである……彼は大陸の作家の同時代人の一人として書いているのである」(6)と述べている。パウンドは同じく『若い芸術家の肖像』についても、「ダブリンの出版社から拒まれ、のちにはイギリスの出版社からも厭われながらも、トリエステのアイルランド人によって書かれ、ニューヨーク市で出版された。ジョイスをイギリスやアイルランドの作家と比べてみても、定義に役立つかどうか疑わしい……強いて言えば、フランスのフロベールに連なるだろう」（八三）と評した。そもそもジョイスが世界的な作家として承認されるのに大きく貢献したのはパウンドである。イギリスの『エゴイスト』誌への『若い芸術家の肖像』の連載の機会を与えたばかりか、アメリカの『リトル・レヴュー』誌への『ユリシーズ』の連載を調停した。まさしく奇跡の新薬のような存在であった。

『ユリシーズ』については、T・S・エリオットが「『ユリシーズ』、秩序、神話」（一九二三）で、古典文学を基礎として構想されていることを賛美した。またユージン・ジョラスは自らの雑誌『トランジッション』に、ジョイスの『フィネガンズ・ウェイク』を『進行中の作品』と題して連載した。彼はこの多様な言語で構成された作品について、

「精神の完全な国際化が急ピッチで進行しつつある時代にあって、ラテン語やギリシア語について精通しており、その他の言語についていくぶんかの知識があるだけでは十分ではない」(7)と語っている。国際人としてのジョラスにとって、ジョイスの『フィネガンズ・ウェイク』は自らの文学観の試金石でもあったのだろう。こうしてアメリカやヨーロッパで、モダニズムの大変革者という今日のジョイス神話が誕生したのである。エルマンの『ジェイムズ・ジョイス伝』はこの流れに即するものであった。ジョイス自らもそれらしいことを述べている。

わたしの本はいずれもダブリンについての本である。ダブリンは三十万人ほどの人口の都市であるが、わたしの作品の普遍的な都市になった。『ダブリンの市民』はわたしの最後の眼ざしである。それからわたしは周囲を見渡した。『若い芸術家の肖像』はわたしの精神的な自画像である。『ユリシーズ』は個人の印象や感情を変形し、そこに普遍的な意義を与えた。『進行中の作品』［フィネガンズ・ウェイク］は現実を完全に超えた意義を持っている。(8)

そうした世界のジョイス評価を前に、アイルランドもジョイスを自国の文学に取り込むことになった。アイルランドは一九九三年にEUに加盟する直前から、経済成長の道を少しずつ歩んできた。その実情はリチャード・カーニーの『変遷――現代アイルランド文化の物語』（一九八八）にも明らかだ。トマス・キンセラの評するイェイツとジョイスの対立に倣い、両者を後進性と近代性の相克として定立し、アイルランドの趨勢がジョイスの近代性へと向かっているとしたのである。カーニーの意識にあるのは同時代のヨーロッパの思想である。彼によるなら、「モダニズムは復興主義の目的とイデオムの両方を否定する。モダニズムは伝統との急進的な断絶を肯定し、文化的な自己照射の実践を是認する。かくしてこれまで受け継がれてきた、アイデンティティの概念も疑問に付される」(9)。

カーニーがジョイスを援用して、アイルランド事情を論じようとしていることに間違いはない。ヨーロッパ化したジョイスがEUからの経済的利益の象徴であるとすることで、アイルランドを語るに際してもジョイス論が援用できるだろう。しかしながら、多文化社会を称賛するのであれば、アイルランド内部の不調和も調停しなければならない。ジョイスがモダンで、イェイツがその対極にあるとしたら、ジョイスの評価がヨーロッパ一辺倒になりかねない。そしてアイルランドとジョイスを一体化することは、国家のアイデンティティを希薄にし、ヨーロッパの総体へとアイルランドを統合するにも等しい。このようにアイルランドのジョイス受容には疑義がある。そもそもイェイツの文芸復興運動も、モダンな開かれた運動であっただろう。

ジョイス受容はアイルランドに益するところが大であった。同時に、ジョイス受容はアイルランドが開かれた国家であるという相貌を示す対外的な手段でもあった。それに加え、ジョイスの作品は外国人旅行者を魅了する要因でもある。エズラ・パウンドは、ジョイスの文学がアイルランドとは無縁であったと語ったが、今やジョイスの文学をめぐるほとんどの論考において、アイルランドの存在が前景化されている。アイルランドがジョイス化し、ジョイスがアイルランドの文学的伝統に輸入されたのである。

その一方、アイルランド側の研究者はエルマンの構想したジョイス像に拘りながらも、ジョイスが地方都市ダブリンをコスモポリタンな都市に変容した理由には回答していない。要するに、ジョイスの作品にアイルランド事情を読み込んでいるに過ぎない。そのかぎりでは、アイルランドの研究者もいまだエルマンの描いたモダニズムの大変革者という虚像に惑わされていることになる。ジョイスの離脱、政治姿勢、宗教観、手法といった背景を再考すべきであろう。

注

（1）Phillip F. Herring, “Richard Ellmann's James Joyce”. In *The Biographer's Art: New Essays*, ed., Jeffrey Meyers (New York: New Amsterdam, 1989), 126.

（2）Melvin J. Friedman, “Ellmann on Joyce”. In *Re-Viewing Classics of Joyce Criticism*, ed., Janet Egleson Dunleavy (Urabana: U of Illinois P, 1991), 137. See Richard Ellmann, *James Joyce* (New York: Oxford UP, 1982), 100.

（3）Morris Beja, *James Joyce: A Literary Life* (Columbus: Ohio State UP, 1992), xi.

（4）Joseph Kelly, *Our Joyce: from Outcast to Icon* (Texas: U of Texas P, 1998) を参照。

（5）Robert H. Deming, ed., *James Joyce: The Critical Heritage* (London: Routledge and Kegan Paul, 1970), 68.　以下、この書からの引用は本文中に頁のみ記す。

（6）Ezra Pound, *Pound/Joyce: The Letters of Ezra Pound to James Joyce, with Pound's Critical Essays and Articles about Joyce*, ed., Forrest Read (New York: New Directions, 1967), 28–29.

（7）Eugene Jolas, “The Revolution of Language and James Joyce”. In *Our Exagmination Round his Factification of Work in Progress*, ed., Samuel Beckett et al. (Paris: Shakespeare and Company, 1929), 81–82.

（8）Willard Potts, ed., *Portrait of the Artist in Exile: Recollections of James Joyce by Europeans* (Seattle: U of Washington P, 1979), 131.

（9）Richard Kearney, *Transitions: Narratives in Modern Irish Culture* (Manchester: Manchester UP, 1988), 12.

第十一章　春山行夫伝のためのエスキース
――忘れられたモダニストの肖像

田尻　芳樹

序

春山行夫（一九〇二―一九四）について評伝が書かれるべきだと長い間思ってきた。[1] 昭和初期、西洋のモダニズム文学の日本への輸入、紹介に彼ほど華々しい活躍をした人は他に西脇順三郎くらいだろう。特に昭和三年九月、彼が弱冠二十六歳で創刊した季刊雑誌『詩と詩論』は日本におけるモダニズム文学受容の金字塔として歴史に名を残す。イギリスに留学して慶応義塾大学で教鞭をとることになった西脇とは違って、名古屋の陶器商の家に生まれ中等教育さえろくに終えていない彼は独学で英仏独語を習得し、誰よりもヨーロッパの動向を敏感にキャッチして雑誌を通じて精力的に日本に紹介した。辣腕編集者だっただけでなく、詩人、批評家としても八面六臂の活躍をし、萩原朔太郎や小林秀雄を罵倒してやまない過激な論争家でもあった。ところが、戦後は花やビールやおしゃれに関する雑学的文化史の本を多数出版したものの、モダニズムの旗手としては完全に忘れ去られた。平成六年十月十日、彼が九十二歳で没したとき新聞には小さな訃報が出ただけで文壇からも学界からも何の反応もなかった。大江健三郎がノーベル文学賞を受賞して大騒ぎになったのはその数日後の十月十四日のことだった。

一般に、モダニズム運動は宣言をぶち上げるなど始まりが華々しいが、担い手である若者たちが成熟していくに従って輪郭がぼやけていき、いつの間にか終わっていることが多い。一九〇九年に未来派宣言で衝撃を与えたマリネッティ（一九四四年まで生きた）や、一九一六年のチューリヒ・ダダの立役者だったトリスタン・ツァラ（一九六三年まで生きた）が最初の頃は華々しくてもその後の長い人生において初期の活躍を越ええず今一つパッとしないように見えるとしたら、それは彼ら大陸の「アヴァンギャルド」が過去との切断を過激に追求した分、変転して成熟するのが難しかったからであろう。それに対して、より穏健な英語圏モダニストは、人生のそれぞれの段階で変貌を遂げながら傑作を残し、高水準での活躍を続ける者が多かった感がある。イマジズム、ヴォーティシズムといった運動に関わったパウンドでさえ、それらからさっさと足を洗い、詩人、批評家として持続的に活躍、戦後に至るまで傑作『キャントーズ』を書き続けたのだった。

春山行夫は前者アヴァンギャルドに近かったのかもしれない。つまり、若いころ華々しい活躍をした後で忘れられた後年を過ごした春山の経歴が体現しているのは、ある程度は、過去から矯激に断絶しようとする運動としてのモダニズム（それをアヴァンギャルドと言い換えてよい）それ自体に内在する〈終わり方の問題〉であるとも言えるのだ。しかし、それだけではない。われわれは、それに加えて日本のモダニズムの終わり方の問題をも春山を通じて考えなければならない。日本では西洋の思想や芸術の先端モードが輸入、紹介されては定着することなく忘却されていくとはしばしば指摘されるところである。春山が紹介した西洋モダニズム文学も、また春山自身も、そういう特殊日本的な外来文化受容パターンを体現している可能性がある。もちろん、ここで問題にしているのはアカデミズムにおける研究ではなく詩、小説、評論の実作である。はたして日本においてモダニズム文学とは何であったか？　これこそ、春山の評伝が中心的に扱うべき主題だと思われる。本稿はそのための準備作業として、まず、彼の英文学モダニズム受容、とりわけ昭和八年刊行の『ジョイス中心の文学運動』を検討する。そして、戦前のモダニストから戦後の文化史家への変貌の過渡的な時期に書かれた『台湾風物誌』（昭和十七年）を一瞥し、戦後の文化史の仕事にも触れてみたい。

一　『ジョイス中心の文学運動』

春山はすでに名古屋時代に詩人として活動を開始していたが、大正十三年に上京し、出版社に勤務し始める。ここで春山がモダニストとして最も輝いていた時期を略年譜で示すことで、合わせて当時のモダニズム文学の雰囲気も伝えてみたい。

昭和三年　三月、厚生閣書店に入社。九月、同社から季刊雑誌『詩と詩論』創刊。同人、安西冬衛、飯島正、上田敏雄、神原泰、北川冬彦、近藤東、滝口武士、竹中郁、外山卯三郎、春山行夫、三好達治（同人制は第五号で廃止）。春山は「日本近代象徴主義詩の終焉」で萩原朔太郎を批判。西脇順三郎（J・N）は「超自然詩学派」。

昭和四年　四月、厚生閣から、現代の芸術と批評叢書、刊行開始（昭和七年六月まで計二十二巻）。『楡のパイプを口にして』（叢書四）。七月、詩集『植物の断面』（叢書一〇）。「超現実主義の詩論」が、『改造』（八月号結果発表）の懸賞論文で三位（一位、宮本顕治、二位、小林秀雄）。十一月、西脇『超現実主義詩論』（叢書一四）。

昭和五年　六月、北川冬彦、神原泰、飯島正、滝口武士、三好達治ら『詩と詩論』を脱退、『詩・現実』を創刊（昭和六年六月、第五号で終刊、伊藤整らは本誌に『ユリシイズ』翻訳を連載）。九月、春山、大野俊一と『世界文学評論』創刊。十一月、『詩と詩論』別冊『現代英文学評論』刊行（巻頭は西脇「二十世紀英国文学評論」）。西脇『シュルレアリスム文学論』。

昭和六年　二月、『詩の研究』（叢書二〇）。八月、『新潮』に「『意識の流れ』と小説の構成」を発表、本人いわく「文壇デビュー」。十二月、第一書房から伊藤整、辻野久憲、永松定訳『ユリシイズ』前編、刊行（後編は昭和九年五月）。

昭和七年　一月、『詩と詩論』別冊『年刊小説』。二月、岩波文庫版『ユリシーズ』刊行開始（森田草平ら計六人訳、完結は第五冊、昭和十年十月）。三月、『詩と詩論』（それまで十四号、別冊二刊行）を『文学』と改題（昭和八年六月まで六号）。四月、伊藤整『新心理主義文学』（叢書一一）。六月、永松訳、ハアバアト・ゴルマン『ジヨイスの文学』（叢書一二）。六月、『文学』第二号がジョイスの特集。九月、詩集『シルク&ミルク』（ボン書店）。

昭和八年　五月、西脇『ヨーロッパ文学』。六月、『文学』第六号で終刊。九月、西脇『Ambarvalia』。十月、西脇訳『ヂオイス詩集』（第一書房）。『ジョイス中心の文学運動』（第一書房、昭和十年九月に『二十世紀英文学の新運動』として再刊）。この年に厚生閣を退社。

昭和九年　七月、『文学評論』（厚生閣。小林秀雄『文芸評論』に対抗）。八月、『詩と詩論』の後継誌的な『詩法』創刊（昭和十年九月まで）。

昭和十年　一月、第一書房に入社、同社の総合雑誌『セルパン』（創刊は昭和六年五月）編集開始（昭和十六年九月まで春山が編集）。十二月、詩集『花花』（版画荘）。

昭和十二年　五月、春山ら、『詩法』の後継誌的な『新領土』創刊（アオイ書房、昭和十七年一月まで五十六号刊行）。八月、春山訳、レヂス・ミショオ『フランス現代文学の思想的対立』。

このように見ると春山が新しいモダニズム詩の運動と西洋モダニズム文学紹介を、『詩と詩論』を始めとする雑誌と「現代の芸術と批評」叢書で指揮していた有様がよくわかる。この時期には詩、小説、評論の実作が西洋モダニズム文学の消化と有機的に結びついていた。とりわけジョイスは強い関心を集め、小説家伊藤整らが『ユリシーズ』の翻訳をし、「新心理主義」が文壇をにぎわせていた。春山が厚生閣を退社後に勤務することになる第一書房から出した『ジョイス中心の文学運動』は、そういう機運を踏まえて、英語圏モダニズムの運動を総合的に論評、紹介しようとした書物である。表紙には『詩と詩論』のモデルとした雑誌『トランジション』第二十二号の表紙の写真が掲げられ、その右隣には本書で論じられる作家たちの名前がずらりと羅列されている。(2) 中身に目を転じるなら、三十一歳の独学者が書いたことを思えば驚嘆に値するほどの博覧強記で総計二十一人の英語圏作家を論じており、その百科全書的網羅志向は戦後の文化史家としての仕事を予想させるようでもある。

タイトルには「ジョイス中心」とあるがジョイスは直接的には論じられていない。それをやろうとすると同じくらいの量の書物になってしまうからだと「はしがき」に断ってある。ジョイスはいわば不在の中心なのだ。むしろジョイスの文学が成立した環境をジョイス的文学グループと同時代の他のグループに分けて考察するのが意図であるとされ、それぞれのグループに第一部と第二部が割り当てられている。第一部の顔ぶれを配分頁数とともに示してみると、エズラ・パウンド（三八）、T・S・エリオット（二八）、リチャード・オールディントン（一五）、ウィンダム・ルイス（四九）、フォード・マドックス・フォード（九）、ハーバート・リード（一二）、ガートルード・スタイン（三八）となっている。これらは言語実験をより果敢に遂行したグループであり、今日的視点からもおおむねうなずける顔ぶれではあるが、ウィンダム・ルイスに最も多くのページが割かれているのは違和感がある。そればかりか「ロオレンスが死んでからイギリスの小説の頂点を代表するものはジェイムズ・ジョイスとウインダム・ルイスということになった」（一〇四）と今日ではありえない高い評価を下している。[3] しかしこれは春山の偏見では必ずしもなく、当時はイギリスにおいてもウィンダム・ルイスの地位は今よりもはるかに高かったのである。西脇順三郎も『詩と詩論』第九冊（昭和五年九月）――この巻は巻頭にルイスの写真を掲げている――所収のエッセイ「二十世紀文学の一面」でルイスを主題的に論じ、「エリオト氏は、詩人の方がよい。いま生きている批評家の中で、いまのところルイス氏が丹念でもあり、正確でもあり、最初の人でもあると思う」と述べ、批評家としてルイスをエリオットの上に置くという、今日の基準からすれば驚くべき評価を下している（一一）。[4]

第二部は、オスカー・ワイルド（八）、アーサー・シモンズ（八）、ヘンリー・ジェイムズ（一五）、ジョージ・ムーア（二六）、ウィリアム・バトラー・イェイツ（一九）、A.E.（一一）、アーノルド・ベネット（一二）、H・G・ウェルズ（四）、バーナード・ショー（九）、エドマンド・ゴス（六）、J・C・スクワイア（八）、D・H・ロレンス（一八）、オルダス・ハックスリー（一〇）、ヴァージニア・ウルフ（八）という陣容である。これらは同時代の主な作家たちを総覧するものだが、今日的視点から見るとコンラッドが独立した章を得ていないのはまったく不思議である。またロレンスとウルフに対する評価がきわめて低い。ロレンスには「ロオレンスは元来が新文学の精神というようなものではなく、戦後における不安時代にエリオットやジョイスのクラシックな、主知的な傾向とは全然反対な方向で《偏見と錯誤の集塊であるドグマ》を強調した作家である」（三四三）と手厳しい。ウルフに関しては、ジョイスのようなコスモポリタンな文学が〈a〉クラスであるなら、ウルフは「イギリスというヨオロッパの一地方の文学」として〈b〉クラスであるとし、ジョイス的「内的独白」とウルフの「意識の流れ」を混同する傾向を批判している。彼女の現代小説論に関しても「エリオットやジョイスやルイスの近代的な観方からすれば常識にすぎない」（三七七）とそっけない。こうした評価は、ジョイスを頂点に据える限り致し方ないのかもしれない。

これもジョイスに倣う限り当然のことかもしれないが、総じて春山は本書で「主知的」な、手法の革新を重視している。それは彼の詩論の傾向とも合致している。たとえば『詩の研究』（昭和六年）で「作品の価値は方法論にあり。方法論なくして作品の価値なし」、「今日の詩人とは彼の詩的行為に関する彼自身の方法の自覚にはじまる。詩の芸術行為に関する価値の行為者、専門的な批判的方法の技術家、即ち今日の詩人である」（一七〇）と述べているのは典型である。モダニズム文学の言語実験の根幹に、作品とは言語構築物であるという新たな言語に関する意識があったのだから、春山の方法的自覚はまったく正統的なものである。こういう立場からすると、ほぼ同時代に活躍を始めた同い年の小林秀雄の批評に対して彼が批判的にならざるを得なかったのは無理もない。先の年譜でも分かるように、『改造』の懸賞論文で「様々なる意匠」の小林が二位となってデビューしたとき、春山は三位に甘んじたという因縁もある。『ジョイス中心の文学運動』でもアーサー・シモンズの章で、「印象批評ということは久米正雄や芥川龍之介の時代にも言われたことである。しかし印象批評が一時代の批評に対する反動性を具えて来て、その壊滅の挽歌を強調しはじめたのは、寧ろ小林秀雄氏などのエコオルでないか。ヴァインズが日本の英文学界を見て驚いたことは、イギリスではエリオットが没落を宣言した印象批評が、依然として流行していることであった。（中略）印象批評は文学の変革期にはなんの役にも立たない」（二二四）と述べ、小林を印象批評として一蹴している。[5] しかし、その後の日本の文芸批評では、むしろ小林秀雄がヘゲモニーを握り、春山のような正統モダニスト的方法意識は忘れられていったことを今日のわれわれはよく知っている。小林は「様々なる意匠」の中で、「批評の方法が如何に精密に点検されようが、その批評が人を動かすか動かさないかという問題とは何んの関係もない」と述べ、それは「恋文の修辞学の検討」と恋愛の実現とが無関係なのと同じだと論じていた（九四）。

ここで現代日本の文学研究者には思い当たる節があるのではないだろうか。一九七〇年代以降、構造主義、ポスト構造主義の「批評理論」の波が押し寄せて、文学作品を「テクスト」として扱い、それを言語構築物として方法的に分析することが奨励された。これにはアカデミズムを超えた広がりがあり、大江健三郎が『小説の方法』（一九七八）のような本を書いてアカデミズムに挑戦状を突きつけ、江藤淳でさえ『自由と禁忌』（一九八四）でソシュールの用語を用いるに至った。[6] しかし、そのような状況は今や完全に消えた。そもそも、構造主義、ポスト構造主義の「理論」は、その源流であるロシア・フォルマリズムの方法意識がロシア・アヴァンギャルドの言語実験と密接不可分だったことでもわかるように、二〇世紀前半のモダニズムの実践を理論的に捉え返したものである。であるならば、「理論」の忘却は、モダニズムの忘却を意味し、春山の時期を一度目とすれば、二度目の忘却ということになるのかもしれない。

もちろん、このような記述は日本に対して不公平だという異論もあろう。イギリスでも第二次大戦後はモダニズム的言語実験はすっかり影を潜め、日本と同様一九七〇年代以降にフランスの理論の輸入が始まって文学研究において「批評理論」の嵐が吹き荒れたのである。そして今ではやはりそれは退潮した。また、日本の戦後文学にもアヴァンギャルドの精神は花田清輝や安部公房らによって受け継がれたと指摘してもよい。しかし、英語圏と日本が決定的に異なるのは、モダニズムの遺産の現在におけるプレゼンスである。デイヴィッド・ジェイムズとアーミラ・セシャギリの二〇一四年の論文は近年の英語圏の小説が新しい形でモダニズムの遺産と取り組んでいることを論証し、その潮流を「メタモダニズム」と名づけている。[7] つまりそれだけの連続性の感覚があるのである。日本の現代小説が、これと対応する仕方で日本のモダニズム小説の遺産と取り組んでいるとはとうてい言えないだろう。なぜなら現代日本においてモダニズム文学は、実作者に新たな取り組みを要求するような生きた存在感を持っていないからである。[8] そのような環境の中では、春山行夫が忘れ去られて久しいのも当然なのである。

二　戦中から戦後へ

二〇一七年夏、渋谷のイメージフォーラムで『日曜日の散歩者』（黄亞歴監督）という台湾映画が公開された。これは昭和八年、台湾の台南市で「風車詩社」というグループを結成してモダニズム文学運動を始めた、今日では忘れられた詩人たち（多くは日本に留学経験のある台湾人で、一人は慶応義塾大学で西脇順三郎の教えを直接受けた）の戦後に至るまで経歴を、さまざまなモダニズム作品（詩、小説、写真、絵画、映画）と実写映像も交えてコラージュしながらたどったきわめて興味深い映画である。われわれは西洋文学の日本への受容を振り返るだけでなく、日本を経由してモダニズムを実践していた植民地のこういう集団についても知ることで、モダニズムの空間的展開をより包括的に捉える必要がある。それは今日の新しいモダニズム研究が提唱していることでもある。この映画に登場する多くの日本のモダニストの一人が春山である。彼の詩で引用されるのは「Album」と「白い少女」だけだが、登場人物たちが手に取って読む書物としては『ジョイス中心の文学運動』と『台湾風物誌』が映画内に登場する。前者はモダニズム紹介の代表作として、後者は台湾を扱っているから登場したのだろう。実際、春山は昭和十六年四、五月に台湾を旅行し、翌年この本を出版しているのである。彼が「風車詩社」の詩人たちと会った痕跡はまったくないのだが。

　昭和十年代も半ばになると日本は戦争に突き進み始め、モダニズムの機運はすっかり衰えていた。そんな中春山は、昭和十六年に『世界文学概論』（新潮文庫）を出版したり雑誌『新領土』で昭和十七年一月号まで海外文学の紹介を続けたりしていたが、時局にはあらがえず昭和十七年五月、日本文学報国会が創設されると評論随筆部門の常任理事に就任する。これより前、昭和十四年十、十一月に満州を旅行し、翌年『満州風物誌』を出版しており、この満州旅行も続く台湾旅行も植民地主義のまなざしを内包したものであることは否定できない。実際、『台湾風物誌』をひもといてみると、冒頭に「台湾は私にとって、ながいあいだ南方的自然に飾られた数枚の異国的な風景絵葉書であった。（中略）次兄が名古屋の六連隊から討蕃のために台湾に派遣され、数年の後、数百枚の絵葉書を持って（中略）帰還したからである」（一―二）とあり、彼にとっての台湾が始めから植民地主義と不可分だったことが知られるし、刊行が開戦から間もない昭和十七年七月だったこともあって、「大東亜戦争の赫々たる聖果による南方の新領土」（二）とか「南方発展の発電所」（一〇）というような言葉も見える。

『台湾風物誌』は台北帝大で台湾の民族、植物、動物、地質などを調査した記録が多くを占めており、文学者と会った記録も出てくるが、全体として文学性は弱い。これは意図的なもので、春山は風物誌を文学的な旅行記とは区別して、地理学、民俗学、政治経済にも領域を広げ、それらと文化との関係を考察しようとする。ただし、そこにまだ「ポエジイ」を見出そうとしている。


　風物誌は、対象としての風物が、単に自然として、乃至文化として在るのではなく、それらが自然と文化の交流に於いて示しつつある地質学的生理やメカニックな物理についての詩（Poésie）を発見することに独自の領域を持っている。対象から与えられた印象や情緒を詩（Poème）という文学の定形に表現することでなく、我々がいままで知識として受取り、概念

> として覚えこんだ事柄に、はっきりした形象《イメジ》と秩序と美と結論とを与えるという意味で、ポエジイを感ずることである。またこのポエジイの故に、それは文学として、文化史としての領域を拡大する。（一九）

非常にわかりにくい表現だが、少なくとも言えるのは、こういう植民地主義的台湾研究にまで彼が詩論においてさまざまに論じてきた「ポエジイ」を貼りつけようと無理をしているということである。ここでの「ポエジイ」はもはや実質的な意味を失っている。『台湾風物誌』はモダニズムの詩人、詩論家から、戦後の文化史家へ彼が変貌する過渡期の産物と言ってよかろう。

終戦後は、『雄鶏通信』を編集し、戦後の新しい教養文化の牽引役を務めようとする。『我が闘争』の翻訳や大川周明を出版していた第一書房にいたため昭和二十三年には公職追放の憂き目に会うものの、アメリカ映画文化協会委員として映画記事を多数執筆、またアメリカ文化について積極的に紹介する。この辺りは、新しい海外の動向に敏感な春山の面目躍如というところだろう。だが、戦前からの文学者との交流を続けつつも、文壇の主流からは遠く、昭和二十九年の『花の文化史』を皮切りに、文化史関係の仕事が徐々に増え、中心的になっていく。『ビールの文化史』、『おしゃれの文化史』、『西洋広告文化史』、『エチケットの文化史』、『宝石の文化史』、『紅茶の文化史』などが晩年に至るまで書き継がれていく。すでに戦前のモダニストとしての仕事にも、『ジョイス中心の文学運動』を典型に、百科全書的網羅志向は見えていたのだが、戦後の文化史の仕事はモダニズムが抜け落ち、百科全書的情熱だけが残った感がある。いわば長い晩年をこのような書物を書くことで費やした春山をどのように理解すべきなのか。

昭和三十九年刊の新版『花の文化史』のあとがきを見ると、花自体の歴史（「タテの歴史」）と花にまつわる言説、民俗学、比較文化史（「ヨコの歴史」）を結びつけて、「いままでだれも思いつかなかった、乃至は専門家にも忘れられてしまった色々の文化史的背景をたどってみることに目標の一つがある」と書かれている（三二三）。実際の記述は、たとえばバラなら古代のバラの記録から西洋文学、日本文学におけるバラへの言及の歴史に至るまで、大変な博識ぶりが披露されている。しかし、それは雑学的な知識の集積であって、なんら批評精神はないし、学問的問題意識もない。同じ時期、春山は平凡社などの百科事典の編集にも深くかかわっていた。昭和二十年代は一般庶民も教養のシンボルとして百科事典を買い求めた時代である。『西洋広告文化史』が「電通報」に、『ビールの文化史』が「社内報アサヒ」に当初連載されたことを見れば、春山は高度成長期の企業の伸長に教養の彩りを添える役割を果たすことで、あくまでも巧みに時流に乗ったとも言える。

このように見てくると、当節の流行に敏感でありすぎたために新しいものに次々と飛びついた挙句忘れられたマクシム・デュ・カン（蓮実重彦が『凡庸な芸術家の肖像』で論じたフローベールの友人）に春山は似てくる。彼は詩人としては凡庸だったし、基本的には紹介者だったという評価に落ち着くかもしれない。であるなら、紹介者の宿命として、忘れられたのは仕方ないのかもしれない。しかし、そんな彼が昭和初年期には時代の文学と完全にシンクロし、モダニズム文学の輝かしい旗手でありえたという事実を忘れてはならない。そしてその事実は、日本におけるモダニズム文学の意味について考えるときの象徴的な存在として彼の経歴を再考することを今日なおわれわれに求めている。

中村洋子編の年譜には、昭和四十七年四月十八日、「文芸家協会総会に出席、古稀の会員として小林秀雄らと記念品をうける」という記述がある（二八一）。もはや戦前のモダニズムは遠く、飽食の日本にあって、彼はかつての宿敵をどのような思いで見つめたのだろうか。

注

（1）本稿は、二〇〇八年十一月一日、東大駒場キャンパスで開催されたシンポジウム「モダニズム受容の諸相――『詩と詩論』とその周辺」での口頭発表「春山行夫と英文学のモダニズム」を大幅に書き直したものである。

（2）アメリカ人ユージン・ジョラスが中心となって編集しパリで出し始めた雑誌『トランジション』（一九二七―三八）は、ジョイス（『進行中の作品』を連載）、ガートルード・スタインのような英語圏モダニズムの巨匠の他、未来派、ダダ、シュルレアリスムなどを網羅的にカヴァーし、ジャンルも文学のみならず美術、写真、映画にも目配りするなど、モダニズムの総合雑誌という性質を持っていた。カフカが初めて英訳され、ベケットが最初期の作品を発表したのもこの雑誌だった。

（3）以下、春山、西脇の著作からは新字新かなに改めて引用する。

（4）ちなみに春山は最晩年の一九九一年二月、集英社ギャラリー世界の文学第四巻（イギリスⅢ）にルイスの『愛の報い』が訳出された際、月報に「ウィンダム・ルイスに出会った頃」という文章を寄せ、自分が初めてルイスを『ジョイス中心の文学運動』で日本に本格的に紹介したのを自負していること、西脇順三郎も興味を持っていて『神を真似る猿たち』を自分から強奪していったこと、などを述べていて興味深い。

（5）この引用中に出てくる「ヴァインズ」とは慶應義塾大学で大正十二年から五年間英文学を教えていた文人シェラード・ヴァインズ Sherard Vines のことである。

（6）昭和初年期の状況と一九七〇、八〇年代を重ね合わせたくなるのには、他にもっと表面的な理由がある。春山の時代、日本の読者は新しい西洋作家の固有名詞の洪水に襲われた。『ジョイス中心の文学運動』の表紙にある作家たちの名前の列挙は購買意欲をそそったにちがいない。一九七〇、八〇年代もまた、今度は作家ではなく思想家だったが、固有名詞の洪水に襲われ、それらの名前を列挙した雑誌や書物をよく目にしたものである。そういう中でいち早く紹介役を果たしたのが蓮実重彦、浅田彰といった人たちだった。

（7）彼らが挙げている例は、ジュリアン・バーンズ『終わりの感覚』（二〇一一）、ゼイディー・スミス『NW』（二〇一二）、イアン・マキューワン『贖罪』（二〇〇一）、J・M・クッツェー『青年時代』（二〇〇二）など。他にゼイディー・スミス『美について』（二〇〇五）におけるE・M・フォースター『ハワーズ・エンド』、マキューワン『土曜日』（二〇〇五）におけるヴァージニア・ウルフ『ダロウェイ夫人』への意識などを加えられよう。

（8）もちろん、柄谷行人が「近代文学の終り」で説くように日本近代文学は終焉したのだから、そもそもモダニズムの遺産に現代文学が取り組むのも原理的に不可能であるとも言える。

引用・参考文献

春山行夫「ウィンダム・ルイスに出会った頃」、集英社ギャラリー世界の文学第四巻（イギリスⅢ）月報（集英社、一九九一）
――『詩の研究』（ゆまに書房、一九九五）
――『ジョイス中心の文学運動』（第一書房、一九三三）
――『台湾風物誌』（コレクション『モダン都市文化』第八四巻『台湾のモダニズム』水谷真紀編、ゆまに書房、二〇一二、所収）
――『花の文化史』（雪華社、一九六四）
長谷川郁夫『美酒と革嚢――第一書房・長谷川巳之吉』（河出書房新社、二〇〇六）
James, David and Urmila Seshagiri, 'Metamodernism: Narratives of Continuity and Revolution,' *PMLA* 129.1 (2014), pp. 87–100.
柄谷行人『近代文学の終り』（インスクリプト、二〇〇五）
川口喬一『昭和初年の「ユリシーズ」』（みすず書房、二〇〇五）
小林秀雄『Xへの手紙・私小説論』（新潮文庫、一九六二）
小島輝正『春山行夫ノート』（蜘蛛出版社、一九八〇）
中村洋子編『人物書誌体系二四　春山行夫』（日外アソシエーツ、一九九二）
西脇順三郎「二十世紀文学の一面」、『詩と詩論』第九冊（昭和五年九月）
澤正宏、和田博文編『都市モダニズムの奔流――「詩と詩論」のレスプリ・ヌーボー』（翰林書房、一九九六）

第十二章　オーデンの旅と転進

辻　昌宏

一九三〇年代は、迷える時代だ。第一次大戦で荒廃したヨーロッパが立ち直りかけたところで世界大恐慌に襲われ、西欧諸国の人々は資本主義に対する根本的な疑念を抱き、資本主義か社会主義か、それ以外の体制かといった社会体制の根本的な選択をめぐり揺れ動く。

イギリスに生きていたW・H・オーデンも、時代に向き合いつつ、そうであるがゆえに行動や考えも揺れ動いた。揺れ動くどころか、右往左往している時もあったように見える。

それに照応するかのようにオーデンの作品は生成プロセスで、いや完成後も、その形が変容することが多い。前言撤回、詩の改変、削除に事欠かない。自分でかつての自分を否定したり、上書き更新もしくは改竄してしまう。あたかも発話する個の主体性を信じていない、少なくとも絶対視していないのは明らかだ。個を絶対視していないことは、共著の多さからもうかがえる。一連の旅行記の出発点となるアイスランドへの旅はマクニースと一緒にしており旅行記は共著だ。中国への旅でも、イシャーウッドとともに旅し旅行記は共著である。劇作やオペラのリブレットもほとんどが共作である。その点も個人や個性の相対化という観点からは興味深いが、拙稿では一九三八年の中国旅行の後、いったんはイギリスに帰国したオーデンが、なぜアメリカに移住し、マルクス主義を棄て、キリスト教に回帰したのかを中心に考えてみたい。アイスランド、スペイン、中国への立て続けの旅行と、移住、マルクス主義放棄、キリスト教回帰が単に時系列的に続けて起こったのではなく、旅行で見聞し体験したことがこういう結果をもたらしたのだということをたとえ蓋然的にでも明らかにしたい。一九三〇年代詩人の代表格であったオーデンのいわば「転向」は、文学的な事件というより内面の変化なので理由を考察されることが少なかった。後に詳しくみるが、オーデンは自分が心の奥底でうけた衝撃をすぐに文章にして発表するとは限らないし、三〇年代末の転向の経緯に関しては沈黙を保った、あるいは保たざるをえなかったのだと思う。

本稿で仮説として提示したいのは、オーデンの三つの旅、とりわけ中国への旅がオーデンに自分の世界観の根本的矛盾に気づきを与え、祖国を避けるかのようにアメリカに向かわせ、キリスト教に回帰させたのではないか、ということだ。立証とはいかずとも蓋然的ながらも状況を明らかにしてみたい。

＊

オーデンはそもそも旅の人である。オーデンが若い頃、どんな国に行ったのか、一九二九年までをニコラス・ジェンキンスがオーデン協会のニュースレター（二四号、二〇〇四年七月）に掲載したデータを参照しよう。オーデンのパスポートは一九三九年までは英国のパスポートである。周知のごとく、オーデンは第二次大戦前夜の一九三九年一月にアメリカに渡り、そのままとどまってイギリス軍のもとで戦うことはなかった。そのためイギリス人からは一種の裏切り者として見られることもあった。第二次大戦後の一時期はアメリカの軍用旅券を使い、一九四八年からはアメリカのパスポートで各国を飛び回っている。

さて、最初に彼が海外に行ったのは一九二五年の八月だった。パブリック・スクールを優秀な成績で卒業したご褒美で、父親とオーストリアに行ったのである。

以下、ジェンキンスによる表を引用する。

一九二五年八月　オーストリア
一九二五年十二月?―二六年一月　オーストリア
一九二六年十二月―二七年一月　オーストリア
一九二七年七月―八月　ユーゴスラビア
一九二八年七月―八月　ベルギー
一九二八年十月―二九年七月　ドイツ
一九三〇年六月―七月　ドイツ
一九三一年七月　ドイツ
一九三二年十二月―三三年一月　ドイツ
一九三四年八月―九月　ベルギー、ドイツ、チェコスロヴァキア、ハンガリー、オーストリア、スイス
一九三五年一月　デンマーク
一九三五年十月　スイス（ギリシアにも行った可能性あり）
一九三五年十月　ベルギー
一九三六年三月―四月　ポルトガル
一九三六年五月　ベルギー
一九三六年六月―九月　アイスランド
一九三七年一月―三月　フランス、スペイン
一九三七年四月　フランス
一九三八年一月―七月　フランス、エジプト、ジブチ、セイロン、香港、マカオ、中国、日本、カナダ、アメリカ合衆国
一九三八年八月―九月　ベルギー
一九三八年十二月―三九年一月　フランス、ベルギー、ドイツ
一九三九年一月―　アメリカ合衆国

（ゴシック体は本稿に関係が深いもの）

上記はオーデンが十八歳からアメリカに渡る三十二歳にかけてで、毎年海外に出かけている。多い時には年に複数回出かけているし、時にはいっぺんに六カ国を次々に訪れている。十代後半から二十代前半はオーストリア、ドイツとドイツ語圏を度々訪れている。一九二七年の七月から八月には三週間、父親と一緒にザグレブ、ドブロブニク、スプリットを訪れ、スティーヴン・スペンダーにユーゴスラビアの若者の美しさを熱く語っている（オズボーン、四六）。

翌二八年には、ベルギーに行っているがこれは温泉療養のためだ。病気からの快復過程で、大学を卒業したらしばらく海外で過ごしてみてはという父の申し出をうけることにした。行き先はベルリンを選んだ。オズボーンによるとその理由は三つ。まず、地中海諸国に関心がない。フランス文化に軽い反感がある。それは前世代のフランス文化への過度の賞賛に対する反発が一因だった。また、ベルリンには当局が把握しているだけで、同性愛者の出会いの場としてのカフェが一五〇軒ほどあるということも理由の一つであった可能性が高い。当時のオーデンはドイツ語は全く知らなかったし、ドイツ文学にもうとかった。後年の述懐によると、彼の中で、ドイツは禁じられた快楽と結び付けられていた。というのも、第一次大戦中にプレップ・スクールでパンをもう一切れ取ろうとすると、ドイツに負けてもいいのか、と叱責されたからだ。プレップ・スクールの時は食の快楽とドイツが、青年期には性の快楽とドイツが結合していたというわけだ。

一九二八年十月、オーデンはベルリン郊外でホームステイを始める。しかしこの家庭の人たちは少し英語がしゃべれてしかも英語を上達させたいと考えていたので、これではドイツ語の上達はおぼつかないと考えたオーデンはハレシェス・トーア地区の労働者の住む地域に移る。当時のベルリンはヴァイマール共和国の末期で、音楽、劇場、映画、美術すべてが活気を帯び、オーデン到着の数週間前にはブレヒトとヴァイルの『三文オペラ』がベルリンで初演され、オーデンもすぐに観ることになる。

しかしオーデンにさらに大きな影響を与えたのは、ジョン・レイヤードというイギリス人だった。彼はホーマー・

レインの弟子で、肉体的な病気は、魂の病が形を変えて現れているもので、つまるところ病気の原因は精神的なものという考えだった。オーデンは以前からそれに近い考えを持っていた。レイヤードの考えは、そこから一歩踏みこんで、だから病気を治すためには、欲望の抑圧をせずにむしろ追求すべきだという考えで、オーデンはこの考え方におおいに勇気づけられたのである。オーデンは同性愛および同性愛的性衝動に対して一種の疚しさを感じていて、その欲求を肯定してくれる思想に共鳴したということだろう。

ベルリンに友人イシャーウッドが来ると、オーデンは彼をお気に入りの出会い系バーに連れていく。オーデンは一人の相手にのめり込まないたちであったが、イシャーウッドの方がロマンティックに一人の相手に恋するタイプで、チェコスロバキア人の若者に夢中になるのだが、このブービーとあだ名された若者は、イシャーウッドから得た金のほとんどを売春婦に使ってしまうのだった。しばらくしてレイヤードは自殺未遂を起こす。こうした騒動、経験をへて一九二九年七月にオーデンはイングランドへ帰国する。九ヶ月のベルリン滞在であった。

帰国したオーデンはラテン語の家庭教師をしながら教職の就職活動をし、一九三〇年にはスコットランドのラーチフィールド・アカデミー校の教員となり、一九三二年にはイングランドのダウンズ・プレパラトリー・スクールの教員となる。そこで一九三三年に神秘的なアガペーの経験をする。

その経験は「夏の夜」という詩に書かれたが、この詩だけではないがオーデンの詩のタイトルは、ややこしい場合がままある。同一の詩に対して、複数の異なるタイトルがつけられているからだ。最初雑誌「リスナー」に掲載されたときには 'Summer Night' であったが、詩集 *Look, Stranger!* に収められたときには 'Out on the lawn I lie in bed' となり、その後、一九四五年の全詩集では 'A Summer Night 1933' となり、メンデルソンが編纂した全詩集 (1991) では 'A Summer Night' となっている。そのため、ジョン・フラーの註釈本では 'Out on the lawn I lie in bed' として収録されているし、メンデルソンが編纂した *The English Auden* では、タイトルのインデックスを引いても 'Summer Night' でも'A Summer Night'でも検索できないという不便が生じている。タイトルを変えるだけでなく、スペイン内戦に言及した詩ではある詩行を削除したり、さらにはその詩自体を自分の全詩集に掲載しない、などという強い措置も取っている。「夏の夜」の詩は、六行が一スタンザなのだが、全体で十六スタンザの版、十二スタンザの版、十三スタンザの版などがあり、版によって十行以上異なっている。単語の繰り返しの有無など微細な部分はさらに異動がある。つまり、オーデンは自分の作品をいったん活字にして、一定の時間が経過した後も、タイトルやフレーズやセンテンスに手を加え、あるいは詩自体まるごと削除したりしてしまうことがあるのだ。これはマクニースとはまったく対照的で、マクニースは、いったん活字になって一定の時間が経過したら自分の手元を離れ自分のモノではなくなるので、手は入れないと言明している。オーデンは、共作が多いことといい、自作の改訂・削除といい、創作者としての自己を個として完結したものと考えていない、少なくともロマン派のように絶対視していないと言えるだろう。他者との曖昧な融合や、自己の流動性を肯定的にとらえているわけだ。

「夏の夜」は、オーデンの詩としては非常に穏やかな詩で、夏の夜に芝生にベッドを持ち出しそこに寝そべっているのだが、語り手（オーデン）の他に三人の同僚（男性一人、女性二人）がいて、ここで働けて幸せだと述懐する。世界情勢はポーランド方面ではきな臭いがイギリスはとりあえず平安で、この平安は破れてしまうかもしれないが、名残惜しい、といった趣旨の詩である。しかし、オーデンは三一年後に他人の著書の序のなかで、神秘的な経験を四つ（自然、エロス、アガペー、神のヴィジョン）に分けて論じているのだが、アガペーのヴィジョンについての所で、「夏の夜」のもととなる経験について詳述しており、ほとんどの批評家がこれを引用する。つまりこの詩についての決定的なコメントを三〇年経過してから述べている。この互いに性的でない愛に満たされた時を過ごした経験は、キリスト教信仰にもどる際に決定的要素の一つだったと述べている。しかも、それが起きた時にはオーデンはもうキリスト教信仰を永遠に捨てたと思っていたというのだ。つまり、オーデンにとって重要な経験をしても、その意味が本人にとって開示されるのに年単位で時間がかかることがあるし、ましてやそれを他人に明らかにするのにはさらに時間が経過することがあるということに注意しておこう。

この年の二月にヒトラーは権力を掌握している。オーデンにとって、これから自分たちがどういう方向に進むべきなのかがクリティカルに問われる時代だった。この時点ではオーデンはコミュニズムに共感していて、ある書評でT・E・ローレンスとレーニンが現代人の生きる見本だという趣旨のことを述べているし、さらには、実際に出したかどうかは確認できないのだが、ソ連で英語を教える仕事がないかという問い合わせの手紙の下書きが残っている（オズボーン、一〇三）。

一九三五年にはドキュメンタリー映画を製作するGPOフィルム・ユニットと関わりを持つようになり、そこに音楽家として二二歳のベンジャミン・ブリテンも参加し、『夜間郵便』という映画で共に関与している。ブリテンに自分の友人イシャーウッドやマクニースを紹介し、ジョン・ダンからランボーにいたる様々な詩人の味わい方のてほどきをしている。しかしディレクターのバジル・ライトと予算面で折り合いが悪くなり一九三六年三月にはGPOを去る。

一九三六年一月には『皮をかぶった犬』というイシャーウッドと共作の戯曲が舞台にかけられた。二月にはポルトガルのシントラに行って、イシャーウッドやスペンダーおよびその恋人と合流し、イシャーウッドと『F六登攀』という戯曲を書き始める。役割分担は明快で韻文をオーデンが書き、散文をイシャーウッドが書くのだった。

オーデンは七月にアイスランドに向けて出発する。その前に、マクニース、およびダウンズ校のかつての教え子を含む高校生の一行が後ほど合流する手はずを整えていた。アイスランドについては、父親がアイスランド神話に深い興味をいだき幼いころから聞かされていたのと、オーデンという名そのものも北欧系だと父は信じていた。ともあれ、先発隊としてアイスランドに上陸したオーデンだが、すぐに退屈し、食事のお粗末さに閉口する。例えば干した魚は、「固いのは、足の爪のようで、柔らかいのはかかとの角質がはがれたような味がする」と言う。イギリス人にここまでけなされる料理というのは想像を絶する。気に入ったのはコーヒーだけで、彼は三ヶ月で一五〇〇杯のコーヒーを飲んだとうそぶいている。それはともかく、彼は旅行記をどう書いたらよいか皆目見当がつかないと、妻エリカへの手紙に書いている。ようやく手がかりを得たのは、旅の暇つぶしに携行したバイロンの詩集からのヒントで、『アイスランドからの手紙』と名付けられた旅行記の核をなしているのはオーデンがバイロンに宛てた架空の五部にわたる書簡なのだ。その間に過去のアイスランド旅行記の引用や、現在生きている友人に宛てた書簡や、マクニースが女子校生同士の手紙を装って書いた手記などが挿入される。独自性の強いユニークな旅行記と言えば言えるが苦し紛れに才気で押し切った作品とも言える。イギリスから遠く離れたところに来たからといって自分の進むべき方向が見えるということもなく方向性の見えぬ風変わりな旅行記が成立したのだが、この旅の終わりに彼らに電気ショックを与えるような事件が起こる。スペイン内戦勃発のニュースが飛び込んできたのだ。

オーデンの行動には、この後、はっきりとした方向性が出て来る。スペイン内戦に参加しようと決意する。一九三七年一月十一日、オーデンはロンドンを出発し、まずパリでイシャーウッドに会う。そこからの足取りは、どの伝記作家も詳細は不明という。オーデンはこの時すでに若手詩人のホープとして注目されており、オーデンがスペインに行って共和国側の義勇軍になんらかの形で参加するというニュースは左派系の新聞デイリー・ワーカーやサンデイ・タイムズで報道されていた。こうしてスペインでの足取りが注目されていながら、オーデンはスペインに行って何をしたか、何を見たかについて沈黙を保った。散文ではわずかに「バレンシアの印象」というオーデン全集では一ページ半ほどに収まる短い文章があるのみで、詩は「スペイン」（版によってタイトルは「スペイン一九三七」）という長めの詩があり優れたものだが、期待されたようなプロパガンダ詩ではなく、「必要な殺人」というフレーズがジョージ・オーウェルに激しく批判され「殺人という事実」に書き換えられたが、さらに「歴史は敗者に／ああ、と嘆きはしても助けることも許すことも出来ない」という最後の二行を成功と善を同一視する邪悪なドクトリンであると断じ『全短詩集』には掲載しない処置をとっている。詩はともかくとして、なぜ散文に関してスペイン内戦に関し具体的な情報がこれほど乏しいのか。当時、共和国政府で働いていたクロード・コクバーンによると、彼ら（共産党系の人々）がオーデンに期待したことは、前線を視察して、共和国頑張れという文章を書き、共和国頑張れという詩を書くことだったが、実際に来たオーデンは何か実質的なことをしたいと真剣に考えていたのだ。そしてついにはロバを手に入れてバレンシアから前線に出ていってロバに投げ出されて戻ってきた、と言う。ロバの話は、批評家によってはコクバーンの誇張と考えるものもいるが、前年のアイスランド旅行でオーデンはずんぐりしたポニーに乗った経験があるので十分ありうることだと思う。オーデンが訪れた町はバルセローナとバレンシアだと考えられているが、そんなことさえはっきりしないのはオーデンが沈黙していたせいだが、なぜ沈黙を保ったのかは、一九五六年になってやっと明らかになる。執筆は一九五五年で共著『現代のカンタベリー巡礼者たち』に掲載されたものだが、ここでオーデンは自分の宗教的な来歴を子供時代からずっと辿って述べている。十三歳で堅信礼を受けたが、その頃からキリスト教に無関心になった。その後、自分はキリスト教と無縁になったと自分では思っていたが、スペイン内戦でバルセローナに行った時にあることが生じた。「バルセローナに着いて、街を歩いてみると、すべての教会は閉ざされ、一人も司祭が見当たらなかった。驚いたことに、この発見は、私に深いショックを与え、心を乱された……私は意識的には十六年にわたり信仰を無視し拒絶してきたが、教会の存在やそこで繰り広げられることはずっとその間も私にとってとても重要であったのだと認めざるをえなかった」（『オーデン全集　散文　第三巻』、五七八）。オーデンはこのことをすぐに言わなかったのは、フランコ将軍に有利になるよう利用されるのを避けるためだったと述べている。スペイン内戦時にフランコ将軍は、キリスト教を守る聖戦なのだという主張を掲げていたからだ。カトリック対左派の対立は、イタリアなどにおけるよりスペインにおいてずっと先鋭化してしまったのである。

オーデンは一九三七年の三月に帰国するが、その年の夏はイシャーウッドとドーヴァーで過ごす。二つの計画があって、一つは戯曲『前線で』を書くことでもう一つは旅行記の案を練ることだった。イギリスのフェイバー社とアメリカのランダムハウス社から共同で委嘱を受けたのだが、委嘱の内容は漠然としていて扱う国は執筆者の選択に任されていたが、どこかアジアが望ましいと言われていた。中国にしようと言っていたところ、日中戦争の進展により俄然注目をあびる地域になった。ここで便宜上、日中戦争と言ったが、実は、この名称は問題含みで日本側は宣戦布告をしていない。いや中華民国側もしていない状態が何年も継続していた。一九四一年になってようやく両者とも戦争と認めたのである。

一九三七年の夏、七月七日に盧溝橋事件が起こった。この事件自体は四日後の松井―秦徳純協定（日中の現地軍による停戦協定）により収拾したのだが、近衛内閣の日本政府は七月十一日に不拡大方針を発する一方で、北支への派兵増強を同時に決定している。それに対し、七月十五日中国共産党は国共合作による徹底抗戦を呼びかける。七月二一日には蒋介石が大日本帝国に対し武力行使を辞さないという方針を決定する。八月には日本海軍の大山海軍中尉が中国保安隊に殺害される事件（日本海軍の謀略という説もある―笠原、二二八―三七）が上海の非武装地帯で起こり、八月十三日日本は閣議決定で上海への陸軍派遣を決定するなど第二次上海事変が起こり、この後、華中で戦線が拡大した。八月十五日には、台南や長崎から海軍の航空隊が中国の南昌、南京、杭州を爆撃する渡洋爆撃が開始されたが、多くの損害を日本軍は被った。八月十七日には、日本政府は不拡大方針を放棄し、戦時体制の準備を閣議決定した。

こうして日中間には各種の衝突・紛争が生じていたのだが、イシャーウッドはスペインより中国の方がまだ西欧の有名文学者が行っていない、という点に魅力を感じていたようだ。十一月にはオーデンもイシャーウッドもスペインへの左翼インテリ派遣団に招かれオーデンはその気になったのだが、派遣が遅れ、中国行きの期日があまりに近づいたためスペイン行きは不可能になった。一九三七年の間にオーデンの知名度は文学愛好者の間では高まり、詩の雑誌で特集号が組まれたりした。

一九三八年一月十九日、二人は中国に向けて出発した。ドーヴァーからパリへ赴き、南仏マルセーユに一月二十一日に到着した。そこからフランスの定期船アラミス号に乗船。船上ではオーデンとイシャーウッドは交代で日記を書いた。この日記をもとに旅行記の散文部分が書かれることになる。途中一月二五日スエズ運河の北端の町ポルトサイドに到着し、ベルリン時代の友人に連れられてピラミッドとスフィンクスを見る。オーデンはピラミッドは石切場のようだと失望を隠せないもののスフィンクスには深い印象を受け詩を書く。二月十六日香港に着く。そこで大学の副学長のところに滞在し、ディナーパーティにも出て要人の知己を得るが、植民地のヴィクトリア朝的雰囲気は気に入らないのだった。

二月二十八日に彼らは香港を発ち、それから四ヶ月弱中国の各地をめぐることになる。

一九三七年八月に中国行きを決意してから三八年二月末までに中国の状況は刻々と変化している。一九三七年九月二日日本は北支事変を支那事変と改称する。戦線拡大の追認である。九月十三日国民党政府は、日本軍の行為を国際連盟に提訴する。九月十五―二十二日、日本海軍の航空隊は広東方面を空襲する。九月二十一日国際連盟の日中紛争諮問委員会が開かれ、二十二日第二次国共合作が成立、日本海軍の航空隊は二三日に南昌を二四日に漢口（後にオーデンらが訪れる）を爆撃する。二八日には国際連盟の日中紛争諮問委員会が満場一致で日本軍の空爆に対する非難決議を採択。ところが、十月にはローマ教皇ピオ十一世が全世界のカトリック教徒に対し日本軍への協力を呼びかける。理由は、「日本軍は共産主義を排除するために戦っている」からだ。十一月になって日本は和平工作を開始し、ディルクセン駐日ドイツ大使に条件を提示、この条件は十一月五日にトラウトマン駐華ドイツ大使に示され、蔣介石に打診するものの蔣介石は受理せず。再度の交渉で蔣介石は日本案を受け入れる用意があるとの報が十二月七日に日本へ伝えられるが今度は日本側が条件・要求をつりあげ決裂した。二度の交渉の間に南京攻略が展開していたのである。十二月十三日に日本軍が南京を占領した際に、捕虜、敗残兵、民間人を大量殺害したとされる南京事件が起こった。一九三八年一月十六日日本政府は「国民政府を対手とせず」との声明（第一次近衛声明）を出し、日中和平工作が打ち切られる。二月七日中ソ航空協定締結。一九三七年九月から一九四一年六月までソ連は中国に飛行機九二四機などを提供した。一九三八年三月二十八日日本は南京に傀儡政権の中華民国維新政府を成立させた。この時期日本はローカルな傀儡政権をいくつか樹立している。南京攻略は「中国一撃論」の南京を陥落させれば国民政府は屈服するという安易な見込みに基づいていたが、中国国民政府は武漢に首都機能を移し、抗日戦争を継続したのであり、トラウマン和平工作の破綻により日中戦争を早期に集結させる機会を失ってしまった。こうして日本は明確な戦略もないままに泥沼状態にはまりこんでいった。

ちょうどこうした時期にオーデンとイシャーウッドは香港を発ち、川船で移動を開始したのである。上海では英国領事館の代表に会い、郊外に居住する英国人宣教師のところに行って滞在している。広東市長や関東州知事、中国の軍人にも会っている。

三月四日には広東を発ち漢口に電車で向かう。武漢と漢口の関係であるが、一九二七年に国民党の意向で武昌・漢口・漢陽が合併し武漢とされた。『戦争への旅』では漢口という地名が用いられている。蒋介石は首都を南京から奥地の重慶に移すと宣言したが暫定的に武漢に首都機能を移転させていたのである。オーデンらが漢口（武漢）に向かったということは、領事館の人間や軍人の話を聞きどこが日中戦争の最前線か、どこが重要な地点か把握していたからだと言えよう。漢口で彼らは戦争の真っ只中にいることを感じる。三月八日イシャーウッドはオーデンとともに、只今現在は、地上のどこよりも漢口にいたいと思うと書き記している。彼らは現地で日々の記者会見に出席するが、すぐにプロの記者との違いに気が付き自分らは本を書くためにやってきたと釈明する。四月二十三日の領事館でのパーティでは政治的な議論が起こり、ある者はフランコ将軍が紳士的でスポーツマンだと言い、またある者は蒋介石の復活祭のスピーチに言及した。イシャーウッドは彼がキリスト教徒であることが徐々に政治的な武器として効果を発揮しつつあると分析している。蒋介石は宋美齢と結婚してメソジストに改宗したのである。宋の父は浙江財閥の祖であると同時に元牧師であった。毛沢東も、宣教師へ好意を示すべくミサに出席したことがあると言われていた（『戦争への旅』、一六二）。欧米列強とのつきあい方において、蒋介石や毛沢東はかつての日本のキリシタン大名のようなふところの深さをもっていたと言えよう。蒋介石は、日本との戦いにおいて明らかに消耗戦を狙っているのだが、日本軍の一部は短期決戦で片がつくと考えており、そのあてが外れたと言える。消耗戦においては、外交で他国を味方につけることが重要な戦略となることを踏まえたうえで、蒋介石や毛沢東のキリスト教や宣教師への態度を捉える必要があるだろう。

『戦争への旅』の著者らは、最初は比較的気楽な気持ちで中国を訪れているように見えるが、本として完成する頃にはすっかり中国人民に肩入れするようになっている。アメリカでランダムハウスから出版された初版では中のタイトルのページの向かいに赤白二色刷りの絵があって、赤い空に日本軍機が四機描かれ、必死の形相で中国人の母親が背中に赤ん坊をおぶい、もうひとりの子の手を引いている。赤ん坊は涙をながし、母は日本軍機を睨み、子どもは唖然として眺めているように見える。本の中に挿入された写真が六〇数葉あるのだが、そこでも中国側に寄り添う気持ちが見える。最初のページにあるのは蒋介石夫婦の写真と宋美齢単独の写真であり、六〇数葉のうち日本人の写真（少なくともそう明示されている写真）は二葉だけで、日本人捕虜と日本人歩哨の写真だ。日本軍を指す言葉として'Japanese force' と書いているところもあるが'Japs' と記されたところもある。彼らは徐州の前線など数カ所で日本軍機の空襲にもあっており、中国軍や中国民衆の立場にたった経験をしたわけだ。その後、報道カメラマンのキャパやアグネス・スメドレーに会い、彼女に八路軍（共産党の軍隊）に紹介する電話をしてもらうが、すでに多くのジャーナリストがインタビューしているという理由で取りやめ、宋美齢にインタビューしている。一方、日本の要人には会っていない。

五月末から六月上旬に二人は上海に滞在する。第二次上海事変の翌年である。彼らは、四人の日本人ビジネスマンに会った時の模様を記しているが、これがこの旅行記唯一の日本人との邂逅であることに注意しておこう（『戦争への旅』、二四三—四五）。この時も日本軍と中国軍の衝突があった後なのだが、イギリスのビジネスマンの斡旋でオーデンらは四人の日本人に会う。領事館員、ビジネスマン、銀行員、鉄道の管理職などエリートである。会合前にオーデンとイシャーウッドは、日本人たちの気分を害さないために戦争には言及しないでおこうと打ち合わせる。ところが、日本人の一人が「中国を旅行なさってるんですね。ご不便はありませんか?」と尋ねられたのに対し、イシャーウッドは「日本の飛行機以外はね」と答えてしまう。日本人たちはほがらかに笑う。さらに「輸送や生活状況が旧式で非効率的なのでは」と尋ねられ、「全く効率的です。どこへいっても親切で礼儀正しい。誰もが魅力的です」。それに対し領事館員は、「中国人は魅力的で、いい人たちです。残念です……」他の日本人も「この戦争は避けられたのに残念です。我々の要求は理にかなっていた。過去において我々はいつでもこうした問題を友好的に交渉することが出来たのに……」領事館員はさらに「われわれは中国人を愛しています。そこがこの戦争の良いところです。恨みなどない。日本のわれわれは中国人民に恨みなどないのです」。発言に二人は呆れ、事前の打ち合わせはどこへやら、反論に出る。「日本人の側に恨みがないのは驚くにあたらない。中国人があなたたちの町を焼き尽くしたり、女性を強姦したりしただろうか?」四人の日本人はすぐには答えず、目をしばたたいたが、気分を害したようには見えなかった。一人が言った「それは非常に面白い観点ですな」（『戦争への旅』、二四四—四五）。この本を読んだほとんどの読者は、この四人の日本人の発言に呆れ、あるいは憤慨したのだろうと想像するし、二人の著者もそういう反応を予想しつつ書いたのであろうと想像する。ここから先は仮定に仮定を重ねることになることをお断りしておく。この四人

かかったのではないか。ミクロで見れば（といっても壮大な話だが）日本の中国への侵略およびそれを論じる日本人の日本人の態度に対する憤慨、嘲笑は、時間の経過とともにブーメランのように返ってきてオーデンの心に重くのし

の態度に呆れ怒っているわけだが、ふと考えれば大英帝国はどうやって形成され、土着の人々をどう扱ってきたのだろうか、と。日本および日本軍、日本人の態度は、過去のイギリス、イギリス人の態度を映す歪んだ鏡なのではないか。日本が無邪気に目指していたのは、東洋のイギリスだったのではないか。前述のように、オーデンはマルクスに親しみ、レーニンの人生を称揚している。レーニンの『帝国主義論』の少なくともあらましは知っていただろう。イギリス国内にいればはっきりと認識せずにすんだかもしれない帝国形成過程の醜悪さを経験してしまったわけだ――たとえ自国のそれではなかったにせよ。

実際、オーデンは一九三八年に、革命的転回を生きる――人生においても、文学においても。実際の出発は三九年一月になるがイギリスを離れアメリカに行くことを決意する。第二次大戦が始まっても帰国はせず、後々イギリスの文学者や大学人からも裏切り者視されることになる。詩作においてもはっきりとした転回が見られる。ジャスティン・レプローグルが分析しているように、一九三八年以降、オーデンの著作からマルクス主義の影響が払拭される。図式的に言えば、世界を変革する詩から世界を受け入れる詩に変わる（レプローグル　三〇―五〇）。ただし、レプローグルや多くの批評家はその変化の原因をオーデンがケルケゴールを発見したことに帰しているが、筆者は、その原因は日中戦争のまっただなかで日本軍の空襲および日本人のそれに対する考えを身近で経験したこと、そこで生起した彼の感情およびその反動にあると考えている。詩作だけでなく散文作品においても三九年以降は、それまでとはがらっと変わって民主主義とは何かを論じるものと、キリスト教関係のエッセイや書評が増える。一九三八年以降のオーデンの変化には、様々な理由があるだろう。それをただ一つに帰着させることは不可能とさえ言えるかもしれない。が、その中核の一つをなすものが、日中戦争の現場を見て、体験して、他国の領土を侵略し支配する（しようと

する）帝国主義（およびその形成過程）をまざまざと見知ったことではなかったか、と考える。侵略的な軍隊および上から目線の日本人たちに対して感じた激しい反発は、よくよく考えてみれば自国にも向けられるべきものではないか。マルクス主義に親しんでいればそれを逃れることは出来なかったろう。しかし事実上祖国を棄てたオーデンにとって、その上祖国の過去を全面否定することはこれまた不可能だったろう――とりわけ戦争中には。

前述のように、オーデンはスペイン戦争について自分が心の奥底で感じたことは第二次大戦後長い年月がたってようやく語った。すぐに率直な気持ちを語るとフランコ側を利するおそれがあると考えたからだ。一九三八年以降、大英帝国およびその成立過程についてどう考えたかは、大英帝国のために生命をかけて戦う多くの同胞に思いをいたせば一層言うを憚ったであろう。自国であるだけに一層深刻だったであろう。しかし一方で大戦中イギリスに帰国せずアメリカで軍に志願した理由を、アメリカでカールマンという恋人が出来たことに全面的に帰することは出来ないと考える。大英帝国の存在意義に対して生じた疑念、それをこれ以上追求することはあまりに危険であるし、したくないと考えた末にオーデンはマルクシズムを棄て、キリスト教に回帰したのだと考える次第である。この間の事情は、第二次大戦後、大英帝国が崩壊した後もなかなか言うべきチャンスはなかったと想像する。戦勝国になったとはいえイギリスは戦時中度重なる空襲をロンドンはじめ各地で受け、植民地を失い、戦後も疲弊していたからだ。多くの戦死者を出し植民地のほとんどを失った祖国に対し、戦時中アメリカにいたオーデンが、帝国主義うんぬんの議論をあらためてする機会は訪れなかったと考える。オーデンの沈黙は、必ずしも思考の不在を意味しないのである。

引用／参考文献

オズボーン Charles Osborne, *W. H. Auden—The Life of a Poet*, Harcourt Brace Jovanovich, 1979.

『戦争への旅』W. H. Auden and Christopher Isherwood, *Journey to a War*, Random House, 1939.

『オーデン全集　散文　第三巻』*The Complete Works of W. H. Auden Prose vol. III: 1949–1955* (Princeton University Press, 2008).

レプローグル Justin Replogle, *Auden's Poetry*, University of Washington Press, 1969.

Humphrey Carpenter, *W. H. Auden—A Biography*, George Allen and Unwin, 1981.

Richard Davenport-Hines, *Auden*, Pantheon Books, 1996.

Arthur Kirsch, *Auden and Christianity*, Yale University Press, 2005

橋口稔『詩人オーデン』（平凡社、一九九六）

風呂本武敏『W・H・オーデンとその仲間たち―― 1930年代の英国詩ノート』（京都修学社、一九九六）

笠原十九司『日中戦争全史上・下』（高文研、二〇一七）

第十三章　ポール・ダーカンの自画像

髙岸　冬詩

はじめに

英詩において詩人の人生と作品の関係は、常に読者の関心を刺激するテーマである。ロマン派詩人たちは自伝的モチーフに依拠し、感情を一人称で歌う抒情詩の伝統を確立したが、T・S・エリオットをはじめとする二十世紀のモダニズム詩人は、非個性の詩学を主張し、ロマン派的抒情詩の流れに歯止めをかけた。しかし二十世紀後半になると、個人的感情を吐露する告白詩が流行し、詩におけるパーソナルな側面が再重視され、今日の多様な詩学の中でも根強い支持を保っている。そうした現代英詩の流れの中で、告白詩のスタイルを多用しつつも、一筋縄ではいかないユニークな詩を次々と世に送り出し、長きにわたり読者の人気と賞賛を勝ちとっているアイルランド詩人と言えば、ポール・ダーカン（一九四四―　）である。

ダーカンは二〇〇九年に過去四十年間の詩を集大成した選詩集『人生は夢』を上梓し、(1)その後も旺盛に詩作を続けているが、多作であることに加え、多面性に富んだ詩人でもある。エドナ・ロングリーによれば、ダーカンは「幻視家」であり、「シュルレアリスムが彼の最も強力な諷刺の武器」で、(2)新聞記事の見出し風のタイトルを掲げ、ユーモアと毒を織り交ぜた、アイルランド社会や国家、教会権力に対する痛快な諷刺詩を持ち味としている。一方でアイルランド国立美術館とロンドンナショナルギャラリーの絵画をモチーフとする二冊のエクフラシス詩集は、彼の芸術志向の真骨頂を示す代表作と言えるだろう。また、諷刺詩、絵画詩のいずれにおいても、対象の特徴を巧みに捉えて模倣するパロディの才に長け、自作の朗読では、聴衆の心を揺さぶる独自のスタイルを確立しているのも特筆すべき強みである。

しかし、これら社会諷刺家、芸術家、パロディスト、朗読家としての多面性の裏には、ダーカンの個人的、自伝的素顔が常に見え隠れし、彼の詩の源になっていると考えられる。その意味で、二〇〇一年出版の『ポール・ダーカンの日記』（以下『日記』と略記）に語られた彼の考えや自伝的叙述は、彼の詩の読解に有効な手がかりを与えてくれるだろう。そこで、本論ではダーカンの数編の詩をとりあげ、彼の自伝的側面、特に父ジョン、母シーラ、妻ネッサとの関係がいかに表象されているかを順に検証し、彼の人生と作品の関係から浮かび上がる詩の中の自画像について考察したい。

一　ジョン

ダーカンは一九四四年にアイルランド西部メイヨー州で生まれた。父ジョン・ジェイムズ・ダーカン（一九〇七―八八）は、地元の事務弁護士を経て、ダーカンが六歳のときに巡回裁判官となり、七十歳まで職を全うする。この裁判官としての父の存在は息子ポールを終始苦しめることになった。『日記』（一一）に「人生には数多くの恐怖があるが、死の恐怖を越えて最も恐ろしいのは、牢獄に送られる恐怖だ。私が六歳の時に父が巡回裁判官となった。その日以来ずっと、牢獄が我が家の二十四時間の現実となった。」と書いている。さらに父が「同胞を牢獄に送る恐怖を与え」、「権力の揮える範囲で判決を軽減し、アイルランドの刑法の残酷さを緩和する」様を、裁判所で目の当たりにしていたことも記されており、ダーカンが幼少の頃から父に畏怖を抱いていたことが窺える。こうした父による精神的支配はダーカンの日常に暗い影を落とし、彼の詩に繰り返し現れるテーマとなっている。詩集『サムズ・クロス』（一九七八）所収の詩「頭の移植」はその一例である。（ＬＤ六一）

医師は僕に言った、「君のお父さんには新しい頭が必要だ」
だからぼくは医師に言った、「僕の頭を父に移植できます」と。

僕の人生はもう長くなかった――結婚の破綻、癌、
虫歯、悪夢など――だから、「そうしましょう」と医師は答えた。

今僕はベッドに横たわり、僕の頭で考えている、
新しい頭をつけた父はどのように見えるのだろうか、と。

水仙の花を頭につけた雄牛のように見える？
あるいは、遊女の頭をつけた九十歳の大司祭？

あるいは、キツネの頭をつけた重量級の重量挙げ選手？
あるいは、枝の間に太陽が見える枯れた老木？

僕の夢や記憶が彼の足や腕に浸み下りていくだろう。
僕の考えが木の根っこのような彼の脊柱に浸透していくだろう。

（中略）

そして、死んだら僕は墓地を一人で歩くだろう
首なしの亡霊、正真正銘のホブゴブリンとして。

まさしく生粋のアイルランド人、首なし男だ。

父親に自分の頭を移植するという、ダーカンらしいブラックユーモアに仰天する詩であるが、息子が命を差し出してまで父の支配に従う、究極の父子関係が窺える。この関係は、第二連の「僕の人生」への悲観的な認識の中で言及される「結婚の破綻」や「悪夢」などと共に、ダーカン自身に当てはまり、彼の自伝的背景を踏まえた詩と考えられるだろう。一方で、第四・五連の「新しい頭をつけた父」のグロテスクな想像図は、アルチンボルトやシュルレアリストのエルンスト、マグリットらの絵画を連想させる超現実的な図像であると同時に、老いた父親への容赦ない冷笑的視点を含んでいる。そして第六連において、僕の頭が父の身体をコントロールするに至る支配関係の逆転が示唆され、最後の二連では、「僕」が死後に「首なしの亡霊」、アイルランドの妖精物語で通称「デュラハン」として知られる「首なし男」となることで、父の束縛から自由になった解放感が伝わり、悲劇が転じてむしろ痛快な喜劇的結末を迎えている。こうした超現実的自己戯画の表象は、ダーカンの常套的詩法の一つである。

この詩の頭部への固執は、ダーカンの人生における悲劇的なエピソードとの関連を暗示している。それは、ダーカンが十九歳の時に父によって精神病院に送られ、臨床的抑鬱と診断され、半年間もの電気ショック治療を受けさせられたことである。その体験を反映した「アパルトヘイト」は、亡父に捧げた詩集『ダディ・ダディ』（一九九〇）に収められた詩で、次のように始まる。（LD二四二）

二十七回目の電気ショック治療を終えて
ぼくはロンドンの病院を退院し、
夜行列車でユーストンからホーリーヘッドに向かった。
空の客車でジントニックのミニボトルを啜りながら
更けていく夜の慰めと
宇宙の透明な空虚さを味わいながら。

残酷な治療から解放された安堵と虚脱感が見事に表現されたこの冒頭部分の後、ダーカンは故郷ダブリンに戻り、両親と共にアイルランド対南アフリカのラグビー国際試合の観戦をした時の思い出が語られる。南アチームに黒人選手がいない理由を尋ねると、父親が「アパルトヘイトだ」と答える。

「アパルトヘイトだ」――彼は尊大に答えた――「アパルトヘイトだ」
彼は「アパルトヘイト」という言葉を、
あたかもそれが自然の一部
ぼくたち自身の一部であるかのように、
語気の強さと知識への自信を込めて、
さも当然とばかり断定的に発音したのだ。

「アパルトヘイト」と答える父の声のトーンの形容には、アパルトヘイトを空気のように当然視する独裁者の発言のごとき、鼻持ちならない専横ぶりが強調されている。一方、電気ショック治療の影響により、「ぼくはアパルトヘイトが何であったかを思い出そうとする／ぼくはアパルトヘイトが何であったのか思い出せない」痴呆状態に陥っているが、この詩の最終行で、「もしぼくが黒人だったら、アフリカのためにプレイするだろう」と、父の横暴な権威に対して無力ながら良心的な抵抗の一矢を放つ。つまりこの詩は、父との間の不幸な自伝的挿話に仮託しつつ、人種差別問題に切り込んでいく先鋭な意図を孕んでいるのだ。こうした形での権力への抵抗を、弱者の視点から描いていくのは、ダーカンの詩の典型的な特徴の一つであるが、その傾向を生み出した動機はダーカン自身の父子関係にあったと、この詩から容易に想像することができるのである。

二　シーラ

一方、ダーカンの母シーラ（旧姓マクブライド、一九一五—二〇〇四）は、夫が息子を精神病院に送るのを止めることはできなかったが、息子に同情的であった。母の死後、二〇〇七年に母に捧げる詩集『母親たちの笑い』が刊行され、その中にも精神病院収容の前後を回想した自伝的な詩「フィラデルフィアにやってきた」がある。母の名前シーラの実名が使われるこの詩は、夫婦の力関係を示唆する次のような行で始まり、母が裁判官である夫の決定に従わざるを得なかったことが分かる。（ＬＤ五五八）

彼女の裁判官の夫が十九歳の息子を
一九六四年の春に
神聖ヨハネ精神病院に送ったとき
彼女は納得できなかったが、どうしようもなかった。
裁判官は医者が一番よく分かっていると言い、

裁判官の言葉は法律だったので。

しかし、息子が治療を終えて戻ってくると、彼女は夫に内緒で息子とゲイエティ劇場にブライアン・フリールの『フィラデルフィアにやってきた』を観に行く。この劇では、主人公のガーがフィラデルフィアに出発する前夜、父親と口論になるのであるが、その父子関係にダーカン父子の関係を投影し、劇を見ながらダーカンはガーに感情移入していく。一方、母親も息子以上に感情移入し、舞台上にダーカン家の台所で繰り広げられた夫と息子の口論を重ねていく。（LD五五九）

そして元精神病院患者の母シーラは
直ちに家のキッチンテーブルを舞台上に見たのである。
片端にシーラ・パブリック、もう片方の端にシーラ・プライベートが座り、
夫と息子がテーブルの両端から対面し、
責任を擦り合い、咎め合い、睨み合っているのを。
シーラ・パブリックは無力無言で座り、
二人に耐え忍んで、中途半端で空しい
なだめ文句を差し挟んでいた。
シーラ・プライベートは躁の浮かれ気分で
二人を交互にからかい、叱っていた、
生涯愛したのに、悲しみ以外はほぼ何一つ
もたらしてくれなかった二人の男を。

フリールがガーを、ガー・パブリックとガー・プライベートの二役に分けた趣向に擬え、母シーラにも外と内の二面があり、夫と息子の確執を止められず、空しい言葉を挟むしかなかった現実の母に対し、内心は躁状態で二人を叱っていたのではと想像する。そんな母の愛に報いることができず、父も自分も彼女を悲しませただけであったことを嘆いているのだ。この詩は母親への追悼詩であり、生前の母を現実以上に美化している可能性はあるが、母への純粋な思いが伝わり、父との関係とは対照的であったことが分かるだろう。

ところで、ダーカンの母シーラは、一九一六年のイースター蜂起に参加し処刑されたジョン・マクブライドの姪である。W・B・イェイツは「一九一六年復活祭」において、ジョン・マクブライドを「飲んだくれで見栄っ張りの無骨者」「大切な人をひどい目に合わせた男」と揶揄しているが、ダーカン母子からすれば、母の伯父のジョンを侮辱したイェイツに反感を抱くのは当然かもしれない。『日記』（一八二）でダーカンは「母さん、あなたはあまりに多くのことに沈黙していた。あなたの一家、マクブライト家に大きな悲しみをもたらした詩人ウィリアム・イェイツについても。」と母に語りかけている。一方、イェイツの「大切な人」であったモード・ゴンは、ジョンと結婚していたのでダーカンにとっては「大伯母」に当たるが、その後ジョンと離婚し恨めしい存在となっていたことが、「マクブライド一族」の中で示唆されている。（LD五五六）

母がモード・ゴンに好意を持ったことはない、
モードは夫であり母の伯父である
大佐のジョンを裏切ったからだ。
ジョンはごく普通の男で、兵士としては
最高にユーモアがあり勇敢で、
我ら一家の誇りだったのに

（中略）
モード・ゴンは不実の妻であったので、
母の愛には値しなかった。
私たちは同じ家系ゆえモードを寛容に扱ったが、
常に彼女の心を見抜いていたのだ。

同じ詩の前半には、ダーカンが五歳のときにモードの屋敷を訪れ、ベッドにいる八十歳の彼女と対面する場面が描かれている。（LD五五五）

母がぼくを抱き上げてベッドに近づくと、
モードは身を乗り出し、かぎ爪を突き出して
ぼくを抱こうとした。そのとき、蜥蜴のような視線が
彼女の美しい顔の廃墟の中から飛び出してきたのだ。
怯えたぼくは、彼女の抱擁から身を引き
寝室から逃げ出して階段を駆け下り
錬鉄のバルコニーへ飛び出すと
従兄のショーンがぼくに追いつき、ぼくを落ち着かせ
塀に囲まれた果樹園へ散歩に連れ出してくれた。

ここには、マクブライド一族の人間関係を背景に、イェイツに崇拝された女神モードを脱神話化し、滑稽な対象に貶めようとするダーカンの意図が感じられる。その胸中には、イェイツの権威に抵抗し、彼が高めたモードの地位を覆

すことで、ジョン・マクブライドの復権をもくろむ狙いを読み取ることもできるだろう。なお、この詩に登場するジョンとモードの息子ショーン（一九〇四―八八）は、アイルランド独立戦争での活躍、IRAでの活動を経て、アイルランド共和国建国に政治家として関わった名士である。その後政界を離れ、一九六〇年代以降は人権派弁護士として国際的に名を上げ、アムネスティ・インターナショナル設立の最大の貢献者となり、一九七四年にはノーベル平和賞を受賞するなど、両親の血を受け継ぎつつ、両親を超えた世界平和推進の徒となった。ダーカンはショーンをマクブライド家の誇りと考えていたようで、『日記』の「ショーン・マクブライドの追悼ミサ」の項では、彼の数々の業績を讃えているが、とりわけ強調されているのが以下の点である。（日記一〇〇）

アイルランド共和国軍元参謀長のショーン・マクブライドは、一九三七年以降は銃を捨て、百パーセント合憲的共和主義者となり、人生の残りの五十年を、あらゆる階級と信条のため、とりわけ、ケリー大尉の表現によれば、虐げられた人々のために、国内外で人権擁護の仕事に専念した。

こうしたショーンの弱者擁護の精神は、「アパルトヘイト」の項でも触れたように、ダーカンの詩を貫く精神の根幹に繋がるものであり、ダーカンがショーン・マクブライドを心の底から尊敬していたことが分かるのだ。

三　ネッサ

さて、ダーカンと両親の自伝的要素が反映された詩を見てきたが、彼の作品群の中で父母との関係以上に大きな比重を占めているのが、妻との恋愛、結婚、そして離婚をめぐる一連の詩である。

ダーカンの初期詩集『小アジアの光の中のウェストポートよ』（一九七五）に収められた詩「ネッサ」「ネッサ讃歌」等の標題に登場するネッサは、ダーカンの妻（旧姓オニール）の実名である。「ネッサ」には、彼女と恋に落ちた当時の熱情が、惜しげもなく表現されている。（ＬＤ七）

僕は彼女と八月一日に
シャングリラ・ホテルで出会った、
彼女は僕の人差し指を掴み
彼女の泉に僕を引き込んだ。
それは渦巻だった、それは渦巻だった、
そして僕は溺れそうになった。

こうして彼女に強引に引き込まれ、恋に溺れていくダーカン自身の状況を、「それは渦巻だった」というリフレインを呪文のように繰り返すレトリックにより、読者をもこの恋愛の渦中へと引き込んでいく。同様の趣向は「ネッサ讃歌」にも見られる。（ＬＤ九）

僕の背後でネッサが浜辺に横たわっていた。
彼女は夕暮れの赤い太陽だ。
僕の背後でネッサが浜辺に横たわっていた。
僕が海に歩いていくのを見ながら。

僕が振り返ると彼女が僕に手を振っていた。
彼女の目は燃え上がっていた。
僕が振り返ると彼女が僕に手を振っていた。
顔を炭火のように火照らせながら。
（中略）
彼女が手を振り、手を振り、手を振った。
彼女は横になり、目を閉じた。
彼女が手を振り、手を振り、手を振った。
夕日の中で目を閉じながら。

「彼女が手を振った」は原文 she waved の日本語訳であるが、動詞の wave には「波が打ち寄せる」「うねる」という含意もある。つまりこの一見シンプルながら両義的な詩行によって、海辺に横たわり彼に向って手を振るネッサを海辺の風景と同化し、彼女の目や顔に燃えるような赤い夕陽を、彼女の仕草に打ち寄せる波を幻視させる効果を上げているのである。さらにこれらの詩行を二行ずつ繰り返すことで、浜辺でダーカンに秋波を送るネッサの姿がダーカンの目に焼き付き、彼の心を虜にしていることが強調されているのだ。つまり、ダーカンが彼女から受けた鮮烈な魅惑を、「渦巻」「波」などの幻視の表象に重ねて反復することで、読者にこの恋愛の特異な激しさを印象付けることに成功していると言えるだろう。

この熱烈な恋愛を経てダーカンはネッサと結婚し、二人の娘にも恵まれ、この上なく幸せな家庭を築くことになるが、次第に妻との間に隔たりが生じていく。その点に関してもダーカンは数篇の詩で触れている。例えば、詩集『テレサのバー』（一九七六）所収のソネット「結婚という困難」は以下のように始まる。（ＬＤ二七）

僕たちは意見の相違を認めず、仲違いし、言い争う。
でも毎晩僕は君の隣で寝る
君は遠く離れて丸くなって眠り
僕は月明かりの天井を疑問符のモザイクで覆う。
君と出会ってそれほど幸運だったのだろうか。
（中略）
君にも欠点があるにちがいないが、僕はそれを見ない。
もし君と一緒なら、僕は永遠に生きていける。

夫婦喧嘩が絶えず、出会いへの疑問すら感じるようになるが、それでも彼女とずっと一緒に生きていきたいと望む。同じ詩集のソネット「彼女は古いラジオを修理する」（LD二七）では、特別な才能を持っているわけではないが、二人の娘をしっかりと育て、仕事も家事もそつなくこなす彼女に、「家の中で何かまずいことが起きると／慌てずにそれを直すのは君だった」と賛辞を述べた後、最後の三行で、

そして今、君が古いラジオを修理しているのを見て、
僕の小さな椅子からもう一度君への賞賛を叫ぼう
大きな隔たりを越えて君の名を呼ぼう――ネッサ。

前の詩のベッド上の距離（「君は遠く離れて丸くなって眠り」）と同様、この詩でも二人の間の隔たりに目が向けられ、それを埋めようと妻へ呼びかける様には悲哀が漂っている。ただ、この引用の「僕の小さな椅子から」というフレーズには留意が必要だ。この部分、ラジオを修理している妻を遠巻きに眺め、エールを送っているのであるが、彼

は椅子（原語では鳥の止まり木の意味もあるperch）に座ったまま、修理に手を貸すことはない。自らの無力を意識しつつ、高みの見物をする自分への批判的言辞と取ることが可能であろう。そうした彼自身の姿を喜劇風に戯画化したのが、『ベルリン・ウォール・カフェ』（一九八五）所収の「屋根の上のレイモンド」である。この詩ではネッサがモデルと思しきしっかりものの妻が語り手で、風で飛ばされた屋根のスレートの補修の手伝いを夫に依頼する。（LD一三九）

　でもダメでした、彼は、ロンドンの女性誌に書いている
　アイルランドのおとぎ話「屋根の上のレイモンド」の
　仕事で忙しすぎたのです。
　思いやりを持ってくれよ、おまえ——彼は怒鳴るのです——
　仕事で首が回らないのが見えないのか、
　「屋根の上のレイモンド」の仕上げで精一杯、
　「屋根の上のレイモンド」の仕上げで時間と闘い、
　「屋根の上のレイモンド」に僕のすべてを捧げているのが。

屋根の修理を妻が担い、夫は女性誌に掲載する「屋根云々」のおとぎ話執筆で手が離せないという、伝統的な男女の役割が逆転した状況を滑稽に描いているが、まさにこれはダーカン夫妻の関係そのもので、彼が妻に抱く後ろめたさが書かせた詩と想像できるだろう。自らをモデルにしたダメ亭主を徹底的に貶め、笑いの対象とするダーカンの作意は痛いほど自虐的であるが、作品の喜劇性向上に大きく寄与しているのである。
　以上のようなダーカン夫妻の賢妻愚夫の関係が、二人を離婚に至らせた原因の一つと推測できるが、もう一点、ダ

ーカンが妻に抱いていた別種の罪悪感を明白に描いた詩がある。同じく『ベルリン・ウォール・カフェ』所収の詩「トルコ絨毯」である。（LD一四二）

妻に対して僕以上に不実だった夫は
他にいないだろう。
僕が妻に不実でない時間は
一日と続かなかった。
彼女が予想外に早く仕事から帰ってくると、
僕は居間で表向きは読書か執筆をしていたが、
彼女がドアから顔を差し入れるや、
絶望を抱きしめる僕を目撃したのだ。
他の女を抱いていた方が
ましだったかもしれない――その種の裏切りなら
妻もまだ対処できただろう。
（中略）
僕はわが絶望を胸に抱きしめ
激しく口づけした――愛しい絶望よ――
赤い目で足元のトルコ絨毯を見つめながら。

妻の母から結婚祝いに贈られた「トルコ絨毯」は、子供たちがままごとをし、夫婦が愛し合った結婚生活の幸福の象徴である。その絨毯の上で擬人化された「絶望」を抱きしめる夫をドアの隙間から目撃してしまった妻には、夫が他の女と不倫するよりも耐え難いことであっただろう。衝撃を受けた妻への良心の呵責が「僕」の語りに滲んでいるが、同時に絶望と絶縁できない彼の悩みの切実さも伝わってくる。もともとダーカンには鬱の傾向があり、精神病院の体験については前述の通りであるが、結婚後もこの詩に示唆されているように絶望に陥ることがよくあったようだ。この憂鬱の気質が結婚の破綻を招いたもう一つの原因と考えられるが、その秘密を絶望に魅入られた危機的な自画像に昇華して読者にも披露し、この悲壮感漂う詩が生まれたのである。

以上に述べたような経緯で、ダーカンとネッサは離婚する。『ベルリン・ウォール・カフェ』には、文字通り破綻した結婚を歌ったソネット「破綻した結婚への讃歌」がある。（LD一三二）

親愛なるネッサ――僕たちの結婚が終わった今、
君に知ってほしいのは、僕たちが結婚した
あの十五年前の寒い三月の日に時計を戻せるなら
もう一度君と結婚したいということ、そしてその結婚が破綻しても、
さらにもう一度君と結婚したい、そして三度目が破綻しても、
君ともう一度、さらにもう一度、もう一度、もう一度、もう一度、結婚したい。
でもそれは君が僕を取り戻したければの話で、当然君はそう思わない。
何故なら、いくら君でも――君の忍耐強さ、純真さをもってしても
（僕たちの年にしては奇妙な特徴だが）――
ロマンティックな恋への耽溺を振り払う必要があり、
代わりに、恋人と兄と父の愛が
潤沢かつ適正に配合された
まともな愛情による薬草的癒しを求めているから。

まともな男なら君を最高の親友として娶ることができるだろう。

過去に遡り破綻した結婚を何度でもやり直したいと訴えるダーカンの執念には、狂気と紙一重の危うさも窺えるが、一方でネッサの心情を冷静に把握し、復縁はあり得ないと判断する理性が保たれている。詩の後半においても、彼女に必要なのは、「まともな愛情」と「まともな男」であり、まともでない自分は身を引くべきと理解しているのだ。つまり、ネッサへの未練に駆られる恋煩いの男を演じながら、別れた妻への配慮を見せる賢明さがあり、そこには不甲斐ない自分を客観視できる理知的な詩人の意識を読み取ることができる。そして、最後の一行の「君を最高の親友として娶る」という表現には、まともな男がネッサと結婚するにしても、最高の「親友」としてであって「恋人」としてではない、という暗示が込められている。つまり、最高の「恋人」と結婚できたのは自分だけであった、という妻へのオマージュと誇らしき自負を読み取ることができるのである。この詩は、ダーカンが最愛の妻と別れた後の屈折した心理を自らの手で捌いた、機知に富んだ現代のジョン・ダン風恋愛形而上詩と言えるのではないか。

四　ポール

さてここまで、ダーカンの詩における伝記的事項の扱いを、彼の父母、妻との関係を通して見てきた。最初に触れたように、ダーカンの多様な作品群には、美術館の絵画をモデルにしたエクフラシス詩がある。これらには、絵画に描かれた人物を語り手に設定し、絵の中で展開する物語を想像力豊かに紡ぎ出したユニークな作品が多いが、ダーカンの自画像を巧妙に織り込んだ詩も散見される。

例えば、『女にいかれて（*Crazy About Women*）』所収の「ギベアのレビ人とその妾」は、一七世紀のオランダ画家ヤン・フィクトルスが旧約聖書士師記第十九・二十章の挿話を描いた絵につけた詩であるが、レビ人が離婚後のポール・ダーカンであるという意外な設定で始まる。（ＬＤ二八三）

ポール・ダーカンが奥さんと別れた後
――実際には奥さんが彼と別れたのですが、彼が奥さんと別れたと言う方が
気が利いていますので――
信じられないでしょうが、うちの宿に現れたのです、
以前に聞いたこともなく、もちろん会ったこともない
女を連れて。うちの宿、ダンドークのカー家にです。
私、カー夫人は、窓枠から顔を出しています。
信じられないでしょうが、本当に彼が私に
一泊の宿を求めてきたのです――彼の連れと共に――
彼の半分くらいの年のスラリとした人です。
私は、お受けしますが寝室は別で、と言いました。
ここは家族のための宿ですから――と彼に注意を促して。
注意しなくてはならないのは嫌でしたが。

元になる絵には、妾を侍らせたレビ人が宿の玄関前の階段に腰を下ろし、前に立つ老人に宿泊を求める様子が描かれ、絵の左手にロバと従者、右手の家の窓から女が顔を覗かせている。この窓の女「カー夫人」が劇的独白の語り手として、宿泊を求めてきた詩人でレビ人の「ダーカン」と、派手な黄色のドレスを着た「妾」の仲睦まじい様子に苛

立つ展開となり、そのセリフを通して、詩集のタイトルが示唆する「女にいかれた」ダーカン自身の戯画を浮かび上がらせていく。聖書の話では、妾がギベアの町人たちに犯され、レビ人が彼女を殺す凄惨な結末になるが、ダーカンの詩では、二人のせいでテレビの『ツイン・ピークス』が見られなくなったとぼやくカー夫人のセリフに、惨劇の気配が仄めかされているものの、事件は何も起こらない。一方、設定が古代イスラエルのギベアから、現代アイルランドのダンドークに変えられているのは、パトリック・カヴァナーの有名な抒情詩「カーのロバ」のパロディを取り入れるためである。その詩の冒頭の二行「カーの大きなロバを借りて／ダンドークにバターを運んだ」を口ずさみながら、ダーカンが町外れの貧しい老農夫に会いに行くシーンとなるが、その農夫はカヴァナーその人であるのだ。カヴァナーはダーカン同様、カー夫人の揶揄の対象にされているが、彼はダーカンが「私の知る最も優しく、最も可笑しい詩人だった」（日記一四四）と敬愛する先輩詩人である。誰に批判されようが、ダーカンがカヴァナーを最後に表敬訪問するこの戯画詩は、ダーカンのカヴァナーへのオマージュとして読むことができる。

もう一篇、『女にいかれて』所収の「路面電車に乗って」は、ジャック・B・イェイツの同名の絵に添えられた、ダーカン自身を思わせる憂鬱症の男の独白詩である。イェイツの絵は、路面電車の車中を描き、画面右に顔を寄せて会話する三人の貴婦人が並んで座り、画面左端に、女たちから離れて男が一人寂しそうに座っている構図である。詩のエピグラフとして、ジェイムズ・ジョイス『ダブリン市民』所収の短編「痛ましい事故」から、「誰も彼を必要としていなかった。彼は人生の宴から除け者にされていた。」という、まさに絵の男のプロフィールそのものの一節が引用され、詩は以下のように始まる。（ＬＤ二九八）

私は恐れています――と主治医に打ち明ける――
十二指腸潰瘍の手術を終えて

退院した後、
孤独に対処していけるのだろうかと。
妻が私を捨て弟の元へいってしまい、
私自身は中年の田舎者
市の浄水場の事務員で
親しい友人も親戚も知人もいないので
シドニーパレードで線路に伏す以外に
選択肢はないのではないかと。
あるいは、ビロードの襟付きオーバーを着て、
ポケットに石を詰め込み、
夜遅くドダー川に泳ぎに行くしかないのではと。

シドニーパレードはダブリン郊外の路面電車の駅で、「痛ましい事故」の人身事故への引喩、「ポケットに石」の件は、川で入水自殺したヴァージニア・ウルフへの引喩である。妻に逃げられ、孤独に耐えかね、自殺するしかないのではと恐れる語り手の姿には、ダーカンの自画像が重なる。この後主治医から受けた、路面電車に乗って女性との出会いを求めよとの驚くべきアドバイスに従い、イェイツの絵の場面になるが、電車の急ブレーキで床に投げ出され、三人の女が彼の上に倒れこむ大混乱が起きる。彼女たちのペチコートに口を塞がれる至福と窒息の苦しみの両方を味わうことになり、最終行で詩集のタイトルをもじった「女がいなくていかれてしまった (Crazy without women)」と語る、現実か妄想か判然としない結末が用意されている。この詩もまた、J・B・イェイツの絵、ジョイスの短編、自らの不幸な境遇を巧みに混合し、予想もつかぬ超現実的笑劇を生み出す、ダーカンのパロディの才が存分に発揮された例と言えるだろう。

　このように、ダーカンの詩における自画像は、常に自らの実像を客観的に捉えつつ、絶妙な非喜劇的脚色を施して読者に提示される。読者は、自らのプライベートな秘密をさらけ出すダーカンの誠実な姿勢に驚き感服しつつ、詩人ポール・ダーカンが創作した芸術的戯画を心底愉しむことができるのである。

注

（1）詩の引用はすべて『人生は夢』からのものであり、引用ページは原語タイトル *Life is a Dream* の省略形ＬＤを用いて、（ＬＤ＋ページ番号）と表記する。

（2）Longley, xii.

引用参考文献

Durcan, Paul. *The Selected Paul Durcan*, ed. Edna Longley. Belfast: The Blackstaff Press, 1982.

——. *Crazy About Women*. Dublin: National Gallery of Ireland, 1991.

——. *Paul Durcan's Diary*. Dublin: New Island, 2003.

——. *Life is a Dream: 40 Years Reading Poems 1967–2007*. London: Harvill Secker, 2009.

Friel, Brian. *Philadelphia, Here I Come*. London: Faber and Faber, 1994.

Joyce, James. *Dubliners: Text, Criticism, and Notes*, eds. Robert Scholes and A. Walton Litz. New York: Penguin Books, 1996.

Kavanagh, Patrick. *Collected Poems*, ed. Antoinette Quinn. London: Penguin Books, 2005.

Mc Donagh, John. *The Art of the Caveman: The Poetry of Paul Durcan*. Newcastle upon Tyne: Cambridge Scholars Publishing, 2016.

Yeats, W. B. *The Poems*, ed. Daniel Albright. London: Everyman's Library, 1992.

第二部

アメリカ編

第十四章　「真実らしさ」の原理
——エドガー・アラン・ポーの想像力と真実

鎌田　禎子

はじめに

エドガー・アラン・ポーの「ノンフィクション」という枠組みを与えられたとき、普通考えられるのは、宇宙の謎を解き明かそうと試みる『ユリイカ』（一八四八）や、「メルツェルの将棋指し」（一八三六）、「暗号論」（一八四一）といった、デュパンを地で行くようなポーの推理を披瀝する作品、さらに文芸批評や理論、「マージナリア」としてまとめたものを含む、断片やエッセイなどであろう。

しかし、これらの「事実」的な書き物の他に、ポーは、「事実らしい」作品、フィクションでありながら、読者が真実であると思ってしまうような作品をいくつも書いている。その中には、明らかに読者をかついでやろうと意図した「ホークス」から、半ばかつぎを意図したと思われるもの、さらにはポー自身が真実と受け取られたことに驚くものまで、さまざまなレベルの作品が含まれる。ところで、これら「ホークス」と取られる作品群は、ほとんどが、一九七六年にハロルド・ビーヴァーが編纂した『エドガー・アラン・ポーのＳＦ』に収められている。空想科学小説、空想が前提のＳＦにのちに分類される作品が、むしろ同時代の読者には、事実として受け取られたということだ。

本稿では、いささか欲張りながら、ポーとノンフィクション、またあらゆるノンフィクションらしさに関係することを、総覧的に見渡してみたい。まず、ポーがフィクションとして書いたにも関わらずノンフィクションとして受け取られた作品について、なぜそのようなことが起こったか、ポーの創作に関する考えを確認する。次に、ポーが意識的におこなった「かつぎ」、読者にノンフィクションと思わせる仕掛けをしたり、またノンフィクションの領域に入り込もうとした作品について検討する。本気でこのような仕掛けを試みたとき、それらは、かれが自負しているほどの成功を収めていたわけではなかった。最後に、通常完全なノンフィクションと考えられる、ポーの文学理論やエッセイの「フィクションらしさ」について概観する。そうした「フィクションらしさ」を導いた特性が、ポーのどのような力をもたらしているかについて、いまいちど考えてみたい。

一　「真実らしさ」の誇り

前述のビーヴァー篇の『ポーのＳＦ』には、『ユリイカ』や「メールストロムの渦」（一八四一）、死後の世界や未来の世界を扱った作品の他に、現在から見れば疑似科学であるものの、当時は大流行していた催眠術関連の話が四つ、またやはり最先端の科学技術であった気球についての話が三つ収録されている。「催眠術の啓示」（一八四四）や「ヴァルデマー氏の病状の真相」（一八四五）は、どちらも死にかけている人に催眠術をかける話だが、これを本当の報告と信じる読者がいた。「ヴァルデマー氏」の方は、死後七か月の間催眠術によって精神を持ちこたえていた男が、術が解けた瞬間に液化し、腐敗した塊と化すという話でありながら、かなりの数の読者が真実と思ったという。ポーは「マージナリア」の中で、

スウェーデンボルグ派の人が知らせてくれたが、ぼくが「催眠術の啓示」という雑誌の記事で言ったことは、完全に真

実であるとわかったとのことだ。最初はその真実味をかなり強く疑ったそうだけれど。その点についてぼくは、疑わない、などとは夢にも思わなかった。あれは初めから最後まで、純然たるフィクションなのだから。(ポー　一九八四：一三六七)

と述べているが、かなり得意気ではある。というのも、ポーは他のマージナリアの記事で、「催眠術の啓示」や「ヴァルデマー氏」を勝手に改題して転載し、しかし作品が真実の話であると主張してくれたロンドンの雑誌の論理のお粗末さを難じているのだが、一方で別の新聞が「結核の説明がおかしいため、この話は真実ではない」と論評したことについては完全に容赦なく、無知を姑息さで隠そうとする不正直な馬鹿者、と糾弾しているのである(一九八四、一四三〇―三二)。強烈な言葉で論敵を撃破し、「トマホーク」と呼ばれたポーらしい激しさだが、そうした例をもう一つ挙げてみたい。

ポーの気球譚の一つに、気球での月世界旅行を描いて、SF作品の祖とも評される「ハンス・プファールの無類の冒険」(一八三五)がある。この発表直後に、当時の作家リチャード・アダムズ・ロックが「月世界奇談」という作品を連載した。同作は巨大望遠鏡で月を覗き、そこに生息する動物や異星人の生態を描くというホークスだが、これも多くの読者が本当の話だと信じ込み、大騒ぎになった。これにポーは腹を立てた。のちに「ハンス・プファール」を再録する際にたいへん長い附記をつけ、自分が月の話のアイディアを剽窃した訳ではないこと、そしてロックの作品を信じた読者が無知蒙昧であるということを延々と述べた。実にしつこく細かく、たとえば、月との距離を考えて計算するなら作品内で描かれる小さなものなど見えるはずがない、レンズを作ったガラス工場はもう操業を停止している、月に海はない、人間コウモリの翼の描写は他の本の引き写しだ、などと、さらに、他の月世界旅行の話も次々に槍玉にあげては切って捨て、それはそれで面白いが、注目したいのはこの注の末尾の部分である。

［これまでの月世界旅行の］こうした小冊子の目的は、常に風刺である。主題は、我々地球人の慣習と対比して、月世界の慣習を描くことにある。月世界旅行自体に、詳細にわたって「もっともらしさ（*plausibility*）」を持たせようとする努力は、どの本にもまったく見られない。作者たちはすべて、天文学に関して完全に無知であるらしい。ところが「ハンス・プファール」においては、科学的原理というものを（この書の気まぐれな主題が許す限り）地球から月への現実の旅行に適用して「真実らしさ（*verisimilitude*）」を与えようとしている点で、その構想はまさに独創的なものだと言わねばならない。

（ポー　一九七六：六四）

最後は手放しの自画自賛で終えているが、しかし自分で褒めずとも、ポーには確かに、「真実らしさ」への努力は怠っていない。ポーは生涯をつうじて天文学に興味を持ち、それがのちの『ユリイカ』へとつながるのだが、「ハンス・プファール」においても、風刺的で明確に馬鹿馬鹿しい所は多いものの、当時第一級の天文学者、ジョン・ハーシェルの著作などを材源にしてよく勉強したことがわかっており、気球製作にあたっての材料や数量、記述、ガスの性質、気球の膨らませ方から上がり方まで、実に詳細な記述がなされ、さらには気球旅行が始まってからの体の変調の様子や切り抜け方、果ては連れて行ったネコやハトの妙に詳しい描写まで、非常に迫真性のあるものだ。

ポー自らが述べているこの「真実らしさ」については、無論多くの批評家が指摘している。芥川龍之介は「短篇作家としてのポオ（仮）」という講演で、まさにこの verisimilitude の語を取り上げて論じており、ポーはデフォーの、講釈師見て来たような嘘をつき、といった観がない、冒険ばかりの小説なのに夕刊の記事のように読ませる「真実らしさ」に感服したと述べている。そして、「思フニ Romantic 殊ニ fantastic ナル材料ヲ小説的ニ取扱ふ上には realistic ナル手法ヲ最モ必要トス　サモナイト莫迦ゲヰテヨメヌコトトナル……而シテ Poe ガ短篇作家トシテノ成長ハコノ realistic method ト Romantic material トノ調和ニアリシト云フモ過言ニアラズ（四一―四二）」と続けている。

ＳＦでよく使う「外挿法」という言葉は、ある状況にある仮定を挿入し、別の状況を導き出すというものである。

気球を月に飛ばす、という途方もない仮定を決めたなら、細部は徹底的に真実らしく、本当らしいことを積み重ねて、全体の大きな虚構を可能にする、これはまさに、芥川の言う現実的な方法と空想的な材料の調和であり、ポーこそが、外挿法を利用して超自然を排除した最初の作家となった、と言われることにも不思議はない。

このような手法と姿勢で、常に高い「真実らしさ」を実現していたからこそ、後の目から見たSF的な作品のみならず、例えば、凄惨にすぎる話や荒唐無稽と見える話も多く含まれる『ナンタケットのアーサー・ゴードン・ピムの物語』（一八三八）も、本物の手記と信じた人がいたり、やはりたいへんな冒険譚の『ジュリアス・ロドマンの旅行記』（一八四〇）も、上院関係文書の中でとある司書が引用したとの記録があるなど、ポーの作品は、本当の話と勘違いする読者を生み出し得たと言える。そこにはもちろん、先に述べた、疑似科学、科学取り交ぜての流行と、それを見聞きしたい、消費したい大衆に向けて、雑誌編集者のポーが売れる工夫をしなければならなかったという土台がある。しかしポーのこの「真実らしさ」には、その大衆の期待以上の、一種度を越した異様なこだわりがあるようにも思われる。

二　偽装されたノンフィクション

ここまではポーのフィクション、しかもしばしば過剰にフィクション的、つまり、明らかに荒唐無稽、あるいは滑稽な話でありながら、それでも細部を「真実らしく」書いた作品について見てきた。だがポーには本当のホークス、「ノンフィクション」を装って読者を騙そうと意図し、実行した作品もある。これも気球譚の「軽気球奇談」（一八四四）は、気球による大西洋横断が成功したという本物のニュースとして、『ニューヨーク・サン』紙の号外の記事となった。「ノーフォーク経由　一大至急報！」に始まる派手な見出しをつけ、三日間、七十五時間の飛行の後に、気球がサリヴァン島に到着した、という新聞が売り出されたのである。先のロックのホークスもその例だが、ジャーナリズム黎明期の当時は、新聞がこのような騙しに加担することも当たり前に行われていた。

この作品ももちろん「真実らしさ」に留意している。今度は月旅行などの荒唐無稽な話ではなく、実際あり得そうな大西洋横断である。ポーは当然、気球旅行の記録などをしっかり取材し、搭乗者の日記を写し取ったとの体裁で、正確そうな数字や詳細を駆使し、極めて本当らしい記事風のホークスを作り上げた。実際多くの人がまんまと騙されたが、その様子をポーは約一か月後、人びとが殺到し、新聞が飛ぶように売れ、内容については知性のある者ほどこの記事を信じ、下層の大衆はほとんどが嘘だろうと退けたと、やはり自負をこめて報告している（トマス、四五八）。

ところがこの報告は、実情とは違ったものだったようである。ドリス・フォークが、ポーと親しかった作家のトマス・ロウ・ニコルズが一八六四年に発表した記事を紹介しているが、それによると、ポーはこの号外の発売日に、酒に酔って新聞社の入口の前に立ちはだかり、新聞を買いに集まった群衆に向かって、この記事はイカサマだ、自分が書いたのだから確かなことだと告げ、人々は散り散りとなってしまって売り上げはがた落ちした、という（四八）。酒とともにポーを苦しめていた「あまのじゃく」の精神が出てきてかれに苦境を与えたのだと言えるのかもしれないが、このときポーが、まさに眼前で成功を収めている、人びとがかれのほら話に群がっているただ中で、大衆相手の「かつぎ」を自ら打ち壊してしまったことには、何らかの意味があるのではないだろうか。当時の大衆は、コウモリ人間の登場する「月世界奇談」ですら信じ込んだのである。ポーが本気になれば、ホークスは苦もなくより大きな成功を収めたはずだ。

さらにポーが、明らかにノンフィクションと重なることを示唆するフィクション、いわばノンフィクションを融合させることを試みた作品でも、結果は芳しいものではなかった。

一八四一年三月、「モルグ街の殺人」で、史上初の名探偵デュパンを小説に登場させ、良い評判を得たポーは、その七月にハドソン川で遺体の発見されたニューヨークの煙草屋の看板娘、メアリー・ロジャースの事件を、自ら解決しようと試みた。「マリー・ロジェの謎」（一八四三）は「単なる偶然の一致とは思えないほど」似通った事件が、パリでメアリーの事件よりも前に起きていたという設定の、探偵小説の第二弾である。フランスのマリー・ロジェの事件をデュパンが解き明かし、ポーが実際のメアリー事件の真相を突き止めて見せるという意図を持ったこの作品は、いわば現実と同期した「読者への挑戦」であった。マシュー・パールが述べているように、当時は実際に起きた事件を題材にフィクションが書かれることは珍しくなく、ポー自身も、ケンタッキーで起きたセンセーショナルな事件をもとに『ポリシアン』という唯一の戯曲を書きかけたが、これは失敗、未完に終わっている（ポー、二〇〇六、xiii）。

ポーは新聞等を集めて事件を取材し、事件翌年の一八四二年十一月に「マリー・ロジェ」の連載を開始した。ポーの推理は、メアリーの知り合いの海軍士官による犯行というもので、かれは現実の犯人を指摘するというこの新機軸と、また自分の推理にも自信を持っていたと思われる。しかし、よく知られているように、この推理は完全な失敗であった。第二部が発売された後で現実の事件は新展開を見せ、メアリーは実は堕胎手術によって死亡したという事実が明らかとなる。だがポーは、作家としてはどうにか切り抜けた。連載の最終回の発売を遅らせ、自分（デュパン）の推理には、海軍士官の犯行ではないという含みを持たせる、という必死の取り繕いをした様子は、ジョン・ウォルシュの『名探偵ポオ氏』に詳しいが、つまりポーのフィクションとノンフィクションの融合の試みは、完敗寸前で、なんとかフィクションによるノンフィクションの隠蔽が行われたということになるだろうか。

しかしこの構図は、さらに違った局面を見せる。パールによれば、実は、ポーは殺されたメアリーの雇い主だった煙草屋の主人から、自分に嫌疑がかからないように関心を逸らすような話を書いてくれと頼まれており、二人の間には金銭の授受があったことが明らかとなった（ポー、二〇〇六：xiii）。するとこれまでの、フィクションがノンフィクションの後追いをして、ノンフィクショナルな真実を突き止めるという試みと見えていたものは、そもそもフィクションがノンフィクションになり替わることで、作者が意図的に事実を隠蔽しようとしたころから始まった、という側面をも持つことになる。ポーはこの事件では、現実の推理に失敗したのとは別に、作品に対する我々の考えの根幹を揺るがしたと言ってよい。

　ポーの推理の間違いの例としてもう一つ、「メルツェルの将棋指し」を挙げておこう。当時評判になっていた、チェスを指す自動人形の仕掛けについて、ポーはデュパン的に明晰な論理を語ると見える口調で、観察の結果として十七もの項目を箇条書きにし、チェスを指しているのは機械ではあり得ないこと、中には普通の体格の人間が入っていることを、諄々と説いていく。最終的に、人形の元々の発明者であるケムプレン男爵がイタリア人を使っていたのと同じく、メルツェルも側近を使っている、ということを強く仄めかして長い論考は終了するのだが、この結論は、実際は誤りであった。ケムプレンが使っていたのは、両脚を失ったポーランド人だったのだ（パネック、三七一―七二）。そしてよく見ると、ポーの推理の根拠の説明も、かなり心許ないことがわかってくる。たとえば、「人形は必ず勝つとは決まっていない。もし、これが本物の機械だったなら、そうはなるまい。いつも勝たなくてはならないはずだ。機械にチェスの勝負をさせることのできる原理が発明されれば、その同じ原理を拡張することによって、またその勝負に勝つようにさせることもできるはずだ。また一層原理の拡張を行えば、すべての勝負に勝つようにする――つまり相手がどんな手に出てきても、勝つようにすることもできるはずだ」（一九八四：一二六八）などの文章は、かなり強引な論理展開ではないだろうか。

　こうして、ポーが現実に行ったとされる「推理」が失敗していることを見てくると、よく指摘されるように、「モルグ街」では、オランウータンの声をいろいろな証人が聞いて、自分の母国語ではない言葉だと証言するが、なぜ動物の声だと言った人がいないのか、「盗まれた手紙」（一八四五）で、あまりに眼につきやすい状差しに入った手紙が、いくらなんでも警察の捜査で見つからないのだろうか、など、デュパンの素晴らしい推理とされるものは、実はそもその根本から、真実味がないのではないか、という疑問が思い出される。すると同じく、ポーが、読者から送られたものをほとんど解いたという「暗号論」や、筆跡からその人がどんな人物かということをもっともらしく推論してみせる「署名」（一八三六）など、すべての信憑性に疑わしさが出てくる。つまり、ここまで見て来たところによれば、ポーの披瀝する推理は、実際の場面で本当に機能するものではないもの、とても真実らしくは見えるけれども、実は本当の「真実」ではないもの、「真実の効果」、つまり「真実らしさ」さえあればよいものではないのか、と思えてくる。しかし、それでかまわないのではないか。

これらの「ノンフィクション」、「事実」との融合、あるいは「事実」の模倣を目指した作品において、ポーが悉く失敗し、あるいは自ら破綻させている様子を見るとき、かれの目指したのは「真実らしさ」を「作り出す」ことであり、それが「現実の真実」かどうかは、どうでもよいことだったのではないかと思えてくるのである。

三　フィクショナルな真実から、分析力と想像力へ

最後に、通常明らかに「ノンフィクション」とみなされるポーの文学批評や詩論について、風景譚を補助線として概観し、ポーのノンフィクションとフィクションへの姿勢について、『ユリイカ』を通して考えてみたい。

ポーの風景譚のほとんどは、「フィクション」の形をとっている。例えば「アルンハイムの地所」（一八四七）は、デュパン的な雰囲気を持つエリソンという人物が、僥倖で莫大な遺産を相続し、それを全てつぎ込んで、詩人たるかれ

その後半は、その地所に至るまでの風景が縷々描写され、ほぼそのままポーの創作の理論、新規なるものを組み合わせたアラベスクな美の真髄、といった様相で、内容的にはほぼエッセイや理論に近いように思われる。この続編という「ランダーの別荘」（一八五〇）や、ほかにもいくつもある風景譚は、どれもいちおう小説の体裁がありながら、審美的な風景の理論や描写が主となっている。この中で「ウィサヒコンの朝」（一八四四）は、一人称の語り手によるエッセイとも見える作品だが、これも落ちのようなものが最後に加わることで、かなり小説的である。つまり、延々と理想的な風景美の理論または描写が続き、評論かエッセイと変わらないかのような内容が大半を占めながら、これら風景譚は、敢えてフィクションであるとの見かけを取っているかのようである。風景譚の意図についてはさまざまな見解があるが、理想の風景を繰り返し書くことによって、ポーが「美」の理想の完成形、それを支える理論を伝えようとしていたことは間違いない。

　すると、これを敷衍したとき、同じように延々と理想の美を語るけれども、それが室内の装飾の美の話である「室内装飾の原理」（一八四〇）も、フィクションとの距離は近いのではないか、またさらにはポーの文学批評理論ですら、同じような様相を呈し、語り手の「ぼく」を主人公とする、文学理論の理想を語ったフィクションではないかと思われてくる。最も有名な「構成の原理」（一八四六）は、ポーが「大鴉」をどのように創作したかという「手の内」を開示したものとされているが、そのあまりの鮮やかさ、もっともらしさには、疑問を感じずにはいられない。

　この中でポーは、作品が完成するまでに辿った過程を逐一詳述することはとても興味深く、それが通常なされないのはおそらく作家の虚栄心のせいだろう、と述べる。たいていの作家や詩人は自分が一種の美しい狂気、忘我的直観で創作したと思われたがるし、また舞台裏を読者にのぞき見されたくないからだが、自分は違っていると、以下のように宣言する。

いつだって自作の進行過程を回顧するのはたやすいことだと思っている。……ぼくが自作の一つを取って、その創作方法を明かしても、礼にもとるとは思えない。いちばんよく知られている「大鴉」を例にとってみよう。その構成の一点たりとも偶然や直観には帰せられないこと、すなわちこの作品が一歩一歩進行し、数学の問題のような正確さと厳密な結果をもって完成されたものであることを明らかにしたいと思う。（ポー、一九八四：一四―一五）

こうして、「大鴉」を書くにあたって、まず長さは効果の統一のため、読み手の興奮が持続するために最適な百行、美に最高の表現を与えるトーンとしてはメランコリー、山場のリフレインに適切なのはｒとｏの組み合わせ、そこから選ばれたネヴァモア、そしてテーマとして、あまねく人の理解する最もメランコリックなものは「美女の死」と、すべてが「数学の問題のような正確さと厳密な結果をもって完成された」ものであることを鮮やかに説明していく。この説明があまりに明快すぎて、そのままの真実とは受け取りがたい、とは、多くの読者が感じることだと思われる。つまりポーは、かれの文学理論、批評においても、書いたものすべてを自分の支配下におき、すべてを一種「フィクション」として、コントロールしていたのではないか、という印象が拭えない。

するとこれはただちに、そもそも書き手が何かを「書いた」時点で、すべては結局「フィクション」であることを免れない、というおなじみの疑問、ほぼレトリックへとつながってしまい、それではあまりに敷衍しすぎて、議論が始まらなくなってしまうわけだが、しかしポーが他の作家たちと比べても、相当にこの「フィクション化」の傾向が強い作家であるということは、賛同いただけるのではないか。逆説的だが、「フィクション化」の能力が並外れているがゆえに、「ノンフィクション」との距離を縮めやすいように見え、しかし最終的には本当の「ノンフィクション」から拒絶され、またポーの方からも不安を覚えて拒絶するという、そのような傾向がポーにはあるのではないかと思われる。

八木敏雄は「彼は自分を意識の怪物のように見せかけるのを好んだ」と述べ、そのポーズを取ったポーは、何かを、つまり無意識を隠したかったのだろう、と看破している。さらに、「無意識の部分がないとすることは、もっと意地悪につきつめれば、その作家に生得な、どうしようもなくその作家のものであるところの洞察力や空想力といった天分がないという主張にもなるわけだが、むしろポオとはその逆の存在であったはず」（二〇九）だと指摘し、ポーは無意識を隠し、そこに露呈するものに対する批評のことごとくを封じたのだ、と述べている。前述のように、たいていの作家は舞台裏を見せたがらないけれど自分は大丈夫、とわざわざ宣言しているところからも、やはり全てをコントロールすることに対する、かれの強い意志の表れが見てとれる。

それでは、このような「フィクション化」を特徴とするポーの姿勢や作品は、どのように捉えられるべきだろうか。最後に、ポーが宇宙の謎解きに取り組んだ『ユリイカ』について検討し、かれの創作姿勢について、いま一度考えてみたい。

『ユリイカ』は、晩年のポーが心血を注いで完成させた、この世の、宇宙の謎を解き明かそうとする、かなり壮大な作品である。宇宙の起源や現在の状態、そして将来の宇宙像はどうなっていくか、ということが論じられているが、これもポーは当時最先端の科学を非常によく勉強し、極めて緻密に、正確を期して論理を展開している。これまで見て来たことからすると、もしその謎ときがノンフィクショナルな、現実に対峙するものであるならば、ポーは失敗しがちな傾向にあるわけだが、この『ユリイカ』はどうか。この作品を、壮大なホークスと見る批評家もいる。これをポーが真面目に考えていなかったとはどうにも思えないが、ポーはこの作品を「散文詩」と呼んでいる。散文詩とは、フィクション、作り物であるということにもなり得るか。

ここで、ポーが『ユリイカ』、およびかれの理性の面が際立つ推理小説の創作、あるいはさらに広げて、すべて創作にあたってとっていた手法を思い起こしたい。「モルグ街」の中で語り手は、「真に想像力に富んだ人間は必ず分析的である」と言い、通常反対の性質のようなイメージのある「想像力」と「分析力」は、互いに不可欠のものであるという論を展開している。この二つを兼ね備えた人物の代表がデュパンや「アルンハイム」のエリソンであり、またポー自身の理想の姿と言ってよいだろう。

平石貴樹は、こうした考えをもっていたポーが『ユリイカ』を書いた際の想像力の働きについて考察し、「分析力が飛行機の地上滑走だとすると、そのまま空へむかって離陸する力が直観であり、想像力である」と述べている。ロマン主義の詩人たちが世界の全体的理解を試みる時使った「直観」、つまり洞察力は、分析力があって初めて飛翔することが可能となる。平石は、「モルグ街の殺人」と『ユリイカ』は、要求される観察や論理の次元が格段に違い、その結果・説得力にも差が出るものの、「ポーとしてはおなじ想像力の活動を記録していた」と述べ、さらに「マリー・ロジェの謎」にも言及している。同作は「モルグ街」と『ユリイカ』のちょうど中間にあたる、現実の一部を推理するノンフィクション的な推理小説であるとしたうえで、「ポー＝デュパン」の推理は結局間違っており、探偵が殺人事件の犯人を間違えては大変だけれども、だからと言って「マリー・ロジェの謎」という作品の中でのデュパンの活躍が無効になるわけではなく、少なくとも文学作品としては、現在でも読むに耐える「深い思索」を提供してくれる、との論である(四／四)。

この観点からすると、ここまでさまざまに見て来たポーとノンフィクションとの関係について、少し安心ができる。ここまで「フィクション化」、「コントロールする意思」、「意識の怪物」などと呼んできたものは、想像力を飛翔させるための分析力として、ポーの中で必然として機能してきたと考えてよいのではないだろうか。『ユリイカ』でポーが必死で導き出した「宇宙の真実」は、現代の科学から見て驚くほど的を射た点があるとされたり、失笑されたりし、この作品はやはり「散文詩」である、と位置づけられる。しかし、世界を理解するための想像力を駆使した至高の結晶として、ポーは自負を込めてこの作品を「散文詩」と呼んでいたはずである。

未だロマン主義の只中にあり、アメリカン・ルネサンス、やがてリアリズムの時代へと転換しようとしていたアメリカの中で、ジャーナリズムが扱うニュース、真理を追究する理論から風景に至るまで、この時代、未だ「ノンフィクション」は、自在に変化させてよいものと考えられていたと思われる。その中で、分析力、事実的、ノンフィクショナルに近い能力と、詩人の能力を併せ持ったポーは、時代の要請するフィクションとノンフィクションのひずみに困惑しながら、懸命にかれの想像力を駆使し、かれのノンフィクションを支配しようとしたと言えるのではないだろうか。知性は「科学」、道徳心は「宗教」、趣味たる「美」は「詩」の領域と、これも意識的、図式的な鮮やかさで論じて見せたかれは、ある種その軛のなかにあり、しばしば常人以上に、ひずみに悩まされたと思われる。私たちはそのポーの姿を、味わい深いひとつのノンフィクションとして、捉えてもよいのではないだろうか。

＊本稿は第二十七回日本アメリカ文学会北海道支部大会シンポジウム「事実と虚構のはざまで——ノンフィクションのアメリカ文学」（二〇一七年十二月九日、北海学園大学）での口頭発表を基にしたものである。
ポーの引用は、創元推理文庫他の邦訳を随時参照させていただいた。

引用・参考文献

Carlson, Eric W, ed. *A Companion to Poe Studies*. Westport: Greenwood Press, 1996.
Falk, Doris V. "Thomas Low Nichols, Poe, and the 'Balloon Hoax'," *Poe Studies*, December 1972, Vol. V, No. 2, 5: 48–49.
Ketterer, David. *New Worlds for Old: The Apocalyptic Imagination, Science Fiction, and American Literature*. Bloomington: Indiana UP, 1974.

Panek, LeRoy L. "Maelzel's Chess-Player; Poe's First Detective Mistake," *American Literature*, 48 (1976), 370–72.

Poe, Edgar Allan. *The Collected Works of Edgar Allan Poe*. Ed. Thomas Ollive Mabbott. Vol. 2–3. Cambridge: Belknap-Harvard UP, 1978.

——. *Essays and Reviews*. Ed. G. Richard Thompson. New York: The Library of America, 1984.

——. *Eureka*. Eds. Stuart Levine and Susan Levine. Chicago: U of Illinois P, 2004.

——. *The Murders in the Rue Morgue: The Dupin Tales*. Ed. Matthew Pearl. New York: Modern Library, 2006

——. *The Science Fiction of Edgar Allan Poe*. Ed. Harold Beaver. New York: Penguin Books, 1976.

Thomas, Dwight. et al. eds. *The Poe Log*. Boston: G. K. Hall, 1987.

Walsh, John. *Poe the Detective: the Curious Circumstances behind* The Mystery of Marie Roget. New Brunswick: Rutgers UP, 1968.

芥川龍之介『芥川龍之介全集一三』、岩波書店、一九九八年。

平石貴樹「分析力・洞察力・想像力——エドガー・アラン・ポーをめぐって」第百十五回 東京大学公開講座「想像力」二〇一二年四月一四日。http://todai.tv/contents-list/2010-2012FY/2012spring/4?p=1~4

八木敏雄『エドガー・アラン・ポオ研究——破壊と創造』南雲堂、一九六八年。

第十五章　エリザベス・アンダソンと他の有名なクレオールたち
――フォークナーとスプラトリングとの友情を中心に

島貫　香代子

一　エリザベスの不在

ウィリアム・フォークナーとウィリアム・スプラトリングの『シャーウッド・アンダソンと他の有名なクレオールたち』（一九二六、以下『クレオールたち』）は、フォークナー作品では珍しくノンフィクションの部類に入る。(1) 架空のミシシッピ州ヨクナパトーファ郡ではなく実在のルイジアナ州ニューオーリンズが舞台であること、実在の人物を取り上げた画集であることだけを見ても、他のフォークナー作品とは一線を画している。ニューオーリンズで四百部出版されたこの画集は、メキシコ出身のミゲル・コヴァルビアスの画集『プリンス・オヴ・ウェールズと他の有名なアメリカ人たち』（一九二五）に触発されたスプラトリングが、この作品の「ニューオーリンズ版」の共同制作をフォークナーに持ちかけて実現したものであった。題名の「クレオールたち」に歴史的な意味合いはなく、(2) フォークナーとスプラトリングは友人でもある「フレンチ・クオーター」のすべての芸術家気取りたち」に謝辞を述べている。本作品は、かつて「ヴュー・カレ（古い広場）」と呼ばれたニューオーリンズのフレンチ・クオーターで自由気ままに暮らす作家や芸術家と彼らを取り巻く人々を風刺的に紹介する内輪向けの小品であった。

フォークナーの担当した「序文」がシャーウッド・アンダソンの文体のパロディと見なされてきたこともあり、本作品はオリジナリティが希薄で場当たり的に創作された「楽屋落ち」（スプラトリング　二八）という印象が否めず、従来のフォークナー研究では軽視されてきた。当時のフォークナーが本作品だけでなく「シャーウッド・アンダソン」（一九二五）や『蚊』（一九二七）でもメンター的存在のアンダソンを繰り返し批判・風刺したため、両者の関係が悪化したことはよく知られている。[3] 本作品はスプラトリングとの合作でもあり、他のフォークナー作品と同等に扱うのは難しいが、異色だからこそ両作者の人生を考えるうえでは示唆を与えてくれるようにも思われる。

この文脈で注目したいのは、アンダソンの当時の妻であったエリザベスが「クレオールたち」の一人ではないことだ。本作品では、彼女が「クレオールたち」のアントニー夫妻とともに装飾ビジネスを展開したレオナルディ・ステューディオズが冒頭の風景画の左下に小さく描かれているのみである（頁数なし）。ジョン・シェルトン・リードはアンダソン夫妻が「フレンチ・クオーター社交界の中心人物」であり、「芸術家気取り」ではないが「女主人で母親的存在」のエリザベスを本作品に含めるべきだったと主張している（三、一〇、一〇一）。スプラトリングはエリザベスの似顔絵を残しており、彼女が本作品に登場しないことをリードが「不可解」で「許しがたい」（一〇一）と感じるのも無理はない。そこで本稿では、エリザベスがフォークナーのパロディの対象ではなかったことを、彼が母親へ送った手紙などから検証する。さらに、ニューオーリンズを去った後にメキシコで再会したスプラトリングとエリザベスが、フォークナーのように地域の歴史や文化と向き合っていく過程を、主に彼らの自伝から考察する。

二　エリザベスとフォークナーの親交

フォークナーはニューオーリンズでアンダソンと知り合う前に、ニューヨークでエリザベスと友人になっている。W・ケネス・ホールディッチが「エリザベスは若い頃のフォークナーが頼りにした強い女性たち——ミス・モード・

フォークナーやアーント・バーマなど――の一人だった」（「ウィリアム・フォークナー」三一）と指摘するように、エリザベスは駆け出し時代のフォークナーが作家として成長する際に重要な役割を果たした女性の一人であった。本節では、エリザベスの人生を紹介したうえで、彼女とフォークナーのニューヨークでの出会いとニューオーリンズでの再会のエピソードを伝記や書簡で確認し、フォークナーのエリザベスに対する親愛の情と『クレオールたち』におけるエリザベスの不在との関連性について検証する。

エリザベスの自伝によると、彼女は一八八四年にミシガン州サギノーでプロール家の長女として生まれた。ミシガン大学アナーバー校でラテン語とギリシャ語を専攻し、ミシガン州北部の小さな鉱山町フンボルトで高校教師になったが、体調不良で辞職し帰省。その後に父親の勧めでニューヨーク公共図書館の図書館司書養成所に入り、その縁でダブルデイ・ドーラン書店の経営者に抜擢される。当時とても珍しかった大卒の独身キャリアウーマンだったエリザベスは「恩着せがましい」（アンダソン・ケリー　三三）のが嫌いな自立心旺盛な女性で、作家や芸術家の集まるグリニッジ・ヴィレッジに家を購入して堅実に暮らしていた。

一九二一年秋、同郷の作家で詩人のスターク・ヤングを頼って、フォークナーはニューヨークに向かった。ヤングは到着したばかりのフォークナーに宿を提供し、エリザベスが経営する書店の販売員の仕事を斡旋する。エリザベスの弟デイヴィッドがアマースト大学の同僚だった縁で彼女と親しくなったヤングは、彼女の家の地階を借りていたのだ。小柄で物静かなエリザベスは、フォークナーのエレガントで上品な雰囲気を一目で気に入ったようである。二人はすぐに親しくなり、彼が話しかける際の「ミス・エリザベス」（アンダソン・ケリー　四一）はその後の彼女の呼び名となった。一緒に仕事をしたのはほんの一か月程度だが、エリザベスはフォークナーを「礼儀正しくて仕事熱心な最良の販売員の一人」（ブロットナー　一〇五）と絶賛し、難しい客の対応を任せていたという。

ニューヨーク時代のエリザベスのフォークナーに対する印象はとてもよかったようだが、それはフォークナーの方でも同じだった。故郷のミシシッピ州オクスフォードにいる母親にニューヨークから送った最初の手紙で、彼はエリザベスのことを長々と紹介している。フォークナーにとって、「べっこう縁の眼鏡、おかっぱ髪、スモック姿」（*TH* 一三五）のエリザベスはエキゾチックな見た目の女性だったようだが、手紙からは住まいや仕事、さらに食事まで快く提供してくれる彼女への感謝の念が伝わってくる。別の手紙でも、フォークナーは茶会や夕食に招いてくれるエリザベスを称賛し、当時の彼女がいかに親切であったかを晩年まで語り続けた（*TH* 一三八、*FU* 二三〇）。書店の給料をもとにグリニッジ・ヴィレッジで一人暮らしを始めたフォークナーは、仕事を続けながら絵画と執筆にも着手している。残念ながら具体的な対価は得られなかったようだが、エリザベスは彼の絵の才能を高く評価していた（*TH* 一三五、ブロットナー　一〇五）。自らの方向性を模索していた当時のフォークナーにとって、よき理解者のエリザベスは貴重な存在であったことだろう。

フォークナーとエリザベスの縁はこのときのニューヨークで終わらない。友人ベン・ワッソンの勧めで、フォークナーはアンダソンの妻となっていたエリザベスと一九二四年秋にニューオーリンズで再会し、彼女の紹介でアンダソンと知己になるのだ（ブロットナー　一二〇―一二一）。そればかりか、一九二五年一月に再びニューオーリンズを訪れた際は、エリザベスの好意で二か月ほど彼女とアンダソンの家に居候させてもらっている。ニューヨーク時代と変わらぬエリザベスの手厚いもてなしを、「彼女はとても親切です。母親のように世話をしてくれたり、気を配ったり、僕が好きな食べ物を用意してくれたりします」（*TH* 一五一）と実の母親に書き送るフォークナーはまるで子どものようである。経済的に苦しい時期であったにもかかわらず、フォークナーに食事や住居を無償で提供するだけでなく、健康やお金の管理を行うなど、エリザベスはニューオーリンズでも面倒見のよさを発揮していた。居候後も、エリザベスは簡易ベッドや寝具類をフォークナーに貸し出すなど、親身になって世話を続けている（*TH* 一四八、一五二、一六五、センシバー　四五〇）。フォークナーがニューオーリンズで充実した生活を送ることができたのは、「もう一人の理想的な母親的存在」（センシバー　四五四）であるエリザベスの献身によるところも大きかったのだ。

ニューヨークでフォークナーの絵の才能を見出したように、エリザベスは彼の創作活動についても評価し、援助を惜しまなかった。ジュディス・L・センシバーは、ニューオーリンズで『兵士の報酬』（一九二六）を書き上げるあいだにフォークナーが詩人から作家へとシフトする際、その環境を整えたのがアンダソン、エリザベス、そしてエステルであったと主張するが（四四一）、エリザベスの力添えを端的にあらわすのがこの小説の出版エピソードである。後年のフォークナーの回想によると、『兵士の報酬』執筆中のフォークナーはたまたま道端でエリザベスに遭遇し、アンダソンの出版社を紹介してもらえることになったという（*FU* 二二一―二二二）。実際、この初めての長編小説をボーニ・アンド・リヴライトから出版することができたのは、直接的には当時の文壇や出版界に多大な影響力のあったアンダソンのおかげだが、その夫を紹介したエリザベスが間接的に果たした役割も小さくない。また、生前のフォークナーはアンダソン夫妻に原稿を読んでもらったことがないと繰り返し強調していたが、現在では、夫妻に何度も原稿を読んでもらい、執筆を続けるよう励まされていたことが当時の母親への手紙で明らかになっている。[4]『兵士の報酬』を献本する際、アンダソンだけでなくエリザベスの名前を記したのは、彼女に対するフォークナーの感謝の気持ちのあらわれであろう。

ニューヨーク時代に遡るフォークナーのエリザベスへの親愛の情は、彼が彼女を『クレオールたち』でパロディ化しなかった要因の一つであるように思われる。エリザベスはフォークナーの駆け出し時代を支えた大切な恩人であり、風刺するにはあまりにも個人的な思い入れが強すぎるのだ。本作品と同時期に執筆・出版した『蚊』でも、エリザベスをあからさまにモデルにしたと思われる登場人物は見当たらない。[5] リードは、フォークナー、スプラトリング、アンダソン、そしてアンダソンの息子ロバートにエリザベスが「母親的な関心」（二四八）を抱いていたことを指摘するが、彼女の愛情と干渉がフォークナー（と後述するスプラトリング）には功を奏し、数年後に離婚したアンダソンと数か月の同居後に家を去ったロバートには重荷となってしまったようだ。本作品におけるエリザベスの不在には、母親的存在の彼女に対するフォークナーの恩義や気遣いを垣間見ることができる。

ニューオーリンズ以降、フォークナーとエリザベスが親交を深めた形跡はほとんど見当たらない。フォークナーの伝記によると、一九三一年にヴァージニア州シャーロッツヴィルを訪問する際に、彼は同州マリオンにいるはずのエリザベスに電報を送っている。返事は来ず、フォークナーは「彼女はまだ僕のことを怒っているのかもしれない」と妻エステル宛ての手紙で漏らしている（ブロットナー　二八五）。当時のエリザベスはアンダソンと別居中で、実家のあるカリフォルニア州で暮らしていたため、返事がないことに対するフォークナーの感想は見当違いなのだが、このエピソードは彼女の現住所がわからなくなっているほどに両者の交流が途絶えていたことを物語る。グリニッジ・ヴィレッジとフレンチ・クオーターの芸術家たちを陰で支え、人の輪を繋げる役割を果たしたエリザベスだが、その経験は、その後メキシコでさらに活かされていくことになる。

三　エリザベスとスプラトリングの親交

『クレオールたち』出版時の一九二六年末には、アンダソン夫妻はすでにヴァージニア州に居を移しており、活気に満ちていたフレンチ・クオーターの芸術家サークルも下火になりつつあった。しかし、一部の人々の連帯はニューオーリンズ以外の場所で続いていく。本作品がアンダソンの気持ちを逆なでした頃からフォークナーがエリザベスや「クレオールたち」と疎遠になる一方で、エリザベスとスプラトリングは親交を深めていくのだ。エリザベスの自伝は最初の約半分がアンダソン、後半の約四割がスプラトリングにまつわるエピソードで占められており、彼女の人生における両者の存在の大きさがうかがえる。本節では、スプラトリングの経歴と交友関係を自伝や伝記をもとに紹介したうえで、メキシコでのスプラトリングとエリザベスの再会と共存の関係性をたどってみることにしたい。

スプラトリングの伝記を手掛けたテイラー・D・リトルトンによると、一九〇〇年にニューヨーク州で生まれたスプラトリングは、彼が十二歳の頃に母親と姉の死亡と父親の神経症（後に死亡）が重なったため、アラバマ州とジョージア州の親族の家を転々とし、現在のオーデュボン大学建築学部を卒業した。卒業後は母校で教鞭を執っていたが、一九二二年にテュレーン大学に職を得ると、ニューオーリンズで様々な芸術家たちと交流を深めていく。一九二九年にメキシコのタスコに移り住んだ後は、各地を訪れながらもそこで生涯を終えた。スプラトリングの自伝の「序章」を書いたバッド・シュルバーグは、スプラトリングの肩書の一部として「作家、建築家、漫画家、銀細工師、商人、船乗りの草分け、飛行家、熱帯の園芸家、薬用植物の専門家、先コロンブス期の権威でこの分野における中央アメリカの最も著名なコレクターの一人、メキシコ研究者」（ix）を挙げている。多方面で才能を発揮し、「おそらくフォークナーのニューオーリンズ時代の一番の友人」（ホールディッチ、「ウィリアム・フォークナー」三二）であったスプラトリングだが、現在では一九三〇年代以降のタスコでの活躍が最も有名である。

社交的で個性的なスプラトリングの周りには、いつも多くの人々が集まってコミュニティを形成していた。フレンチ・クオーターの芸術家サークルもその一例であり、アンダソン夫妻はもちろんのこと、内向的で寡黙なフォークナーもそのグループの仲間入りを果たしていた。[6]『クレオールたち』以外では誰とも連名で創作活動を行わなかったフォークナーと対照的に、外向的なスプラトリングは『ニューオーリンズ旧市街の錬鉄作品』（刊行年不明）をN・C・カーティスと、『ルイジアナの旧プランテーション屋敷』（一九二七）をナタリー・スコットとともに出版するなど、他の「クレオールたち」との共同制作を厭わなかったし、むしろ積極的に行っていた。

ともに活動的な性格で、ルイジアナ州の歴史や古い邸宅の保存活動への興味を共有していたこともあって、スプラトリングとスコットはすぐに親しくなっている。二人はメキシコ移住を検討し、一九二九年にスプラトリングが、一九三〇年にスコットが、フレンチ・クオーターのような「過去の遺物」（スコット　二七八）の息づくタスコに居を構えた。ニューオーリンズでスプラトリングをアンダソン夫妻に紹介した「クレオール」のキャロライン・ドゥリューも、夫の仕事で当時メキシコシティに住んでおり、近隣のタスコを頻繁に訪れてはスプラトリングたちと交流を深めていたという（ホールディッチ、「ウィリアム・スプラトリング」四二四、リトルトン　二五九、スコット　二八一）。『クレオールたち』の種本の作者であるコヴァルビアスは、タスコに移住した後のスプラトリングにとってかけがえのない生涯の友となっている。タスコでもスプラトリングは『クレオールたち』にまつわる人々との友好関係を保ち続け、移住当初は経済的に恵まれない時期が続いたものの、芸術と文化の香りが漂うにぎやかな生活を送った。

スプラトリングとエリザベスの親密な交流が始まったのはタスコ時代からである。アンダソンと一九二九年に別居して一九三二年に正式に離婚したエリザベスは、一九三五年までカリフォルニア州パロアルトにあるスタンフォード大学の書店を営んだ後、スプラトリングとスコットの住むタスコに移住した。エリザベスにとって、ニューオーリンズ時代のスプラトリングはアンダソンとフォークナーの強烈な個性に隠れて存在感が薄かったようだが、タスコで再会した後は何でも言い合える気の置けない「弟や甥」または「親友」となり、お互いの個性と自主独立を尊重し合える仲間だった（アンダソン・ケリー　二〇六、二四三、二九九、リード　二四八―四九）。エリザベスは第二次世界大戦時のスプラトリングの経済援助に対する感謝の気持ちを忘れず、彼が交通事故で亡くなった後は相続人の一人となっている（リトルトン　三〇一―〇二）。

スプラトリングの突然の死がエリザベスに大きな影響を及ぼしたことは想像に難くない。その二年後に出版された自伝で、彼女は「我ながら不思議ですが、ビル・スプラトリングのことがかつてのシャーウッド・アンダソンよりもはるかに恋しいのです」（アンダソン・ケリー　三〇四）と述懐している。フォークナーとアンダソンとの付き合いは短期間に終わったエリザベスだが、スプラトリングとはタスコでおよそ三十年に及ぶ友情を育み、苦楽をともにした。ニューオーリンズを離れた後に親交を深めたエリザベスと「クレオールたち」の顛末は、予測不可能な人生の奥深さを実感させる。

四　放浪から定住へ

エリザベスと「クレオールたち」にとってのタスコは、一見すると、常識や慣習にとらわれないフレンチ・クオーターのボヘミアン社会を彷彿とさせる。フォークナーがフレンチ・クオーターと同じ運命をたどったタスコのような場所ではなく、故郷ミシシッピ州オクスフォードに戻ったのは適切だったと考える研究者もいるが（リード　九五―九六）、はたしてタスコはボヘミアの延長線上にあるのだろうか。地域経済の活性化や歴史文化の保存活動を通して、エリザベスとスプラトリングがタスコで重要な役割を果たすことになるのは示唆的である。本節では、ボヘミアニズム（奔放主義）の特徴を確認したうえで、タスコがエリザベスと「クレオールたち」にとって一時的な居心地のよい場所から終の棲家へと変化していく様子を考察する。

まず「ボヘミアン」の意味を確認しておきたい。本稿の「ボヘミア」は、実在するチェコの西部地方ではなく、社会規範に縛られずに放浪する人々の居住区域を意味する。エフライム・ミズルーキによると、ボヘミアニズムには、一時性、社会的包摂、コミットメントの低さ、そして分業化・組織化・階層化の欠如といった特徴があるという（三三―三九）。とりわけボヘミアンに共通するのが定住性の乏しさだ。リチャード・ホーフスタッターは、「若い作家や芸術家の人生の一時期、つまり実験主義、アイデンティティやスタイルの探求、責任からの自由などを求める一時期には、ボヘミアンの生活は強烈な解放の力をもちうる」が、それは「人生初期の過渡的局面」における「避難所」にすぎないと主張する（三七三）。エリザベスとフォークナーが出会ったグリニッジ・ヴィレッジや「クレオールたち」が自由を謳歌したフレンチ・クオーターは、多様な芸術文化の発信地である一方、表面的で一過性のものに終わる危うさを常にはらんでいた。

実際に短命に終わったフレンチ・クオーターの芸術家サークルはボヘミアンの典型だが、スプラトリングはその中心にいながらも地域に根ざした持続的な活動を行っていた。カーティスやスコットとの共著は、それまでほとんど顧みられなかったニューオーリンズやルイジアナ州の歴史的建造物のすぐれた記録であるし、コヴァルビアスの画集やアンダソンの文体のパロディとして意図された『クレオールたち』は、結果的にニューオーリンズのボヘミアン社会の一瞬の輝きを今に伝える貴重な資料となっている。スプラトリングは、仲間とともに、各地域に特有の伝統や文化の保存・継承に早い段階から積極的に取り組んでいたのだ。

『リトル・メキシコ』（一九三二）で「メキシコの小さな村における普通の生活」（スプラトリング　三六）を執筆するため、スプラトリングは一九二九年にテュレーン大学の職を辞してメキシコへと向かった。メキシコのなかでもかつて銀鉱山で有名だったタスコに魅了され、この小さな町に居を構える。スプラトリングの「ほっそりした浅黒いメキシコ人のような容貌」（アンダソン・ケリー　八三）は地元に溶け込むことを容易にしたのかもしれない。移住後、それまでの建築関係の知識や経験、歴史文化への深い関心、先コロンブス期の芸術的・伝統的なモチーフの再発見を通して、メキシコの特徴を活かした銀細工のデザインを考案することを思いつく。こうして長期的なコミットメントを可能にしたタスコは、スプラトリングの多彩な経歴の一つ一つを線ひいては面で結びつけた運命的な場所となっていったのである。

一五二八年から四百年ほど続いた銀鉱山が廃れた現状を知ったスプラトリングは、それを再興すべく、一九三一年より銀細工の手工芸品の店を構えて、地元産業がなく経済的に苦しかったタスコを「メキシコのフィレンツェ」(リトルトン　二五〇)にまで押し上げた。先コロンブス期の民俗的なシンボル、アステカ文明やマヤ文明のモチーフ、そしてアールデコやキュビズムの要素を融合した、高品質ながらもエレガントでシンプルなデザインは「スプラトリング様式」(リトルトン　二五一)と呼ばれている。すぐれた芸術は一人の個人から生み出されると考えていたスプラトリングは、一九四〇年代半ばに大規模な工場経営から身を引いて、観光地化が進んだタスコからさらに奥まったところに住居を構え、わずかな職人とともに小さな工房で高品質の銀細工を追求した。

スプラトリングは新旧のバランスも大切にしていた。大量生産と都市化が進んだアメリカでもはや尊重されなくなっていたメキシコの手仕事を独自で希少なものとして讃えながらも、一部の工程の機械化は不可欠であるという柔軟な発想を持ちあわせていたのである(スプラトリング　七五)。彼の飽くなき好奇心と実行力は、アラスカ先住民の伝統工芸の活性化を目的とした調査をアメリカ政府から依頼されたときに、エルクーペ(軽飛行機)の単独飛行に挑戦したことにもあらわれている。その他、薬用植物を用いた伝統的な医療に関心を寄せるなど、長い歴史のなかで埋もれていた民間伝承や伝統工芸品の文化保存活動に尽力した。

冒険的なスプラトリングとは正反対の気性ながら、物静かなエリザベスも土地に根ざしたタスコの暮らしと文化に魅せられた一人である。彼女が憂慮したのは、タスコの女性たちの社会的地位が低いことだった。スコットの家からスプラトリングの離れに引っ越したエリザベスは、メキシコ革命以前のタスコで精巧な刺繍技術が母から娘へと受け継がれていたことに注目し、地元の女性たちが手に職を持って経済的に自立できるよう、一九三八年に住まいの一角に刺繍関係の仕事場をつくって衣料品店を始める。持ち前の経営手腕を発揮して目指すのは、社会的弱者になりがちなタスコの女性のエンパワメントであった。メキシコ独自のデザインを追求した刺繍の大量生産は難しかったため、高収益は出ないものの、事業は順調に成長していった(アンダソン・ケリー　二三六—四一、二五七—五八、二六〇)。現地の女性のためにエステューディオ・タスコを設立しただけでなく、スペイン語を学んで一七世紀のメキシコ人修道女の詩を英語に翻訳するなど、エリザベスは晩年までタスコで活躍し、「充実した実りある人生」（リード　二四九）を送った。

「私はこの町の一部です」（アンダソン・ケリー　三〇七）とエリザベスが回想するように、かつてボヘミアン文化を享受した彼女や「クレオールたち」はタスコで地域に根ざした活動を展開し、その土地と一体化していった。ニューオーリンズで出会ったエリザベスとスプラトリングが、異国の小さな町で帰属意識と友情を深め、定住にいたった顛末は劇的であると同時に感動的でもある。

五　タスコとオクスフォード

フレンチ・クオーターでの日々を経て、フォークナー、スプラトリング、そしてエリザベスは、それぞれの才能を発揮できる分野と帰属すべき場所を見出した。アンダソンのフォークナーへの有名な助言――自分の知っている土地、つまり故郷ミシシッピ州について書くこと――を引き合いに出すまでもなく（*ESPL*　八）、ニューオーリンズからオクスフォードに戻り、ヨクナパトーファの世界へと足を踏み入れたフォークナーは、『サートリス』（一九二九）を皮切りに、この架空の土地を舞台にした小説を次々と発表し、南部ルネサンスの勃興に一役買うことになる。故郷ではないものの、スプラトリングは銀細工、エリザベスは刺繍のデザインを通してタスコの伝統文化を再発見・再評価し、それを地域産業に結びつけることで、町の経済成長に大きく貢献した。

三者がニューヨークやニューオーリンズのような大都市ではなく、タスコやオクスフォードのような小さな田舎町

――後年のフォークナーが用いた表現を借りれば「小さな郵便切手ほどの私の生まれ故郷」（*LG*　二五五）――を終の棲家に定めたことは示唆に富む。フォークナーは続けて語る――「この故郷は私が一生をかけても書き尽くせないであろう」（*LG*　二五五）。ホーフスタッターは、「創造的な仕事は、ボヘミアニズムの享楽よりも、厳格で決然とした孤立と深く結びつく場合が多かった」（三七四）と指摘する。たとえ本が売れなくても、フォークナーはモダニズムの手法を用いて奴隷制を中心とするアメリカ南部の歴史にメスを入れ続け、外国人の成功を快く思わない一部の地元民の批判をよそに、独自の美意識をもったスプラトリングとエリザベスは内外の人々を巻き込んで地域全体を豊かに発展させていく。アプローチは異なるものの、三者は土地の文化や慣習にそれぞれのやり方で真摯に向き合っていたのである。

スプラトリングとエリザベスが移住先で展開した歴史文化の保存活動には、故郷に戻ったフォークナーがヨクナパトーファ作品で展開した創作活動との類似点を見出すことができる。そもそも、芸術観や仕事観で共感するところがあったからこそ、エリザベスはニューヨークでフォークナーを店員として雇ったのだろうし、フォークナーはニューオーリンズとヨーロッパでスプラトリングと多くの時間を過ごしたのだろうし、スプラトリングはエリザベスにタスコへの移住を促したのだろう。三者の友情は、それぞれのターニングポイントで新たな人生を切り拓いていく原動力となった。

エリザベスが自伝の終盤で言及するのは、すでにこの世を去っていたアンダソン、フォークナー、そしてスプラトリングとの思い出であった。離婚したアンダソンはいざ知らず、フォークナーとスプラトリングとは最後まで見えない絆で繋がっていたようである。

注

（1）本稿では「ノンフィクション」を字義通りに「フィクションではないもの」、つまり「実在の場所や人物が登場する作品」としてゆるやかにとらえており、一九六〇年代から一九七〇年代にかけて登場したニュージャーナリズムで重視されたような厳密なジャンル意識を持ち合わせていない。晩年のスプラトリングも本作品が「ニューオーリンズの一風景を映し出す鏡のようなもの」（二九）であると述懐している。

（2）「クレオール」の定義や概念は非常に曖昧だが、本来は新大陸における「フランス系またはスペイン系の入植者の子孫」（リード　四）を意味する。ルイジアナ州南部では、フランス系とスペイン系だけでなくアフリカ系の先祖を持つ子孫や混血の人々（その多くは自由有色人種）も含まれる（Valdman et al. xii）。フォークナー研究におけるクレオール論についてはたとえば本村浩二の考察を参照のこと。

（3）フォークナーは「シャーウッド・アンダソン」で『ワインズバーグ・オハイオ』（一九一九）を評価しつつも、その他については「未熟な作家の作品群」という辛口のコメントを残している（*ESPL*　二五二）。『蚊』に登場する中西部出身の小説家ドーソン・フェアチャイルドのモデルがアンダソンであることについては多くの研究者が一致している（ブロットナー　一八二、ブルックス　三七八）。フォークナーは「シャーウッド・アンダソンについての覚え書」（一九五三）で『クレオールたち』の「序文」が「アンダソンをお手本にした文体」で書いた「下手な真似事」であることを素直に認めており（*ESPL*　六）、後年の講演でもしばしばアンダソンに対して謝罪の意を表している。

（4）原稿の未読については、フォークナーの質疑応答、インタビュー、そしてエッセイを参照のこと（*FU*　二二、*LG*　一二、六二、一一八、二一八、二四九、*ESPL*　一〇）。実はアンダソン夫妻に原稿を読んでもらっていたことについては、当時の母親宛ての手紙を参照のこと（*TH*　一四七、一七三、一七九、一八一、一八七、一八八）。

（5）『蚊』のミセス・モーリアにエリザベスの特徴が垣間見られることを指摘するクリアンス・ブルックスでさえ、「ミセス・モーリアはかなり露骨なカリカチュアで、おそらくフォークナーが出会った実在の女性というよりは、想像や読書から着想を得た複合的な登場人物であろう」（三七八）と述べている。エリザベス自身は、ライバル関係にあったリリアン・フレンド・マーカスがミセス・モーリアのモデルであると主張していた（アンダソン・ケリー　一二〇）。

（6）ニューオーリンズ時代のフォークナーが様々な人たちと交流し、刺激を受けていたことについては、ジェイムズ・G・ワトソン編の『わが家を想う』に収録された母親宛ての手紙に詳しい。

引用文献

Anderson, Elizabeth, and Gerald R. Kelly. *Miss Elizabeth: A Memoir*. Boston: Little, Brown, 1969.

Blotner, Joseph. *Faulkner: A Biography*. 1 vol. Jackson: UP of Mississippi, 2005.

Brooks, Cleanth. *On the Prejudices, Predilections, and Firm Beliefs of William Faulkner*. Baton Rouge: Louisiana State UP, 1987.

Gwynn, Frederick L., and Joseph L. Blotner, eds. *Faulkner in the University*. (*FU*.) Charlottesville: UP of Virginia, 1995.

ホーフスタッター、リチャード『アメリカの反知性主義』田村哲夫訳、みすず書房、二〇〇三。

Holditch, W. Kenneth. “William Faulkner and Other Famous Creoles.” *Faulkner and His Contemporaries: Faulkner and Yoknapatawpha, 2002*. Ed. Joseph R. Urgo and Ann J. Abadie. Jackson: UP of Mississippi, 2004. 21–39.

——. “William Spratling, William Faulkner and Other Famous Creoles.” *Mississippi Quarterly* 51.3 (Summer 1998): 423–34.

Littleton, Taylor D. *William Spratling, His Life and Art*. Baton Rouge: Louisiana State UP, 2000.

Meriwether, James B., ed. *Essays, Speeches & Public Letters by William Faulkner*. (*ESPL*.) New York: Modern Library, 2004.

Meriwether, James B., and Michael Millgate, eds. *Lion in the Garden: Interviews with William Faulkner 1926–1962*. (*LG*.) Lincoln: U of Nebraska P, 1980.

Mizruchi, Ephraim. “Bohemia as a Means of Social Regulation.” *On Bohemia: The Code of the Self-Exiled*. Ed. César Graña and Marigay Graña. New Brunswick, NJ: Transaction Publishers, 1990. 13–41.

本村浩二「ニューオーリンズのカラード・クレオールとしてのボン」『フォークナー』一九号、二〇一七、四―一九。

Reed, John Shelton. *Dixie Bohemia: A French Quarter Circle in the 1920s*. Baton Rouge: Louisiana State UP, 2012.

Schulberg, Budd. Introduction. Spratling, ix–xiv.

Scott, John W. *Natalie Scott: A Magnificent Life*. Gretna, LA: Pelican Publishing, 2008.

Sensibar, Judith L. *Faulkner and Love: The Women Who Shaped His Art*. New Haven: Yale UP, 2009.

Spratling, William. *File on Spratling: An Autobiography*. Boston: Little, Brown, 1967.

Spratling, William, and William Faulkner. *Sherwood Anderson and Other Famous Creoles*. Austin: U of Texas P, 1966.

Valdman, Albert, et al. *Dictionary of Louisiana French: As Spoken in Cajun, Creole, and American Indian Communities*. Jackson: UP of Mississippi, 2010.

Watson, James G., ed. *Thinking of Home: William Faulkner's Letters to His Mother and Father, 1918–1925.* (*TH.*) New York: Norton, 1992.

第十六章　文学とアクティビズムの融合
——『夢を殺す人々』の現代性

平塚　博子

はじめに

リリアン・スミス（Lillian Smith）はアメリカ南部の作家であると同時に、社会評論家、ジャーナリスト、教育者さらには活動家として知られている。異人種間ロマンスを扱ったベストセラー小説『奇妙な果実』（一九四四年）をはじめ二冊の小説と五冊のノンフィクションを出版した。[1] 文学作品やそのほかの活動を通じて、スミスは南部と北部も含めて同時代のリベラルには見られない大胆さと率直さで、人種隔離を批判し、ジム・クロウ法の廃止や人種や性別の平等性を訴えた。スミスの作品と思想は、当時の人種隔離を常識とする南部社会はもちろんのこと、逃亡派を中心とするアメリカ文壇とも人種隔離に穏健な姿勢を示す南部リベラルと言われる人たちの思想とも相いれないものであった。このことからスミスの作品と活動は、『奇妙な果実』出版以降公民権運動が全国的な広がりを見せる六〇年代にいたるまでアメリカ社会において、スミス自身が述べているように、「黙殺」された（*The Winner* 二一七）。[2]

社会に黙殺されながらもスミスが文学活動を通じて試みたことは、当時文壇の中心であった逃亡派が切断した文学と社会、そして社会変革に向けたアクティビズムの接点を取り戻すことであった。『夢を殺す人々』（*Killers of The Dream*）は一九四九年に出版され、一九六一年に改訂版が出版された。この作品はスミスのこうした文学に対する姿勢を、自伝というノンフィクションのジャンルを用いて行った文学実践である。本稿では一九六一年版『夢を殺す人々』を、スミスが当時の文学潮流を乗り越えて文学と社会を融合し、新たな南部像を提示しようとしたテクストとして考察する。それと同時に、一九六一年版が、近年の南部研究に見られる南部の物語を語る主体の問題を想起しつつ、二十一世紀の南部研究にも呼応する南部像を提示するテクストであることを明らかにしたい。

一　リリアン・スミスにおけるアクティビズムと文学の融合

『夢を殺す人』のテクストを実際に見ていく前に、『夢を殺す人々』の執筆にも関係してくるので、スミスの生い立ちとアクティビズムを見ていきたい。リリアン・スミスは一八九七年フロリダ州ジャスパーに生まれた。ビジネスに成功し、教会や地域全体で中心的な役割を担う父をもつスミスは、経済的に恵まれた幼少期を過ごす。しかし、スミスが十歳の時、父親の事業が失敗したことから、一家はジョージア州クレイトンにあった自分たちのサマー・ハウスに引っ越すことになる。そこで成長したスミスは、ボルチモアのピーボディ音楽院に進みピアニストを目指す。その後経済的な理由から夢をあきらめたスミスは、中国の浙江省にある中国人子女向けのメソディスト系ミッションスクールで、音楽教師となる。スミスは中国で欧米諸国による帝国主義と植民地主義を目の当たりにすることになる。この中国での経験が後のスミスの思想に大きな影響を与え、『夢を殺す人々』でもスミスはこの問題を探求している。

家族を支えるため一九二五年に中国から帰国したスミスは、父親が創設した南部の白人子女の向けの教育プログラム「ローレルフォールズ・キャンプ」を引き継ぎ、以後一九四八年にキャンプを閉じるまでその運営を行う。芸術、音楽、演劇、現代心理学、テニスや乗馬を含む体育の授業を通じて、スミスは当時の南部ではタブーとされた人種や性の問題を取り上げ、キャンプに黒人を招くなど革新的な教育プログラムを実践した。『夢を殺す人々』の中でも、キャンプに参加した少女とのやり取りが、描かれている。

「ローレールフォールズ・キャンプ」を運営する傍らで、キャンプの運営スタッフの一人であり生涯のパートナーとなるポーラ・スネリングとともに、スミスは一九三六年年に文芸雑誌の発行を始める。『義足』(*Pseudopodia*) として始まった雑誌は、『ノースジョージアレビュー』(*the North Georgia Review*)、さらに『今日の南部』(*South Today*) へと名前を変えながら、スミスが自らの創作活動に専念するために休止する一九四五年まで継続し発行部数は一万部にものぼった。スネリングは、雑誌を始めるにあたって次の三つについて考えたと述べている。「南部において働く創造的な力を発見すること」、「すべてにおいて正直な真実を語ること（もちろん不可能ではあるが）」、そして「美しく書くこと」。スネリングはそれが南部においてもっとも重要で興味深いリベラルな声となったと述べている（Hales 二六九）。雑誌においてスミスは、自らの評論や作品を発表するだけでなく、南部の文芸雑誌で初めてリチャード・ライトなどのアフリカ系作家による作品や評論を掲載した。この雑誌においてスミスは、タブーとされてきた人種や性の問題をふかく掘り下げると同時に、同時代の南部白人リベラルとは対照的に、断固として南部における人種隔離への反対を表明する。雑誌を通じてスミスとスネリング行ったことは、南部人の意識と南部社会を縛る古き南部神話への批判であり、ジョーダン・J・ドミニー (Dominy, Jordan) が指摘するように、まさに新しい南部文学のキャノン構築の試みだったといえる (Dominy)。この雑誌においてスミスが発表したいくつかのエッセイは、『夢を殺す人々』の中に、自伝の一部として組みこまれている。

教育や文学やに加えてスミスは、乳癌と闘いながら公民権運動にも積極的に加わった。その功績を讃えてスミスは一九五〇年にハワード大学から名誉博士号、オバーリン大学からは修士号などが授与されている。

二　時代を乗り越える文学実践としての『夢を殺す人々』

『夢を殺す人々』は、同時代つまり戦後の冷戦期アメリカにおける思想や文学理論と様々な形で深く関係しており、その意味では時代が生んだ作品ともいえる。例えばスミスの考え方は、冷戦リベラリズムのそれと大筋で矛盾するものではない。『今こその時』(*Now Is the Time*)では、共産主義に対抗する手段として人種隔離の撤廃を主張している。『夢を殺す人々』においてもスミスは、原爆投下後の世界を覆った不安や、中国が共産主義の手に落ちたことをはじめ世界各地に広がる共産主義の脅威などにたびたび触れている。また五〇年代スミスは、公式の支援ではなかったものの国務省からサポートをうけて、執筆のための資料調査のためにインドを訪問している(Gladney 一五)。こうしたことは、「冷戦知識人」としてのスミスの一側面を浮かび上がらせる。(3)

一方でスミスは、冷戦期のアメリカとヨーロッパにおいて絶大な影響力を誇った逃亡派とその文学理論である新批評へは批判的な姿勢を示した。『夢を殺す人々』においてスミスはその姿勢を明確に打ち出し、逃亡派について「文学史上彼らほど完璧に南部を裏切った作家はいない」と断じている(二二二)。この点において、このテクストは当時の文学潮流を乗り越えるスミスの試みとも言える。逃亡派について、スミスがこの作品において批判するのは、逃亡派と新批評における芸術と社会および文化の断絶である。

フレデリック・ジェイムソンは、モダニズムを論じた著書『近代(モダン)という不思議――現在の存在論についての試論』において、戦後のモダニズムをそれ以前のモダニズム(「ハイモダニズム」)と区別して、後期モダニズム(レイトモダニズム)と呼ぶ。そして、新批評を中心とする戦後のモダニズムを冷戦の産物でアメリカ産のものであると述べる(ジェイムソン　一九一―九二)。戦後の「芸術の自立性を唱道するすべての偉大なる理論家やイデオローグ、グリーンバーグからアドルノを経てアメリカの「新批評」にいたるモダニズムのイデオローグ」は、「みな一致して文化の概念はいわゆる芸術の真の敵であると主張している」と、ジェイムソンは指摘する。ジェイムソンにとって、「新批評」が敵対視する文化とは、「社会や日常生活といわゆる芸術との媒介の空間」であり、「芸術が日常生活を高貴なものにし、あるいは逆に社会生活が芸術なり美的なるものを日常化し卑俗なものとする」ように、「境界をあいまいなものとする相互の行き来の空間」である。つまり、「一つの水準や次元から別の次元への変換・翻訳の場所」となりうるものだとする。（ジェイムソン　二〇七―〇八）文化が持つ可能性について、ジェイムソンは次のように述べている。

仮にこのあいまいな空間を、偉大な芸術家がつねにそう考えたように、触媒の空間であると理解するのなら、文化の社会的役割は単に芸術家に内容を与える素材であるだけではなく、社会はまた根底的な文脈を、モダニズムの「絶対的なるもの」という形においてさえ――いや、モダニズムの「絶対的なるもの」という形においてこそ――堕落した社会を救済し、それを変換する純粋な機能をもつ根本的な文脈を提供する。」（ジェイムソン　二〇八）

スミスが『夢を殺す人々』において試みたのは、ジェイムソンがいうところの、文化という「境界のあいまいな空間」の創出であり、南部社会や文化への洞察を芸術へ、さらにはそこから「救済」へとつながる人種隔離廃止に向けてのアクティビズムへ「変換」することである。文化や社会から切り離された「逃亡派の立場の根本的な弱点」をスミスは、「奴隷制とその所産である小作制度そして人種隔離、精神の残忍性を許容する価値観から生まれた途方もない非人間化を認識し損ねていること」だとする（二二五）。そのうえで、逃亡派の誤りをスミスは次のように断ずる。

逃亡派は芸術家の役割は懸念や行動を含まないと論じる。しかし彼らは間違っている。ヨーロッパの芸術家の歴史を一瞥すれば、主流の芸術はつねにその時代の深遠なる経験やそれらへの人間の関わりに関係するものであったことがわかる。

（二二五―二六）

スミスは、『夢を殺す人々』について「社会問題を扱った本」ではなく「芸術」であると述べ、さらに別のところで「ノンフィクションはフィクションと同様に創造的かつ美的で詩的になりうる」と述べている（Loveland 二三五）。『夢を殺す人々』は、逃亡派と新批評がもつ限界を乗り越えた新たな文学およびアクティビズムの形式へのスミスの提案であり、その可能性の探求であるといえる。

三　『夢を殺す人々』：文学とアクティビズムの融合と新たな南部像

一九六一年改訂版の序文においてスミスは、書くことは「水平そして垂直の探求」だとして、「書きながら、自分の故郷の町や子供時代や歴史や未来、そして過去と対話し、自分自身と対話していた」と述べている（一三）。さらに逃亡派についてスミスは、「南部の過去においてできた現在の大きな傷と裂け目と精神の堕落を見過ごすことによって、二十世紀の対話において、制度ではなく人間関係に関係する主要な問題を見逃している」のであり、「哲学的な意味では」、「十九世紀の残余」であるとして逃亡派の過去志向を断ずる（二二五）。スミスにとって『夢を殺す人々』は、十九世紀の古い思考枠にとらわれて、南部社会の現在と未来への接点を失った文学にそれらを取り戻す試みである。

この挑戦にスミスが用いたのは、自伝というジャンルである。(4) アメリカにおける初期の自伝研究の代表作の一つである『アメリカの自伝：批評集』（一九八一）の中で、編者アルバート・E・ストーンは自伝を「歴史的な記録であると同時に文学的な芸術であり、心理学的なケースヒストリーでありながらスピリチュアルな告白、教訓的なエッセイであると同時にイデオロギー的な証言である。」としている（Berryman）。チャールズ・ベリマンが指摘する通り、自伝は、「事実と虚構、私的なものと社会的なものそして教訓と嘘」が同時に共存する「一連のパラドクス」である（Berryman）。この作品においてスミスも、自伝がもつパラドキシカルな性質を用いて「個人と社会」、「未来の南部」の物語を紡いていく。

一九六一年版の序文において、スミスは「この作品はある意味では個人的な回想録であり、別の意味ではすべての南部人の回想録である」と述べ、個人の物語を南部社会全体の物語と提示する（一二）。この作品は幼いスミスが経験した人種隔離がもたらしたトラウマテックな出来事から始まる。ある時、スミスの母親をはじめとする白人の婦人たちが、肌の白い少女が黒人夫婦と暮らしていることに気づく。黒人夫婦から無理やり取りあげられた少女はスミスの家に預けられ、そこで一時は穏やかで幸せな時をすごす。しかし、しばらくしてその少女に黒人の血が混じっていることがわかると、少女はふたたび黒人夫婦のもとに帰されてしまう。このときスミスは母親から、姉妹のようにスミスが感じる肌の白い少女と今後は会うこともできないと告げられる。母の理不尽な言葉に納得がいかないスミスはその理由を尋ねるが、その問いは「あの子が黒人だから」、「このことに関しては二度と聞いてはいけません」とはねつけられる（三六―三七）。

一章においてスミスはこの出来事を、次のように単数複数の両方の主体を混在させながら語っている。「私は長い間声にだして告白することはなかったが、私たちから黒人を締め出そうとすることによって、私たちは人生におけるとても立派で、創造的で、誠実で、深い人間らしい非常に多くのものから、私たち自身を締め出していることになる（傍線は筆者による。）」（三九）。パトリシア・イエーガーが指摘しているように、スミスは物語の主体として「私」「私たち」ときに「それぞれ」を使うことによって、個人の物語であると同時に「共同体の物語としての意味合い」を持たせている（Yeager 三四六）。さらに続く二章では、幼いスミスが受けた人種隔離による心の傷は、ローレルフォールズ・キャンプに参加する人種隔離に胸をいためる少女の経験と連続性を示唆しながら、個人と社会の物語として展開していく。

個人と社会の物語を重ね合わせながらスミスはテクストにおいて、意識の深まりと同時に、人種隔離がもたらす弊害とそれを永続させる南部社会の仕組みをスミスは暴いていく。スミスは、人種隔離と性の問題が「南部の三つの亡霊」を生みだすとする。その亡霊とは、人種隔離のストレスと欲望に負けて黒人女性を搾取する白人男性の関係、父親である白人男性とその罪の意識によってその存在を否定された混血児の関係、さらに、白人男性と大人になって幼いころの親密な関係を否定される乳母である。白人男性の罪の意識は、台座に祭り上げられうつろな人生強いられる白人女性も生みだすという。そしてスミスの意識は、人々に恐怖をあおり人種隔離社会を下支えする宗教、黒人に対する優越感をあおることで貧乏白人を支配する白人支配層、暴徒とそれを黙認することで暴徒に加担する人々へと広がっていく。

徹底的に南部の恥部と暗部を暴き出しながら、このテクストでスミスが示すのは変化と救済である。序文でスミスは、「題材を見つめるという行為によって、作家は題材を超越することができる。題材は作家の一部でもあるから変身が可能になるのだ。内部で何かが起こる。それは新たな混沌から、ゆっくりと新たなる存在に変わっていく」と述べている（一四）。このようにスミス自身が語り、フレッド・ホブソンが「人種的転向ナラティブ」と呼ぶように、このテクストは、人種隔離という絶対的な南部の掟を前になすすべがなかった幼いスミスの変化の物語である（Hobson 五）。スミス自身の変化と同時に描かれるのは、人種隔離によって支配された画一的な南部の終わりと、未来に向けて変化する南部の姿である。南部の現状について、スミスは次のように述べている。

何人かの人は変わりつつある。何人かは考えている。何人かは過去のくびきから逃れている。……私たちにとって新しい生活が始まっていることは確かだ。それがいい生活かは疑わしいし、どれほどの人間が影響をされているのかわからない。でも一つ確かなことは「堅強な南部」などないということだ。（二二七―二八）

変化するスミス個人、そして南部社会を示唆するかのように、『夢を殺す人々』のテクストも変化によって作り上げられている。この作品には、スミスが『今日の南部』やその他の場で以前に発表したいくつかの作品、例えば「二人の男と取引」などなど三〇年代にスミスが書いたエッセイが書き換えられ組み入れられている。[5]『夢を殺す人々』のテクスト自体も一九六一年の再版に際して、スミスは新たに二章を付け加えるほかの修正を加え、この版には編集者への手紙として書かれた序文が加えられている。『夢を殺す人々』は最後でスミスは、まるでテクストの先にさらなる南部の変化を示唆するように締めくくっている。「ここらで、終わってはいない物語を打ち切らねばならない。結局は一つの小さな断片でしかなく、大きな本の一ページでしかない物語を」（二五三）と締めくくっている。『夢を殺す人々』はテクストの形式においても、完成し固定化されたものではなく、ほかの作品とインターテクスチュアルに結び付きながら、時代の変化とともに形を変えていく未来にむけて開かれたテクストなのである。

三　『夢を殺す人々』：南部の物語を語る主体の問題と現代性

南部に深く身を置き南部の問題を深く掘り下げる一方で、スミスは序文において「一人の南部人として書いてはいるが、世界のあらゆる場所で快適に感じる人間でもある。おそらくより正しくは、一人の人間として書いている。」

（一三―一四）と述べている。スミスの「世界のあらゆる場所で快適に感じる」「一人の人間」としての立場は、スミスがこのテクストで示すグローバルな関心を説明するものといえる。スミスの思想的探求は、序文や新たに書き加えられた最終章にみられるように南部社会の問題を超えて、時にマハトマ・ガンジーらの思想を援用し、アジアやアフリカ、南米など世界各地にみられる西欧列強による帝国主義や植民地主義の問題へと広がっている。それは南部の問題を世界との関係性の中で捉えなおそうとするスミスの意識の表れだといえよう。

一方で、序文でスミスが示した「世界中で快適に感じる」「一人の人間」というアイデンティティは、『夢を殺す人々』の物語を語る「南部人」というアイデンティティを否定しないまでも曖昧化し、「本物の南部人」が語る、「本物の南部の物語」としてのテクストの信ぴょう性を弱めているようにも見える。しかし、序文で示された曖昧な南部のアイデンティティは、近年の南部研究における南部のアイデンティティと、南部の物語を語る主体の問題を浮かび上がらせる。

ジョン・スミスは最新著『紫のアメリカ・南部の未来』の序文で、戦後の南部アグレリアン知識人、その後の南部土着文化礼賛型の研究者による南部のアイデンティティの固定化の問題を指摘する。つまりこうした研究が、南部のアイデンティティが場所、共同体、記憶といった要素で定義され、かつそれらの欠如によってナルシスティックにアイデンティティが形成されるというのである。スミスは、近年の南部研究が、南部や南部のアイデンティティが文化的なナラティブによって構築されたものであることを示すことで、「本物の南部」の虚構性を暴き、南部研究を「ナルシシズムの呪縛から解き放つ」「癒し」の役割を果たしたとする。(6) しかしその一方でスミスは、近年の優れた南部研究書が南部を語る「間違った声」を避けるべく、その冒頭で作者の南部人としての経験や生立ちが語る傾向を問題視する。(7) そうした伝記的な語りはオーセンティックな南部の物語を語る主体として、その研究がまさに突き崩そうとしている本質主義的な南部人を設定してしまうと、スミスは指摘する (Smith)。

一九六一年版の序文でスミスが行った南部人としてのアイデンティティのかく乱は、こうした南部を語る主体に根差す本質主義と、伝記的な記述で始まる近年の南部研究が陥りがちな矛盾を暴く。一九六一年版の序文でスミスが提示する主体は、スミスの思考の中で南部と世界を自由に行き来する複数でハイブリッドな主体である。序文で見せた南部人としてのアイデンティティのかく乱は、南部研究に憑りつく本質主義の呪縛を相対化しつつ、その限界を乗り越えるものといえる。

スミスのこうした姿勢は、ジョン・スミスの南部かそれ以外かどちらかの立場を選ばず両方の間を揺れ動く「グローバルサザン」やジョン・ピーコックらの「基盤のあるグローバリズム」といった、グローバルなコンテクストでより多様で流動的な南部像を模索する研究と、時代超えて呼応するものでもある。

おわりに

『夢を殺す人々』におけるスミスの挑戦は、人種隔離によって規定された画一的な南部像からの南部の解放であり、逃亡派によって規定された美学からの、南部文学の解放であった。そしてスミスがこの作品で示した、時代や社会そして南部人としての制約も超えて南部を語ろうとする姿勢は、ライフスタイルの変化やグローバル化によって多様化が加速する二十一世紀の南部において、さらに現代性を増すものだといえよう。

注

（1）ウィル・ブラントリーは、「サザンルネサンスの女性作家において、唯一小説同様にノンフィクションが読まれた一人である」と述べている（Brantly 三七）。

（2）スミスはこの状況について、五〇年代の終わりに書いた手紙において次のように述べている。「人種に関する作家が論じられるとき、私が言及されることはない。南部作家が論じられるときもそうだし、女性作家が論じられるときもは排除される。『奇妙な果実』が純文学のあらゆる記録を破ったにも関わらず、ベストセラー作家に関する議論でも私が言及されることはない。」（Winner 二一八）。

（3）議論の中心は『旅路』と『一時間』であるものの、『夢を殺す人々』にも適宜言及しながら、トーマス・F・ハドックスは「冷戦知識人」としてのスミスの側面を論じている（Haddox 五一―六八）。

（4）『夢を殺す人々』が書かれた二十世紀半ばのアメリカにおける自伝について、ベリマンは、作家の人生に関する情報が文学的な議論から排除する新批評の文学理論と実践によって、自伝はジャンルとして批評家から正当な評価を受けているとはいえなかった。しかし、自伝の中の主体がもつ複数性や多義性、史実か創作かように自伝の学問領域としての曖昧性から広がる可能性、さらには「記憶」の文学的可能性などが、リオタールをはじめとするポストモダンの批評家を含め、様々な批評家によって特に八〇年代以降注目され議論されているジャンルであるとしている。

（5）Loveland, 98 頁参照。

（6）具体的にスミスは、Scott Romine の *The Real South: Southern Narrative in the Age of Cultural Reproduction* (Louisiana State UP, 2008), *The Narrative Forms of Southern Community* (Louisiana State UP, 1999) や Leigh Anne Duck の *The Nation's Region: Southern Modernism, Segregation, and U.S. Nationalism* (UP of Georgia ,2009) などの研究を念頭に置いている。

（7）具体的にスミスは、Houston Baker の *Turning South Again: Re-Thinking Modernism/Re-Reading Booker T.* (Duke UP, 2001) や Tara McPherson の *Reconstructing Dixie: Race, Gender, and Nostalgia in the Imagined South.* (Duke UP, 2003), Patricia Yaeger の *Dirt and Desire: Reconstructing Southern Women's Writing, 1930–1990* (UP of Chicago Press, 2000) らの研究を念頭においている。

引用文献・参考文献

Berryman, Charles. “Critical mirrors: Theories of autobiography” *Mosaic: a Journal for the Interdisciplinary Study of Literature*; Winnipeg 32, 1, (Mar. 1999): 71–84. *ProQuest*. https://search.proquest.com/docview/205340575?accountid=28224. Accessed 6 December 2017.

Brantly, Will. *Feminine Sense in Southern Memoir: Smith, Glasgow, Welty, Hellman, Porter, and Hurston*. UP of Mississippi, 1993.

Dominy, Jordan. “Reviewing the South: Lillian Smith, South Today,and the Origins of Literary Canons.” *The Mississippi Quarterly*; Mississippi State Vol. 66, Iss. 1, (Winter 2013): 29–50.

Gladney, Margaret Rose. *How Am I To Be Heard? Letters of Lilian Smith*. Chapel Hill: UP of North Carolina, 1993.

Gladney, Margaret Rose and Risa Hodgens eds. *A Lillian Smith Reader*. UP of Georgia, 2016.

Loveland, Ann C. Lillian Smith *A Southerner Confronting the South: A Biography*. Louisiana State UP, 1983.

Haddox, Thomas F. “Lillian Smith: Cold War Intellectual” *The Southern Literary Journal*, volume xliv, number 2, spring 2012. 51–68.

Hale, Grace Elizabeth. *Making Whiteness: The Culture of Segregation in the South, 1890–1940*. Vintage, 1999

Hobson, Fred. *But Now I See: The White Southern Racial Conversion Narrative*. Louisiana State UP,1999.

O’Dell, Darlene. *Site of Southern Memory: The Autobiography of Katharine Du Pre Lumpkin, Lillian Smith, and Pauli Muray*. UP of Virginia, 2001.

Peacock, James L. *Grounded Globalism: How the U.S. South Embraces the World*. UP of Georgia, 2007. digital.

Smith, Jon. *Finding Purple America: The South and the Future of American Cultural Studies*. UP of Georgia, 2013. Digital.

Smith Lilian. *Killers of Dream*. W.W. Norton&Company, 1994.

——. *Now Is the Time*. UP of Mississippi, 2004.

——. *The Winner Names the Age*. W. W. Norton and Company, Inc., 1982.

リリアン・スミス著・廣瀬典生訳・著『『今こそその時』「ブラウン判決」と南部白人の心の闇』彩流社、二〇〇八年。

フレドリック・ジェイムソン著・久我和巳・斉藤悦子・滝沢正彦訳『近代（モダン）という不思議——現在の存在論についての試論』こぶし書房、二〇〇六年。

第十七章　フレデリック・ヘンリーの特異なイタリア人像
——伝記的背景から読む『武器よさらば』

本荘　忠大

はじめに

一九一八年五月二十三日、アーネスト・ヘミングウェイは汽船シカゴ号でニューヨークからボルドーへ向けて出発した。アメリカ赤十字傷病兵運搬隊へ志願していた彼は、その第四分隊に配属されたのである。しかしヘミングウェイが傷病兵運搬車を操縦した期間はわずか三週間にすぎなかった。彼は自らの希望で赤十字移動酒保サービスの任務に就き、塹壕にいる兵士たちに自転車で郵便物、チョコレート、タバコなどを配る人員のメンバーとなったからである。それからすぐの七月八日、オーストリア軍の迫撃砲弾が至近距離で炸裂し、ヘミングウェイは両脚に二百二十七個の榴散弾の破片を受け、さらに右膝に機関銃弾を浴びた。その後、野戦病院を経てアメリカ赤十字病院に入院後、一九一九年一月に帰国するまでの約六ヶ月間で、ヘミングウェイは生まれて初めて飲みたいだけのワインを飲み(Baker 四二)、売春宿、イタリア人との交遊のほか、看護婦アグネス・フォン・クロウスキーとの結婚を意識した恋愛を経験した。

一九二九年に出版された『武器よさらば』は、このようなヘミングウェイの伝記的要素を色濃く反映した小説である。しかし物語の設定時期、つまり一九一五年の夏から一八年の春までは、作者の実体験よりも早く、ヘミングウェイは一九一七年の秋に起きたカポレットーの退却を物語の重大な場面として再現している。しかもマイケル・レノルズが指摘しているように、小説の中で描かれるカポレットーの退却を巡る要因は、歴史家がこの退却を分析するまでは、これほど明らかにされたことは一度もなく、フレデリック・ヘンリーは事後でなければ得られない知識を身に付けている（*First* 一一二）。つまり史実を踏まえるならば、彼は物語の設定時期には存在しえない不自然な兵士として描かれているのだ。

フレデリックの人物造型に着目した際、『武器よさらば』にはもうひとつの不自然な点が存在する。それは彼のイタリア人意識である。フレデリックは作者ヘミングウェイの初の外国体験となるイタリア滞在当時の様子を彷彿とさせるかの如く、イタリア人への親密な友愛意識を示している。しかしその一方で、彼はイタリア人を人種的他者として心理的に排除している。彼はアメリカが連合軍を支援し始める以前の一九一五年にアメリカ人としてイタリア軍に所属した理由を説明できないばかりか、一七年四月のアメリカ参戦後、特にカポレットーの退却以降には顕著に見られたアメリカ人とイタリア人との異人種間連帯が、フレデリックの場合は中途半端な状態のままで残されているのである。

このような特殊な描かれ方には、ヘミングウェイ自らの体験と執筆時期（一九二八年三月から翌年の一月まで）のおよそ十年という時間的隔たりが影響を及ぼしていると考えられる。というのも、この時期にヘミングウェイのイタリアに向けられた眼差しは、複雑な様相を呈することになるからである。本論では、まずヘミングウェイがイタリアで構築した新たな自己とその変貌の様子を辿る。その上で、フレデリックのイタリア人意識やヘミングウェイが『トロント・スター』紙及び『エスクァイア』誌に書き送った記事とカポレットーの退却の場面を中心とした物語展開との比較検証も行いながら、フィクショナルな登場人物フレデリックに見るノンフィクショナル性についてその特徴を究明したい。

一　イタリアで芽生えた新たな自己とその変貌

イタリア滞在中にヘミングウェイが家族に宛てた手紙からは、イタリア人との親密な交流の様子が読みとれるが、当時の彼が抱いていたイタリア人意識は、次の二通の書簡において鮮明に見出すことができる。まず一九一八年八月七日付で両親と姉に宛てた手紙では、エドワード・ウェルチがヘミングウェイの両親に会いに行く予定であることを伝える際に、彼がカトリック教徒なので対応に気を付けてほしい旨を伝えている（*Letters* 第一巻 一二五―一二六）。そして同年八月二十九日付で母親に宛てた手紙において、彼は「二つの国（イタリアとポーランド）の将校たちは、僕がこれまでに知り合った中でも最高にすばらしい人たちです。この戦争が終わったら、僕にとってはもう『外国人』なんて存在しないでしょう。友人が外国語を話すことなど大した問題ではありません。要はその言葉を学べばいいのです」（*Letters* 第一巻 一三五―三六）と書いている。このようにヘミングウェイは、自らが慣れ親しんだ故郷オークパークでの生活を相対的に認識するとともに、人種的境界線の越境を意識したイタリア人に対する好意的な姿勢を持つに至っている。

ところで、当時のアメリカで増加していたイタリア系移民は、炭鉱、製鋼業、建設業などを支える貴重な労働力だったが、新移民として分類され、排除や抑圧の対象となっていた。しかもイタリア人と犯罪者のイメージは強固に結びついていた（明石 一五九）。ちなみに、オークパークに移住した新移民は極めて少数だったにもかかわらず、当地においても第一次世界大戦が始まる以前の段階ですでに、優生学が議論されるべき問題のひとつとなっていたという（Reynolds, *Young* 一三）。

一方で、オークパークに帰還したヘミングウェイは、イタリア軍の軍服、ブーツやケープを長期間身に付けていたため、彼の姉マーセリンの友人には不可解に映っていたようである。そもそも軍隊規則によると、除隊後三ヶ月までに軍服を非戦闘員の服に変えるよう規定されていた。しかしヘミングウェイはアメリカ赤十字の軍服を着続けていた。その理由について彼はマーセリンに、負傷した脚を支えるために長いブーツが必要であり、それに合わせるべく軍服も必要なのだと話していたようである（Sanford 一九〇）。このような彼の主張は表向きの理由であり、むしろ彼はレノルズも指摘するように、軍服を脱ぐと新しい自己が消えてしまうのではないかと恐れていたと考えられる（*Young* 三九—四〇）。しかも当時のヘミングウェイはイタリアへのホームシックにかからないように、日常的に赤十字の毛布を広げてベッドに横たわっていたという（Sanford 一七八）。まさに彼はイタリアで獲得した新たな自我を喪失しないよう意識的に行動していたのだ。さらに彼はシカゴに住むイタリア人との交友関係を持つようになったほか、頻繁に友人を連れ添ってはイタリア料理店に出入りするようになる。ヘミングウェイはオークパークの外の世界が体現していた生活習慣に、一層親しむようになっていたのである。

イタリアはその後も彼にとって魅力的な異国の地だった。一九二二年五月には、妻のハドレー・リチャードソンも伴ってイタリアを再訪している。しかしヘミングウェイは、同年十月に政権の座に就いたベニト・ムッソリーニを批判的に捉え、アーネスト・ウォルシュに宛てた手紙において、イタリアの政治状況に対する激しい不満を吐露している（*Letters* 第二巻 三八六—八七）。また二七年に友人ガイ・ヒコックと共に出かけたイタリア旅行の様子は、短編「祖国は君に何を語るか」（一九二七）に色濃く反映されるが、この小説は露骨なファシズム批判の作品である。その後一九四八年までのおよそ二十年の間、ヘミングウェイがイタリアを訪れることはなく、その一方で第二次世界大戦後に至るまでイタリア政府は『武器よさらば』を容認しなかった。というのも、カポレットーの退却をイタリアが味わった屈辱として国民意識から抹消することを望んだムッソリーニは、いかなる出版物においてもこの史実に触れることを禁止したためである。結果的に『武器よさらば』はイタリア政府の検閲を受けることとなり、一九四五年までイタリア語に翻訳されることはなかった。イタリアとヘミングウェイとの関係は、双方からの憤慨や疑念、悪意を伴う時期があったのだ（Cirino 三一）。『武器よさらば』には、このような当時の社会状況と連動しながら変化したヘミングウェイの独特なイタリア人意識の様相が反映されている。

二　物語が浮き彫りにする二面的なイタリア人表象

フレデリックにとってイタリア軍従軍牧師とは親友同士であり、軍医リナルディとの関係は、『日はまた昇る』（一九二六）の語り手ジェイク・バーンズと彼に友愛の精神を示すビル・ゴートン（九三）との関係を想起させる親しい間柄に見える。またフレデリックは自らの指揮下にある兵士たちへも友愛の情を示している。彼は「砲撃が終わるまで待った方が良い」（四五）と述べる少佐に従うことなく、塹壕にマカロニとチーズを急いで運ぶ。そして階級に基づく順番を意に介することなく、兵士たち全員と共に食事を取るのだ。またオーストリア軍の迫撃砲弾が炸裂すると、彼は重傷を負いながらも、周囲の兵士たちを気に掛ける（四八）ほか、アイモが射殺されると、苦悩と親愛の情を包み隠さず表明する（一八五―八六）。このようなフレデリックが示す友愛の精神は、ヘミングウェイも参加したアメリカ赤十字による支援活動と重ね合わせて解釈することもできるだろう。彼が赤十字に配属された時期は、アメリカによるイタリアへの支援体制がピークを迎える頃だった（Florczyk 三〇）。また物語において兵士たちの間で話題に上るテノール歌手エンリコ・カルーソの高い人気度は、一九一八年五月にはアメリカとイタリアの友好の絆を一層強めるべく中心的な役割を果たしたという（Florczyk 三〇―三一）。フレデリックに見るイタリア兵との関係性は、作者へミングウェイのみならず、当時のアメリカがイタリアに対して示していた友愛の精神を逆照射しているようにも見える。

とはいえ、フレデリックはイタリア人に対する親密な意識とは相反する側面も併せ持っている。彼はキャサリン・バークレイと初対面の際に、イタリア軍に所属している奇妙さを問われると、「軍隊の方ではありません。傷病兵運搬車隊にすぎません」とか「すべてに理由があるとは限りませんから」（一五）と、答えに窮するのだ。またアメリカ人がイタリア軍に所属することを理解できない主任看護婦も、キャサリンと同様の質問をする。しかし彼は最終的には「イタリアにいました。……そしてイタリア語を話しました」（一九）と答えているように、イタリア軍への従軍理由は不可解な謎のまま残されている。しかもフレデリックはイタリア式の挨拶に困惑し（二〇）、英語で話す兵士と会うときに気恥ずかしく思い（二五）、イギリス軍に入隊すればよかったかもしれないとさえ考える（三二）。さらに彼は、自己とイタリア人とを隔てる人種的境界線に触れるとき、敏感に反応する。野戦病院に彼を見舞いに訪れたリナルディは「君と僕は一見違うように見えても実は同じだよ」と伝えるものの、フレデリックはそれを否定する。さらに「君は本当はイタリア人だ。……アメリカ人のふりをしているだけだ。僕たちは兄弟で愛し合っているんだ」とリナルディは続けるものの、フレデリックが同意することはない（五七）。フレデリックはリナルディと同じイタリア人という人種的枠組みに受け入れられることに心理的な抵抗を覚えている。

さらに「僕らはお互いに十分理解し合っていた」（一四八）と独白するフレデリックの言葉に、二人の人種意識は含まれていない。リナルディは「僕たちは持って生まれたものがあるだけで、後から覚えるものなんてない。新たに得るものなんて何もない。僕たちはみんな初めから完成したものとして出発している。君はラテン人に生まれなかったことをありがたく思うべきだ」（二四九）と述べているように、人種的出自に端を発する自己嫌悪に陥るときがある。その背後には戦況の悪化によるリナルディの厭戦意識も潜んでいるが、ここでフレデリックは「ラテン人なんてものはない。それが『ラテン的な』考え方だ。君は自分の欠点を自慢しすぎる」（二四九）とリナルディを非難する。フレデリックとリナルディが人種を隔てる壁を意識するとき、二人の意思疎通は制限されてしまうのである。

キャサリンにとってはイタリア人が軽蔑の対象にしか映らない。野戦憲兵による銃殺を逃れ、キャサリンと再会したフレデリックは「僕は犯罪者のような気がする。軍隊を脱走してきたのだから」と述べる。すると彼女は「ねえ、どうかばかなことは考えないで。脱走したのは軍隊ではないわ。ただのイタリア軍よ」（二一八）と伝える。もちろん、キャサリンがフレデリックをかばう気持ちが強くあることは考慮しなければならない。しかしここで注目するべきは、彼が逃げ出したのは「軍隊」ではなく「ただのイタリア軍」であるから、彼は「犯罪者」にならないのだというキャサリンの意識である。また彼女の同僚看護婦ヘレン・ファーガソンにとって、イタリア人は犯罪者のイメージと直結している。彼女はキャサリンを妊娠させたフレデリックの行動を「卑怯なイタリア式のトリック」に基づく行いとして捉え、彼を「イタリア式の卑劣なやり方」を実行した「イタリア人よりもたちが悪いアメリカ人」（二一四）として非難している。ファーガソンにとって「イタリア式」とは、「卑怯、卑劣」を意味している。

このような登場人物たちのイタリア人意識には、二十世紀初頭のアメリカで見られたアングロ・サクソン系アメリカ人が抱く特殊な姿勢が透けて見えている。松本悠子は、当時見られた人種に基づく排外運動を巡って、「『白人の国』を守るために『白人』ではないひとびとの存在に『潜在的脅威』を想定した。というより、境界を創り、『潜在的脅威』をあおることによって、『白人』とアメリカ人を同義とした『私たち』意識を確認したのである」（一五〇）と指摘している。イタリア人などの新移民は、アメリカの人種的堕落を招く脅威として想定された結果、「白人」と「非白人」を巡る人種上の境界線が鋭敏に意識されていたのである。このようなヘミングウェイが獲得した親密なイタリア人意識とは相矛盾する側面も反映する独特なイタリア人像は、いかにして物語に表出することになったのだろうか。その要因を究明するべく、次にヘミングウェイが執筆した記事を踏まえながら、フレデリックの思想的立場について検証したい。

三　語り手フレデリックに投影されたヘミングウェイの眼差し

フレデリックは、ヘミングウェイが書き送った記事と同様に、イタリアで見られた政治思想には傾倒しない。記事においてムッソリーニとファシズムを巡っては、従来、批評家たちによっても批判的視点から描かれていることが指摘されているが、『武器よさらば』にこのようなヘミングウェイの視点を見出す際に参考となるのが、一九二二年四月十三日付の記事「ジェノバ会議」及び同年六月二十四日付の記事「イタリアの黒シャツ隊」である。まず「ジェノバ会議」においてファシストは、「積極的な支援ではないにしても、政府の暗黙の保護下にある」ことや「違法状態にありながらも罰せられることなく、殺人を犯しても処罰されず、好きな時に好きな場所で暴動を起こす権利を有する者たちであるかのように見える」(*Dateline* 一三二）と説明される。また「イタリアの黒シャツ隊」においてヘミングウェイは、ファシストが「警察の保護の下で殺人を犯す傾向にあり、彼らはそれが好きなのだ」(*Dateline* 一七五）と述べている。

一方、物語において野戦憲兵たちはタリアメント河に架かる橋のたもとで、部隊と共に行動していない将校を次々と尋問し射殺していくが、その様子は、「尋問者たちは非常に能率的で冷静で自制心を少しも失わず、撃つこと専門で撃たれる立場を全く知らないイタリア軍人だった」(一九三）とか、「実に見事な冷然たる態度で、厳正な裁判に献身していた。自らは死の危険に晒されることなく、他人ばかりに死刑宣告を下していた」(一九四）と説明されている。このような物語に描き出される野戦憲兵と記事で説明されるファシスト像を巡って、ロバート・スティーブンズはヘミングウェイが「一九二二年と二三年に北イタリアで起きた社会主義者、共産主義者、無政府主義者及びファシストの闘争を取り上げた記事において、社会主義者の運転手たちとファシストの原型であるタリアメント河の橋のたもとに登場する野戦憲兵に見る心的状況の概略を描いたのだ」(二六〇）と指摘する。確かにヘミングウェイが記事において浮き彫りにするファシスト像と『武器よさらば』に描かれる野戦憲兵の狂信的な行動の様子は類似している（Lena 九二）ことがわかる。

またスティーブンズは触れていないが、「イタリアの黒シャツ隊」においてヘミングウェイは、ファシスト党が一種のクー・クラックス・クランとして結成されたことを説明している（*Dateline* 一七五）。つまり彼はファシスト党を暴力も辞さない愛国主義を標榜する組織に例えているのだ。このようなファシスト党の特徴も、イタリア軍が直面する現実を把握することなく、愛国主義に基づいて「我が国が勝利の成果を失ったのは、君らの裏切り行為によるものである」（一九三）などと伝えながらイタリア兵を平然と射殺していく野戦憲兵を彷彿とさせるものである。しかもフレデリックは野戦憲兵を巡って、「彼らの頭がどのように働いているかがわかった。もし彼らに頭があってそれが働くのであればだが」（一九四）と侮蔑的に捉えている（Cooper 四三）。このようにカポレットーの退却は、物語の設定時期に合わせて野戦憲兵にファシスト像を重ね合わせることにより、ファシズムに対する批判的視点から描き出されてもいる。

とはいえ、ヘミングウェイが共産主義者や社会主義者を共感の眼差しとともに捉えていたのでもない。彼らは先にも触れた「ジェノバ会議」において、イタリアの平和にとって危険な存在として説明されている（*Dateline* 一三一）。またヘミングウェイが家族に宛てた手紙において、彼の戦争に対する嫌悪感や倦怠感は見られない（Reynolds, *First* 一六四）。記事や書簡において、ヘミングウェイが共産主義や社会主義を支持した様子を見てとることは不可能である。

一方で、物語において戦争に対する不満を公然と表明する社会主義者の描かれ方は、レノルズも明らかにしたように、一九一七年秋のイタリアの社会情勢を正確に反映している（*First* 一〇七）が、フレデリックは社会主義者に対して賛同することはなく、むしろ彼らとは距離を置く傍観者である。またボネロはフレデリックに「あなたも社会主義者にしてあげます」（一八〇）と伝えるものの、彼が何らかの回答を行うこともない。ところで、カポレットーの退却中に、フレデリックは自らの指示に従わない軍曹の一人に発砲し傷を負わせ、ボネロが致命傷を与える（一七七）が、その後のボネロによる発言は注目に値する。彼は「この戦争で一人も殺したことがなかったが、ずっと軍曹を一人殺したかった」と話すほか、告解の際には神父に軍曹の殺害を祝福してもらうつもりだと伝えている（一八〇）。つまりイタリア人兵士の殺害を切望し、その成功に喜ぶ社会主義者ボネロもまた、権力を掌握すると野戦憲兵と大差ないことを示しているのだ（Cooper 四五）。彼はこの日に脱走し、物語から姿を消すが、ボネロは戦線における一層の混乱を招く存在として描かれている。

さらにパッシーニが戦争を放棄するべきだと話すと、フレデリックは「戦争を終わらせるべきだと思う。片方が戦いを止めても戦争が終わることにはならない。こっちで戦いを止めたら悪くなるだけだろう」と話し、パッシーニが「戦争以上に悪いものは存在しません」と伝えると、「敗戦はもっと悪い」（四三）と主張している。このようなフレデリックの戦争を巡る考え方は、一九三六年一月付で『エスクァイア』誌に掲載されたヘミングウェイの記事「翼は常にアフリカの上で――ある鳥類学通信」における将校の戦争を巡る考え方と類似している。ここでヘミングウェイは将校が労働者とは対照的に、戦い抜き勝利することによって戦争を終結できると信じていたことを伝えているのだ（*By-Line* 二三四）。フレデリックも記事に見られるような将校側の立場に依拠することによって、社会主義者から心的距離を置いていることがわかる。

フレデリックは物語執筆当時のヘミングウェイを彷彿とさせるかのように、イタリアで見られたいずれの思想的立場にも同調しないアメリカ人である。とはいえ、彼はイタリア軍との連帯意識を拭い去ることもできない。野戦憲兵による銃殺を逃れて脱走したフレデリックは、イタリア軍兵士たちの幸運を祈る一方で、もはや自分の出る幕ではないと独白する（二〇〇）。しかし平服を着た彼は、仮面舞踏会参加者のように感じるとともに、軍服の感覚が無いことを寂しく思う（二一一）ほか、ストレーザのバーでは「僕は、学校をさぼったのに今頃学校では何をやっているのだろうと考える少年の気持ちにそっくりな感じがした」(二一三)と自らの心情を吐露する。つまり彼は戦争そしてイタリア軍との決別を宣言しながらも、完全な非戦闘員になれないアメリカ人として取り残されてしまうのである。

四　フレデリックが語る作者ヘミングウェイの物語

『武器よさらば』の草稿において、ヘミングウェイは「イタリアは皆が一度は愛すべき国だ。僕はかつてイタリアを愛し、そこで生き抜いた――皆さんも一度はイタリアを愛するか、少なくともそこに住むべきだ」(三一二)と述べている。出版前に削除されるこの一節には、彼のイタリアに対する並々ならぬ愛着を見てとることができる。しかも彼は一九二九年五月から『スクリブナーズ・マガジン』誌に連載されていた当時の『武器よさらば』六月号において、物語が「自伝的なものではなく」、「イタリアやイタリア人に対する批判を意図したものでもない」という注意書きを準備していた(Donaldson 四)。ヘミングウェイはイタリア人読者の反応を気に掛けてもいたのである。

とはいえ、ヘミングウェイが書き送った記事が明示するように、彼はファシズムのみならず社会主義や共産主義といった当時のイタリアで見られたいずれの思想にも同調することはない。しかも彼はこのような自らの立場をフレデリックに自己言及的に表明させていたとも考えられる。イタリア兵への友愛を示しながらも、イタリア軍に所属することに居心地の悪さを感じるフレデリックのイタリア人意識の背景には、イタリア社会で見られた思想とは相容れない立場ゆえに、自らとイタリア人との間に乗り越えられない人種的境界線を意識せざるをえなかったヘミングウェイの創作姿勢が垣間見える。

こうした彼の姿勢は、物語全体を通して変化することなく、最終的に完全な非戦闘員になりきれない中途半端な状況で取り残されるフレデリックにも投影されている。彼の姿には、イタリア人への人種的越境を意識しながら構築した自己と、彼らとは距離を置く思想的立場とが共存するヘミングウェイのイタリア人を巡る複雑な包摂と排除の意識を象徴的に見出すことができるからである。フレデリックは、自らの体験をフィクション化するに至るまでの時間的流れの中で醸成されたヘミングウェイの特異なイタリア人像を浮き彫りにする主人公でもあるのだ。

＊本稿は二〇一七年十二月九日に開催された第二十七回日本アメリカ文学会北海道支部大会におけるシンポジウム「事実と虚構のはざまで——ノンフィクションのアメリカ文学」（於 北海学園大学）において口頭発表した原稿に大幅な加筆・修正を施したものである。

引用・参考文献

明石紀雄、飯野正子『エスニック・アメリカ——多文化社会における共生の模索　第三版』東京：有斐閣、二〇一一年。

Baker, Carlos. *Ernest Hemingway: A Life Story*. New York: Scribner's, 1969.

Bakewell, Charles M. *The Story of the American Red Cross in Italy*. 1920. London: Forgotten, 2015.

Cirino, Mark. "The Nasty Mess: Hemingway, Italian Fascism, and the *New Review* Controversy of 1932." *The Hemingway Review* 33.2 (2014): 30–47.

Cooper, Stephen. *The Politics of Ernest Hemingway*. Ann Arbor: UMI Research, 1987.

Donaldson, Scott. "Introduction." *New Essays on* A Farewell to Arms. Ed. Scott Donaldson. New York: Cambridge UP, 1990. 1–25.

Florczyk, Steven. *Hemingway, the Red Cross, and the Great War*. Kent: The Kent State UP, 2014.

Hemingway, Ernest. *A Farewell to Arms: The Hemingway Library Edition*. New York: Scribner, 2012.

——. *By-Line: Ernest Hemingway: Selected Articles and Dispatches of Four Decades*. Ed. William White New York: Scribner's, 1967.

——. "Che Ti Dice la Patria?" *The Complete Short Stories of Ernest Hemingway: The Finca Vigía Edition*. New York: Simon & Schuster,

1987. 223–30.
——. *Dateline: Toronto: The Complete* Toronto Star *Dispatches, 1920–1924*. Ed. William White. New York: Scribner's, 1985.
——. *The Letters of Ernest Hemingway 1907–1922.* Ed. Sandra Spanier and Robert W. Trogdon. Vol. 1. Cambridge: Cambridge UP, 2011.
——. *The Letters of Ernest Hemingway 1923–1925*. Ed. Sandra Spanier, Albert J. DeFazio III, and Robert W. Trogdon. Vol. 2. Cambridge: Cambridge UP, 2013.
——. *The Sun Also Rises: The Hemingway Library Edition*. New York: Scribner, 2014.
Lena, Alberto. "The Many Faces of Defeat: Italian Ideological Contexts in Frederic Henry's Caporetto." *Hemingway and Italy: Twenty-First-Century Perspectives*. Ed. Mark Cirino and Mark P. Otto. Gainesville: UP of Florida, 2017. 77–95.
松本悠子『創られるアメリカ国民と「他者」――「アメリカ化」時代のシティズンシップ』東京：東京大学出版会、二〇〇七年。
Moreland, Kim. "Bringing 'Italianicity' Home: Hemingway Returns to Oak Park." *Hemingway's Italy: New Perspectives*. Ed. Rena Sanderson. Baton Rouge: Louisiana State UP, 2006. 51–61.
Reynolds, Michael. *Hemingway's First War: The Making of* A Farewell to Arms. Princeton: Princeton UP, 1976.
——. *The Young Hemingway*. New York: Basil Blackwell, 1986.
Sanford, Marcelline Hemingway. *At the Hemingways with Fifty Years of Correspondence between Ernest and Marcelline Hemingway*. Moscow: U of Idaho P, 1999.
Stephens, Robert O. *Hemingway's Nonfiction: The Public Voice*. Chapel Hill: U of North Carolina P, 1968.
Villard, Henry Serrano, and James Nagel. *Hemingway in Love and War: The Lost Diary of Agnes von Kurowsky*. New York: Hyperion, 1989.
Wagner-Martin, Linda. *Hemingway's Wars: Public and Private Battles*. Columbia: U of Missouri P, 2017.

第十八章　惑星思考と嘆き《エコー》の表象
——ハーシー、大江、原、チャ

山辺　省太

一

グローバリゼーションが経済的要因から生まれたことは今さら言うまでもないが、トランプ大統領の言動からも窺えるように、その歪みは世界の様々な地域で露呈され始めている。だが、物的・人的移動が顕著に見られる昨今の情勢において、グローバリゼーションから距離を置いて事を考えるのは、容易なことではない。経済中心の世相に警鐘を鳴らすべき人文科学の領域でもその用語は多用され、とりわけ英語教育の分野において顕著であるように、グローバリゼーションは肯定的に使われている感は拭い切れない。もしグローバリゼーションが人文科学に何らかの効用を齎すとすれば、多文化的な知見を持つことで他人種への偏見をなくすこと、自身とは異なる他者への配慮を示すことであり、それができない人はグローバルな市民とは認められない。その一方で、個人の経済的利権が尊重される新自由主義の時代において、他者を尊重することはどれだけ困難であるかという問題を、多くの人は看過しているようにも思える。実際、他者への配慮とは言っても、自らの主体的価値判断を基盤に為される他なく、時にその倫理的振る舞いは意に反して他者の障壁となることもあり得る。そう考えるなら、他者への配慮は自らの主体性を剥ぎ取る作業が強いられる訳だが、これを実践できる「グローバル市民」はそれほど多くはいないだろう——グローバリゼーションとは企業の利益、主体性を膨張させることでもあり、自己を抹消しながらグローバルな人材になることは、ある種の撞着語法に他ならない。ガヤトリ・チャクラヴォルティ・スピヴァクの「惑星思考」は、しかしながら、グローバル資本による経済的な包括システムに同化することに抵抗しつつ、自己が他者に取り込まれることでより深大な領域に足を踏み入れることを謳っている。

私は惑星（planet）という言葉を地球（globe）という言葉に上書きすることを提案する。グローバリゼーションとは至る所に同じ交換システムを押し付けることを意味する。……地球とは、我々がそれをコントロールできると思わせるものだ。惑星は様々な他なるもの（alterity）の中で、別のシステムに属している。しかし、我々はそれを借り受けながら住んでいる。それは地球との対照的な関係にうまく収まるものではない。「他方、惑星で」とは言えないのだ。……もし我々が自身を地球の行為者（agents）というよりは、惑星的主体（subjects）と想像するなら、地球上の実体というより惑星の生物と想像するなら、他なるものは我々から派生した存在ではなくあり続ける。それは我々の弁証法的な否定を意味せず、我々を放逐しつつ内包するのだ。（七二―七三）

スピヴァクが提唱する「地球」と「惑星」の違いは明確だ。前者は自身の支配下において物事――経済的にも倫理的にも――を決めていくが、後者は他者のシステムを借り受けながら人間生活を営むが故に、主体という概念が表出されにくい。主体は常に他者（惑星）により「内包され、放逐される」が故に、受動的な存在と化すことになる。冒頭部分でも触れたように、人文科学のグローバリゼーションとは、新自由主義経済が生みだす他者の搾取を必ずしも実践するものではないが、それは自己／国家の地位や価値が担保された上での他者への倫理的配慮であるが故に、経済中心の軌道から完全に遊離しているとは言えない。その一方、地球という一つの惑星が、自ら光を放ち輝く太陽のような恒星とは異なり、太陽の光を反射しながらその周りを公転するように、惑星思考とは太陽や他の惑星――地球にとっての他者――に依存せざるを得ない、太陽系というより大きなシステムに身を任せるしかない、受動的なパラダイムなのである。

本論の主眼は、グローバリゼーションと惑星思考の議論を基に、戦争犠牲者――具体的には、広島の被爆者――の表象と格闘した幾つかの作品を、倫理的な側面から比較することにある。原爆というこの国の開闢以来例を見ない凄惨たる史実を扱う時、作家達はノンフィクションという文学スタイルを意識せざるを得ないと思うが、果たしてそれは広島の悲劇をどこまで表象できるのだろうか。被爆者を描いた文学作品は数多くあるが、本論の前半部分ではその代表的なものとして名高い、ジョン・ハーシーの『ヒロシマ』と大江健三郎の『ヒロシマ・ノート』を批判的に分析する。何故批判的なのかと言えば、もちろん両作品とも被爆者の観点から原爆の非人道性を世界的に知らしめたことで知られ、現代でも極めて影響力の強い文学作品である一方、最終的には自らの思想や価値判断を基に広島を描いた側面が見え隠れするからだ。スピヴァクの議論に則して両者がグローバルな作家だと断罪するのは行き過ぎだが、後半部分で扱う原爆作家原民喜の詩学と比較した場合、ハーシーと大江は政治的には被爆者の立場を尊重しながらも、文学的には主体の壁を壊してまで他者と共鳴した作家とは言い難い。対照的に、原民喜の代表作の一つ「鎮魂歌」は、被爆後の風景にならない風景、怒りにならない怒り、言葉にならない言葉が作り出す渦のような流れに身を委ねることで自己の殻が破壊され、それまで会ったこともない亡くなった被爆者達との結び付きを可能にする、戦後の日本文学史においても実に特異な作品である。ハーシーも大江も確固たる倫理的な使命を持ちつつ、原爆が一般市民に齎した凄絶な惨状を明るみに出し、また悲壮極まる悲劇に対峙しつつ力強く生きる被爆者の姿を伝えてはいるが、多くの被爆者が発する声にならない幽かな叫びを掬い取るに至ってはいない。それに対し、原の「鎮魂歌」が声にならない声を我々に伝えることができるのは、自身の体験に基づいたリアリズム、抒情的な詩的感性、このような惨状を齎した国家政治に対する怒りが一つの作品に見事に収斂された結果であり、先ほども触れたスピヴァクの惑星思考に鑑みるなら、語り手（原自身）が能動的ではなく受動的な媒介者として被爆者の姿を捉えている――或いはこう言ってよければ、無数の他の被爆者に成り切る――ことに起因する。

二

まずは論の端緒として、ジョン・ハーシーの『ヒロシマ』から見ていこう。『ヒロシマ』は原爆の悲惨さを描いた初期の作品の一つで、世界に広島の凄愴たる状況を知らしめたルポルタージュである。原爆投下一年後の一九四六年八月にアメリカの高級誌『ニューヨーカー』に掲載されたが、三年後の一九四九年に日本語訳も出ていることは、日本人にとっても『ヒロシマ』の影響の強さが窺える。しかしながら、それはハーシーのアイデンティティや主体性が抑えられ、完全に被爆者の立場に立ったルポルタージュかと問えば、必ずしもそうではないと言わざるを得ない。『ヒロシマ』は六人の被爆者の証言を基に構成されており、その内の二人はキリスト教の神父と牧師で、二人は医師、他の二人は特別な地位に就いている者ではない、一般市民と見做してよいのだろう。ハーシーの父親は宣教師であり、また証言者の人選は日本人ではなくドイツ人神父のウィルヘム・クラインゾルゲによって為されたこと、さらには牧師の谷本清が戦前アメリカのエモリー大学大学院を修了していた事実は、『ヒロシマ』の作調が西洋的な色彩とは無縁ではなく、証言者六人が被爆した広島市民を代表しているのかという疑問がどうしても頭をもたげてくる。

そうは言っても、『ヒロシマ』において、広島赤十字病院医師の佐々木輝文氏は、自ら被爆したにもかかわらず、病院に送り込まれた被爆者の手当てに奔走し、またクラインゾルゲ神父や谷本牧師が、絶望的な犠牲者達の苦悶を少しでも和らげようとする祈りと行動は、読者の心を揺さぶらずにはいられない。その一方で、彼らの献身的で良心的な活躍、誰にも真似することのできない勇敢な行動が逆に、読者をして広島の惨状以上に彼らの方に注意を向けさせる事になってはいないだろうか。実際のところ、空前絶後の惨禍の実状を報告する作品だが、同時に被爆者の人間的な尊厳、勇気、忍耐といった要素をアメリカ人に伝えることもハーシーが意図したことであった。(1)『ヒロシマ』は広島が被った物的・人的被害を、数値を引用しながら客観的且つ詳細に伝える一方、人道主義的な想いと未来志向の詩学が滲み出ている。日本語の訳者の一人でもある谷本清もその解説部分で、ハーシーの焦点は人道性にあり、原爆による科学的／数値的な効果の紹介に留まらないことを強調している。これはハーシーの人間としての良心から企図されたことであり、また、事実『ヒロシマ』が当時のアメリカ人が抱いていた野蛮な日本人というイメージを大きく変えたこと、更には多くのアメリカ人が広島で被爆した一般市民に大きな共感を寄せるようになったことを考えれば、決して非難されるべきことでなく、その政治的な効果は大いに称賛されてしかるべきだ。ただ忘れてならないのは、『ヒロシマ』は感情的に被爆者の惨状を訴える文体ではなく、飽くまで証言を基に事実を記録するルポルタージュであり、結果として当時のアメリカ人は自らの国家が行った無差別殺人が極悪非道な行為として非難されているとは感じなかったことも、当時のアメリカ人に受け入れられた要因だろう。ポール・ボイヤーが指摘するように、『ヒロシマ』出版後、数多くの共感の手紙が寄せられても、実際に原爆に対し罪の意識を感じ、核の禁止を訴えるような類のものは僅かであり、戦争における人間の価値や尊厳を考えさせることでアメリカ人の心の浄化作用を引き起こす以上のものではなかった（二〇九―一〇）とも言える。

被曝で重傷を負い、肉親や子供を失った多くの被爆者が、『ライフ』や『ニューヨーカー』から派遣されたアメリカ人記者ジョン・ハーシーの取材を、どれだけ遺恨めいた眼差しで眺めていたか想像するなら、証言者達の勇気ある行為は、被爆者の沈黙の憤怒を消し去ってしまう可能性は否めない。以下に引用する谷本清がアメリカの友人に宛てた手紙は、被爆直後、筆舌に尽くしがたい肉体的／精神的苦悶を、人間的尊厳という倫理的暴力により覆い隠してしまうのではなかろうか。

完全に疲れ切って、僕は被爆者達に混じって地面の上で横になったが、全く眠れなかった。翌朝、昨晩水をあげた多くの男や女が死んでいるのを僕は知った。しかし、とても驚いたことに、あれだけ酷い痛みに苦しんだにもかかわらず、取り乱して泣き叫んだりした者は一人としていなかった。みんな言葉も発せず、恨み言を言う訳でもなく、歯を食いしばって耐えていた。すべてはこの国のために！（八七―八八）

谷本の力強い記述は、確かに抵抗することなく亡くなっていった被爆者の尊厳を証明するものだが、彼ら／彼女らの言葉にならない、遣る瀬無い思いを放逐してしまう。多くの瀕死の怪我人を助け、祈りにより肉体的な痛みを緩和した谷本の行為が称賛され過ぎることはないが、彼のロマンティックな要素が付き纏う被爆者の表象は、広島の酸鼻な光景が読者の想像力から隠滅される危険性を併せ持つ。

『ヒロシマ』は、動くこともできず、ただ横になり無言のままどうすることもできない痛みに耐える被爆者の姿も映している。「怪我をした人は一言も発しなかった。誰も泣いてはおらず、ましてや痛みで叫んでいる人もいなかった。誰も不平も言わず、多くの死にゆく者が皆音も発しなかった。子どもでさえ泣いたりしなかった。話をする人など、ほとんどいなかった」（三六）。この惨たらしい光景が表象するのは、谷本がコメントするような被爆者の威厳ではなく、生きる力を完全に奪われた人間とは言えない物質の姿である。身体が放射能によって浸食されることに抵抗する術もなく、完全に主体性が奪われた状態で亡くなった被爆者は、果たして「恨み言を言う訳でもなく、歯を食いしばって耐えていた」という谷本の証言に収まるものだろうか。被爆者が体験したこととは、人間としての尊厳など一顧だにされなかった虐殺であり、被爆者の沈黙は彼ら／彼女らの原爆に対する無力感とやり場のない悲憤を同時に表している。被爆者全員が、天皇のため「雄々しく (manly) 死んだ」（八九）訳ではないのだ。

三

上に挙げたような、人間性を称揚する要素は散見されるが、全体的にハーシーの『ヒロシマ』はジャーナリスティックで客観的なルポルタージュのスタイルにより構成されている。対照的に、大江健三郎の『ヒロシマ・ノート』は、原爆投下後十数年が経過した被爆地を訪問した際、肉体的、精神的な逆境にも立ち向かって生きる被爆者の姿に心を打たれ、大江自身の情感が前面に出たルポルタージュである。ジャン＝ポール・サルトルの実存主義の影響が色濃く見られるこの記録文学は、ハーシーの『ヒロシマ』以上に、人間としての尊厳と忍耐を持ち続ける被爆者に希望の光を見出そうとする。大江自身の作家としてのスタンスから、核兵器の量産を目論むアメリカなどの大国への嫌悪感が充満した、極めて政治色の強い作品であることも、『ヒロシマ』とは異なる点として挙げてよい。但し、広島を題材にルポルタージュを書く動機はハーシーとは異なるだろうが、大江も自らの価値観を基軸にして被爆者の実態を描いていることは等閑視すべきではない。

大江が関心を寄せるのは、屈辱的な状況下でもヒューマニズム——意志、尊厳、忍耐、そして希望——を失わない被爆者であり、彼はこのような人達を「モラリスト」と命名する。この「モラリスト」は大江にとって他者的な存在である。というのは、彼ら／彼女らは彼にはない不撓不屈の精神を持っているからであり、大江は敬意を込めて被爆者達を他者と呼ぶ。確かに『ヒロシマ・ノート』において、大江は他者である被爆者に畏怖と尊敬の念を同時に感じるが、大江自身の実存的な思いが強いため、結果として『ヒロシマ・ノート』を読み進めると、他者に吸収される合一というよりも、彼自身の実存を基盤にした他者との融合の夢想が顕著に滲み出る。被爆者の経験が語り得ないような凄惨極まるものであろうと、いやそれがそうであればあるほど、彼は被爆者に肯定的なヒューマニズムを見出そうとする。

大江が敬意を表する被爆者のエピソードを一つ取り上げてみよう。ケロイドを持つ若い女性が奇形の赤子を生むが、彼女の夫が確認しようとした時には母親への配慮もあり、病院側は赤子をすでに処理してしまったという悲話である。事の仔細を聞いた母親は、たとえ死産の赤子であっても、その子を見れば勇気が再び湧き起こってきたのにと言い、悲嘆に暮れる。大江は絶望極まる状況の中、若い母親が発した「勇気」という言葉に感銘を受け、以下のような思いを綴っている。

僕はこの不幸な若い母親の、無力感にみちた悲嘆の言葉のうちの、勇気という単語にうちのめされる思いだった。それはすでに実存主義者が新しくあたえた意味の深みに属する。死産した奇型児を母親に見せまいとした病院の処置は、たしかにヒューマニスティクであろう。人間がヒューマニスティクでありつづけるためには、自分の人間らしい眼が見てはならぬものの限界を守る自制心が必要だ。しかし人間が人間でありうる極限状況を生きぬこうとしている若い母親が、独自の勇気をかちとるために、死んだ奇型の子供を見たいと希望するとしたら、それは通俗ヒューマニズムを超えた、新しいヒューマニズム、いわば広島の悲惨のうちに芽生えた、強靭なヒューマニズムの言葉としてとらえられねばならない。（七四―七五）

大江は、彼女の実存主義的な意志が死産した奇形の赤子と向き合う勇気を奮い起こしたと見做し、その心性を「通俗ヒューマニズムを超えた、新しいヒューマニズム」と名付けている。彼女の行為は、人類が生み出した未曽有の惨事を乗り越える希望として彼の目に映り、このような人物こそ「正統的な人間」（一四七）、新しい日本人の在るべき姿と見做す。しかし、死産した赤子を一目見たいという彼女の懇願は、本当に大江の言う類のヒューマニズムから出来するものなのか。大江は過酷な環境の中でも絶望に屈服しない被爆者を称揚するが、この被爆した母親が実際のところ前向きな姿勢であのような行動に出たのかを推断するのは難しい。むしろ、母親としての忌避できない義務感、被爆の影響の下で自らが身籠り産んだ存在から目を逸らしてはいけないという義務感、希望ではない絶望的なまでの義務感が彼女をしてあのような決意を抱かせるに至ったのではなかろうか。それは、被曝という自らの宿病によって奇形となって死産した赤子への余りに無力なまでの責任感、被曝という史実を受け入れざるを得ない受動的な想い、これらの心情が彼女の行為の根幹のように思えるのである。彼女の行為が人の心を打つのは、自身ではどうしようもない出来事に対して目を逸らすことのない、能動的意志というよりは余りにも悲愴なその受動性にあるのではなかろうか。

被爆者の中に希望を見て取ることで、知らず知らずの内に自身の倫理的なコードを被爆者に適用することは、グローバルな思考様式と同じではないにしても、広島／被爆者を表象しているとは言い難い。つまり、ハーシーの『ヒロシマ』が六人の被爆者の記録である様に、『ヒロシマ・ノート』もまた人間的な威厳を保つ被爆者のルポルタージュではあっても、広島全体の話ではない。二人とも集団ではなく個々人の物語を紹介した事は意義あることだが、個々の物語が広島全体へと収斂する感覚を果たして読者は覚えるだろうか。もちろん、大江自身歴然とした平和主義者であり、また原民喜をはじめとする多くの原爆作家の作品を編纂し、海外に紹介した彼の功績は、称賛されて余りある。その一方で、彼の道徳基準で被爆者のヒューマニズムの強度を測る手法は、ハーシー同様に、被曝による虚脱状態の中、尊厳や意志、勇気などの人間的な感情など感じることのないまま亡くなった無名の一般市民を忘却することに繋がらないだろうか。

四

大江自身が同じような苦境に立たされた時に真似できないような人間的尊厳と忍耐を備えた被爆者を他者として彼は称賛するが、その他者はどこか大江の主体性を再考し強化する役割を『ヒロシマ・ノート』の中で担っているようだ。ハーシーと大江による広島表象の対極に位置するのがスピヴァクの惑星思考であり、またこの章で考察する原民喜だが、スピヴァクだけでなくフランスの思想家、エマニュエル・レヴィナスが唱える哲学にも少しだけ目配りしておきたい。何故レヴィナスかと言えば、主体は他者に支配され従属される受動的な存在であることを唱えた哲学者であり、原民喜の詩学と多くの部分で共振するからだ。他者の顔とは個別の人の顔を意味するのではなく、「我―汝」の私的な関係を作るものでもない、「第三者が、他者の眼の中で私を見つめている」（下巻　七三）状況を作り出し、無数の見知らぬ他者が眼前の他者の顔において現出する、とレヴィナスは言う。他者の顔は、全く見知らぬ第三者、貧しい者、異邦人である第三者、そこには現れていない不在の第三者を映し出し、その人達を主体と結びつける媒介者的な役割を背負う。レヴィナスの顔の理論とは、主体が他者との無限な関係に身を委ねること、見知らぬ他者の苦境へと主体を導き、他者の懇願に耳を傾けることをその基軸とする。他者の顔とは、視覚可能な他者の顔ではなく、無数の他者を開示し、無限の他者に支配されることで主体ははじめて構築される。レヴィナスにとって主体は自己の主人ではなく、他者に身を任せる受動的存在であり、レヴィナス自身の譬えを使うなら、「自己とはべつのもののうちにありながらもわが家にあること、自己自身とはべつのものによって生きながら自己自身であること、つまりは～によって生きることが、身体的に現実存在することにおいて具体化される」（上巻　三三六）という特質を帯びる。引用したレヴィナスの考えがスピヴァクの惑星思考とかなり近しいのは一目瞭然だが、「文法的に受動態や使役構文を頻繁に使用する」（トリート　一三二）原民喜の文学にも、その思想は具現化されている。

ハーシーや大江とは対照的に、原の精妙な散文が描く風景は、破壊された建物と悶絶する被爆者が並置されることで、人間が物質化したような奇妙な融合を炙り出す——換言すれば、広島の非人間化である。リアリズム色が強い短編「夏の花」には、以下のような記述がある。

これは精密巧緻な方法で実現された新地獄に違いなく、ここではすべて人間的なものは抹殺され、たとえば屍体の表情にしたところで、何か模型的な機械的なものに置換えられているのであった。苦悶の一瞬足掻いて硬直したらしい肢体は一種の妖しいリズムを含んでいる。電線の乱れ落ちた線や、おびただしい破片で、虚無の中に痙攣的の図案が感じられる。だが、さっと転覆して焼けてしまったらしい電車や、巨大な胴を投出して転倒している馬を見ると、どうも、超現実派の画の世界ではないかと思えるのである。（二五八）

原の語りの特徴として挙げられるのは、たとえそれが抒情的な自然主義のスタイルで構成されても、被爆後の廃墟や苦悶の末亡くなった被爆者や動物が一つのタブローに凝縮されたような、どこかヒューマニズムとは乖離した、陰鬱で冷たい力によって動かされることである。実際のところ、語り手は被爆者や廃墟が発する亡霊的エコーに占有されており、その惨烈極める世界を見るのに客観性を保つことはできないし、実存主義的な意識など持つことはできない。原が表象する被爆者から人間性——尊厳、忍耐、意志、勇気、そして希望——を見出すことは不可能である。彼は原爆の熱線と放射能によって人間性などはすでに剥ぎ取られた被爆者を描いており、とりわけ代表作「鎮魂歌」は、廃墟と化した広島で反響する悲嘆が語り手を圧倒する様子を描いている。

「鎮魂歌」の語り手は原民喜自身と見做してもよいだろう。作品の主題は「自分のために生きるな、死んだ人たちの嘆きのためにだけ生きよ。僕を生かしておいてくれるのはお前たちの嘆きだ」（二〇八）という文章に集約されており、被爆者の嘆きに貫かれることで語り手は生きる力を得ることができる。被爆者の名状し難い悲嘆は、空漠とした雰囲気の原子爆弾記念館で、語り手を被爆直後の広島へと時空を超えて引きずり込む。そこで彼は伊作とお絹という亡くなった被爆者の声を聴き、その嘆きに支配され、半ば伊作とお絹となって叫喚地獄の光景を見ている感覚に陥る。実際、作品を読む中で、語っているのは伊作なのか、お絹なのか、語り手なのか、その境界が茫漠となるが、より注目すべきは二人の被爆者の悲嘆を切掛けに無数の被爆者の慟哭が反響し、「人類の大シンフォニー」（二四三）へと発展するテキストの広大さである。(2) それは、「わたしはわたしだ、どうしてもわたしだ。小さな殻の固いかたまり、わたしはわたしを大丈夫だと」思いながらも、自己が破壊され、地球が裂け、海底が渦巻き、「目の前に無数の人間の渦」が広がる幻想／現象である（二三三）。最後に語り手の主体性は、それこそオウィディウスの『変身物語』に出て来る妖精エコーのようになくなり、無数の被爆者の声が彼を占有することになる。以下の引用のように。

僕は還るところを失った人間。だが僕の嘆きは透明になっている。何も彼も存在する。僕でないものの存在が僕のなかに透明に映ってくる。それは僕の中を突抜けて向側へ翻って行く。向側へ、向側へ、無限の彼方へ、……流れてゆく。なにもかも流れてゆく。素直に静かに、流れてゆくことを気づかないで、いつもいつも流れてゆく。僕のまわりにある無数の雑音、無数の物象、めまぐるしく、めまぐるしく、動きまわるものたち、それらは静かに、それらは素直に、無限のかなたで、ひびきあい、結びつき、流れてゆくことを気づかないで、いつもいつも流れてゆく。（二五二）

語り手は被爆者の悲嘆を受け入れる媒介者となり、その無数の声で貫かれることで、彼もまた向こう側の流れに身を委ねることが可能となる。そこでは、自身の声と他の被爆者の声を聴き分けることはできず、他者の叫びは自身の叫びとなり、自身の苦しみは他者の苦しみとなる。だから、伊作やお絹は語り手と同一化するだけでなく、他の被爆者の声が反響する空間へと語り手を誘うのである。原民喜の文学世界は苦悶する被爆者や破壊された物質、そして誰の何の声かは不明だが、様々な音階が織り成す、不気味で調和することのないエコーに満ちている。レヴィナスは他者を主体に非暴力と平和を訴える存在と捉えているが、原にとって被爆者という他者、被爆後に亡くなり向こう側にいる他者は、永遠に彼に取り憑き、離れることはない。原の世界からは倫理は見えない――倫理性も道徳性も見いだせない冷たさが、原の描く広島である。しかし、そのような状況においても、取り憑いて離れない、被曝して死んでいった他者から目を逸らさず――レヴィナス的に言えば、他者の顔と対峙し続け――「無限の彼方」で被爆者と呼び交わすことで生まれるかもしれない儚い温もりを、原は夢見たのである。

廃墟と化した広島の風景、被爆者の声にならない声、形にならない記憶、それらが渦のようなエコーとなって主体に押し寄せるのが原民喜の「鎮魂歌」の世界であり、語り手は惑星の如く恒星の光――被爆者の嘆き――を反映させながら、その周りを回転して進んでいく。或いは「回転して押されて」（二五〇）いく。もちろんここで言う恒星とは「広島」のことであり、その地は原を「深淵へと放擲しながらも包み込み」（スピヴァク　七三）、広島について語るよう命令する。被爆者に対して受動的になること、被曝により全ての人間性が奪われた物質的状態と同化すること、これらのことをフィクションでありつつある種のルポルタージュでもある「鎮魂歌」は訴える。原の世界には、人間的ヒューマニズムはない、人間存在もない、建物、人間、動物が織り成す廃墟と化した物質とそれが奏でる無数の嘆きがあるだけだ。語り手は「僕には一つの嘆きがある。無数の嘆きがある」（二五〇―五一）と述べているが、原を含め個々人の被爆者が織り成すエコーは、読者の閉じた主体性を、自身の価値観に依存したシステムを貫く力を、或いは自己を深淵へと、「無限の彼方」へと放擲する力を持っている。被爆者のエコーが織り成す「交響楽」（二四三）は、「還るところを失った」、「透明になった」語り手を放逐しつつ、彼に生きる力を与え包み込むのである。

五

以上、ジョン・ハーシー、大江健三郎、原民喜の広島を概観することで、被爆者を表象する文学的技法について考察してきた。原爆という凄絶極まる世界に身を委ねることで聴こえてくる他者の嘆き、その嘆きに貫かれることで被爆した他者に対し自己は受動的な存在と化すことが「鎮魂歌」の主題であり、テキストが奏でるのは広島という廃墟が発する不思議な音色である。それは人間性を喚起するような音ではなく、「懐かしく、ぞくぞくさせるような」無数の足音であり「やさしげな低い歌声」（原「鎮魂歌」二三六―三七）でもある。だが、これは広島に限った嘆き・歌声ではない。紙面も尽きてしまったので詳述は控えるが、アメリカ文学とノンフィクションというテーマを俎上に考えるなら、祖国を追われ母語を奪われた家族の物語を回顧し、その嘆きを自身が習得した様々な言語を通して発しようとした、韓国系アメリカ人テレサ・ハッキョン・チャの『ディクテ』は、原民喜の世界と深く繋がっているように思えるのである。両者とも自らが経験した苦艱を呼び起こそうとするが、その文学世界で自然と湧き上がるのが、無数の犠牲者達が発する嘆きのエコーとそれを受け止める深遠な地球、そして「他者で一杯にする」（三）という文言が示す主体の受動性である。原やチャに共通するのは、かつて経験した悲愴極まる出来事が人間的な物語へと回収されることへの抵抗であり、身体を含めた物質性が強く出ている要因はその辺りにあるのだろう。原にしてもチャにしても、語るのは主体ではない、物質であり、他者であり、それらが発するエコーである。主体は書くのではない、嘆きを聴く器官であり、それを受け止める容器である。原が被爆者の嘆きを広島という区域に限定せず、広大な空間で反響させようと試みたように、チャの故郷・母語の喪失の嘆きも個人的な記憶という閉じた枠組みに収まることなく、大地に落ちる一粒の雫となって他者の苦痛と共鳴する広がりを持つ。

> 大地は暗い。いっそう暗くなる。地球はひとつの暗青色の石、その上には水蒸気で隅々までむらなくしっとりと濡れている。……あなたはその石に自分自身ととり換えないかともちかける。自分自身の肉体を。泣き叫び／懇願／叫喚の声は／あなたを、あなたの光景をとり換えてほしいと神に嘆願する歌となってひびきわたる。……石のもとへ導きたまえ、と。その硬く凝固した肉体を溶かすこと。あなたの言葉を身代金として。（一五九）

自らの嘆きを代償に石の一部となり、自己の身体も実体も血液も放擲され、「他の身体、より大きな身体に住み込む合体の準備」（一六二）が為される。自らがその一部と化した石／大地／地球には、無数の他者の忘れ去られた解読不可能な記憶が沈殿され、一つの湖となって地中の「内奥の最も深い基底層」（一六二）となる。その水は他者が発する様々な音や言葉を吸収し、反響させ、湖には新たな嘆きの層が折り重なっていく。「さまざまな声を与え、声の重みで石の重みに対抗させよ」（一六二　イタリックスはオリジナル）という祈りにも似た言葉は、地球という懐に包まれた無数の悲嘆が沈殿し、不純物が濾過され、巨大な声の振動となって地球を回転させることを儚くも思い描いている。それは、日本による植民地支配や米ソが引き起こした朝鮮戦争の為、母語を失い祖国を追われた同胞が発する嘆きが大地に滞留し、やがて大きな力となって人々を動かしていくことでもある。

　原の描く被爆者、チャが描く故郷が剥奪された人々、それらの人々の嘆きは、「そこ」にあり、「そして同時にそこでもない。ふたたび集結し、そして散る」（チャ　一五六）捕捉されることのない、忘却されたまま「持続」するエコーである。他者が奏でる音の調べに対し主体性を脱ぎ捨て、身を委ねることで見えてくる可能性を、二人の作家は独特の文体を用いて描いているのであり、本論冒頭で引用した惑星思考の思想と文学的に呼び《エコー》交わしているのである。

＊本稿は、冷戦読書会（二〇一四年十一月二十三日、筑波大学）及び、名古屋アメリカ文学・文化研究会主催の国際シンポジウム（二〇一五年三月二十三日、名古屋大学）における口頭発表の内容に、大幅な加筆・修正を加えたものである。

注

（1）パトリック・シャープは、原爆投下直後アメリカの世論に受け入れたのは、真珠湾攻撃に対する報復や戦前からの黄禍論を助長するような新聞記事や風刺漫画であったが、その傾向を変えたのが『タイム』や『ライフ』にも掲載された米国戦略爆撃調査団の調査報告やジョン・ハーシーの『ヒロシマ』であったと述べている。ただし、両者の違いとしてシャープは以下のように指摘する。前者の報告書が人体への放射線の影響などを調査しながらも、個々の被爆者の凄惨たる姿が映し出されることはなく、アメリカ政府の人道性を疑わせるようなものではなかったのに対し、ハーシーの『ヒロシマ』は、六人の被爆者の証言を報告することで、より人間性が強調された、被爆者の物語を伝える作品に仕上がっている、と。実際、シャープ自身も「キリスト教の聖職者たちは勇敢に (heroically) に他の被爆者の命を助け、痛みを和らげようとした」（四五〇）として、その英雄的行為を讃えている。

（2）「鎮魂歌」における精神的な広がりは、紅海、インド洋、ヒマラヤ山、アフリカ（二三三、二四六）などの地理的な広がりと連動しているのだろう。

引用・参考文献

Boyer, Paul. *By the Bomb's Early Light: American Thought and Culture at the Dawn of the Atomic Age*. Chapel Hill: The University of North Carolina Press, 1994.

チャ、テレサ・ハッキョン『ディクテ：韓国系アメリカ人女性アーティストによる自伝的エクリチュール』池内靖子訳、青土社、二〇〇三年。

原民喜『夏の花・心願の国』新潮文庫、一九七三年。

Hersey, John. *Hiroshima*. 1946. New York: Vintage, 1989.

レヴィナス、エマニュエル『全体性と無限　上・下巻』熊野純彦訳、岩波文庫、二〇〇六年。
大江健三郎『ヒロシマ・ノート』岩波新書、一九六五年。
Sharp, Patrick. "From Yellow Peril to Japanese Wasteland: John Hersey's 'Hiroshima.'" *Twentieth Century Literature* 46.4 (Winter 2000): 434–452.
Spivak, Gayatri Chakravorty. *Death of a Discipline*. New York: Columbia UP, 2003.
Treat, John Whittier. *Writing Ground Zero: Japanese Literature and the Atomic Bomb*. Chicago: The University of Chicago P, 1995.

第十九章　戦争のメンバー
——第二次世界大戦とカーソン・マッカラーズ

松井　美穂

はじめに

カーソン・マッカラーズの『結婚式のメンバー』（一九四六）は、一九三九年の秋に構想されたが、完成に容易に至らず、結局脱稿するのは一九四五年の八月末になる。これは、一九三九年九月のドイツ軍によるポーランド侵攻から、一九四五年八月の日本への原爆投下後までの、つまりは第二次世界大戦の勃発と終結の期間にほぼ重なる。この時間の重なりは単なる偶然の一致なのであろうか。

つまりマッカラーズは大戦期間中『結婚式』の完成へと奮闘していた。一方でその間、『悲しき酒場の唄』（初出一九四三年）やいくつかの短編、詩、そしてエッセイも発表している。ここで注目したいのはファッション雑誌に発表した戦争に関わるエッセイである。ここでマッカラーズは、戦争に対する自身の態度、考えを読者に伝えており、特にアメリカ参戦前に書かれたエッセイでは、自国が孤立主義か介入かで揺れている中で、戦争参加を主張している。『心は孤独な狩人』（一九四〇）を読めばわかるとおり、彼女は一九三〇年代後半には、南部の人種差別とナチスによるユダヤ人迫害を結びつけて考え、ファシズムの広がりに脅威を感じていた。ヴァージニア・スペンサー・カーの伝記によれば、マッカラーズはアメリカが参戦してファシズムに抵抗しないことは犯罪といえるほどの怠慢であり、不道徳なことであると考えており（八四）、アメリカ参戦の際の「ファシズムという悪と戦って世界の自由と民主主義を守る」という大義を、マッカラーズも共有していたのである。しかし、実際に戦争が始まると、戦地から届くニュースや手紙などを通して、戦争の現実を目の当たりにすることになる。そして終戦直後に書かれたエッセイでは、戦争の終結に安堵しつつも、それがもたらした混乱と核兵器の開発に暗い未来を予感している。

『結婚式』の舞台は、パリ解放について語られていることから（七一）、一九四四年八月であろう。オリヴァー・エヴァンスが、この小説の背後に戦争の反響はあるが『狩人』のような「社会的緊張」はないと指摘しているように（九八）、これまで本作品は戦争が大きな影響を与えている作品であるとは考えられてこなかった。しかし、これらエッセイと小説を照らし合わせてみると、南部の少女の成長物語の背後に、戦争を通して世界とどう関わっていくかに苦悩するマッカラーズの姿がみえてくる。本稿では、第二次世界大戦時に書かれたマッカラーズのエッセイなどを通して『結婚式のメンバー』を再読しながら、彼女が戦争とどう対峙したかを考察し、「非政治的なゴシック派」（ジェイムズ　五）と見なされがちだったマッカラーズの政治的な側面を明らかにしたい。

一　心は政治的な狩人

伝記や未完の自伝『イルミネーションと夜の眩惑』によると、マッカラーズは幼い時から、南部の貧困や人種差別に敏感であった（カー　二〇―二二、『イルミネーション』五四―五六）。二十三歳で出版した『心は孤独な狩人』は南部を舞台に人間の孤独と疎外を描いた作品とみなされているが、レスリー・フィードラーがこの小説を最後の「プロレタリア小説」といっている通り（四七八）、そこには三十年代の南部が経験した貧困、人種差別、労働運動などが写実的に描かれている。

マッカラーズは「赤の時代」の影響を強く受けていた。幼い頃から意識していた貧困や差別を、より政治的な問題として認識するようになったのは、十七歳の時にマルクスやエンゲルスを知ったことが影響している。[1] 彼女はそれらを読むことで「不正」に関する考察を深め、貧困や人種の問題を知的に理解する術を手にいれた（『イルミネーション』一三）。さらに二十歳で結婚する夫リーヴスもリベラルな共産主義シンパであった。のちに共産主義から心は離れたと語っているが（『イルミネーション』五六）、一九三六年に短編「神童」を『ストーリー』誌に送る際には自分はコミュニストであると宣言し、また、その数年後にはニューヨークで平和行進やストライキにも参加したと語っている（カー　三八―三九）。

さらに三〇年代後半マッカラーズが大きな関心を抱いていたのは、ヨーロッパに広がるファシズムであった。当時南部においてはヨーロッパの状況への関心は低く、マッカラーズは政治的には南部で孤立した状態であったといえる（ティッピンズ　一九）。このような状況で書かれた『狩人』では、彼女の社会状況をめぐる立場や主張が登場人物に反映されている。ユダヤ人の少年ハリー・ミノヴィッツの「ファシズムに正義や自由はないのだ」という主張は（二四五）、まさしくマッカラーズの考えでもある。ハリーは「戦争には反対だけれど、僕は正しいことのために戦う」、今や「戦闘的民主主義かファシズムか」のどちらかしかないのだと訴えるが（二四四）、その姿は後述するエッセイに出てくる青年マック、さらにはマッカラーズ自身の姿と重なる。

また『狩人』ではマルキストである黒人医師コープランドを通して、南部の黒人とナチス政権下のユダヤ人が結びつけられる。コープランドは白人のマルキストであるジェイク・ブラントとの政治的な議論の中で、黒人とユダヤ人、南部とファシズムの類似を説明する。つまり「黒人に関する限り、南部は現在も、今までも、常にファシストであった」のであり、「ナチスがユダヤ人から法的、経済的、文化的生活を奪ったように、黒人もそれらが奪われている」のである（二九九）。

グリルとジェンキンズが指摘するように、一九三三年には黒人新聞はドイツと南部の人種差別を比較していたが、白人新聞編集者は概してナチスの人種差別を非難こそすれ、ドイツと三〇年代の南部の差別に明らかな類似があるとは認めようとはしていなかった（六六八）。しかしながら、実はマッカラーズは『狩人』以前に、この黒人＝ユダヤ人のテーマを、短編「異邦人」（執筆は一九三六―三七年頃）において物語化している。これは一九三五年の夏、二年前にミュンヘンを脱出してきたユダヤ人男性がニューヨークから南部へとバスで向かう話である。道中、若い南部人と話しながら過ごすが、彼はその若者には自分の孤独や苦悩は理解できないだろうと考える（カー　五六）――この時娘の一人は行方不明である。途中そのバスに「異形」の黒人女性が乗ってくる。彼はその姿に困惑するが、南部人は全く関心を示さない。その若者にとってこの黒人女性は「見えない人間」でしかないのだ。ここでは、ロバート・ブリンクマイヤーも指摘している通り、二人の異邦人たるユダヤ人と黒人女性の苦難が等しいものとみなされている（二三二）。

このようにマッカラーズは、自らの土地の苦難とユダヤ人の苦難を同等に考えていた。クラウス・マンは、一九四〇年の初夏に初めてマッカラーズに会った時、彼女は「黒人とユダヤ人亡命者の物語」を書いていたと記している（『転回点』九八）。[2] マッカラーズ自身も自伝で、三番目の小説は「ドイツから来たユダヤ人の小説」だったと記している[3]（『イルミネーション』二〇）。すでにこの時構想を得ていた『結婚式』の執筆から一日離れてユダヤ難民と黒人について書こうとしていたこと、そして結局戦争の足音が強まるとともに『結婚式』の執筆へと戻っていったのは意味深い。

二　孤立か介入か

ドイツ軍がパリに入った一九四〇年六月『心は孤独な狩人』が出版され、その数日後にマッカラーズは夫と共に二度と南部には戻らないつもりでニューヨークへと旅立つ。ヨーロッパ情勢を危惧していた彼女は、そこから渡ってきた人たちに関心を持ち、W・H・オーデン、トーマス・マンの子であるクラウスとエリカ・マンなどと知り合う。さらにリーヴスとの夫婦関係が危うくなると、彼女はオーデンや当時『ハーパーズ・バザー』の編集者であったジョージ・デイヴィスとブルックリンのアパートで共同生活を始める。このアパートはのちにアナイス・ニンによって、住人に二月生まれが多かったことから「フェブラリ・ハウス」と名づけられるが、そこはポールとジェーン・ボウルズ夫妻、音楽家ベンジャミン・ブリテン、リチャード・ライト、クラウス・マン、クリストファー・イシャウッドなど「左翼的なボヘミアン・グループ」（ウォルド　一二九）が集う場所となった。

この時期アメリカはヨーロッパでの戦争勃発をうけて、孤立主義か参戦かで激しい議論になっていたが、フェブラリ・ハウスに関わる人々の戦争に対する態度も様々であった。オーデンはすでに左翼的な態度からキリスト教への関心を深めているところであり、作家として政治的態度を示したり、戦争に対して意見を表明するようなこととは距離をおいていた（『転回点』一三一）。ブリテンやイシャウッドはパシフィストであった。一方熱烈な介入主義者であったのがクラウス・マンである。一九三六年に反ファシストとして「アメリカに大きな期待を抱きやって来た」（フィッシャー　一四〇）クラウスは、西洋文化が危機的状況にある現在においては「あらゆる芸術家は立場を明らかにすべきだ」とマッカラーズに訴える（ティッピンズ　一九）。そして「アメリカ国籍の世界市民」として、その理念、つまり「世界市民的」、「アメリカ的」精神を体現するような文芸雑誌の刊行を計画する（『転回点』九九）。マッカラーズはすぐさまこの計画に手伝いを申し出、雑誌『決断——自由文化批評』が一九四一年一月に発刊される。クラウス自身の政治的姿勢は明らかだったが自由な討論の場を目指していた『決断』には、パシノィストから、アメリカ第一主義、宥和政策、孤立主義を批判するものまで様々な立場からの作品が掲載されていた（フランケンバーグ　三三五）。

このような状況下で、マッカラーズは戦争エッセイを発表する。これらはファシズムと戦うための連帯を主張するもので、その危機感は徐々に強まっていくようである。

一九四〇年十二月に『ヴォーグ』に発表された「アメリカ人よ、故郷を見よ」は、外国へ出て世界を知りたいと渇望する南部の二十歳の青年レスターの話を語りつつ、「希望なき状況に対峙する唯一の方法は」、アメリカ人がその国民的特質である「孤独」を認識することであると訴える（ブラントリー　一三）。レスターはヨーロッパで戦争が始まった時はあまり関心がなく、すぐに終わるだろうと楽観視していた。しかし状況はすっかり変わり、もはや世界はかつて思慕していたようなものではなくなってしまった。エッセイは今こそ、そのような思慕を善き目的のために利用するべきであり、若いアメリカは精神的に自立して、新たな世界情勢に対応するべく変化が必要だと訴える。

翌年一月に『ヴォーグ』に発表された短いエッセイ「自由の夜警」では、窮地にあるイギリスを思い、新年にかけての真夜中に鳴るビッグベンの鐘の音に耳をすまし、戦火で苦しむ人々の状況を想像しようと訴える。そのような人たちにとってビッグベンの鐘の音は希望の象徴であり、またタイトルが示す通り、自由の番人でもある。マッカラーズはアメリカ人もそして世界中の人々もその鐘の「聴き手」になろうと訴える。音は国境を越えて連帯を促すのである。

一九四一年七月『ヴォーグ』に掲載されたエッセイ「我々は横断幕を掲げ主張した――我々もパシフィストだった」は最も介入主義を鮮明にしている（ブリンクマイヤー　二四一）。エッセイは、一九四一年の夏、かつてはパシフィストであった友人マックがボランティアで陸軍に入る準備をしているという設定で、「私」とマックの会話から成り立っている。かつて「戦争反対、ファシズム反対」と書かれた横断幕を持ってデモ行進し、戦争もファシズムも等しく悪であると信じていたマック。だが状況は変わった。自由と民主主義こそがアメリカの理想であり、それを守るためにアメリカ人は戦うのだとマックは主張する。マックを通しマッカラーズは「参戦の理由」（サヴィノー　九二）の理解を促している。

このようにマッカラーズはエッセイにおいて、戦争を背景にアメリカ的な孤独／孤立と世界市民であることに関して思いを巡らすが、その問題は『結婚式』にも引き継がれていることを次にみていきたい。

三　戦争のメンバー

マッカラーズが「パシフィスト」を発表した五ヶ月後、アメリカは真珠湾攻撃をきっかけに参戦する。『決断』は翌年一／二月号をもって終了し、その二月に当時は「花嫁」とよんでいた『結婚式』の執筆にマッカラーズはもどり、すぐに「聞き手」とタイトルをつけた第一章を書き終え、第二章の「ガラスの青い眼をもつ黒人」にとりかかる（カー　二〇〇）。三月リーヴスは陸軍に入隊し、マッカラーズは「花嫁」を書き終えるが、すぐに多くの修正が必要であると考え執筆を再開する。このような状況でマッカラーズは、「リーヴスの戦争体験を共有し」、戦争について理解するためにカール・フォン・クラウゼヴィッツの『戦争論』をも読んでいる（カー　二四二）。と同時に、リーヴスの手紙などを通して凄惨な戦争の様子も知ることにもなる。(4)

『結婚式』は南部社会で孤立感や疎外感に苛まれる十二歳のトムボーイ、フランキーの成長物語である。彼女はどこにも属していないという不安を、結婚してアラスカに向かう陸軍伍長の兄についていき、兄夫婦と「私の私たち」になることで解決しようとするが、計画は失敗に終わり絶望の淵につき落とされる。しかし、物語の結末では新たな友人を得て、フランキーは「フランシス」として新たな世界に参入する。

このフランキーの不安は、どこにも所属していないという孤独感でもあり、また南部社会の女性規範から逸脱しているというジェンダー的な孤立感でもある。しかしこの不安、孤立感は戦争がもたらしたものでもある。

彼女が南部の町を離れようと真剣に考え始めたのは、新聞で戦争の記事を読み、世界のことを考えた時のことである（二二一―二二三）。戦争を通して、フランキーは世界と自らの関係を、漠然とながら考えるようになる。しかし想像しようとしても、世界や戦闘の光景はフランキーにめまいを憶えさせるだけである。彼女は男の子になって戦争に行きたいが、それは叶わぬ夢であり、戦争に参加できないことが彼女を不安にさせる。そこで、代替案として赤十字に献血し、「血液」を通して「世界中の人々の血管に入り込み」、「世界中の人々と血縁関係になって」参加しようとするが、若いことを理由に断られる（二二三―二二四）。この「血を通した他者との連帯」というアイディアは一見、少女の奇想天外な発想のようだが、人種的な血の混交を忌避していたアメリカ南部においては、またヒトラーがアーリア人の血の純潔を訴えていた時代においては、本人は気づいていないとはいえ、かなりラディカルな発想であることは確かである。この献血幻想の背後に、作者の政治意識が垣間見られるであろう。

いずれにしても、その夏、フランキーは長い時間戦争のことを考え、自分が戦争に含まれず、それゆえ世界から切り離されているということに恐怖を感じる。このような世界との隔離感は、マッカラーズがアメリカ参戦前に感じていた、先述のエッセイの背後にあった感情といえる。とすると、兵士である兄の結婚式について行くことで町を出るという計画は、ハリラオス・ステコポロスも指摘する通り、フランキーにとっては戦争参加／世界参入の代替手段であったといえる（一一四―一一五）。実際、その計画を思いついてからのフランキーは、通りであった人たちとも「つながり」（六〇）を感じ、それまでは、自分のようにこの町に縛られている存在ではなく、様々な場所へといくことができるという理由で、羨望の対象であった兵士にも「つながり」を感じる。だから兵士と一緒にいることで、それまでになく世界が近くなったように感じる（七一）。兵士は、彼女をコスモポリタンにしてくれるのだ。

このようなフランキーは、ナイーブな介入主義者あるいは国際主義者といえるが、マッカラーズはエッセイ「パシフィスト」やフェブラリ・ハウスにおける、平和か戦争かという議論に近いものを、フランキーと黒人料理人ベレニスの会話を通して展開する。ある日、フランキーとベレニスは、自分の望む世界について話し合う。ベレニスは人種差別、戦争、飢えのない世界を希求するパシフィストに近い立場である。また、彼女はここで黒人とユダヤ人の苦難を結びつけている。一方、フランキーは、戦争をしたい人のために戦争島をつくればよい、と主張するが、そこには戦う理由も大義もない。ここで、これまでの戦争に関する議論を踏まえてみると一つのねじれに気がつく。つまり、第二次大戦はユダヤ人の受難に代表されるファシズムの悪と戦うことが大義であった。しかし、ベレニスの主張は、戦争のみが抵抗手段ではないということを示している。一方フランキーの戦争観は、戦争と大義との微妙な関係を示しているともいえる（九六―九七）。

このようなフランキーは結局、自分が抱いていたコスモポリタンな兵士像も幻想にすぎないことを理解することになる。彼女は偶然知り合った兵士につながりを感じデートの約束をするが、セックスが目的である兵士は、フランキーの期待に反して戦争や外国の話をしようともしない（一三四）。そしてホテルの部屋に連れ込まれて襲われそうになると、フランキーは兵士を水差しで殴り倒す。スタッズ・ターケルの『「よい戦争」』で、ある白人女性が、戦争中の映画や小説のテーマはしばしば、「女の子が軍人と出会い、週末の交際を経て結婚し、あらゆる困難を乗り越え、それから夫は出征する」ものであったと述べているが（一一四）、そうであればこのフランキーの体験は戦争に関する幻想破壊の一エピソードといえる。

このように、フランキーの夢は呆気なく粉砕され、兄についていく計画も失敗し、町を出ていくこともできず、再び彼女は孤立感に苛まれることになるが、ここで確認したいのは、このフランキーの挫折に、戦争の進行とともに懐疑的にならざるを得ないマッカラーズをみることができることである。実は伝記によると、マッカラーズは参戦直後の一九四二年の春ころには、戦争がもたらすものに懐疑的になっていたことがわかる。カーによれば、この頃までにマッカラーズは、この世界は「無意味、無規範、無目的、孤独、疎外」が支配しており、戦争によって世界がよくなるどころか、例え連合国側が勝利したとしても価値あるものが残るかは疑問だと考えていたのである（二〇四—〇五）。

カーは、この時のマッカラーズは戦争をめぐる政治的状況にほとんど関心がなかったといっているが（二〇五）、後に刻々と変化する世界の状況に強い関心を抱いていたことは、例えばステコポロスが「強烈に反帝国主義的な」手紙と呼ぶ（一二〇）、『結婚式』を執筆しながら書かれた、一九四四年十二月五日付けのリーヴスへの手紙をみれば明らかである。この手紙でマッカラーズはイギリスのギリシャへの介入に関して、チャーチルを反動主義として批判している（『イルミネーション』一〇五）。さらに十二月十三日付けの手紙では、結局国際状況はさらに悪化し、資本主義側の権力の分割はさらなる戦争をもたらすのではないかと（『イルミネーション』一〇九）、冷戦を予想するようなことも記している（ステコポロス　一二〇）。またマッカラーズはここで、「アメリカと連合国が、国際的なファシズムに対する勝利が新たな帝国主義的権力を生み出すのは必然であるかのように振る舞い続けている」ことを嘆いてもいる（ステコポロス　一二〇）。

このように戦争が進むにつれ、世界に出るということが、少なくとも自分が考えていた最初の意図とは違い、新たな帝国主義的な動きと戦争をもたらす可能性があることをマッカラーズは感じとっていた。フランキーのナイーブな「世界幻想」（ステコポロス　一二〇）は、そういった危険と裏腹でもあるのだ。この点に関して、ステコポロスはベレニスの役割の重要性を指摘する。フランキーが、兄夫婦と一緒に世界中を周り「全世界のメンバーになるんだ」と興奮して叫んだとき、彼女は急に激しい勢いでフランキーをつかむ（『結婚式』一一八）。この珍しく暴力的なベレニスの行為をステコポロスは、フランキーが表す「世界を手に入れようとするアメリカ白人の夢」に対する激しい反応であると指摘する（一二〇―一二一）。ベレニスは、フランキーのナイーブな幻想に批判的な視点を与え、さらに言えば「アメリカのヘゲモニーに関する黒人批評家という役割を果たしている」のである（ステコポロス　一〇三）。

一九四三年四月にマッカラーズは「愛は時の道化にあらず」というエッセイを『マドモアゼル』に発表する。これは従軍する夫へ向けたある妻の手紙という形で書かれているが（この時マッカラーズは一度離婚したリーヴスと和解したあとで、戦後二人は再婚する）、その中でも、戦う目的を、「秩序と安全が確保された世界で全ての人間が愛し、生きられる権利」のためであると確認している（四四三）。カーによると、マッカラーズは女性の徴兵開始を予想し、自身は海外特派員として役立ちたいと考えていたが、実際女性ができることはこのような「公の手紙」を書くことぐらいであった（二二七）。つまりエッセイ執筆は戦争参加でもあったのだ。一方でここに、もう一度戦争の理由を確認せずにはいられないマッカラーズの心情も推し量ることができる。もはや、戦争と大義は乖離しつつあることをマッカラーズは感じていたのである。

四　戦死者へのレクイエム

一九四五年八月戦争は終わり、ファシズムとの戦いも表面的には終了した。それと同時に書き終えた『結婚式』では、世界とのつながりを一度失ったフランキーは最後に新しい友人メアリー・リトルジョンとの世界一周旅行という新たな世界進出の夢を見出す。それは以前の手段よりもかなり平和的な手段ではある。しかし一方で読者は、常にフランキーと一緒に過ごしていたジョン・ヘンリーが突然、髄膜炎で数日苦しんだ挙句に亡くなったこと、またフランキーの分身ともいえる孤高の黒人青年ハニー・ブラウンも逮捕されたことを知る。

ジョン・ヘンリーの死は物語の展開上かなり唐突であり、ベレニスが「なぜあの子がこんなに苦しまなくてはならないのかわからない」（二六一）と嘆くように、読者もその死をすんなり受け入れることはできない。しかしこのヘンリーの理不尽な死は、理由も無く死んでいった戦争による死者を象徴しているのではないだろうか。ヘンリーの最後の様子は、次のように伝えられる。

ジョン・ヘンリーは三日間叫び続けた。眼球は、寄り目になって動かなく、見えなくなっていた。最後には、頭はよじれて、ねじれるような姿で横たわり、叫ぶ力も失ってしまった。彼はお祭りが終わった火曜日に亡くなった。それは蝶が一番多く舞う黄金色の、雲一つ空にない朝であった。（二六二）

この描写は、単に「死」を伝えるには、少々グロテスクすぎると思われる。しかし、戦争という文脈を考慮して読むと、この描写は戦場でグロテスクな死を迎えざるを得なかった人々を喚起させないだろうか。リーヴスは手紙で戦場の悲惨な状況はゴヤの戦争絵を思い出させるといっているが（『イルミネーション』九五）、このマッカラーズの描写にもそれがいえるであろう。そしてそうであればヘンリーの死の周りに乱舞する蝶は、数多の死者の魂を象徴するものとなる。さらに小説ではこの後ベレニスがハニーの状況を語るが、知性を持ちながら差別の犠牲者にならざるを得ないハニーの姿は、南部の理不尽な抑圧状況を改めて最後に読者に知らしめる。

このような結末で、新たな夢に胸踊らせるフランキーは一見、こういった死や苦悩や抑圧といったものを忘れてしまったかのようである。しかし小説の最後、メアリーとの未来に対する喜びを口にしようとする時、ドアのベルの音とともに死者たるジョン・ヘンリーの「しいっ」というささやきが散らばる。

「私は本当に夢中なの……」だがこのことばは、途中で切れてしまった。というのも、ベルの音を聞いたその瞬間の幸福の中で、あの「しいっ」という声がはじけて散らばったからである。（一六三）

このドアの呼鈴は新たな世界へ参入するフランキーの喜びを象徴するものであるが、一方で、第一章が本来、「聴き手」になろうと呼びかけるエッセイ「自由の夜警」とつながる「聴き手」というタイトルであったことを考えると、これは改めて他者との連帯を促し、自由を象徴する鐘の音であるという解釈も可能になる。フランキーの周りで死者の魂が蝶となって飛び交うように、ハニーやジョン・ヘンリーが象徴する抑圧や不条理な死は消えることはない。鐘を鳴らすのは、メアリーであり、ジョン・ヘンリーであり、ハニーであり、そして戦場の数多の死者なのである。その音はまた死者の弔いの音でもあろう。つまり、最後の場面はマッカラーズによるレクイエムなのだ。この場面は、カトリックでは死者の月である十一月であり、またメアリーがカトリック教徒であることからもそういえるのではないか。

五　おわりに

このようにエッセイを通してみると、『結婚式のメンバー』の背後に、世界のことを考え、戦争を考え、それをどう受けとめるべきか苦悩するマッカラーズの姿が浮かびあがってくる。しかし戦争が終わっても、南部や世界における抑圧や不正を考えざるを得ないマッカラーズの姿が、やはりエッセイや戦後書き直した戯曲版にみることができる。小説で描かれた抑圧や不条理な「死」はさらに戯曲版に強度をまして引き継がれている。戯曲版は、小説の出版後にテネシー・ウィリアムズとともにすごした一九四六年の夏に書かれた（上演は一九五〇年）。両者には様々な違いがあるが、ここでまず注目したいのが、劇では、設定が一九四五年八月と明記されており、原爆投下に関するセリフが加えられている点である。

フランキー（新聞を見ながら）　新聞に、この新しい原子爆弾はT・N・Tの二万トン分の威力があるって書いてあるわ。
ベレニス　二万トンだって？　ここの石炭小屋には石炭二トンもないっていうのにさ、全部でも。
フランキー　新聞によると、この爆弾はすっごく重要な科学的発見なんだって。
ベレニス　近頃の数字ったら、私には大きすぎるよ。新聞には一千万の人が死んだってあるけどさ。私の心の目じゃ、そんな大勢なんて想像できやしない。
ジョン・ヘンリー　ベレニス、ガラスの目はベレニスの心の目なのかい？（二八三）

ベレニスのことばは、表面的には深刻な語り口ではないが、ジョン・ヘンリーがいう「青いガラスの目」という義眼／心の目で、彼女は新たな核兵器時代の想像不可能な恐怖を見通している。この科学の進歩と核兵器がもたらす不安は、終戦後の十一月『マドモアゼル』に発表したエッセイ「頭《こうべ》を垂れて」でもふれられている。ここでは、戦争の終結に安堵し、感謝する一方で、今後平和が維持されなければ、戦争の最後に使われた兵器は人間の未来をこれまでにないほど不安定なものにするだろうと予言している。

さらに目を引くのは、戯曲では南部の人種差別がより明確に描かれていることである。フランキーの父は小説とは違い明確に人種差別主義者であり（二六九）、また小説は、ハニーが刑務所に入ったところで終わっているが、劇では白人を切りつけて捕まった監獄で自死している。第三幕第二場、フランキーが家を出ることに失敗し自暴自棄になって「父のピストルで自殺しようと思った」といった直後、警察に追われたハニーが登場する。この時、心配のあまり泣くベレニスにハニーは、これでもう白人の言いなりになることはなく「初めて俺は自由なんだ」と告げヒステリックに笑う（二九四）。このことばは南部の状況と、自由というアメリカの理念のありようを小説以上に強く訴える。

このような変化の一つの理由は、戦争が終わり、マッカラーズが再び南部の問題に目を向ける余地ができたからであろう。ひとまず戦争はヨーロッパのファシズムを終結させたが、南部のナチス的な人種差別は全くもって変わらないのだ。そして彼女は『結婚式のメンバー』の舞台が一九五一年三月に終了した後、その主題を明確にした小説『針のない時計』にとりかかるが、もはや体の一部が麻痺していた身では小説執筆は容易なことではなく、結局出版されるのは十年後の一九六一年である。それはケネディが大統領に当選し、公民権運動が大きな転回点を迎えた年でもあった。

＊本稿は、第二七回日本アメリカ文学会北海道支部大会（二〇一七年十二月九日　北海学園大学）シンポジウム『事実と虚構のはざまで――ノンフィクションのアメリカ文学』において「戦争のメンバー――第二次世界大戦とCarson McCullers」というタイトルで発表した原稿を修正したものである。

注

（1）マッカラーズに最初に政治的な影響を与えたのは、一九三四年に知り合ったエドウィン・ピーコックである。彼は当時軍人であったがリベラルな南部人であり、マッカラーズは彼を通してリーヴスと知りあう（カー　四八）。ピーコックについてはシアズを参照。ウォルドが指摘するように、三〇年代後半から四〇年代初頭のマッカラーズは共産主義に関わっていた友人が多い（三五一）。

（2）クラウス・マンの自伝はまず英語版が一九四二年九月に出版され、それに加筆修正が施されたドイツ語版が一九五二年に出版されている。日本語訳はドイツ語版の翻訳であり、本稿での引用ページは全て日本語訳のものである。

（3）『狩人』の後に『黄金の眼に映るもの』を短期間で書き上げ一九四〇年に発表している。
（4）例えば、後述するゴヤの戦争絵が出てくる一九四四年十一月二十二日付けのリーヴスの手紙などを参照（『イルミネーション』九四—九七）。

引用・参考文献

Brantley, Will. "Carson McCullers and the Tradition of Southern Women's Nonfiction Prose." *Reflections in a Critical Eye: Essays on Carson McCullers*. Ed. Jan Whitt. Lanham, MD: UP of America, 2008. 1–17.

Brinkmeyer, Robert H., Jr. *The Fourth Ghost: White Southern Writers and European Fascism, 1930–1950*. Baton Rouge: Louisiana State UP, 2009.

Carr, Virginia Spencer. *The Lonely Hunter: A Biography of Carson McCullers*. 1975. Athens: U of Georgia P, 2003.

Evans, Oliver. *Carson McCullers: Her Life and Work*. London: Owen, 1965.

Fiedler, Leslie A. *Love and Death in the American Novel*. 1960. London: Penguin, 1984.

Fischer, Monika. "Visions of a Cosmopolitan Europe: Klaus Mann's exile journal '*Decision: a review of free culture*.'" *International Journal of Liberal Arts and Social Science* 4.2 (2016): 138–44.

Frankenberg, Lloyd. "Klaus Mann and *Decision*." *Colby Library Quarterly* 7.7 (1966): 335–38.

Grill, Johnpeter Horst, and Robert L. Jenkins. "The Nazis and the American South in the 1930s: A Mirror Image?" *Journal of Southern History* 58.4 (1992): 667–94.

Hershon, Larry. "Tension and Transcendence: 'The Jew' in the Fiction of Carson McCullers." *Southern Literary Journal* 41.1 (2008): 52–72.

James, Judith Goblin. *Wunderkind: The Reputation of Carson McCullers, 1940–1990*. Columbia, SC: Camden, 1995.

Madden, David. "Transfixed Among the Self-Inflicted Ruins: Carson McCullers' *The Mortgaged Heart*." *Southern Literary Journal* 5.1 (1972): 137–62.

Mann, Klaus, ed. *Decision, A Review of Free Culture*. New York: Decision, Inc., 1941–42.

——. *The Turning Point: The Autobiography of Klaus Mann*. 1942. London: Serpent's Tail, 1987.

McCullers, Carson. "The Aliens." Dews, *Carson McCullers* 72–81.

——. *Carson McCullers: Stories, Plays and Other Writings*. Ed. Carlos L. Dews. New York: Library of America, 2017.

——. *Clock Without Hands*. 1961. Boston: Houghton, 1998.

——. *The Heart Is a Lonely Hunter*. 1940. Boston: Houghton, 2000.

——. *Illumination and Night Glare: The Unfinished Autobiography of Carson McCullers*. Ed. Carlos L. Dews. Madison: U of Wisconsin P, 1999.

——. "Look Homeward, Americans." Dews, *Carson McCullers* 431–34.

——. "Love's Not Time's Fool" (by a War Wife). Dews, *Carson McCullers* 442–46.

——. *The Member of the Wedding*. 1946. Boston: Houghton, 2004.

——. *The Member of the Wedding: A Play*. Dews, *Carson McCullers* 223–300.

——. *The Mortgaged Heart*. Ed. Margarita G.Smith. 1971. Boston: Houghton, 2005.

——. "Night Watch Over Freedom." Dews, *Carson McCullers* 435–36.

——. "Our Heads Are Bowed." Dews, *Carson McCullers* 447–49.

——. "We Carried Our Banners—We Were Pacifists, Too." Dews, *Carson McCullers* 437–41.

Savigneau, Josyane. *Carson McCullers: A Life*. Trans. Joan E. Howard. London: Women's P, 2001.

Sears, James T. *Edwin and John: A Personal History of the American South*. New York: Routledge, 2009.

Stecopoulos, Harilaos, *Reconstructing the World: Southern Fictions and U.S. Imperialisms, 1898–1976*. Ithaca: Cornell UP, 2008.

Tippins, Sherill. *February House*. London: Simon and Schuster, 2006.

Terkel, Studs. *"The Good War": An Oral History of World War Two*. New York: Ballantine Books, 1984.

Wald, Alan M. *American Night: The Literary Left in the Era of the Cold War*. Chapel Hill: U of North Carolina P, 2012.

クラウス・マン『危機の芸術家たち——転回点３』青柳謙二訳、晶文社、一九七一年

第二十章　「黒い白人」の深南部での旅記録
――『ブラック・ライク・ミー』における人種アイデンティティ

本村　浩二

「アメリカの黒人問題の根底には、自分自身を受け入れて生きることができるようになるために、黒人を受け入れて生きる方途をどうしても見つけ出さねばならないという白人男性側の問題がある。」――ジェイムズ・ボールドウィン

はじめに

『ブラック・ライク・ミー』（一九六一）は、ジョン・ハワード・グリフィンが自身の公民権運動時代の活動を日記形式で記録したノンフィクションである。深南部の黒人の日常をスナップショットのイメージで切り取るようにして描くこの作品は、グリフィンが黒人向けの月刊誌『セピア』に連載した記事を一冊の本に纏めて出版したものだ。爾来、それは一部の地域で白人のバックラッシュによる禁書処分を受けつつも、おおむね好意的に評価されてきた。他方で、黒人が人種偏見の犠牲者になり下がり、彼らの体験の豊かさが矮小化されているという不満や、黒人社会の現実が充分に表現されていないという批判を、それが引き寄せてきたのも事実である。

こうした不満や批判に対し反論を差し挟む余地はない。黒人の過酷な生存条件をポジティヴに捉える文脈を求めるのであれば、アメリカ的実存主義者たるヒップスターの起源を黒人のなかに見出す、ノーマン・メイラーのエッセイ

「白い黒人」（一九五七）を読んだ方がよいし、当時の真正な黒人世界を知るには、リチャード・ライトのような黒人作家たちが、自らの経験に基づいて書いたナラティヴに目を向けた方がよいであろう。

つまり『ブラック・ライク・ミー』はその「序文」に書かれている「南部黒人の科学的な調査研究」(xi) という社会学的な見地からではなく、ひとりの白人男性の心の葛藤を描くドラマといった文学的な観点から評価されるべき作品なのである。公正無私の事実報道観にしたがってノンフィクションを構築するならば、三人称の叙述で世界を直に映し出す手法の方が効果的な点が多いものの、この作品は一人称の視点で書かれ、しかもその主人公は事実の客観的な映し手に徹しきれず、時折、個人的な思いを吐露する、冒険談の解説者にさえなっているからだ。

近年、『ブラック・ライク・ミー』は十九世紀アメリカの大衆芸能であるミンストレル・ショーの文脈で解釈されている。その文脈に注意を向けるひとつの大きなきっかけになった本が、エリック・ロットの『愛と盗み』（一九九三）である。この本が喝破したのは、黒人に対し愚弄的、差別的であると非難されてきたそのショーが、白人による、黒人文化の最初の公然たる認識であり、それが人種の分裂の橋渡し的機能を果たしていたことだ。

ロットが敷いた研究の路線で考察を押し進め、実りある結果をもたらしているのが、フォークネリアンとして有名な学者ドリーン・ファウラーである。彼女は、黒人に扮しまるでスパイのように黒人社会の内部に潜り込むグリフィンについて、当初ミンストレル・ショーの白人芸人の如く、ステレオタイプ的な黒人を模倣している彼が、やがてカリカチュアに対してというよりも、一民族に対し同一感を持つようになり、「人種間の分裂を埋めるリミナルな、黒人と白人が一体の人物」へと変貌を遂げるという読解を提示している（一二二、一二四）。

本論文はこの読解に大筋においてしたがいつつ、作中の一連の「鏡の場面」にグリフィンの精神的成長が見られることを確認した上で、黒人としてパスし終えた後の彼の人物像に若干の修正を施したい。ファウラーは彼が二分法的な人種イデオロギーの桎梏から脱却し得たようなボーダー・フィギュアである点を主張し議論を終えているが、本論文は白人である彼が一時期黒人になりきるものの、やがて白人に戻るというサイクルをたどるパッシング・ナラティブの一変形として、『ブラック・ライク・ミー』を読みたいと思う。

一　グリフィンのプロジェクト

テキサス州生まれのグリフィンは、作家だけでなく、ジャーナリストや写真家としての顔も持っていた。彼の多様な表情が垣間見られる『ブラック・ライク・ミー』が、それ以前の二作品――『悪魔は外で跨る』（一九五二）と『ヌニ』（一九五六）――と異なるのは、ノンフィクションのジャンルで書かれている点である。

おそらく、グリフィンには小説言語に社会の不正に対するプロテストといった実用的な効力を期待するのはアナクロニックな不可能事であるという認識があったのだろう。だからこそ、彼は情報伝達と事実究明を第一の任務とするノンフィクションに社会的行為につながる実用性を求めたように思われる。

バズ・ドライシンガーによると、黒人が白人としてパスするナラティブは大抵フィクションになるのだが、逆に白人が黒人としてパスするナラティブは自叙伝的になる傾向が強く、後者の場合、元々フィクションの形態であったものが徐々に虚構性を失っていったという（七）。その理由として、ドライシンガーは、白人が「逸脱的だけでなく、進歩的でもある」と思っている、黒人としてパスする行為を誇示したいと考えるようになったことを挙げている（七）。そうした誇示の結果は、社会的名声の確保である。グリフィンの場合も、自身の英雄的な行為を公にした後、黒人の体験を語る白人のスポークスマンとして、レイシズム撤廃の唱道者になっている。

黒人の本音を聞き出し白人の耳に届くようにしたいという、グリフィンの強い想い。その想いを胸に、彼は公民権運動でアメリカ全土が激しく揺れ動いているときに、色素を変化させる薬物を服用し、紫外線に全身を晒し、頭を剃り上げて黒人に変身する。この度胸は驚嘆に値する。なぜなら彼が乗り出すのは、ややもすると白人優越主義者の攻撃の的となり、命を落とすことになるかも知れない危険なプロジェクトであったからだ。

いったいなぜこのプロジェクトは実行されなければならなかったのか。グリフィンの友人であり、自らも作家業を営むロバート・ボナッツィが作品の「あとがき」で推察しているように、その理由は彼が「宗教上の理想を抱いたクリスチャンであったという事実のなかに見出せるかも知れない（二二八）。一九五一年にカトリックに宗旨変えした彼の心の内には「教会の教えは人間を人種によって差別することを許していない」（グリフィン『牢獄』二九）という信念が宿っていたのだ。その信念が彼を衝き動かしたと想定しても差し支えないだろう。実際、作品の終盤には白人と黒人の間を行き来するこの「黒い白人」が、精神的な救いを求めてジョージア州コニアーズの修道院に入るエピソードが盛り込まれている。その場面が示唆しているのは、彼のプロジェクトと宗教のうっすらとした、しかし決して切り離せぬリンクである。

二　ステレオタイプからはじまる黒人理解

現在、ステレオタイプという用語は否定的な文脈で使われることが多い。しかし、それは他者理解がはじまる重要な第一歩でもある。ラルフ・エリスンが、ウィリアム・フォークナーの黒人描写におけるステレオタイプの意義について言っていることは、まず心に留めておきたい。

黒人マイノリティに対する態度に関して言えば、おそらく彼［フォークナー］は他のどの芸術家よりも率先してステレオタイプから出発し、いったんそれを正しいものとして受け入れ、次にそれが隠している人間の真実を捜し出すのである。おそらく彼のやり方は作家たちが真似るべき模範例であろう……。（四三）

興味深いことに、ステレオタイプから「人間の真実」の把握を目指すというフォークナー的技法は、『ブラック・ライク・ミー』でも使われている。

グリフィンは黒人としてパスしはじめた当初、白人文化の視線で周りの世界を眺めている。この意味で、彼の立ち振る舞いには何かしらの演技性が感じられ、彼はミンストレル・ショーの白人芸人とさほど変わらない。しかし、黒人コミュニティで日常生活を送っていく過程で、彼は白人のアイデンティティを徐々に喪失していく。外の黒い仮面が内なる白人性に影響を与え、それを排除するような働きをするからである。

すなわち、この物語ではアイデンティティが外から内に向かって強い働きかけをしており、肌の色が実質的なアイデンティティを決定する力を持っているかのように描かれている。黒人性が内面にも浸透するにつれ、彼は黒人独自の視点を獲得するようになっていくからだ。

プロジェクトの起点ニューオーリンズでしばらく過ごした後、グリフィンはミシシッピ州に単身乗り込む決意を表明している。そこは作中の言葉で言えば、「全世界に向かって、黒人との関係は素晴らしくうまくいっている。……外部の人間には分からないのだ」と公言している場所である（四九―五〇）。その真偽を確かめるためにそこに行くと言うとき、彼は旅の目的を黒人理解からミシシッピ州の白人理解へと変えている。物語のこの辺りから、彼は黒人の視点を受け入れはじめているように見える。

黒人の立場に身を置き、周りの世界をよく見て、深く考えること。それは白人の価値体系に拘束されているグリフィンにとって困難な任務であった。だが、その任務が達成できるとき、黒人とのコミュニケーションは潤滑化し容易になる。最終的に、彼はステレオタイプの仮面の背後に潜む「人間の真実」に触れることになるのだ。

では、この作品における「人間の真実」とは何か。結論を先に言っておくなら、それは黒人（他者）が白人（自己）と同質であるという有り様、さらに言えば、その両者がひとりの人間のなかに潜在しうるということである。

三　「鏡」に映り出される自己（他者）との対話

ボナッツィは研究書『鏡のなかの男』（一九九七）のなかで、アイデンティティの問題が『ブラック・ライク・ミー』の中心的テーマの一つであり、それが本の至るところに出てくる「鏡」との遭遇によってドラマタイズされている点を指摘している（三四）。「鏡」と言えば、ハリウッドのパッシング映画――たとえば、一九三四年の『模倣の人生』や一九四九年の『境界の消滅』など――でよく見られた小道具である。その小道具が、白人が黒人としてパスする様態を描くこの作品でも最大限に使われているのだ。

作中における「鏡」への過度な言及は、ファウラーも注目している点である――「グリフィンのナラティヴは一連の鏡の場面で構成されていて、それぞれの場面が彼の人種的変容の段階を描いている。……グリフィンの場合、その場面の一つ一つが白いセルフと不可解な黒いダブルとの遭遇を表現している」（一二七）。

以下、ファウラーの指摘を踏まえた上で、「鏡の場面」を念入りに見ながら、グリフィンの精神的変化を追っていきたいと思う。彼はニューオーリンズの友人宅のバスルームで、黒人に生まれ変わった自身が鏡に映し出されるのを見た直後の心境を次のように表現している。

この完全な変身にはぞっとさせられた。想像していたものとは、完全に異なっていたからだ。私は二人の人間になった——観察している人間と、内臓の奥まで黒人になったように感じ、パニックに陥っている人間。私は激しい孤独感に苛まれはじめていた。というのも、黒人になったからではなく、昔の男が、知っている自分が他人の肉体のなかに隠されてしまったからである。……かつてのグリフィンの姿は見えなくなっていた。（一二）

彼はここで「二人の人間になった」と語っている。だが厳密に言うと、この表現は正しくない。彼は「観察している人間」が本来の自己（主体）であると思っており、それが不可視になっていることが、彼に恐怖心と寂寥感を引き起こしているからである（ちなみに、作中ではエリスンの一九五二年の有名な長編を連想させる単語 (invisible) が使われている）。彼がミンストレル・ショーの白人芸人の意識で、「不可解な黒いダブル」（客体）を眺めていることは言うまでもない。

ところで、グリフィンには第二次世界大戦の戦場で爆弾を浴びた影響で視力を失っている時期が十年ほどある。この時期の彼は周囲から哀れみの対象として見られながらも、個人を外見で、肌の色で判断するという誤謬から免れていた。しかし先のバスルームの場面が示唆しているのは、そのような体験を経た後の彼にも視覚に依存するレイシズムが残存していたことである。そのことに気づき、彼は愕然としているのである。

黒人に変身した翌日、グリフィンは友人の家を出ていく。昼間に彼は仲良くなった靴磨きの黒人を相手に、「われわれ (we)」という主語で話し、黒人の世界を覗き見た感覚を得ているが、彼はいまだに黒人の仮面をつけた白人にすぎない。

第二の「鏡の場面」は、グリフィンが間借りしている家に戻り、日記をつけているときに生じている。彼は洋服ダンスに付いている鏡に、自身の黒い姿が映し出されているのをふと見てしまうのである。“invisible”という単語が、再度ここで使われている点は強調しておきたい（三四）。

念のために言っておくと、彼の元々のプロジェクトは肌の色素のみを変え、それ以外は何も変更を加えないという内容のものであった。その証拠に彼は名前も変えていないし、万が一の場合に備えて身分証明書を携帯している。ところが、この当初の計画は予定どおりに進まない。旅の途中で白人のアイデンティティが揺らぎはじめるからだ。

グリフィンの精神的動揺は、ミシシッピ州ハティズバーグでの夜の場面においてもっともよく描き出されている。ニューオーリンズで彼はそこへ向かうバスに乗るが、その車内で事件が二つ起こる。一つは、肌が白いほど人間は優れているという前提に立ち、仲間であるはずの黒人をこき下ろす混血の青年の話の相手をさせられること。もう一つは、黒人であるがゆえに、休憩時間にトイレに行くのを白人ドライバーによって禁じられること。黒人たちが「憎悪の眼差し」（五一）と呼んでいる白人の視線にバスターミナルで曝された体験に加え、この二つの事件は、後から少しずつ効いてくるボディーブローのようなダメージを彼の精神構造に与えている。

目的地に到着すると、グリフィンは一夜を黒人街にある掘っ立て小屋の二階で過ごす。次の引用文は、夜の街の騒音と強烈な匂いに取り囲まれて、彼が神経を高ぶらせ、二重の存在形態――外見は黒人で、内面は白人――の安定したバランスを失い出している場面である。

私は灯りを点け、曲げた釘で壁にとめてある割れた鏡を覗きこんだ。すると、まだらな光沢を放っているその表面から、禿げ頭の黒人が睨み返してきた。私は地獄にいるのを知った。しかし地獄でも、これ以上に孤独、あるいは絶望的でありえないし、秩序と調和の世界からこれ以上に無残に隔絶されていることはないはずだ。

私は空っぽの部屋に虚ろに響く自分の声をまるで他人の声のように、切り離された感じで聞いた――「黒ん坊、お前は何でそこに突っ立って泣いているのだ」。

私は鏡の男の頬から涙が流れ落ちるのを黄色い光のなかで見た。

次に、黒人たちが口にするのを何度となく聞いてきた言葉が、自分の口から洩れるのを、私は聞いた——「こんな間違ったことがあっていいのか。いいのだろうか」。

続いて生じたのが、激しい嫌悪感の奔流、こうした現状のすべてに何らかの形で責任のある白人に対する見境いのない憎悪の瞬間的な爆発、相変わらず混乱しかもたらさない自問である——「なぜ白人はそんなことをするのか、なぜ彼らはわれわれをこんな目に遭わせておくのか、彼らにどんな得があるのか。彼らはどんな悪霊に取り付かれてしまったんだ」。……私の反感は私の仲間の白人たちが憎悪の眼差しを投げつけ、人間の魂を委縮させ、家畜には何の躊躇もなく与える権利を人間から奪えることに対する悲しみに変わっていった。（六七、傍点は筆者）

第一と第二の「鏡の場面」では、グリフィンは黒さが仮面にすぎないという認識を持っていた。しかし、この第三の場面では事情が異なる。その事情を具体的に確認したいと思う。

ここで頻出する「私（I）」は、基本的に白人グリフィンを指し、文章は白人の視点から書かれている。だが引用文のちょうど真ん中辺りにある、傍点部の「私」に関して言えば、その「私」がうっかり口にしているのは、黒人たちの言葉である。彼らの言葉が内在化し、彼個人のものになっているのだ。この後、彼は自身を黒人のなかに入れ、「われわれ（us）」という代名詞を使っている（「われわれ」というのは、黒人一般を指している）。とはいえ、すぐさま彼は、「私の仲間の白人たち（my own people）」という表現を持ち出すことにより、白人のアイデンティティに依存しようとする。

このように、第三の「鏡の場面」は、グリフィンが白人性と黒人性の間で不安定に揺れ動いていることを端的に描き出している。そしてそのことは、白人の妻に手紙を書きたいのに、書けなくなっている彼の心理状態にも暗示されている。

黒人の外見で生活することは、明らかにグリフィンの心を打ち挫き、彼を混乱の淵に沈ませていた。だから、彼は情緒的な安定を取り戻し、意識を立て直すために、なじみ深い白人の世界へと一時避難する必要性を感じるのである。ハティズバーグに着いた夜、彼はそこから逃げ出すべく、白人の友人に電話をかけ、助けを求めている。『マルコムX自伝』（一九六五）には、「もし彼［グリフィン］が六〇日間、黒人のふりをするだけで恐ろしい体験をしたというのなら、本物のアメリカ黒人が四〇〇年も耐えてきたことはどうなるんだ」（三五四、傍点は原文イタリック体）――という『ブラック・ライク・ミー』を表立って揶揄する一文が書き込まれているが、この場面のグリフィンはわずか二週間で黒人であることに耐えられなくなっているのである。

物語の白人主人公が黒人街から逃避する行為が意味しているのは何か。それは彼が黒人に対する理解を深めながらも、彼らの苦境を肌で共有することができないでいることだ。彼らの存在形態をまるごと受け入れられるようになるには、彼は旅を続け、経験を少しずつ蓄積していかなくてはならない。

ロットによれば、グリフィンがパスして入っていくのは黒人の世界というよりも、彼自身の内なる「黒人」の部分であると言う（ロット「ホワイト」四八五）。なるほど、「鏡の場面」に示唆されている彼の内面の変化を重視してこの作品を読むとき、そうした解釈が可能になるのだろう。われわれは、深南部での物理的な表の旅と、彼の精神世界における裏の旅に、意義深い並行関係を見出すことができるのである。

グリフィンは白人の友人の家で二日間過ごした後、ニューオーリンズに戻っている。彼は気持ちをリセットし、まるで旅の再出発をするかのように、そこから再びミシシッピ州に入り、アラバマ州に向かうのだ。今回の主たる移動手段はヒッチハイクである。彼は多くの車に乗せてもらうが、二人の善良な白人ドライバーを除くと、彼を拾いあげる人たちは皆、卑猥な会話を誘発してくる。そのような状況下で彼が、性的放埓な黒人として見られているのを意識しながら、普遍的な道徳規範に則ってドライバーたちの発言に逆らっている点は見逃せない。

アラバマ州モービルでの宿泊場所は黒人牧師の部屋である。グリフィンはそこで神、南部、白人についてその牧師と語り合う機会を得ている。さらに彼は毎日この港町を歩き回り、場所が白人と黒人の視点で異なって見える点を再確認している。多木浩二が言うように、「視線とは《文化》であり」（九）、眼差しとは純粋に生理的現象ではなく、文化的脈絡を織り込んで成立する感覚に他ならず、彼の視線には以前ニューオーリンズの黒人街を捉えたとき以上に、黒人の文化が刷り込まれている。だからこそ、かつて特権階級に属する自身が見たものとはまるで異なる風景が彼の目に入ってくるのである。

グリフィンの旅はさらに続き、モービルとモンゴメリーの間の湿地帯では、若い黒人夫婦との出会いが記されている。その夫婦は森で貧しい生活を営みつつ、六人の子供たちを立派に育てている。家族内には深い愛情と神に対する感謝の気持ちがある。彼はこの家族が住む掘立小屋に泊めてもらうと、父親的意識を蘇らせ、不条理なレイシズムが肌の黒い子供たちの可能性の芽を摘んでいることを想像し、慨嘆せざるを得ない。

こうした体験を経て、グリフィンはモンゴメリーに向かうバスに乗るのであるが、その前に彼はターミナルの黒人用トイレに入り、手鏡で自身の顔を見て次のように語っている。

すでに三週間以上も黒人になっているので、もはや鏡のなかの他人を見ても、私はショックを受けなかった。（一一八）

ファウラーの論考が取り上げているのは、第一から第三までの「鏡の場面」のみであるが、この第四、そして次の第五の「鏡の場面」も、「黒いダブル」が彼の内面の同居者になっていることを理解する上で欠かせないはずだ。

第五の「鏡の場面」は、グリフィンがターミナルを通り過ぎ、公衆電話ボックスに入り、自宅に電話をかけるときに起こっている。「黒いダブル」はもはや彼自身がコントロールできる「幻影」ではなく、しかもそれは彼の家族が理解し得ぬものとなっている（一二〇）。その厳しい現実を改めて表現しているのが、この場面である。

とはいえ、グリフィンは家族の声が聞けたことに満足し、夜のひんやりとした空気のなかに入っていく。そして彼は暗闇の意味について考えはじめる。白人たちは家に帰り、脅威は昼間より減っていて、黒人たちは目立たないように、暗闇に溶け込んでいる。

かくして、黒人の自我を謳いあげる、クライマックスの一場面がやってくる。グリフィンは、ラングストン・ヒューズの詩「夢の変奏曲」（一九二六）の最後の二行を実際に引用し、(1) イタリック体で強調しながら自身の心境を物語る。

　こういうとき、黒人は星の輝く空を見上げ、結局のところ、事物の宇宙的な秩序のなかに自分の占める場所があるのを知るのである。星が、黒い空が、人間性を、人間としての妥当性を確認してくれる。黒人は自身の腹、肺、疲れた脚、欲望、祈り、そして心が自然と神の深い繫がりのなかで慈しまれているのを知るのである。夜は黒人を慰めてくれる。夜は黒人を見下したりしない。（一一〇）

ヒューズの詩が描き出しているのは、語り手が日中に好きなだけ踊り、夜は休むという、当時の黒人には決して許されぬ気苦労のない生活についての夢想である。語り手と同じ色の夜が優しく帳を下すところで終わるその詩は、グリフィンの心の奥深くに根付き、そこで息づいていたのであろう。彼はそれから本のタイトルを取っているだけでなく、その最後の四行を本のエピグラフに掲げている。

グリフィンが峻厳なリアリズムの精神から一歩離れて、ここでの夜の描写にロマン主義的な、神秘的なニュアンスを引き入れている点は見落としてなるまい。この文脈における夜は、目に見える事物に対する感覚を超越した直観による真理を彼に発見させているからである。彼を包み込み、癒し慰める夜。それは「自然と神の深い繫がり」のなかに居る喜びを、彼に実感させている。

さて話をグリフィンの旅路に戻すなら、彼を乗せたバスはモンゴメリーに到着し、この都市で彼は白人社会に戻る準備をはじめている（ここで彼が黒人から白人へうまく変身できているかどうかを確認するために「鏡」を見るところが、最後（第六）の「鏡の場面」となる（一二三））。以後、彼は南部の諸地域を白人と黒人の両方になって歩き回っている。この時期の彼は両人種のアイデンティティを交互に使い分けるボーダー・フィギュアとして、南部社会の分断の実情を明らかにしているのである。

プロジェクトの終着点は、それが開始されたニューオーリンズである。ここでグリフィンは純然たる白人に戻っている。そのとき妙なもの悲しさを感じられるようになっている彼は、黒人に対し、同情心と理解力のある白人として自らを立ち上げることに成功している。

おわりに

ヒュー・ランクは、グリフィンが作品の結びでレイシズムの別の一面を見せる為に、南部のリベラルな白人として社会運動をしている自身の様子を長々と書き留めるときに、『ブラック・ライク・ミー』が『ホワイト・リベラル・ライク・ミー』に変わってしまっていると言う（八一四）。ランクは初版本を念頭に置いてこの発言をしているが、最後にグリフィンが白人に戻るという展開は、大きくアップデートされている現代版でも見て取れる。

すなわち、グリフィンのプロジェクトは、黒人のステレオタイプを演じることから出発するものの、やがてそれを脱し、「人間の真実」に触れ、最後に白人のアイデンティティに戻るというサイクルにしたがっていると考えるべきであろう。そう考えるとき、この作品は、ドライシンガーが示唆しているように（一一）、インディアン捕囚体験記を彷彿させるかも知れない。その伝統的な物語のパターンを、それは引き継いでいるように見えるからだ。

囚われの身の白人はしばらくすると所作がインディアンのようになっていき、彼らの気持ちが少しずつ理解できるようになる。しかし、その精神的な開眼を経た後、彼は救済され、昔の生活へと戻る運命にある。まさしくこのパターンである。

もちろん、グリフィンは拉致されたのではなく、自ら進んで恐怖の体験をすることを望み、しかも白人のアイデンティティを見失うほど別人種と同一化しているので、[2] 彼の体験記とインディアン捕囚物語を安易に重ね合わせるわけにはいかないだろう。しかし、アメリカン・ナラティヴのその原型的なパターンのなかに、彼が身を投じる実験を試みたと言うことぐらいは許されるはずだ。深南部の冷酷な現実をそうした物語の枠組みでフィクション化することで、『ブラック・ライク・ミー』はフィクション性をいったん顕在化させ、次にそれをノンフィクションの世界の内部に絶妙に取り込み吸収し、その主要な構成部分の一つにしているのである。

このルポルタージュ作品の冒頭で、われわれが出会うのは、白人と黒人が本質的に異なると考えるグリフィンの姿であった（そもそも人種の境界線を越えるパッシングという行為自体が、白と黒の二項対立の存立を前提にしている社会実践なのである）。しかし、旅を終えた後の彼は、一九六五年に「他者とはあらゆる本質的要素において自分自身に他ならない」（グリフィン『牢獄』一二、傍点は原文イタリック体）と主張している。[3] 自己の内部に住まう他者との和解と共存。それこそ作家としての彼が『ブラック・ライク・ミー』で、自身の内的世界の探求を可能にする日記形式と「鏡の場面」を使うことでドラマタイズしている最大のテーマである。そして、それこそ社会活動家としての彼が掲げた究極の目標であったように思われる。

＊本稿は、第二七回日本アメリカ文学会北海道支部大会のシンポジウム（二〇一七年十二月九日、北海学園大学）における口頭発表の内容に、大幅な加筆・修正を加えたものである。

注

＊　引用の日本語訳については、平井イサク訳『私のように黒い夜』（ブルース・インターアクションズ、二〇〇六年）を参考にしたが、必要に応じて改訳した。

（1）その二行は“Night coming tenderly / Black like me.”である（ヒューズ 一四）。

（2）グリフィンが旅の間、「白人の主体的ポジション」を維持できているか否かについての議論は、ファウラー 一二四―一二五を参照。

（3）現代版の「あとがき」の前に付されている章「他性を超えて――一九七九」（傍点は原文イタリック体）でも、この主張は繰り返されている（二一二）。

引用・参考文献

Baldwin, James. *Notes of a Native Son*. Boston: Beacon P, 1955.

Bonazzi, Robert. *Man in the Mirror: John Howard Griffin and the Story of* Black Like Me. New York: Orbis, 1997.

Dreisinger, Baz. *Near Black: White-to-Black Passing in American Culture*. Amherst: U of Massachusetts P, 2008.

Ellison, Ralph. *Shadow and Act*. 1953. New York: Vintage, 1995.

Fowler, Doreen. *Drawing the Line: The Father Reimagined in Faulkner, Wright, O'Connor, and Morrison*. Charlottesville: U of Virginia P, 2013.

Griffin, John Howard. *Black Like Me*. London: Souvenir P, 2009.

——. *Prison of Culture: Beyond* Black Like Me. San Antonio: Wings P, 2011.

Hughes, Langston. *Selected Poems of Langston Hughes*. New York: Vintage, 1990.

Lott, Eric. *Love and Theft: Blackface Minstrelsy and the American Working Class*. New York: Oxford UP, 1993.

——. "White Like Me: Racial Cross-Dressing and the Construction of American Whiteness." *Cultures of United States Imperialism*. Eds. Amy Kaplan and Donald Pease. Durham: Duke UP, 1993. 474–95.

Malcolm X with the assistance of Alex Haley. *The Autobiography of Malcolm X*. New York: Ballantine, 1973.

Rank, Hugh. "The Rhetorical Effectiveness of *Black Like Me*." *English Journal*. 57.6 (1968): 813–17.

多木浩二『眼の隠喩——視線の現象学』青土社、二〇〇二年。

第二十一章　「驚異の感触」を求めて
――詩人フィリップ・ラマンティアの誕生

山内　功一郎

はじめに

ビート・ジェネレーションの関連本を何冊か手に取ったことのある人なら、フィリップ・ラマンティア (Philip Lamantia) という詩人の名前を目にしたことがきっとあるだろう。シュルレアリスムの法皇アンドレ・ブルトンから「百年に一度上がる声」という讃辞を送られた詩人。ケネス・レクスロスから少年時の美貌と詩才を絶賛された詩人。一九五五年にサンフランシスコで行われた、あのシックス・ギャラリーのリーディングにアレン・ギンズバーグやゲーリー・スナイダー等とともに参加した詩人。その際になぜか自作ではなく亡友が書き残した詩を朗読した詩人――このように列挙していけばきりがなくなってしまうほど、ラマンティアは印象的なエピソードには事欠かない詩人だ。だがかえってそのせいで、彼の等身大の姿や肝心の詩作品が見えなくなってしまう嫌いがあった。

そんな中で、二〇一三年にラマンティアの全詩集がカリフォルニア大学出版局から刊行されたことは、やはり快挙だったと言えるだろう。なにしろこの一冊は、現在では入手困難な詩集の収録作品や未発表作品を網羅しているのはもちろんのこと、編者たち三人の入念なリサーチの成果に基づく詳細な詩人伝も収録しているのである。[1] 本稿では主にこの資料を参照しながら、まずラマンティアが少年詩人として出発するに至った経緯を確認する。そして彼の代表作の一つとして知られる初期詩篇「驚異の感触」("The Touch of the Marvelous") に光を当てることにより、できるだけノンフィクション的な視点からこの詩人の詩と人生の最初期を描き出してみたい。

一 ラマンティアの少年時代

フィリップ・ラマンティアことフィリップ・ヌンツィオ・ラマンティアは、一九二七年十月二十三日にサンフランシスコで生まれた。父ヌンツィオと母メアリーは、ともにシチリア出身の移民。父は農作物の仲買人だった。一家はとりたてて裕福だったわけではないが、ヌンツィオの稼業はそれなりにうまくいっていたらしい。幼年時代のラマンティアは、自宅の裏手にあった薔薇園で父方の祖母からシチリアの幻想譚を語りきかされて育ったという。

そして一九三九年の秋に、地元のエクセルシオール地区からほど近いジェームズ・デンマン中学校に入学。早くもこの頃から詩作に手を染める。少年はオマル・ハイヤームの『ルバーイヤート』ばりの詩を書き続け、やがてエドガー・アラン・ポーはだしの詩も書くようになった。とりわけポーの作品とは決定的な出会いを果たしたようだ。そのことは、ラマンティア最晩年の詩「トリプルV——非シュルレアリスムがシュルレアリストになった日」("Triple V: The Day Non-surrealism Became Surrealist")を読むとよくわかる。ここでは同作中の散文で書かれた一節を引いておこう。(2)

十二歳——来る日も来る日も午後になるとダーツを投げ続けていたら、ついにある日、百回連続で命中した。それからほんの数日後に、三百回連続で命中した。エクスタシーの痙攣に見舞われた私は、そのゲームをやめてしまった。およそその二年後のこと、次の「体験」が到来した。とある木立ちに入り腰を下ろし、エドガー・アラン・ポーの一八四五年版詩集『大鴉とその他の詩篇』を繙き、妙なる音楽の酒を堪能していたところ、そこに突然の疾風が秋の木の葉を降りしきら

せたのだ。彼こそ、一八三一年版詩集に付した序文中で、「詩は情熱であるべきだ」と宣言した詩人だった。（四二八）

引用冒頭の大言壮語からも察せられるように、十二歳のフィリップ少年は周囲の大人たちを瞠目させる詩を次々に書き上げていたようだ。だがなんと言っても重要なのは、彼が「ポー体験」とも呼ぶべき出来事について打ち明けていることだろう。少年時代のラマンティアが特にどのポー作品から衝撃を受けたのか特定することは難しいが、さしあたりここではポーの初期詩篇「ロマンス」（"Romance"）を一瞥しておくことにしたい。以下の詩行は、一八三一年版詩集に収録された初出形からの抜粋である。(3)

なぜなら、のんき者の少年だったかつてのわたしは
アナクレオンを読み、ワインを飲んでいたから、
早くもアナクレオンの韻律には
ほとんど情熱そのものが見出されることも悟っていた
奇妙な頭脳の錬金術のおかげで
彼の歓喜はいつも苦痛へと変わった
純情は欲望へ
才知は愛へ　ワインは炎へと変わったのだ（一五六）

先に紹介したラマンティアの作品「トリプルV」とこれらの詩行を重ね合わせると、ラマンティアが錬金術師的な詩人として誕生したことが見て取れるだろう。ちょうどポーが古代ギリシャの詩人アナクレオンに寄せて「情熱」について語っているように、ラマンティアもポーに情熱の淵源を求めている。それは韻律が導く詩作の衝動であると同時に、実際に外界で「突然の疾風」を引き起こす力でもある。もちろんその疾風は「秋の木の葉を降りしきらせ」る

に過ぎないのだが、そこには確かに匂い立つ異界《アナザーワールド》の気配が立ち込めている。そんな未知なる領域への誘いに対して情熱的に応える詩人の姿を、ラマンティア作品の読者はこれからたびたび目撃することになるだろう。「シュルレアリスム宣言」中でブルトンがポーを評した言葉を借りて言えば、ラマンティアという詩人はまさに一人の「冒険におけるシュルレアリスト」(二七)として出立を果たしたのである。

ともあれ、ここからはふたたびラマンティアの少年時代を時間軸にそって追いなおすことにしよう。早熟な少年がさらに人生を決定づける出来事に見舞われたのは、一九四二年のことだった。この年の春に、ラマンティアはサンフランシスコ市内の美術館で催されたサルバドール・ダリ展とジョアン・ミロ展に続けて足を運ぶ。そしてこれらのシュルレアリスム絵画展から大きな衝撃を受けたのである。興奮冷めやらぬ彼は、シュルレアリスム関係の情報を求めてサンフランシスコ公立図書館を訪れる。さほど多くの資料は見つからなかったものの、英国のシュルレアリスト詩人デイヴィッド・ガスコインの『シュルレアリスム案内』(一九三五)を始めとする関連書数点を探し出し、それらを耽読。さらにニューヨーク発の前衛芸術専門のグラフィック誌『ヴュー』を新聞売場で発見し、同誌の広告ページに掲載されていたシュルレアリスム関係の文献を取り寄せる。そしてサンフランシスコ美術館付属図書館を訪れた際に、『VVV』のバックナンバーを発見。この大判の豪華誌は、第二次大戦下の当時ニューヨークで亡命生活を送っていたアンドレ・ブルトンの意向を強く反映していたメディアであり、いわばシュルレアリスムの機関誌としての役割を果たしていた。これらの文献に触れる一方で、ラマンティアはシュルレアリスム詩の創作に没頭。ほどなく十数篇を書き溜める。

ちなみにこの年の秋にラマンティアはバルボア高校に入学しているが、彼にとっては地元の公立校への進学よりもシュルレアリスムとの出会いのほうがはるかに運命的な出来事だったに違いない。その証拠に、少年は一九四三年の春に一つの賭けに挑む。『ヴュー』の編集者にして詩人のチャールズ・ヘンリ・フォードに、自作詩数篇を添えた手紙を送るのである。(4)少年のみずみずしい想いを伝えるこの手紙は幸い現存しているので、そこからすこし拙訳で引用してみよう。以下は冒頭部より――

拝啓　フォード様

この事実は私の詩にとってさほど重要だとは思えませんが、私が十五歳であることを申し上げておきます。私の最初期の詩も非現実と驚異への憧れを示していましたが、近作こそシュルレアリストの詩であると考えられます。それゆえに、夢のイメージや魔術的なシンボルを用いることによって、存在の新たな地平が形成されています（この点については古臭いとあなたが感じるだろうということはわかっていますが、それでも語っておきたいのです）。そこではある新たな精神の経験が認められますし、幻想ならではの固有の領域において夢が育っているのです。言葉は歴史から解き放たれ、自由の身となり、ヘルダーリンやランボーの楽園を思わせる自由の国となります。だからアンドレ・ブルトンはこう言いました――愛すること、と。

いくらか舌足らずな点は否めないが、「十五歳であること」など「重要」ではないとうそぶくことによって、逆にみずからの神童ぶりをしっかりとアピールしている。そしてもちろん、自分が既にシュルレアリスムの基本文献に親しんでいることにも触れている。少年の自己紹介文の出だしとしては、まずもって上出来と言っていいのではないだろうか。

さて、サンフランシスコの少年が送った手紙がニューヨークの編集者のもとに届くと、事態は急速に進展しはじめた。自身もシュルレアリスムに傾倒していたフォードは、ラマンティアの詩篇を高く評価。それらの中から五篇を選んで、『ヴュー』六月号に一挙掲載する。この大抜擢の結果、少年詩人は、手紙を送ってからほんの二カ月ほどで文学界への華々しいデビューを果たすことになった。やがて『VVV』編集部の住所をつきとめた彼は、今度はアンドレ・ブルトン宛の手紙をしたため、自作詩数篇を添えて送付。すると当時ニューヨークで亡命生活を送っていたブルトンは、ラマンティアの才能を絶賛。なんと少年詩人に対して、「百年に一度上がる声」という言葉を呈したと伝えられている。それにしても、この言葉をブルトンは何語で記したのか。いや、そもそもそれ以前に、彼は本当に文字通りこんな言葉を書きつけたのだろうか——残念ながらブルトンが少年詩人に宛てた手紙は現存しないので、こういった疑問の答をつきとめるすべはない。おかげでこのエピソードは、現在に至るまでラマンティアのひときわ輝かしくもあると同時に怪しげでもある「伝説」となっている。

ただしそのうえで、確かな事実をここでもう一つ挙げることができる。それは、ブルトンがラマンティア宛の返信を送った際に、シュルレアリスムとの関係についての声明文を記すよう求めたということだ。その証拠に、この要請に応じるために少年詩人が執筆したエッセイ「一九四三年のシュルレアリスム」("Surrealism in 1943")が、上記の彼の詩三篇とともに『VVV』の終刊号(一九四四年二月発行)に掲載されている。

これから「一九四三年のシュルレアリスム」をすこし眺めてみよう。ブルトン宛の返信として綴られたこの一文は、最初に一九四三年十月八日の日付を打たれている。

拝啓　アンドレ・ブルトン様

御手紙の中で、あなたは様々な重要事項について私の立場を述べるように求めました。とりわけ、シュルレアリスムについて。ご承知の通り私はまだ十五歳に過ぎませんから、これから述べる問題についての意見が、ある程度は変わらざるを得ないことにあなたも気づいていらっしゃるに違いありません。しかし私は、意見が大きく変わってしまうこともないだろうと思います。なぜならば、自分が今表現し固執している考えの基本的な内容は、今後も当分は保たれるだろうと感じているからです。

第一に、私は文学、芸術、社会、そして人間に対する態度において、シュルレアリスムを信奉することを正式に宣言します。なぜならば、それが純粋に革命的な性質をもつものであり、既にシュルレアリスムの理論を知る以前から、それが私自身の個人的な気質を形成していたからです。

能う限りの知的能力を駆使することによって、完全な、あるいはほぼ完全な未来社会を創造しようと奮闘する際、人間は「個人」ではなく「集団」の観点に基づき思考せねばなりません。それはまた、個人の欲望ではなく、集団の欲望の観点に基づくことでもあります。しかしながら、このような観点においてさえ、二極点の間における均衡が存在するに違いありません。私が信じているのは、根本的にシュルレアリスムとは、世界中で生起している対立的な個々の力の間に統一を生み出そうとする哲学だということです――「無意識」と「意識」、「集団」と「個人」、『現実』と「非現実」、「詩の驚異」と「社会」の間に。そしてそれはこのような「対立物の統一」に関連していますから、弁証法的唯物論に基づきます。さらに文学や芸術作品において、シュルレアリスムはこの弁証法的なプロセスを極限まで進行させます。もちろん、およそこういったことに関しては、あなたが「シュルレアリスム第二宣言」において見事に分析されています。（一八）

なにしろこの手紙の受取人は、あのアンドレ・ブルトンである。差出人の肩にはどうしても力が入りすぎてしまったらしく、生硬な言い回しや空回りの表現も目につく。だがそれにしても、サンフランシスコで暮らす無名の一少年がシュルレアリスムの法皇に向かっておこなった決意表明としては、あっぱれと言っていい出来ではないだろうか。いずれにしろ、右のくだりを一読すればはっきりとわかるように、ラマンティアのシュルレアリスム観に決定的な影響を与えたのはブルトンの「シュルレアリスム第二宣言」である。よく知られているように、同宣言の冒頭でブルトンは次のように述べている――「生と死、現実と想像、過去と未来、伝達可能なものと不可能なもの、高いところと低いところ、そういったものがもはや互いに矛盾したものとして知覚されなくなるような、精神のある一つの点が存在する」（一二三）。この一点すなわち「対立物の統一」の探究に挑むことを、ラマンティアはブルトンに向って高らかに宣言したのである。ちなみに「第二宣言」中のブルトンは、このような至高点の探究が精神の飛翔を促す結果、

「ついに此処こそは住むに値すると言えるある世界」（一二五）の探究が可能となるとも述べている。この点も鑑みた上で言えば、ブルトンに手紙を送った少年は、能う限り大胆な飛翔を実現するためにみずからのすべてを賭けることを誓ったわけである——今みずからが置かれている場所とは異なる場所、すなわち真に「住むに値する」異界を目指して。

こうしてシュルレアリストとして自らを規定した少年は、ニューヨークの前衛作家や芸術家たちのあいだではますます注目を集める。しかしその反面、地元のサンフランシスコでは、日常的な抑圧にさらされ続けることになる。たとえば一九四四年早々には、彼は学内で公然と革命思想を標榜し反抗的な行動に出たため、父親のヌンツィオとともにバルボア高校の校長によって呼び出された。そして校長から良識ある「一般人」として振る舞うよう命じられた途端、激怒した少年は足を踏み鳴らしながらこう叫んだと伝えられている——「ぼくは『一般人』なんかじゃない！」。これが仇となり、やがて彼は「知的非行」のかどで一時的な放校処分を受けることになってしまう。ただしこの一件のおかげで、ヌンツィオは息子が本気で自分の進むべき道を見出したことを悟った。さらにフォードの配慮により『ヴュー』の編集助手の仕事が少年のために用意されることになったことも幸いしたため、ラマンティアは両親の許しを得たうえで、同年の四月から晴れてニューヨークで暮らすために単身で旅立つ。

マンハッタンに到着するや否や、ラマンティアは夢にまで見ていた世界へと飛びこんでいった。約束通り『ヴュー』の編集助手の仕事についたが、その内容はといえば、毎日大量に送られてくる投稿原稿を没にすることに限られていたという。おかげで彼は心ゆくまで自由を謳歌できたはずだ。毎週どこかのギャラリーのオープニングに足を運ぶこともできれば、近隣のジャズ・クラブに入り浸ることもできる。そこかしこでパーティーは催されるし、ランチやディナーの招きも頻繁にかかってくる。おまけに当時彼が身を置いた環境に出入りしていたのは、マックス・エルンスト、マルセル・デュシャン、イヴ・タンギー、クルト・セリグマン、アンドレ・マッソンなどのシュルレアリストたちや、批評家のハロルド・ローゼンバーグ、詩人・批評家のパーカー・タイラー、作家のポール・ボウルズ、そして映像作家のマヤ・デレンなどだった。ちなみにデレンから端役を与えられたラマンティアは、なんと彼女の作品「陸地にて」（一九四四）にグレゴリー・ベイトソンやジョン・ケージ等とともに出演している。こういった人物たちと同じ時空を共有する機会に恵まれる日々は、少年にとってカーニヴァルのようなものだったに違いない。

ではあのブルトンは、はるばるサンフランシスコからやってきた少年とどのように接したのか。残念ながら、彼は「百年に一度上がる声」の持ち主が期待していたほど頻繁に会う機会を設けてくれたわけではなかったようだ。理由はいくつか考えられる。まずブルトンは基本的にフランス語しか口にしなかったし、ラマンティアは英語しかしゃべれなかった。それに、当時のブルトンはお世辞にも社交的とは言い難かったようで、ギャラリーなどに顔を出すこともあまりなかったらしい。

ともあれ、一九四四年のうちにラマンティアが敬愛するシュルレアリスムの指導者と都合三度顔を合わせたことは確認されている。最初の出会いは、ブルトンが五十三丁目東一番地にあった『ヴュー』編集部を訪れたときに実現した。ただしこのときは、ただちにフォードが通訳を買って出たにもかかわらず、ブルトンはラマンティアとの初会見をそっけなく短時間で切り上げてしまったらしい。

しかしそれから間をおかずに、彼は「アメリカの若き詩人」のために粋なはからいを示してみせた。ラマンティアをディナーに招いたのである。会見の場として指定されたのは、当時三十四丁目にあったイタリア料理店だった。通訳としてレオン・コホニッキーが同席したこの二度目の出会いは、すくなくとも少年詩人にとっては極めて貴重な機会となる。はるか後年に詩人ギャレット・ケイプルズが晩年のラマンティアから直接聞きだしたところによると、二人は当時進行中だった大戦について言葉を交わしてから、詩と欲望の関係についてかなりつっこんだ話をしたらしい。とりわけブルトンは、ラマンティアの詩篇「驚異の感触」に現れるヒロイン「ビアンカ」をめぐる詩行の「熱狂的なエロティシズムに深い共感を覚えていた」（九七）そうである。もちろんこういったエピソードもまた「伝説」の類だろうから、真偽のほどは読者のご判断に委ねさせていただこう。いずれにしろ、「驚異の感触」は既に述べたとおり『ＶＶＶ』終刊号に掲載されたラマンティアの記念すべき詩三篇中の一篇なので、この作品については後で改めて触れてみることにしたい。

以上のようにマンハッタン到着以降のラマンティアの行状をたどってみると、彼が極めて刺激的な日々を送ったことが見て取れる。だが当然のことながら、祝祭は永遠には続かない。一九四四年も後半に入ると、少年のニューヨーク生活は急速に暗転していくことになる。その過程については、ラマンティア全詩集の編者たちが詩人伝中で次のように説明している。

大戦が終わりに近づくと、亡命者たちはヨーロッパへと帰郷し始めた。一方、アメリカ人の詩人や芸術家たちは、本来のシュルレアリスムへの関心も、それを持続する気も失っていった。アメリカ合衆国へのシュルレアリスムの移植は、完全な失敗に終わったのである。おまけにラマンティアは、彼の言い分によると「フォードとぶつかった」ために、『ヴュー』から離れることになってしまった。憤慨と失望を嫌というほど味わったラマンティアは、サンフランシスコへ戻ることを決意した。その時点で、彼は長らくブルトンと顔を合せていなかった。実際の話、ブルトンとの最後の出会い（これは五番街と五十七丁目の角で偶然起こった出来事であり、このときブルトンはタンギーを伴っていた）は、彼がニューヨークで過ごした半年ほどの間に得たもっとも大切な経験の一つとなった。（xxx–xxxi）

上記のようにラマンティアは、マンハッタンの路上をタンギーとともに歩んでいたブルトンと出くわしている。ケイプルズの推定によると、これは十一月頃のことだったらしい。もちろんこの遭遇はごく短時間の内に終わったので、とりたてて重要なやりとりが彼らの間で交わされたわけではない。しかしこのときのブルトンの存在感があまりにも強烈だったため、少年詩人は降り注ぐ太陽光線にも似た偉人のオーラを全身に浴びるかのような感覚を覚えたそうだ。晩年のラマンティアがこの経験に触発された作品「アンドレ・ブルトンに捧げる詩を書いていることから推せば、結局彼にとっては、この出会いこそが敬愛する詩人から与えられた究極の恩寵だったのかもしれない。(5)

ともあれ、このような輝かしい体験に恵まれた頃には、すでにラマンティアの日常には黒々とした暗雲が立ち込めていた。もちろんシュルレアリストたちの帰郷やフォードとの仲違いも打撃だったはずだが、詩における保守的なフォーマリズムの台頭や絵画における抽象表現主義の席巻に対しても、少年は強い違和感を覚えたようだ。完全に行き詰ってしまったラマンティアは、結局一九四四年の暮れにマンハッタンでの生活に見切りをつけて、サンフランシスコへと舞い戻ってしまう。その点からいえば、彼が初めて挑んだニューヨークという異界の探究は、わずか半年ほどで放棄されてしまったことになるだろう。だがそれはまた、その後も幾度となく不時着を繰りかえしながらも新たな飛翔に挑み続ける詩人、フィリップ・ラマンティアの旅路の始まりを告げてもいたのである。

二　「驚異の感触」

さて、ざっと以上のようにラマンティアの人生を誕生から少年時代まで追ってみると、とりわけシュルレアリストの詩人を自任してからの彼が、本人も予想しなかったような出来事に見舞われたことを確認できるだろう。そのような体験を詩人にもたらしたのは、もちろん彼自身の生み出した詩篇群である。多少なりともそれらの正体に迫るために、これから初期の代表作として知られる「驚異の感触」を瞥見してみたい。まずはその冒頭部を引こう――

人魚たちが砂漠にやってきた
彼女たちは閨房をしつらえている
薔薇でできた足もとに身を横たえるラクダの傍らで

虹の四人衆が
ぼくらの頭上にアラバスターの壁をひろげる
彼らの裸体が放つ光が
砂の上をゆっくりと這う

ぼくに驚異の手が触れる
すると人魚たちのすばしこい指がかきわけるぼくの髪は
頭から永遠に伸びていき
ぼくの体をおおってしまう
狂気の野蛮な果実よ（三）

「人魚たち」と「砂漠」、それに続く「彼女たち」と「薔薇でできた足もと」、そしてさらにそれに続く「頭上」とそこに広がって然るべき天井ならぬ「アラバスターの壁」の連結——これら「対立物の統一」を示すイメージ群は、すべからくエロティックな欲望によって生み出されている。なにしろ人魚たちのしつらえているのは「閨房」(boudoir) なのだし、言うまでもなくこの言葉は、本来ただの寝室ではなく愛を営む秘所を暗示するのだから。このことからも察せられるように、エロティシズムは驚異的な想像力を覚醒させるのだ。だからこそ、引用三連目の一行目（「ぼくに驚異の手が触れる」）は、ブルトンの「シュルレアリスム宣言」中に含まれる次のようなくだりへの応答を含んでいるのである――「きっぱりと言いきろう。驚異はつねに美しい。どのような驚異も美しい。それどころか、驚異をおいて美しいものなどない」（一四）。これほどまでにブルトンとラマンティアが驚異を讃嘆するのは、それが合理主義的な思考の限界を超えた異界へとわたしたちを導くエロティックな招待であるからにほかならない。その証拠に、詩人は続く詩行からいよいよ本格的にその誘いに応えはじめる。

そしてぼくは今自殺のゴブレットへと落下していく
彼女は巨大な二つの唇へと変化する
鳥の魔力のおかげで
ビアンカ
麗しき者と呼ばれている女の片足にしがみつく
そしてぼくは海の底では
見よ　閨房が飛び去っていく

彼女は真っ黒になった天使の人形
彼女は壊れたエレベーターの子ども
彼女は穴だらけのカーテン
それをきみはけして棄て去りたいとは思わない
彼女は最初の女であり最初の男
そしてぼくは彼女を得ようと我を忘れる（三）

あきらかに詩行の躍動感が増していることが察知できるだろう。それもそのはずだ。なぜならば、この段階に至ると序盤で用意されたあの「閨房」があっけなく吹き飛ばされてしまう代わりに、いよいよ詩人が追い求める官能の対象そのものが視界に入ってくるのだから。彼女の名は「ビアンカ」である。それにしても、この「麗しき者」の変貌ぶりはめまぐるしい。「鳥の魔力のおかげで」彼女はマン・レイの名作「天文台の時」を想起させる「巨大な二つの唇」へ転じたかと思えば、少年時代の詩人が実際に目にしていたであろう「穴だらけのカーテン」に変身してみせる。さらには彼女一人で「最初の女であり最初の男」へと化すことによって、錬金術的な両性具有像まで体現してしまうのである。まるで「賢者の石」そのもののようなビアンカの姿を目の当たりにした詩人が、エクスタシーを覚えるのと引き換えに、「我を忘れ」てしまうのも無理はあるまい。

こうして「驚異の感触」は、疾走感を失わぬままクライマックスへと向かう。以下に末尾の詩行を引こう。

ぼくはある領域を探している
そこではきみの髪の煙がたちこめている
そこではきみがまた白い壁をよじ登っている
そこではぼくに見守られながら這う猫のために
きみの鼓膜が調べを奏でている
ぼくはきみのことを思い出しているんだ　ビアンカ
時と日の彼方をぼくは探しているんだ
きみをもとめて　ビアンカ（三―四）

ブルトンが「深い共感」を覚えたと伝えられる「熱狂的なエロティシズム」が、ここでピークに達していることが見て取れるだろう。エクスタシーの果てに詩人が目撃するのは、ビアンカの変貌に次ぐ変貌のおかげで出来した「白」という究極の色彩そのものだ。イタリア語の「ビアンカ」が「白」を意味することからも察せられるように、我らがヒロインはついに本性を顕現したわけである。「白い壁」とも呼ばれるそれが、異界の表象不可能性を直示していることは、改めて指摘するまでもあるまい。むしろ興味深いのは、臨界点を呼びよせたビアンカ自身が、なんとこんどはそこを「よじ登」ろうとしていることである。この反逆的でありながらどこかコミカルで愛すべきふるまいから推す限り、彼女の変貌も詩人の異界探究も、どうやらこれでおしまいというわけではないらしい。結局彼ら二人のランデヴーは、まさに「時と日の彼方」に至るまで、まだまだ続くのである。

おわりに

こうしてフィリップ・ラマンティアという「冒険におけるシュルレアリスト」の初期作品を眺めてみると、この詩人がほかでもない自作によってニューヨークという異界へと導かれたことがよくわかる。彼自身はもとより、彼の詩を見出し惹きつけられたフォードやブルトンもまた、自分なりに文字通り「驚異の感触」を確かめようとしているうちにお互いに出くわした――たとえばそんなふうに言ってみることもできるのではないだろうか。

と同時に、あまりにも短かったラマンティアのニューヨーク生活が不首尾に終わった理由もまた、おのずと明らかになっている。なぜならば、当時の彼が書き上げた詩篇が示しているとおり、異界探究は原理的に未完に終わることを運命づけられているからだ。裏を返せば、詩人はけっして終点には到着しないからこそ、エロティックな詩の女神と遭遇するチャンスに幾度となく恵まれることになるわけである。実際の話、後年のラマンティアは、エクスタティックなヴィジョンの探究者として、ビート・ジェネレーションの中でも特異な位置を占める詩人へと育っていく。とは言え、その過程について語るためには、もちろん機会を改めねばならないだろう。

＊この論文は、二〇一七年にシルフェ英語英米文学会『シルフェ』第五六号に発表された拙論「「冒険におけるシュルレアリスト」の誕生――フィリップ・ラマンティアの少年時代と初期詩篇について」を短縮し、さらに修正を加えた改稿版である。

注

（1）ラマンティアの全詩集に収録された詩人伝の原題は以下の通り――"High Poet: The Life and Work of Philip Lamantia." これは詩人の妻ナンシー・ピーターズが、晩年の詩人と親交のあったギャレット・ケイプルズとアンドリュー・ジョロンと共に手がけた共著である。本稿中でラマンティアの伝記的背景に触れる際には基本的にこの資料に拠ったが、ピーターズが単独で執筆した詩人伝 "Philip Lamantia" やケイプルズによるエッセイ "Philip Lamantia and André Breton" も参考にした部分がある。また詩人のデイヴィッド・メルツァーがラマンティアに行ったインタヴューや、漫画家のサマー・マックリントンが描いたコミック版の伝記 "Lamantia" も適宜参照した。

（2）本文中で引用するラマンティアの詩行は、すべて *The Collected Poems of Philip Lamantia* に拠っている。

（3）ポーの詩篇 "Romance" は、一八三一年版詩集では "Introduction" と題されていた。

（4）この手紙はそのまま『拝啓　フォード様』(*Dear Mr. Ford*) と銘打たれ、二〇〇八年に複製版の形でヌーデル書店から出版された。

（5）ラマンティア晩年の一篇「アンドレ・ブルトンに捧げる詩」("Poem for André Breton") については、ケイプルズがエッセイ「フィリップ・ラマンティアとアンドレ・ブルトン」("Philip Lamantia and André Breton") 中で詳細に論じている。

引用・参考文献

Breton, André. *Manifestoes of Surrealism*. Trans. Richard Seaver et al. Ann Arbor: U of Michigan P, 2010.

Caples, Garrett. "Philip Lamantia and André Breton." *Retrievals*. Seattle: Wave Books, 2014. 93–109.

Caples, Garrett, Andrew Joron, and Nancy Peters. "High Poet: The Life and Work of Philip Lamantia." *The Collected Poems of Philip Lamantia*. Eds. Garrett Caples et al. Berkeley: U of California P, 2013. xxiii–lxiii.

Gascoyne, David. *A Short Survey of Surrealism*. San Francisco: City Lights, 1983.

Lamantia, Philip. *Dear Mr. Ford*. New York: Nudel Books, 2008.

——. "Surrealism in 1943." *VVV*. No. 4. (1944): 18.

——. *The Collected Poems of Philip Lamantia*. Eds. Garrett Caples, Andrew Joron, and Nancy Peters. Berkeley: U of California P, 2013.

McClinton, Summer. "Lamantia." *The Beats: A Graphic History*. London: Souvenir P, 2009.

Meltzer, David. "Philip Lamantia." *San Francisco Beat*. San Francisco: City Lights, 2001. 133–49.

Peters, Nancy. "Philip Lamantia." *Dictionary of Literary Biography*, vol. 16. Michigan: Gale Research Company, 1983. 329–36.

Poe, Edgar Allan. *Complete Poems*. Ed. Thomas Ollive Mabbott. Chicago: U of Illinois P, 2000.

第二十二章　「地理的想像力」の継承
――パウンド、ネイティヴ・アメリカンからスナイダーへ

遠藤　朋之

はじめに

われわれは三次元という空間に生きている。この場合、「三次元」とは、上下、左右、そして前後が存在する空間のことである。そしてわれわれは、日常生活を営むにあたって、自分が三次元に住まっているという理解に対してなんらの違和感をも持っていない。さらにそこに「時間」という異なった軸を導入すると、「四次元」になる。上下、左右、前後、そして時間を組み合わせたものが「四次元」と呼ばれるものである。われわれは日常的に「時空を飛び越えた」などという表現をするが、それは、じつは「時空」、つまり「時間」と「空間」を意味するので、「時空」という表現は、じつは「四次元」を表している。「時空」という表現自体が、すでに四次元を語っているのだ。通常、「三次元」の世界に生きていると理解しているはずのわれわれは、じつは、四次元の世界観に対して、とくに違和感を持っていないようである。

このことは、小学生の時に習う、時間、距離、速さの三者の関係性にも見て取れる。十メートルの距離を十秒で移動した場合、それは「秒速一メートル」と換算される。だがこの理解の仕方は、「距離÷時間＝速さ」という公式にのっとった場合にのみ生まれる認識である。この、十メートルの距離を十秒で移動するという行為を、「速さ」という概念を介在させずに認識しようとしたならば、どのような認識の仕方が可能だろうか。移動する十メートルという

その距離にこそ十秒という時間は刻まれるのであり、経過する十秒という時間は十メートルという距離と等価のものになる。このように、「時間」とは「空間」としての認識が可能なのだ。

通常我々は、時間を認識する際に、背後に過去があり、前に未来がある、つまり時間は一方向へと流れている、と認識している。歴史の教科書に顕著な時間感覚、いわゆる「通時的時間感覚」である。だが一方で、すでに示したように、十秒での十メートルの移動ではその十メートルの距離に十秒という時間が刻まれる。つまり時間と空間が等価である「共時的時間感覚」としての「時間」と「空間」の認識が可能である。上下、左右、前後、そして時間、つまり四次元を一体のものとして感覚するのが、「共時的世界観」である。そして、時間が空間として理解されるのであるから、この時空の認識の仕方を「共時的世界観」、あるいは「地理的想像力」と呼んでおこう。この「共時的世界観」、あるいは「地理的想像力」においては、時間と空間が等価なものとして認識される。

さて、二十世紀初頭、「時空を飛び越える」、つまり「四次元」、あるいは「共時的世界観」、「地理的想像力」での詩作を実践した詩人が登場した。エズラ・パウンド（一八八五―一九七二）である。パウンドは、文字通り、古今東西（この言い方も四次元の認識そのものである）の文学作品を渉猟しつつ、自らの畢竟の大作『詩篇』(*The Cantos*)を物した。パウンドは詩人としての初期から、通常、空間とは別のものとしてとらえられるはずの「時間」を「空間」と等価のものとして考える「共時的世界観」、あるいは「地理的想像力」という考え方を持っていた。その時空認識が、二十一世紀の現在でも継承される「パウンド・トラディション」と呼ばれる一群の詩人たちを生んでいる。

また、二十世紀に活躍したパウンドとはまったく別の文脈で、自分が住まうところに対して「共時的世界観」の認識を持っていた人たちがいた。ネイティヴ・アメリカンである。彼らの世界観とは、時間と空間が等価なものとして存在するものだ。つまり、彼らの世界観がすでに「四次元」であり、「共時的世界観」、あるいは「地理的想像力」なのだ。

この、パウンド、そしてネイティヴ・アメリカンの両者の違いといえば、パウンドは「詩作」として、そしてネイティヴ・アメリカンは「生活そのもの」として、「地理的想像力」を考えていたことであろう。

上記のパウンド、そしてネイティヴ・アメリカンが期せずして共有していた「共時的世界観」、つまり「地理的想像力」を、パウンドとネイティヴ・アメリカンの両方から受け継いだかたちで詩作をするのがゲーリー・スナイダー（一九三〇―）である。本論においては、まずはパウンドの「地理的想像力」を初期の散文から概観する。そのうえで、パウンド詩学とネイティヴ・アメリカンの「地理的想像力」の共通性を確認する。そこで、両者の「地理的想像力」を受け継いだスナイダーのノンフィクションとも呼べる詩作品を精読することとする。時間・空間・詩の三者がオーバーラップする様子を検証していく。

一　パウンドの「地理的想像力」

さて、まずはパウンドの「地理的想像力」から確認していきたい。パウンドはその初期の散文『ロマンス文学の精神』（*The Spirit of Romance*, 一九一〇）において、すでに「地理的想像力」を詩論として展開していた。当該部分を確認してみよう。なぜなら、地中海を媒介として、時間を共時的、あるいは地理的にとらえようとするパウンドの姿勢が明らかだからだ。(1)

エルサレムが夜明けを迎えるとき、ヘラクレスの柱［ジブラルタル海峡］のうえには夜がたちこめている。あらゆる時代は同時代だ。…（中略）…。未来は何人かの人たちの内で、すでに動きはじめている。このことは、文学ではとくに顕著なのだ。目の前で流れている時間は真の時間から独立しているのだから。ここではもう死んでしまった人たちが我われの孫たちの同時代人なのだし、我われの同時代人の多くが、すでにアブラハムの胸（「天国のこと。シェイクスピアの『リチャード三世』より」）や、よりふさわしい場所に集まっていっているのだ。

いま必要とされているのは、テオクリトスとイェイツを同じ天秤に乗せることのできる文学的な学問の精神だ。（六）

エルサレムが夜明けで、ジブラルタルは真夜中。この部分は、時間が経度によって異なることを書いているように思われる。しかし、その次にくる言葉が、「あらゆる時代は同時代だ」である。説明は抜きにして事実だけを語る、という後のパウンド詩学を思わせる詩的な散文である。その意図は以下のようなものである。「エルサレム」は地中海の東端、そして「ジブラルタル」は地中海の西端であり、地中海の両端には時間差がある。しかし、「地中海」という水平的な広がりのなかでこの東西の端を考えてみれば、その時間差が見せる情景の差異は、「エルサレム」も「ジブラルタル」も各々「地中海という一平面におけるヴァリエーション」と考えられるだろう。「地中海」という広大な水平的地勢、つまり共時的空間においては、「夜明け」や「真夜中」といった時間の推移を表す要素、つまり「通時性」を表す要素は、地中海という一平面上の「差異」や「ヴァリエーション」、つまり「共時的時間軸」においてとらえられることになる。「通時性」を時間が一方向にのみ流れる「垂直的」な時間のありかた、そして、「共時性」を時間が一平面に積み重なっていく「水平的」な時間のありかた、と考えれば、パウンドは歴史を垂直的ではなく水平的、つまり共時的にとらえようとしていたことがうかがえる。さらに、天国を表す「アブラハムの胸」というシェイクスピアの表現を使ったのちに、「テオクリトスとイェイツを同じ天秤に乗せることのできる文学的な学問の精神」というくだりは、時代に関係なく文学作品が共存していることを語っているので、「共時性」を補完するファクツの提示としてとらえることができる。このパウンド初期の散文は、時間を水平的にとらえる、つまり「時間」を「地理」としてとらえる「地理的想像力」の宣言である。
パウンドは、あらゆるものを同時代、つまり共時的にとらえる「地理的想像力」を初期の散文において提示した。それ以降のパウンドの詩業は「地理的想像力」の実践である。その実践の典型が『ピサ詩篇 (*The Pisan Cantos*)』であること、これは論を俟たない。

二　ホピの「地理的想像力」

さて、パウンドの「地理的想像力」は、詩論の上では確認できた。パウンドは詩作の指針として「地理的想像力」を提示し、その実践として『詩篇』に取り組んだ。とはいえ、パウンドが「地理的想像力」という意識をもって取り組んだのは「詩作」においてであり、その意識はみずからが住まう環境へとは及んでいない。スナイダーに移行する前に、スナイダーが現在も住むアメリカ大陸の先住民、とくにホピ族の時間と空間認識を確認したい。ホピの時空認識には、パウンドの「地理的想像力」が、環境をも含んだかたちで実現されているからである。参照するのは、アメリカ先住民の言語研究で古典とされるベンジャミン・ウォーフ（一八九七―一九四一）の『言語・思考・現実』(*Language, Thought, and Reality*) である。

さて、ウォーフの研究はホピ族の言語の研究であるが、ホピ族はわれわれの時間のとらえ方とは異なったとらえ方をする。ウォーフはヨーロッパ諸語を「標準的ヨーロッパ諸語 "Standard Average European"」、"SAE" とひとまとめにして語るが、SAE における時間感覚を確認してみたい（とはいえ、日本語でも時間は同じように認識される）。つまり、SAE においては時間は長さのメタファーにおいてとらえられるのだ。

ウォーフは数の感覚には二種類あると語る。「空間的に知覚できる集合と比喩的な集合」（一三九）である。その例としてウォーフは、前者は「十人」、後者は「十日」（一三九）という例を挙げる。「十人」であれば、ある場に十名の人間がいれば、それは直ちに客観的に数えることができる。これが「空間的に知覚できる集合」である。だがわれわれは十日を一時に経験することはできない。一時に経験できるのは「今日」だけで、ほかの九日は記憶から呼び起されたものだからだ。つまり残りの九日は記憶の中にあるので、客観的には数えられない。だがわれわれは、客観的に数えられない一日を、事実、数えている。これはウォーフの言うように、「『周期性』とは想像上の複数を喚起する」（一三九）からだ。ある日の夜明けから次の日の夜明けまではほぼ同じ周期で繰り返されるため、それをひとつの単位と認識してしまい、客観的に数えられないもの（目の前には存在しない「昨日」や「一昨日」）、あるいは、昨日とは微妙に異なるはずの今日も、同じ「一日」という単位で数えることができるようになる。ウォーフの言葉では「わたしはそれを『客体化』、あるいは想像上の、と呼ぶ。というのも、可算化は外界のパターンにのっとって行われるからだ」（一三九―四〇）、あるいは「比喩的な集合」と説明される。

さて、一日の周期性が単位を呼び起こし、計算可能になる事情はわかった。つぎは、それが長さの単位になる理由を考える。一日とは、昼と夜が周期的に訪れるだけであり、そこには幾何学的な直線の運動はないにも関わらず、単位として認識された一日は記憶の中から取り出され、その周期性のため一列に並べられる。われわれは「光陰矢の如し」のように、時間を「矢」のような直線運動としてとらえる。時間とは直線的な運動などしていないにも関わらず、「矢」の飛ぶようすの直線運動として客体化されている。この理由をウォーフは以下のように説明する。

時間の概念は「後にそうなる」という主観的な経験から切り離されたものになり、数えられる「量」として、とくにインチ単位に目に見えて切り分けられる単位へと客体化される。（一四〇）

ここでウォーフが語っているのはふたつ、時間が長さの尺度（インチ）のメタファーで語られること、そして、時間のメタファー化が可能になるのは、主観的な経験から時間の概念が切り離されて連続性を失い、「量」、つまり「単位」として客体化されたときだ、ということである。このようなかたちで、時間は計算可能なものとなるのである。日本語の「遠い昔」や、英語の“a long time ago”などを考えれば、時間は定規で実測できないにもかかわらず、両言語においても時間を長さのメタファーでとらえていることがわかるだろう。またこのことは、時間が矢のように過ぎていくのであるから、過ぎ去ったものは戻らず、次のものがやってくるだけだ、ということも意味するだろう。

さてここまで、SAE あるいは日本語において時間は長さのメタファーでとらえられる事情を確認した。次に確認するのは、「地理的想像力」ともいえるホピ族の時間感覚である。ホピ族は、われわれの来ては去る矢のような通時的時間感覚とは異なる共時的時間感覚、「蓄積される時間感覚」とでもいうべきものを持っている。ウォーフはわれわれの通時的時間感覚とホピの共時的時間感覚を対比し、以下のように語っている。

数えられないほどの小さな出来事の積み重ねの価値の感覚［共時的時間感覚］は、われわれの持つ客体化され、空間化された時間の見方［通時的時間感覚］によって鈍麻される。そして絶えず「これからなっていく」［通時的］出来事、持続を主観的に意識すればするほど、その意識はより鈍麻されるのだ。時間とは空間における［直線的］運動であると考えるわれわれには、［一日の繰り返しのような］一定の反復はその力を空間の単位の列［通時的な直線的運動］に従って散逸させてしまい、無駄にしてしまうように思われる。一方で、時間とは［直線的］運動ではなく、これまで行われてきたすべてが「後に出来する」［共時的時間の］ものとして考えるホピにとっては、一定の反復とは無駄にはならず、蓄積されていくのだ。（二五一）

SAE において直線的メタファーで客観的にとらえられる時間は、すでに確認したように、過ぎ去っていくのであるから、ある場所に蓄積されることはない。一方、ホピの場合、すでになされたことが後に出来、あるいは出現していく「小さな出来事の積み重ねの価値の感覚」として「蓄積」されるのである。ウォーフは上記の引用に続けて、

時間とは、後に起こるべき現象へとつながる見えない変化を蓄積していくのである。（一五一）

と語る。時間の経過は、矢のように過ぎ去っていくのではなく、後に起こるべき出来事のファクター、あるいはその出来事の潜在性として蓄えられていくのである。つまり、起こるべきことは起こるべくして起こる、ということになるだろう。端的に言えば、時間は蓄積される。そのことをウォーフは続けて、このように語る。

次の日がまたやってくることは、まるで、少々年老いてはいるが、同じ人が昨日の印象とまったく同じ印象で戻ってきているように感じられるものなのだ。「別の日」、つまりまったく別の人がやってきた訳ではないのだ。（一五一）

われわれは「次の日」という表現に顕著なように、前日とはちがった日の訪れとして今日を受け取る。しかし、ホピの認識は、ある日の訪れは、前の日とはディテールは違っているが、同じ人の訪れと感じられるという時間感覚である。同じ人が少々違った様相をもって現れる、つまり昨日に新たな要素が付加された一日が今日ということだ。昨日はなくなってはいない。昨日の上に今日が積み重なった、という理解をホピの人はするのである。現在とは過去の集積である、あるいは過去は目の前にある「現在」に存在するというホピの共時的時間感覚までも、この引用は語っているだろう。ホピの人々は、現前しているものが過去の集積であることを認識していた。後半につなげるために花崗岩を例にとるが、ある花崗岩はわれわれにとっては単なる石であるが、その花崗岩がその形をとるまでには、長い時

間が経過している。つまり、その時間があってこそのその花崗岩であるのだから、その花崗岩にはその形をとるまでの時間が蓄積されているのである。共時的時間感覚そのものである。そして「共時的時間感覚」とは、「地理的想像力」と言いかえてよいものだろう。

三　スナイダー作品のノンフィクション性

さて、パウンドの示した「地理的想像力」とは、過去を地中海という一平面上にとらえる、つまり、時間とは一平面上に展開されるものであった。同じくホピにとっての過去とは、読んで字のごとく、過ぎ去るものではなく現前する一平面上に水平的に蓄積されて存在しているものであった。ここには、期せずして、文字通り時空を超えて「地理的想像力」、あるいは「共時的時間感覚」を共有するパウンドとホピの姿がある。ただ、パウンドとホピとの違いは、パウンドはそれを詩論の上で展開していた一方で、ホピはそれを自分たちの世界観として認識していたことである。

この両者の交差する地点にある詩学、つまり「地理的想像力」を、北アメリカ西海岸で実作にしている詩人がいる。ゲーリー・スナイダーである。過去と現在が同じ平面上にある、という詩論を展開したパウンド、そしてホピの「蓄積される時間」は、両者とも「地理的想像力」を持っていたことを意味する。その両者（「モダニズム」と「プリミティヴィズム」と言っていいだろう）をその詩作へと取り込んだスナイダーの詩、とくにその情景描写は単なる叙景ではなく、そこに時間という概念がおのずと発生し、「四次元」的な読みが可能になるはずである。そのスナイダー詩の「四次元」的な思考が顕著な詩をこれから読んでいきたい。

だがその前に、これから取り上げるスナイダーの作品が収められている『リップラップと寒山詩』（一九五八）がいかにして物されたか、それを確認したい。この詩集がノンフィクションであることが、スナイダー自身のことばによって明らかになるからだ。ちなみに「リップラップ」ということばの意味は、同詩集の中表紙のスナイダー自身のことばによると、

　リップラップとは、急峻で滑りやすい岩盤の上に、馬が通るための山道を敷くために置かれる大ぶりな石のこと

とある（原成吉訳の『リップラップと寒山詩』の中表紙には、リップラップが積まれた馬のための山道の写真が掲載されているので、そちらを参照いただきたい）。すると、このタイトル自体が「脱人間中心主義（"deanthropocentrism"）」的なものであることは言うまでもないが、この詩集出版五十周年を記念して出版された『リップラップと寒山詩』（*Riprap and Cold Mountain Poems*, 二〇〇九）の「あとがき」には、この詩集がいかにして編まれたかがスナイダーのことばによって明らかにされている。ここには、この詩集がノンフィクションであることが明確に示されている。

　そして一九五五年の夏、大学院で東洋言語研究の一年を過ごした後、私はヨセミテ国立公園とトレイル作業員として契約を交わした。そしてすぐに、パイユート川流域上流で働くことになった。滑らかな白い花崗岩とこぶだらけのジュニパーと米松の土地。この土地は、氷河期の記憶を目に見えるかたちでそのまま今に伝えているのである。岩盤は澄み切った星空を映し出すほどの光沢。あらゆるものを捨ててみたらどうなるのか、という好奇心、そしてシャベル、ツルハシ、ダイナマイト、そして岩と格闘する長い一日の末、私のことばは落ち着くべきところに落ち着いていった。仕事の後の夜には、私は瞑想できるような状態になっていた。そして自分でも驚くような詩が書けるようになっていたのだ。

（六五を適宜変更）

上記引用は、スナイダーがこの『リップラップ』所収の詩を書くに至る経緯、リップラップを敷く仕事があってこそこれらの詩を書くことができた、ということを語っている。事実、この詩集所収の二十三篇中、十三篇が、何かしらのかたちでヨセミテでの労働に関わる作品である。スナイダーが詩を書くにあたって参照するのは自らの体験である。その意味で、スナイダー作品はノンフィクションであると言っていいだろう。そしてスナイダーは、その自身の体験から「共時的世界観」、あるいは「地理的想像力」を自らの詩において体現させる。

四　スナイダーの「地理的想像力」の実践

スナイダーの「地理的想像力」を明らかにするべく取り上げるのは「パイユート・クリーク」である。この作品は、山里勝己の指摘、「ヒューマンとノンヒューマン世界の関係性」（一一七）を歌ったものであり、「アンスロポセントリズムが極力抑制され、世界を支配しようとする人間衝動の不在の中で、ウィルダネスとそこに存在する生命が新たな意味を帯びてくる」（一一八）という評は正鵠を得たものである。しかしここでは、そのテーマとは違った、時間と空間の融合、つまり「地理的想像力」について考えてみたい。冒頭から八行目までを引用する。

花崗岩の岩壁
木は一本で十分。
あるいは岩ひとつ、細い水の流れ。
よどみには樹皮のかけらひとつ。
褶曲し湾曲した山また山、

細い岩の割れ目に
木がしぶとく根を張っている
その上にどでかい月。それはやりすぎだ。（一―八）

詩人はいま、カリフォルニアのヨセミテ国立公園内を流れるパイユート・クリークにいる。時間は夜。昼間はリップラップをトレイルに敷く作業をしていた。ここで詩人はなにをしているのか。目の前の風景の構成要素から、岩壁、一本の木、岩ひとつ、細く流れる渓流、そしてその流れに漂う樹皮を引き出し、さらにそれらを照らす月（おそらく満月）も含めようとするが、「やりすぎ」なのでそれはやめておく。そう、ここで詩人はヨセミテの自然を描く際に自分が構図へと取り入れる要素を選んでいる、目の前の風景を抽象しているのである。詩人が抽象したシンプルな構成要素から考えると、詩人の描こうとしているのは「山水画」のようなものであろう。あるいは、山水画には「詩画一如」の伝統があるので、詩人はここで「ことばでヨセミテの風景画を描こうとしている」と比喩的に言ってもいいだろう。(2)その先を引用する。

精神がさまよい出す。百万もの
夏、夜気は静かで岩は
あたたかい。終わりなき山々にかぶさる空。
人間であることにまつわるあらゆるくだらぬことが
はがれ落ち、固い岩が微動する、
この重い現実でさえ、この沸き立つ
こころを抑えることなどできない。（九―一五）

作画のために詩人が目の前の風景を抽象していると、精神が別なことを考え出す。そこで詩人は、ここでそれまでに何度も繰り返された「百万もの／夏」という時間軸を導入する（もちろん「百万」は途方もない数の意味である）。そして次の行では「終わりなき山々」という地理的要素を導入する。すると、「人間であることにまつわるあらゆるくだらぬことが／はがれ落ち」るのだ。そのわかりやすい理由として挙げられるのは、百年にも満たない人間の寿命は、途方もない数の夏を繰り返してきた目の前の風景に比べるとあまりにも卑小なものであるから、ということであろう。

だが同時に、ここで「固い岩が微動」し始める。上記引用の「百万もの／夏」という詩行で時間軸を、「終わりなき山々」で地理的要素を詩人が導入したことを思い返してみよう。時間と地理の関わりはなんであろうか。この山々は途方もなく長い時間を経験してきており、そのあいだ中もずっと造山活動、つまり「固い岩」の「微動」は止むことなくこの地形を変化させてきたのだ。そしてそれは現在進行形でもある。つまり、詩人が目の当たりにしている現在のこの山々はそれまでの造山活動の末に現在のかたちを成しているのだから、現在の山のかたちの形成にかかった時間そのもの、つまり過去そのものが山のかたちとなって現前している。スナイダーの心が沸き立っていたのは、時間が空間として現前していることに気づいたからである。ここでパウンドの詩論としての「地理的想像力」と、ホピの時間と空間の認識の仕方の「地理的想像力」が、スナイダー詩においてリンクしてくるのである。

スナイダーは、先ほど引いた『リップラップ』の「あとがき」において、時間と空間のリンクについて以下のように語っている。再度引用したい。

この土地は、氷河期の記憶を目に見えるかたちでそのまま今に伝えているのである。（六五を適宜変更）

ここで詩人が語らんとしているのは、氷河期以来の造山活動が、現在のヨセミテの山々のすがたに見て取れる、つまり、氷河期以来の時間が山々というかたちで蓄積され、詩人の目前に展開されている、ということであろう。四九〇〇万年も前とされる氷河期が、詩人の目の前に「山々」というかたちで現在時制で存在している、そのことに詩人は気づき、興奮していたわけだ。

さて、時間と空間の融合を別な作品にも見てみたい。タイトルポエムである「リップラップ」である。まずは冒頭六行を引用する。

これらのことばを置くのだ
精神のまえに石のように。
　　しっかり、両手で
しかるべき場所に、据えるのだ
精神という肉体のまえに
　　時空のなかで。（一―六）

一読して、現実世界でのリップラップを敷く肉体労働と詩作が重ねられていることがわかる。ありていに言えば「メタファー」であり、スナイダーは労働の用語で詩作を、そして詩作の用語で労働を語るのである。ここではその両者の融合した世界が現出している（メタファーとは、アリストテレスの『詩学』における定義以来、ある世界が別な世界との共通点をもって語られる類のものである）。それを裏付けるように、「精神という肉体のまえに」においては、労働と詩作が行われるはずの領域、「肉体」と「精神」が、“the body of the mind” と同格の “of” で結ばれており、両者が等価なものであることが語られる（二〇一一年に来日したスナイダーは、谷川俊太郎とのジョイント・ポエトリー・リーディングをしたが、谷川の“the body of the mind”という表現はおもしろいという旨のコメントに対し、この部分は“the mind of the body”でも構わないという旨の答えを返している）。そしてこの肉体労働と詩作とは、「時空のなかで」とあるように、四次元世界において行われることが認識されている。

つづく詩行は、

樹皮、木の葉、岩壁のゆるぎなさ
　事物というリップラップ（七―八）

となるが、この部分でのスナイダーの眼前の風景の認識も、しかるべき場所に手作業で置かれたリップラップのあり方と、自然の中でゆるぎなくしかるべき位置を占めている「樹皮、木の葉、岩壁」の存在を等価のものとして扱っている。ここには、詩のことばとしては出てこないが、詩におけることばも作品中でしかるべき位置を占めるように、ゆるぎなく書かなくてはならないことがメタファーとして意識されていること、さらにそれが作品として現前していることも、指摘しておこう。目の前の事物と詩作の融合である。そのことは「事物というリップラップ」という表現に顕著である。とはいえ、このあたりから「労働」のみではなく、「事物一般」へとスナイダーの意識がシフトしていることがうかがえることは指摘しておく。

上記引用に続く詩行は、上記引用以降がコロンで導入されているので、「事物というリップラップ」の具体例を示している。

銀河の丸石
　さまよう惑星

これらの詩、人びと
　鞍を引きずる
迷子のポニーたち
　　そして足もと確かな石のトレイル。(九―一四)

すでに確認したように、「労働」から「事物」へのシフトは明らかで、目の前の現実、そして詩の世界の両者における構成要素が列挙されている。ただ、一点だけ指摘しておくとすれば、「銀河の丸石」と「さまよう惑星」が挙げられているので、今は夜、そして詩人の視野には夜空が入っており、この作品の静謐さを高める効果を出している。続けての詩行は、これまで書き継いできた詩行の中間でのまとめともいえる。これまでの目前の現実と詩作の融合した世界を、スナイダーは新たなメタファーで言い当てる。

世界は終わりのない
　四次元の
囲碁のゲーム。(一五―一七)

しかるべきところにしかるべきリップラップを置くこと、そしてしかるべきところにしかるべきことばを置くこと、このふたつが融合した世界を、スナイダーは今度は、しかるべきところにしかるべき碁石を置かないと成立しない囲碁のゲームのメタファーでもって語るのだ。ここでの「世界」は原詩では"worlds"と複数になっているが、これは現実、詩作、そして囲碁の世界を直接には指しているだろう。さらに注目すべきは「終わりのない／四次元の」である。本論の冒頭で確認したように、四次元とは上下、左右、前後、それに時間を導入したものである。ここでのスナイダーの認識は、あらゆることは三次元に時間軸を足した四次元で生起する、というものである。

ここではじめて四次元という認識が詩に導入された。さて、この時間がいかに空間と関わってくるのか、この詩の最後までを引用し、確認する。

　　薄いローム層には
アリと小石、ひとつひとつの石がことば
　　流れに洗われた石
花崗岩：火と重さの責苦で
　　結晶模様がしみ込んで
石英と堆積物が熱く固結する
　　あらゆるものは変化するのだ、思考のなかで、
事物においても。（一八—二五）

この部分においては、さらにこの空間の構成要素が列挙される。「ローム層」、「アリ」、「小石」、「流れに洗われた石」、「花崗岩」である。そして同時にそれは「ことば」でもあるのだ。「事物のリップラップ」の認識はここでも確固たるものである。

だがそれ以降の「花崗岩」のところから、スナイダーは岩石学の知識を駆使しながら時間と空間を等価のものとして提示する。花崗岩とは深成岩の一種であるので、地中深くでマグマが凝固することによってできる岩である。この花崗岩の生成を知っていれば「火と重さ」の説明はつく。地中深くマグマの熱とその上にある地層の圧力を長い間受けた後、造山運動によって地上へと現れたものが花崗岩である。そして花崗岩の結晶の模様は、熱、その上に堆積し

た地層の圧力、そして時間が文字通り堆積してできたものだ。ひとつの花崗岩とは、その生成に要した熱と圧力、そして時間そのものである。その花崗岩がヨセミテの景観を作っているので、このヨセミテの風景とは、先の引用にあった「氷河期の記憶を目に見えるかたちでそのまま今に伝えている」、つまり氷河期から現在までを経過した時間そのものが空間として現前している風景なのだ。

さらに次の行は、熱、圧力、時間をかけての花崗岩の固結を語っている。花崗岩の主要構成鉱物は二酸化ケイ素、つまり石英、原文では“crystal”である。その石英が熱と圧力によって時間をかけて周辺にある堆積物と固結したのが花崗岩である。つまり石英は、熱と圧力と時間によって別なもの、花崗岩へと変化したのだ。言うまでもないが、その変化を経て地上へと現れた花崗岩は、いまだその変化の途上にある。そのことを受けてスナイダーは、「あらゆるものは変化するのだ、思考のなかで／事物においても」と語る。この部分の原詩は、“all change”、つまり祈願文となっており、詩作品も常に変化し続け、その時間の経過を体現する自然のようであれ、というスナイダーの詩観が見える部分でもある。これまで見てきたように、事物と詩作とはメタファーとして結ばれ、その両者には時間の経過が刻まれている。言い換えれば、この詩は「共時的世界観」、あるいは「地理的想像力」が生んだ作品に他ならない。

終わりに

ここまで、「地理的想像力」をキーワードとして、パウンドの古今東西の文学作品を一平面上にとらえる詩論の確認に始まり、そのパウンドの時間感覚と共通するホピの水平的な、蓄積する時間感覚をウォーフの著作に探った。さらに、その両者が交わる地点で詩作するスナイダーの「地理的想像力」がいかんなく発揮された作品を二篇精読した。

ハイ・モダニズムの極点であるパウンドと、それとは一見かけ離れたホピの時間感覚、それが「地理的想像力」というタームを介せば、その後続詩人であるスナイダーという地点で接続可能であり、スナイダーはその両者が交錯する地点で「共時的世界観」、あるいは「地理的想像力」を駆使して詩作をしていることが明らかになったと思われる。

このことは、おそらくウォーフの報告しているホピ族の世界観、そして“tunatya”（希望する）という語にスナイダーの詩学をさらに詳細に読み解くカギがあると思われるが、それは次に譲ることとする。

注

（1）このパウンドの引用箇所は、「地理的想像力」を考えるうえで決して欠かすことのできない重要な箇所であり、他の拙論においてもすでに言及していることをお断りしておく。
（2）「詩画一如」については、塩田弘の論考を参照のこと。

引用・参考文献

Pound, Ezra. *The Spirit of Romance.* 1910. Intro. Richard Sieburth. New York: New Directions, 2005. Print.
Snyder, Gary. *Riprap and Cold Mountain Poems.* 1958. Berkeley: Counterpoint. 2009. Print.
Whorf. Benjamin Lee. *Language, Thought, and Reality.* Cambridge: The MIT Press. 1956. Print.
アリストテレース『詩学』松本仁助・岡道男訳、岩波文庫、一九九七。
ウォーフ、ベンジャミン・リー『言語・思考・現実』講談社学術文庫、一九九三。
塩田弘「一幅の画、一巻の詩としての風景――ゲーリー・スナイダーの山水空間の創造」『新しい風景のアメリカ』南雲堂、二〇〇三。
真木悠介『時間の比較社会学』岩波現代文庫、二〇〇三。

スナイダー、ゲーリー『リップラップと寒山詩』原成吉訳、思潮社、二〇一一。
——・谷川俊太郎「Edge——太平洋をつなぐ詩の夕べ　ゲーリー・スナイダー&谷川俊太郎」Edge—Art Documentary. 2012. DVD.
山里勝己『場所を生きる——ゲーリー・スナイダーの世界』山と渓谷社、二〇〇六。

第二十三章　シルビア・プラスの可逆的遺書
――ユダヤ人への変容

東　雄一郎

一　告白詩、「私」の復活

二十世紀のモダニズムの根本原理はエリオットが「伝統と個人の才能」で提唱した「個性からの脱却」(an escape from personality) であり、作者は作品の自律性を尊重し、「私」の肉声を極力抑制した。第二次世界大戦後のポストモダニズムに出現する告白詩は自叙伝的内容であり、抑圧されていた自我やタブーや羞恥を扱う。告白詩 (confessional poetry) の用語はロバート・ローウェルの第一詩集『人生研究』(一九五九) の書評でM・L・ローゼンサルが使用した。新批評の形式主義への反動として自己意識を重んじる告白詩はノンフィクション的要素が強く、モダニズムが否定したロマン派の苦悩を復活させる。だが告白詩は作者の単なる私生活・私的感情の記録ではなく、作者と作品の間には多くの相違や虚構性が認められる。そこには十九世紀のホイットマンの「自己の歌」の「私」の再評価や、抑圧からの自由が見られる。この意味で告白詩人の中にはアレン・ギンズバーグらのビート詩人も含まれる。「私」の肉声を復活させた告白詩の精神はフランツ・ライト (ジェイムズ・ライトの息子) やメリー・ハウやシャロン・オールズ、二十一世紀の詩人が継承している。

二　ユダヤ人との同一化

シルヴィア・プラスは一九三二年、十月二十七日、父オットー・プラスと母オーレリアの第一子としてボストンに誕生する。一九三五年には弟ウォレンが誕生し、一家はマサチューセッツ州の海辺の町ウィンスロップに暮らす。幼いプラスは貝殻集めに熱中し、人魚を信じ大海原の彼方へ思いを馳せていた。海は彼女の原風景となる。マルハナ蜂の研究者の父は一九四〇年十一月、五十五歳で肺の塞栓症のため死亡する。父に自分は見捨てられたと幼いプラスは感じていた。『エアリアル』(テッド・ヒューズ編)には亡父への妄執が読み取れる。彼女は父を「神が詰まった鞄」のような存在と信じ、死界の父を求め、死の想念にとらわれる。父の死が彼女の潜在的精神不安の誘因となる。『エアリアル』の「ダディー」や「ラザロ夫人」で「私」はユダヤ人と同一化し、ユダヤ人の歴史的悲劇や苦悩と、「私」の悲哀や苦悩を二重写しにする。ユダヤ人と同一化する詩人は個の苦悩を人間共通の苦悩へと拡大、普遍化させる。「ラザロ夫人」では人間の皮膚から作られた電燈笠、リンネル、文鎮、焼却炉の灰、石鹸、結婚指輪、金歯等のナチスの強制収容所の遺留品を強調するイメージが使われている。「ラザロ夫人」の話者、「私」は「死は一つの芸術であると主張し、これを達成させたなら、赤い髪を振り乱し「灰」から復活し「男たちを空気みたいに食べてやる」と自己再生を宣言する。

父オットーはポーランドの町に産まれたドイツ人で十五歳の時にアメリカに移住した。母の両親はオーストリア出身である。「ダディー」はエレクトラ・コンプレックスを扱い、圧倒的な知的権力者の父がナチスの指導者に喩えられる。「ダディー」の「私」は父がナチス党員で、母がユダヤ人であるという矛盾した寓話的虚構の中にいる。「あなたを私はいつも怖れていた／あなたのナチの空軍、あなたの訳の分からない言葉／そしてあなたの手入れされた口髭／そしてあなたのアーリア系の鮮やかな青い目」と父は「私」の恐怖の対象となる。

「ダディー」の「私」は自分もユダヤ人かも知れないと述べ、ホロコーストの「ダハオ、アウシュヴィッツ、ベルセン」の強制収容所に輸送される。作品の父は「私」に敬愛されるが、ナチスの指導者や加虐的党員、吸血鬼、悪魔に変貌する。「私が一人の男を殺したのなら、私は二人を殺したことになる」と「私」の敵意は、父ばかりか不実な夫のテッド・ヒューズにも向けられ、父権主義・男性中心主義の吸血鬼の「黒い心臓」に「杭」が打ち込まれる。神から見捨てられた流浪の民のユダヤ人に、プラスは父から見放された自分の心情を重ね合わせていたのである。

三　自殺という終焉

プラスは八歳の時に『ボストン・サンデー・ヘラルド』紙に初めて詩を掲載し、一九四四年にフィリップ中学に入学すると校内の文芸誌に詩を発表し、ガマリエル・ブラッドフォード高校時代も創作に専心する。一九四九年十一月十三日の日記に彼女は「神になりたかった少女」を夢見ながら述べている。「私は年を取るのが怖い。結婚するのが怖い。一日に三度の食事を作るなんて嫌――機械的日課の過酷な檻の中に閉じ込められるのも嫌。私は自由になりたい。(中略)世界の様々な場所へ自由に行って、私のものとは違う他の道徳や倫理があることを知りたい。そう、私は全知者になりたい」と。一九五〇年、成績優秀者への奨学金を得て進学したスミス女子大学でも熱心に創作活動を続ける彼女は『セヴンティーン』誌に五十五篇もの詩を投稿し、一九五〇年に最初の短編「夏は再び訪れない」が同誌に載る。「苦いイチゴ」と題した反戦詩が『クリスチャン・サイエンス・モニター』紙に掲載される。彼女は多くの雑誌に作品を寄稿し、その原稿料やアルバイト料を学費や生活費に充てていた。

プラスは一九五〇年『スミス・レヴュー』誌の編集員の一人となる。当時の彼女のボーイフレンドはハーヴァード大学医学部の学生となるディック・ノートンであり、彼は自叙伝的小説『ベル・ジャー』のバディ・ウィラードのモデルとなる。一九五二年、カポーティやフォークナーらの短編小説を掲載した著名なファッション誌『マドモアゼル』（創刊一九三五―廃刊二〇〇二）の懸賞小説で「ミントン家での日曜日」が入賞し、彼女は五百ドルの賞金を得る。五三年、同誌の大学特集号の二十人の客員編集員の一人に選ばれ、ニューヨークに約一ヵ月滞在する。この仕事は芸術家志望の彼女にとり栄誉であったが、彼女の波乱の人生の端緒ともなった。ハーヴァード大学の夏期講習、フランク・オコナーの「短編小説講座」に申し込んでいたが、その受講資格も取れず、帰郷後の彼女は自信喪失に陥り精神科に通う。スミス女子大学の授業料も値上げされ、彼女の不安、不眠症、ノイローゼ状態が悪化する。

一九五三年八月二十四日、彼女は「長い散歩に出ます」と封筒の裏に書き、自宅地下室で大量の睡眠薬を飲み自殺を図り、三日後に瀕死の状態で発見される。この事件は「スミス女子大の優等生、ウェルズリーの自宅から失踪」という見出しで『ボストン・ヘラルド』紙にも報道された。その後五ヵ月間、彼女はマサチューセッツ州立総合病院の精神病棟に入り、電気ショック療法やインシュリン注射の治療を受ける。後に彼女は作家・支援者のオリーブ・ヒギンズ・プルーティの尽力によりボストン郊外の私立マクリーン精神病院に転院する。

一九五五年一月、プラスは論文「魔法の鏡――ドストエフスキーの二作品に見られる二重人格の研究」を提出し、六月に「最優等」でスミス女子大を卒業する。一九五六年二月二十五日、フルブライト奨学金を得てケンブリッジ大学に留学したプラスはテッド・ヒューズと知り合う。シルヴァー通りのパブの近くで売られていた学生の文芸雑誌『セント・ボトルフ評論』を彼女は買い求め、掲載されていたテッドの詩を読み深く感銘する。テッドは尊敬できる文学上の同胞と思えるが、それは彼女の完全な幻想であった。五六年六月十六日、母だけが立ち会い、プラスはテッドと結婚式を挙げる。結婚前も彼女はテッドの女性関係に悩み、母にも相談していた。映画『シルヴィア』には、ボストンを訪れる娘婿に母が「シルヴィアには優しく接して下さいね」と懇願する印象的場面がある。結婚後の一九五七年から五九年のアメリカ滞在中、プラスは多くの短編小説を書く。短編「ジョニー・パニックと夢の聖書」も彼女がマサチューセッツ総合病院精神分析治療室の秘書をしていた体験から創作された。

流産を経て『ベル・ジャー』が完成するのが一九六一年、その翌年の晩夏、テッドの愛人問題が浮上する。プラスは貧困に喘ぎながら幼い長女のフリーダと長男ニコラスを育てていた。『ベル・ジャー』への書評も思わしくない。一九六三年の冬のロンドンは異常な寒波に襲われ、母と二人の子供は繰り返しインフルエンザに罹る。朝の四時に起き『エアリアル』の数編の作品を完成させるのが母の日課であった。

一九六三年二月十一日の早朝、プラスはガスオーブンに頭を入れ、頬の下にタオルを敷き自殺をする。二人の子供へのガスの流出を防ぐため、台所のドアの隙間にはタオルが挟めてあった。享年、三十歳の若さである。彼女は「一つの芸術」の「死」を達成させた。奇しくもテッド・ヒューズの愛人もこの六年後にプラスと同じくガスオーブンで自殺をしている。死後の一九八二年プラスはピューリッツア賞を受ける。息子のニコラスも四十七歳の時に自殺している。

四　死の衝動《タナトス》と生の衝動《エロス》の可逆性

死の衝動と生の衝動の相克がプラスの作品の特徴であり、微妙な均衡を保つ精神状態が彼女の芸術の魅力である。その均衡とはプラスのかつての師のロバート・ローエルが『エアリアル』の「序」で言う、自分の頭に拳銃を向けて引き金を引く「ロシアンルーレット」の極限の緊張感である。ソローは『ウォールデン、森の生活』の「居住した場所と居住した目的」の掉尾で「生であろうと死であろうと、我々が切望するのは実在だけである。我々が本当に死にかけているのなら、喉がゼイゼイ鳴る音を聞き、極限の寒さを感じ取ればいい。生きているのなら、自分の仕事に精を出せばいい」と言うが、プラスが追求するのもこの「実在」、人間の内なる本源的苦悩、つまりロマン派の苦悩である。

詩集『エアリアル』はプラスの死後の一九六五年にフェイバー社から出版された。この各作品は彼女の自殺の数ヵ月前に猛烈な勢いで書かれていた。『エアリアル』には作者自身の不安感、自己嫌悪、危機意識、死への衝動、死の予感が読み取れる。ロングセラーの『ベル・ジャー』と同じくこの詩集も彼女の遺書である。次にタイトル・ポエムの「エアリアル」を寸見する。

「暗闇の中の停止／そして岩山と遠距離の／実体のない青の流出／／神の雌のライオンよ／ああ、私たちは一体となる／踵と膝の旋回軸！——溝が／／裂けて消え去る／私には捕らえられない首の／褐色の弧の姉妹となる」で始まる「エアリアル」は一九六二年十月二十七日に創作された。この作品は詩人がケンブリッジ大学の学生であった頃の遠乗りの体験に基づいている。愛馬エアリアルが急に疾走し、鐙が外れる。彼女は馬の首にしがみつき二マイルほどを全速力で走り厩に帰ってきた。

エアリアルの名前は暴風雨で沈没したロマン派のシェリーの帆船「エアリアル号」にも連想されている。ローマのプロテスタント墓地に、溺死したシェリーは埋葬され、その墓石にはシェイクスピアの『テンペスト』の一節（第一幕、第二場「エアリアルの歌」）、生前のシェリーの愛唱句が刻まれた。「骸は朽ちず、海神の／力を受けて豊かにも／奇しきものとなりにけり。」

一見、詩は早朝に田園を疾駆する「私」の乗馬体験のように思えるが、実はこの詩の主題は、対象の独自性の動きの奥に秘められた何ものかを捉えることである。乗馬は、超自然的変容世界へ作者が読者を誘導する媒体であり、内的「暗闇の中の停止」状態が始動するとどうなるのか、つまり、詩人の想像力の流出の経過を直観するのが、この詩の目的である。一人称の「私」の視点は作者と読者との感情的同一化を促す。知覚される対象物はすべて瞬間的であり、それらは「実体」のない「無数の影」として捉えられる。イメージからイメージを生成するプラスの詩は「冬に木立」で自らが言う、溶解する記憶の連続、相反するものの「一連の結婚」(A series of wedding) である。

作品の冒頭の夜明けの青が包む光景の中、「踵と膝」のもつれる力が、馬上の「私」の肉体を支える。「神の雌のライオン」と一体(「姉妹」)化する「私」は「溝」のある耕地を疾駆する。「溝」は裂け、瞬時に「私」の背後に消える。人馬一体はアニミズム的活力を内包し、作品には「真っ白な／ゴダイヴァ夫人」の裸体、黒い「木の実」「腿、毛髪」「矢」「朝露」等の生殖的・性的イメージが充溢している。疾駆する雌馬の上の「私」が捉えるのは、「暗い鉤」を投げかける黒い「木の実」や「無数の影」である。だが「私」は「何かほかのもの」つまり「影」を産み出す本質的生成母胎によって空中に放り投げられ断片化する。

「エアリアル」の後半で「私」は十一世紀イギリスのコベントリーの伝説の女性ゴダイヴァに変身する。夫が領民に課した重税を廃止させるため、夫人は裸で乗馬し町を回らなければならない。長く美しい髪が彼女の全身を覆う。家の窓を閉める領民は馬上の裸の夫人を見ようとしない。ただトム (Peeping Tom) は例外であった。無事に領内を回った夫人は重税を廃した救済者として領民の歓迎を受ける。

ゴダイヴァ夫人は父権主義社会の権威に屈しない理想的女性像であり、「私」はこの伝説の夫人に変身し、「無感覚の両手、無感覚の切迫」という重要でない衣を脱ぎ捨て「泡汗」となり、周囲の小麦や輝く海に合流する。「壁」の向こうに聞こえる「子供の泣き声」を無視して「私」は疾駆する。「私」は母や女性の役割から解放された一個の人間としての独立・自立を宣言している。

だがこの「私」を待ち受けているのは「自滅的」(Suicidal) に飛散する「露」の崩壊である。最後に「私」は強靭な「一本の矢」となり、「赤い眼」である朝陽に向かって飛翔する。この人馬一体の生命の「矢」が向かう「朝の大鍋」は、イーカロスの神話に連想されている。プラスの詩における神話的要素は、これまでジュディス・クロルやロバート・グレイヴズを始め、多くの批評家が指摘してきた。迷宮に幽閉されたイーカロスは翼を得て太陽神のヘリオスに向かって飛び立ち、蝋で固めた翼が溶け天空より墜落死する。人馬一体の「私」が向かうのも「朝の大鍋」（太陽）という死である。「私」は生の崩壊を経て、死の中に、芸術的不滅の生を得る。

「私」は、「神の雌のライオン」の妹と同時に、大気の妖精エアリアル（雌雄両性）ともなる。この「私」は騎手であり、馬である。「私」は創造的活力を放流させる詩人である。「私」は一本の「矢」であり、その「矢」の起点、そして標的でもある。これらの差異・懸隔は坩堝の「朝の大鍋」の中で溶解され、死の衝動と生の衝動、虚構と現実が混和される。プラスの詩作は恍惚感や不可知の経験を読者に伝える「実体」のない幻術の乗馬に等しい。この幻術によって「私」は万人を代表する「私」となる。

人馬一体の疾駆と「矢」を具体的に説明する急降下が、小説『ベル・ジャー』の主人公の「私」（エスター・グリーンウッド）のスキーの場面（第八章）に見られる。小説の「私」は幽閉状態にある狂気や病める自己の断片的記憶を語るが、それは意味ある過去の中への落下である。

何処からともなく身を切るような風が私の口の中いっぱいに吹き込み、私の髪が水平に後ろになびく。私は降下しているが、白い太陽はそのままの位置で高くはならない。太陽は空中に吊るされたようにうねる山々の上に輝く。この生命のない中心点が消えたら世界は存在しないだろう。私自身の肉体の中の小さな先端が、応じるように、その太陽に向かって飛んでゆく。大気、山々、木々、人々の景色が物凄い勢いで飛び込んできて、私の肺が大きく膨らむ。私はあのとき思った。「これが本当の幸福だ」と。

この急降下は幸福の恍惚感をもたらす。この感情は世界の中心である「白い太陽」とそれに呼応する「私自身の肉体の中の小さな点」の合一から生じる。

『エアリアル』のタイトルはシェイクスピアの最後の戯曲『テンペスト』に登場する大気の妖精エアリアルにも連想されている。十二年前弟のアントーニオーの陰謀からミラノ大公の地位を追われた魔術師プロスペローは孤島で愛娘のミランダと一緒に暮らしている。エアリアルは、この島の魔女に酷使された挙句、松の木の裂け目の中に幽閉されてしまうが、プロスペローに救済され、彼の忠実な召使いとなる。

エアリアルは鬼火に化け、激しい嵐を起こし、アントーニオーとナポリ王アロンゾとその息子のファーディナンドが乗る船を難破させ、水夫たちを妖術で眠らせ、船を孤島に漂着させる。プロスペローの弟への復讐が始まる。幻術を操るエアリアルは主人の命を忠実に実行する。最後にプロスペローは弟の罪を許し劇は幕を閉じる。「閉幕の辞」で祈るプロスペローは永遠の神の国を求める。エアリアルは自由の身となり、大空へ帰って行く。「エアリアル」の主題は、この妖精の拘禁・幽閉、プロスペローによる解放、被害者プロスペローと加害者アントーニオー兄弟の反目と和解と、エアリアルの解放、最終的自由である。『テンペスト』の過失罪悪を超越する和解は、若いミランダとファーディナンドの純愛がもたらす。

『エアリアル』の総体的主題が妖精エアリアルとその物語の中に既に示唆されている。それは、被害者と加害者、隷属と解放、幽閉と自由、復讐と和解、生と死、正気と狂気、実体と影、現実と幻想、愛と暴力、誕生と破滅等の、背離・相反・撞着の「朝の大鍋」（死）による中和・混和である。詩人は、エアリアルという詩的言語の霊感（幻術・妖術）の力を得て詩的変容を遂げようとする。詩人の愛馬の名であるエアリアルはイーカロスとなり、空から墜落するが、愛馬はペガサスともなり大空を自由に駆け昇る。

ジョン・ミルトンの『失楽園』のエアリアルは、言うまでもなく、サタンと共に神に反逆した堕天使である。『イザヤ書』（二十九節）では聖地エルサレムがエアリアルの名で呼ばれている。ヘブライ語のエアリアルの原義は「神のライオン」である。プラスのエアリアルもエルサレムとなり、「私」の苦悩や悲劇は、ユダヤ人の聖地と関連する歴史的苦悩や悲劇と重ねられ、現代のすべての犠牲者の苦悩がここに包括される。

四　エスターの分身ジョーンの自殺による救済

『ベル・ジャー』の主人公エスター（Esther）の名前は旧約『エステル記』のユダヤ民族を虐殺から救ったペルシャ王妃の名前エステルに由来する。国家を喪失したユダヤ人が如何にその純粋性を守りながら生き延びるのかという難問題は、父性を喪失し苦悩するプラスの人生に重なる問題でもあった。ユダヤ人モルデカイの養女エステルはペルシャ王クセルクセスの王妃となる。王はハマンを宰相に登用する。王の布告により、宰相のハマンには跪き敬礼をすることが命じられていたが、モルデカイはこれに従わない。ハマンはムルカイの非礼に激怒し、アダルの十三日にユダヤ人全員を虐殺すると決め、準備を進める。モルデカイからこの策謀を知るエステルは、決死の覚悟で、自分がユダヤ人であること、そしてハマンの陰謀を王に告げる。王は、かつてモルデカイが自分の暗殺を防いだことも知り、ハマンを処刑し、彼の財産をモルデカイとエステルに与える。エステルの機転と勇気によって、理不尽な虐殺は行われず、ユダヤ人たちは救われる。モルデカイもエステラも権力者の横暴に屈することなく、ハマンへの敬礼という一種の偶像礼拝を拒み、同族を救った。この救済と偶像の拒絶の主題が『ベル・ジャー』の主人公エスターの名前の中に秘匿されている。

希死念慮の状態にあるエスターは自分が透明な釣鐘型の容器の中に幽閉されているような息苦しさ、閉塞感を常に覚える。ベル・ジャーは本来が実験室での真空実験やガス貯留に使用される釣鐘型のガラスの容器である。作品でベル・ジャーは、外界から隔絶されたエスターの抑圧的心理状態や歪められた実像の象徴となっている。

プラスは日誌風のノートに、周辺の人々の言動の具体的で詳細な記録を綴っていた。それは一日に三ページ、長期間にわたっての分析記録である。『ベル・ジャー』の大半の登場人物は実在の人物をモデルにしている。エスターが初めて肉体関係をもつ相手、粗野な数学教授アーウィンのモデルは、一九五四年ハーヴァードの夏期講習に参加していたプラスがワイドナー図書館の階段近くで出会った背の高い生物学者、妻帯者のエドウィンである。アーウィンの知的雰囲気に惹かれ、彼と関係するエスターは性器裂傷の大量出血を経験する。

プルーティはプラスのスミス女子大学での奨学金の出資者の一人、プラスの有力な支援者であった。プルーティは作品ではエスターに援助の手を差し伸べるフィロミナ・グィニア夫人となる。ボストンの高級住宅地に邸宅を構える裕福なプルーティもスミス女子大学の卒業生であり、一九二二年ベストセラー『ステラ・ダラス』（未婚の母の娘への強い母性愛と娘の成長を扱うメロドラマ）を世に出す。この作品は二五年に映画化、その後も長くラジオドラマ化される。感傷的で教訓性が強いプルーティの小説にプラスは魅了されなかった。皮肉にも『ベル・ジャー』は『ステラ・ダラス』の母性愛を否定する作品となっている。プルーティもその全盛期に精神疾患を経験している。プラスの母オーレリアは実務肌の有能な女性で、父の死後、教職に就き生計を支えていたが、困窮するこの一家の財政をプルーティは支援し続けた。

既述したが、スミス女子大学在学中の自殺未遂の後、プラスはマクリーン精神病院に移され、そこにはプルーティの友人の女医ビュシャーがいた。プルーティはその入院費用の全額を負担する。精神科医のビュシャーは『ベル・ジャー』の主人公エスターが全幅の信頼をおくノーラン先生となる。

『ベル・ジャー』の舞台は一九五三年六月（スパイ容疑のローゼンバーグ夫妻が電気椅子にかけられた夏）のニュ

ーヨークから一九五四年一月、雪のボストンである。エスターはボストン郊外の出身で、名門女子大に奨学金を得て通う。エスターは多感で美しい十九歳の優等生であり、世の欺瞞や偽善を鋭く見抜く直観力をもっている。彼女は卒業論文をジョイスの『フィネガンズ・ウェイク』の双子の問題で書こうとも考えている。

『ベル・ジャー』（一九六一年完成、六三年出版）は一九五三年のプラスの自殺未遂事件と、それに関係する処女喪失や精神病院での治療体験、極限状況や孤独や異常体験を告白する小説である。「独立記念日の打ち上げ花火の色とりどりの矢みたいに、あらゆる方向へ飛んでゆきたい」（第七章）と願うエスターは自己否認、自己消滅願望、鬱病、疎遠感、離人症に苦悩する。

エスターは大手出版社のファッション雑誌『レディーズ・デイ』主催の文芸コンテスで受賞し、客員編集者の一人に選ばれ、ニューヨークのアマゾンホテルに一ヶ月間泊り、都会生活を経験する。彼女は現実との戦いに疲れ「走るコースを失った競走馬」（第七章）のように将来への大きな不安を抱き、自己嫌悪に襲われ、精神のバランスを崩し、自殺を企て、精神病院に入る。

首吊りや睡眠薬の服毒自殺を試みた後も、エスターはボストンのチャールズ川を車窓から眺め投身自殺を考える。彼女の座席の両側は母と弟が厳重に警護している。黒いキャデラックがチャールズ川を渡ると、エスターは思う。「私はビロードのような毛羽だった灰色の座席に深く体を埋めて目を閉じた。ベル・ジャーの中の空気に私は取り巻かれ圧し潰されそうで身動すらできなかった」（第十五章）と。

エスターは自分の意識がある内に死を待ち伏せしてやろうと、何度も自殺を試みる。自分の正体も分からずに、死の檻である精神病院に拘禁され、そのまま世間から忘れられた存在になってしまう不安に、彼女は怯えている。だが退院面接の直前（第二十章）に、ベル・ジャーの透明な容器が少し浮き上がり、新鮮な外気が吸えそうだと思えるようになる。彼女は主治医ノーランの言動と電気ショック療法により回復の兆しを見せる。退院面接を受ける直前にエスターは思う。「生まれ変わるには、ある種の儀式が必要だと私は思った—道路を走るのを許されるには修理して、古タイヤを取り換えなければならないのだ」（第二十章）と。エスターの退院は自己の魂の再生である。作品にはこの儀式の最終結果は明示されていないが、彼女が退院し復学できる可能性は大きい。それはエスターの分身・片割れであるジョーン・ギリングとの対比から推測される。

十九章ではエスターの旧友のジョーンの夢と首吊り自殺が語られている。エスターと同じ精神病院に入院しているジョーンは、将来は精神科医になりたい、と自分の夢をエスターに語る。ジョーンはエスターの自殺未遂の新聞記事「女子大生失踪。心配する母」「女子大生、生存確認」等を切り抜いてもっている。ジョーンはエスターの生き方から強い影響を受け彼女に憧れ、自分も自殺未遂を図り入院してきたのである。分裂した自我という視点に立つと、真の自我のエスターに対して、ジョーンはその虚偽の自我である。

「憤慨と不安は一掃された。私は驚くほど穏やかな気持ちになった。ベル・ジャーは宙に浮きあがり、私の頭の数フィート上にあった。私の体を大気が自由に取り巻いた。」（十八章）この状態にあるエスターにジョーンは果実につく害虫「途轍もなく大きなミバエ」のようにまとわりつく。「私の近くにいるだけで、回復という甘い蜜を吸うことができるかのように」（十八章）である。エスターは、同郷の有名人で馬みたいに図体の大きなジョーンを、自分を苦しめるためにだけ存在していると思っている。エスターが徐々に回復するのに反し、ジョーンの精神状態は悪化し、最後にジョーンは首吊り自殺をする。この自殺方法もエスターが最初の自殺で試みたものである。

エスターの分身（虚偽の自我）であるジョーンは一気に死の衝動に駆られ、生の衝動に導かれるエスター（真の自我）の回復と共にジョーンは消滅する。エスターは、ジョーンの思考や感性は黒く歪んだ自分の影のようだと思う。双子のような両者は合わせ鏡の状態にある。ジョーンという死の影の消滅は、エスターの生の衝動の回復や魂の再生を意味する。作者は、エスターを生き残らせ、その分身のジョーンをエスターの身代わりにしている。「死ぬことは愛と同じく／一つの技術にすぎない、他の全てと同じこと／私はそれを見事にやってやる。」（「ラザロ夫人」）ジョーンの自己崩壊の中に、エスターの復活・再生がある。

五　魂の再生と同胞愛

モデルになった友人や知人を気遣い、プラスは『ベル・ジャー』をヴィクトリア・ルーカスのペンネームで出版した。『ベル・ジャー』が本名でフェイバー社から出版されたのは一九六六年、アメリカ版は彼女の死から七年を経た一九七一年である。

『ベル・ジャー』の母と娘は最後まで和解できない。エスターの母グリーンウッド夫人への反感や嫌悪感は消えない。母は良妻賢母の雛型に「私」を当て嵌めようとし、将来の生活のために速記とタイプを習えと「私」に諭告する。第十五章でエスターは裕福な作家のグィニア夫人の援助で豪華な私立の精神病院に転院する。母は夫人の金銭的援助に感謝するように言うが、エスターはベル・ジャーの中に隔絶されているような息苦しさを覚えるだけである。「船のデッキや、パリやバンコックの街のカフェ、どこに座っていても、私はいつも、同じ伏せられたガラスのベル・ジャーの中に閉じ込められ、自分自身の酸敗臭にむせかえっているだろう。」（第十五章）

最終二十章で殉教者のような微笑みを浮かべ「これはみんな、悪夢だったって思いましょう」と言う母にエスターはこう思う。「悪夢。ベル・ジャーの中で死んだ赤ん坊みたいに虚しく閉じ込められた人には、世界それ自体が悪夢なのだ。悪夢。私は何もかも覚えている。（中略）忘却が、やさしい雪みたいな忘却が、すべてを麻痺させ覆うだろう。でも何もかもが私の一部。何もかもが私の風景だったのだ。」（第二十章）

『ベル・ジャー』はエスターの過去の一連の回想から成り立ち、彼女のボーイフレンドのバディ（ジョーンの元のボーイフレンド）との関係も前半で語られる。医師志望のバディは処女崇拝者で良妻賢母の女性像をエスターに押しつけてくる。彼は他の女性との度重なる肉体関係を隠しながら、品位や無邪気を装う。この偽善にエスターは耐えられない。一秒たりとも無駄にしないという実用主義に固執するバディには、創造性も芸術的感性の欠片もない。

因襲的女性の偶像を破壊するエスターは、母や妻の家事や育児に縛られる拘禁状態を嫌う。バディの両親のウィラード夫妻の彼女への優しさや好意も、息子の将来の伴侶としての期待感から生まれる打算である。エスターが出逢う男性は概して横暴で抑圧的で、彼らは功利的男性中心主義の砦の中に立て籠っている。エスターの内面生活の崩壊を招くのは、父権主義や男性至上主義の先入観であるが、それ以上に彼女は周囲の女性の破壊性をも感知している。最大の支援者のグィニア夫人や母が自分に愛情を示すのは、自分にベル・ジャーをかぶせ、彼女たちと同じ世界に自分を引き入れるためである。エスターが所属する社会は、女性蔑視の全体主義を信奉している。このモノリシックな日常の現実こそが彼女の不安を掻き立てる。

エスターが最も嫌悪するのは、型どおりの日常生活を打ち立て、それを固定化し、その価値観を強要する全体主義的欺瞞と偽善である。彼女は実生活における共依存的母子関係の中に潜む多くの破滅的要素を察知する。母の世界を否定する娘は代理母のノーラン先生の力を得て精神科病棟から出て社会復帰を果たそうとする。エスターにとり、ノーラン先生は領民を重税から救ったゴダイヴァ夫人に等しい。神にも匹敵する父性、その喪失状況の中で魂が再生するには、真の母性（「影」を生む母胎）が必要となる。ノーラン先生のように「私」の自我を無条件に受け入れてくれる母性、またはユダヤ民族を虐殺から救ったエステルのように決死の無償の愛を示してくれる人物が必要なのである。

「ジョニー・パニックと夢の聖書」の夢の書記・「夢の鑑定家」・「私」は、世界を稼働させている「夢の創造主」・神・ジョニー・パニックに仕えながら人々の多様な夢を「夢の聖書」の中に記録する。「私」は成人精神治療科の書記補である。本来顔のないジョニー・パニックは時に「犬の顔、悪魔の顔、魔女の顔、娼婦の顔」になる。この神の正体は不可知的「不安」(Fear)である。『ベル・ジャー』のエスターが言う「悪夢」の貯蔵場所を、「夢の創造主」に仕える「私」は、「半透明の広大な湖」(a great half-transparent lake)に喩える。そこは幾世紀にもわたる人々の夢が沈殿している。

この湖を好きなように呼べばいい、「悪夢の湖」「狂気の沼」とでも、眠れる人々が最悪の夢の主題に囲まれ、共に眠り共に揺れ、大きな同胞愛を形成するのはこの湖水である。目覚めている時は各自が自分は完全に孤立していて、孤独なのだと思っているのだが。

実人生は精神病棟に等しく、「夢の聖書」にその不条理さを記録するプラスは「狂気の沼」に沈む人間の孤独な「実在」に「同胞愛」の絆をもたらす。「同胞愛」は日常の「不安それ自体」(Fear itself)を認識し、これを共有することから始まる。エスターの自己再生は普遍的意味をもつのである。プラスは双極性障害による自殺の前に『エアリアル』と『ベル・ジャー』という二通の遺書を書き上げ、それらを「半透明の広大な湖」に秘蔵した。「女が完成される／その死んだ／／肉体は成就の微笑みを装う」(『エアリアル』所収の「縁」)とプラスは歌う。

テキスト

Ariel, Faber and Faber, 1965.
Ariel, Harper and Row, Publishers, 1966.

The Bell Jar, Faber and Faber, 1966.
The Bell Jar, Harper and Row, Publishers, 1971.
Winter Trees, Faber and Faber, 1971.
Letters Home, Harper and Row, Publishers, 1975.
The Collected Poems, Harper and Row, Publishers, 1981.
Johnny Panic and the Bible of Dreams, Harper and Row, 1979.
The Journals of Sylvia Plath, Dial Press, 1982.

参考文献

M. L. Rosenthal, *The Modern Poets: A Critical Introduction* New York, Oxford University Press, 1960.
Charles Newman, *The Art of Sylvia Plath*, Bloomington: Indiana University Press, 1970.
Edward Butscher. *Sylvia Plath; Method and Madness*, The Seabury Press, New York, 1976.
Jacqueline Rose, *The Hunting of Sylvia Plath*, Virago Press, London, 1991.
Paul Alexander, *Rough Magic: A Biography of Sylvia Plath*, Da Capo Press, 2003.
皆見昭訳『シルヴィア・プラス詩集』（鷹書房、一九七六年）
高田宣子・小久江晴子訳『湖水を渡って――シルヴィア・プラス詩集』（思潮社、二〇〇一年）
新倉俊一著『アメリカ詩入門』（研究社、一九九三年）
高尾哲訳『ケンブリッジ旧約聖書注解』（新教出版、一九八一年）
J・B・マコンヴィル『エズラ記、ネヘミヤ記、エステル記』（新教出版、一九九九年）
キャロル・M・ベクテム『エステル記』（宮田玲訳、日本基督教団出版局、二〇〇七年）

第二十四章　リチャード・ブローティガンとノンフィクション(1)
――日本をめぐる作品を中心として

川崎　浩太郎

はじめに

『アメリカの鱒釣り』（一九六七）によってカウンター・カルチャーのヒーローとして祭り上げられたリチャード・ブローティガン（一九三五―八四）の評価には、年々下降線を辿った才能と、それに伴う晩年の不遇についての記述がしばしばつきまとう。だが、アメリカ国内でのこうした評価が、必ずしも日本における一般読者からの注目度と一致するわけではない。実際、本国では絶版になっているいくつかの作品についていえば、日本国内で翻訳を手に入れる方が容易なくらいである。日本におけるこのような事情には、著名な詩人、作家らがブローティガンから受けた影響について口にしていることや、特に村上春樹がその影響を公言していることなども無関係ではないように思われる。(2)さらに、日本国内でのブローティガンの人気が七〇年代以降も衰えなかったもう一つの理由として、この作家が本国での不遇から逃避するかのように日本を足繁く訪れていた事実も挙げられるだろう。ブローティガンは、一九七六年以降、多くの日本の文人たちとの交流を通して日本への知見を深め、日本にまつわる作品を残した。日本人女性との失恋を私小説風に描いたメタフィクションの『ソンブレロ落下す』や、一九七六年に初めて日本に滞在した時の経験を日記風に綴った詩集『六月三十日、六月三十日』、そして、東京とモンタナを行き来していた時期のことを虚実織り交ぜて記録した『東京モンタナ急行』などの作品群は、(3)太平洋を跨いだブローティガンの想像力の流転を如実に示している。近年の論考のなかでターナーは、より国際的なコンテクストでブローティガンを読むことの重要性を強調しているが、ブローティガン作品のこうした環太平洋的な側面については、これまであまり論じられていない（二三一―七二）。本論では、日本に向けられたブローティガンの想像力に着目しつつ、ノンフィクションをキーワードとして、七〇年代以降の日本にまつわるテクスト群を中心として読解していきたい。

一　フィクション／ノンフィクションの越境

ブローティガンはジャンルの横断を積極的に試みた作家だ。七〇年代に出版された一連の小説には、必ずしもその内容と一致するとは限らない「歴史小説」、「ゴシック・ウェスタン」、「倒錯ミステリー」、「日本小説」「私立探偵小説」といった副題がつけられていたこともそれを裏づけている。こうした一連のジャンル越境と同じように、ブローティガンはフィクションとノンフィクションというジャンルの境界も意図的に攪乱しようとしていたと思われる節がある。

ブローティガンが、フィクション／ノンフィクションの連続性についてもっとも明確に述べているのは「歯ブラシ幽霊物語」においてである。「むかしむかし東京に若いアメリカ人の男と若い日本人の女がいて……」という虚構における定型の書き出しで始まるこの作品は、ラフカディオ・ハーンの「雪女」との関係を強く想起させるが（奥村四五）、その冒頭に以下のような断り書きをブローティガンは付している。

一本の歯ブラシについての話なんだけど、もちろん本当にあった話ではないという可能性はあるわけで、誰かの作り話だ

ったりした場合には、読者の時間を無駄にさせて申し訳ない。でも、この話が本当か嘘かなんて分かりっこないでしょ?　(七一)

ここで語り手は、フィクションとノンフィクションが区分不可能であることを仄めかし読者を翻弄しているともいえる。フィクションであった場合時間を無駄にさせてすまないといいつつも、それがフィクションなのかノンフィクションなのかということは、語り手によれば、結局のところ「分かりっこない」のだ。これは、「自己言及のパラドックス」、あるいは「嘘つきのパラドックス」と同じである。というのも、「これはフィクションである」という言説が自己言及的に指し示す内容は、メビウスの環のごとくフィクションとノンフィクションの間を無限に往復することとなり、結果的には「分かりっこない」こととなるからだ。

このようなフィクションとノンフィクションの境界の攪乱に関連して、日本特有のジャンルであるいわゆる私小説にブローティガンが興味を持っていたことを指摘しておきたい(ヒョーツバーグ　五〇〇)。自然主義の一形態として日本で独自の発展を遂げたこのジャンルは、フィクションとノンフィクションとの越境を画策していたブローティガンに格好の枠組みを提供したといえるだろう。[4]ヒョーツバーグは、初期の四作品、特に『アメリカの鱒釣り』と『西瓜糖の日々』は、アメリカ版の私小説であるとしている(五〇〇)。[5]たとえば『アメリカの鱒釣り』に関していえば、サンフランシスコのワシントン・スクエアで撮影されたブローティガン自身が写った表紙の写真について語り手は最初に言及し、この小説の語り手がブローティガン自身であると読者に思わせることで、私小説のように読まれる工夫を凝らしている。[6]また、原作と日本語訳が同時に発売され、谷崎潤一郎への献辞を付した『ソンブレロ落下す』もまた、極めて私小説的な作品であり、主人公の「アメリカのあるユーモア作家」が、別れた日本人女性を想い、コミカルなまでに苦悶する様などは、私小説の原点である田山花袋の『蒲団』を思わせる。『ソンブレロ落下す』に登場する「アメリカのユーモア作家」は、彼の元を去った日本人の元恋人「雪子」のことを恋い焦がれ、やがては彼女の髪の毛を見つけてそれに異常なほどの執着を見せる。作中では以下のように雪子の心理描写がなされている。

雪子はユーモア作家との出会いからまもなくして、自分の記憶が正しいかどうか確かめるために、彼の作品を全部読みなおした。出会う前に読んだ時には、作品はどれも彼自身についてのもの、作品の主人公は作家自身で、作家は自分自身のことについて書いているのだと思った。
しかし読み返してみると、作品には彼の本当の性格といえるようなものはほとんどなかった。どうやったらそれほど巧妙に自分の真の性格を読者に分からないようにしておくことができるのだろうか、と雪子は思った。まさに天才的だった。この男の複雑さと比べたら、迷路でさえ一直線に見えてしまうほどだった。（七一—七二）

この作品を読んだ読者の多くは、おそらくユーモア作家とはつまりブローティガンのことであろうと想像するが、私小説の中で描かれる作者と思われる人物と、実際の作者がまったく異なることをブローティガンは登場人物に語らせているのである。通常私小説においては、作者と語り手と主人公は同一人物であると考えられがちであるが、ある物語が私小説か否かを決定するのは、形式ではなく読者の解釈である。このことに関連して、「規定のコンテクストあるいは作家の『人生の物語』というメタ物語から離れて読まれると、もはや純粋に形式的な根拠に基づいて」それが私小説であるとはいえなくなるということを鈴木は指摘している（八—一〇）。右に引用した一節の中で雪子が告白している内容は、まさにここで鈴木が指摘していることに他ならない。このユーモア作家には、ブローティガンを連想させる数々の性質が与えられ、雪子のモデルになったとおぼしき女性も現実に存在する。にも関わらず、その指摘に対しては、「あれ（アメリカのユーモア作家）は俺じゃない」とブローティガンは即座に断言したという（ヒョーツバーグ　五〇二）。ブローティガンは、自伝というノンフィクションにフィクションを織り交ぜた物語と一般的には解される私小説というジャンルを利用しつつ、『ソンブレロ落下す』においても、フィクションとノンフィクションの判別不可能性を主張しているのだ。こうした点において、アメリカのフィクションが日本の私小説というジャンルの中で新たなコンテクストを与えられ、独特のジャンル横断的な変容を被っていることは興味深い。

二　不確かな認識

ポストモダン作家にはよくあることだが、ブローティガンもまた、人間の認識の不確かさやアイデンティティの虚構性といった問題をしばしば作品のテーマとしている。初期の『西瓜糖の日々』における「わたしの名前」の章では、語り手の匿名性と共に、名前というものが所与のものとして自発的に存在するのではなく、他者から与えられるものであるということを強調しているが、こうした自己認識、あるいはアイデンティティへの不安について、日本をめぐる作品においてもブローティガンは言及している。『東京モンタナ急行』の冒頭でも述べられているように、日本とアメリカを高速で行き来する急行の「停車駅」であるという語り手は「いまでもそのアイデンティティを探している」という揺らぎを垣間見せる。こうしたアイデンティティの不確かさ、あるいはその虚構性にまつわるブローティガンの不安は、ほかにも『六月三十日、六月三十日』におけるパスポートに関するいくつかの言及にも表れている。ブローティガンは、「自分が存在しているかどうか確かめるために」自分のパスポートの写真を見つめ、また、ホテルの部屋を出る時にはメモ帳やペンや英和辞典と共にパスポートを持ち歩くのだという（二八、七二）。さらに別の作品では、「詩とパスポートは同じもの」だと述べている（六七）。彼は、自分のアイデンティティを主体的に確信することができない。自分が自分であることを確信できるのは、詩を書くことによって、あるいはパスポートの写真という客観的な証明によってのみなのである。

ブローティガンは不眠症であったことを『六月三十日、六月三十日』でも告白しているが、夢や想像の世界と現実との間の不明瞭な境界をもしばしば作品の主題としている。こうした主題についてもっとも端的に述べているのが、『東京モンタナ急行』の「雪女の城」である。この話の中で、「雪女の城」という日本のポルノ映画を見た際に、語り手の身体は「熱帯の海の大渦巻きのように性の目眩を覚え」、語り手が、「それまで見たことも想像したこともなかったような官能的な体験へと到達した」（一六七）。だが、判然としない理由から結末を見る前に席を立ち、映画館に戻った時には幕が下りるところで、「映画館の中は意識を失った男で溢れて」おり、「通路に倒れているものすらいた。」という。「わたし」は「この世の地獄のような欲求不満のまま」家に帰り、翌日の上演の時間に映画館に行くと、映画館は跡形もなく消えており、その後日本の映画通たちにその映画のことを訪ねても、誰一人として知るものはいなかったのだという。[7] ハーンの雪女に触発されたこうした幻想的フィクション（いや、ブローティガンにとってはこれもノンフィクションなのかも知れないが）を、敢えて自伝的な『東京モンタナ急行』に含めたところに、夢と現実との連続性を強調し、フィクションとノンフィクションの境界を攪乱しようとするブローティガンの意図が見え隠れする。

三　日本というフィクション

ブローティガンの知人であり、彼の伝記を書いたアボットは、ブローティガンにとって「日本はいわば虚構《フィクション》のようなものだった」（八四）と述べているが、ブローティガンの人生は、まさに日本にまつわるフィクションとノンフィクションの間で揺れ動いたといってもいいだろう。ブローティガンは、『六月三十日、六月三十日』の序章に記された

「エドワード叔父さん」の逸話において、彼自身の日本観の変化について告白している。通常作品内ではコミカルであったりシニカルであったりすることで、どこか外側から対象を眺めている感のあるブローティガンではあるが、この序文における真摯な筆致は胸を打つものである。それによれば、ブローティガン一家の誇りであり未来であったエドワード叔父さんは、一九四一年にミッドウェイ島で働いていた時、日本軍の落とした爆弾の破片によって重傷を負い、その後アラスカで、その怪我が原因と思われる事故で亡くなったのだという。以来、ブローティガンは日本人を憎み、「万人に自由と正義をもたらし文明が栄えゆくためには、滅ぼさなくてはならない、極悪非道な人間以下の生き物だと考え」、戦争ごっこでは何千人もの日本兵を殺したことを告白している（六）。(8) その後太平洋戦争が終わった時、エドワード叔父さんの敵討ちは済んだと考え、「広島と長崎は彼の犠牲というバースデーケーキの上で誇らしげに燃えるキャンドルだった。」（八）とまで述べている。だが、十七、八歳になって芭蕉や一茶などの俳句を読むようになった時「鋼の滴のような形式に到達するまで感情と細部とイメージを凝縮した言葉を使った彼ら（日本人）の方法」にブローティガンは惹かれ始める（八）。俳句だけでなく日本の絵画、禅、映画、音楽、小説などへと強く引きつけられるにつれ、「日本人は人間以下の生きものなんかではなく、私たちと開戦した十二月七日よりも何世紀も前から、文明を持ち、感情のある、哀れみ深い人々だった」ことをブローティガンは知ったのだった（八—九）。それまでの彼にとってはノンフィクションであった日本についての物語が、実はフィクションだったことを、文学的な想像力を通して、この時ブローティガンは看破したといえるだろう。


戦争がはっきりと見えてきた。

何が起こっていたのかを理解するようになった。

戦争が始まると論理や理性が機能しなくなって、戦争が存在するかぎり非論理と狂気が支配するしくみを理解するようになったのだ。（九）

エドワード叔父さんと同じように「百万人以上の日本人の若者たち、家族の誇りであり未来であった彼らも死んだのであり、そのうえ、日本への焼夷弾による爆撃で、そして広島と長崎の原子爆弾で、何十万人もの罪のない女性や子どもたちが死んだのだ」ということを悟り、「そんなことがまったく起こらなければ良かったのに」と考えたブローティガンは、『六月三十日、六月三十日』という詩集を、エドワード叔父さんと、「日本のすべてのエドワード叔父さんたち」に捧げている（一〇—一一）。ブローティガンはこの序章において、いわば日本をめぐるフィクションとノンフィクションの境界を跨いだことを自伝的に告白しているのである。(9)

一九七六年五月にブローティガンは、「いつの日か行かなくてはならないと悟った」日本へ初めて降り立つが、『六月三十日、六月三十日』は、その序章で述べられているとおり、そこで起こったことを記録したノンフィクション日記詩集とでも呼ぶべきものであった。その冒頭に置かれた「キティ・ホークのキモノ」においてブローティガンは、日本のテレビ番組で、「キモノ姿の若い女性が／複葉機の横に立っている」姿を見て、日本の二面性に対する困惑を率直に記している（一五）。ルース・ベネディクトが『菊と刀』のなかでも指摘した日本の二面性（一五）は、ブローティガンにとってはエドワード叔父さんを殺した攻撃的な日本と、「鋼の滴のような形式」からなる俳句や短歌を生んだ審美的な日本のイメージとの乖離としてこの詩の中に表現されている。

ブローティガンの初めての日本探索は、想像の中で日本人になりきることによる多幸感と共に始まる。カレーライスの注文に成功したことをエベレスト登頂になぞらえたり（一九）、「／垂直のピンボール／／拙者の刃は良く切れた。」と侍になりきってパチンコで蟹缶と玩具の機関車を手に入れた高揚感が記される（二三）。一茶が詠んだ、「日本の蝿」が三井ビルで顔を整える様を見つめたり（二二）、「日本の俳人一茶へのオマージュ」と題した詩などでは、往年のユーモアはそのままに、散文作品には見られないイマジスティックな趣すら漂わせる（二五）。

日本のバーで酔っぱらっちゃった
大丈夫

Tの字の文字配列が示すTea＝一茶の茶、あるいはバーカウンターの形状を絵文字風に標記しつつ「大丈夫」と言いつつ酒に酔い沈んで行く様は、初期のウィリアム・カーロス・ウィリアムズのようなイマジスティックな視覚的効果を漂わせるだけでなく、そこにユーモアを加味した一級の詩作品となっている。あるいは「ストロベリー・ハイク」にしても、視覚的にイチゴを模して連ねた「・」が、まるで絵画のように言語の壁を容易く越え、英語を解さない読者にも視覚的に提示される（二七）。これらは、ブローティガンの作風が、日本というコンテクストの中で、『アメリカの鱒釣り』などの初期作品とはまったく異なった次元で新しい趣を獲得している一例といえるだろう。

おわりに

だが、初めての来日直後に見られたブローティガンの高揚感は長続きしなかった。『六月三十日、六月三十日』においてさえ、「日本は日本に始まり日本に終わる／その物語は他の誰にも分からない」（二四）と疎外感を記している。その後日本とアメリカを行き来する中で、彼が日本に対して抱いた想いが幻想であったとの思いに取り憑かれると、その作品は疎外感や孤独感とともにメランコリックな調子が強まっていく。[10] ブローティガンは、アメリカでの知人たちとの関係の悪化や、日本では言葉の壁が乗り越えられないことに起因する疎外感を強く感じていたようだ（藤本二二一―二三）。その後、一九八四年に、カリフォルニア州ボリーナスの海に面した自宅で、ブローティガンは、太平洋（つまり日本）の方を向いて、44マグナムの銃口を口に咥え引き金を引いたことは周知のとおりである（ヒョーツバーグ　八一二）。

ブローティガンが日本にまつわる作品の中で扱ったフィクションとノンフィクションの越境というテーマは、太平洋を渡って日付変更線を何度も跨ぎ、日本とアメリカを行き来した彼の行動にも象徴的に示されている。[11] ブローティガンと日本との関係は双方向的なものであった。先に述べたように、戦後のアメリカ文化受容の一環として、谷川俊太郎、中上哲夫、池澤夏樹、高橋源一郎、村上春樹といった著名な詩人や作家らがブローティガンからの影響を口にしているだけでなく、ブローティガン自身も、谷崎潤一郎や大江健三郎などの小説や、芭蕉や一茶の俳句など様々な日本文学から影響を受け、その晩年のテクストは、日本からの影響を抜きに読み解くことはできないからだ。

だが同時に、それだけ密接な関係があったにもかかわらず、両者の間にはやはり高い壁があったように思われる。異なる二つの文化が共通の価値観を持つことの難しさについて、藤本は『ソンブレロ落下す』の日本語版のあとがきで次のように述べている（二三〇―三五）。ブローティガンは、一本の日本の黒髪が、「官能そのもの」だと藤本に語ったのだが、藤本にとっては「一本の髪の毛が洗面台に落ちている、という情景は、私たち日本人にとっては、むしろ不潔な感じを与える情景で、失われた恋への情熱をいちどきに噴き出させるようなシンボリックな官能性を持っていないように思える」と述べている（二三三）。だがブローティガンは、そうした文化的背景の違い、それが読まれるコンテクストの違いに起因する「誤読」の可能性についてはおそらく十分承知の上で、私小説という日本的なジャンルの中に「アメリカ人のユーモア作家」を配置したのかもしれない。ユーモア作家の物語と、日本人女性の物語は決して交わることなく進行するが、それによって二つの異なった物語が相互に浸透することの難しさをも同時に暗示しているからだ。注の（9）で述べた野坂との逸話などからもあきらかだが、当然事実というものは常に複雑に構成された多面体のようなものであり、フィクションかノンフィクションかは、どちら側から見られるかによっても異なるし、また、ノンフィクションとして伝え聞いてきたある物語が、ある日を境に突然フィクションへと変貌することが（そしてその逆もまた）、十分に起こりえることはこれまで見てきたとおりである。太平洋を越えた日本への想像力によって、異なる文化間の壁を越え、いわばフィクションとノンフィクションとの連続性を探求しようとしたブローティガンの努力と挫折は、今日の他者認識のあり方についても様々な疑問を投げかけている。文化的他者の理解には、それにまつわる物語や認識自体がフィクションかもしれないことを前提としつつ、その真の姿を理解するための想像力と不断の努力を常に伴うからだ。

注

(1)本論では、今日ジャンルとしてすでに確立している狭義の「ノンフィクション」ではなく、フィクション以外の表現形式、つまり「非フィクション」を、広義の「ノンフィクション」として表記することとする。

(2)『アメリカの鱒釣り』におけるブローティガンの心理描写のないアレゴリカルで断片的な記述から、大学時代に影響を受けたことは村上本人も認めるとおりである。(『考える人』六六、『村上春樹ブック』一二四)

(3)たとえば、『東京モンタナ急行』における「日本の瞳」や「いま、日本人の烏賊釣り漁師たちは眠っている」などは、ブローティガンの友人であった椎名たか子の回想などからも客観的な事実であることが明らかである(藤本　二二六)。

(4)鈴木は、日本で私小説という固有のジャンルが発展した背景について「虚構のものであり想像力による構築物であると見なされていた西洋の小説と、作家の実生活のありのままで直接的な表現であるとみなされた日本の私小説との間の、二項対照、両極対立を前提としていた」と説明している(四)。

(5)『ソンブレロ落下す』については、語り手が一人称でないために、「アメリカナイズされた私小説とは考えられない」(五〇〇)とヒョーツバーグは述べているが、鈴木は、代表的な日本の私小説が三人称で語られていることを挙げ、必ずしも語り手と主人公と著者の声や視点が一致する必要はないと述べている(八)。このことは三人称で語られる『蒲団』にも当てはまる。

(6)平石も表紙の写真に言及し、『アメリカの鱒釣り』のノンフィクション性を指摘している(四六二)。

(7)こうした夢か現実か分からない体験を物語化することは、「じっさい、おれはあのとき夢を見たのか、それとも雪おんなを見たのか、いまだにはっきりわからない。」という「雪女」における己之吉の発言を想起させる(ハーン　一〇五)。

(8)『芝生の復讐』の「タコマの亡霊の子どもたち」でも日本との戦争ごっこが描かれている。

(9)一九七九年十月の末に、東京のアメリカン・センターの企画で、ブローティガンは野坂昭如と一泊二日で米子までともに旅をした。野坂はその際の出来事に創作もまじえ「日米酒合戦」という旅行記風の短篇としてまとめ『別冊文藝春秋』十二月号に発表した。この創作混じりの紀行文の中で野坂は、野坂自身の戦争体験とブローティガンが語った戦争体験とのあいだの大きな相違について記している(三七一)。また死生観について、ブローティガンは「死を身近にすることと、死を空想することと、どこがちがうか」と野坂に尋ねたという(三七八)。おそらくブローティガンにとっては、想像することと、現実との隔たりはないに等しいものだったのだろう。

(10)晩年のブローティガンが死への思いを強くしていたことは、一九八〇年代に日本で書かれた未発表の詩作品にも色濃く表れている。未発表の作品の一部は、「ブローティガンの伝記とアーカイブ」のウェブサイトで読むことができる。

（11）『六月三十日、六月三十日』において、この日付が二度繰り返されるのは、日付変更線を越え同じ日を二度経験したことに由来することをブローティガンは記している（九七）。

引用・参考文献

Abbott, Keith. *Downstream from Trout Fishing in America: A Memoir of Richard Brautigan*. Santa Barbara: Capra Press, 1989.

Barber, John F. *Richard Brautigan Bibliography and Archive*. 20 Dec. 2017, <www.brautigan.net/>.

Brautigan, Richard. *Richard Brautigan's Trout Fishing in America, The Pill Versus the Springhill Mine Disaster, and In Watermelon Sugar*. New York: Delacorte Press 1969.『アメリカの鱒釣り』藤本和子訳、新潮文庫、二〇〇五年。『ピル対スプリングヒル鉱山事故――リチャード・ブローティガン詩集』水橋晋訳、沖積舎、一九八八年。『西瓜糖の日々』藤本和子訳、河出文庫、二〇〇三年。

——. *June 30th, June 30th*. New York: Delacorte Press, 1978.『東京日記――リチャード・ブローティガン詩集』福間健二訳、思潮社、一九九二年。

——. *Sombrero Fallout: A Japanese Novel*. New York: Simon and Schuster, 1976.『ソンブレロ落下す――ある日本小説』藤本和子訳、晶文社、一九七六年。

——. *The Tokyo-Montana Express*. New York: Delacorte Press, 1980.『東京モンタナ急行』藤本和子訳、晶文社、一九八二年。

Hjortsberg, William. *Jubilee Hitchhiker: The Life and Times of Richard Brautigan*. Berkeley, CA: Counterpoint, 2012.

Turner, Barnard. "Richard Brautigan, *Flâneur*, and Japan: Some International Perspectives on His Work" in *Richard Brautigan: Essays on the Writings and Life*. Ed. John F. Barber. North Carolina: McFarland, 2007.

奥村直史「"Toothbrush Ghost Story"を読む ― リチャード・ブローティガンの日本」『山梨大学教育人間科学部紀要』第十七巻、二〇一五年。<http://opac.lib.yamanashi.ac.jp/opac/repository/1/29708/1882592３_17_45-51.pdf>（二〇一七年十二月二十日）。

鈴木登美『語られた自己――日本近代の私小説言説』大内和子・雲和子訳、岩波書店、二〇〇〇年。

田山花袋『蒲団・重右衛門の最後』新潮文庫、一九五二年。

野坂昭如「日米酒合戦」、『二〇世紀断層――野坂昭如単行本未収録小説集成』第四巻、幻戯書房、二〇一〇年。

ハーン、ラフカディオ『怪談――不思議なことの物語と研究』平井呈一訳、岩波文庫、一九六五年。

平石貴樹『アメリカ文学史』松柏社、二〇一〇年。

藤本和子『リチャード・ブローティガン』新潮社、二〇〇二年。

ベネディクト、ルース『菊と刀』角田安正訳、光文社古典新訳文庫、二〇〇八年。

村上春樹『風の歌を聴け』講談社、一九七九年。

――『一九七三年のピンボール』講談社、一九八〇年。

――『村上春樹ブック』文学界四月臨時増刊、一九九一年。

――「村上春樹ロングインタビュー」『考える人』夏号、三十三、新潮社、二〇一〇年。

『現代詩手帖：ブローティガンを読む』二月号、思潮社、一九九二年。

第二十五章　虚構にとっての他者
――現代作家におけるノンフィクションと「偽装」をめぐって

藤井　光

現実と虚構、文学とその他者

現代作家がフィクションとノンフィクションの境界線を問うこと自体は、さほど珍しい現象ではない。たとえばフィリップ・ロスらメタフィクションの使い手による、自伝的要素を盛り込んだ小説の数々は、その典型であると言っていい。あるいは、同じくロスの『プロット・アゲンスト・アメリカ』のように、作家が歴史改変物語として構想した物語が、後に政治的な現実性を帯びるようになるという現象も見受けられる。

そうした数多の文学テクストのなかでも、本稿が取り上げるのは、フィクションとノンフィクションの境界を探求すると同時に、文学と他のメディアの境界を問うという性質を併せ持つ、三人の現代アメリカ作家による短編である。具体的には、写真や音楽や映画という主題を中心として成立している物語の検討を試みることになるが、それらは単に写真や音楽や映画「について」のテクストではない。むしろ、それらの非文学的なメディアを形式面でも模倣するようにして語りが構成されている例を考察の対象とする。

なぜならば、そうしたテクストにおいては必然的に、フィクションにおける「語り」はどのようにして成立するのかという問いが、先鋭化されているからである。ある写真や音楽や映画を原作とするようなポーズをとり、そのなかで事実と虚構の関係を探る文学テクストは、フィクションの語りにとっての「他者」への接近を試みていると言っていい。そのなかで、最終的には、フィクションの語りにおいて成立する「自己」である「語る私」とは何者なのか、という問いが浮上してくることになる。

一　写真は何を騙るのか

レベッカ・マカーイ「一時停止　一九八四年四月二十日」

ハンガリーからの難民を父に持つ作家レベッカ・マカーイの短編においては、しばしば自伝的要素が取り上げられ、同時にそれをめぐる真偽の問題が物語の中心に置かれる。そのことをよく示しているのは、短編集『戦時の音楽』（二〇一五）に収録された三つの掌編である。それぞれ、作者マカーイと同一人物であると思われる語り手が、祖父母にまつわる一家の「言い伝え」を紹介するという設定であるが、それが真実であるかどうかは、語り手自身も突き止められない。たとえば、「第一の言い伝え」では、第二次世界大戦中のハンガリーで、語り手の祖母の湖畔の家にやってきた兵士たち（ドイツ兵かロシア兵かは不明）の一人が、祖母の持っていた壺に入ったインクを酒と勘違いして飲み干して死んだという逸話が紹介される。「それからの一生、私の祖母は、自分はインクの瓶で兵士を殺したことがあるのだと語った」（五八）と紹介する語り手は、しかし、その信憑性については確信できない。果たしてそのインクが致命的なものでありうるのか、と疑問を提示しつつも、語り手はその逸話をこう締めくくる。「でも、インクの力と暴力についてのありえない主張が、露骨で美しい偽りが、一家の言い伝えだったなら、それを変えられるだろうか？　そんなことができるだろうか？」（五八）。真実と嘘との見極めがたさと同時に、それが「嘘」であるとしても、家族史の不可欠な要素であることを、語る「私」は認めざるをえない。物語行為をめぐるそうした問いを、マカーイの語り手はしばしば発することになる。

「言い伝え」(legend) というサブタイトルをもつこの三つの掌編は、二〇一三年に雑誌『ハーパーズ』に掲載され、その二年後にマカーイの短編集に収録された。『ハーパーズ』掲載時には、「メモワール」というカテゴリーで紹介されている一方で、『戦時の音楽』は「フィクション」として刊行された書物である。つまり、まったく同一であるテキストが、まずはノンフィクションとして、ついでフィクションとして発表されたことになる。ここにも、「物語」の虚実を問うマカーイの姿勢が見え隠れすると言っていいだろう。

こうした問題を背景として、マカーイの短編で考察の対象としたいのは、写真というモチーフを全面的に活用した短編「一時停止　一九八四年四月二十日」("Suspension: April 20, 1984") である。「言い伝え」シリーズと同様に、やはりマカーイ自身の家族史と重なり合う、自伝的な要素を中心とするテクストであり、二十九の断章から構成される断片的な語りは、物語冒頭で紹介される一枚の写真を中心に構成されている。

私の手元にあるなかで、一番ぎょっとする写真。私の六歳の誕生日に、ピクニックテーブルに八人の子どもたちが集まって、爆弾をまじまじと見ている。その背景には、禿げた頭に両手をのせた祖父がいる。父は空を見上げている。二人の後ろ、上のほうでは、カメラ以外の誰にも気付かれることなく、姉が宙を飛んでいる。（一九二）

まず確認されるべきは、ここで導入される写真は架空のものだという点である。シカゴで撮影されたという設定のこの一枚は、隣家が「急な坂」（一九二）を挟んで建っていると書かれるなど、シカゴの平坦な地形とは矛盾しており、写真が提供する情報が虚構の上に成り立っていることをうかがわせている。

したがって、写真はあくまで物語上の仕掛けなのであり、映像情報が「どう」語られているのかが検討されるべきだろう。語り手は一種ジャーナリスティックな文体を選び、描写に徹する姿勢をここでは明確にしつつ、読み手に写真とその背景を再構成させる操作を行っている。この文章の語順にしたがうならば、語りは構図の中央にいる語り手自身を含む子供たちと「爆弾」から、背景に視線を移し、まず祖父、そして父を登場させ、さらにその後ろにいる姉、とフォーカスを動かしていく。写真自体は、シカゴでの六歳の誕生日という平凡な光景をとらえたものだが、その中心に「爆弾」を据えることで、語り手の生活に暴力の気配が導入されている。そして、その後ろに祖父と父を配置して、原文においては一文で接続することで、物語の軸となる父方の祖父と語り手との関係性が作り出される。一方、語り手の母親は、カメラを持って撮影していることになっており、あえてフレームの外側にとどめられている。

アメリカ人の母親をフレームの外に、ハンガリー人である父と祖父を内側に配する写真の構成は、この物語全体の主題と連動するものである。物語はその写真の時点を起点として、そこから未来と過去をばらばらに行き来するようにして語られていく。「写真が撮られる十分前」や「写真から七年後」など、ほぼすべての段落の冒頭にそれぞれの時間的マーカーが置かれ、家族史のどこか一点の出来事を語るという設定にされ、さらに段落と段落の間に空白の行が挟まれることで、短編は写真から写真に飛び移っていくような語りを構築する。ある意味ではそれは、ランダムに写真が並べられた家族アルバムを開いているような語りであるとも言えるだろう。

その中心となるのは、語り手である「私」と祖父との関係である。語り手はアメリカ生まれの作家であり、一方の祖父は第二次世界大戦中のハンガリーで反ユダヤ主義的な法律を起草し成立させたという過去の持ち主だという事実が、次第に明らかにされる。やがてハワイに移住し、孫である語り手にとっては無邪気な老人でしかなかった祖父が過去に関与した大量虐殺と、語り手が成人して作家となり、そうとは意識せずに作家として一貫して「罪悪感」(guilt)を描き続けてきたことに、どこまでの関係性が存在するのか、という問いが、やがて短編の全体にわたって発せられていく。その意味で、本作で導入される架空の写真の存在は、スーザン・ソンタグが『写真論』で述べる、「あるがままの現実は展覧会の項目として、精査に供される記録として、また監視の目標として再定義される」（一五九）という写真メディアがもたらす効果を踏まえ、語り手の人生の総体と祖父との関係を探るための仕掛けになっている。

このように、さまざまな面で「写真的」であろうとする物語だが、もちろん、それが言語による語りである以上、時間的な連続性という問題は逃れがたく浮上してくる。この短編においてその問題は、進駐してきたドイツ軍に対して祖父が抵抗活動を続けたという事実をめぐる段落において決定的に語られている。

そのことに意味があるどうかはともかく、祖父は良心の呵責を感じているのだから安心するようにと私は言われてきた。その呵責が具体的にどういったもので、どれほど深かったのか、あるいは、祖父の反ナチズムの姿勢がユダヤ人に関するなんらかの心変わりを示していたのか、それとも単に、権力を奪おうとするドイツ人に対する人種的優越感をさらに激しくしただけなのか、私には突き止めることはできない。もしできたとしても、問いは残るだろう。年表は人柄を物語るのか?と。（一九六）

過ちとその後の改悛という「物語」が、後の世代に対するなんらかの免罪を意味するのかどうか、あるいは、人種差別的な思想を祖父が持ち続けていたとすれば、それは孫である語り手に贖罪を要求するものなのかどうか。そうした「クロノロジー」をめぐる問題が、この短編の構成を決定している。

直線的な語りというクロノロジーが、祖父という過去から語り手の現在をつなぐアイデンティティを構築するのだとすれば、語り手はそれを意図的に断片化し、時間の断片を提示する写真アルバム的な語りとして再構築することで、二十世紀後半に生を受けてアメリカにいるというみずからと過去の間に因果関係が成立するのかどうかという問いに対し、肯定と否定の間を揺れ動くようにして「私」の位置を見定めようとする。六歳のみずからが写る写真を眺めるという物語の設定は、「写真を見るという行為は……時空を越えて「前に向けて送り出された」被写体の眼差しを十全に受け止め、それによって自分という伝記の書き直しに手を染めることを意味する」（渡邉　一五二）という考察とも響き合っている。

そこにはもちろん、フィクションと事実をめぐる駆け引きが存在する。実際、写真の中央に置かれた誕生日プレゼントの「爆弾」は、それが単なるおもちゃであることは確実であっても、短編の最後において「いつか爆発することは絶対にないとは、最後まで言い切れなかった。」（一九八）と語られ、フィクションと事実の境目を最後まで確定できない語り手の位置が明かされる。記録のメディアである写真と虚構とを絡み合わせ、断片としての「事実」とそれをつなぐような「物語」の駆け引きを作り出すことで、マカーイの語り手は、虚構と現実、歴史的事実とそこに付与された「物語」の双方が、みずからの基盤であることを再確認するのである。

二　「夢」の共演

ジョン・エドガー・ワイドマンとモンクの沈黙

ノンフィクションと物語性の絡み合いからは、その両者を切り捨てることのできない存在である「語る私」の存在が浮き彫りになる。そのマカーイの洞察を、ジャズという音楽形式を取り込んで形で実践するのが、ジョン・エドガー・ワイドマンが一九九七年に発表した短編「セロニアス・モンクの静けさ」（“The Silence of Thelonious Monk”）である。

テクストの中心を成すのは、語り手である“I”と、かつての恋人だった“you”との思い出の数々である。とはいえ、プロットはほぼ不在である。パリのある夜に、“you”のことを思い出した語り手は、セロニアス・モンクの音楽がかすかに流れていることに気づく。そこから前景と背景が逆転するようにして、モンク自身が晩年にまったく音楽活動を放棄したという“silence”をめぐるエピソードの数々と、かつての恋人との連絡がすっかり途絶えているという“silence”をめぐるエピソードの数々が、入れ替わり語られていく。

語り手と元恋人の“you”に関しては、設定の具体性はほぼ皆無である。名前はおろか、両者の性別もはっきりとは特定されない。二人の恋愛についてのエピソードは、時代と場所を特定する手がかりはほとんど提供されない。したがって、中心となる二人の愛の物語については、それが事実をもとにしていたとしても、あえて虚構化が行われているとも言える。

対照的に、モンクの音楽人生をめぐるエピソードは、伝記的な事実を踏まえた情報が選ばれている。たとえば、プロデューサーであるオリン・キープニュースの手配により、ある午後にモンクとミュージシャンたちが録音のために集まったものの、モンクが音をひとつひとつ確かめるせいでまったくレコーディングが進まず、ドラマーのケニー・クラークが呆れて新聞の日曜版を読み始める、というエピソードが、モンクの「静けさ」の一例として語られる（四六八）。物語においては時代も場所も言及されていないが、これが一九五五年七月二一日、ニュージャージー州ハッケンサックにあるスタジオでの出来事だったことは、モンクの伝記から確認できる事実である（Kelly 一九〇）。あるいは、晩年に演奏活動を停止したモンクにキープニュースが電話をかけ、ピアノを演奏する気はあるかと尋ねたが、モンクがまったく取り合わなかったというくだりも、キープニュース自身が一九八二年に発表した回想記事からほぼそのままの形で引用されている（Keepnews）。

したがって、“I”と“you”の思い出がしばらく語られ、ついでモンクをめぐるさまざまな事実が語られるという構造は、ノンフィクションをピアノ伴奏のようにして、フィクショナルな物語を「歌う」という物語を構成している。それは時代もジャンルも虚実の区別も越えた、モンクと語り手の「夢の共演」なのである。

とはいえ、すぐに語り手の「声」が登場するわけではない。短編の冒頭は、パリの夜に読書をしていた語り手が、アルチュール・ランボーとポール・ヴェルレーヌの有名な鉄道駅での諍い、語り手に言わせれば「ヒップホップ的な茶番」（四六四）の場面を読んだことから、自分自身と“you”の関係を連想し、そこから「愛」を主題とするさまざまなエピソードが連なっていく、という立ち上がりになっている。ある意味では、冒頭のランボーとヴェルレーヌのエピソードがジャズにおける「リフ」のようにして導入され、それが変奏されるなかで、自身の声が現れてくる、という音楽形式の模倣だとも言える。

このように、ワイドマンの短編はモンクやランボーなどの「他者」への言及や引用を繰り返しつつ、語り手の愛とその喪失をめぐる物語を浮かび上がらせていく。そのなかで引用されてくるランボーやモンクもまた、しばしば、過去の事実が現在の視点から変形させられた形で登場してくることになる。

ランボーはその傷から回復し、旅に出る。南へ。長い、長い沈黙へ。蒸気船の甲板に立ち、頭にはベースボールキャップを逆向きにかぶり、手すりに肘をのせて、尻の割れ目を覆うバギーパンツをはいて、ランボーが見る海は、彼と同じように誰も見ていないすきに飛び込んでしまう夢見る者たちで水ぶくれができている。（四七〇）

ランボーが詩作を放棄し、ヨーロッパを捨ててアフリカに移ったことは伝記的事実であるが、野球帽やバギーパンツという服装はもちろん事実とは異なる。それは一九九〇年代のヒップホップミュージシャンに典型的なファッションであり、つまりは語り手のいる現在において活躍する「詩人」たちの服装をランボーに逆照射するというアナクロニズムである。同じく、モンクを描写する場面における、モンクが投げる下着を、バスケットボール選手のスコッティ・ピッペンがキャッチしてダンクするという描写（四六九）は、二人を共演させた一九九六～九七年のナイキのコマーシャルへの言及である。このようにモンクを現代に「引用」するＣＭをさらに物語内で引用することは、過去を過去として語るのではなく、同じ時間を共有する「共演者」として物語に組み込もうとする語りの試みだと言えるだろう。

もちろん、こうした自在な引用やエピソードの切り替えは、物語の直線的枠組みからは逸脱したものになるほかない。シュテファン・リヒターがモンクの演奏を評して「家を建築するのではなく、対話と存在」(Richter 二六一)の美学であると述べたように、物語の枠組みを確定するのではなく、異なる時間や他者の声がいたるところから出入りするようなジャズ的な「場」として、このテクスト自体は構想されていると言える。あるいは、ロバート・ウォルザーのように、モンクのスタンダード曲を取り上げつつ、作曲者が仲間たちと演奏して初めてその性格を明らかにする、「愛と信頼の身振り」をそこに見いだす論(三八〇)も、それと同じ方向性を持っていると考えてよい。

このように、モンクという作曲者・演奏者に見られる「共演」やポリフォニックな音の重要性を、この短編は模倣するようにして進行する。ただし、それがどれほどモンク的であるとしても、語りはその「偽装」にすぎないことを確認するかのように、語り手は最後にモンクからの反論としての言葉を書き込んでみせる。

> おいおい、何やってる。俺の物語を語るなんて。俺の言葉を口にするなんて。俺の音楽はお前の単純なケツを何度も唖然とさせてきたってのに、この仕打ちはどういうことだ？　この変態《トゥッティフルッティ》マザーファッカーよ。俺になりかわって語るとは。お前のたわごとを俺のケツにぶち込むとは。
> なんだって、この野郎？　俺が沈黙に引きこもっただと？　よく言うよ。俺は別の道を突き進んでたんだ。(四七四)

当然ながら、ここでのモンクからの「抗議」もまた、語り手によるパフォーマンスである。モンクの晩年の沈黙と、語り手みずからの愛における沈黙を重ね合わせるという「共演」は、他者の経験を奪い、現在に引き寄せる危険から自由ではいられない。そのことを自覚したうえで、モンクの「別の道」に思いを馳せる言葉により、語り手はモンクを手放す意志を最後に表明している。「きっとものすごい音だろう。愛しい人よ、それまでぼくらが耳を傾けていると、そうした馬鹿みたいなことがきみを思い出すたねになる」(四七四)。

モンクの沈黙が実は別の音への準備だったとしたら、その音は驚異的なものだろう、と語るこの結末で重要なのは、語り手が自らの位置を語る側から聴き手の側に移動させていることである。その流れで言及される、スタンダードナンバー"These Foolish Things"には、モンク自身による録音がある。ただし、その録音が歌付きではなく、モンクのピアノソロであることは、最終的に、モンクが「共演」してくれたのではなく、結局その演奏はソロでしかなく、そこに語り手が歌をかぶせていたというテクスト自体の特性をみずから暴いてもいるだろう。

この最終的なすれ違いは、モンクという実在の人物を語りによって召喚し、そこに語り手をめぐる虚構の言葉をかぶせるという、ノンフィクションとフィクションとの間の齟齬を際立たせる。最終的に語りは他者の模倣をやめ、モンクという登場人物を手放すと同時に、その語りによって現れていた語り手の存在も解消させる。マカーイと同様に、ここでも語り手は、虚構の物語と現実が交錯する地点にしか立脚しえないのである。

三　「映画的」な語りをめぐって

エリクソンとオースター

現代文学、あるいは二十世紀以降の文学において、映画は文学にとっての大きなインスピレーションとなってきた。映画とモニダニズム作家たちの近似性を取り上げ、「ヘミングウェイの場合は、すべてが映画的ということが可能なのではないだろうか」とする指摘もある(宮脇　七九)。とくに現在形の使用と映像・映画との近似性は、アップダイクの『ウサギ』シリーズや(Chee)、ロブ＝グリエによるヌーヴォー・ロマン論などの文脈において、しばしば指摘されてきた(佐々木　七八)。ある意味では、映画をアダプトした結果として、現代文学においては現在形が使用されるという捉え方も可能である。

映画をしばしば創作に取り込む現代作家としては、ポール・オースターとスティーヴ・エリクソンが挙げられる。エリクソンにとってはキャリアの初期から、オースターにとっては一九九〇年代から、映画の存在はどちらの作家にとっても大きなものであり続けてきた。そして、オースターには『幻影の書』(二〇〇二)、エリクソンには『ゼロヴィル』(二〇〇七)と、それぞれ映画を主題とする小説がある。

とはいえ、映画のテクニックを採用すれば「映画的」な語りになる、というほど、ことは単純ではありえない。小説の語りの視点と映画のカメラをまったく同一視できない以上、「映画的」とされる小説は、語りの特性という問題と常に対峙することを余儀なくされる。エリクソンもオースターも、そのことに極めて自覚的である。

スティーヴ・エリクソンが映画という形式を全面的に採用した『ゼロヴィル』の冒頭に、その問題は凝縮されている。四五〇あまりの短い章に分かれ、カメラのショットの切り替わりと章の切り替わりを合わせるようにして進行するこの物語は、映画狂の主人公ヴィカーが一九六九年にロサンゼルスに到着してからの遍歴を三人称の語りによって提示する。その語りのなかには、主人公の主観にも三人称の語り手にも同時に属すると思われる文章が頻出する。もちろん、映画においても、カメラの視点と主人公の視点が区別不可能になるという自由間接話法は見られるのだが、エリクソンが選んだ語りは、映像の描写としてはかなり異質である。

ヴィカーの剃った頭には彼の脳の左右の葉《よう》が刺青されている。一方の葉《よう》はエリザベス・テイラーの、もう一方はモンゴメリー・クリフトの極端なクロースアップで占められ、二つの顔はほとんど離れておらず、唇もほとんど離れておらず、二人はどこかのテラスで抱きあっている。映画史上、もっとも美しい二人の人間——女は男の女性バージョンであり、男は女の男性バージョンである。（一五）

主人公ヴィカーの頭に彫り込まれたタトゥーを描写しているこの語りの視点は、ヴィカー本人ではありえず、その後ろに置かれたカメラのような位置にいる三人称の語り手である。しかしその語りが「映画史上、もっとも美しい二人の人間」と述べ、二人の俳優を分身関係にあると見なすとき、その価値判断と解釈を行っているのが語り手なのか、それとも物語を通じてテイラーとクリフトの二人に強い執着心を見せるヴィカー本人によるものなのか、区別は定かではない。むしろ、ここでのエリクソンは、小説の語りにおいては視点ではなく語りの声が自由間接話法的に混じり合うことが可能であるという特性を意識的に活用することで、映画的な描写にとどまらない物語に挑戦していると言える。この意味で、この小説は一貫して反映画的である。

こうした視点の問題を、フィクションとノンフィクションの関係も含み込みつつ映画の模倣を通じて探求するもう一つのテクストとして、ポール・オースターが二〇一三年に発表したメモワール『内面からの報告書』から、実在の映画作品を取り上げた文章「脳天に二発」を取り上げたい。『内面からの報告書』は、オースターにとっては三作目の自伝的テクストにあたり、老境にある作家が自らの少年時代の記憶を二人称の語りで記述していくという視点を採用している。「脳天に二発」は、オースターが少年時代に観て衝撃を受けたとされる二つの映画の内容が詳しく語られている。

ただし、ここで映画が取り上げられていることは、単なる懐古主義でも作家としての主題の枯渇でもない。一つ目に描写される『縮みゆく人間』の、みずからの身体が縮小し続け、次第に「ゼロ」に近づくというプロットは、非常にオースターらしいテーマである。持ち金にせよアイデンティティの拠り所にせよ、自己がゼロに近づいていくという危機という主題を、オースターはほぼ一貫して小説で追求しているからである。自らの創作の主題に重ね合わせるようにして、「世界観を根本から変えた」(106) と言い切るほどの衝撃を少年オースターに与えたというこの映画を取り上げることは、ある意味では、作家としての原点がここにあるのだと言いたげでもある。とはいえ、オースターは別のところでも作家としての原点について語っており ("Why Write?" 393–95)、今回の映画への言及は「起源」の確定というよりはその増殖を図る、ある種のゲームであるとも言える。

さらに、虚実の境目を問うというオースター特有の主題も典型的に見ることができる。映画自体はフィクションであるが、それを観たという「体験」は実在するのであり、したがって、ここで描写されるのは、「フィクションの体験」という、虚構と現実の両者が混じり合う事態だからである。

ただ映画のプロットを描写するだけの文章、という体裁を取りながら、オースターの語りは、語る「私」と語られる「私」という視点の分裂あるいは二重性を探求していく。冒頭の『縮みゆく人間』を見る十歳の自分に対し、「きみ」と二人称を使用し、かつ、「きみ」がまだ知らないベケットやケルアックの作品や、ジョセフ・マッカーシーの死などの時代状況を説明する時点ですでに（一〇五）、語る「現在」と語られる「過去」という二重性は明らかになっている。その二重の視点は、映画の冒頭を描写する文章の文体そのものにも見られる。

濃い雲だか霧だかが突如水平線上に現われ、船に向かってぐんぐん進んでくるのだ。すべてを包む大きな霧がシューシュー奇妙な音を立てながら水面を滑ってきて……（一〇七、強調は引用者による）

形容詞と副詞がかなり多用されているのが、ここでの特徴である。語りが進むにつれて、修飾的な表現の使用は抑えられているだけに、冒頭のこの記述はいっそう際立つものになっている。この文体は必然的に、これらの修飾情報を場面に与えているのは誰なのか、という疑問を喚起する。それが映画を見ている十歳の少年の感覚に属するものなのか、それとも五十年以上経ってからその経験を再構成しようとする語り手の感覚なのか、その区別は最後まで明らかにはされない。

語りはどちらかの「私」に収斂するのではなく、映像を描写する言葉は二つの「私」にまたがらざるを得ない、という、エリクソンに通じる事態が、ここでは重要となる。観客である十歳の少年と、それを語る老境の作家との分裂という二重性を裏打ちするように、『縮みゆく人間』においては、次第にゼロに近づいていく主人公の映像と、その映画にかぶさる主人公自身によるナレーションという二つの要素が、映像と音声における「私」の分裂として描写される。「何らかの奇跡によってケアリーはなおも喋っている。観客に向かって、なおも己の物語を語っている。君には訳がわからない。彼の声はどこから来ているのか?」（一〇九）。語る声と語られる内容に属する「ずれ」とは、まさにこの自伝テクスト自体が抱え込んだ問題でもある。

このように、オースターの語りは、映画に内在するさまざまな「ずれ」を、小説の語りのレベルに利用している。映像を映すカメラと映される対象の関係、映像と音声のずれなどが、オースターにおいては、自己を語ることに入り込む他者性という問題系に収斂させられていく。したがって、この「脳天に二発」というセクションの最後に置かれた、もう一つの映画『仮面の米国』の最後で主人公アレンが発するセリフ「盗むのさ」***"I steal"***（一七三）は、このテクストに対する注釈としても機能している。それは映画の決め台詞であると同時に、二〇一二年現在の語り手が十代の記憶を恣意的に再構成することで、小説家としての自らのアイデンティティの基盤とする行為を指してもいる。語りとは、自らの伝記的な過去すら「盗む」ことによって成立するのだ。

おわりに

ここまで取り上げた三つの語りは、それぞれが写真や音楽や映画という形式を「偽装」しつつ、記憶や過去を再構成しようとするという共通の身振りを見せる。マカーイは写真を通じて、異国の、言語すらも異なる歴史的な過去が現在の「私」という語り手の存在をどこまで決定し修正しうるのかを問う。ワイドマンはランボーからモンクまでの他者を再登場させつつ、その背景から“I”と“you”という関係が立ち上がってくる地点を探求している。あるいはオースターは、映画という他者のイメージを通じて、作家という「私」が成立するプロセスを演じてみせる。

その過程で、写真や音楽や映画といった他メディア、そしてノンフィクションの要素は、フィクションにとっての他者として現れ、虚構世界において語る「私」が出現するための契機となっている。つまり、各テクストは、他者を起点とする語りにおいて、「自己」がいかにして発生しうるのかという問いを中心として構成されているのである。「他者」としての「私」を発明することによって、「私」という名のもとでの語りを開始することができる、という私小説の意義（佐々木　三六一）とも、この三つの語りの身振りは響き合う。

他者への擬態を出発点としつつ、語る「私」という「内面」の発生を探ること。メタフィクションやアダプテーションと行った形式を借りながらも、語るのは誰なのか、その「私」とは誰かという問いから、それぞれの物語は自由ではいられない。そこに、近代文学から保持される、物語行為につきまとう業のようなものがあるのだとも言えるだろう。

参考文献

Auster, Paul. *Report from the Interior*. New York: Henry Holt, 2013.

——. "Why Write?" *The Art of Hunger: Essays, Prefaces, Interviews, and The Red Notebook*. New York: Penguin, 1997.

Chee, Alexander. "In Defense of the Present Tense." *Lithub*, 5 Aug. 2015. http://lithub.com/in-defense-of-the-present-tense/ Accessed 21 July 2017.

Erickson, Steve. *Zeroville*. New York: Europa Editions, 2007.

Keepnews, Orin. "Thelonious Monk: A Remembrance." 1982. *KeyboardMag*. Oct. 28, 2017. Web.

Kelly, Robin D. G. *Thelonious Monk: The Life and Times of an American Original*. New York: Free Press, 2009.

Makkai, Rebecca. *Music for Wartime*. New York: Viking, 2015.

Richter, Stephan. "The Beauty of Bulding, Dwelling, and Monk: Aesthetics, Religion, and the Architectural Qualities of Jazz." *African American Review* 29.2 (1995): 259–68.

Solis, Gabriel. "Hearing Monk: History, Memory, and the Making of a 'Jazz Giant.'" *The Musical Quarterly* 86.1 (2002): 82–116.

Sontag, Susan. *On Photography*. New York: Penguin, 1977.

Walser, Robert. *Keeping Time: Readings in Jazz History*. Oxford: Oxford UP, 1999.

Wideman, John Edgar. "The Silence of Thelonious Monk." *The Jazz Fiction Anthology*. Ed. Sascha Feinstein and David Rife. Bloomington: Indiana UP, 2009. 464–74.

佐々木敦『新しい小説のために』講談社、二〇一七年。

宮脇俊文編『映画は文学をあきらめない　ひとつの物語からもうひとつの物語へ』水曜社、二〇一七年。

渡邉克昭『楽園に死す　アメリカ的想像力と〈死〉のアポリア』大阪大学出版会、二〇一六年。

あとがき

イギリス編

小説や詩や劇といった文学作品は「フィクション」と見做されているが、それらを読む読者は虚構として読むわけではない。知らない世界に魅了され、その世界に引きずり込まれてしまうのが実情である。時とするとその登場人物に感情移入し、作者に結末の変更を迫ることもある。フィクションをあたかも現実の世界であるかのように読む心理を称して、S・T・コールリッジは『文学的伝記』（一八一七）において「不信の停止」と呼んだ。それほどフィクションには読者を魅了する力がある。

その一方、物語の内容に異議を唱える読者も多い。童話の「白雪姫」を親に読み聞かされた子ども時代、数々の問いを発したことがあるだろう。通りがかりの王子が見知らぬ白雪姫の死体を欲するし、毒リンゴを食べたのに喉につかえただけで生き返る。グリムも白雪姫の殺害を試みる王妃を初版では母にしていたが、第二版では継母に変更して読者に迎合している。そしてディズニーの映画ではそうした矛盾に「魔法」をかけ、納得しやすい物語に変更している。それでも王子と白雪姫の幸福な結婚生活に疑問を持つかもしれない。白雪姫は冒頭部の母の姿に重なるとの想定もありえるだろう。

ちなみに、ジェイン・オースティンの『高慢と偏見』（一八一三）も結婚で終わる物語であるが、エマ・テナントは結婚後の夫婦の状況を描いた物語『ペンバリー館』（一九九三）に加え、子どもの教育をめぐる続編『リジーの庭』（一九九四）も書いている。あるいは物語の前日譚に関心を向ける人もいる。ジョン・アプダイクの『ガートルードとクローディアス』（二〇〇〇）は、『ハムレット』が始まる前のハムレット王子の叔父と母との関わりを描き、物語の冒頭で問題視されている早急な結婚への手がかりを与えている。またジェレミー・トラフォードの『オフィーリア』（二〇〇一）は、そのタイトルのとおりオフィーリアに着目し、彼女の視点からハムレット王子との関係を描いている。

時代や空間の変貌にともない、読者も異なった価値基準で物語を読むことになる。シャーロット・ブロンテの『ジェイン・エア』（一八四七）をめぐって、ジャマイカ出身の作家ジーン・リースは、屋根裏部屋の狂女に声を与え、『サルガッソーの広い海』（一九六六）というカリブを舞台とした新たな物語を試みた。同じくオーストラリア出身の作家ピーター・ケアリーも、ディケンズの『大いなる遺産』（一八六一）における犯罪者、マグウィッチのオーストラリア流刑をめぐり、『ジャック・マッグズ』（一九六七）を書いた。作家によるこうした改作には、「アダプテイション」（翻案）、「パリンプセスト」（重ね書き）、「シンビオシス」（共在）、「リプライザル」（報復）、「アプロプリエイション」（盗用）など様々な名称がある。

フィクションに自意識的な作品は「メタフィクション」と呼ばれる。フィクションであることを顕在化するフィクションで、書くということに意識的な作品である。ジョン・ファウルズの『フランス軍中尉の女』（一九六九）もそうした作品で、ヴィクトリア朝の小説を構想すると同時に、それがフィクションであると脱構築している。こうしたヴィクトリア朝小説の改作はA・S・バイアットの『抱擁』（一九九〇）以降、「新ヴィクトリア朝小説」として英文学で人気を博している。リースやケアリーの作品も、フィクションに対する疑義を胚胎していることからすれば、メタフィクションと言えよう。

こうしたフィクションに対する意識と軌を一にしているのが、ロラン・バルトの「作者の死」（一九六八）やミシェル・フーコーの「作者とは何か?」（一九六九）といった論考である。百年も前に、T・S・エリオットが作者は「触媒」（一九一九）であると語っていた。しかしながら、作者の存在を否定することはできない。作品には作者の意識が投影されていよう。その心の襞を探る面白さが忘れられて久しい。対象がノンフィクションと銘打たれていようが、フィクションであると言われていようと変わりはない。

たとえば、夏目漱石の『三四郎』（一九〇八）にこんなくだりがある。「大学の外国文学科は［……］時勢の進歩と多数学生の希望に促されて［……］本邦人の講義も必修《ひっす》課目として認めるに至った。そこで［……］漸《ようや》く某氏に決定して、近々発表になるそうだ。某氏は［……］海外留学の命を受けた事のある秀才だから至極適当だろう」。夏目漱石は一九〇〇年から一九〇二年にかけてイギリスに留学しており、文中の「秀才」の「某氏」とは漱石のことである。明治時代の日本は外国に留学生を送り出し、彼らが帰国した折にこれまでの外国人教師と交代させた。したがって、この文章のとおりであるが、漱石の前任者はラフカディオ・ハーンであり、学生たちはハーンの留任運動を起こし、漱石は学生を惹きつけるすべもなく、ストレスを感じていたらしい。読み飛ばしかねない部分であるが、この小説が東京帝国大学を退職後に書かれたことに着目し、平川祐弘氏は『小泉八雲とカミガミの世界』（一九八八）において、「多数学生の希望に促されて」という部分に漱石の屈折した心理を読み取っている。

逆に作者の意識できていない領域もある。英文学の聖典とされているシェイクスピアの作品も、はるか四百年前のもので、現代の読者にとっては異文化にも等しい。『ヴェニスの商人』のユダヤ人問題、『アントニーとクレオパトラ』のオリエンタリズム、『トロイラスとクレシダ』の女性蔑視、『テンペスト』の帝国主義など、批判の対象になっている。それに加え、新たな視点での改作も誕生している。ホロコーストを経験し、西欧中心主義への異議が唱えられており、フェミニズムの立場からの読み取りも盛んになり、帝国主義批判のポストコロニアリズム論も起こっている。そのような視点はシェイクスピアのあずかり知らぬことだっただろうが、現代を生きる「私たち」にとっては切実な論題である。

本書はそうしたフィクションとノンフィクションの間を抉った論集である。伝記や随筆や紀行なども含まれているが、いずれも「フィクション」に「ノン」を突きつけた「ノン・フィクション」として読まれている。時代の文脈を緻密に読み解き、作品や作者が孕む驚くべきスタンスを帰納してみせてくれている。本書はナボコフ論で範例が示され、そしてイギリス編でも英文学史をなぞるかのように多様な作家・作品が論じられている。十八世紀のサミュエル・ジョンソン、十九世紀ではチャールズ・ラム、トマス・ド・クインシー、ウィリアム・ワーズワスとエドワード・トマス、そして世紀末のウォルター・ペイターからヘンリー・ジェイムズ、二十世紀に入りジェイムズ・バリー、ヴァージニア・ウルフ、ジェイムズ・ジョイス、日本文学者の春山行夫、W・H・オーデン、さらにアイルランドの現代詩人ポール・ダーカンと続く。いずれも楽しい論考である。

執筆のきっかけは富士川義之先生の呼びかけによる。「ノンフィクションの英米文学」という意表を突いたオクシモロンのタイトルをめぐり、キー・コンセプトがあったわけではない。各自の判断で執筆していただいた。それでも富士川先生の『ある文人学者の肖像』（二〇一四）のインパクトが強烈であったためか、おのずと作者と作品をめぐる、統一あるノンフィクションの文学論が書かれたと思っている。最後に、金星堂の倉林勇雄氏に細やかなご配慮をいただきましたこと、感謝を申し上げます。

［結城　英雄］

アメリカ編

フィクション（虚構・作り事・小説・作り話）とノンフィクション（伝記・歴史・実録・実話・紀行文等の小説以外の散文文学）は、明確に二分され得る別個のものではなく、相互に重なり合う多くの部分を共有する双面神のヤヌスに似ている。前と後ろに反対向きの二つの顔をもつヤヌスは事物の内外を同時に見ることができ、一年の終わりと始まりの境界に位置し、一月を司る神である。文芸は現実や実人生から誕生し、その生成母胎である現実や実人生を変え得る力をもつ。

現代詩の巨星、西脇順三郎に永く師事し『評伝　西脇順三郎』（慶應義塾大学出版、二〇〇四）を著した文学者・詩人の新倉俊一氏は「はしがき」に、西脇の自作の詩の解説が聞けた「西脇セミナー」（通称）に参加した際に感じていた驚嘆を記している。それは、「超現実」や「超自然」を説き、詩の中に一人称を使わない詩人西脇が、実は、個々の作品の背景に「したたかな現実を踏まえている」との認知である。「はしがき」は続く。「それらの体験は詩の中では豊かな想像力によってみごとに変容しているが、現実を踏まえている点では変わりない。詩は現実を失うとただの『昏倒した夢の世界』になる、と自身も述べている。」

菊池寛は「文芸は、人生の地理、歴史」と言ったが、これは、芸術独自の目的と価値とを至上のものと考える芸術派や耽美派や唯美派の作家ではなく、人生派の作家である菊池寛らしい慧眼である。トルストイも芸術は人生のためのものと考え、その目的や価値は実人生・実生活への直接的な貢献にあるとしたが、この人生のための芸術を主張する人生派・生活派の文芸は、実は、アメリカ文学に顕著に見られる特徴である。

植民地時代のアメリカ文学、初期のアメリカ文学は旅行記、日記、報告文書、歴史書、伝記、自伝、宗教的説教講話、記録文等、まさしく「人生の地理、歴史」であり、人々の現実生活にかかわる実録・実話の文学が主流であった。

未開の荒野である自然を開拓、征服し、文明社会を建設してゆく仕事が優先される新大陸では、純粋な芸術的価値の追求よりも、実人生や実生活に役に立つ人生派・生活派の文芸が必要とされた。文芸は、人生をいかに生きるべきかの問題を重視し、道徳教化の手段として用いられていた。民族的伝承や詩歌から始まる他国の文学とは異なり、歴史をもたないアメリカの文学的端緒は、ヘブライ語の原典から翻訳した『讃美歌集』は例外として、実用的散文にある。

イギリス最初の恒久的植民地、ジェイムズタウン（一六〇七年建設）のキャプテン・ジョン・スミスは自分の指導者としての有能さを示すため、『ニューイングランド記述』（一六一六）や、ポカホンタスとのロマンスを脚色して語る『ヴァージニア、ニューイングランド、サマー諸島の一般史』（一六二四）の報告文をしたためた。メイフラワー号に乗船した「巡礼の始祖」の一人でプリマス植民地の総督、ウィリアム・ブラッドフォードは、一六三〇年頃から六四年までの記録『プリマス植民地の歴史』（一八五六年出版）に、法の支配と自治を確認する有名な「メイフラワー誓約」や、プリマス上陸後の半年間の飢餓と病気と寒さの苦難（総数百二名人のうち半数が亡くなる）の歴史を綴った。ニューイングランドの植民地は、社会の法と宗教の掟を一致させ、教会を中心とする神政政治を行っていたが、「マザー王朝」の初代のリチャード・マザーは『教会政府と教会契約』（一六四三）で厳格なピューリタン社会を語った。十七世紀、神政政治の中心人物でマサチューセッツ湾植民地の初代総督のジョン・ウィンスロップは『ニューイングランド史』（一六三〇―四九）を著した。

衰弱したピューリタニズムの復興を願う「大覚醒」運動の中心的人物、ジョナサン・エドワーズは『ニューイングランドの現今の宗教復興についての見解』（一七四二）を著し、旧世界にない新世界の宗教的ナショナリズムを示した。エドワーズはまた『意志の自由』（一七五四）で、自由意志を否定し、正統的カルヴィン主義の予定説を説いた。ヴァージニアの大地主の家に生まれ、多くの日記類を遺すウィリアム・バードの『境界線の来歴』（一七二八）はノース・カロライナとヴァージニアの境界を確定するものであり、同じく十八世紀の博物学者ジョン・バートラムの『日記体験旅行記』（一七五一年、ロンドン出版）はペンシルヴェニアからオンタリオ湖までの風土、気候、自然、住民の暮らしを描いている。

神政政治の凋落後、啓蒙思想が台頭する十八世紀のアメリカを代表する人物は言うまでもなく「独力の人」ベンジャミン・フランクリンであるが、彼が六十歳をすぎてから書き始めた『フランクリン自伝』（フランス版一七九一、アメリカ版一八一八）は、彼の理神論、合理主義、実用主義の精神を如実に表し、アメリカの永遠のベストセラーとなる。また「至上の幸福は有徳の士に」「学問は勉強家に、富は用心深い者に」「勤勉は幸運の母」「点滴石をうがつ」等の多くの人生訓を入れた『貧しいリチャードの暦』（一七三二―五七）は当時のベストセラーとなり、これによりフランクリンは財を成す。

イギリスの詩人ロード・バイロンは十六篇から成る未完の風刺的長篇叙事詩『ドン・ジュアン』で「これは奇妙だ。だが真実だ。なぜなら真実は常に奇妙だから。虚構より奇妙だ」とし、登場人物に「真実は虚構よりも奇なり」と言わせる。人妻との恋の逃避行を皮切りに、数奇な運命に翻弄される青年の波乱万丈の冒険談『ドン・ジュアン』自体は、事実や真実ではなく、紛れもなく完全なフィクション（虚構）である。

マーク・トウェインも旅行記『赤道に沿って』（一八九七）の中で述べている。「真実は虚構より奇なり。だが、虚構はありそうな事に固執しなければならないのに、真実はそうではないからだ。」フィクションは、ありそうな事、起こりそうな事、可能性を真実・事実・現実であると読者に思わせる巧みな工夫や趣向を必要とする。作者の工夫や趣向は制約に他ならない。ノンフィクションはその制約を受けない割合だけ変化に富み、そこでは、途方もなく奇妙な出来事が起こり得る。繰り返すが「文芸は、人生の地理、歴史」「真実は虚構より奇なり」であり、アメリカ文学はその揺籃から、その目的や価値や効用を、実生活・人生・生への即物的で直接的貢献におき、実用性を重んじていたのである。

経済的・文化的搾取制度の奴隷制度の下では黒人奴隷には読み書きが禁じられていた。そのため、そこでは文字に依拠しない口承の語りの伝統が育まれる。アフリカ系アメリカ人の口承の物語はスレイブ・ナラティブ（奴隷物語）の語りに繋がる。過酷な奴隷制の中で、南部の非人道的な事実・真実・実態を北部の読者に伝え、最後に奴隷がいかに自由を獲得するのか、その奇跡的出来事を語るのがスレイブ・ナラティブである。スレイブ・ナラティブの代表作は、「公民権運動の父」・奴隷制廃止論者・社会改革者のフレデリック・ダグラスの『フレデリック・ダグラスの自伝』（一八四五）である。この自伝はベストセラーとなりフランス語やオランダ語にも翻訳された。リチャード・ライトの南部の少年時代の体験を描く自伝『ブラック・ボーイ』（一九四五）やその続編『アメリカの飢え』（没後十七年の一九七七）やアリス・ウォーカーの『カラーパープル』（一九八二）も自伝的要素の強いスレイブ・ナラティブの伝統の中に位置づけられる。

アメリカ文学の根底には、フランクリンの『自伝』とダグラスの『自伝』のノンフィクション文学、実録の文学、実話が存在する。ビート・ジェネレーション、ヒッピー文化の思想的基盤を作った作家、ジャック・ケルアックの『路上』（一九五七）や『孤独な旅人』（一九六〇）は自分のアメリカ放浪と遍歴の実体験を下敷きにした自伝的物語で、アメリカのノンフィクション文学を代表する作品である。

本書が十九世紀の作家・詩人エドガー・アラン・ポーのノンフィクションと「フィクションらしさ」の考察や、二十世紀のウィリアム・フォークナーのノンフィクション『シャーウッド・アンダソンと他の有名なクレオールたち』（一九二六）から始められているのは、興味深い反転現象である。ポーもフォークナーも、実録・実話に固執するアメリカ文学においては、特異な芸術家である。この両者は、芸術的価値、芸術独自の目的、作品の自律性を重んじる芸術至上主義的作家で、純粋なフィクションの追求者である。

本書が提供する人生派・生活派の芸術家たちは、異人種間のロマンスというタブーを扱う『奇妙な果実』で衝撃的なデビューをしたリリアン・スミス、ロスト・ジェネレーションを代表するアーネスト・ヘミングウェイ、『ヒロシマ』のジョン・ハーシーと『ヒロシマ・ノート』の大江健三郎、独創的かつ詩的感性に溢れる南部作家で『心は孤独な狩人』（一九四〇）のカーソン・マッカラーズ、黒人差別の実態を体験するために肌を黒くし、六週間も黒人になりすまして過ごしたジョン・ハワード・グリフィン、ビート・ジェネレーションのフィリップ・ラマンティア、モダニズムの興行師エズラ・パウンドとホピ族とゲーリー・スナイダー、大胆で自伝的詩風をもつ詩人・作家のシルヴィア・プラス、ラマンティアと同じくビート・ジェネレーションの詩人・作家で社会的落伍者や弱者の孤立や孤独を扱うリチャード・ブローティガンであり、最後はソール・ベローと親交の深かったユダヤ系作家で短編集『さよならコロンバス』（一九五九）で作家デビューを果たしたフィリップ・ロスを皮切りに、レベッカ・マカーイ、ジョン・エドガー・ワイドマン、ポール・オースター、スティーブ・エリクソンが論じられている。各論考を読むと、改めて「文芸は、人生の地理、歴史」であり、「真実は虚構より奇なり」の感を強くする。文芸は内面の肖像であり、現実を失う文芸は単なる「昏倒した夢の世界」に終わってしまう。本書の多様な論考は、古い伝記批評では決してなく、アメリカ文学を読む楽しみを倍増させる水先案内人となるであろう。

［東　雄一郎］

藤井　光（ふじい ひかる）　同志社大学文学部准教授

Outside, America: The Temporal Turn in Contemporary American Fiction (Bloomsbury, 2013)、『災害の物語学』（共著、世界思想社、2014年）、『ターミナルから荒れ地へ「アメリカ」なき時代のアメリカ文学』（中央公論新社、2016年）、『文芸翻訳入門』（編著、フィルムアート社、2017年）。

松井　美穂（まつい みほ）　札幌市立大学デザイン学部准教授

『文学研究は何のため――英米文学試論集』（共著、北海道大学出版会、2008年）、「南部のグロテスク再考―― Julia Peterkin、William Faulkner、Eudora Weltyの短編を通して」（『北海道アメリカ文学』28号、2012年）、「孤児としての南部淑女――ナーシサ再読」（『フォークナー』18号、2016年）、*Carson McCullers in the Twenty-First Century*（共著、Palgrave Macmillan, 2016年）。

本村　浩二（もとむら こうじ）　駒澤大学文学部教授

『テクストの対話――フォークナーとウェルティの小説を読む』（論創社、2013年）、『ターミナル・ビギニング――アメリカの物語と言葉の力』（共著、論創社、2014年）、「*Absalom, Absalom!* におけるThomas Sutpenとキリスト教」（『北海道アメリカ文学』32号、2016年）、「ニューオーリンズのカラード・クレオールとしてのボン」（『フォークナー』19号、松柏社、2017年）。

山内　功一郎（やまうち こういちろう）　静岡大学人文社会科学部教授

『粒子の薔薇――マイケル・パーマー詩集』（編訳、思潮社、2004年）、『記憶の宿る場所――エズラ・パウンドと20世紀の詩』（共著、思潮社、2005年）、『「マイ・ライフ」より――リン・ヘジニアン詩集』（監訳、メルテミア・プレス、2013年）、『マイケル・パーマー――オルタナティヴなヴィジョンを求めて』（思潮社、2015年）、『沈黙と沈黙のあいだ――ジェス、パーマーとペトリンの世界へ』（思潮社、2017年）。

遠藤　朋之（えんどう ともゆき）　和光大学表現学部准教授

Kazuko Shiraishi, *My floating Mother, City*（共訳、New Directions, 2009）、「螺旋的友好関係―― Ez Po と Kit Kat」（『Ezra Pound Review』12号、2010年）、「『時間の空間化』のグランド・デザイン――『詩篇第1篇』を細かに読む」（『Ezra Pound Review』17号、2015年）、映画『幻を見るひと』(*The Reality Behind What We See*)（英文字幕監修・共訳、2018年）、「ブルース・スプリングスティーンの複眼的視線――デューイ、スタインベック、ガスリー、そしてスプリングスティーンへ」『揺れ動く〈保守〉――現代アメリカ文学と社会』（共著、春風社、2018年）。

東　雄一郎（あずま ゆういちろう）　駒澤大学文学部教授

『ハート・クレイン詩集、書簡散文選集』（翻訳、南雲堂、1994年）、『記憶の宿る場所』（共著、思潮社、2005年）、『亡霊のアメリカ文学』（編著、国文社、2012年）、『ジョン・ブラウンの屍を越えて』（共著、金星堂、2016年）、『私の好きなエミリ・ディキンスンの詩』（共著、金星堂、2016年）。

川崎　浩太郎（かわさき こうたろう）　駒澤大学文学部准教授

『記憶のポリティックス』（共著、南雲堂フェニックス、2001年）、『ホイットマンと19世紀アメリカ』（共著、開文社、2005年）、『亡霊のアメリカ文学』（共著、国文社、2012年）、『アメリカン・ロードの物語学』（共著、金星堂、2015年）、『私の好きなエミリ・ディキンスンの詩』（共著、金星堂、2016年）。

アメリカ編執筆者一覧

鎌田　禎子（かまだ さちこ）　北海道医療大学看護福祉学部准教授

『文学研究は何のため――英米文学試論集』（共著、北海道大学出版会、2008年）、「Edgar Allan Poe とダブルのテーマ」（『北海道アメリカ文学』28号、2012年）。

島貫　香代子（しまぬき かよこ）　関西学院大学商学部准教授

『悪夢への変貌――作家たちの見たアメリカ』（共著、松籟社、2010年）、"A River Runs Through Him: Quentin's Suicide in *The Sound and the Fury*" (*The Journal of the American Literature Society of Japan* 10号、2012年）、「"Lion" から "The Bear" へ――Lion と Sam Fathers の関係性」（『英文学研究　支部統合号』7号、2015年）、「新しい時代の到来と幻滅――『行け、モーセ』におけるバンガロー表象」（『フォークナー』19号、2017年）、"Dark Houses and a Sanctuary: Joe Christmas's Struggles with Home in *Light in August*"（『言語と文化』21号、2018年）。

平塚　博子（ひらつか ひろこ）　日本大学生産工学部准教授

『アメリカン・ロマンスの系譜形成：ホーソーンからオジックまで』（共著、金星堂、2012年）、『ターミナル・ビギニング――アメリカの物語と言葉の力』（共著、論創社、2014年）、「戦争・国家・人種：「新」南部物語としての『墓地への侵入者』」（*Soundings* 40号、2014年）、「『リロイ・ジョーンズ／アミリ・バラカの自伝』におけるアミリ・バラカの新たなブラックネスの模索」（『黒人研究』84号、2015年）、「冷戦・グローバリゼーション：閉じられた南部の終わりの物語としてのウィリアム・フォークナーの『館』」（*Soundings* 42号、2016年）。

本荘　忠大（ほんじょう ただひろ）　旭川工業高等専門学校一般人文科准教授

『アメリカ文学における階級――格差社会の本質を問う』（共著、英宝社、2009年）、"Hemingway and Africa in the 1930s: Portrayals of Africans and Hemingway's Racial Consciousness"（『北海道アメリカ文学』26号、2010年）、『アーネスト・ヘミングウェイ――21世紀から読む作家の地平』（共著、臨川書店、2011年）、『ヘミングウェイ大事典』（共著、勉誠出版、2012年）、『英語と文学、教育の視座』（共著、DTP出版、2015年）。

山辺　省太（やまべ しょうた）　南山大学外国語学部准教授

「子羊の血、コンプソン家の血――*The Sound and the Fury* における死、地獄、終末」（『関東学院大学文学部紀要』119号、2010年）、「農園から共同体へ――Flannery O'Connor の "The Displaced Person" におけるアイデンティティの構築と崩壊」（『関東学院大学人文科学研究所報』36号、2013年）、「偽善と暴力の相補――リンカンの『奴隷解放宣言』とフラナリー・オコナーの『高く昇って一点へ』」（『アメリカ文学』75号、2014年）、「裁き、罪、宿命――*Billy Budd, Sailor* における法と宗教」（『アカデミア　文学・語学編』101号、2017年）。

リス文学史とL・M・モンゴメリ——「書く女性」の物語」(『青山学院女子短期大学紀要』70号、2016年)。

結城　英雄(ゆうき ひでお)　法政大学文学部教授

『「ユリシーズ」の謎を歩く』(集英社、1999年)、『ジョイスを読む』(集英社、2004年)、『ダブリンの市民』(翻訳、岩波文庫、2004年)、「『ユリシーズ』を読む——100のQ&A」(1~15)(『すばる』、2008年~2015年)、『アイリッシュ・アメリカンの文化を読む』(共編著、水声社、2016年)。

田尻　芳樹(たじり よしき)　東京大学大学院総合文化研究科教授

Samuel Beckett and the Prosthetic Body: The Organs and Senses in Modernism (Palgrave Macmillan, 2007)、『ベケットとその仲間たち——クッツェーから埴谷雄高まで』(論創社、2009年)、*Samuel Beckett and Pain* (共編著、Rodopi, 2012)、*Samuel Beckett and Trauma* (共編著、Manchester UP, 2018)、『カズオ・イシグロ『わたしを離さないで』を読む——ケアからホロコーストまで』(共編著、水声社、2018年)。

辻　昌宏(つじ まさひろ)　明治大学経営学部教授

「モダニズムと1930年代詩人における詩生成のプロセスと音韻システム」(『明治大学人文科学研究所紀要』72号、2013年)、「ルイ・マクニース——イデオロギー的中立と連帯の間で」『アイルランド文学——その伝統と遺産』(共著、開文社、2014年)、『オペラは脚本(リブレット)から』(明治大学出版会、2014年)。

髙岸　冬詩(たかぎし とし)　首都大学東京人文社会学部教授

『20世紀英語文学辞典』(共著、研究社、2005年)、ルイ・マクニース『秋の日記』『ルイ・マクニース詩集』(共訳、思潮社、2013年)、「Till / Until の詩学」『メトロポリタン』通巻58号(メトロポリタン編集局、2016年)、クレア・ロバーツ『ここが私たちの上陸地』(翻訳、思潮社、2018年)。

Wall and Saeko Yoshikawa (2016), "The Lake District through The Excursion: The Reception of Wordsworth and Tourism", *Studies in English Literature*（日本英文学会、English Number 57, 2016）。

田中　裕介（たなか ゆうすけ）　青山学院大学文学部准教授

「文化の偶像崇拝――マシュー・アーノルドの批評体系」（『関東英文学研究』1号、2009年）、「アメリカ侵攻の悪夢――戦争映画としてのヒッチコック『鳥』」『戦争・文学・表象――試される英語圏作家たち』（音羽書房鶴見書店、2015年）、「戦後保守主義へのアフェクション――三島由紀夫と吉田健一」『混沌と抗戦――三島由紀夫と日本、そして世界』（水声社、2016年）、"The Dramatist as Historian: Oscar Wilde's Society Comedies and Victorian Anthropology," *London and Literature, 1603–1901* (Cambridge Scholars Publishing, 2017)。

大渕　利春（おおふち としはる）　駒澤大学文学部講師

『亡霊のイギリス文学――豊饒なる空間』（共著、国文社、2012年）、『チョーサーと英米文学』（共著、金星堂、2015年）、『イギリスを旅する60章』（共著、明石書店、2018年）、「『バスカヴィル家の犬』にみる狂犬病恐怖と科学者のイメージ」（駒澤大学文学部英米文学科紀要『英米文学』53号、2018年）。

道家　英穂（どうけ ひでお）　専修大学文学部教授

Voyages of Conception: Essays in English Romanticism（共著, Japan Association of English Romanticism, 2005）、ルイ・マクニース『秋の日記』『ルイ・マクニース詩集』（共訳、思潮社、2013年）、『死者との邂逅――西欧文学は〈死〉をどうとらえたか』（作品社、2015年）、ロバート・サウジー『タラバ、悪を滅ぼす者』（翻訳、作品社、2017年）。

兼武　道子（かねたけ みちこ）　中央大学文学部教授

『伝統と変革――一七世紀英国の詩泉をさぐる』（共著、中央大学出版部、2010年）、『英詩に魅せられ――エリオットからラーキンまで』（共著、春風社、2012年）、『十七世紀英詩の鉱脈――珠玉を発掘する』（共訳、中央大学出版部、2015年）、"Rhetoric as a Critique of Grammatology: Orality and Writing in Hugh Blair's Rhetorical Theory"（博士学位論文、東京大学、2015年）。

山田（石田）美穂子（やまだ（いしだ）みほこ）　青山学院女子短期大学現代教養学科教授

「ことばの届かない領分で――"And Their Reputation Does Not Depend Upon Human Speech" (from *A Passage to India*)」『言葉と想像力』（共著、開文社出版、2001年）、「イングリッシュネス――〈南〉へのノスタルジアの諸相」『ギッシングを通して見る後期ヴィクトリア朝の社会と文化』（共著、渓水社、2007年）、「ドイル再生――不条理劇の系譜」『一九世紀「英国」小説の展開』（共著、松柏社、2014年）、「フォード・マドックス・フォード『パレードの終わり』の再評価：衰退する Englishness の肖像」（『青山学院女子短期大学紀要』68号、2014年）、「イギ

編者

富士川　義之（ふじかわ よしゆき）　元東京大学教授

『風景の詩学』（白水社1983年、復刊2004年）、『記憶のランプ』（沖積舎、1988年）、『ある唯美主義者の肖像――ウォルター・ペイターの世界』（青土社、1992年）、『英国の世紀末』（新書館、1999年）、『ナボコフ万華鏡』（芳賀書店、2001年）、『きまぐれな読書』（みすず書房、2003年）、『文学と絵画――唯美主義とは何か』（共著、英宝社、2005年）、編訳『ウォルター・ペイター全集全3巻』（筑摩書房、2002年–2008年）、『ある文人学者の肖像』（新書館、2014年）。

イギリス編執筆者一覧

原田　範行（はらだ のりゆき）　東京女子大学現代教養学部教授・学部長

『「ガリヴァー旅行記」徹底注釈』（共著、岩波書店、2013年）、『風刺文学の白眉――「ガリバー旅行記」の世界』（NHK出版、2015年）、『セクシュアリティとヴィクトリア朝文化』（共編著、彩流社、2016年）、『教室の英文学』（共著、研究社、2017年）、*London and Literature, 1603–1901*（共著、Newcastle upon Tyne: Cambridge Scholars Publishing, 2017）。

藤巻　明（ふじまき あきら）　立教大学文学部教授

トマス・ド・クインシー『湖水地方と湖畔詩人の思い出』（翻訳、国書刊行会、1997年）、『肖像と個性』（共編著、春風社、2008年）、「一八一六年六月十八日のクリスタベル――バイロン、ハズリット、シェリー――」『亡霊のイギリス文学――豊饒なる空間』（国文社、2012年）、チャールズ・ラム『完訳エリア随筆 I–IV』（註釈担当、翻訳は南條竹則、国書刊行会、2014年–17年）。

大石　和欣（おおいし かずよし）　東京大学大学院総合文化研究科教授

『近代イギリスを読む――文学の語りと歴史の語り』（共著、法政大学出版局、2012年）、『境界線上の文学』（共編著、彩流社、2013年）、*Coleridge, Romanticism, and the Orient: Cultural Negotiations*（共編著、Bloomsbury, 2013年）、*British Romanticism in European Perspective: Into the Eurozone*（共著、Palgrave, 2015年）、*Coleridge and Contemplation*（共著、Oxford University Press, 2017年）。

吉川　朗子（よしかわ さえこ）　神戸市外国語大学英米学科教授

William Wordsworth and the Invention of Tourism 1820–1900 (Farnham, Surrey: Ashgate, May 2014)、『エドワード・トマス訳詩集』（翻訳、春風社、2015年）、"Coleridge, Edward Thomas and Englishness: Poetry of Contemplation", *Poetica* 85: Special Issue: Coleridge, Contemplation, and Cultural Practice, ed. Eamonn

ノンフィクションの英米文学

2018 年 10 月 31 日　初版発行

編 著 者　富士川 義之
結城　英雄
東　雄一郎

発 行 者　福岡　正人

発 行 所　株式会社 金 星 堂
(〒101-0051) 東京都千代田区神田神保町 3-21
Tel. (03)3263-3828（営業部）
(03)3263-3997（編集部）
Fax (03)3263-0716
http://www.kinsei-do.co.jp

組版／ほんのしろ　Printed in Japan
装丁デザイン／岡田知正
印刷所／モリモト印刷　製本所／牧製本
落丁・乱丁本はお取り替えいたします

ISBN978-4-7647-1183-9 C1098